U0459772

教育部人文社会科学研究规划项目基金资助（09YJA751051）

晚清海外竹枝词考论

宁波大学学术文库

尹德翔 著

中国社会科学出版社

图书在版编目(CIP)数据

晚清海外竹枝词考论/尹德翔著. —北京：中国社会科学出版社，2016.5

ISBN 978-7-5161-7799-0

Ⅰ.①晚… Ⅱ.①尹… Ⅲ.①竹枝词—诗歌研究—国外 z 清后期
Ⅳ.①I207.2

中国版本图书馆 CIP 数据核字(2016)第 053327 号

出 版 人　赵剑英
责任编辑　郭晓鸿
特约编辑　席建海
责任校对　朱妍洁
责任印制　戴　宽

出　　版　中国社会科学出版社
社　　址　北京鼓楼西大街甲 158 号
邮　　编　100720
网　　址　http://www.csspw.cn
发 行 部　010-84083685
门 市 部　010-84029450
经　　销　新华书店及其他书店

印刷装订　北京君升印刷有限公司
版　　次　2016 年 5 月第 1 版
印　　次　2016 年 5 月第 1 次印刷

开　　本　710×1000　1/16
印　　张　23.25
字　　数　373 千字
定　　价　88.00 元

凡购买中国社会科学出版社图书，如有质量问题请与本社营销中心联系调换
电话：010-84083683

瑞典《新画刊》刊登瑞典国王卡尔十五世接见斌椿使团场面(G. Janet 作)
(Ny Illustrerad Tidning, 21. juli 1866)

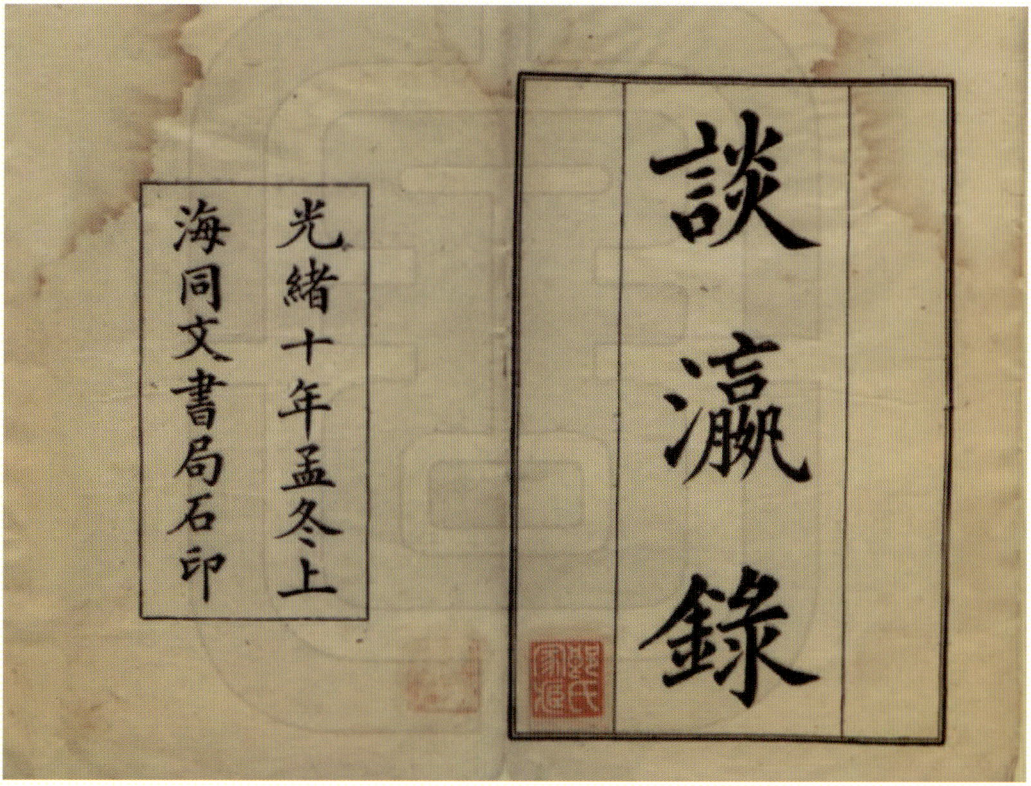

談瀛錄

光緒十年孟冬上海同文書局石印

袁祖志《谈瀛录》书影

ENGLAND AND THE ENGLISH.

BY A CHINESE.

[The following Notes describe the impressions really made upon a Chinese, of the literary class, during a brief visit to England in 1844-5. It will be observed that he came in contact with only the upper classes of the people, and was treated by them with hospitality and distinction: hence everything is painted *en beau*, and John Bull is sketched in his company-dress. Still, it will not be denied that this Celestial visitor saw more clearly, and described more accurately, the surface of English society, than many travellers from neighbouring European countries have done. Our author's name is Woo-tan-zhin. In 1842, he made his appearance in Chusan, having come from the mainland—being dissatisfied with the state of things in his own country—to offer his services to the British as a spy. He failed in this application, but was received into the house of the gentleman to whom we are indebted for the Notes, as a teacher of Chinese; remained with him for eighteen months, during his residence in Tinghai and Ningpo; and in 1843 accompanied him, as his guide and fellow-traveller, from the latter city to Canton, a distance through the interior of 1300 miles. After the short visit to England, they returned to Shanghai, where our author assisted his patron in the revision of the Chinese translation of the Scriptures. He is now an assistant in the office of Her Majesty's China secretary, Mr Medhurst, at Hong Kong.

The Notes were originally written in Chinese verse, for the perusal of the author's private friends, but have been recently printed in his own country. The version here given is a prose translation by his patron. It appeared some time ago in an Anglo-Chinese journal, the *North China Herald*; but we are of the opinion of the translator, that it will not be found unamusing in this country, accompanied by the above particulars furnished by him.]

In the year 1844, I embarked on board a foreign ship, and made sail for the far West, to ramble about in England for a while. Altogether, I was nearly three years absent from my native country.

If I were to attempt to note down everything lamp can give. By it whole families enjoy light, and thousands of houses are simultaneously illuminated. In all the market-places and public thoroughfares, it is as clear and bright at midnight as at noontide, and, if I mistake not, as gay as our Feast of Lanterns. In fact, a city that is so illuminated might well be called 'a nightless city;' for you may wander about it till break of day without carrying a lantern, and, go where you please, you meet with no interruption.

Cars of fire, urged on by steam, fly as swiftly as the wind; and on the rails of their railways, they have a most ingenious method of turning these locomotives.

Steam-boats, which are in general very richly adorned, pass through the water by means of paddle-wheels with astonishing rapidity; and upon the rivers, and in the bays, beautiful steam-wherries are constantly running, which make it both easy and convenient for passengers to cross.

I have seen a carriage that was so constructed as to be worked by the person who was riding in it—just as one would row a boat. It went admirably, and seemed well fitted for land-travelling. The machines that are used for dredging their canals and rivers must be of immense service to inland navigation. . . . .

The graves of the English people do not rise in heights, nor are they planted about with trees, as ours are.

The houses are as close together as the scales upon the back of a fish. In front of them they plant trees, or have flower-gardens. The houses rise several stories high. The people generally live in the upper stories, and make constant use of staircases. Houses darting up to the clouds, with whitewashed walls and glazed doors and windows, look as if they were buildings set with precious stones. Balustrades of metal twist and twine around the windows and pillars.

Doors and windows are all furnished with panes of

英国《钱伯斯杂志》所刊吴樵珊《伦敦竹枝词》译文书影（局部）

(*Chamber's Journal of Popular Literature, Science and Arts*, No. 62, p.153, March 10, 1855)

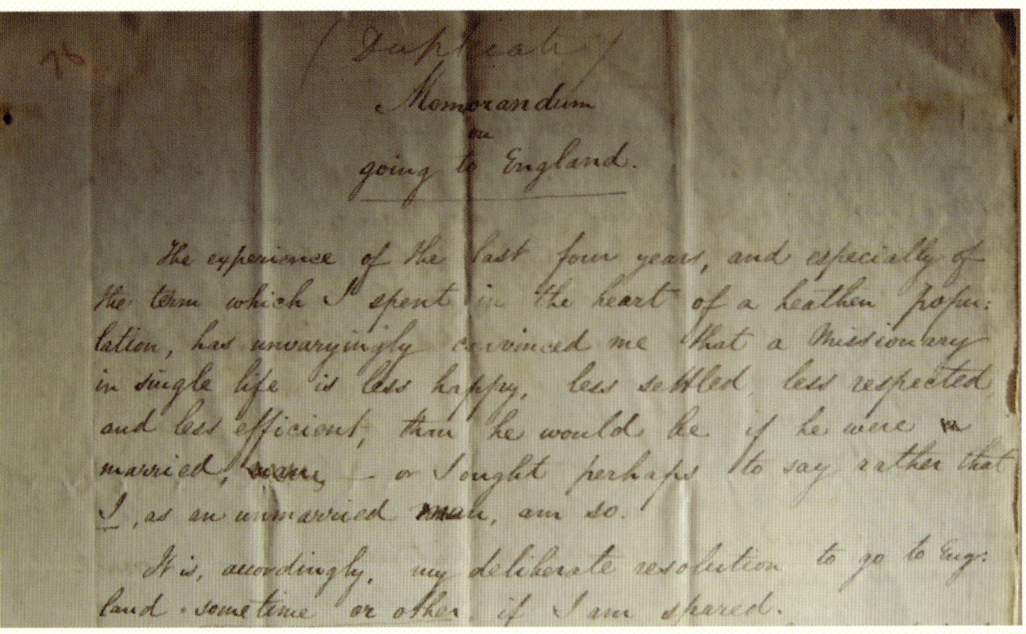

(Duplicate)

Memorandum
on
going to England.

The experience of the last four years, and especially of the term which I spent in the heart of a heathen population, has unvaryingly convinced me that a Missionary in single life is less happy, less settled, less respected and less efficient, than he would be if he were married, — or I ought perhaps to say rather that I, as an unmarried man, am so.

It is, accordingly, my deliberate resolution to go to England sometime or other, if I am spared.

美魏茶返英计划之《备忘录》手稿（局部）

(Collected in the *Archives of the Council for World Mission, South China Correspondence and Reports*, SOAS Library, University of London)

游歷美國即景詩二十八首　陳荔秋太史稿

大海安知晷刻移璿璣測度始驚疑金山滬瀆相衡較晝夜推遷已四時　通衢九軌淨無塵列坐車中几兩行窗八扇看他游艇泛平津　街車　絲抽經緯上絨氊羊毛茸茸滿地飛終日七襄輪迅速何虞衣　柏岸濤飛亂石堆紛蹄海虎不驚猜海魚何處藏蹤跡復有饑鷹沒水來　白鷹皆能沒水　異獸闠名花瑞木滿庭階浸人到此增游興況值清秋日正佳　金山大花園　一輛車分十六房一房上下爐冰桶兼陳設仍有衣櫥列兩旁　火車牽牽十車行方木匀鋪鐵路平八十輪開如電閃出山著眼不車轉處後車同有路中間一綫通首尾門開穿檻過游行恍在五都中　危灘惝惝捺危岑夜閣高遞一驚人疑書晦車行穿度石岩深　石炭松柴積路岐風輪儲水遠晴潮懸燈樹表修梁閣集事原來費不添新幾日開取材工匠尚開山始知中國兢持意爲惜寰區物力艱　傳聞普法交兵日車路翻爲敵取來慄勝莫嚮須果毅迎平時　鐵綫交加電氣竿密於蛛網罥林端居民各自知珍重不待長途設立難肆列杯盤置左停串客語憐一倣雜完剛一刻遠書遞臭動加餐　紅綠區分彀兩芽無漿牛乳試新茶

陈兰彬《游历美国即景诗》书影（局部）（《申报》同治壬申十二月二十六日第二百三十一号）

倫敦竹枝詞

爾珠署

光緒戊子春月

觀自得齋藏板

局中门外汉《伦敦竹枝词》书影

海山詞
日本井上哲題

潘飞声《海山词》光绪辛卯刻本书影

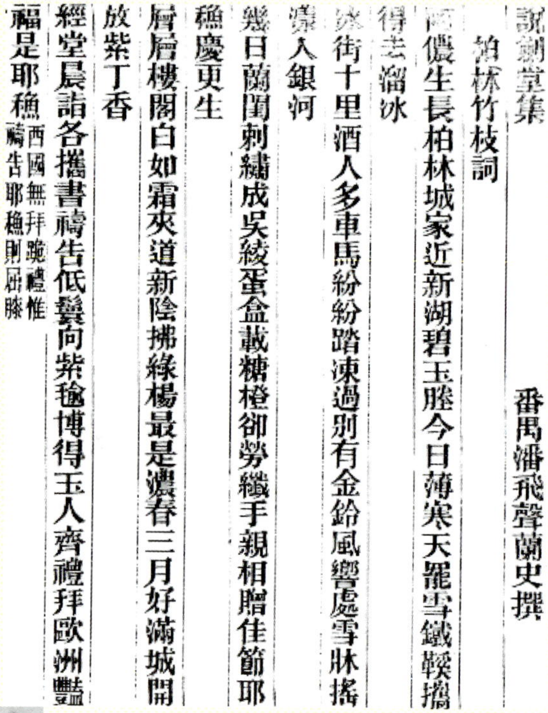

說劍堂集
柏林竹枝詞　番禺潘飛聲蘭史撰
西儂生長柏林城家近新湖碧玉塍今日薄寒天罷雪鐵鞵攜
得去溜冰
冰街十里酒人多車馬紛紛踏凍過別有金鈴風響處雪牀搖
漾入銀河
幾日蘭閨刺繡成吳綾蛋盒載糖橙御勞纖手親相贈佳節耶
穌慶更生
層層樓閣白如霜夾道新陰拂綠楊最是濃春三月好滿城開
放紫丁香
經堂晨詣各攜書禱告低鬟向紫毹博得玉人齊禮拜歐洲豔
福是耶穌西國無拜跪禮惟禱告耶穌則屈膝

潘飞声《柏林竹枝词》(《说剑堂集》卷五)书影

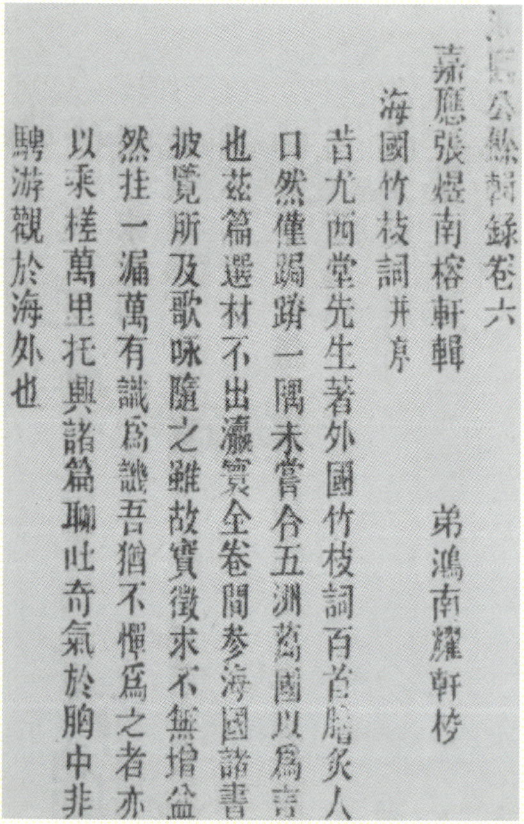

[illegible]公餘輯錄卷六
嘉應張煜南榕軒輯　弟鴻南耀軒校
海國竹枝詞并序
昔尤西堂先生著外國竹枝詞百首膾炙人
口然僅跼蹐一隅未嘗合五洲萬國以爲言
也茲篇選材不出瀛寰全卷間参海國諸書
披覽所及歌咏隨之雖故實徵求不無損益
然挂一漏萬有識爲譏吾猶不憚爲之者亦
以乘槎萬里托興諸篇聊吐奇氣於胸中非
騁游觀於海外也

张芝田《海国竹枝词》(《海国咏事诗》)书影

續海國詠事詩

张煜南《续海国咏事诗》书影

目　录

致谢 …………………………………………………………（1）

前言 …………………………………………………………（1）

绪论 …………………………………………………………（1）

一　竹枝词传统与相关问题 ……………………………………（1）

二　海外竹枝词之源流 …………………………………………（9）

三　晚清海外竹枝词研究的现状和问题 ………………………（29）

四　本书研究范围和论述体例 …………………………………（41）

第一章　吴樵珊《伦敦竹枝词》 ………………………………（45）

一　两个英文版本 ………………………………………………（46）

二　吴樵珊杂考 …………………………………………………（55）

三　穿正装的约翰牛——《伦敦竹枝词》之内容特色 …………（67）

第二章　斌椿《海国胜游草》竹枝体诗及其他 ………………（82）

一　携手同登油壁车:丁韪良之误解 …………………………（83）

二　出门游女盛如云:斌椿的文化适应性 ……………………（86）

三　荷兰自古擅名都:一首诗的追踪 …………………………（93）

四　西池王母住瀛洲:斌椿在瑞典 ……………………………（98）

第三章　陈兰彬《游历美国即景诗》 …………………………（106）

一《游历美国即景诗》笺注 ……………………………………（107）

二　陈兰彬与容闳之是非 ………………………………………（125）

第四章　袁祖志《海外吟》竹枝体诗 …………………………… (134)
一　《海外吟》竹枝体诗笺注 ………………………………… (135)
二　袁祖志《西俗杂志》与张德彝《三述奇》之雷同 ……… (150)

第五章　局中门外汉《伦敦竹枝词》 …………………………… (163)
一　局中门外汉与梁溪坐观老人合考 ……………………… (163)
二　原汁原味话英国——《伦敦竹枝词》的内容、风格与评价 … (172)

第六章　潘飞声《柏林竹枝词》 ………………………………… (188)
一　潘飞声执教柏林始末 …………………………………… (189)
二　《海山词》与潘飞声在德国的艳迹 ……………………… (194)
三　《柏林竹枝词》笺注 ……………………………………… (200)

第七章　王之春海外竹枝词三种 ……………………………… (217)
一　《东京竹枝词》笺注 ……………………………………… (217)
二　《俄京竹枝词》笺注 ……………………………………… (225)
三　《巴黎竹枝词》笺注 ……………………………………… (230)

第八章　潘乃光《海外竹枝词》 ………………………………… (239)

第九章　张芝田《海国咏事诗》与张煜南《续海国咏事诗》 ……(270)

结论 ……………………………………………………………… (287)
附录一　晚清海外竹枝词一览表 ……………………………… (290)
附录二　Fugitive Notes on England and the English ……… (292)
附录三　Memorandum on Going to England ………………… (303)
附录四　东语学堂合同(桂林) ………………………………… (308)
附录五　张芝田《海国竹枝词》(节录) ………………………… (310)
主要引用书目 …………………………………………………… (350)
主要人名索引 …………………………………………………… (359)

致　谢

本书为教育部人文社会科学研究规划项目“晚清海外竹枝词研究”的最终成果。在研期间，笔者曾获得王宽诚教育基金会的资助，在剑桥大学亚洲与中东研究学院访问半年，又获得国家留学基金委的资助，在牛津大学东方学院访问一年。两次访问，为搜集国外的相关资料，创造了条件。

“千金之裘，非一狐之腋”，本书虽平淡无奇，却得益于前辈学者的大量工作。在文献方面，丘良任（已故）、王利器、雷梦水、王慎之诸先生的竹枝词辑本对笔者的帮助最大。在思想方面，夏晓虹先生对笔者的启发尤多。笔者也感谢研究海外竹枝词的年轻同道。观点不同，弃取有异，乃至字句之间，斤斤计较，皆学术研究应有之义。做学术免不了依据事实、摆弄逻辑，而一时一事、一言一语之是非，非学者之月旦评也。

瑞典隆德大学英格玛·奥特森（Ingemar Ottosson）教授提供了斌椿在北欧活动的稀见资料，并拳拳关心我在英国的生活和健康状况，隆情厚谊，至为铭感。新加坡国立大学黄贤强（Wong Sin Kiong）教授提供了张煜南《海国公余辑录》的信息并他撰写的关于张煜南的文章，《梅州日报》刘奕宏先生提供了张芝田的信息并为笔者复制了《〈续梅水诗传〉序》，慷慨相助，惠我实多。黑龙江大学许隽超教授提供了一些稀见文献的信息，韩国高丽大学赵冬梅教授提供了多种朝鲜和日本的竹枝词作品，故人之情，每令肠热。宁波大学李光龙先生惠赐了《申报》电子资料，新加坡蒋亭亭博士为笔者复制并邮寄了左秉隆的《勤勉堂诗钞》，皆足资考镜。

在撰写本书过程中，笔者曾向浙江大学朱则杰教授、宁波大学张如安教授请教清诗，向宁波大学龚缨晏教授请教中国近代基督教史，向南京师范大学汪介之教授、外交部欧亚司吴连文先生、中国社会科学院朱剑利博士请教俄国文化，向浙江大学朱更生研究员请教德文，向南京大学唐玉清副教授请教法文，向上海交通大学陈玲玲博士请教日文，各位先生、同事和学友古道热肠，知无不言，对本书学术质量的提高，贡献至巨。浙江大学吴笛教授、南京师范大学杨莉馨教授、上海交通大学刘佳林教授、浙江师范大学赵山奎教授审阅了部分初稿并提出了改进意见。中国社会科学出版社郭晓鸿编审治学精严，对书稿的讹误多有订正。需要说明的是，海外竹枝词内容冷僻，加之笔者德薄能鲜，绠短汲深，纷纭之间，遽下己见，故凡本书论断之卑下与知识之错误，理应作者一人承担。

在查阅文献的过程中，剑桥大学图书馆（Cambridge University Library）、牛津大学包德里安图书馆（Bodleian Library）、伦敦大学亚非图书馆（SOAS Library）、大英图书馆（Britishi Library）、海德堡大学图书馆（Heidelberg University Library）的许多工作人员给笔者以巨大帮助，他们的知识和敬业精神，令我十分感怀。中国国家图书馆、上海图书馆、南京图书馆、浙江省图书馆的工作人员，亦提供了力所能及的服务和帮助。宁波大学图书馆谢志佐主任、甘惠老师不惮其烦，联系馆际互借，索取电子资料，种种帮助，篇幅所限，不能细说。我的研究生田燕和王聪花时间校阅了本书的大部分章节。

业师杨正润教授一直关心本书，提出过不少宝贵意见。《宁波大学学报》主编周志锋教授、副主编李亮伟教授在本书撰写过程中多有支持。在英国访问期间，负责接待的剑桥大学三一学院苏文瑜教授（Dr. Susan Daruvala）、牛津大学劳拉·纽伯（Dr. Laura Newby）教授多方关照，间接帮助了本书的完成，在此一并致谢。

前　言

2003—2006年，我在南京大学文学院师从杨正润教授攻读博士学位。杨先生以研究中西传记和传记理论知名，他建议我用晚清使西日记为材料做博士论文，主要从文化学角度来分析。因此之故，当时阅读了大量到西方出使、游历、考察的人员所写的记述，其中亦有不少是诗歌，尤以竹枝词为多。不过那时只是感觉写外国的竹枝词作品“好玩儿”，并未深入研究。2009年，我以博士学位论文为基础充实修改的专著《东海西海之间——晚清使西日记中的文化观察、认证与选择》由北京大学出版社出版。付梓之时，颇觉意犹未尽，感到仍有一些道理没说清，没说透，所以当年申报教育部人文社科项目之时，灵光一闪，就填写了“晚清海外竹枝词研究”这一题目。因此，本书是《东海西海之间》的副产品，也是它的延续。一散一诗，比翼双飞，我希望这两本书能够为晚清中西文化关系的研究，添一把柴草。

最近二十年，清诗研究在诸多方面多有拓展，取得了不小的成绩。但“晚清海外竹枝词”仍是一个冷僻的题目。本书的研究可分解为两个部分：一部分是文献研究，一部分是理解和评价。在文献方面，笔者对失传的文献做了钩沉，对主要作品做了考校和笺释，清理了一些相关的史实。在意义方面，笔者力求超越近代化研究模式，从中西差异和跨文化交流的角度，对作品做出符合实际的重新阐释。

本书的对象为晚清年间（1840—1911）问世的海外竹枝词，具体的研究，则以欧美为主。晚清海外竹枝词种类繁夥，长短不一，长者百余首，短者只有一二首，内容涉及亚、欧、美等多个国家和民族，五色纷披，若对所有作品擘笺作论，不甚实际。这些竹枝词中最有特色和价值者为欧洲竹枝词与日本竹枝词，比较而言，国内近年对日本竹枝词的研究比较多，对欧美竹枝词研究则比较少。结合学术界的情况以及自身的条件，本书选择对欧美竹枝词做主要的研究，关于日本和东亚、东南亚一带的竹枝词，则酌情稍涉。

与出使日记等谨严、刻板的文字比较起来，竹枝词这一形式真率活泼、甚少顾忌，比较能反映作者对异域的真感受和真态度。不同身份的作者，如外交官、华人基督徒、私人旅行者等，所写的竹枝词风貌不同，对外国的评价也迥异，从中可窥复杂的文化身份的表露。晚清海外竹枝词是别具一格的西方民族志，以直接而生动的方式刻写了中西交通的历史，是最能反映近世中西关系变化的文学。从艺术角度看，海外竹枝词是中外文化关系影响和催生中国近现代文学的一个例证。以竹枝词的体格写工业化的西方，这种文化嫁接，为比较文学视野下的文类学研究，提供了绝佳的资源。当然，这些都是从有价值的一面说的。从问题方面看，晚清海外竹枝词也有一些缺陷，如走向模式化、创造力衰减等，这些问题也是某一类文学发展过程中要自然经历的。瑕不掩瑜，对关注清诗、关注近代中外关系、关注文化研究的读者，许多晚清海外竹枝词作品还是颇值一读的。

尹德翔

2015 年 2 月 13 日于伦敦大学亚非学院图书馆

绪　论

一　竹枝词传统与相关问题

竹枝词为中国古代诗歌的一大部类，源深流广。从最近二十年国内学者编纂的三种竹枝词总集，可对此有一直观的印象。雷梦水等编的《中华竹枝词》（全六册，北京古籍出版社 1996 年版），以行政区划分类（包括台、港、澳，以及未能确定地区者），辑录了始于唐代止于民初的一千二百六十多位作者的两万一千六百多首作品。王利器、王慎之、王子今所辑的《历代竹枝词》（全五册，陕西人民出版社 2003 年版）分八编，按年代排列，辑录了始于唐代止于宣统的历代诗人所作竹枝词二万五千余首。而丘良任等编的《中华竹枝词全编》（全七册，北京出版社 2007 年版），为迄今为止网罗最全的竹枝词辑集，亦以行政区划分类，辑录了始于唐代、止于民国的四千多位诗人的近七万首作品，堪称巨制。然而正如编者所言，此书虽名“全编”，仍有大量作品因条件关系不得发现和辑录[①]。有唐一代诗歌最盛，而清人所辑的《全唐诗》，不过收诗四万八千余首，诗人二千二百余人。至少从数量和地域而言，竹枝词为中国传统诗歌的大宗，应无异议。

竹枝词起于巴、渝之地（今重庆市所辖），其确切起源，已难究考。周作人曾追溯到刘向的《列女传赞》和郭璞的《山海经图赞》[②]。唐人诗中，有一些提到“竹枝”的句子，如杜甫《奉寄李十五秘书文嶷二首》：“竹枝歌未好，画舸莫迟回。”孟郊《教坊歌儿》：“能嘶竹枝词，供养绳床

---

① 丘良任等编：《中华竹枝词全编》第一册，北京出版社 2007 年版，前言，第 5 页。

② 周作人：《过去的工作》，河北教育出版社 2001 年版，第 3 页。

禅。”顾况《早春思归，有唱竹枝歌者，坐中下泪》：“渺渺春生楚水波，楚人齐唱竹枝歌。”张籍《送枝江刘明府》：“向南渐渐云山好，一路唯闻唱竹枝。”白居易《竹枝词四首》：“唱到竹枝声咽处，寒猿暗鸟一时啼。”“江畔谁人唱竹枝，前声断咽后声迟。”等等[①]。但这些都是作者对巴人“唱竹枝”的一种观察，兼及自身的一种触动。真正“作竹枝（词）”的是刘禹锡。至今遗存刘禹锡所作两组竹枝词，第一组为《竹枝词九首》：

白帝城头春草生，白盐山下蜀江清。
南人上来歌一曲，北人莫上动乡情。

山桃红花满上头，蜀江春水拍山流。
花红易衰似郎意，水流无限似侬愁。

江上朱楼新雨晴，瀼西春水縠纹生。
桥东桥西好杨柳，人来人去唱歌行。

日出三竿春雾消，江头蜀客驻兰桡。
凭寄狂夫书一纸，家住成都万里桥。

两岸山花似雪开，家家春酒满银杯。
昭君坊中多女伴，永安宫外踏青来。

城西门前滟滪堆，年年波浪不能摧。
懊恼人心不如石，少时东去复西来。

瞿塘嘈嘈十二滩，人言道路古来难。
长恨人心不如水，等闲平地起波澜。

---

① 以上孟郊、顾况、张籍诗例，引自孙杰《竹枝词发展史》，博士学位论文，复旦大学，2012年，第14页。

巫峡苍苍烟雨时，清猿啼在最高枝。
个里愁人肠自断，由来不是此声悲。

山上层层桃李花，云间烟火是人家。
银钏金钗来负水，长刀短笠去烧畲。[①]

“水流无限似侬愁”“懊恼人心不如石”云云，自然不是诗人自己的感触。作者脱离了自我，站在巴人的角度，写巴人自己的生活，将当地人唱歌的热闹、踏青的欢快、相思的苦恼、物感的不宁、劳动的繁忙，一一写出，有十足的民歌风味。此组竹枝词原有小序，云：“四方之歌，异音而同乐。岁正月，余来建平，里中儿联歌竹枝，吹短笛击鼓以赴节。歌者扬袂睢舞，以曲多为贤。聆其音，中黄钟之羽，卒章激讦如吴声。虽伧儜不可分，而含思宛转，有《淇澳》之艳音。昔屈原居沅湘间，其民迎神，词多鄙俚，乃写作《九歌》，到于今，荆楚歌舞之。故余亦作《竹枝》九篇，俾善歌者飏之，附于末。后之聆《巴歈》，知变风之自焉。”[②] 小序体现了刘禹锡竹枝词创作的自觉意识，他认为自己在效法屈原，取民间歌诗的情思，而去其鄙陋，创作出一种全新的民歌。刘禹锡的竹枝词在诗歌艺术上达到了很高的境界，为历代所称赏，宋人黄庭坚《跋刘梦得竹枝歌》云：“刘梦得《竹枝歌》九章，词意高妙，元和间诚可以独步，道风俗而不俚，追古昔而不愧，比之杜子美《夔州歌》，所谓同工而异曲也。昔东坡尝闻余咏第一篇，叹曰：‘此奔轶绝尘，不可追也。’”[③] 其另一组作品为《竹枝词二首》，其一即著名的“杨柳青青江水平，闻郎江上踏歌声。东边日出西边雨，道是无情却有情”，为竹枝词的千古绝唱。

刘禹锡作竹枝词，为中国诗歌开辟了一片新地。后世诗人偏爱这种诗歌形式，群起仿效，历千年而不衰。宋代最有名的诗人苏轼兄弟、黄庭坚、范成大、杨万里都写过竹枝词。元代杨维桢作《西湖竹枝词》，从而和者数百

① 王利器、王慎之、王子今辑：《历代竹枝词》第一册，陕西人民出版社 2003 年版，第 2—3 页。

② 同上书，第 2 页。

③ 同上书，第 3 页。

家，一时称盛。明人刘基、宋濂、李东阳、杨慎、徐渭、屠隆、袁宏道、屈大均皆有作。入清以后，竹枝词臻于极盛，作者无虑三千家，王士禛、纳兰性德、尤侗、朱彝尊、孔尚任、查慎行、杭世骏、郑燮、沈德潜、袁枚等名人皆有佳作，连乾隆皇帝都来染指[①]。以数量观之，王利器、王慎之、王子今所辑《历代竹枝词》（全五册），从唐至明只有半册之幅，其余四册半均为清代作品。清人竹枝词中尤可注意者为朱彝尊和尤侗。朱彝尊《鸳鸯湖棹歌》百首出，和、续、仿作者如缕，流风余韵，两百年不歇[②]。尤侗《外国竹枝词》则开创了海外竹枝词的传统，这一传统在近代发扬光大，产生了许多具有研究意义的作品，这也是本书将讨论的主要内容。

关于竹枝词，有几个问题需要涉及。

首先，竹枝词与绝句的关系问题。竹枝体与绝句究竟是什么关系？任半塘论竹枝词之起源、发展、声律等项，征引极博。作者认为中唐四句体的竹枝词"以民歌拗体为常体"，以绝句为别体；宋代以后之《竹枝》，"皆于普通七绝前冠调名，不知其他矣"[③]。唐圭璋亦云，竹枝词"宋元以后，作者寖（浸）多，形式与七言绝句无异"[④]。竹枝词在格律上由民歌拗体而变为七言绝句[⑤]，反映的是诗歌由俗变雅、从民间文学走向纯文学的一般轨迹。钟敬文1928年发表过一篇《绝句与词发源于民歌——中国文学史上的一个问题》，其中反对"绝句为律诗之截"的说法，认为从来源

① 见爱新觉罗·弘历《昆明湖泛舟拟竹枝词》，王利器、王慎之、王子今辑《历代竹枝词》第二册，陕西人民出版社2003年版，第979页。

② 杨际昌《国朝诗话》云："朱竹垞最工绝句竹枝体，国朝无出其右。"（转引自严迪昌《清诗史》上册，浙江古籍出版社2002年版，第520页）周作人云："（竹枝词）元明之间所作亦不甚少，唯清初朱竹垞的《鸳鸯湖棹歌》出，乃更有名，竹枝词之盛行于世，实始于此。"（周作人：《过去的工作》，河北教育出版社2001年版，第3页）

③ 王利器、王慎之编：《历代竹枝词》（初编），三秦出版社1991年版，竹枝考（代序），第6页。

④ 丘良任：《竹枝纪事诗》，暨南大学出版社1994年版，第1页。

⑤ 竹枝词之体格以七言四句为主，但亦有不少次要形式。唐人皇甫松有《竹枝六首》，为七言二句（每句前四字下注"竹枝"二字，后三字下注"女儿"二字，如"山头桃花竹枝谷底杏女儿，两花窈窕竹枝遥相应女儿"。此种做法，引起后世学者的兴趣，亦产生纷纭的解释），宋人周行己的《竹枝歌上姚毅夫》为七言五句，贺铸的《变竹枝九首》为五言四句，明人朱诚泳《竹枝词六首》为六言四句，皆偶然一见之变体。雷梦水等所编《中华竹枝词》前言云："千百年来文人的《竹枝词》绝大多数还是师宗七言四句体的。"（雷梦水等编：《中华竹枝词》（全六册），北京古籍出版社1996年版，前言，第6页）

上说，当然先有绝句，后有律诗，南北朝七言绝句式的民歌，到初唐已经发展成为一种格律谨严的流行诗体（绝句），“但一般诗人，如刘禹锡、白居易、元结所作的《竹枝词》、《浪淘沙》、《款（欸）乃曲》，都还有意无意的成了一种含有绝句原始时代的风味与气息的东西”[①]。竹枝词从民歌拗体变为七言绝句，走的正是南北朝民歌向初唐格律诗变化的一般的道路。

其次，内容与风格的问题。虽然竹枝词从声律上与七言绝句无异，在写作风格上却不同于七言绝句。清人王士禛在《带经堂诗话》中说：“竹枝咏风土，琐细诙谐皆可入。大抵以风趣为主，与绝句迥别。”[②] 潘德舆在《养一斋诗话》中举例说：

> 钱思复《西湖竹枝》云：“阿姊住近段家桥，山妒蛾眉柳妒腰。黄龙洞前黑云起，早回家去怕风潮。”瞿宗吉和云：“昨夜相逢第一桥，自将罗带系郎腰。愿郎得似长江水，日日如期两度潮。”二诗予以为有唐人《竹枝》法。解此方不是七绝，方不是谣谚，方不是市井语。今人所传《竹枝》，门外汉耳。[③]

潘德舆认为唐人竹枝词有自己的法则，他举的两首竹枝词，恰呼应了王士禛的观点：竹枝词吟咏风土人情，内容上不拘琐细，风格上诙谐风趣。应该说，刘禹锡初创竹枝词的体格，与文人感悟言志的七言绝句有所不同。然而从另一方面说，文穷则变，一种文体实践久了，必然会发生从形式到内容的各种演化。竹枝词从民歌拗体走向七言绝句，是形式的演化；而内容上，同一“吟咏风土”，后世竹枝词林林总总的内容，则远非唐人可以想象。清人林相棠1904年（光绪甲辰）为冯雨田所著《佛山竹枝词》作序称：

> 《诗》以三百篇为宗，至唐而称盛。凡言情绘景，各已登峰造极，

① 《钟敬文民间文学论集》（下），上海文艺出版社1985年版，第272页。

② 王士禛：《带经堂诗话》，《续修四库全书》1699册，影印清乾隆二十七年刻本，第207页。

③ 潘德舆：《养一斋诗话》，中华书局2010年版，第63页。

> 后人何用蹈其蹊径？惟《竹枝词》一格，描写方言谚语、风土人情，于天趣性灵，兼而有之，洵足别开生面。①

林相棠大概是宗唐的，宗唐宗宋，画地自限，皆不可取；但他看出竹枝词一体在传统诗歌之外，别开生面，具有非凡的包容力，则颇为有识。同样说风土，讲风趣，林氏的观点较之于王士禛和潘德舆株守唐人的本色，阔大多了。唐圭璋说，竹枝词“内容则以咏风土为主，无论通都大邑或穷乡僻壤，举凡山川胜迹，人物风流，百业民情，随时风俗，皆可抒写。非仅诗境得以开拓，且保存丰富之社会史料”②。这说明竹枝词题材和诗境的扩大③。这是综观而言。实际上，竹枝词的题材有一明确的变化轨迹，即愈来愈从文人的乘兴采风，变为严谨的史乘。清代出现了许多纪实性的竹枝词专写历史事件，如吟咏两次鸦片战争的竹枝词，就有《镇城竹枝词》、《壬寅夏纪事竹枝词》、《扬州竹枝词》、《十年都门竹枝词》等多部组诗。非纪实性的竹枝词则向地志靠拢。孙杰在《竹枝词发展史》中认为，清代竹枝词“从整体上逐渐表现出了竹枝词与地方志合流的趋势”④。因为竹枝词包含了大量的地方史地和社会生活的信息，故引起学者对竹枝词作为史料和民俗学文献的特别重视。施蛰存特重上海竹枝词的社会史价值⑤。徐恭时则说，竹枝词与历史有密切关系，“期间蕴藏着‘词以辅史’、‘词以补史’、‘词以续史’、‘词以正史’、‘词以解史’的多功能作用”⑥。

最后，诗与注的问题。追本溯源，竹枝词本有一体两面，在内容上吟咏风土，图景写情，在艺术上真率活泼、诙谐入妙。要做到这一点，几首

---

① 王利器、王慎之、王子今辑：《历代竹枝词》第五册，陕西人民出版社 2003 年版，第 3608 页。

② 丘良任：《竹枝纪事诗》，暨南大学出版社 1994 年版，唐序，第 1 页。

③ 竹枝词亦非“吟咏风土”能完全涵盖，如有的作品用来戏谑（如黄庭坚的《考试局与孙元忠博士竹间对窗夜闻元忠诵书声调悲壮戏作竹枝歌三章和之》），有的用来酬赠（如周行己的《竹枝歌上姚毅夫》），有的写纪游（如杨万里的《过白沙竹枝歌六首》），有的写思乡（如汪梦斗的《思家五首竹枝体》），有的用为酒令（如贺铸的《变竹枝九首》），有的用为贺寿（如李东阳的《寿陈石斋母节妇竹枝七首》），等等。专咏一物、写一事者更不少见，如清人的《红楼梦竹枝词》《别琴竹枝词》等。但这些都不是竹枝词的主流，在此姑置不论。

④ 孙杰：《竹枝词发展史》，博士学位论文，复旦大学，2012 年，第 174 页。

⑤ 丘良任：《竹枝纪事诗》，暨南大学出版社 1994 年版，施序，第 3 页。

⑥ 顾柄权编：《上海洋场竹枝词》，上海书店出版社 1996 年版，序，第 3 页。

乃至十几首的竹枝词尚属可能，一二百首的竹枝词组诗谈何容易！纪昀曾为蒋诗《沽河杂咏》百首作序，称赞此作"考核精到，足补地志之遗。其俯仰淋漓，芒情四溢，有刘郎《竹枝》之遗韵焉"[①]。但这只是个别情况，且不乏溢美。客观的情况是，明清绝大多数长篇大套的竹枝词，因向地方志的趋近，持重拘谨，作品的知识和信息丰富了，艺术性却有不同程度的丧失。这一情况引起时人的批评，如乾隆年间安徽歙县人吴瀓撰《瀛洲竹枝词》，其"述则"之第一条云：

> 凡诗有诗体，词有词调。诗贵清新，词贵妩媚。至若《竹枝》之词，异乎二者。其名曰词，而无寄调；其体七言四句，似诗非诗；其言就事，毋庸点缀；其词通俗，不嫌鄙俚。盖本楚地之歌，犹吴人之有吴歌也。阅者或以雅训赐教，恐失《竹枝》之体。[②]

竹枝词如果承担了过多的史志功能，必然影响其艺术追求。这个问题从注文这一现象可看得更清楚。明代以前竹枝词之作本无注文，有的有序引，如刘禹锡《竹枝词九首》，有的有跋语附记，如黄庭坚《竹枝词二首》，这与其他诗歌并无不同。元人杨维桢作《西湖竹枝词》九首，从而和者数百家，后杨将其中一部分唱和辑为《西湖竹枝集》，并对各家之作加以评点。然这也不是自注。在竹枝词中较早出现注文的，为明代无名氏所作《滇南诸夷译语竹枝词》，含五十八首竹枝词，每诗有题注，释内容，行中夹注，标字音[③]。明天启年间文震亨作《秣陵竹枝词》三十五首，其中九首有尾注[④]。明末清初诗人李邺嗣作《鄮东竹枝词》七十九首，几乎每首皆有尾注[⑤]。《滇南诸夷译语竹枝词》的题注几十字到二三百字不等。《秣陵竹枝词》、

① 王利器、王慎之、王子今辑：《历代竹枝词》第三册，陕西人民出版社2003年版，第1871页。

② 王利器、王慎之、王子今辑：《历代竹枝词》第二册，陕西人民出版社2003年版，第1058页。

③ 王利器、王慎之、王子今辑：《历代竹枝词》第一册，陕西人民出版社2003年版，第201—223页。

④ 同上书，第300—305页。

⑤ 同上书，第355—364页。

《鄮东竹枝词》的尾注则只有几十字。加题注的写法可以追溯到宋代许尚的《华亭百咏》[①]，然在传统诗歌各类文体中，无论诗、词、曲，皆无一种文体像竹枝词那样，发展出愈来愈长的注文。到晚清黄遵宪作《日本杂事诗》，注文有长达数千字者；张祖翼作《伦敦竹枝词》，其中的小注被抽取，题为《伦敦风土记》，收入《小方壶斋舆地丛钞》行世，居然行得通。施蛰存说："宋元以后，出现了各种地方性竹枝词，往往是数十首到一二百首的大规模组诗。每首诗后附有注释，记录了各地山川、名胜、风俗人情，以至方言、俚语。这一类的竹枝词，已不是以诗为主，而是以注为主了。这些注文，就是民俗学的好材料。"[②]"不是以诗为主，而是以注为主"，施先生的断语，真是斩截明了。但既是"以注为主"，竹枝词的"诗性"又从何体现呢？孙杰论云："清代竹枝词开始以越来越多的篇幅记述地方风土，大凡记述风土的竹枝词与地方志相互印证，甚或有些竹枝词人以地方志或笔记为据，动辄在词下添加详细的笺注，是故竹枝词的文学性不断削弱。"[③]这道出了清代竹枝词"以注为主"而文学性降低的具体情形。夏晓虹论黄遵宪《日本杂事诗》等长篇大套的近代日本竹枝词时亦说：

> 不过，认真追究起来，上述诸作除了还保留着以七绝形式咏地方风土人情之外，"竹枝词"的民歌味道已流失很多，与刘禹锡"东边日出西边雨，道是无情却有情"的轻快天真、大胆表露男女恋情相去甚远。诗人的"诗史"意识，总使这些"日本竹枝词"显得庄重、沉着。其中尤以《东洋诗史》为最。即使写到婚宴，诗篇也并非是代男女双方拟词的情歌，而是一种完全客观的民俗记录，每句都有来历，读来字字窒碍……因此，就实用性来评价，《日本杂事诗》一类带有记事诗性质的"竹枝词"更值得肯定；而就艺术性做判断，砝码却要移到那些不加注或极少注的"域外竹枝词"一边。道理非常简单，依

---

① 《四库全书总目提要》云："是编作于淳熙间，取华亭古迹，每一事为一绝句，题下各为注。然百篇之中，无注者凡二十九，而其中多有非注不明者。以例推之，当日不容不注，殆传写佚脱欤。"（《四库全书总目》，中华书局 1965 年版，第 1388 页）

② 丘良任：《竹枝纪事诗》，暨南大学出版社 1994 年版，施序，第 4 页。

③ 孙杰：《竹枝词发展史》，博士学位论文，复旦大学，2012 年，第 174 页。

赖注解的诗歌，本身的可读性、完整性便很可怀疑。[①]

凡事义有所偏重，必有所短失，清代竹枝词之所长，也成其所短，这是文学发展中形成的一个自然的问题。笔者以为，如何看待这些竹枝词巨制，亦只能凭研究者的视点，或读者之所需，或史或文，各有所取。攻其一点，不及其余，是没有意义的。

二 海外竹枝词之源流

“海外竹枝词”亦称“外国竹枝词”，谓竹枝词中吟咏外国的作品。

海外竹枝词初现于清初，尤侗作于康熙二十年（1681）的《外国竹枝词》，为此类作品之首创[②]。然在尤侗以前，以外国为题材、无竹枝词之名而可视为竹枝词的作品，间亦有之。黄遵宪在《日本杂事诗》注中提到宋濂的《日东曲》和沙起云的《日本杂咏》[③]，宋濂为明代开国文臣之首，比尤侗早了一个朝代。又如明洪武三年（1370）吏部主事林弼使安南（越南）册封安南王陈日煃，其有《珥江驿口占八首》，诗云：

士女填街拨不开，共看天使日边来。
白罗衫称乌纱帽，坐听齐声说泠腮。
泠腮，方言甚美也。

---

① 夏晓虹：《吟到中华以外天——近代“海外竹枝词”》，《读书》1988年第12期。夏晓虹教授认为“依赖注解的诗歌，本身的可读性、完整性便很可怀疑”，一般而言固然如此，但竹枝词作品却另当别论。专咏方言的竹枝词如《滇南诸夷译语竹枝词》、《别琴竹枝词》，如无注文则无法阅读。专咏风土民情的竹枝词有时亦赖注解传达诗艺的三昧。即如夏氏举的单士厘《日本竹枝词》中的例子，“乙女衣装粲粲新，共抛羽子约亲邻；无端桃颊呈雅点，广袖频遮半面春”，“大书檐额喜多床，理发师谙各国长；华式欧风皆上手，只嫌坊主唤羌羌”，若无作者解释“乙女”、“羽子”、“喜多床”为何物，不通日语的读者，如何体味诗人“清新的笔调”呢？

② 丘良任：“竹枝词之写外国，自西堂始；竹枝词之写少数民族，也自西堂始。”（丘良任：《竹枝纪事诗》，暨南大学出版社1994年版，施序，第74页）

③ 王利器、王慎之、王子今辑：《历代竹枝词》第四册，陕西人民出版社2003年版，第3150页。《日东曲》即《赋日东曲》十首，出宋濂元末时所作《萝山集》，是书日本有藏。原诗见陈小法《明代中日文化交流史研究》，商务印书馆2011年版，第43—46页。沙起云《日本杂咏》十六首，见南汇吴氏听彝堂刻本《艺海珠尘》竹集第30册，第22—24页。

清江十里画船过，落日凉风水不波。
花袴水军齐举棹，歌声唱作马前呵。

小卒横挑丈二殳，褒衣长帽似臞儒。
当街一喝人争避，如此威狞更有无。

蛮官短发皂衣缔，江驿时来学步趋。
归去休骑割鬃马，底鸦稳卧胜篮舆。
底鸦，绳结肩舆也。

八月伞圆山下路，颠风卷地雨冥冥。
劝君莫汲珥江水，斗死鱼龙气正腥。
俗传古有熊王女子，江山二神争娶，为山神所先，至今犹斗云。

机家舟上女如云，日日机中织缕勤。
忽见江头秋月色，唱歌声到夜深闻。
南人谓绡为缕。

齿牙如漆足如霜，红缕衣裙紫袴裆。
见客不羞娇作笑，谁家昆艾卖槟榔。
昆艾，女子也。

鹦鹉窗前返照明，槟榔树下晚凉生。
女郎浴罢清江去，不断秋砧捣素声。[1]

是诗描述珥江驿站[2]所见越南风俗，写到当地官民的生活、男女的衣着、游戏与劳动的情况，明丽生动，颇具竹枝情致。再如，明永乐十二年(1414)，吏部验封清吏司员外郎陈诚奉使西域，归国后进呈《西域行程

① 林弼：《林登州集》卷七，文渊阁四库全书本。
② 红河越南古代称珥江。驿站应在升龙（今河内）附近。

纪》和《西域番国志》，后一种书中载录不少诗文，中有《至撒马尔罕国主兀鲁伯果园》七绝四首，云：

巍巍金壁甃高台，窗户玲珑八面开。
阵阵皇风吹绣幕，飘飘爽气自天来。

加趺坐地受朝参，贵贱相逢道撒蓝。
不解低头施揖让，唯知屈膝拜三三。

饭炊云子色相兼，不用匙翻手自拈。
汉使岂徒营口腹，肯教点染玉纤纤。

金鞍骏马玉雕裘，宝带珠璎锦臂鞲。
身外不知天壤阔，妄将富贵等王侯。[①]

又《安南女》一诗：

蒌叶槟榔染齿唇，短袍斜袂当衫裙。
生来总不知簪履，足跣童头老此身。[②]

二诗状写外国风物，流利诙谐，甚得竹枝之妙；其对外国与外国人的矜持态度，亦与后世海外竹枝词的许多作品相同。

沈昌直论南社诗人周斌之《柳溪竹枝词》，谓“小之即闾巷歌谣，所陈者不出一乡一里之间，而语本天真，事皆征信，寥寥短章，亦实为一方志乘之所自出”[③]。竹枝词从“一乡一里”，进而至于外洋绝域，五洲万国，是文学的内在发展驱力决定的。这样说，并非贬低尤侗的开创之功，而是

① 陈诚：《西域行程纪·西域番国志》，周连宽校注，中华书局2000年版，第130页。
② 同上书，第139页。
③ 徐中玉：《略谈近代散文、翻译、通俗文论的发展》，《齐鲁学刊》1994年第4期。

说，因缘际会，尤侗在自己身上比较好地体现了竹枝词发展的潜能[①]。

尤侗（1618—1704），字展成，一字同人，早年自号三中子，又号悔庵，晚年自号艮斋、西堂老人等，长洲（今江苏苏州）人。尤侗明亡后仕清，晚岁官至侍讲，工诗文词曲，顺治帝尝称为“真才子”，康熙帝亦称之为“老名士”[②]，虽恃才不敬，亦优容之[③]。著《西堂诗集》二十五卷，除《外国竹枝词》外，尚有《亦园十景竹枝词》十首、《沧浪竹枝词》八首、《虎丘竹枝词》六首等其他竹枝词作品。《外国竹枝词》为百首组诗，其子尤珍为之注，首述朝鲜、日本，其次为琉球、安南、占城、真腊等东南亚诸国，再下天竺、天方诸国，后回疆诸地、蒙古（明代西陲未入版图），总计七十八题，分咏八十六个国家和地区[④]。自序云：

> 历代史记列传之末，例及四裔。读史至此，惟恐卧矣。然要荒朝贡之盛，未有过于有明者。自太祖开国，声教渐被。成祖继之，北征沙漠，南定交阯，复遣郑和扬敕三下西洋。于是属国麇至，毕献方物。今考《会典》、《一统志》所载，暨《西域记》、《香胥录》、《星槎瀛涯胜览》诸书，风土瑰怪，震眩耳目。此固穆王辙迹之所未到，汉家都护之所不能通也。予与修《明史》，既纂《外国传》十卷，以其余暇，复谱为《竹枝词》百首，附《土谣》十首，使寄象鞮译，烂然与十五国同风，不已异乎。[⑤]

① 尤侗以诗加注的方式写作《外国竹枝词》，自然从竹枝词传统而来，也未必不受明人地理书的影响。如费信《星槎揽胜》，也是诗文结合的，只不过每题以文为主，以诗做结。

② 徐珂编撰：《清稗类钞》第一册，中华书局 1984 年版，第 277 页。

③ 徐珂编撰：《清稗类钞》第七册，中华书局 1984 年版，第 3368 页。

④ 王慎之、王子今辑《清代海外竹枝词》（北京大学出版社 1994 年版）时，将一百首中记述国内少数民族地区者如“哈密”、“吐鲁番”、“乌斯藏”等十六首略去，仅得八十四首。王利器、王慎之、王子今辑《历代竹枝词》（陕西人民出版社 2003 年版）将原诗恢复，并将原附《土谣》十首列后。丘良任等编《中华竹枝词全编》（北京出版社 2007 年版）因《清代海外竹枝词》之旧，而未加解释。

⑤ 王利器、王慎之、王子今辑：《历代竹枝词》第一册，陕西人民出版社 2003 年版，第 548 页。个别字据《艺海珠尘》本订正。以下引文均出此书不另做注。

此序与尤侗自撰《悔庵年谱》一致[①]。由是可知，尤侗本人并未身至域外，《外国竹枝词》都是从书本上来的，是尤侗参与撰写《明史》的副产品。《明史》外国列传主要记述各国国事及与明朝往来关系，亦稍涉地理风俗。《外国竹枝词》则反过来，以后者为主，前者则不甚及之。《清史列传》谓尤侗“才既富赡，复多新警之思，体物言情，精切流丽”[②]。袁行云《清人诗集叙录》说他“诗初效白，后习宋人，不甚藻饰，叉手而成”[③]。《外国竹枝词》内容上取广而不取深，赋各国仅用一二首，最多者朝鲜亦只有四首，亦有二三国共一首者，可谓勺水一脔，知味即止。这和后世追求面面俱到的海外竹枝词是不一样的。另外，从作风上看，恍若漫不经心，而一经点染，无不诙谐轻妙，确有“叉手而成”的特点。

《外国竹枝词》既从史料中取材，则可从史料中取证。如咏朝鲜诗之一云：“长衫广袖折风巾，硾纸狼毫汉字真。自序世家传国远，尚书篇内九畴人。”严从简《殊域周咨录》第一卷“朝鲜”有云：“国人戴折风巾，服大袖衫，形如弁士，加插二羽”；“其产金、银、铁、石灯盏、水晶盐、细、苧布、白硾纸、狼尾笔……”[④] 又如咏日本诗之一云：“吹螺挥扇舞刀都，圣鬘罗华知有无。乞得中原音韵去，也来弄笔咏西湖。”注云：“使臣答里麻有《咏西湖诗》云：‘一株杨柳一枝花，原是唐朝卖酒家。惟有吾邦风土异，春深无处不桑麻。’颇寓嘲笑之意。”此诗《殊域周咨录》亦有录，并其他日人诗多首[⑤]。

袁行云谓《外国竹枝词》“题虽新异，而内容采自《一统志》、《西域记》、《象胥录》、《星槎瀛涯揽胜》诸书，无所是正发明”[⑥]。这一批评一般而言是可接受的。传说置诸不论，即作为事实入诗者，如说阿鲁[⑦]“山家多喜喂飞虎，肉翅刚抢三尺低”（注云：“山中出飞虎，如猫大，前后足相

---

① 《悔庵年谱》康熙二十一年条云：“予三载史局，纂列朝诸臣传、外国传共三百余篇，艺文志五卷。因撮其事可备鉴戒者，拟《明史乐府》一百篇，《外国竹枝词》一百首，其他诗别为《于京集》。”（尤侗：《悔庵年谱》卷下，清康熙间《西堂全集》本）

② 《清史列传》第十八册，王钟翰点校，中华书局 1987 年版，第 5783 页。

③ 袁行云：《清人诗集叙录》第一册，文化艺术出版社 1994 年版，第 172 页。

④ 严从简：《殊域周咨录》，余思黎点校，中华书局 2000 年版，第 47 页。

⑤ 同上书，第 119 页。

⑥ 袁行云：《清人诗集叙录》第一册，文化艺术出版社 1994 年版，第 173 页。

⑦ 在今苏门答腊岛中西部。

连，有肉翅，能飞不远"）。说勿斯里[①]"天江水到自浇田，宝镜能空万里烟。更上浮图二百丈，谁家战马敢扬鞭"（注云：百年不一雨，有天江水可浸田。江上有镜，他国盗兵来，辄先照之。大塔高二百丈，国被兵，则据塔拒敌，可容二万众）。说木兰皮[②]"海西最大木兰舟，载酒千人汗漫游。六尺圆瓜三寸粒，黄羊生割百斤油"（注云："一舟容万人，中有酒肆。物产皆奇，大羊高数尺，尾大如扇，割腹取脂，缝合仍活"），等等，事皆荒唐、难信，而不加别择。黄遵宪对尤侗亦有批评。《日本杂事诗》云："日本旧已有史。因海禁严，中土不得著于录。惟朱竹垞收《吾妻镜》一部，故不能详。士大夫足迹不至其地，至者又不读其书，谬悠无足怪也。……至尤西堂《外国竹枝词》，日本止二首，然述丰太阁事，已谬不可言。"[③]"述丰太阁事"涉咏日本诗二首之一："日出天皇号至尊，五畿七道附庸臣。空传历代吾妻镜，大阁终归木下人。"（注云："隋时致书自称日出处天子，国中称天皇，以尊为号。有五畿七道三岛，附庸百国余。《吾妻镜》纪本国君臣事迹。吾妻，岛名也。木下人为平秀吉。万历中篡夺倭国，自号大阁王。"）据今人所著《日本简史》，丰臣秀吉本名"木下藤吉郎秀吉"，1573 年改称"羽柴秀吉"，1585 年被天皇授"关白"之职，1586 年被任命为太政大臣，并赐姓"丰臣"，1591 年统一日本以后，将"关白"之职让给养子秀次，自称"太阁"[④]。注中说丰臣秀吉"篡夺倭国"，自号"大阁王"，都不正确。当然，这个错误也不是尤侗一个人的。明人对日本曾有许多误会，朝鲜战争期间，万历皇帝曾派钦使封丰臣秀吉"日本王"，反而引起后者的愤怒，成为继续交战的引子。关于欧洲诸国，《外国竹枝词》的问题也不少。其咏"佛郎机"（葡萄牙），亦就殖民于马六甲之葡萄牙人而言，其故国所在，并不提及（核《明史·佛郎机传》亦然）。其咏"吕宋"（菲律宾），言为"佛郎机人"所灭，是对葡萄牙人与西班牙人不能分别。其咏"和兰"（荷兰）亦只说"红毛番"行战船于海

① 即今埃及。

② 在今非洲西北部和欧洲西班牙南部地区。

③ 王利器、王慎之、王子今辑：《历代竹枝词》第四册，陕西人民出版社 2003 年版，第 3150 页。

④ 王新生：《日本简史》（增订版），北京大学出版社 2013 年版，第 90 页。

上，用“照海镜”（罗盘针）往来不迷，同样不知其来历。其咏“拂菻”云：“珊瑚为棁水晶梁，十二金人立阕旁。珍重铸钱模异样，要将弥勒配君王。”（注云：“古大秦国有金人立门，属十二丸。率一时落一丸。铸金银钱，面凿弥勒佛，背为王名。”）诗中之“金人”，殆为罗马人的雕塑，却攀扯到秦始皇收天下之兵所铸十二金人；钱币上的像自是神像或皇帝像，却说成是弥勒佛。平心而论，有明一代，中国在世界的活动范围，远超前代。即如明代郑和七下西洋，无论从规模还是里程，皆开世界航海史之新篇，其最远履践之地，北到麦加，南到非洲东海岸之索马里、莫桑比克，为前代不能想象。由于这一关系，明人对东南亚、南亚、西亚诸国的了解，是更进一层的，这一点，尤侗在《外国竹枝词》自序中亦有足够的意识。这也是为什么《外国竹枝词》这样专门吟咏外国的组诗得以出现。但是，同时，因历史条件的限制，国人对异邦了解不够，信息不准确，道听途说、以讹传讹的情形，还不能根本避免。尤侗既未行走绝域，亦非地理专家，故《外国竹枝词》还不能超过时代的一般水平。

尤侗的《外国竹枝词》包罗万象，吟咏多个国家和地区，继尤侗之后，出现了一些专咏一国的竹枝词。首先是汪楫和林麟焻。康熙二十二年（1683）清廷以翰林院检讨汪楫为正使、内阁中书舍人林麟焻为副使，往琉球[①]册封尚贞嗣王位。汪、林楫二人此行各作《中山竹枝词》一种[②]（“中山”为琉球人对其地的自称）。康熙五十八年（1719）清廷以翰林院检讨海宝为正使、编修徐葆光为副使往琉球，册封尚敬嗣王位。徐葆光此行作《中山竹枝词》一种，随行的黄子云作《琉球纪事咏》一种[③]。嘉庆

① 琉球今并入日本，为冲绳县。

② 两种《中山竹枝词》皆收入乾隆二十二年（1757）周煌所撰《琉球国志略》，汪氏之作为二首，林氏之作为十六首。王利器《历代竹枝词》录林麟焻之作，题为《竹枝词》，附记云：“《琉球国志略》卷一五录此十六首，以《中山竹枝词》为题。《晚晴簃诗汇》、《清诗纪事》均录，以《琉球竹枝词》为题，无第四及第八首。《国朝全闽诗录初集》卷七录第一、二、三、五、六、十二首，以《琉球竹枝词一百首选六》为题。”（王利器、王慎之、王子今辑：《历代竹枝词》第一册，陕西人民出版社 2003 年版，第 535 页）备考。《中华竹枝词全编》录汪氏二首、林氏十六首，皆题名《琉球竹枝词》，然“作者简介”云林氏为册封使（丘良任等编：《中华竹枝词全编》第七册，北京出版社 2007 年版，第 674 页），不确。

③ 徐葆光《中山竹枝词》八首，收在周煌《琉球国志略》卷十五。黄子云《琉球纪事咏》二十首，收在《长吟阁诗集》卷一。《中华竹枝词全编》“作者简介”谓黄子云“尝随徐葆光正使册封琉球”（丘良任等编：《中华竹枝词全编》第七册，北京出版社 2007 年版，第 678 页），误。

五年（1800）清廷用翰林院修撰赵文楷、中书舍人李鼎元为正副使往琉球，册封尚温嗣王位。此行李鼎元与寄尘上人[①]有竹枝词唱和，寄尘原作名《琉球竹枝词》，李氏和作名《和寄尘竹枝词》，皆十首，李氏诗有序[②]。嘉庆十三年（1808）清廷再以翰林院编修齐鲲、工科给事中费锡章为正副使往琉球，册封尚灏为琉球王。此行费锡章有《琉球杂咏》十首，继踵汪、徐竹枝词之作[③]。至鸦片战争之前，外国竹枝词以咏琉球最多，使节及随员赋竹枝词，几乎相沿成习。这些琉球竹枝词的内容可以概括为三点：一为强调琉球与天朝之间的历史关系，如林麟焻诗云："徐福当年采药余，传闻岛上子孙居。每逢卉服兰阇问，欲乞嬴秦未火书"；一为追溯琉球作为藩国所受天朝的恩遇，如林氏诗云："唤取金縢开旧诏，侏儒感泣说先皇"，"二十七王礼祀在，鳌圭锡鬯见君恩"；一为描写琉球人的风俗，此为最主要者，如：汪楫诗云："两耳无环髻不殊，孰为夫婿孰罗敷？译人笑语公毋惑，验取腰间带有无。"此说男女服饰不别。徐葆光诗云："纤纤指细玉抽芽，三五初交点点瑕。墙上空怜小垂手，回风如卷落梅花。"[④]此说女孩十五岁以墨纹手背。寄尘上人诗云："笑他男逸赋闲居，中妇奔劳集大墟。不惯肩挑能负重，一筐头戴百斤余。"此说男人不事劳作女人出力。李鼎元诗云："冶游花布帐为房，漆榼双担水火箱。漫道米肌酸似酒，佳人亲嚼味如浆。"此说"米肌经妇人口嚼而成球，人以为上品"[⑤]。

继汪楫和林麟焻《中山竹枝词》之后，有徐振《朝鲜竹枝词》四十首。关于徐振的资料不多，根据《历代竹枝词》作者小传，徐振字白眉，号沙村，江苏华亭（上海）人，康熙四十四年乙酉（1705）举人，有《山

① 李鼎元《使琉球记》卷一云："向例，正副使许自带谙晓医术医士二名随往，至家人跟役，正使许带二十名，副使许带十五名。"（李鼎元：《使琉球记》卷一，师竹斋藏版，第6页）《师竹斋集》卷十四有"哭寄尘"一诗，作于使琉球归国以后，诗中有"为僧不诵经，终日手一管"，"适余使中山，自荐色无赧"（李鼎元：《师竹斋集》卷十四，师竹斋藏版，第15页）之语，则寄尘上人为一僧人，为李鼎元使中山之随从。《中华竹枝词全编》写作"寄尘山人"（丘良任等编：《中华竹枝词全编》第七册，北京出版社2007年版，第674—675页），盖手民之误。

② 李鼎元：《师竹斋集》卷十三，师竹斋藏版。

③ 丘良任等编：《中华竹枝词全编》第七册，北京出版社2007年版，第676页。

④ 以上见周煌撰《琉球国志略》，《续修四库全书》卷十五，影印乾隆乙卯漱润堂藏版。

⑤ 以上见李鼎元《师竹斋集》卷十三，师竹斋藏版。

辉堂诗稿》[①]。《朝鲜竹枝词》是出使朝鲜产生的作品。关于此次出使，因史料缺乏，无从说明。关于作者此行身份，诗注中有“州守柳君见余题壁句，过访邮亭，画地相起居，会敕使登骑促行，怅然别去”语，可断是使节的随从。此诗一少部分为纪行，一大部分写当地风物。从纪行部分，可知当时出使朝鲜的路径为先渡鸭绿江，再从陆路至平壤；到平壤后，对方接待隆重，“千官乌帽若云屯，龙旗前导人声静”；以文艺节目招待，“漫天罗帐护花裀，十丈鼇山百戏陈”；女人们争相偷看，“无数妖姬窗底立，玉纤偷指看唐人”；国王拜接诏书，“通事官赍诏至王所，王北向舞蹈毕，方与敕使以宾客礼见”，“却与使臣分席坐，圣朝恩渥自无猜”。从这些记载，我们只能表面了解清朝与朝鲜的宗藩关系和往来方式。实际上，李朝虽迫于武力与清结城下之盟，为藩属国，在清朝前期，则实行尊明反清政策，在康熙四十三年（1704，李朝肃宗三十年）更筑大报坛祭明神宗（万历帝），以后增加明太祖（洪武帝）和明毅宗（崇祯帝），每年在三个日子祭祀，历二百年之久[②]。另，清朝使节虽多次至李朝，他们与李朝文人的唱和、交往则远逊于宋、明两代，甚至发生清使傲慢自负，遭到李朝文人抵制的事[③]。两国间的这些问题，在徐振的《朝鲜竹枝词》中，并无痕迹。作者虽有来自天朝大国的矜持，仍以称许为主。作者笔下的朝鲜物产丰富，民风和美，尊崇文化，煦煦怡怡，有桃花源之风。这一形象，上承了历史上对朝鲜民族的描绘。

清代尚有一种《朝鲜竹枝词上下平三十首》，作者柏葰，原名松葰，字静涛，蒙古正蓝旗人，姓巴鲁特氏，道光六年（1826）进士，累官至文渊阁大学士，咸丰九年（1859）以顺天科场舞弊案伏法[④]。柏葰负诗名，有《薜菻吟馆诗存》，时颇称之[⑤]。道光二十三年（1843），朝鲜王妃逝世，柏葰充谕祭朝鲜正使，出使朝鲜。《朝鲜竹枝词上下平三十首》出《奉使

---

① 王利器、王慎之、王子今辑：《历代竹枝词》第一册，陕西人民出版社 2003 年版，第 739 页。

② 杨昭全、何彤梅：《中国—朝鲜·韩国关系史》下册，天津人民出版社 2001 年版，第 590—591 页。

③ 同上书，第 622—623 页。

④ 《清史列传》第十册，王钟翰点校，中华书局 1987 年版，第 3180—3184 页。

⑤ 钱仲联主编：《清诗纪事》第三册，凤凰出版社 2004 年影印版，第 2396 页。

朝鲜驿程日记》，附在《薛莯吟馆诗存》之后，袁行云《清人诗集叙录》卷六十五全文抄录[①]。作者跋曰："华亭徐白眉振《山辉堂诗集》有《朝鲜竹枝词》四十首，摹写工致，间有今昔不同处，参而观之，可以得其大略矣。"[②] 此诗首述朝鲜八道，再述历史，再述物产、风俗，虽不及徐振的《朝鲜竹枝词》爽利自然，内容上则可补充前者。

值得一提的还有丏香的《越南竹枝词》八十首。此书安徽芜湖市图书馆有藏，为阿英赠书之一种。作者丏香生平待考。诗序云："皇华载道，昔传使者之章。白雉呈祥，远献交人之贡。双诏沛深恩，命衔豸绣。一行承末吏，力效凫趋。天涯海角，异俗殊风，瘴雨蛮烟，授餐适馆。虽无鼻饮头飞之怪，绝非耳濡目染之常。一路衣冠人物，愈出愈奇。四时草木昆虫，无冬无夏。见闻所及，记载颇繁，慢为《竹枝》《浪淘》之词，可作牛背牧猪之曲。"题作"道光二年正月人日"[③]。根据史料，道光元年(1822) 清廷遣广西按察使潘恭辰赍敕印往祭去世的越南国王阮福映，并封阮福皎为越南国王[④]。由此推断，丏香为此次出使的随行人员（亦即序中之"一行承末吏"）之一。当时阮氏王朝的首都在越南中部的顺化，但谕祭和册封的典礼则在升龙（河内）举行。《越南竹枝词》叙举行仪式前使臣先更衣："更衣亭设珥河边，吉服辉煌素服鲜。陪价（陪同官吏）拜完茶水至，团圞果盒摆筵前。"注云："过富良江，有水名珥河[⑤]，清澈，设更衣处。封更吉服，祭更素服。"再叙阮富晈拜诏的过程云："趋迎天使进中门，跪受皇封仰至尊。拜罢开言通问讯，向前捧手道温存。"这些完全符合规定的礼节，亦与史书的记载一致[⑥]。诗人亲履其土，所述都是现实存在的，排除了传统上关于越南人"鼻饮""头飞"之

① 袁行云：《清人诗集叙录》第三册，文化艺术出版社 1994 年版，第 2272—2273 页。

② 王利器、王慎之、王子今辑：《历代竹枝词》第三册，陕西人民出版社 2003 年版，第 2158 页。以下引文皆出此书，不另做注。

③ 同上书，第 2104 页。

④ 相关具体情况见孙宏年《清代中越宗藩关系研究》，黑龙江教育出版社 2006 年版，第 80、106、109 页。刘玉珺以为受册封的越南国王为阮福禔，误（见刘玉珺《中国使节文集考述——越南篇》，《首都师范大学学报》2007 年第 3 期）。

⑤ 河内原名龙升，因被珥河（红河）包围，后来得名河内。富良江亦红河之称呼，清人多用之。丏香盖将富良江与珥河视为二水。

⑥ 孙宏年：《清代中越宗藩关系研究》，黑龙江教育出版社 2006 年版，第 106 页。

类的想象[①]；但在另一方面，作者以天朝大国人物自居，对番邦小国不免有一种鄙视，此种眼光贯穿全诗，其刻薄言语亦俯拾即是。如述守卫云："蕞尔弹丸一土城，公然京北镇为名。请看耀武扬威者，头戴鸡毛跣步兵。"述官员云："箕大荷包项上悬，蓝红短袄着来鲜。斩新纨绔刚垂膝，泥腿漆皮官一员。"述妇女云："蒙头盖面路旁蹲，灼灼看人二目存。交趾全无惟赤脚，越裳虽有不穿裈。""偶然少妇撤头蒙，面目西洋白鬼同。作怪见人偏一笑，难看齿黑衬唇红。"等等。晚清海外竹枝词中有一些作品，对西方国家偏于讥讽，这固然是作者本人的一种取向，也是从传统承继而来，与根深蒂固的华夏至上主义有关。

以上为1840年以前专咏一国的竹枝词。继尤侗《外国竹枝词》之后，咏多国的竹枝词有福庆《异域竹枝词》百首。据《艺海珠尘》本《异域竹枝词》作者小传，福庆姓钮祜禄氏，字仲余，号兰泉，满洲镶黄旗人，由笔贴式历部曹镇迪道，当时官贵州巡抚[②]。所谓镇迪道，全称为"分巡镇迪屯田粮务兵备道"，是清代甘肃省下设的一道。乾隆四十一年（1776）由巴里坤道改置，道员驻迪化州巩宁城（今乌鲁木齐市区）。此诗分三组：新疆六十三首，外藩二十一首，绝域十五首，实计九十九首。作者小序云：

> 部曹椿园（兰按：名七十一）所撰《异域琐谈》（兰按：是书其同官刑部侍郎阮葵生易称《新疆纪实征信录》，序而行之）分新疆、外藩及绝域诸国列传，山川、风物、土俗、民情，历历在目。余读而喜之，作竹枝词百首以志异。[③]

---

① "鼻饮"谓以鼻饮水。此说法最先出自东汉，《汉书·贾捐之传》云："骆越之人，父子同川而浴，相习以鼻饮，与禽兽无异。"现代学者对此仍有争论，有人认为这是对越南人的一种误解或侮辱，有人则认为确曾有此习俗。"头飞"，谓"尸头蛮"，汪大渊《岛夷志略》"宾头龙"条、费信《星槎胜览》"占城"条均有述，后者云："相传尸头蛮者，本是妇人也，但无瞳人为异。其与家人同寝，夜深飞头而去，食人粪尖，飞回复合其体，仍活如旧。若知而封固其项，或移体别处，则死矣。"（费信：《星槎胜览》，天一阁藏明钞本，第1页）

② 福庆纂：《异域竹枝词》，《艺海珠沉》竹集，南汇吴氏听彝堂刻本，第1页。

③ 同上。以下引文皆出此书，不另做注。

由此可知，《异域竹枝词》是根据椿园《异域琐谈》的内容写的。按椿园名七十一，姓尼玛查氏，字椿园，满洲正蓝旗人，曾任阿克苏办事大臣公署主事、镇迪道观察等职。《异域琐谈》后来出过多个版本，有诸多异名，而以《西域闻见录》最著，本名反而不彰[①]。根据新疆组诗末注，福庆在"嘉庆丙辰秋日"作过补录，是年为嘉庆元年（1796），如此可知此诗作于1796年之前。

《异域竹枝词》"新疆"部分，因有补益和是正（以"仲余氏曰"为记）《异域琐谈》的内容，历来为研究新疆史、中国边疆史学者所重。这里主要谈"外藩"和"绝域"部分。总体说来，《异域竹枝词》对海外诸国的叙述，因为了解的缺乏，仍不免讹传和想象。如述鄂罗斯（俄罗斯）曰："晨牝称尊已七年，虽无易姓枉千年。最怜胶鬓膏唇客，时向刀环队里宣。"注云："自鄂罗斯之察罕汗没，无子，国人立其女为汗，以后皆传女。今已七代矣。仍袭察罕汗之号。其女主有所幸，或期年，或数月，则杀之。生女留承统绪，谓其汗之嫡传。生男则谓他人之种。"按察罕汗即彼得大帝，彼得大帝去世后，其皇后登基做女沙皇，是为叶卡捷琳娜一世，终罗曼诺夫王朝有四位女沙皇（叶卡捷琳娜一世、安娜·伊万诺夫娜、伊丽莎白·彼得罗芙娜、叶卡捷琳娜二世），但绝不是世代传女。注又说，"必需大黄，人人皆食之，无则病矣"，这是当时的流言，到鸦片战争林则徐向道光皇帝上奏时仍如此说。又云，鄂罗斯与控噶尔（瑞典）争战，败而求和，"许以岁纳童男五百人、童女五百人"，近于小说。凡此之类，福庆皆不能辨其讹误。同样，《异域竹枝词》述控噶尔"地产黄金、白银，多于石子"；克食米尔（克什米尔）人"花烛之夕，辄有物入洞房，新妇昏迷，听其淫污而去，亦不知其为何物也"；痕都斯坦（印度北部）出狮子，"往往猛飞吞月，飞去八九里，坠死山谷"；敖罕（阿富汗）盛男风，"人人各有俊童同卧起，其幸童之袴，紧束而以细锁锁之"；郭酣（巴基斯坦北部）有小人国，"其人短小，男妇皆长二尺余"；谟勒（土库曼斯坦之马里）"鱼有千丈者，皆能吸舟而吞人"；阿拉克（不确知）工匠"冬能使之炎热，夏能使之飞霜"；女国"有神木一章，抱之则感而孕"；狗国

① 高健：《〈西域闻见录〉异名及版本考述》，《中国边疆史地研究》2007年第1期。

"生男皆狗，生女皆人"。津津志怪，往而不返，较尤侗竹枝词之荒唐不信，又远过之矣。

比较以上两类竹枝词作品可得出一个规律，即专咏一国的竹枝词都是出使的副产品，这些竹枝词基本上是一种历史文献，从中能够了解中国和周边国家的外交关系、这些国家的社会历史和风俗情况；而咏多国的竹枝词都是从书本中来的，是阅读的结果，其所涉及的国家不仅有比邻，而且有绝域，这些竹枝词基本上属于文学，充斥着各种各样的想象。前一类竹枝词的主要价值在历史学、地理学和民俗学，后一类竹枝词的主要价值则在"民族神话"，在比较文学所说的"形象学"。

所谓地近则易晓，天远则难知，以"文"入"史"，对"外藩"和"绝域"分不清事实与想象，是中西睽隔的历史条件造成的。自明中叶起，葡萄牙人就在澳门定居，至明末，耶稣会士进入内地传教，利玛窦立足北京以后，一些人更成为朝廷的"外臣"，虽然如此，朝野上下对西方世界的了解仍非常少。《明史·意大里亚传》谓利玛窦五大洲之说"荒渺莫考"，又引礼部言，"《会典》止有西洋琐里国无大西洋，其真伪不可知"[①]。明崇祯十二年（1639）给事中傅元初《请开洋禁疏》有云："海外之夷，有大西洋，有东洋。大西洋则暹罗、柬埔寨国。……而东洋则吕宋，其夷则佛郎机也。"[②] 对西方的认识十分混乱。明万历间，徽州休宁人叶权在《贤博篇》中描绘他在澳门亲见的佛郎机（葡萄牙）人，包括男女面貌、服饰、饮食、礼仪等情况，中有这样一段：

> 事佛尤谨，番书旁行，卷舌鸟语，三五日一至礼拜寺，番僧为说因果，或坐或起，或立或倚，移时，有垂涕叹息者。其所事神像，中悬一檀香雕赤身男子，长六七寸，撑挂四肢，钉著手足，云是其先祖为恶而遭此苦，此必其上世假是以化愚俗而遏其凶暴之气者也。下设木屏，九格，上三格有如老子像者，中三格是其先祖初生其母抚育之状。下三格乃其夫妇室家之态，一美妇人俯抱裸男子不知何谓。通事

① 《明史》第二十八册，中华书局1974年版，第8459页。

② 顾炎武：《天下郡国利病书》，上海科学技术文献出版社2002年版，第2734页。

为余言不了了。其画似隔玻璃，高下凸凹，面目眉宇如生人，岛中人咸言是画。余细观类刻塑者，以玻璃障之，故似画而作濛濛色，若画安能有此混成哉！[①]

叶权对天主教一无所知，把天主教看成佛教，把耶稣理解为葡萄牙人的先祖，把钉死在十字架说成是为恶受罚，以昭儆戒，对《福音书》题材的绘画内容听不懂，甚至不相信油画为“画”，而看成一种“刻塑”。稍晚于叶权的江苏昆山人王临亨亦有机会亲见“澳夷”，然他在《粤剑编》所述，仍不外“深目隆准、秃顶虬髯”、饵饼甘香、器用精洁、“塑像与生人无异”而已[②]，难能有更深的认识。入清之后，这种情况长时期并无根本的改观[③]。

在这种背景下，一种作于乾嘉年间的竹枝词《西洋杂咏》就特别具有认识价值。该诗为广州十三行[④]的总商潘有度（1755—1820）所撰，蔡鸿生教授以为是体现清代广州行商西洋观的“独一无二的历史标本”，全诗二十首，兹录第一、第三、第四、第九、第十首：

忠信论交第一关，万缗千镒尽奢悭（华夷互市，以拉手为定，无爽约，即盈千累万皆然。既拉手，名为“奢忌悭”）。
聊知然诺如山重，太古纯风美百蛮。

缱绻闺闱只一妻（夷人娶妻不纳妾，违者以犯法论），犹知举案与齐眉

① 叶权、王临亨、李中馥：《贤博篇·粤剑编·原李耳戴》，凌毅点校，中华书局1987年版，第45页。

② 同上书，第91—92页。

③ 如清道光二十二年（1842）春正月，英军进犯台湾，福建总兵官达洪阿、台湾兵备道姚莹设计邀击，俘获众多俘虏。捷报上达朝廷后，道光帝命达洪阿等对俘虏详加审讯，弄清“究竟该国地方周围几许？所属国共有若干？其最强大不受该国统束者共有若干？英吉利至回疆各部有无旱路可通？平素有无来往？俄罗斯是否接壤，有无贸易相通？此次遣来各伪官是否授自国王，抑由带兵之人派调？”（夏燮：《中西纪事》，高鸿志点校，岳麓书社1988年版，第138页；王之春：《清朝柔远记》，赵春晨点校，中华书局1989年版，第215页）达洪阿、姚莹对英俘进行了仔细审讯，作《英夷图说疏》进呈（魏源：《海国图志》中册，陈华等点校注释，岳麓书社1998年版，第1466—1469页）。

④ 十三行起于明代，清康熙二十四年（1685）粤设海关，沿明之习，名为十三行，总揽外洋商务，换言之，十三行是鸦片战争前在广州设立、官府特许经营对外贸易的商行之总称。

（夷人夫妇之情甚笃，老少皆然）。

婚姻自择无媒妁（男女自主择配，父母皆不与闻），同忏天堂佛国西（合卺之日，夫妇同携手登天主堂立誓）。

生死全交事罕闻，堪夸诚悫质于文。

素衣减食悲三月（夷人丧服，周身上下元色。父母妻俱服期年，朋友服三月），易箦遗囊赠一分（夷人重友谊，临终分财，友亦与焉）。

痌瘝胞与最怜贫，抚恤周流四序均。

岁给洋钱过百万，途无踝丐忍饥人（外洋各国，岁敛洋钱百余万元，周给贫民，途无踝丐）。

戎王匹马阅齐民（外洋国王出巡，只单骑，不用兵侍从），摘帽同呼千载春（外洋以摘帽为敬）。

简略仪文无拜跪（夷俗无拜跪礼），逢人拉手道相亲。[①]

这是“夷人”给作者的印象：经商则守信、交友则仗义、夫妻则情笃、君民则不隔。在蔑“夷”、贬“夷”、疑“夷”乃至仇“夷”的时代，如此为“夷人”唱赞歌的文学，还是吉光片羽、不为多见的[②]。当然，这里也有不真实的成分，如说西人为“父母妻俱服期年，朋友服三月”，但总体上是信实的。能够欣赏异族的优点，是文化交流近于成功的标志。这是由亲身交往、了解换来的。由于长时间接触，彼此习惯，偏见解除，原来极以为怪者，或变为正常之事，所反感者，或变为可佩。从福庆的《异域竹枝词》到潘有度的《西洋杂咏》，跨度非常大，说明中国人对西方人

---

① 蔡鸿生：《清代广州行商的西洋观——潘有度〈西洋杂咏〉评说》，《广东社会科学》2003年第1期。

② 英国汉学家德庇时（Sir John Francis Davis，1795—1890）在《汉文诗解》中曾介绍《西洋杂咏》的内容，并与《兰墪十咏》相比较，见 John Francis Davis, *Poeseos Sinensis Commentarii*, *Transactions of the Royal Asiatic Society of Great Britain and Ireland*, Vol. Ⅱ, pp. 449 - 451。关于《兰墪十咏》，见本书第一章第三节。《汉文诗解》引用时人的一段话，似为跋文，蔡鸿生未提及，或德庇时所见为更早的版本。

的认识，正在由想象进至于实际。

以上粗论晚清海外竹枝词出现之前的外国竹枝词情况。

1840年中英鸦片战争爆发，是中外关系的转捩点，也是晚清和中国近代的始点。侵略者的烧杀淫掠，中国军民的奋起抵抗，上层统治者的望风而逃，为鸦片战争文学提供了无与伦比的素材。贝青乔《咄咄吟》两卷共一百二十首七言绝句，每诗一注，讥讽清军内部的腐败、庸懦和愚昧，诙谐滑稽，令人喷饭。此为咏鸦片战争第一等作品。以竹枝词形式咏第一次鸦片战争的作品则有杨棨所作《镇城竹枝词》五十首、无名氏《京口夷乱竹枝词》四首、罗煛《壬寅夏纪事竹枝词》十六首、无名氏《扬州竹枝词》二十首。循此例，以第二次鸦片战争为题材的作品则有无名氏《十年都门竹枝词》，以庚子事变为题材的作品则有瞜西复侬氏、青村杞庐氏的《都门纪变百咏》。从这些作品，可看出竹枝词以其短小精悍、长于讽刺的特点，成为展现中外关系最受社会欢迎的文学形式。

两次鸦片战争以后，清帝国的大门被强行打开，西人可往内地游历、通商、传教，上海的租界也建立起来。洋泾浜成为“西洋景”的一个窗口，因之产生了大量“洋场竹枝词”或“海上竹枝词”。“洋场竹枝词”作者首推浙江海盐人黄燮清（1805—1864）。燮清原名宪清，字韵珊，一字蕴山，改名后字韵甫，道光十五年举人，曾官湖北宜都，任松滋知县。所著诗文有《倚晴楼诗集》十六卷，《诗余》四卷，戏曲九种[①]。《清史列传·文苑传》谓其“颖敏过人，才思秀丽，诗格不名一家。尤工倚声，所撰乐府诸词流播人口，时比之尤侗”[②]。与尤侗相类，黄燮清亦作数种竹枝词，其《洋泾竹枝词》二十四首作于咸丰八年（1858）[③]，为“洋场竹枝词”中较早者。其中述夷人楼居、夷妇乘马、男女连臂出游、夷女曳长裙、墨海书馆以牛转运、轮船、长桥、八音匣、自鸣钟等，皆新奇有味，成为后来同类作品之“母题”[④]。

黄燮清撰海上竹枝词早，而袁祖志撰海上竹枝词多。袁祖志于同治三、

---

① 陆萼庭：《清代戏曲家丛考》，学林出版社1995年版，第117—118页。

② 《清史列传》第十九册，王钟翰点校，中华书局1987年版，第6048页。

③ 陆萼庭：《清代戏曲家丛考》，学林出版社1995年版，第133页。

④ 王利器、王慎之、王子今辑：《历代竹枝词》第三册，陕西人民出版社2003年版，第2228—2230页。

四年（1864、1865）始作《沪北竹枝词》二十四首，二十年间，继作《续沪北竹枝词》、《沪上西人竹枝词》、《沪城竹枝词》、《申江竹枝词》、《上海竹枝词》等多种，无虑数百首之多。袁祖志的海外竹枝词见本书第三章。袁祖志外，葛元煦、葛其龙、朱文炳等人皆作过多种“洋场竹枝词”。近人顾柄权收集十六种专书和五十九种从报刊图书中辑录之作，选词逾四千首，汇为《上海洋场竹枝词》，洋洋大观。由这些现象，可见竹枝词受文人喜爱、受社会欢迎的程度。清同治十一年三月二十三日（1872 年 4 月 30 日）上海《申报》创刊，创刊号所载《本馆条例》宣布：“如有骚人韵士，有愿以短什长篇惠教者，如天下各名区竹枝词及长篇记事之类，概不取值。”有学者认为，《申报》早期刊登的文学作品，近三分之一都是竹枝词，从数量上来说，几乎占《申报》所刊载文学作品之半壁江山[①]。笔者翻阅《申报》，以为这一判断不免夸大；但《申报》刊载过不少竹枝词，则确是实情。袁祖志在《沪城竹枝词》中讲到《申报》竹枝词受到广泛欢迎的盛状云：

聊斋志异简斋诗，信口吟哦午倦时。
底本近来多一种，汇抄申报竹枝词。[②]

毫无疑问，固有的竹枝词传统为海外竹枝词的发生奠定了基础，而各种以“夷人”、“洋人”为题材的竹枝词，尤其是上海“洋场竹枝词”，与晚清海外竹枝词是互相扇动和激发的。有机会亲至欧美一游的中国人，往往先在上海的租界“鼎尝一脔”；好多海外竹枝词中吟咏的物事，在上海竹枝词中也可以找到；其对西方文化表现出的各种态度和心态，亦有共通性。袁祖志云：

客来海上见闻多，风景欧洲问若何？
聊撰小诗编异俗，墨池幽怪伏蛟鼍。[③]

① 王燕：《论早期〈申报〉刊载的文学作品》，《江海学刊》2005 年第 6 期。

② 顾柄权编著：《上海洋场竹枝词》，上海书店出版社 1996 年版，第 6 页。

③ 王利器、王慎之、王子今辑：《历代竹枝词》第四册，陕西人民出版社 2003 年版，第 2818 页。

这足以显示“洋场”与“海外”之间的关系。

如前所述，中英第一次鸦片战争爆发是中外关系的转捩点，不可否认的是，列强的入侵、不平等条约的签订、西方对中国进行变革的要求，客观上为中西文化交流的加强创造了条件。道光二十二年（1842），一个不见经传的杭州府人吴樵珊来到英军占领下的定海，他成了英国伦敦会传教士美魏茶（William Charles Milne，1815—1863）的中文老师。此人1844—1845年曾陪美魏茶往英国，归来作《伦敦竹枝词》组诗，是为晚清海外竹枝词的第一部作品（详见本书第一章）。同治五年（1866）春，清廷派总理衙门副总办章京、前山西襄陵知县斌椿，偕子笔贴士广英与同文馆学生三人，随行赴欧洲游历。斌椿此行有《乘槎笔记》日记一卷，《海国胜游草》、《天外归帆草》诗稿二种，《海国胜游草》中颇有一些竹枝词体的诗歌（详见本书第二章）。

同治十年（1871）十月，在云南腾越定冲军服役的一个十八岁的四川青年王芝（自号“子石子”），开始自己的“渔瀛”之行。根据《海客日谭》记载，他和自己的仲父“月渔先生”[①] 从腾冲进入缅甸，经干厓，过野人山，先到北部重镇新街，再到缅甸都城曼德勒，在此受到缅王曼同的盛情款待。缅王听说他们将去英国，即安排他们与原定赴英国的大臣金蕴门纪（王芝写作“庚文们纪”）等人偕行。后来金蕴门纪等因故缓行，王芝等在漾贡（仰光）与之告别，先期乘船到达英国。在英国、瑞典、法国、意大利等国游览之后，乘船经红海、印度洋、马六甲海峡、香港、上海、天津大沽口一线，在同治十一年（1872）四月抵京。关于王芝其人及其《海客日谭》，有很多不好解释的地方，比如他究竟出于何种原因去欧洲，在英国做了什么，都不甚清楚[②]。笔者以为，不论真相怎

---

① 《海客日谭》释云：“月渔先生名尧增，前黔江教谕、候选同知，子石子仲父。”［王芝：《海客日谭》，沈云龙主编《近代中国史料丛刊》续编第三十二辑第318册，（台湾）文海出版社影印光绪丙子石城王氏刻本，第47页］

② 有的学者怀疑他是云南回民起义领袖杜文秀之义子刘道衡1872年“使英”的随从（张治：《钱锺书读过的晚清海外游记》，《东方早报》2012年4月8日）。但刘道衡是1872年4月从印度加尔各答出发赴伦敦的，当年9月才离开伦敦，且返程仍然回到加尔各答（田汝康：《杜文秀使英问题辩误》，《回族研究》2009年第3期），时间和路线与王芝之行皆不符。另外，《海客日谭》中作者属于清军一方的线索，如提到龙陵参将李珍国率军送行，在曼德勒住在李珍国从弟李德方的和顺玉行，及与同伴说定冲军杀贼事，夜梦“回逆”以巨炮轰击之类，都不似刻意编造。

样，《海客日谭》关于缅甸和英国经历的主要记述是可信的。《海客日谭》中涉缅甸的有《干厓竹枝词》（一首）、《野人山竹枝词》（七首）、《新街竹枝词》（一首）、《缅甸竹枝词》（十首）等四种[①]。《海客日谭》另有多处记载与他同行的“月渔先生”、“子谷子”[②] 在海程和欧洲期间创作竹枝词的情况，可惜对这些作品都没有载录[③]。

清同治十一年（1872）夏末，太常寺正卿、留学生监督陈兰彬护送第一批留美幼童赴美国。他们由上海出发，乘轮船渡太平洋，在旧金山登陆，再乘蒸汽火车到达新英格兰地区的四北岭非尔（Springfield），与先期抵达的副监督容闳汇合。陈兰彬此行作《游历美国即景诗二十八首》，以七言形式，记述了沿途所见。此诗亦为竹枝体，最早刊载于《申报》同治壬申十二月廿六日（1873 年 1 月 24 日）（详见本书第三章）。清光绪三年（1877）八月，翰林院侍讲、驻日公使何如璋率团赴日本。他将此行的经历写成二部作品：《使东述略》，为日记体；《使东杂咏》六十七首，为竹枝体诗歌。夏晓虹教授认为，《使东杂咏》“在驻日官员中显然具有催化剂的作用，一时应者齐起，各逞才华”，她认为黄遵宪的《日本杂事诗》和

① 见王芝《海客日谭》，沈云龙主编《近代中国史料丛刊》续编第三十二辑第 318 册，（台湾）文海出版社影印光绪丙子石城王氏刻本，第 52、第 73、第 88、第 142 页。《历代竹枝词》以上各种皆有收录，但《野人山竹枝词》只二首，《缅甸竹枝词》只三首（王利器、王慎之、王子今辑：《历代竹枝词》第四册，陕西人民出版社 2003 年版，第 4006—4007 页）；《中华竹枝词全编》唯收录《缅甸竹枝词》一种，但有十二首，二首超出原作（丘良任等编：《中华竹枝词全编》第七册，北京出版社 2007 年版，第 693 页），经核为《石壁即景》二首七绝窜入（《海客日谭》，第 157 页）。

② 根据《海客日谭》，王芝等人所乘船在西班牙墨拉牙（马拉加）停泊时，此人登轮［王芝：《海客日谭》，沈云龙主编《近代中国史料丛刊》续编第三十二辑第 318 册，（台湾）文海出版社影印光绪丙子石城王氏刻本，第 197 页］。作者介绍云：“子谷子，广东广州人氏，王宗坚其名，为小词甚有风态，年四十五矣。”（同上书，第 200 页）

③ 如在大西洋上：“子谷子尤详西班牙、葡萄牙二国事，的的而谭，月渔先生即所谭为竹枝词十八首，蒙因裁制为《论海》。时渤轮掣船，颠不可暂起坐，伏枕头勉力书之，手笔摇狂，终不能自定。纸上如鸦涂，如龙蚓曲，依稀仿佛，几不自辨矣。子谷子犹强和月渔先生竹枝词，逼哉！”［王芝：《海客日谭》，沈云龙主编《近代中国史料丛刊》续编第三十二辑第 318 册，（台湾）文海出版社影印光绪丙子石城王氏刻本，第 200 页］在英国：“坐乌立可时洋楼，焚香对雨，因追忆游历欧罗巴诸国所见闻者，约略书之，疑者阙焉，不敢少涉于穿凿附会也。月渔先生为竹枝词十二首。”（同上书，第 261 页）在巴黎：“月渔先生信笔成《玻璃斯仑敦竹枝词》各八章，和秦七河（待考）传一阕，绘意写声，穷神极致。”（同上书，第 300 页）返程经地中海：“甲寅，与法墨西阿谈竟日，其言尽有关系欧罗巴者，然小杂不足书，且月渔先生已集所谈为竹枝词二十二首矣，故止书其大者一则，如右方。”（同上书，第 311 页）

张斯桂的《使东诗录》都是响应何如璋《使东杂咏》的，只不过《日本杂事诗》纯取何氏的竹枝词形式，而《使东诗录》在七绝之外还有七律[①]。黄遵宪的《日本杂事诗》初成于光绪五年（1879）春，公开以后，流播甚广，后来的好几种长篇的日本竹枝词如《增注东洋诗史》、《江户竹枝词》、《扶桑百八吟》，都受到何如璋与黄遵宪的影响而有创作的冲动[②]。在晚清所有海外竹枝词中，日本竹枝词的数量排第一位，篇数如此，文字量亦然（见附录一）。这些竹枝词的作者有的为使臣或随员，有的为留学生，有的为旅行者，亦有的为商人。而写欧洲的竹枝词则主要出于使馆人员或有专门事项赴欧的人员。光绪九年（1883）春，上海轮船招商局总办唐廷枢赴欧洲和巴西考察，特邀袁祖志偕行。袁祖志将此行的经历写成《瀛海采问》、《西洋管见》、《西俗杂志》、《出洋须知》、《海外吟》五卷，另合并出国前的《海上吟》一卷作为附录，统名为《谈瀛录》，于光绪十年（1884）由同文书局出版。《海外吟》中有一些竹枝词风格的诗歌（详见本书第四章）。清朝第三任驻英公使刘瑞芬的随员张祖翼在光绪十四年（1888）出版过一种《伦敦竹枝词》，诗百首，每首一注，诗文结合，为专咏西方一国竹枝词中文字最长者，其对英国社会的观察亦颇具代表性（详见本书第五章）。清光绪十三年（1887）广东文人潘飞声受德国聘请，执掌柏林大学华文教席，至光绪十六年（1890）回国。潘氏此行著有《西海纪行卷》、《天外归槎录》，并《柏林竹枝词》二十四首（详见本书第六章）。光绪二十年冬（1895 年 1 月），湖北布政使王之春奉命前往俄国吊唁俄皇亚历山大三世逝世，并贺尼古拉二世加冕。此行王之春有日记《使俄草》，并《俄京竹枝词》八首、《巴黎竹枝词》十二首（详见本书第七章）。王之春的幕宾潘乃光随行赴俄，作有《海外竹枝词》一百首（详见

---

① 夏晓虹：《黄遵宪与早期〈申报〉关系追踪》，《南京师范大学文学院学报》2007 年第 1 期。

② 刘珏《增注东洋诗史》海东龙隐序："矧即以是诗之风格，论于支那，则有船山、随园之响；于我国，则有如亭、诗佛之遗。下之故酒后茶余，足资谈柄；上之亦参赞笔削，柱下侔功。"（王利器、王慎之、王子今辑：《历代竹枝词》第五册，陕西人民出版社 2003 年版，第 3523 页）郭则沄《江户竹枝词》自序："或谓西堂词客，诗卷未尘；东海使星，琴歌在轸。今以马足所至，续兹蚕尾之吟；便令平子工辞，适类江东偷集。然而百年急景，陵谷已非；人籁相乘，谣吟难已。"（同上书，第 3590 页）姚鹏图《扶桑百八吟》末注："大埔何氏如璋《使东杂咏》详于山川。嘉应黄氏遵宪《日本杂事诗》百篇，网罗二千五百余年史事，日人推为巨制。予偶就见闻成本事诗一百八首，略述近事。"（同上书，第 3750 页）

本书第八章）。关于东南亚的海外竹枝词，则有许南英《新加坡竹枝词》、萧雅堂《星洲竹枝词》、丘逢甲《西贡杂诗》、《槟榔屿杂诗》、王恩翔《坝罗竹枝诗》、《槟城歌》等，详见附录一。张芝田的《海国咏事诗》与张煜南《续海国咏事诗》踵继尤侗和福庆，是咏多国的竹枝词的代表，也是仅仅通过阅读撰写海外竹枝词的罕觏的例子（详见本书第九章）。

进入民国以后，海外竹枝词走向衰落，数量和质量都明显下降，比较知名的有郁达夫的《日本竹枝词》等。其原因，首先是随着中外文化交流的深入，学术性和专业性的外国介绍和研究大量涌现，海外竹枝词作为一种知识性读物，已无用武之地。从文学的角度看，一方面，白话文的写作成为主流，挤占了旧体诗的地盘，另一方面，受西方文学的影响，旅行者转向注重个体经验的游记写作，而不再青睐传统的地志、风俗诗的写作方式。民国诞生的域外游记数量与晚清略近[①]，但贡献的海外竹枝词则少得多。另外，即使用旧体诗写外国事物，民国的作者也倾向于采用容纳较丰、展示个性的古体，而不用简白的竹枝词。如吴宓《欧游杂诗》中咏纳耳逊纪念碑、伦敦诗丐、莎翁、雪莱之诗，皆五古，专拣琐屑有逸趣之事写之，令人饱看不厌[②]。吴宓所盛赞者吕碧城之《芳信集》、李思纯之《旅欧杂诗》均无竹枝词。这与甲午战争以前吟咏外国题材的诗歌竹枝体远多于古体的情况恰好相反。

三 晚清海外竹枝词研究的现状和问题

国内关于晚清海外竹枝词的研究，主要体现在两个方面：

首先为文献整理。1994 年，北京大学出版社出版王慎之、王子今辑录的《清代海外竹枝词》，该书收入竹枝词作品十八种一千三百七十首，晚清部分占到一大半。此书为第一部外国竹枝词专辑，每种有作者小传，有的有附记，便于读者阅读。1996 年，北京古籍出版社出版雷梦水等编的《中华竹枝词》（全六册），其所附录的“海外”部分，收录了吟咏亚洲、欧洲、拉丁美洲各国的竹枝词统计十一种。此书晚出，而所收海外竹枝词

① 参见陈室如《近代域外游记研究：一八四〇——九四五》，（台湾）文津出版社 2008 年版，附录三。

② 《吴宓诗集》卷十二，吴学昭整理，商务印书馆 2004 年版。

较《清代海外竹枝词》寡少，盖未能参考上书之故。另外，此书无题解，作者简介亦罕，文献意义不大。2003 年，陕西人民出版社出版王利器、王慎之、王子今所辑《历代竹枝词》（全五册），该书囊括了《清代海外竹枝词》的所有作品，且有增益。除作者小传和附记为一优点外，本书校对精良，错误较少。2007 年，北京出版社出版丘良任等编的《中华竹枝词全编》（全七册），根据本人统计，该书“海外卷”收入竹枝词作品九十种一千九百七十五首，为迄今为止网罗最全的竹枝词辑集。编者从晚清和民国海内外报纸、杂志、文集中网罗放失，钩沉辑佚，实非容易。然此书也有比较明显的缺点：1. 误收。如八种《谅山大捷歌》，三种《题〈江户竹枝词〉》，皆非竹枝词而辑入。2. 知识错误、校对错误。随意命题、改题的问题较多，作者简介中每出错误，错别字也较多，兹不烦举。以上为海外竹枝词作品辑录的情况。

针对晚清海外竹枝词的文献研究目前仍比较少。可注意者只有钱锺书的《汉译第一首英语诗〈人生颂〉及有关二三事》（收入《七缀集》，上海古籍出版社 1994 年版），夏晓虹的《近代外交官廖恩焘诗歌考论》（《中国文化》第二十三期），刘雨珍的《黄遵宪〈日本杂事诗〉源流述论》（《日本研究论集》第 3 期），尹德翔的《〈中华竹枝词全编·海外卷〉补遗》（《宁波大学学报》2011 年第 5 期），路成文、杨晓妮的《〈伦敦竹枝词〉作者张祖翼考》（《聊城大学学报》2012 年第 3 期）等寥寥数篇。钱锺书的文章纵论晚清出国人士与西方文学的关系，第一次提出《伦敦竹枝词》作者“局中门外汉”实为张祖翼。夏晓虹的文章考订“忏广”实为晚清驻古巴总领事廖恩焘，从而揭开了《湾城竹枝词》的作者之谜。刘雨珍的文章从文学史着眼，将黄遵宪《日本杂事诗》的题名和写法溯至沈嘉辙等人合著的《南宋杂事诗》，有一定说服力。尹德翔的论文从王之春的《谈瀛录》和《使俄草》二书中检出三种海外竹枝词，为上述竹枝词合集的补遗。路成文等的文章重新确认钱锺书提出的《伦敦竹枝词》作者为张祖翼的观点。

在笔者看来，近世文献山堆海积，分藏各地，无论钩沉作品，稽索史事，均有不易。虽有王慎之、雷梦水、丘良任等人的多年努力，一定有不少的海外竹枝词仍遗而未录。探赜索隐，钩沉稽异，最大限度占有海外竹枝词文本文献，仍然是晚清海外竹枝词研究的主要任务[①]。另外，对海外竹枝词作者进行深入研究，对竹枝词作品的文字进行考订和笺释，都有待学者的认真努力。

其次为内容研究。专门研讨海外竹枝词的专著，迄今未见。有所涉及的学术著作，有丘良任《竹枝纪事诗》（暨南大学出版社 1994 年版），王慎之、王子今《竹枝词研究》（泰山出版社 2009 年版）。学位论文涉及晚清海外竹枝词的有孙杰《竹枝词发展史》（博士学位论文，复旦大学，2012 年）、沈从文《中国旧体叙事诗之新变》（1840—1940）（博士学位论文，复旦大学，2010 年）、陈文丽《近代中国人撰日本竹枝词之研究》（硕士学位论文，浙江工商大学，2012 年）。散见于报章杂志、论文集中的文章，则有丘良任《略论竹枝词的特点及其研究价值》（《广东社会科学》1985 年第 3 期）、夏晓虹《吟到中华以外天——近代“海外竹枝词”》（《读书》1988 年第 12 期）、丘良任《论海外竹枝词》（《长沙水电师院学报》1992 年第 3 期）、丘进《海外竹枝词与中外文化交流》（林远辉编《朱杰勤教授纪念论文集》，广东教育出版社 1996 年版）、何建木《帝国风化与世界秩序——清代海外竹枝词所见中国人的世界观》（《安徽史学》2005 年第 2 期）、程瑛《清代〈伦敦竹枝词〉的形象学文本分析》（孟华等著《中国文学中的西方人形象》，安徽教育出版社 2006 年版）、王辉斌《清代的海外竹枝词及其文化使命》（《阅江学刊》2012 年第 1 期）等。港台及海外汉学研究有零星的涉及，兹从略。

传统上对各地竹枝词的观点，不完全适用于对海外竹枝词的研究。丘良任在《略论竹枝词的特点及其研究价值》一文中，从几个方面讨论竹枝词的特点和研究价值，归纳起来有“对爱情的描写”、“对劳动生活的反映”、“对当地山川的描绘”、“方志学与民俗学的价值”等[②]，但从这些视角阅读海外竹枝词，并不十分切当。王慎之、王子今在《清代海外竹枝词》前言里说：

① 孙杰的《竹枝词发展史》是近年来专门研究竹枝词的一部力作，但作者也承认，在海外竹枝词和近代竹枝词方面，“还可以进一步深入挖掘”（孙杰：《竹枝词发展史》，博士学位论文，复旦大学，2012 年，第 212 页）

② 丘良任：《略论竹枝词的特点及其研究价值》，《广东社会科学》1985 年第 3 期。

我们所看到的清代外国竹枝词，作者的笔端，或亚洲而欧洲，或东洋而南洋，有的诗作甚至对于美洲民情风习也有详细的描绘。有些作品，当时对于执政者可以看作提供了关于外国国情的生动的考察报告；对于民间，则具有外国地理与外国历史的通俗教材的意义。除了有关各国山川风土的记述可以反映当时中国人的世界观念和世界知识，因而具有重要的历史文化意义而外，人们还发现这些诗作大多表现出这样的共同特点，即作者往往真切记述了处于另一文化体系之中时，自身的新鲜感受。特别是有些作者通过对先进国家文化风貌的认识和理解，“而新旧同异之见，时露于诗中，及阅历日深，闻见日拓，颇悉穷变通久之理，乃信其改从西法，革故取新，卓然能自树立”。（黄遵宪：《日本杂事诗·自序》）故此，无疑将以其有益的启迪作用而表现出不宜低估的现实意义。[①]

这段话概括了晚清海外竹枝词的几种价值：情报信息意义、知识意义、历史研究意义和社会现实意义。最后一项是核心，意旨中国的近代化。总体上看，20 世纪 80 年代以来对晚清海外竹枝词的研究，主要采取“近代化”的研究模式，分析海外竹枝词中关于西方（包括日本）社会方方面面的记述与评论，以是否符合“近代化”为标尺，而进行裁断。根据这一模式，黄遵宪的《日本杂事诗》“对于日本迈向近代化的历程有眼光独到的记述和分析”，即被认为“有更深刻的文化内涵”[②]；而张祖翼《伦敦竹枝词》视外国风俗为怪异，则被说成“带着花岗岩般头脑去到外国”，“封建思想之顽固，百首《伦敦竹枝词》也可留作历史的见证”[③]。关于海外竹枝词的一般价值，学者虽然表达不同，其宗旨则有共同的“近代化”指向。上引王慎之、王子今的话是一种表述，丘进有另一种表述：

近些年，我也读到不少与中外关系史有联系的竹枝词，其涉及之

① 王慎之、王子今辑：《清代海外竹枝词》，北京大学出版社 1994 年版，第 3 页。

② 王慎之、王子今：《黄遵宪〈日本杂事诗〉所见晚清开明人士的近代化观》，收入同名作者之《竹枝词研究》，泰山出版社 2009 年版，第 288 页。

③ 丘良任：《论海外竹枝词》，《长沙水电师院学报》1992 年第 3 期。

广泛，记事之生动，史料价值之高，决不在正史、游记之下。尤其是清末时期，海禁渐开，中国与海外各国交往大增，许多文人或奉使出访，或到外国讲学游历，舟车所经，采风问俗，写下许多竹枝词，这对于社会观念的改变，人们眼界的扩大，都有极重要的作用。①

何建木则说：

即便是当时人们已经认识到清帝国已经日薄西山，可是在文化上的优越感依然没有改变。外部世界知识的增长与中国人没有多大关系，不会影响中国人传统的世界秩序观，这也就是海外竹枝词中往往以中国文化为参照物来看外国事物的根本原因。而所谓的从古代到近代的转型，顶多也不过是从帝国模式向现代民族国家的政治意义上的转型，根本没有实现文化的近代转型。②

所谓“对先进国家文化风貌的认识和理解”，“社会观念的改变，人们眼界的扩大”，“实现文化的近代转型”云云，都是“近代化”的另一种表述。从近代化的角度分析、考察中国近现代一百多年的历史，是海内外史学界长期以来一个最重要的研究进路③。尤其在大陆，施行改革开放以后，“走向世界”，“走向未来”，一时成为流行的时代口号，在此时代大潮的裹挟之下，学者们自觉不自觉屈从“近代化”模式，以“西方近代”为启蒙、进步，以“中国传统”为封建、落后，衡量亲履西方而有所记述者，

① 丘进：《海外竹枝词与中外文化交流》，林远辉编《朱杰勤教授纪念论文集》，广东教育出版社1996年版，第106页。

② 何建木：《帝国风化与世界秩序——清代海外竹枝词所见中国人的世界观》，《安徽史学》2005年第2期。

③ 早在1938年，蒋廷黻在《中国近代史》一书中就曾说：“近百年的中华民族根本只有一个问题，那就是：中国人能近代化吗？能赶上西洋人吗？能利用科学与机械吗？能废除我们家族和家乡观念而组织一个近代化的民族国家吗？能的话，我们民族的前途是光明的；不能的话，我们这个民族是没有前途的。”（蒋廷黻：《中国近代史》，上海古籍出版社1999年版，第2页）在海外，近代化历来是研究中国近代史的主要视角；在中国大陆，新中国成立后近代史研究中的许多论争，都可以归结为20世纪50—70年代的“阶级斗争史观”和70年代末以来“近代化史观”的论争（林华国：《近代历史纵横谈》，北京大学出版社2005年版，第16页）。

凡是拥抱西方文化的人物，如王韬、郭嵩焘、曾纪泽等少数人，都饱受赞美，而那些坚持中国传统的人物，如刘锡鸿等一大批人，都被贬为庸碌无能、食古不化之辈。"近代化"模式的主要问题，是用一根线丈量历史，这就像仅用 GDP 说明社会发展，往往伤害性较大。实际上，迫而查之，清人对西方文化的保守，更多体现的不是落后的封建制与近代资本主义的差异，而是中西文化的差异，具有不少合理性。笔者的专著《东海西海之间——晚清使西日记中的文化观察、认证与选择》（北京大学出版社 2009 年版）以晚清使西日记为考察对象，立意突破"近代化"的研究模式，给晚清外交官以历史主义的同情的理解。本书以晚清海外竹枝词为考察对象，在讨论作品内容时，同样将从历史主义的立场，从具体时代的个性和给定的事实出发，以中西文化差异、跨文化交流为主要取向，进行分析和评断。以下详述。

"近代化"本身分属于历史事实与思想观念。前者以工业革命和法国大革命为标志事件，其内核是科学技术社会化、经济工业化和政治民主化。在国家层面，"近代化"又是在近代民族国家的体系中展开的。而后者则可追溯至近代启蒙主义。18 世纪法国的启蒙主义者用科学、理性这些"普世价值"衡量欧洲上古、中国和世界其他民族，衡量的结果，西欧尤其是法国就成了世界文明的顶峰。他们的一个最重要的理念，就是"进步"(progress)。著名的政治家和经济学家杜尔阁（Anne-Robert-Jacques Turgot，1721—1781），也是路易十六财政大臣，1750 年在索邦神学院发表的《人类精神持续进步的哲学概述》演讲，较早地阐述了"进步"的观念。1793 年，18 世纪法国最后一位哲学家，启蒙运动的最杰出代表人物孔多塞（Marquis de Condorcet，1743—1794），在法国大革命期间撰写了一本书：《人类精神进步史纲要》。他把人类既往的历史分成十个历史时代，从"人类结合成部落"，到"人类精神未来的进步"，成为启蒙主义历史进步观的最杰出的表述。在"进步"尺度衡量之下，古代欧洲的文明在他们眼中不过是黑暗、落伍、野蛮、愚昧的代名词，东方（中国、印度、阿拉伯）、拉美、偏远荒僻之地的其他各族莫不如此。启蒙主义者的历史观既涉及历史，也涉及对其他民族的看法，这种历史观实际是百年来中国史研究的"近代化"模式的思想基础。

"启蒙史家此种实用功利的胸襟，限制他们对历史本身深刻的了解与同情。"[①] 启蒙主义历史哲学的狭隘性几乎在一开始就受到某些人的批判。德国思想家，也是浪漫主义的先驱者赫尔德（Johann Gottfried von Herder，1744—1803）就是一个代表。在赫尔德看来，不同的文化有不同的起因、发展和存在的样态，衡量不同文化不能用一个标准。在《有关人类发展的另一种历史哲学》（1774）中，他认为史家应注意特殊的历史形式（historical forms）和他们的发展，不应任意以自己时代的标准去批评不同的时代，尤其对异时代之异文化须有同情的了解。在《人类历史哲学的感想》（1784—1791）、《人性进步的书简》（1793—1797）两部书中，他指责以自己的成见或时代文化的价值观去评鉴文化高低的倾向，主张研究历史必须将每一件史实本身当作目的，而非其他史实的注脚或手段。史实本身即具有存在的意义和价值，史家为了明了这些内在的意义，必须重新体验、思考、建构这些史实的思想和感情，如此方能洞悉那一时代的精神[②]。赫尔德以历史主义反对启蒙主义，是因为启蒙主义是一种普遍主义、世界主义，拿一个标准看待所有的民族及其历史和文化。他被后世奉为文化多元主义的先驱，也是20世纪后殖民主义者的隔代祖先。应该说，18世纪末19世纪初欧洲兴起的浪漫主义强调个性、感情、直觉和经验，本身即与启蒙主义的理性和逻辑大异其趣，而其观察历史的眼光以及评价现实的价值体系，也是和启蒙主义相对立的[③]。从浪漫主义对资本主义工业社会的批判，孕育出唯美主义、象征主义以及各种现代主义思潮，这些思潮对近代占主流地位的科学主义和功利主义大都持批判抑或冷漠的态度。而从马修·阿诺德（Matthew Arnold，1822—1888）到欧文·白璧德（Irving Babbit，1865—1933）的人文主义，则是近代社会精神和信念的直接批判者。可以说，到20世纪初，启蒙主义的历史"进步"观已经瓦解。两次世界大战以后，西方资本主义国家进入自我反省和批判的时代。哲学意义上的解构主义，社会学意义上的西方马克思主义、英国文化唯物主义、美国

---

① 黄进兴：《历史主义与历史理论》，陕西师范大学出版社2002年版，第11页。

② 同上书，第24—27页。

③ 关于这一题目，参见以赛亚·柏林《浪漫主义的根源》，吕梁等译，译林出版社2011年版，第二、第三章。

新历史主义，文化学意义上的后殖民主义、女性主义，其对资本主义后工业社会的诸种社会现象的分析和批判，不过是延伸了浪漫主义运动以来对近代工业社会和现代性的分析和批判而已。中日甲午战争以后，以严复译《天演论》不胫而走为标志，中国的激进知识分子开始接受西方近代社会的价值观念，从康梁要求的“变法”到陈独秀宣扬的“德先生和赛先生”，都能看到西方近代启蒙主义、功利主义和历史“进步”观的影子。这些人后来被贴上“启蒙”的标签，确实是有理由的。遗憾的是，这些“启蒙”的先驱者对从西方思想库中拿到的武器已经陈旧过时，并没有多少自觉的意识[①]。一百年过去，人世沧桑，物换星移，待重新打开国门，蓦然发现中国仍然处在落后、封闭、封建的地位，于是“启蒙”被重新唤起，“富强”再度成为主旋律，在学术领域，“近代化”研究模式不是被反省，而是得到了加强。“启蒙”深深植根于一些学者的心中，“近代化”模式一直受到一些学者的钟爱，是与中国近现代特殊的历史条件分不开的。

本书做晚清海外竹枝词的研究，亦不排除“近代化”角度的观察，但对“近代化”本身这一善恶并存、令人悲喜交加之物，则力主客观，摒弃盲目的认同和讴歌。

一般而言，竹枝词吟咏一乡一地，却以外地人作者为多。文人竹枝词的始祖刘禹锡就是例子。对于同样的事物，本地人和外地人的感受是很不一样的。本地人于习焉不察之事，无所触怀，外地人却感到新奇有味，非形诸笔墨则不尽兴。晚清之所以出现大量的海外竹枝词，正说明了清人对外国的一知半解又非常惊奇的状况。这些作品多具有走马看花、随手取材的性质。从记述内容的性质而言，如果说国内的竹枝词属于风俗诗，则海外竹枝词属于民族志（ethnography）。高丙中在《〈写文化〉与民族志发展的三个时代》一文中风趣地说：

---

① 辜鸿铭的《中国的牛津运动》(1909) 评论说：“当整个中华民族形成了抛弃自身的文明而采取现代欧洲文明的想法时，帝国上下居然没有一个受过教育的人对现代欧洲文明的真实情况稍有了解。”(汪堂家编译：《乱世奇文：辜鸿铭化外文录》，上海人民出版社 2002 年版，第 194 页）衡之当时历史，这一说法并不过分。辜氏是马修·阿诺德代表的自由人文主义的信徒，他称欧洲近代的物质主义为“盎格鲁——撒克逊的传染病”(歌德语)，是“粗俗和丑陋的恶魔”，认为中国放弃自己的优美而高尚的文明仿效欧洲是全然错误的。

三个时代的民族志可以用婚恋的三个阶段进行类比。第一个时代的民族志作者与对象就好像是跨国婚姻的第一次见面，时间短，语言又不通，回头要讲给其他也对此关心的人听，除了若干直观的描述，再想多说，只有靠转述或自己的想象（也许是一见钟情似的万般好，或许是种族隔阂的各种误解）。第二个时代的作者与对象好似已经进入了婚后同居状态，其共同的生活经历使所有对这种关系有兴趣的人都认为当事人之间是知根知底的。作者就像是媳妇回娘家，讲婆家的新奇事情或者日常琐事，娘家人自然都是相信的，尽管媳妇有可能是只找合适的话说而实际上的情况要复杂得多。第三个时代的作者与对象的关系像是现代闹离婚纠纷的一对儿。讲事实的一方明确知道，自己所说的并非唯一被听到的叙述，对方也要说话的。大家把话都说出来，是非曲直，由陪审团评判。[①]

近代以来，西方人曾写了大量的中国旅行记，这些著作大多属于“第一个时代的民族志”，想象比事实居多。比利时耶稣会士金尼阁（Nicolas Trigault，1577—1629）在《利玛窦中国札记》（1615）的前言中，曾指出这一情况：“到现在为止，有两类写中国的著者：一类想象得太多；另一类听到很多，不加思索就照样出版。……当我们的神父们第一次获允进入中国内地时，据说很多事情他们都相信，而在获允进入该国的最初几年内，他们很可能把许多完全不可置信的事情都从书信里传到欧洲。”他认为“为了完全了解这个国家和它的人民，一个人就必须花费多年时间到各个省份去旅行，学习讲方言并阅读他们的书”[②]。这就是金尼阁心目中《利玛窦中国札记》的意义所在。两百七十年后，清廷驻法外交官陈季同发表《中国人自画像》（1884），以“中国人说中国”的方式，来纠正西方旅行家散播的对中国的误解和偏见。陈季同首先批评的是旅行记作为知识的来源：“没有什么东西比旅行记更为不完备和不可靠的了：对旅行者来说，

① 克利福德、马库斯编：《写文化：民族志的诗学与政治学》，高丙中等译，商务印书馆2006年版，代译序，第14—15页。

② 利玛窦、金尼阁：《利玛窦中国札记》，何高济、王遵仲、李申译，中华书局1983年版，第41页。

第一个遇到的傻瓜往往就代表了一个民族的众生相。"[①] 他风趣地说，旅行者碰上一个大块头，会在小本上记上"这个遥远国度的人身材很高"，要是碰上一个矮子，则写道"就像到了格列佛笔下的矮人国"。看到一种溺婴的情况，笔记本上绝不放过："这些人真野蛮！"得知某个官员的腐败行为，就又写："中国官员已彻底堕落！"陈季同说："用这种方法写历史实在很容易。诚如谚语所言：'远方客撒谎戳不穿'。"[②] 晚清海外竹枝词也属于民族志，但是这一次中国人当了作者，外国成为被记录的对象。单就欧美题材的竹枝词而论，作者往往是亲至西方的旅行者或外交家，他们居留的时间短，语言往往不通，只能直观描述，加上一些想当然的推想。海外竹枝词对外国的描述真理与谬误相掺，事实与想象杂糅，其对外国也有"一见钟情"式（"亲洋"）和"种族隔阂"式（"排洋"）两种基本的态度，这些都符合"第一个时代的民族志"的情况。

长期以来，西方文化中心主义深刻影响了白种人对其他文明和文化的观察和评价，"他索性把人类本性看成是与自己的文化准则等价的"[③]，其他文化被描写为低下、没有理性、异类。在中国方面，源远流长的华夏中心主义亦有近似的倾向。《山海经》中的三首、长臂、歧舌、贯胸、羽民、交胫等国，就是这种华夏中心主义的早而极端的表现。鸦片战争以后，两种具有同样的自信和优越感的文化展开了碰撞，同时展开了互相描写（在此之前主要是西方描写中国）。晚清海外竹枝词就是在这种背景下出现的。持"近代化"尺度衡量海外竹枝词的学者，往往对其中讽刺西方风俗习惯的内容不能容忍，以为不够开放，不能"进步"，却没有充分估计中国传统习俗对清人的影响。本尼迪克特说：

> 个体生活的历史中，首要的就是对他所属的那个社群传统上手把手传下来的那些模式和准则的适应。落地伊始，社群的习俗便开始塑造他的经验和行为。到咿呀学语时，他已是所属文化的造物，而到他长大成人并能参加该文化的活动时，社群的习惯便已是他的习惯，社

① 陈季同：《中国人自画像》，黄兴涛等译，贵州人民出版社 1998 年版，第 4 页。

② 同上书，第 5 页。

③ 露丝·本尼迪克特：《文化模式》，王炜等译，社会科学文献出版社 2009 年版，第 4 页。

群的信仰便已是他的信仰，社群的戒律亦已是他的戒律。每个出生于他这个群体的儿童都将与他共享这个群体的那些习俗，而出生在地球另一面的那些儿童则不会受到这些习俗的丝毫影响。理解习俗的这种作用对我们来说是义不容辞、责无旁贷的。[①]

人类学把不同的习俗看作是解决同一社会问题的不同范型，其在科学的对象上是没有轻重厚薄之分的。换句话说，西方人的习俗对西方人，中国人的习俗对中国人，都是正确的。美国前驻华公使何天爵（Chester Holcombe，1844—1912）在《真正的中国问题》一书中有一段精彩的议论：

我们嘲笑他们的衣服风格，他们视我们的穿法为不体面。我们不欣赏扁平的鼻子和斜眼。他们认为我们的鼻子、眼睛和头发是畸形的。我们憎恶一个中国女人的裹脚，这种感情绝对是正当的。可为什么外国女人的不自然的束腰不会让他们同样排斥？他们没学过把黄蜂看作美的范型。如果我们不喜欢看到街上一位女性穿着袋状的宽松裤子，为什么他们就应该欣赏有男有女的公共场合一个女人赤裸臂膀、袒胸露背？归根结底，哪一种损害了真正的趣味和文雅？哪一种在刻意地激发不道德？我们也许太多地生活在现在和未来，他们则太多地生活在过去。但是他们的尊严、安详不完全是坏的，我们匆匆忙忙从一种激动跃入另一种激动，也不完全是好的。讥讽中国人很容易，但是讥讽之言很少是公平的，因之作为判断的基础是危险的。一种更平静但更准确的，对双方的交互知识，是极其必要的。[②]

可以说，清人不赞成西方人的风俗习惯，不能说明西方人错了，但可说明他自己是对的。如果我们站在已经部分地西化了的今天反观清人，认为他们愚昧、保守，则是不自觉受了西方文化中心主义影响的结果。笔者以为，把晚清海外竹枝词放在中西文化差异这样一个平行、对等的参照平

---

① 露丝·本尼迪克特：《文化模式》，王炜等译，社会科学文献出版社2009年版，第2页。

② Chester Holcombe，*The Real Chinese Question*，New York：Dodd，Mead & Company，1909，pp. 219 - 220.

台上进行考量，比放在传统与现代、落后与进步这样一个不对等的平台上考量，更具有人性精神，学理上也更适当。

晚清到西方旅行的中国人撰写海外竹枝词，是他们跨文化交流活动的一个侧面。当人们离开故土，置身于异族和异文化空间，会产生一些特殊的经验和反应。这也是有某种规律性的。按美国学者汉维（Robert G. Hanvey）的理论，跨文化意识可分为四个层次：

> 第一个层次，通过旅游或课本了解到异国文化中的一些表面的可见的特点，得到的感受是觉得奇特和富有异国情调。在第二层次，由于文化上的冲突，看到异国文化中的一些重要但细微的与本国文化不同的方面。这时的反映是情绪沮丧，行为反常。在第三个层次，通过理性的分析达到对异国文化中的重要而细微的特点的了解，在认知的水平上感到可以接受。在第四个层次，通过长期生活在异国文化中的体验，学会从当地人的眼光看待一切，从感情上觉得异文化是可以接受的。①

袁祖志《西俗杂志》小序云："泰西风俗有与中国从同者，亦有与中国迥异者。乍睹不免诧为奇绝，习见亦遂视同固然。"② 这印证了以上的说法。汉维的"四个层次"和高丙中的"三个时代"有异曲同工之妙，但是跨文化交流更强调主体的内心经验而非对对象的认识。虽然每个人对外国的感受都有阶段上的变化，不同的人因个性和思想不同，其反应是有很大差别的。举例来说，作为清廷首次派往英国的正副使，郭嵩焘和刘锡鸿的表现差别非常大。刘锡鸿对西方事物样样看不惯，而郭嵩焘则能主动接受文化涵化，吃洋餐，用洋物，行洋礼，包括与西方妇女交流，都很顺畅。这些情况揭示了记述外国的文字背后的复杂因素。跨文化交际本身是有相当难度的事情，以清人所处的历史条件，语言不通，出国前缺乏对西方的基本了解，无经验可资借鉴，等等，他们的处境尤难。这特别需要我们给

① 胡文仲：《跨文化交际学概论》，外语教学与研究出版社 1999 年版，第 196 页。

② 袁祖志：《谈瀛录》卷三，光绪十年同文书局石印本，第 1 页。

予“了解的同情”（陈寅恪语）。单一的思想史研究（国内思想史研究往往屈就于“近代化”观点），将“思想”从诸多文化因素中抽离出来孤立评说，会忽视清人在跨文化交往过程中的社会性表现，对他们置身异域所强化的本民族感情缺乏理解，使他们自身独立的精神和文化意味受到遮蔽。

一般而言，竹枝词虽为个人所写，却少个性的成分，在本质上是一种集体文学：塑造当地人的集体形象，传达外地人的集体意识。关于文学中的异国（异族）形象，法国人在20世纪发展出来的一种称为“形象学”（Imagologie）的文学研究方法，可资借鉴。当代形象学的代表人物巴柔说：“形象是对一种文化现实的描述，通过这一描述，制作了（或赞成了，宣传了）它的个人或群体揭示出和说明了他们置身于其间的文化和意识形态的空间。”[①] 晚清海外竹枝词作品塑造了不同的外国形象（以社会集体想象物为参照），传达了作者的不同态度，揭示了作者对自身文化的认同抑或批判，而这种认同抑或批判又往往具有社会一般性，需要在具体的历史条件下给予说明。形象学的研究方式具有历史主义的精神，是值得肯定的。

四　本书研究范围和论述体例

本书研究晚清海外竹枝词，首先需要确定竹枝词的划定标准。在竹枝词创作的漫长历史中，出现了比较复杂的情况。直接题为“竹枝词”的作品固然甚多，无竹枝词之名而实为竹枝词的作品也不少。胡怀琛《中国民歌研究》述说刘禹锡创文人竹枝词后说：

> 此外也有别人仿作。同时别有《杨柳枝》，后人沿作《杨枝词》，或《柳枝词》。到了南宋时，叶适仿《竹枝词》另作《橘枝词》。前清顾涑园，作《桃枝词》。最近又有人作《桂枝词》，《松枝词》。又有人纪日本风俗，作《樱枝词》。大概凡是木名，无不可以袭用。[②]

朱自清论竹枝词，在《中国歌谣》一书中引用了这段话[③]。显然，不

① 孟华主编：《比较文学形象学》，北京大学出版社2001年版，第121页。

② 胡怀琛编纂：《中国民歌研究》，商务印书馆1925年版，第56—57页。

③ 《朱自清全集》第六卷，时代文艺出版社2000年版，第2414页。

能因为题名字面的区别，把模仿竹枝词的诗歌摒弃于竹枝词之外。实际上，竹枝词的“文孙”不仅有“木名”的，更有其他五花八门的名目。如何确定竹枝词的标准，“名”与“实”的问题令学者很困扰。如何取舍，笔者服膺徐恭时的观点：

> 现在的一些论文与竹枝词专集、选本，其范畴每限于题目上标明“竹枝词”者，对于“体格”全同，但题目另标别称者，则不予连论与取材；是否确切，值得商议。笔者约计，凡同体格而标题别称之作，其数量远远超过于题目标明“竹枝词”者，若按前者论收，将使大量“同体别称”的竹枝词，摒之于“竹枝”花圃之外，成为“遗珠”，将使竹枝词史，产生断层缺岭现象。……这一束缚竹枝词范畴的无形绳索，宜予解开。[①]

根据徐氏统计，如“棹歌”、“渔唱”、“欸乃”、“衢歌”、“市景词”、“百咏”、“杂咏”等竹枝词的别称，有一百一十个之多[②]。孙杰在《竹枝词发展史》博士学位论文中专有一节“竹枝词名称汇考”，分四种情况讨论：“题中明确标明‘竹枝’之名者”、“与竹枝词原有区别但在发展过程中与竹枝词渐趋混同者”、“名虽不同但实为竹枝词者”、“形式为诗但用来吟咏一地风土者”，最终认定竹枝词名称共有四十一种[③]。从孙杰的四十一种名称（包括别称），到徐恭时的一百一十种别称，距离相当大。笔者未见徐氏的专文，不能做具体的比较。估计后者的界定更加宽泛灵活。

具体到晚清海外竹枝词，雷梦水等编的《中华竹枝词》“海外”部分收录最少，兹不具论[④]。王慎之、王子今所辑的《清代海外竹枝词》所收录的十八种作品中，有五种日本竹枝词都不以“竹枝词”命名：何如璋的

---

① 顾柄权编：《上海洋场竹枝词》，上海书店出版社1996年版，序言，第2—3页。

② 同上书，第2页。

③ 孙杰：《竹枝词发展史》，博士学位论文，复旦大学，2012年，第一章第三节。

④ 该书前言云：“我们在编选过程中，除了选入七言四句的典型‘正宗’竹枝词外，还把作者自己标明‘竹枝’的变体作品和已被前人编入过‘竹枝’、或已被公认为未标‘竹枝’而实为‘竹枝’的棹歌、风土杂咏诗等，也收录编选。”［雷梦水等编：《中华竹枝词》（全六册），北京古籍出版社1996年版，前言，第6页］，但编者在编辑海外竹枝词部分时未能体现这一标准。

《使东杂咏》、黄遵宪的《日本杂事诗》、濯足扶桑客（刘珏）的《增注东洋诗史》、姚鹏图的《扶桑百八吟》、郁华的《东京杂事诗》。编者将这些作品选入，皆能从作品本身或学者著作中找到根据[①]。《清代海外竹枝词》标准偏严，属于徐恭时所指出的体格全同，但题目另标别称者则不予取材的情况。比较而言，丘良任等编辑的《中华竹枝词全编》则收录较宽。《中华竹枝词全编》“海外卷”收入的九十种竹枝词作品，有四十八种不以“竹枝词”命名，其中有的沿用了雷梦水《中华竹枝词》和王慎之、王子今《清代海外竹枝词》的选篇，有的是编者新增。这些新增的篇目中，有的笔者以为选取恰当，如袁祖志《巴黎四咏》，斌椿《海国胜游杂咏》等，有的则明显不妥，如《泰国诗人节唱和诗》四种、《谅山大捷歌》八种。《中华竹枝词全编》收录过宽，或者与编者意识放开而不能适度把握有关。这种情况也非孤例。笔者所见研究文献中，甚至有把竹枝词的入选标准放宽至“七言四句”的[②]。确实，为竹枝词确定标准是很难的，窄则易于苛，宽则流于滥。以笔者愚见，确定竹枝词标准首先要从名称、别称上考虑，再以内容核检。如果从名称、别称上都不能体现为竹枝词，则要从作品内容本身判断，只有真正符合竹枝词的“体格”，才可以接受为竹枝词。处于中间地带，可收可不收者，以宽就宽，收录无妨；不可收录者，则断然不收。如此才能维护“竹枝词”这一文体的自身规定性。附录一《晚清海外竹枝词一览表》就是根据这一原则制作的。

确定竹枝词作品标准之后，再说明本书的研究范围。简单地说，本书的对象为晚清年间（1840—1911）问世的海外竹枝词，具体的研究，则以

---

① 黄遵宪《日本杂事诗》末句：“未曾遍读《吾妻镜》，惭付和歌唱竹枝”（王慎之、王子今辑：《清代海外竹枝词》，北京大学出版社 1994 年版，第 167 页）；濯足扶桑客《增注东洋诗史》例言：“是稿原名《日本竹枝词》”（同上书，第 231 页）；姚鹏图《扶桑百八吟》末句：“夜长已见东方白，晓梦凄迷唱竹枝”（同上书，第 393 页）；郁华《东京杂事诗》作者小传：“蒋伯潜《郁曼陀先生传》云：‘先生工诗，留学日本时，有《东京杂事诗》数十章……所谓《东京竹枝词》也。”（同上书，第 396 页）

② 程洁在《上海竹枝词研究》中提出搜集散佚的上海竹枝词的主要原则：“第一，直接以竹枝词为题；第二，非以竹枝词为题，然专咏名胜古迹、本地风景的八景诗、十景诗，等等。此外，也包括一些杂诗、杂咏、杂述诗、杂事诗和写时事的诗。第三，发表于沪上媒体的。要之，凡七言四句，写风土记时事，或发表于沪上者，皆录入。”（程洁：《上海竹枝词研究》，博士学位论文，华东师范大学，2010 年，第 314 页）

欧美为主。晚清海外竹枝词种类繁夥，长短不一，长者百余首，短者只有一二首，内容涉及亚、欧、美等多个国家和民族，五色纷披，若对所有作品擘笺作论，不甚实际。这些竹枝词中最有特色和价值者，为欧洲竹枝词与日本竹枝词，比较而言，国内近年对日本竹枝词的研究比较多，对欧美竹枝词研究则较少。故本书的目标为对欧美竹枝词做整体的研究，关于日本和东亚、东南亚一带的竹枝词，则酌情稍涉。

本书采取文献学研究与意义阐释相结合的方法进行研究，具体有几个方面：

(1) 作品辑佚。搜求现存竹枝词辑集未收的海外竹枝词著作。其中包括有文字记载的作品以及当收而未收的作品。

(2) 文字笺释。晚清海外竹枝词作品如果没有自注或自注不多，会比较难懂。即使自注较多，因缺乏历史背景的了解，读者对其中的意思，也往往难于体会。故本书的一项内容，是利用作者的其他著作以及同时代海外著述，为作品做笺注。

(3) 史实考索。除了弄清作者的籍贯、出身、生平事迹、放洋始末等一般事实，本书还对竹枝词作者在国外的活动，做重点考辨并提出观点。

(4) 意义阐释。如上节所述，笔者力求超越近代化研究模式，从中西差异和跨文化交流的角度，对晚清海外竹枝词作品做出符合实际的重新阐释。

(5) 风格分析。主要探讨作品的艺术特点和美学风格。海外竹枝词作品并非篇篇佳什，字字珠玑，程式化的平庸之作也不少。笔者将根据作品情况做随机分析或评价。

笔者最初设想将此书分为“文献篇”“文化篇”“文艺篇”三个部分，分别论述。但在写作过程中，感觉这样的结构会造成交叉重复，一些问题亦难以展开讨论。故仍选择以作者作品划分内容，分章论述。虽然如此，在每一章，皆贯穿了以上三种内容，读者幸察之。

第一章　吴樵珊《伦敦竹枝词》

王韬《瓮牖余谈》卷三“星使往英”一节有云：

英自女王以利沙伯[①]与中国通商，迄今三百年，货舶往来日盛一日。其至中国者，皆其国之贵爵显秩、富商巨室、贤豪英俊也，而中国之往诣其邦者，类皆舵工佣竖、俗子鄙流，无文墨之士一往游历，探奇览胜，发诸篇章者。惟道光壬寅年间，有浙人吴樵珊从美魏茶往，居年余而返，作有《伦敦竹枝词》数十首，描摹颇肖。其后咸丰初年，有燕人应雨耕从今驻京威公使[②]往，在其国中阅历殆遍，既归，述其经历，余为之作《瀛海笔记》，记载颇详。游英而有著述者当以是二人为嚆矢。[③]

吴樵珊游历英国而作《伦敦竹枝词》之事，颇为近人接受。陶元珍《云孙随笔》“中国人最早至英国者”一节云：

华人至英，远较英人来华为晚。王韬《瓮牖余谈》谓：道光壬寅（道光二十二年，一八四二）年间，有浙人吴樵珊从美魏茶往英，居年余而返，作有《伦敦竹枝词》数十首，描摹颇肖。华人至英者，殆以吴氏为最早，时已在英人首次来华后二百余年矣（明崇祯十年，

① 即伊丽莎白一世（Elizabeth Ⅰ，1533—1603）。

② 即威妥玛（Thomas Francis Wade，1818—1895）。

③ 王韬：《瓮牖余谈》，《近代中国史料丛刊》三编第六十一辑第606册，（台湾）文海出版社影印光绪元年申报馆本，第115—116页。

一六三七，英人 Weddell 率舰队至澳门，进陷虎门炮台，寻退去，是为英人来华之始）。至咸丰初年又有应雨耕者随英人 Thomas F. Wade（威妥玛，后任驻华公使）在英游历殆遍，归述其经历，王韬为笔录作《瀛海笔记》一书。在吴应二人游英之先，谅不乏舵工佣竖之流至英，然均无姓名可稽。至游英而有著述，尤当以二人为嚆矢也。[①]

陶元珍袭取了王韬的说法，可见他对吴樵珊旅英作《伦敦竹枝词》之事并无怀疑。钱锺书在《汉译第一首英语诗〈人生颂〉及有关二三事》一文的注解中则说：

王韬《瓮牖余谈》卷三《星使往英》提到"道光壬寅年间"（一八四二）吴樵珊作《伦敦竹枝词》数十首，那是另一部作品，我没有看到。[②]

玩味上下文口气，钱锺书和陶元珍一样，认为吴樵珊的《伦敦竹枝词》确有其书。

如果吴樵珊《伦敦竹枝词》的确存在，此书又是中国人游历英国的第一部著作，其价值在中西交通史上，自然很大。本章之作的动机，实植于此。

一　两个英文版本

钱锺书先生淹贯古今，胸罗万象，于近世文献知见甚广。他自承没有见过吴樵珊的《伦敦竹枝词》，可见此书本不易见。笔者查阅近三十年出版的相关工具书，如周骏富《清代传记丛刊索引》、杨廷福、杨同甫《清人室名别称字号索引》（增补本）、江庆柏《清代地方人物传记丛刊》索引

① 陶元珍：《云孙随笔》"中国人最早至英国者"条，《经世季刊》1941 年第 2 卷第 1 期。

② 钱锺书：《七缀集》（修订版），上海古籍出版社 1994 年版，第 165 页。按此文最初为英文，刊于 1948 年出版的《书林季刊》（*Philobiblon*），后作者将其改写成汉语，又增添了不少内容，发表于《外国文学》1982 年第 1 期。本注解英文本原无，是 20 世纪 80 年代后加的。

等，均未见吴樵珊其人；复查袁行云《清人诗集叙录》、钱仲联《清诗纪事》、李灵年、杨忠主编《清人别集总目》、《清代诗文集汇编索引》等，亦未见《伦敦竹枝词》一书。以剑桥、牛津大学访学之便，笔者又检读数种书目：《牛津大学包德里安图书馆汉籍书目》（*A catalogue of Chinese works in the Bodleian library*）、《牛津大学包德里安图书馆中文旧籍书目》（*A catalogue of the old Chinese books in the Bodleian Library*）、《剑桥大学图书馆威妥玛满汉文藏书编目》（*A catalogue of the Wade collection of Chinese and Manchu books in the library of the University of Cambridge*）、《剑桥大学图书馆威妥玛满汉文藏书编目补遗》（*Supplementary catalogue of the Wade collection of Chinese and Manchu books in the library of the University of Cambridge*）、《大英博物馆图书室中文图书、手稿编目》（*Catalogue of Chinese printed books, manuscripts and drawings in the library of the British Museum*）、《大英博物馆中文书稿编目补遗》（*Supplementary catalogue of Chinese books and manuscripts in the British Museum*），仍不见吴樵珊及《伦敦竹枝词》踪迹。以此推测，吴樵珊之《伦敦竹枝词》，即或曾经出版，也已湮没不闻了[①]。

《瓮牖余谈》云："吴樵珊道光壬寅年间从美魏茶往，居年余而返。"从英国伦敦会传教士美魏茶[②]身上，或可得一些线索？根据美魏茶的自传《中国岁月》（*Life in China*），1842年的大部分时间，他都在英军占领下的定海，中英鸦片战争一结束，他立即抓住机会前往宁波。他把前往宁波这件事归功于一个姓吴（Woo）的中国人：

> 我在定海居住的时候，和宁波的一些头面人物交上了朋友，这让我受到鼓励，觉得可以走出这一步。在制订这一计划的过程中，我有

① 这里要补一句，笔者撰此章后，又向浙江大学朱则杰教授请教此事，他建议我查阅《国朝杭郡诗三辑》，然仍无果。

② 美魏茶，本名William Charles Milne，著名传教士米怜（William Milne）之子，1839年12月与理雅各（James Legge）、合信（Benjamin Hobson）同船抵于澳门。参见Alexander Wylie, *Memorials of Protestant Missionaries to the Chinese: Giving a List of Their Publications, and Obituary Notices of the Deceased, with copious indexes*, Shanghae: American Presbyterian Press, 1867, p. 122。

幸得到了本地一名语言教师吴（Woo）的帮助。我把想法说给他，听取他的意见。在我们共处的十一年之间，他始终一贯地表现出友善和忠诚，这是我充分见证了的，也是十分感激的。[①]

在“Woo”下面，作者加了一句注解：“此中国人的文章‘英伦散记’（原文‘England and the English’）刊登于1855年3月10日《钱伯斯杂志》（*Chambers's Journal*）。”[②] 按图索骥，笔者找到此杂志，发现该年月日确实载有“英伦散记”一篇文字。作者标为“一个中国人”（By a Chinese），文章有一段颇长的按语：

以下的《散记》（Notes）描述了一个中国文人1844—45年短期访问英国的真切印象。读者可以发现，他只是与上层社会接触，受到他们的热情款待和青睐。因此，一切都被美化了——约翰牛都是穿着正装被描画的。尽管如此，不可否认，这个天朝的访问者，比之于许多来自与我们毗邻的欧洲的旅行者，对英国社会的表面，所见更为真切，描述也更为准确。作者的名字叫Woo-tan-zhin，在1842年，他从内陆来到舟山，因不满他的国家的状况，主动向英国人提出做他们的间谍。这个申请没有被批准，但是，为本杂志提供此篇《散记》的先生接受他做了自己的中文老师。Woo陪这位先生在定海和宁波住了18个月，在1843年，又作为向导和伙伴，陪他从宁波到广州，穿越中国内陆长达1300英里。短期访问英国以后，他们回到上海，这位作者又协助他的雇主从事圣经汉译的修订工作。他现住在香港，是女王陛下中国事务秘书麦华陀先生（Mr Medhurst）的助手。

《散记》最初是中文诗，是给他的朋友们私下阅读的，但最近已经在他的国家出版了。这一版本是他的雇主的散文翻译。此文在一个英—中杂志——《北华捷报》（*The North China Herald*）发表过；我们认同译者的观点：配上他所提供的以上细节，英国的读者会觉得，

① Rev. William C. Milne, *Life in China*, London: G. Routledge & Co. Farringdon Street, 1857, pp. 73 - 74.

② Ibid., p. 74.

这篇东西会是很有趣的。[①]

将这段文字与《瓮牖余谈》印证，可得出几点结论：

（1）“英伦散记”一篇文字，证明吴樵珊作《伦敦竹枝词》之事是实有的。

（2）“英伦散记”是美魏茶翻译并提供给《钱伯斯杂志》的，他是吴樵珊的雇主，吴樵珊是他的中国老师，1844—1845年吴樵珊曾陪美魏茶在英国，“道光壬寅（1842）”这个说法是不正确的。

（3）美魏茶称吴樵珊为“Woo-tan-zhin”，这是他的另一个名字。

根据《钱伯斯杂志》按语，《英伦散记》曾在《北华捷报》发表过。笔者利用牛津大学所藏的《北华捷报》资料，从1855年3月逐期向前翻查，经努力，终于在1851年的两期《北华捷报》中，查获了《英伦散记》的连载（题名“Fugitive Notes on England and the English”，即“英国和英国人散记”）。比较《钱伯斯杂志》和《北华捷报》，后者登载的文字显然更多。以吴氏原本不见故，为便利读者阅读，笔者将《北华捷报》所刊的《散记》译为汉语（原文见本书附录二）。考虑到作品形成的年代，将其译成简白的文言。从原文至于英文，真面目已然不具；从英文复译回中文，与本来愈远，真如“影子的影子”矣。

英伦散记

（1844—1846年游历大不列颠的一位中国人所作）

（编者按：）以下记录，出自一个中国文人之手。此人现居上海，数年前曾随一位绅士到英国访问。在离英返国时，他曾写了一组中文诗供他的朋友们欣赏。这些诗还是手稿，从未出版过。我们的一名供稿人把这些杂乱无章的意念（ideas）串接起来，使之略备英文品貌，以飨读者。整理后的诗分两部分——第一部分，“英吉利”，本周呈与

① *Chamber's Journal of Popular Literature*, *Science and Arts*, No. 62, p. 153, March 10, 1855.

读者；第二部分，亦是更有趣的部分，“英人”，在下一期刊出。显然，这个中国人的诗眼，主要停留在与他自己国家迥异的“风土人情”之上。

序

道光二十四年，予登洋轮赴泰西，游英吉利。去国之期，计近三载。

英伦风物，繁杂多端，每事俱载，笔不胜书。倾其岁月，仍不供抄录其万一。予所写者，惟历英伦感受至深者耳。

本诗俚而不文，犹莳凡花一束。率性之作，敢以风雅自期。

一　英吉利

要目：抵港；国家，气候；城市，人群；兴造设施：路灯、火车、轮船、机器；墓地；房屋；家具。

海程无趣，殊无可忆。逮近英吉利海岸，波甫平，即见峰崖秀丽，半出天外，房屋错落，状如蜃楼，陵谷之间，美如织锦。

抵岸之时，首现一船工于岸，纵声相招。此即擅导船只俾平安舶碇者。少顷，一渡轮前行，拖带予所乘船入港。码头近处，所有船只密稳排靠。予船上之行李，摆放妥帖之后，送至海关司勘验。

英吉利处大西洋之边，田地稀少，驱马以耕。时秋收已过，虽不见黄云遍野，然辫麦之获，农夫必享有年之乐矣。去国以来，未见桑林，亦未见棉田。

英之阴天甚多，且多淫雨。故乡有谚云，“云向西，雨沥沥”，殆当之矣。炎夏之季，衣可数重，天不甚热故也。然即在冬季至寒之时，亦无人思著棉服。

城中街道，纵横如织，车马喧阗，无时或已。街上之人，熙熙攘攘，时或肩臂相摩，而不洁之气味，从未之闻。街兵（the policeman）衣蓝衣，神情凝重；驿卒（the postman）着红领，望门双敲。骁骑兵

(the dragoon）之头盔，缀赤色丝绵，颇形威武；步军官（military officers）之肩头，挂金线徽记，一望能知。

沿街排列灯柱，柱上之灯，形状甚美。每逢夜晚，华灯初上，照彻天宇。燃灯所用之气，本从煤生，此物之出，良可称美。为其释放之焰，远为蜡烛油灯所不及也。一家乃至千万家，夜沐辉光，全赖此物之德。市廛街衢，晃耀如昼，动人心处，不减中华元宵。夜晚如此，堪称不夜，行人不必持灯，随处游行，直至天明，亦无人干涉也。

火轮车御汽而行，其疾如风。其展轮于轨道，全待机车（locomotives)，而机车之发动，至为奇巧。

火轮舟装饰富丽，以轮击水，其使甚疾。河中水湾，货艇往来不绝，甚便行旅。

予曾见一车，其造甚奇。人在车中，驾之使行，不啻摇橹以行舟。而行色颇壮，宜乎陆地之用也。凡疏浚河槽之具，必大有用于内陆之航行也。

风车借风而旋，允为妙制；压水井亦然，不用吊桶，压杆而已，水即汩汩而出。

英人无坟有墓，不封不树。

房舍鳞次栉比，庭前植树种花。房有数层，人多居上，用楼梯。齐云之顶，白粉之壁，清漆之门窗，楼宇之丽，如嵌珍宝然。柱下窗边，扶栏处处，皆金制也。

门窗皆镶玻璃之板，以泛明光故，屋中各处尽灿，人坐此间，如在月上。寝室甚狭，门户俱闭，尘灰无得而入，唯闻风吹窗板而已。如是，秋风虽冷，不觉犯人，且炉中之火常不灭，屋内有如春煦，在严冬亦不觉甚冷也。

不拘入何房舍，皆如登七宝塔。每一前厅，皆如仙境。四壁张画图或挂毯，美轮美奂。房间地面，皆铺地毯，花色图案，绝极精致。楼梯之上，亦铺细柔之地毯。

此类房间之中，在在处处，皆陈设乐器。几架之上，皆书卷也，钟表也，花瓶也，悦人眼目。沙发靠椅，备极修饰；画案书桌，玳瑁嵌镶；怒放之花，香气郁烈。大抵桌椅几床之类，皆打磨至光滑，亮如金器；而宽敞之厅堂，皆悬巨镜，可鉴全身。

人工打造之花，陈列于室，各式各品，备极巧思。各室之角落，皆见摆放制器，精巧绝伦。房门遇开，而能自合；书脊题名，字皆烫金；棋盘棋子，颇可玩赏；洋琴之键，象齿琢就，所出清音，美不可言——至如各色各样之饮杯，若述其可称可美、可惊可叹之制巧，予口拙笔秃，不能道也。

二　英人

要目：女主；女子之面貌衣着；男子之面貌衣着；商贾；神道与施惠；交际；饭食，晨炊，晚宴，茶会；各类风习；收结。

有女主授命于天，智慧过人，宽仁治国。

女子面容姣好，色比芙蓉，取遮阳，则戴面罩，精纱所织也。予见有比肩坐于马车中者，缤纷如紫罗兰花。眼似秋波，难状难描；腰如约束，细比杨柳。妙龄女子盛装出行，玉颈如酥，胸腹之间，贴身紧束，夺予魂矣。女子所服之服，上丰下锐，斯等曼妙，予未曾见。马车皆艳饰，每以二马负辕，马鼻有白毫，其状如钱。绅士淑女，乘之无别。乘车之女子，丽泽如春花之绽，眉若远山，目如海靛，举态娴静，稳如秋水。

女子衣裳精致，每用闪缎做成，有云蒸霞蔚之态。若在冷日，则着围巾，式样亦多。以玳瑁梳固发，两鬓并后脑，皆可施之。有檐之帽，以假花饰之；无檐之帽，以羽毛饰之；有檐无檐，均以秀带环而束之。女子出门款行，臂悬丝袋，项挂珊瑚链，链坠金表，所擎阳伞形如满月，大氅光耀如虹。设人驻足门首，往来之际，可闻娇声笑语，宛转如流莺然。

男子隆准，丰眉，发蟠曲。灌沃修饰，无日无之。所服之服，衬衣紧贴，外衣短而中开。袖削，以防寒入。厌汗湿，则多施香精，其芬芳馥郁，不亚中土盛称之龙涎。金银之币，以荷囊盛之。帽以河狸皮为之，履以兽革，衣以黑布。

英人最擅事业，商贾之人，泰半多金，不惧海天险远，以开市廛。

英吉利千八百岁中，仰奉耶教。以是之故，风俗淳美。佛道悠谬之说，既未曾闻；立身立命之义，尽出上帝。虽不祭祀祖先，人人均拜真神。以诚敬拜神之故，人之往来，真实无隐，存心至厚。敬拜上帝之事行于家中。晨兴，举家大小麋集，至心对神倾告，忏悔、祈愿如仪。爱人之心，亦于此可见，以其晨祈之中，热望良善、福祉遍布世界故。其祈祷也，非专自为福，求名与利。乃遵从先贤之教，不以个人卑微之念为念，略读《圣经》之后，全体屈身圣前，至心求福音之广播，凡有人之所在，即得闻此福音。社群之崇拜，则有大小教堂在焉。每一教堂，皆有主持，对众训诲。凡教士，如蒙圣召，皆愿投外国荒远之地，以传福音。

英人施惠之所，有施医院，有药房，累年痼疾，皆蒙疗治。中土流行之费而不惠之方，不闻也。

箴云，“爱邻如己”，英人素喜之。予观其履行，无浮华诈伪之病。以予所见，英人之情，皆慷慨而好施，端庄而有礼，良善而柔和，诚敬而不欺者也。

宾主怡怡，每逢相见、告别，皆拳拳执手；亲属之间，则接吻以示爱恤。生人相则敬，交谈无狎语。为客，人或奉酒杯茗盏于前，示不忽也。笔者虽至自远邦，又无德才，本土之人则待之甚厚，所至之处，皆遇敬重。无论际会何人，皆津津以中土风习相问。予一陌生之华人也，而几多女子，乐为之献茶；又几多番，明艳之少女，出册页求题汉字！

酬应场合，女子为尊，此风之传，或自上古。儿童皆受良教，举止端方。亲族之内，融融泄泄，每逢围坐火炉之前，长幼有序，宁静安详，不闻聒噪之声，亦无搅闹之事。

凡举食，举家围坐一桌。

朝餐，以磁盘碟盛之，甚精洁。

晚宴之时刻，以来客之尊显为移，或早或迟。时至，男子皆以一臂挽妇人，延入餐厅。几案之上，饰以鲜花，颜色绚丽，各样佳果，森然布列。稻饭如雪，然食以匙而不以箸。鸾刀如霜，刃锋利，削肉如泥。各样菜肴摆设毕，未动刀匙，先谢上帝恩德，所赐丰饶。按例首上汤盅，续后数样菜膳以次传至。英人主食异于汉人，汉地以稻饭为主，英人则多食牛羊肉，以煤火煨熟，不以木柴。食间，无论盐咸梅醋，甫动问则奉于前矣。酒有数种，葡萄之佳酿，供给甚丰，甘冽醇香之气，散布厅堂。

晚会，予见香茗以银盅盛之，复白糖、牛酪、甜饼、酥油以银托盘盛之，遍室奉尝。予于眼前之妇女，目不暂舍。其曼妙如飞天，飘然回旋于予之眼前。然彼生人也，非泡影也，非巫山之神女也，非畸人幻术之所成也。一盏香茗，玉人在望，予乐不思蜀矣！

卯初晨兴，子初就卧。唤仆则摇铃。仆侍于门外，闻铃则默入。婚礼尚白，丧礼用黑。门有环，以用叩门。叩门之法，女子轻叩，男子重叩而久，驿卒双叩，仆一叩而已矣。客至，先投名刺；甫越门限，则脱帽。绅士之行于户外者，皆持杖，常以犬随，幼犬则项下系铃。以仆随身者罕遇。绅士淑媛偕行，则挽臂。不拘何时外出，皆可登马车，装饰严净。若赴乡间，车士则鸣号以报启程。存钱于钱庄，则得存据，详标数目于上。灰鹅之翎，用以为笔；书函缮就，缄之以蜡。闲暇光阴，无人不手握书卷，或摘阮抚琴。女士尤嗜读，亦喜刺绣。有木球戏，绅士尤乐之，或于野外，或在草茵行之，殊可观。

予处英人之中，所见之物多矣，所受看顾多矣，所经赏心乐事，亦多矣夥矣。然读者诸君岂知予之所慚乎？英人之语，一句道不出口是也。当应对时，心欲言而舌结，已足失气，即今下笔时，忆及当日窘状，亦十分汗愧也。①

比较《北华捷报》与《钱伯斯杂志》两个版本，二者主要区别在以下几个方面：

（1）两个版本有不同按语。

（2）《北华捷报》本分“序”、“英吉利”与“英人”二节；《钱伯斯杂

① *The North China Herald*, No. 61, pp. 34 - 35, September 27, 1851; No. 62, p. 39, October 4, 1851.

志》本统合为一篇，不分节。

（3）《北华捷报》本第一、二节均有要目；《钱伯斯杂志》无要目。

（4）就正文看，《北华捷报》本为足本，《钱伯斯杂志》本较《北华捷报》本略去数段，分别为《北华捷报》本“序”之第三段，“英吉利”之第一、第二、第三、第十段，“英人”之第六段大半（从“The worship of God”至“if they can but fulfill the objects of their sacred calling in those places”）。

（5）用字之异。情况主要有两种：一者增删。如《北华捷报》本“序”第二段首句，“If I were to note down everything”，《钱伯斯杂志》本为“If I were to attempt to note down everything”，增“attempt to”二词。《北华捷报》本最末一段首句，“In conclusion now，reader，amidst all the wonders，attentions，and enjoyments which I found among the English people”，《钱伯斯杂志》将“which”一词删去。二者别异。如《北华捷报》本“英吉利”节之第七段“railroad”一词，《钱伯斯杂志》本易之为“railways”；第九段“scull”一词，《钱伯斯杂志》本易之为“row”；“英人”节倒数第二段“dull”一词，《钱伯斯杂志》本易之为“all”。

（6）标点之异。二本之间，标点出入甚大，盖《钱伯斯杂志》之编辑，与美魏茶本人，或《北华捷报》之编辑，行文习惯不同，使用标点之习惯亦不一致，故往往改定之。此种情况颇多，不烦列举。另外，在着重标记、括弧、连接符的使用上，亦多有不同。

总之，《英伦散记》两种版本，以《北华捷报》为全足，二者在内容上，区别亦不甚大。所有的区别，主要在《钱伯斯杂志》以篇幅限制，有所删削，并编辑的文字习惯，稍施改易而已。

二　吴樵珊杂考

（一）美魏茶与吴樵珊的关系

在美魏茶方面，关于吴樵珊的信息，分散在他的自传《中国岁月》、他发表在《中国丛报》（*The Chinese Repository*）的几篇文章、两种英文版本的《英伦散记》以及伦敦大学亚非图书馆关于伦敦传教会（London

Missionary Society）的特藏文献中。归纳起来主要有以下几点。

1. 吴樵珊的身份、里籍、受雇以及思想情况。美魏茶 1843 年 1 月 22 日从宁波写给伦敦会的信中说：

> 关于我的老师，还未说起。他 7 月份来到我身边，从那时起就一直陪在我身边。他的工资一开始是 6 美元一个月，但是，我发现他在应对（也许可说是）家务事方面特别有用，同时见多知广，又非常可靠，就把他当成了我的伙伴和顾问，在付工资之外，把他的吃住费用也都免了。他是本省首府杭州（Hangchau）人，可以说是个学者。找到这样一个本土的朋友对我的安慰，可说无以言表。他聪明、礼貌、乐于助人，无论谁碰到他都会喜欢，他给我的服务，也是实实在在的。他读了那些基督教的书籍，觉得基督教的教义更见高明。——除此之外，我就说不上了。[①]

据《钱伯斯杂志》的编者按，吴樵珊在英军占领舟山以后，曾到该地主动与英人联系，求做内奸不成，转而成了美魏茶的中文教师。《中国岁月》的一节文字提到，美魏茶在定海居住时，当地人组织绑架英国入侵者的活动，一天夜里有人来此欲行绑架，被美魏茶喝退，后来吴感觉又有人来，美遂提枪出门，手枪走火，人影随声而落，趋近细看，却原是一段树枝。[②] 美魏茶给伦敦会的信，说的则是吴樵珊成为美魏茶中文教师之后的情况，主要强调雇用此人的费用、其必要性以及此人的特别有用之处。似乎从一开始美魏茶就特别喜欢和信任吴樵珊，把他当作伙伴。在文化差距如此之大的两个人身上，建立起这种互相尊重和信任的关系，实不容易。我们不晓得吴樵珊是否后来皈依，成为正式基督徒，但至少在《英伦散记》中，能读到不少对基督教的赞美，与美魏茶信中所说吴樵珊认

① Letter from William Charles Milne dated January 22, 1843, collected in *Archives of the Council for World Mission*, *South China Correspondence and Reports*, SOAS Library, University of London.

② Rev. William C. Milne, *Life in China*, London: G. Routledge & Co. Farringdon Street, 1857, p. 152.

为基督教更高明，是一致的。另，关于吴樵珊的里籍，在同年发表在《中国丛报》的一篇文章《关于中国发生亚洲霍乱的情况》中，美魏茶提到"我的中国老师：浙江省会杭州府（HangChau Fu）人氏"[①]，印证了信里的说法。

2. 吴樵珊帮助美魏茶居宁波。《中国岁月》中，美魏茶曾感激吴樵珊支持他前往宁波（上文）。《中国岁月》关于宁波的不少文字都是从发表在《中国丛报》的《宁波七个月札记》一文改定的。比起《中国岁月》，《宁波七个月札记》表达的感激之情还要强烈：

> 无论决定这一步骤，还是落实我的计划，我都幸运地得到了一个老师的参谋和帮助。他的判断力让我足以依赖，他的聪明才智让我得益多多，他的始终如一的友善和助人为乐的态度更让我十分感荷。[②]

美魏茶1842年12月7日乘船从定海来到宁波，随他同船而来的就是他的老师。当夜，美魏茶住在于定海结识的一个年长的蒋姓医生家里。第二天，蒋姓医生与吴樵珊陪美魏茶前往宁波府，拜见当时的署理宁波府知府舒恭受（Shu Kungshau）。会见时，魏美茶注意到，知府对他的中国老师非常尊敬，这在广州是不可想象的。又两天之后，吴樵珊陪美魏茶游览了天一阁（Tienyih Koh），并绕行了当时的城墙。因不便继续在蒋姓医生家居住，美魏茶欲在近处寻一住所，吴樵珊就跟他一道去城西南之观堂（Kwan Tang）探问。美魏茶赞美他的中国老师说，"他是一个无所畏惧之人，只要和一个英国人在一起，他就毫不在乎长官的冷眼，抑或百姓的讥笑。"后来，吴樵珊随美魏茶入住城外的老会馆（Lau Hwui-Kwan）。一周以后，吴樵珊又帮助美魏茶在城里寻到了一个新的住处，一座租与尼姑庵毗邻的房子。[③] 综合看来，吴樵珊对美魏茶在宁波成功居住并从事各项活

① "Notices of the Asiatic Cholera in China", *Chinese Repository*, Vol. Ⅻ (1843), p. 488.

② "Notes of a Seven Months' Residence in the City of Ningpo, from December 7th, 1842, to July 7th, 1843", *Chinese Repository*, Vol. xiii (1844), p. 14.

③ 以上均见"Notes of a Seven Months' Residence in the City of Ningpo, from December 7th, 1842, to July 7th, 1843", *Chinese Repository*, Vol. xiii (1844)。

动，帮助是比较大的。

3. 吴樵珊帮助美魏茶经过中国内陆到广州。美魏茶 1843 年 7 月 7 日离开宁波，随即经中国内陆奔赴广州。他的目的是去香港参加伦敦会的会议，刻意选择内陆通行，则主要是为了增加对中国的了解，同时也是一种探险。因为似乎在他之前还没有西方人独立做过穿行中国内陆 1300 英里旅程这样的事情。美魏茶选择吴樵珊做向导，主要基于两个理由，一个是，觉得此人忠心，有事可以依靠；另一个是，吴对旅途的路线也比较熟悉。[①] 实际上，美魏茶做出从陆路到广州的决定，与吴樵珊也不无关系。与美魏茶同在宁波的伦敦会传教士雒维林（William Lockhart）在给伦敦会的信中说，“自从 Milne 先生得知他必须参加香港的会议，就热切地祈祷，劳心焦思地考虑，是否更应该从这个国家的内地到达，而不是乘船。他的老师——作为向导和他同来此地——向他保证说，从陆地到广州这个计划是现实的，建议他采纳这个计划”[②]。为方便旅行，美魏茶特意换上了中国人的衣服，还戴上一根假辫子。关于这次三十多天的旅行（美魏茶 8 月 12 日到广州），《中国岁月》主要以记载沿途见闻为主，对自己和吴樵珊等的陪伴说得不多。值得介绍的是旅途中的一个小小的插曲：美魏茶坐船从宁波到绍兴的途中，在通过某个堤坝时，因他们的船夜里泊靠时“夹塞”，早晨被其他船的人发现，一通怒骂以后，合力将其移到最后。接着，吴樵珊出现了：

> 我的向导吴到岸上去买一天的食品；当他回到船上时，发现船被推到比我们还晚到的船只的后边，感到极为羞愤。他叫起我们的人，强行把船推回到原来的位置，别的船工叫嚣怒骂，他就回敬他们。结果，竹竿、船钩立刻招呼到吴的身上，他就跪倒在地了……[③]

---

① Rev. William C. Milne, *Life in China*, London: G. Routledge & Co. Farringdon Street, 1857, p. 258. 除吴之外，美魏茶还带了两个年轻人当助手。

② *Missionary Magazine*, 1843, p. 179.

③ Rev. William C. Milne, *Life in China*, London: G. Routledge & Co. Farringdon Street, 1857, p. 267.

事情虽然有些可笑，却足以说明吴樵珊的可靠、勇敢和努力，这也是美魏茶欣赏他的原因。

4. 吴樵珊随美魏茶赴英。根据伦敦会《传教杂志》1844 年 10 月号，美魏茶在"一个中国老师"的陪同下，于本年 7 月 26 日乘"诺森伯兰公爵"（Duke of Northumberland）号轮抵英。[①] 这个"中国老师"当然就是吴樵珊。关于美魏茶此次返英的原因，笔者查阅伦敦会特藏文献，觅得 1844 年 2 月 12 日美魏茶特意为该会所写的一份备忘（本书附录三）。在此备忘中，美魏茶阐明了他必须结婚的理由——他认为，在中国传教的传教士只有结了婚，才更令人尊敬，也更有效率。因此美魏茶此次归国的目的只有一个，就是结婚。

美魏茶为结婚而归国，却由吴樵珊伴随，表面上不可思议，实际却事出有因。作为派往中国的传教士，他必须充分掌握汉语，如果因返英而将汉语学习荒废，不能令伦敦会总部满意。而如果将他的中国老师一直带在身边，即可随时随地学习，庶几在读写说几方面继续接受训练。这也是他的备忘录第一大点的第 1 小点特别交代的。

美魏茶返英之后，在故国住了将近两年，直到 1846 年 8 月方返至香港。两年之中，他的情况如何，居何城市，从何职业，有何事迹？《中国岁月》于此略而未述，故不知究竟。吴樵珊《英伦散记》主要是泛泛而谈，于他们二人的私生活，并无关涉。笔者查阅伦敦会特藏文献，亦未有什么收获。从王韬的《瓮牖余谈》，我们知道吴樵珊的原作为《伦敦竹枝词》，但在美魏茶翻译编辑的英文版本中，并未明言《散记》所写的就是伦敦。故笔者只好把这个问题留给感兴趣的学者做进一步探究。

根据《传教杂志》，"美魏茶牧师，美氏夫人（Mrs Milne），克里兰牧师，克氏夫人，于 1846 年 8 月 25 日乘'玛丽·班纳田'（Mary Bannatyne）号轮至香港"[②]。这位 Mrs Milne，就是美魏茶在英国的美满成就了。根据伟烈亚力（Alexander Wylie，1815—1887）《来华新教传教士列传及书目》一书，美魏茶的夫人原名"弗朗西斯·威廉米娜·鲍

---

① *Missionary Magazine*，year 1844，p. 155.

② Ibid.，p. 189.

芒”（Frances Williamina Beaumont），为著名的卫斯理教派牧师鲍芒博士之女[①]。又，根据维基百科，鲍芒于1821年娶了知名传教士马礼逊牧师的姨妹的女儿苏珊·莫顿（Susan Morton）为妻[②]。如此，则美魏茶在英国找到的妻子，与在华传教士还有沾亲带故的关系。

美魏茶返回香港，吴樵珊应与之同行。伦敦会特藏文献中，有一封美魏茶给伦敦会工作人员的信，叙述他考察两艘前往中国的轮船，并各自的报价。在报价单上，都出现了吴樵珊的名字——“Woo tanjin”，与1855年《钱伯斯杂志》的“Woo-tan-zhin”微有不同。第一艘船“William Prowse”给出的报价，是美魏茶夫妇、克里兰夫妇加上吴樵珊合计310镑；第二艘船“Beckampore”给出的报价，是美魏茶等四人350镑，吴樵珊与一女仆免费。虽然这两艘船都没有选乘，这封信却是一个珍贵的纪念，也是吴樵珊从美魏茶赴英又返华的证明[③]。

（二）王韬与吴樵珊的过往

王韬1849年秋应伦敦会传教士麦都思（Walter Henry Medhurst，1796—1857）之聘，担任上海墨海书馆的中文编辑[④]。据《钱伯斯杂志》“英伦散记”编者按，吴樵珊1846年随美魏茶从英国回华，在上海“协助他的雇主从事圣经汉译的修订工作”。编者按的信息必是从美魏茶而来的，以二人之间的关系，可以采信。由是可知，王韬橐笔沪上，与吴樵珊同为墨海书馆所雇华人，必相熟稔。王韬1862年亡命香港，成为理雅各（James Legge，1815—1897）的中文助手[⑤]；吴樵珊1842年在舟山获聘为美魏茶的中文老师，由《中国岁月》“十一年的友谊”一语[⑥]，可判定吴樵

① Alexander Wylie，*Memorials of Protestant Missionaries to the Chinese，Giving a List of Their Publications，and Obituary Notices of the Deceased，with Copious Indexes*，Shanghae：American Presbyterian Mission Press，1867，p. 123.

② http：//en. wikipedia. org/wiki/Joseph _ Beaumont _ （1794—1855）.

③ Letter by William Charles Milne dated July 26，1846，collected in the *Archives of the Council for World Mission，South China Correspondence and Reports*.

④ 王韬：《漫游随录》，岳麓书社1985年版，第60页；Paul A. Cohen，*Between Tradition and Modernity：Wang Tao and Reform in Late Ch'ing China*，Harvard University Press，1974，p. 13。

⑤ 王韬：《弢园老民自传》，江苏人民出版社1999年版，第9页。

⑥ Rev. William C. Milne，*Life in China*，London：G. Routledge & Co. Farringdon Street，1857，p. 74.

珊迟至1853年仍与美魏茶同处。从1849年到1853年，王韬与吴樵珊在墨海书馆共处了四五年光景。国内中华书局版的《王韬日记》，为《蘅华馆日记》之一部分，起于咸丰八年正月初一（1858年2月14日），止于同治元年十二月八日（1863年1月26日），中间缺略处甚多，笔者仔细检查，无吴樵珊之记载。但咸丰八年十月七日（1858年11月12日）一则日记云：

> 访西儒好君，小坐闲话，知美魏茶旧疾未愈，且贫甚，知渠此生不能复至中土矣。追念曩时情好，为之怅惋。[①]

这段话虽有错误（美魏茶本年至福州领事馆任翻译[②]），然体现出王韬对美魏茶的深厚情谊，则是无可置疑的[③]。王韬既与美魏茶"情好"，对相从美魏茶十一年的中国老师吴樵珊，岂能没有只言片语？美国学者柯文（Paul A. Cohen）1974年出版的《在传统与现代性之间——王韬与晚清之改革》一书曾提及台湾"中央研究院"历史语言研究所图书馆藏有六种王韬的日记手稿，并注明了起讫的时间[④]；国内学者吴桂龙刊于《史林》1996年第3期的文章也提及于此，这六种日记按时间顺序为：(1)《苕花庐日志》(道光二十九年闰四月二十一日—五月三日，或1849年6月11—22日)；(2)《茗芗寮日记》(咸丰二年六月一日—八月二十九日，或1852年7月17日—10月12日)；(3)《瀛壖杂记》(咸丰二年九月一日—咸丰三年三月十日，或1852年10月13日—1853年4月17日)；(4)《沪城闻见录》(咸丰三年六—七月，或1853年7—9月)；(5)《瀛壖日志》(咸丰三年三月十一日—十二月三十日，或1853年4月18日—1854年1月29

① 《王韬日记》，方行、汤志钧整理，中华书局1987年版，第35页。

② Alexander Wylie, *Memorials of Protestant Missionaries to the Chinese, Giving a List of Their Publications, and Obituary Notices of the Deceased, with Copious Indexes*, Shanghae: American Presbyterian Mission Press, 1867, p. 123.

③ 王韬《送麦西士回国》诗有"漂泊自伤游子泪，蹉跎未报故人书"句，"故人"即指美魏茶（王韬：《蘅华馆诗录》卷二，光绪六年《弢园丛书》本，第13页）。

④ Paul A. Cohen, *Between Tradition and Modernity: Wang Tao and Reform in Late Ch'ing China*, Harvard University Press, 1974, p. 281.

日)；(6)《蘅华馆日记》(咸丰四年八月一日—咸丰五年三月十九日，1854年9月22日—1855年5月4日)。[①] 笔者有幸从德国海德堡大学汉学研究图书馆获得了一套《蘅花馆杂录》(计六册)的复制件，以上六种日记均在其中。唯一遗憾的是，这一影印本不是原稿，而是历史语言研究所工作人员誊录手稿的抄写本中有少量错误（以下引文有据上下文改定之处，不一一指出）[②]。笔者检读这些日记，于《瀛壖杂记》咸丰二年九月二十七日（1852年11月8日），王韬写道：

与二徐、子卿黄垆沽饮，三爵而止。归时，至吴氏小舍，询潧人之疾。吴氏特留饭等……

笔者遍读王韬日记，所载吴姓交游之中，能与美魏茶信中之“Woo tanjin”、《钱伯斯杂志》之“Woo-tan-zhin”读音相合者，只此“吴潧人”一人耳——是吴潧人者，非吴樵珊而何！根据王韬的行文习惯，“潧人”应是字，“樵珊”则是名或号[③]。重理事实，依时间顺序，吴樵珊最初见于《茗芗寮日记》咸丰二年六月二十三日（1852年8月8日）：

午后，邵杯岑、许芝云来舍，同至茶寮啜茗。回至荷厅，得遇潧人，乃易盏更啜，卢仝七碗之量无以加焉。

荷厅是王韬居所附近的茶馆，王韬有友来访时，每到此处啜茶，吴樵珊常“来合并”。七月四日（8月18日）的一则日记说：

既夕，正斋来舍，剪灯小坐，纵谈一切。潧人亦来合并，辩论肆起，所说半杂夷事。

---

① 吴桂龙整理：《王韬〈蘅华馆日记〉(咸丰五年七月初一—八月三十日)》，《史林》1996年第3期。

② 本章写成之后，曾托友人到台湾“中央研究院”傅斯年图书馆（历史语言所图书馆）查阅王韬日记手稿，扫描相关部分。以下引文皆经本人核对手稿。

③ 朱则杰教授阅本文后认为，“樵珊”极可能是吴的号。

剪灯对坐，海客谈瀛，这里透漏出《英伦散记》的消息。王韬、吴樵珊等在荷厅里吃茶，不光谈夷事，也谈“军国大事”（八月十一日），应该是愉快的。但是，不久，一宗让王韬烦恼的事发生了，本年八月十七日（9月30日）的日记云：

余于城北僦屋数椽，与澹人偕居。近日澹人将至香港，下逐客之令。不免谋容膝之所，以免露处。困危之中，何所不有，思之凄绝。

有这么巧的事：原来吴樵珊居然是王韬的居停主人，或今日所谓“房东”。吴樵珊将去香港（此与《钱伯斯杂志》所说吴在香港做麦华陀的助手亦相合），要把房子处理，令王韬搬出，而王韬阮囊羞涩，赁屋别住，钱从何来？是以大难。玩味字里行间，王韬对吴樵珊颇有怨意而又无可奈何。有怨意，主要因为吴樵珊和自己经济处境不同。《茗芗寮日记》中的一个例子可说明这个问题。王韬与吴樵珊的共同的朋友莲溪，因为某种原因，摊了官司，被租界“夷官”揪住不放。他几次恳求王韬帮忙纾困，王韬虽甚同情他，终因自身穷困，无力援手（见咸丰二年六月十二日、二十一日、七月二十二日日记）。最后还是吴樵珊出面解决了问题。王韬在七月二十七日日记中慨叹道：“澹人以洋四枚贷于莲溪。时莲溪事已可了矣，因乏青蚨，难超黑狱。余与孔方兄久有绝交书，闻言徒呼‘负负’而已。”八月十三日日记云：“余逋负甚多，时近中秋，索者纷至，即欲筑九成台逃债，亦不可得，真为闷绝。”八月二十八日又云：“余将迁居，乏于资斧，颇为烦闷。倚枕不寐，听此雨声，益觉愁绪坌集也。”穷困至此之际，家道颇丰的吴樵珊要把赶他出门，难怪王韬倍感痛苦了。

根据《瀛壖杂记》，王韬于同年九月二日迁居于北城外，“小楼数楹，颇饶幽致，其地僻静，人迹罕至”。迁居之后，他与吴樵珊的关系，仍然不错。《瀛壖杂记》九月十二日记，王韬访友正斋，途遇吴樵珊，“同至荷厅，剧谈一切”。九月二十七日，王韬到“吴氏小筑”问疾，吴樵珊特留饭款待。十一月四日午后，王韬“往澹人斋中”。二十一日既夕，“至澹人斋中”。咸丰三年正月元旦，吴樵珊与一友专程到王韬舍中，“贺新禧也”。二月初王韬乘船赴鹿城（昆山）应岁试，二十三日返至沪城，二十四日即

“至吴溍人斋中”。继《瀛壖杂记》后，《瀛壖日志》也有一些二人关系的记录。咸丰三年三月二十四日云：“过溍人斋中，读独秀峰诗三十首。”说明他们之间除了谈论国事，也谈诗歌。四月十日云：“薄暮，蓉圃来。同壬叔（即李善兰）往街市散步，即返，至溍人舍。溍人将去申江而至香港，故往送别。归已黄昏。”翌日，吴溍人行前特来拜别：

> 薄暮，溍人将至香港，特过余舍。论天下事，不可复为国家，有三虫皆足以病民。一曰蠹虫，官吏是也；二曰蛊虫，僧道是也；三曰瘵虫，鸦片是也。天下之利，不过五分，而此三者，各耗其一，民何以不病，国何以不贫？为人上者，宜改弦易辙，思所以善处之道，以培国本，以厚民生，则社稷幸甚，天下苍生幸甚。夜送溍人至江浒，帆樯灯火，弥漫盈望，凉风吹衣，快人胸臆。

吴樵珊去香港，先到王韬处话别，王韬再送其至江边码头，可见二人的关系，仍是要好的朋友。王韬特意记录了吴樵珊的议论，说明他比较认同，或至少比较重视个中的思想。

吴樵珊到香港以后，二人的关系又如何呢？因文献不足，难以确定。《瀛壖日志》咸丰三年九月条，因避兵（小刀会起义），王韬的许多朋友潘研耕、蒋敦复等，住到王韬家中，“群聚一室，颇得纵谈”，而居楼上者，则有“研耕夫人及溍人夫人”。是则吴樵珊在港之时，王韬曾容留他的夫人在自己家中避难。

纵观以上几种日记，吴王二人的过从，在吴樵珊赴香港之前，一直比较密切，即使在王韬迁出吴樵珊居所之后，亦保持了良好的关系。但是，从另一方面说，二人也非情深的知己。王韬与在上海的一班朋友，知名者如李善兰、蒋敦复等，经常群聚啜茶、饮酒、食片芥（鸦片）、勾栏“访艳”，而吴樵珊除了几次至荷厅饮茶之外，概未参与。这说明，吴樵珊是游离于王韬这个圈子的。这可能有个性、经历的原因，可能有思想的原因，更可能是年龄的原因（见下）。

《瀛壖杂志》止于咸丰三年九月，迄《蘅花馆日记》起笔于咸丰四年八月，将近一年中断。检《蘅华馆日记》，从咸丰四年八月初一日至咸丰五年三月十九日，没有关于吴澹人的任何记载。查阅民国《新声》杂志1921年第1—3期重排的《蘅华馆日记》（咸丰五年七月初一——八月三十日，或1855年8月13日—10月10日），多次提到一个叫“吴老”的人，如七月二十一日云：“偶至吴老之舍，及门被叱而出。噫！吴老绝人太甚，其心老而愈毒矣！”七月二十三日云：“闻吴老至英署控予。噫！为鬼为蜮，则不可测，彼之谓矣。”八月二十六日又云：“予偕恂如、仲瞻入城，□遇吴老，挥拳欲殴，予急走避之。噫！此老死期将至，而又所为如是，愈速其辜耳。”[①] 此吴老是谁？为何此人如此恨恶王韬，叱骂、控告乃至欲挥老拳？八月二十九日日记，道出了消息：

晨，吴老岸然来舍，以索旧逋为辞，予漫应之。即复一札曰：“仆与君游，七年于兹矣。曩者居同室，作杞菊比邻；出与偕，为诗酒逸侣。嗣后风流云散，踪迹阔绝，以萋菲之谮，遂来余耳之嫌，交情中替，药石成仇，良可叹也。惟君之报复，亦太甚矣！控仆于英署者二，窘仆于道途者一。仆法颜子犯而不校之意，置之不问，非有所畏而不敢也，以君老矣！仆又非郁郁久居此者。人生百年，等归于尽，如水花泡影，露电尘梦，千古英豪，同作一丘之貉，又何苦与人争此闲气。仆负不羁才，非终身丐食海滨者，今日之栖栖不已，徒以有老母在耳。行将买半顷之田，于淞水之侧，为退耕计。故乡可乐，蔬食亦甘，未始非吾人之退步也。如君者，沪渎羁栖，有王仲宣之感慨，乡关迢递，有庾子山之悲哀，苟一念及，能勿伤心？又何苦与人争雄竞胜哉！仆比来栖心静谧，留意辞章，暇惟偕二三友人，啜茗东园，作卢同、陆羽之饮，以漱涤尘襟。龂龂然与人角口舌，非雅人所为，仆不屑也。君如得暇，可在荷厅作茗战，若欲挥老拳，则致谢不敏，惟有走避而已。君家所寄储箱箧，遣价来取，无不立与，仆所居在廉让之间，严一介不取之义。所负阿睹物，亦当渐次清偿，仆岂九城台上逃债者也？诗逋酒券，乃为韵事，此种钱物，断弗久假不归，

① 以上均见吴桂龙整理《王韬〈蘅华馆日记〉（咸丰五年七月初一——八月三十日）》，《史林》1996年第3期。

使藉口者骂我王戎为龌龊也。更有启者，君扬言于外云：将上控道宪，俾仆授首北城。此甚无妨。吾载吾头，刀锯斧钺，仆请受之。仆颈固甚痒，尝揽镜自照，笑谓：'好头颅，谁斫我'，不意乃得君利斧以劈之也。噫！国家除奸诛暴，自有常刑，非为小民快其私忿也。君姑已矣，无扰我虑。西风已起，珍重装棉，饮食起居，尤宜自玉。处心积虑，徒自损寿，戒之慎之！"①

笔者以为，本日记中的"吴老"，即是吴樵珊。理由有七：（1）王韬信中说，"仆与君游，七年于兹矣"，按上文所述，王韬1849年秋入墨海书馆，与吴樵珊结识，到本年（1855）秋，虚数正好是七年。（2）"曩者居同室，作杞菊比邻"，恰符合"余于城北僦屋数椽，与澹人偕居"的事实。（3）"嗣后风流云散，踪迹阔绝"，与吴樵珊赴香港，王韬留沪上，一南一北、两相暌隔契合。（4）"吴老"到英国领事馆控告王韬，说明此人与英人（或传教士，或外交官）有联络，熟悉门路，吴樵珊即有此条件。（5）王韬欠"吴老"钱而无力偿还，符合前文所述王韬与吴樵珊的经济条件的差别，或王韬迁居时，房租就没有交出，造成"旧逋"（欠债）。（6）王韬家中寄存"吴老"的箱子，虽然我们不知道此事的缘起，但既然吴樵珊妻子曾"避兵"在王韬处暂住，寄存箱子自然有其可能。（7）王韬求和解，提出请对方到"荷厅作茗战"，之前的日记中，吴樵珊唯在此与王韬及朋从喝茶，未有饮酒、吸片芥等事，亦未曾往别处喝茶。

在《茗芗寮日记》等日记中，王韬从未提及吴樵珊的年龄。吴樵珊真的会是年龄很大吗？在美魏茶的《中国岁月》中，他提到1842年年底第一次去宁波府衙时，"我的上了岁数的朋友（my aged friend）吴先生和蒋医生陪着我"②。可见在美魏茶的眼中，吴樵珊当时已颇有年纪。十余年过去，在二十几岁的王韬眼中，吴樵珊自然更老。日记用"吴老"而不是用"澹人"，固因二人关系今非昔比，也着实体现了吴樵珊给王韬留下的年老

① 吴桂龙整理：《王韬〈蘅华馆日记〉（咸丰五年七月初一—八月三十日）》，《史林》1996年第3期。

② Rev. William C. Milne, *Life in China*, London: G. Routledge & Co. Farringdon Street, 1857, p. 77.

的印象。

王韬与吴樵珊的关系，因何搞坏了呢？文献关系，无法确知缘由。王韬说他们之间是“以萋菲之谮，遂来余耳之嫌，交情中替，药石成仇”，即有人进了谗言。谗言的性质为何，不甚清楚。吴樵珊对王韬如此恶怒，必置之死地而后快，应该有其理由。王韬自知理屈，多番避让，愿求和解，同时也知道对方不能把自己怎么样，间有揶揄。对二人之间的是非，笔者因无根据，不敢评断。

至此可以明白，为什么王韬在《瓮牖余谈》中，用的是“吴樵珊”，直呼其名，而不是像对应雨耕（名龙田）等人那样，依例称字（吴澹人）。也可以明白，为什么王韬生前刊行的著作中，除了《瓮牖余谈》一例，都不见吴樵珊的身影。不独《弢园尺牍》、《海陬游冶录》、《漫游随录》、《淞隐漫录》等没有吴樵珊，王韬记申江旧闻的著作《瀛壖杂志》，也无此人。此书卷四收“专门名家之士”[①] 男女数十人，而以诗人最多。供职墨海书馆的李善兰、张福僖、蒋敦复、管嗣复皆有传，即偶以诗鸣者亦有传，而独不载吴樵珊行迹。这都是由于二人曾经交恶之故。

三　穿正装的约翰牛——《伦敦竹枝词》之内容特色

道光二十七年（1847）春，福建闽县（福州）人林针因生计所迫，受雇于花旗（美国）公司做“舌人”（翻译），在美国居留一年以后，于道光二十九年（1849）春返国。林氏有《西海纪游草》一书，含《西海纪游诗》等四种文字，其中三种与赴美经历有关。咸丰二年（1852），直隶人应龙田（雨耕）以英国驻上海副领事威妥玛中文教师的身份随威氏访英，在伦敦居七阅月，翌年夏回到上海。应龙田对此行有文字记述，王韬根据他的记述，写成《瀛海笔记》和《瀛海再笔》两篇文章，分别刊于英国传教士麦都思主编的《遐迩贯珍》1854 年 7 月号和 8 月号[②]。咸丰九年三月（1859 年 4 月），湖北潜江人郭连城随意大利传教士徐伯达（Ludovicus-Cel. Spelta）从应城出发前往罗马，翌年六月回到应城。他将往返途程与

---

① 王韬：《瀛壖杂志》，沈恒春、杨其民标点，上海古籍出版社 1989 年版，第 64 页。

② 参见宋桔《〈语言自迩集〉的协作者〈瀛海笔记〉之主角——晚清文化接触中的应龙田》，《或问》（Wakumon）2012 年第 22 号。

在意大利的见闻排日记录，是为《西游笔略》。同治五年（1866）初，清廷派斌椿率同文馆学生德明（张德彝）、凤仪、彦慧三人随清国海关总税务司赫德（Robert Hart，1835—1911）赴欧洲游历，增广见闻。斌椿等人在欧洲访问了英法等九个国家，当年季秋返回北京。斌椿此行有《乘槎笔记》日记一种，《海国胜游草》、《天外归帆草》诗稿二种，同文馆学生张德彝亦有《航海述奇》日记一种。斌椿以后数十年中，出使、考察西方各国的事物渐多，到外国游历、留学渐成风气，记述欧美的文献也迅速激增（参见尹德翔《东海西海之间——晚清使西日记中的文化观察、认证与选择》，北京大学出版社2009年版，第一章）。吴樵珊在道光二十四年（1844）赴伦敦，比林针赴美早了三年，比龙应田赴英早了八年，比郭连城到意大利早了十五年，比斌椿游历欧洲早了二十二年，比写另一种《伦敦竹枝词》的外交官张祖翼至英国则早了四十二年。20世纪钟叔河先生编辑《走向世界丛书》时，以林针的《西海纪游草》为第一篇作品，现在也可以说，吴樵珊的《伦敦竹枝词》英译本为已知近代中国人最早记述亲历西方的作品。同时，《伦敦竹枝词》也是第一部晚清海外竹枝词。因为这样的关系，《伦敦竹枝词》具有不可替代的中西文化交流史的价值。兹以《北华捷报》英译的《英伦散记》为依据，对《伦敦竹枝词》的内容略作分析。

《伦敦竹枝词》的内容分为两部分：英国和英国人。关于英国的部分，主要包括地理、气候、楼房、街道、车马、器物、食物、居室、装饰、摆设等。这些都是属于物质层面的东西，吴樵珊对之津津乐道。他对燃煤气的街灯印象极深，说“市廛街衢，晃耀如昼，动人心处，不减中华元宵”（引文出上节，下同），这可说是中国特色的赞美[①]。他也说到火车、轮船、风车，这些都是后来旅欧诗文中的常见题目。可惊异者，他还提到了汽车，所谓“人在车中，驾之使行，不啻摇橹以行舟”之物。当时内燃机尚未发明，汽车还不普及。他赞美英国的多层楼房，尤其欣赏门窗镶嵌玻璃，使屋内采光极佳。他对英国人房屋内部的地毯、沙发和镜子啧啧称奇，对钟表、花瓶、书册、棋具、洋琴等也赞叹不置。

---

① 陈季同的《中华帝国：过去与现在》引用了这段文字（参见 General Tcheng Ki-Tong, John Henry Gray, *The Chinese Empire*: *Past and Present*, Chicago and New York: Rand, Mc-Nally & Company, 1900, p. 130）。

英国18世纪中叶进入工业革命，经过近百年的发展，物质之繁荣与生活水平的提高，已远超中国。吴樵珊访英时，洋泾浜的英租界刚刚建立(1845)，上海的洋场尚未形成，故他在英国的所见所闻是独特经验、前所未有。物质的东西比较直观，最易引起旅行者的注意，故《伦敦竹枝词》首先凸写了被近代工业打造的都市面貌。林针在《西海纪游草》中描绘纽约的文字类似："百丈之楼台重叠，铁石参差；万家之亭榭嵯峨，桅樯错杂。舳舻出洋入口，引水掀轮；街衢运货行装，拖车驭马。"[①] 应龙田赴英的身份、经历与吴樵珊接近，所述的内容也与吴樵珊接近。《瀛海笔记》提到"中原未之或睹"的"火轮车"、"高者多至五层，望之干霄入云"的房屋、"顷刻千里"的电线以及"不事穿井、自然便利"的"汲道"（自来水）等，有一段说：

至每夕灯火，不专假膏烛，亦以铁筒贯于各家壁内，收取煤烟之气，由筒而管，吐达于室，以火引之即燃。彻宵光明达曙，倍亮于灯烛。都中阛阓市肆，充盈腾茂，亦光鲜整齐。各路商贾贸易往来，摩肩接踵，各肆中呢缎绫绸、金银铜锡玻璃磁木器皿，类皆精巧绝伦，以各色玻璃嵌窗，列置各货物于内，历历如绘。指取价买，莫不如意。晚间灯火光明，辉煌照耀，约戌刻而闭户休息。[②]

这是讲煤气灯，感受与吴樵珊很接近，不过因为是散文体，说明文字略多，风格比《伦敦竹枝词》更加质实而已。还有这样一段：

都中万室云连，第宅宏敞，窗户多嵌玻璃，垣墙垩白。故华堂精室，皎洁光明，帘幕下垂，凉风自至。家中陈列书卷琴瑟，庭前位置名花异卉，芬芳馥郁，香气袭衣。其书架花盆，亦有玻璃为罩，珍宝护惜如此。[③]

---

① 林针：《西海纪游草》，岳麓书社1985年版，第36页。

② 松浦章、内田庆市、沈国威编著：《遐迩贯珍——附解题·索引》，上海辞书出版社2005年版，第633页。

③ 同上。

这说的是房屋与摆设，也与《伦敦竹枝词》相仿佛。

关于英国人的部分，《伦敦竹枝词》从女王说起，主要介绍英国男女的面貌和衣着、宗教信仰、交际、饮食、茶会和各类风习。诗中描绘妇女的文字最多，作者颇喜用古典诗歌的套语来写英国妇女，如说她们貌比芙蓉（hibiscus flower），眼似秋波（waters of autumn），腰如弱柳（willow branch），等等。作者的观察很细致，关于女装的质料、女子的发式、女帽的种类、随身的饰物的描写，复杂而清楚。他特别注意到女装束腰的效果："妙龄女子盛装出行，玉颈如酥，胸腹之间，贴身紧束，夺予魂矣。女子所服之服，上丰下锐，斯等曼妙，予未曾见。"这是汉族妇女所不曾表现的。有的描写很有动感，并加入了主观感受：

> 予于眼前之妇女，目不暂舍。其曼妙如飞天（fairies），飘然回旋于予之眼前。然彼生人也，非泡影也，非巫山之神女也，非畸人幻术之所成也。一盏香茗，玉人在望，予乐不思蜀矣！

除了妇女，吴樵珊谈的最细的就是英国人的宗教了：

> 英吉利千八百岁中，仰奉耶教。以是之故，风俗淳美。佛道悠谬之说，既未曾闻；立身立命之义，尽出上帝。虽不祭祀祖先，人人均拜真神。以诚敬拜神之故，人之往来，真实无隐，存心至厚。敬拜上帝之事行于家中。晨兴，举家大小麇集，至心对神倾告，忏悔、祈愿如仪。爱人之心，亦于此可见，以其晨祈之中，热望良善、福祉遍布世界故。其祈祷也，非专自为福，求名与利。乃遵从先贤之教，不以个人卑微之念为念，略读《圣经》之后，全体屈身圣前，至心求福音之广播，凡有人之所在，即得闻此福音。社群之崇拜，则有大小教堂在焉。每一教堂，皆有主持，对众训诲。凡教士，如蒙圣召，皆愿投外国荒远之地，以传福音。

吴樵珊认为英国"风俗纯美"，人民诚实善良，是基督教的功绩。他描绘英国家庭中集体敬拜上帝的情形，赞美信徒们的严肃和热忱。他认同教会的理念，认为传播福音就是为世界造福。他也夸赞那些冒生命危险到异国他乡传播福音的传教士。

吴樵珊和应龙田与林针的一个很大的区别在于，林针的身份是打工赚钱，混迹于商界；吴、应二人则是作为文化人，以客人的身份，在异邦流连。《钱伯斯杂志》的按语评论吴樵珊说："他只是与上层社会接触，受到他们的热情款待和青睐。"此言十分切当。在某种意义上说，吴樵珊所做的观察，更能深入西方社会内部，他所经历的内室、客厅、茶会这些文化空间，更加本真，这是后来到欧洲的一般旅行者和外交官所没有的条件。部分因为这种条件，才使吴樵珊对英国和英国人做出细致的观察和描写。《钱伯斯杂志》编者认为《伦敦竹枝词》对英国的描述比欧洲人来得准确，这确实是它的一个成就。

但是，《钱伯斯杂志》的另一评价也是耐人寻味的："一切都被美化了——约翰牛都是穿着正装（company-dress）被描画的。"吴樵珊《伦敦竹枝词》笔下的英国，有的方面符合基本的事实，但涂了一层玫瑰色；有的则是作为局外者、过客的主观感觉，雾里看花，而极尽鼓吹。俗语云，鞋子合不合脚，只有穿着的人才知道。19 世纪 40 年代正是英国资本主义迅猛发展、国内矛盾紧张激烈的年代，宪章运动余波未歇，贫富悬隔，环境恶化，乞丐、童工、女工、法律、选举权等诸多问题，都在困扰着资本主义的英国。狄更斯的许多批判现实的作品，《老古玩店》、《董贝父子》、《大卫·科波菲尔》等，都出版于这一年代。然而在《伦敦竹枝词》中，英国社会一片光明灿烂，绅士淑女们过着舒适的生活，无不和美，无不享受，没有一丝矛盾和痛苦，更无溃疡与毒瘤的痕迹。

试把《伦敦竹枝词》与晚清记述域外的同类文学略作对比，能看出不少对立的观点。兹略说几个方面：

1. 关于英国女王。吴樵珊说维多利亚"受命于天，智慧过人，宽仁治国"。没讲什么根据，只能当谀辞看。按中国传统，从来是男子称王作圣，像武则天那样的女皇，难得一见，且因权力"来路不正"，留下不少骂名。张祖翼托名"局中门外汉"所做的《伦敦竹枝词》嘲讽维多利亚女王登极五十年前庆典云："五十年前一美人，居然在位号魁阴（Queen）。教室高坐称朝贺，赢得编氓跪嗪经。”[①] 丘良任以为“称女王为美人，很失体”[②]。实际上他是没把“女王”当“王”看待。刘锡鸿在《英轺日记》中介绍维多利亚，只说她“在位三十九年，今年五十八岁，面肥泽，有严毅气”[③]。这和清大臣对皇帝、皇太后的一般形容，差得远了。唯薛福成日记称维多利亚“性行淑均，聪明内蕴，知人善任，固为国人所称矣”[④]。这是高而切实的评价，但这已是将近五十年之后，国内一些思想先进的人包括薛福成本人，已经对英国君主立宪制度倾心向往了。

2. 关于经商。吴樵珊说：“英人最擅事业，商贾之人，泰半多金，不惧海天险远，以开市廛。”态度完全是肯定的，或可说有一种“近代商业意识”。这种态度与后来去西方的人很有区别。斌椿虽然在《乘槎笔记》及两部纪游诗中极力描绘西方工商业的繁华，在主观意识上则是与此拉开距离：“蕃王知敬客，处处延睇视，询问大中华，何如外邦侈？答以我圣教，所重在书礼，纲常天地经，五伦守孝悌，义利辨最严，贪残众所鄙。今上圣且仁，不尚奇巧技，盛德媲唐虞，俭勤戒奢侈。”[⑤] 张德彝说：“大概西俗好兵喜功，贵武未免贱文，此其所短也。虽曰富强，不足多焉。”[⑥] 刘锡鸿在参观上海格致书院后担心，如果令士大夫学习西学，致力于百工，将“与商贾习处，是适增其商贾之行也”，“官中多一商贾，即国多一蠹，民多一贼”[⑦]。古代中国以农业立国，商业不很受重视，所谓“士农工商”，商为四民之末，与小人逐利联系在一起，社会地位最低。把西方人看作是不知“圣教”、唯利是图之人，这是当时社会的主流看法，吴樵珊与此是颇有距离的。

3. 关于服饰。《伦敦竹枝词》颇赞美西人的服装，女装言其精致优美，男服言其整洁卫生。这也是情人眼里出西施。当时出使西方的清人对英国人的装束大都不甚恭维，视女子“袒胸露背”为骇异，视男子之燕尾服、

① 局中门外汉：《伦敦竹枝词》，光绪戊子春月观自得斋藏版，第1页。

② 丘良任：《竹枝纪事诗》，暨南大学出版社1994年版，第272页。

③ 刘锡鸿：《英轺私记》（《英轺日记》、《日耳曼纪事》），岳麓书社1986年版，第79页。

④ 薛福成：《出使英法义比四国日记》，岳麓书社1985年版，第828页。

⑤ 斌椿：《乘槎笔记·诗二种》，岳麓书社1985年版，第202页。

⑥ 张德彝：《航海述奇》，岳麓书社1985年版，第521页。

⑦ 刘锡鸿：《英轺私记》（《英轺日记》、《日耳曼纪事》），岳麓书社1986年版，第51页。

长裤（有时半截裤）为不敬。刘锡鸿在《英轺日记》中述伦敦“跳舞会”云：“女子袒露，男子则衣襟整齐。然彼国男子礼服下裈染成肉色，紧贴腿足，远视之若裸其下体者然，殊不雅观也。”[①] 苏格兰男子“无裤而靴”，他们的“跳舞会”则更加可怕：“女袒其上，男裸其下，身首相贴，紧搂而舞。”[②] 张祖翼《伦敦竹枝词》则这样看英国朝臣拜见女王：“短衣短帽谒朝中，无复山呼但鞠躬。露膝更无臣子礼，何妨裸体入王宫。”注云：“英臣见女王，皆脱帽鞠躬而已。属岛苏格兰人皆短裤露膝而见君主焉。”[③]“短裤露膝”之苏格兰人，吴樵珊必见过不少，因为美魏茶在阿伯丁读大学，有苏格兰背景[④]。陈季同在《中国人自画像》中说，在西方人人都穿的“奇异的黑衣”，丑不堪言[⑤]。薛福成评价说：“中国绸缎绫罗，男女各用以章身，均极华美；至于冬裘，百兽之皮，无所不用，尤觉异常灿烂。洋人不论贫富贵贱，皆以黑呢为衣，既短且紧，大不登样。妇女制衣虽多奢费，然亦仅于茶会用之，且究不逮中国妇女服饰之百一。是衣服一端，洋人不如华矣。”[⑥] 这是在吴樵珊赴英之后将近五十年说的话。服饰为最显眼的文化符号，对异文化的态度，特别容易从对方的着装感受中反映出来。吴樵珊觉得英国男女的服饰好，体现的是他对英国人的态度。

4. 关于男女杂处。吴樵珊说到坐马车：“绅士淑女，乘之无别”；说到晚宴：“时至，男子皆以一臂挽妇人，延入餐厅”；说到散步：“绅士淑媛偕行，则挽臂”。他以欣赏的态度叙说英国社会生活中男女不别的现象，且对英国女子给自己奉茶、求题册页，沾沾自喜。这种态度也是出格的。因为中国文化中从来讲究男尊女卑，即使是夫妻，在人前也不能作亲热态，且又男女有别，女子于陌生男子，则素来回避的。故斌椿在西行的船上看见西人夫妻在长椅上并卧耳语，用“天真烂漫，了不忌人”解之[⑦]，

---

① 刘锡鸿：《英轺私记》（《英轺日记》、《日耳曼纪事》），岳麓书社 1986 年版，第 151 页。

② 同上书，第 153 页。

③ 局中门外汉：《伦敦竹枝词》，光绪戊子春月观自得斋藏版，第 2 页。

④ Alexander Wylie, *Memorials of Protestant Missionaries to the Chinese, Giving a List of Their Publications, and Obituary Notices of the Deceased, with Copious Indexes*, Shanghae: American Presbyterian Mission Press, 1867, p. 123.

⑤ 陈季同：《中国人自画像》，黄兴涛等译，贵州人民出版社 1998 年版，第 25 页。

⑥ 薛福成：《出使英法义比四国日记》，岳麓书社 1985 年版，第 598 页。

⑦ 斌椿：《乘槎笔记·诗二种》，岳麓书社 1985 年版，第 101 页。

袁祖志《西俗杂志》有好几条说到西方男女混杂的风习："夫妻相挽，并行于途，人不之笑。夫可于妻前凡事执役，人不之讪。""一饮一食，男女可以同几；即绝不相识者，亦不为嫌。"[①]"男女杂坐，同牢共几。虽翁媳叔嫂，概不避忌。"[②]张祖翼在《伦敦竹枝词》中对伦敦公园、商店、酒馆、学校中男女混杂的场合，一概嘲讽，嬉笑怒骂，令人发噱。连曾纪泽这种在传统士大夫眼中彻底"洋化"了的人，也感觉在火车上"与妇女相杂，颇以为恼"[③]。吴樵珊与这些人的态度，一概不同。

5. 关于饮食。吴樵珊颇能享受西餐，也很能欣赏英国人的饮食文化。他比较细致地描写了他们的宴会、茶会，并夸赞餐桌的礼仪和美感。但并非人人都能像他一样适应。刘锡鸿对西餐就不甚适应，他在上海到香港船上用餐时不断噎住和吐口水，令同餐的西方人很反感[④]。薛福成日记评价说："中国宴席，山珍海错，无品不罗，干湿酸盐，无味不调。外洋惟偏于煎熬一法，又摈海菜而不知用。是饮食一端，洋不如华矣。"[⑤]

6. 关于基督教。吴樵珊对基督教的观察和评论，把英国人崇拜基督、基督教本身及传教士的海外事业，都说得极好。这是从传教士的立场发言的。实际上，晚清绝大多数士大夫对基督教是不能相信和理解的，也是深有抵触的。冯桂芬在《校邠庐抗议》中说，明末所译西学著作皆有价值，唯"述耶稣教者率猥鄙无足道"[⑥]。志刚用现实经验解释《圣经》，认为耶稣之降生，是"由于子无姓氏，翁不可知，不得不传为天父之说矣"[⑦]，而耶稣的复活，则是其门徒的编造，以神化其被处死的事实[⑧]。郭嵩焘虽对基督教有所肯定，但也说"其精深博大，于中国圣人之教曾不逮其毫厘"[⑨]，耶稣所

---

① 袁祖志：《谈瀛录》卷三，光绪十年同文书局石印本，第1页。

② 同上书，第3页。

③ 曾纪泽：《出使英法俄国日记》，岳麓书社1985年版，第468页。

④ Demetrius C. Boulger, *The Life of Sir Halliday Macartney, K. C. M. G., Commander of Li Hung Chang's Trained Force in the Taeping Rebellion, Founder of the First Chinese Arsenal, for Thirty Years Councillor and Secretary to the Chinese Legation in London*, London: J. Lane; New York: J. Lane company, 1908, p. 267.

⑤ 薛福成：《出使英法义比四国日记》，岳麓书社1985年版，第598页。

⑥ 冯桂芬：《校邠庐抗议》，上海书店出版社2002年版，第55页。

⑦ 志刚：《初使泰西记》，岳麓书社1985年版，第281页。

⑧ 同上书，第317页。

⑨ 郭嵩焘：《伦敦与巴黎日记》，岳麓书社1984年版，第913页。

传之道，“不能逮佛事之精微”①。曾纪泽日记云：“偶翻阅《旧约全书》，可笑之至。”② 薛福成对基督教评价比较高，然而也说：“西人之恪守耶苏教者，其居心立品，克己爱人，颇与儒教无甚歧异。然观教会中所刊新旧约等书，其假托附会，故神其说，虽中国之小说，若《封神演义》、《西游记》等书，尚不至如此浅俚也。”③

以上略举吴樵珊与其时代不一致的几个方面。如果向前追溯，清人文学中有大量的诗歌，是对洋人不利的，这形成了一个传统。张应昌所编《清诗铎》中有不少诗可为例子。程廷祚（1691—1767）《忧西夷篇》云：“迢迢欧罗巴，乃在天西极。无端飘然来，似观圣人德。高鼻兼多髭，深目正黄色。其人号多智，算法殊精特。外此具淫巧，已足惊寡识。往往玩好物，而获累万直。残忍如火器，讨论穷无隙。逢迎出绪余，中国已无敌。沈思非偶然，深藏似守默。此岂为人用，来意良叵测。”④ 程廷祚认为耶稣会士对中国包藏祸心，固然过矣，但是他将耶稣会士在内地传教与西洋人在东南亚殖民联系起来，则忧患已深。赵怀玉（1747—1823）《游天主堂即事》云，番人供奉的天主“曾甦垂死人，能谢洪波涛。亦无甚奇迹，彼特过夸耀”；番人的科技“胎源出袄神，不外六科要。徒争象术末，讵析理义奥”⑤。这是从文化角度着眼，认为耶稣会士的虽有工能智巧，却不如中国有根本。汪仲洋（1759—?）《杂感》云：“吾闻海外国，大小纷难数。偶泊英夷船，奇货快先睹。岂料藏奸险，相欢极媚妩。虚实审言笑，奇正勒钲鼓。并吞分属藩，破灭夺疆宇。”⑥ 汪氏道光年间为浙江知县，当时山雨欲来，他已经明显感到西方列强的威胁。他笔下的西方人即变为奸诈、阴鸷的侵略者形象。

鸦片战争为中外关系的转折点，催生了一批“鸦片战争文学”，这些作品中的英国侵略者残忍、贪婪，灭绝人性，烧杀淫掠，是十足的强盗，如张际亮（1799—1843）《东阳县》一诗转述宁波逃难者的叙述云：

---

① 郭嵩焘：《伦敦与巴黎日记》，岳麓书社 1984 年版，第 933 页。

② 曾纪泽：《出使英法俄国日记》，岳麓书社 1985 年版，第 873 页。

③ 薛福成：《出使英法义比四国日记》，岳麓书社 1985 年版，第 124—125 页。

④ 张应昌编：《清诗铎》上册，中华书局 1960 年版，第 404 页。

⑤ 同上。

⑥ 同上书，第 406 页。

嫠妇近八十，处女未十六。妇行扶拄杖，女病卧床褥。夷来捉凶淫，十数辈未足。不知今死生，当时气仅属。日落夷归船，日出夷成族。笑歌街市中，饱掠牛羊肉。库中百万钱，搜取昼以烛。驱民负之去，行迟鞭挞速。啾啾雀鼠语，听者怒相逐。百钱即抢夺，千室尽窜伏。……[①]

孙衣言（1814—1894）《哀厦门》诗云：

红毛昨日屠厦门，传闻杀戮搜鸡豚。
恶风十日火不灭，黑夷歌舞街市喧。[②]

侵略者的罪恶行径激起了人民的仇恨和反抗，也激发了士大夫爱国的热情和复仇的决心。这一时期杰出的诗人张维屏（1780—1859）写了反映广东民众自发抗英活动的《三元里》诗，姚燮（1805—1864）写了《客有述三总兵定海殉难事，哀之以诗》，张际亮（1799—1843）写了《陈忠愍公死事诗》，朱琦（1803—1861）写了《关将军挽歌》等一批歌颂爱国抗英将领的诗歌。诗人林昌彝则命其书屋曰“射鹰楼”，甚至发出“但使苍天生有眼，终教白鬼死无皮”[③] 的誓言。

在传统文学的大背景下，尤其在鸦片战争的背景下，《伦敦竹枝词》对英国的“亲洋”态度，与“仇洋”、“排洋”的“时代主旋律”，极不协调。

那么，是什么原因让吴樵珊游离出他的时代，在诗中对英国大唱赞歌呢？当然，如上文所说，英国已进入近代化阶段，在生活水平上已远超中国，《伦敦竹枝词》反映出这一基本的事实，是自然的事情。但问题比这要复杂。这里试从吴樵珊的特殊身份、现实处境和个性寻找一些原因。

吴樵珊赴英的身份是英国传教士的中文教师，即使没有皈依基督教，也对基督教有相当的认同感，可视作“准华人基督徒”。由于每日接触外国人，时间既长，潜移默化，他的思想可能会起一些变化，会跳出狭隘的爱国主义和华夏中心主义，产生对外国的好感。在实地访问西方以后，则

① 钱仲联主编：《清诗纪事》第三册，凤凰出版社 2004 年影印版，第 2493 页。

② 阿英编：《鸦片战争文学集》上册，北京古籍出版社 1957 年版，第 56 页。

③ 同上书，第 55 页。

确认了对西方生活和文化的优越性的认识。这种情况，吴樵珊不是孤例。在吴樵珊作《伦敦竹枝词》前三十年，有一个随英国人去伦敦的中国人作了一篇《兰整十咏》，与《伦敦竹枝词》颇可比较，原诗如下：

兰整十咏

海遥西北极，有国号英仑。地冷宜亲火，楼高可摘星。意诚尊礼拜，心好尚持经。独恨佛啷嘶，干戈不暂停。

山泽钟灵秀，层峦展画眉。赋人尊女贵，在地应坤滋。少女红花脸，佳人白玉肌。由来乐爱重，夫妇情相依。

夏月村郊晚，行人不断游。草长资牧马，栏阔任栖牛。拾麦歌宜唱，寻花兴未休。相呼早回首，烟雾恐迷留。

戏楼关永昼，灯后彩屏开。生旦姿容美，衣装锦绣裁。曲歌琴笛和，跳舞鼓箫催。最是诙谐趣，人人笑脸回。

两岸分南北，三桥隔水通。舟船步胯下，人马过云中。石磴千层叠，河流九派溶。洛阳天下冠，形势略相同。

富庶烟花地，人工斗物华。帝城双凤阙，云树万人家。公子驰车马，佳人曳縠纱。六街花柳地，何处种桑麻？

高阁层层上，豪华宅第隆。铁栏傍户密，河水绕墙通。粉壁涂文采，玻窗缀锦红。最宜街上望，楼宇画图中。

九月兰整里，人情乐远游。移家入村郭，探友落乡陬。车马声寥日，鱼虾价贱秋。楼房多寂寞，破坏入时修。

大路多平坦，条条十字衢。两旁行士女，中道驰骈车。夜市人喧店，冬寒雪积途。晚灯悬路际，火烛灿星如。

地冷难栽稻，由来不阻饥。浓茶调酪润，烘面里脂肥。美馔盛银盒，佳醪酌玉卮。土风尊饮食，入席预更衣。

此诗最早见于英国汉学家德庇时（Sir John Francis Davis，1795—1890）1829 年发表的著作《汉文诗解》[①]。德庇时 1817 年出版的译作《老生儿》，其未署名的编者前言，谈到一首题为《伦敦》的英译汉诗，说作者是一个中国人，以一位英国绅士仆人的身份来到英国。这是《兰墪十咏》首次被提及[②]。同年出版的《季度评论》透露，此诗也是德庇时所译[③]。德庇时在《汉文诗解》中第一次公开原诗，并加上一段说明文字。他说这个中国人是 1813 年访问英国的，他并非像《季度评论》所说，只是“一个普通中国人”，实际上他有令人尊敬的社会地位，多才多艺，是作为英国绅士的语言老师来英国的[④]。如果确是如此，则这位不知名的中国人，与吴樵珊有相同的经历，是他的先导。也许作者是一位华人基督徒，或与来华传教士关系密切。诗中对伦敦的描述：高阁华宅、大路平坦、街灯璀璨、饮食丰腆、女人为尊、夫妻情重、士女同游、虔诚礼拜、心好持经——几乎每一项都能在《伦敦竹枝词》找到对应。其对英国的歆慕，无有二致。类似的情况也出现在郭连城身上。比较《兰墪十咏》，《西游笔略》对罗马没有那么多赞美——也许是意大利没有英国发达——

① John Francis Davis, *Poeseos Sinensis Commentarii*, *Transactions of the Royal Asiatic Society of Great Britain and Ireland*, Vol. ⅱ, pp. 444 - 449. 熊月之在《鸦片战争以前中文出版物对英国的介绍——介绍〈大英国统志〉》（《安徽史学》2004 年第 1 期）中说此诗最先为德国传教士郭实腊所发表（Karl Friedrich August Gützlaff，1803—1851）《大英国统志》（1834），误。

② *Laou-Seng-urh, or An Heir in His Old Age, A Chinese Drama*, tran. by J. F. Davis, London: John Murray, Albemarle-Street, 1817, Introduction “A Brief View of the Chinese Drama”, ⅵ.

③ *The Quarterly Review*, Oct. 1816, & Jan. 1817, London: John Murray, Albemarle-Street, Vol. ⅹⅵ, p. 399.

④ John Francis Davis, *Poeseos Sinensis Commentarii*, *Transactions of the Royal Asiatic Society of Great Britain and Ireland*, Vol. ⅱ, p. 443.

但作为一个天主教徒，郭连城在参观罗马天主教堂和圣徒遗迹的过程中，颇有一种归宗感；作者对教堂之壮观、圣迹之保存、圣徒之历史传说，均认真记载，不厌其烦[①]。应龙田访英后，关于英国各类事物的赞美也非常多，姑拈二段于下：

英人最重文学，童稚之年，入塾受业，至壮而经营四方：故虽贱工粗役，率多知书识字。女子与男子同，幼而习诵、书法、画法、算法，以及天文、历数、山经、海图，罔不考究穷研，得其精理。中土须眉，有愧此钗裙者多矣。

大抵英国风俗淳良，物产蕃庶。豪富之家，费广用奢；而贫寒之户，勤工力作。日竞新奇巧异之艺，地少慵怠游惰之民。尤可美者，人知逊让，心多悫诚。国中士庶往来，常少斗争欺侮之事，异域客民旅寓其地者，从无受欺被诈，恒见亲爱，绝无猜嫌。无论中土外邦之风俗，有如此者，吾见亦罕矣。[②]

在咸丰初年，能对英国说出这样肯定的话，十分难得。它一方面显示了龙应田对英国的亲近态度，另一方面也体现了一定的识见。《瀛海笔记》和《瀛海再笔》是王韬整理的，三十年以后，王韬在《漫游随录》一书中照搬了上面两段话[③]，并记述了他在爱丁堡产生的感受：

每莅访友人之舍，悉皆倒履相迓，逢迎恐后。名媛幼妇，即于初见之顷，亦不相避。食则并席，出则同车，觥筹相酬，履舄交错，不以为嫌也。然皆花妍其貌而玉洁其心，秉德怀贞，知书守礼，其谨严自好，固又毫不可以干犯也。盖其国以礼义为教，而不专恃甲兵；以仁信为基，而不先尚诈力；以教化德泽为本，而不徒讲富强。欧洲诸

① 杨正润主编：《众生自画像》，上海人民出版社2009年版，第60页。

② 松浦章、内田庆市、沈国威编：《遐迩贯珍——附解题·索引》，上海辞书出版社2005年版，第625页。

③ 王韬：《漫游随录》，岳麓书社1985年版，第107页。

邦皆能如是，固足以持久而不弊也。[1]

王韬对英国的好感，包括一部分美化，承袭了应龙田，与吴樵珊亦有惊人的一致。根据柯文的研究，王韬在1854年受洗加入基督教，直到临死仍是教会同人，然而他在公开文献中，一直都在掩盖他和教会的联系[2]。早在墨海书馆“卖文为生”时，王韬常给甫里的亲友写信，攻击西方人和西方文化，说自己“日与异类为伍”、“逐臭海滨”、“败坏名教”，因此痛自切责[3]。但是，正像有的学者指出的那样，“王韬有意夸大了他墨海生活的不快，丑化了西方传教士的形象，隐瞒了他和他们之间建立的友好关系”，“人前说人话，鬼前说鬼话”[4]。王韬的两面派做法，固然不值得称道，但从实际效果上说，它满足了亲友们的心理期待，避免了社会关系中的无谓纠缠。当王韬在19世纪80年代出版《漫游随录》时，国内情形已经大变，与西方人的来往不但不再视为背亲卖国，甚至还有几分荣耀；社会上“谈洋务”已成风气。因此，在《漫游随录》中，王韬大可以放松、真实地表达自己的感受，而不必刻意掩饰了。

《兰鏊十咏》的作者、吴樵珊、应龙田、郭连城、王韬对西方只有赞美没有批评，使他们的作品成为当时的异类。这与他们作为一种特殊人群是有关系的。柯文曾把李善兰、王韬等人称为“口岸知识分子”，这些人不一定都是基督徒，但与西方人关系密切，并通过近距离接触西方文化而对中国文化以及中外关系发生了新的认识。毫无疑问，吴樵珊属于“口岸知识分子”的较早的一员。

根据《钱伯斯杂志》发表的《英伦散记》编者按，吴樵珊在英军占领舟山以后，曾到该地主动与英人联系，求做内奸。以美魏茶的资格，他的叙述应属可信。“汉奸”是第一次鸦片战争期间最敏感的问题，当时不少官员把

① 王韬：《漫游随录》，岳麓书社1985年版，第127页。

② 柯文：《在传统与现代性之间——王韬与晚清改革》，江苏人民出版社2003年版，第14页。

③ 张海林：《王韬评传》，南京大学出版社1993年版，第40—41页。

④ 王立群：《王韬研究——中国早期“口岸知识分子”形成的文化特征》，博士学位论文，北京大学，2003年，第42页。

定海失陷归为汉奸勾串[1]。吴樵珊为什么要去做内奸，不完全清楚，《钱伯斯杂志》编者给出的理由，是“不满他的国家的状况”。也许他是鸦片战争时代的一个“愤青”，因不满当朝者的统治，转而站到了敌国一边。他在去香港之前与王韬的一通议论，足以说明他对中国现实的痛恨，这似乎印证了《钱伯斯杂志》编者的说法。从不满中国的现状要去做汉奸，到认定中国“不可复为国家”；从为美魏茶带路时与船工打架被击倒，到辱骂、攻击王韬，这个人的急躁、勇进、愤世嫉俗的性格，是一以贯之的。形象学认为，异国形象具有“意识形态”和“乌托邦”两种功能，前者将自我的价值观投射在他者身上，通过叙述他者而取消他者、肯定自我；后者则相反，由对一个根本相异的他者社会的描写，把他者理想化，借以对自身文化展开批判[2]。《伦敦竹枝词》中美轮美奂的英国，实隐含着对中国现实的强烈批评。

从现实处境上说，吴樵珊是美魏茶的中文教师，同时是墨海书馆的华人雇员。他把《伦敦竹枝词》交给美魏茶，而美魏茶将其译成英文在《北华捷报》上发表，这也决定了《伦敦竹枝词》只能说英国的好话。因为说英国的好，既迎合了传教士和在华商人的关于文明等级的定见，同时也迎合了他们的期待。在中外关系紧张的年代，在华的外国人都很希望看到“汉士”所写的令人满意的西方见闻，从而向未去过西方的中国人做证明。这是一种外在的约束，决定了《伦敦竹枝词》对英国的理想化。

吴樵珊既没有功名[3]，又与洋人为伍，领先时代而成为“多余人”，被摒于士林之外。或者因年龄关系，他还没活到风气渐开、西学受宠的时代就仙逝了。其歌咏英国的《伦敦竹枝词》，当时入不了时人编辑的文集，后来长久淹没。这是历史因素与偶然机缘共同作用的结果。但是无论如何，《伦敦竹枝词》开风气之先，具有特殊的中西文化交流的价值和意义，是值得纪念和研究的。

---

① 王瑞成：《晚清的基点——1840—1843年的汉奸恐慌》，中国社会科学出版社2012年版，第155页。

② “意识形态”和“乌托邦”是形象学中的两个重要概念，参见法国学者莫哈《试论文学形象学的研究史和方法论》，孟华主编《比较文学形象学》，北京大学出版社2001年版，第31—40页。

③ 如果他有功名，美魏茶的《中国岁月》应该提及。

第二章　斌椿《海国胜游草》竹枝体诗及其他

同治五年（1866）春，时任大清海关总税务司的英国人赫德（Robert Hart，1835—1911）因故回国，总理衙门派副总办章京斌椿偕子广英率同文馆学生德明（张德彝）、凤仪、彦慧三人，随行赴欧洲游历，增广见闻。这是中国有史以来派往西方的第一个访问团。该团于当年正月二十一日（3月7日）离京，三月十八日（5月2日）抵法国马赛，在欧洲其间，一共访问了法国、英国、荷兰、德国、丹麦、瑞典、芬兰、俄国、比利时九个国家[①]，于同年十月初七日（11月13日）返回北京。斌椿此行所结成的文字，有《乘槎笔记》日记一卷，《海国胜游草》、《天外归帆草》诗稿二种。

关于斌椿率团访问的缘起，《走向世界丛书》主编钟叔河先生在《走向世界：近代中国知识分子考察西方的历史》（中华书局2000年版）及《从东方到西方：走向世界丛书叙论集》（岳麓书社2002年版）二著，笔者在《东海西海之间——晚清使西日记中的文化观察、认证与选择》（北京大学出版社2009年版）一书，有较为详尽的说明，不烦再叙。本章主要讨论《海国胜游草》。此为斌椿沿途所作诗歌的集结，从海程之所见，到欧洲各国之所历，凡有兴发，皆有诗志，与《乘槎笔记》表里相合，为晚清时期华人欧游不可多得之记录。

《海国胜游草》中古、律、歌行各体皆具，集中咏“洋泾浜”诸诗、《越南国杂咏》诸诗、《至印度锡兰岛》诸诗、《书所见》诸诗等，虽无

---

① 徐继畬《〈乘槎笔记〉序》说斌椿“历十五国之疆域”，李善兰序说“所历十余国”，潘曾绶《海国胜游草》题辞说“九万余里十七国”（俱见斌椿《乘槎笔记·诗二种》，岳麓书社1985年版），数字不同，然各说皆囊括海程所经之地，非止欧洲也。

“竹枝词”之题，实真正的竹枝词之作也。丘良任等所编《中华竹枝词全编·海外卷》多有收录。

一　携手同登油壁车：丁韪良之误解

《海国胜游草》有一长诗讲到从西人处得来的地球自转的知识，诗中提到美国外交官卫廉士（汉名卫三畏，Samuel Wells Williams，1812—1884）赠给他一部《联邦志略》，并“才士”丁韪良（William Alexander Parsons Martin，1827—1916）赠给他《地球说略》等书。丁韪良亦名丁冠西，1863年到北京传教并开办学校[①]，1869年为总税务司赫德荐为同文馆总教习，期间一直在北京活动[②]。根据赫德日记，赫德第一次见到斌椿，在1864年6月19日，当时他需要一个文案，恒祺和崇纶两位大臣联袂向他推荐了斌椿[③]，斌椿遂成为赫德的助手，“襄办年余以来，均尚妥洽”[④]。由以上原因，丁韪良与斌椿同赫德的关系，分别都很密切，二人之间，自然发生了交往。斌椿在诗中提到过丁韪良，丁韪良在自传中也提到过斌椿，尤其提到斌椿出使这件事：

> 斌椿一副长髯，表情明智，举止高贵，在每一个地方都留下良好印象。更重要的是，他用两种方式仔细记录了他的印象：一卷诗，还有一册笔记。后者的现实主义修正了前者的浪漫色彩。在“黑水洋”——这一形容词至少不逊于荷马的“酒面洋”——上乘坐蒸汽轮船，斌椿不由得诗兴大发。接下来，他呼唤缪斯歌颂上海的妙景，其中之一是舒服的弹簧马车，刷着漆，很耀眼，斌椿受邀与漂亮女郎共同乘坐。想一想，中国马车没有弹簧，清朝官员从来不与中国妇女共乘一车，斌椿的热情不是很自然吗？但我必须让读者看看他的诗句，我未作一点儿改动：

---

① 丁韪良：《花甲忆记》，沈弘等译，广西师范大学出版社2004年版，第150、160页。

② 同上书，第198页。

③ Richard J. Smith，John K. Fairbank and Katherine F. Bruner eds.，*Robert Hart and China's Early Modernization：His Journals*，1863—1866，Cambridge，Mass：Harvard University，1991，p. 142.

④ 《筹办夷务始末》（同治朝）卷三十九，故宫博物院影印清内府抄本，第1—2页。

西国佳人画不如，细腰袅娜曳长裾；
异香扑鼻风前过，携手同登油壁车。

敷粉施朱总莫加，天然颜色谢铅华；[①]
莺声呖呖人难会，不让明皇解语花。

斌椿的《上海东门外，滨临大江两岸，起造洋楼十余里，俗呼“洋泾浜”》题目虽长，却很有竹枝词风格，原诗共计四首，在丁韪良所引的两首之前，还有两首：

两岸层楼接蔽天，绮窗雕槛斗新妍；
蜂房万落高如许，想见阿房杜牧篇。

郊衢平坦净无尘，士女闲来共踏春；
一阵轻雷声隐隐，四轮车子载游人。[②]

丁韪良说斌椿在洋泾浜坐过洋人的马车——而且是应邀与漂亮女郎同坐，其根据是第三首中的一句话：“携手同登油壁车”。读一读丁氏的译文就更清楚了：

No artist's pencil can do them justice,
Those fair ladies of the West!
Slender and graceful their waists;
Long and trailing their skirts.
When they pass you to windward,
A strange fragrance is wafted to your nostrils.
I have taken them by the hand,

① 丁韪良：《花甲忆记》，沈弘等译，广西师范大学出版社 2004 年版，第 253—254 页。
② 斌椿：《乘槎笔记·诗二种》，岳麓书社 1985 年版，第 156 页。

And together ascended a lacquered chariot.

Their whiteness comes not from starch,

Nor their blush from cinnabar,

For nature's colors spurn the aid of art.

The twittering words are hard to comprehend,

But I do not yield to Minghuang in interpreting the language of flowers. ①

在原诗中，"携手同登油壁车"，理应是斌椿眼里看到的景象，丁韪良译作"I have taken them by the hand"（我挽着她们的手），变成了亲身接触。以斌椿的年龄和身份，不至于率然与"西国佳人"在洋泾浜把臂挽手，共登马车，退一步说，即便曾有此事，也不至于将此番"艳遇"写入诗中，四处炫耀。但是，真相究竟如何呢？

斌椿在《乘槎笔记》二月初三日条中是这样写的："入口四十里，抵上海。黄浦江两岸，洋楼鳞次栉比。夹板洋船，一望如林，泰西十七国洋人之大聚处也。寓洋泾浜平阳里汪乾记丝茶栈。"② 没有提到西国佳人，也没有提到洋人马车，不能证明什么。但是检同行的张德彝所撰的《航海述奇》，则说得多些：

> 至未刻，抵上海县口内住船，见两岸修饰整齐，楼房高耸，鳞比卓立。江中小舟蚁集，细雨廉纤，岸边桃杏芙蓉，芭蕉槐柳，树交红紫，花斗芬芳，江南佳境，略识一般也。往来种作，熙熙攘攘。本地小轿，洋人马车，络绎不绝。
>
> 时有上海县差小轿四乘迎接，明等遂下船上轿，放炮迎入公寓。寓在上海县新北门外洋泾浜西北盆汤衙汪乾记茶行。③

① W. A. P. Martin, *A Cycle of Cathay or China, South and North*, New York: Fleming H. Revell Co., 1897, p. 373.

② 斌椿：《乘槎笔记·诗二种》，岳麓书社1985年版，第94页。

③ 张德彝：《航海述奇》，岳麓书社1985年版，第451页。

斌椿诗的前两首，“两岸层楼接蔽天，绮窗雕槛斗新妍”，“一阵轻雷声隐隐，四轮车子载游人”，都是描写初到洋泾浜之所见，与张德彝日记若合符节。“西国佳人”云云，同样是初到洋泾浜的印象，是“看”，不是“动”。据张德彝上面的记述，他们的船到上海码头以后，上海县衙差四乘小轿来接，“下船上轿”，直入公寓，根本没有乘坐洋人马车的事，也没有这种机会。

丁韪良写作《花甲忆记》时，是当时数一数二的中国通，在中国已居四十余年，著有《天道溯源》、《万国公法》等汉译作品，不数年后又将出版英文的《汉学菁华》一书[①]，纵谈中国文史。斌椿所作的如此浅白的咏洋泾浜诗，他应该读得懂[②]。他的误解，笔者以为，主要源于一种文化上的想象和移情——他用西方人的心理揣摩中国人的行为，而发生了误读。以西人之心，度中人之腹，丁韪良对斌椿的轻蔑和嘲讽，一旦过了头，就变成了对他自己的嘲讽。这大概是他不曾想到的[③]。

二　出门游女盛如云：斌椿的文化适应性

斌椿奉命游历泰西，为清廷设馆遣使做准备[④]，这在中国历史上是破天荒的事，无论在国内抑或国外，都引起不小的关注。一些外国人的心理，主要为围观和猎奇，想看看从东方老大帝国乘轮船来到西方文明地界的中国佬，将做何表现，出何笑话。严肃的报章一般会如实报道使团的行踪，不严肃的报章就偏向于道听途说、添油加醋。而由于有了先入之见，每每贬损的故事居多。

例如法国的一家报纸报道说，斌椿一行到巴黎后，发现旅行箱里的华

---

① W. A. P. Martin，*The Lore of Cathay*；*or*，*The intellect of China*，Fleming H. Revell，New York，1901.

② 这里需指出，丁韪良将“不让明皇解语花”一语，译作“我比明皇更善于解释花的语言”，盖不知唐玄宗与杨贵妃之间的典故。

③ 美国学者司马富、费正清在分析赫德日记时，援引斌椿的咏洋泾浜诗，但完全挪用了丁韪良的错误翻译，可谓失察。见 Richard J. Smith，John K. Fairbank and Katherine F. Bruner eds.，*Robert Hart and China's Early Modernization*：*His Journals*，1863 - 1866，Cambridge，Mass：Harvard University，1991，p. 351.

④ 尹德翔：《东海西海之间——晚清使西日记中的文化观察、认证与选择》，北京大学出版社 2009 年版，第 26 页。

丽的衣服被海水浸泡，没法穿戴，急得用这些衣服一个劲儿抹眼泪。幸亏旅馆老板得知情况，帮他们从里昂火速定制了一些丝绸衣服，三天之后，衣服送到，见到这些衣服比他们自己带来的还要华美，这些中国人不禁欢呼雀跃：他们终于可以外出活动而有衣服穿了[①]。稍微看一下斌椿、张德彝的日记，就知道这个故事是不可信的，因为使团在马赛入关，是时船主“将行李皆推出，按人分散”[②]，如果衣服被海水损毁，当时就该发现，不用等到巴黎。无论在马赛、里昂、巴黎，使团每日都有外出活动，从未有连续三日闭门不出之事。可见法国的报纸肆口妄言。不特报纸如此，即如严肃的学者，也免不了为定见和舆论左右，得出不正确的结论。如马士（Hosea Ballou Morse，1855—1934）的《中华帝国对外关系史》讲到斌椿的欧游：

> 事实上，这位代表对于在那些国家旅行中的种种不适感到厌恶，他对于这些国家的风俗习惯，用一个顽固者和一个满洲人的一切憎恶观点来表示嫌弃；他从一开始便感到苦闷，并切盼能辞去他的任务而回到北京去。他的旅程缩短了，他被准许于八月十九日由马赛启航，以脱离他精神上由于蒸汽和电气所造成的惊心动魄景象，和由于到处看到的失礼和恶劣态度在他的道德观念上所造成的烦恼。他并未使人们对于中国的文明得到良好的印象，而他对于西方也没有欣赏的事物可以报告；他的使命必须肯定为一种失败。[③]

马士的观点受到丁韪良的影响，丁韪良称，《乘槎笔记》不过是斌椿全部报告的节选，那些敌视和谴责西方文明的内容，在公开刻印时，被删削了。根据他的印象，在他所见到的斌椿日记，关于西方，“每有一句表扬的话，他肯定有十句谴责的话”[④]。今天见到的《乘槎笔记》，会不

① “England”, Glasgow Herald, June 13, 1866.

② 张德彝：《航海述奇》，岳麓书社 1985 年版，第 479 页。

③ 马士：《中华帝国对外关系史》第二卷，张汇文等译，上海书店出版社 2000 年版，第 205—206 页。

④ 丁韪良：《花甲忆记》，沈弘等译，广西师范大学出版社 2004 年版，第 254 页。

会只是一个删削本，另有一个原本呢？可能性不能说不存在。丁韪良与斌椿有交谊，见到其原稿是完全可能的。但是，说《乘槎笔记》有重大删削，丁韪良的说法只是一个孤证，不能依此定论。即使《乘槎笔记》有删削，是否就像丁韪良所说，删掉了“谴责”西方的部分，还是一个问题。就内容和观点而言，《乘槎笔记》和两部诗稿具有高度的一致性，不可能设想斌椿在写下大量欣赏文字的同时，又写下更多与之完全相反的东西。

以现有文献而论，斌椿作为一个清朝的官吏和文人，对西方文化的接受，还是比较开放的。斌椿初到巴黎以后，作了两首七律，其一咏叹街市的繁华，其二则专谈风俗：

> 入门问俗始称奇，事与中华竟两歧；
> 脱帽共称修礼节，坦怀何用设藩篱。
> 简编不惜频飞溷，瓜李无嫌弗致疑；
> 最是绮纨长扫地，裙裾五色叹离披。①

跨文化交往中，最难接受的往往是对方的风俗习惯。传统上，华人以科头跣足为无礼，西人则用脱帽示致敬；华人女子包裹较严，西方妇女则袒胸露背；中国素有“敬惜字纸”的观念，西方人则经常拿旧书报拭秽；中国男女授受不亲，西人男女则可自由往来。斌椿用幽默的笔法来描写西方人迥异的风俗，不乏“善意的揶揄”，这种态度，对丁韪良或者对西方习惯成自然的中国学者看来，也许觉得太“封建”，但是，对斌椿时代的中国人来说，如果把女子着装袒露、用书报拭秽等现象视为当然，那才是不可思议的。关键是，斌椿虽然感受到西方风俗与我有别，却也能健康地来消化。他没有把外国人“他者”化，或像更早时期的文学那样，看成异类，而持有一种开放、友好的感情。斌椿虽然看到了西方人的“怪现象”，却仍能以理解乃至欣赏的态度来对待，如《书所见》三首：

① 斌椿：《乘槎笔记·诗二种》，岳麓书社1985年版，第165页。

出门游女盛如云，阵阵衣香吐异芬；
不食人间烟火气，淡巴菰味莫教闻（西俗最敬妇人，吸烟者远避）。

白色花冠素色裳，缟衣如雪履如霜；
旁观莫误文君寡，此是人家新嫁娘（太西以白色为吉色，妇女服饰多用之，新婚则遍身皆白矣）。

柔荑不让硕人篇，一握方称礼数全；
疏略恐教卿怪我，并非执手爱卷然（相见以握手为敬，不分男女也）。[①]

这几首诗是写西方女人的，很诙谐，也很有情趣，有竹枝之风。女子成群结队在户外活动，在中国是少见的；往身上喷洒浓烈的香水，逆风可闻，也非中国女人之素习。女子不吸烟，男子则不在女子面前吸烟以示尊重，其体现的绅士风度，中国人相当陌生。西方女人结婚要穿白色的婚纱，服丧期间要穿黑衣服，这种穿法今天在中国大陆已很普遍，但在斌椿的时代，结婚是要穿红、服丧是要着白的，如袁祖志说："中土凶礼乃尚白，而吉礼则尚红；泰西则吉礼反尚白，而凶礼专尚元。"[②] 西人男女混杂相处，本已令人大诧，相识与不相识的男女还要握手，肌肤相亲，岂非令人舌挢不下乎！斌椿把此事诙谐写出，无一丝忿嫉之态，是很宽容的。

中国人另有《包姓别墅》诗四首，同样是竹枝词风格，但将所见的英国女人写得更加生动可爱：

美酒蒲桃玉手倾，彩球击罢态轻盈；
柔荑新浣蔷薇露，自擘瑶笺录小名。

① 斌椿：《乘槎笔记·诗二种》，岳麓书社1985年版，第165页。
② 袁祖志：《谈瀛录》卷二，光绪十年同文书局石印本，第3页。

弥思（译言女儿也）小字是安拿，明慧堪称解语花；
呖呖莺声夸百啭，方言最爱学中华。

绝世佳人塔木森，细腰善舞绿杨阴；
怪他蝴蝶随人至，折得花枝代客簪。

笑靥生春葛得兰，丰姿绰约玉珊珊；
自言不泥轮回说，约指金环脱与看（西俗，婚期主教者予女金环，戒勿脱，违则不利云）。[①]

"包姓别墅"，实际就是随行的翻译官包腊的家。在欧洲时，赫德因处理私人事务，经常与代表团分开，陪同斌椿一行的任务，理所当然落到了两名翻译官英国人包腊（Edward C. Bowra）和法国人德善（Emile De Champs）的头上。根据赫德日记，包腊和德善经常给赫德写信，讲斌椿如何自私，如何傲慢，如何装腔作势[②]，以至于他们都"从心底里厌倦了斌椿和他的那一套"[③]。但是，在斌椿的日记和诗歌里，他对包腊和德善的态度，不仅毫无恶感，反而颇为情厚。上文所引《包姓别墅》诗，对包腊的女性眷属逐一夸赞，其喜爱心情，跃然纸上，如果他的心里对包腊潜藏许多敌意的话，这样的诗是写不出的。另，张德彝《航海述奇》记载斌椿等人游伦敦水晶宫（Crystal Palace）后，再遇包腊女戚：

斌大人与明，偕包婀娜、塔木森同乘双马敞车，行数里至宫之东大园。……游毕，食于宫内。饭后，古黛、韩芙丽等人举酒祝颂。斌大人以华言答祝曰："愿尔三多九如，福寿康宁。其已嫁者，频庆弄璋弄瓦，子多聪明。其未嫁者，早贺纳征纳采，婿必贤能。"言毕，

① 斌椿：《乘槎笔记·诗二种》，岳麓书社 1985 年版，第 168—169 页。

② Richard J. Smith, John K. Fairbank and Katherine F. Bruner eds., *Robert Hart and China's Early Modernization: His Journals, 1863-1866*, Cambridge, Mass: Harvard University, 1991, p. 392.

③ Ibid., p. 389.

包腊译以英文，众皆击掌。[①]

斌椿所祝形似陈腐，本愿却是好的。不能想象这些词句包腊是如何翻译的。“众皆击掌”，说明接受得不错，也说明相互关系的融洽。似乎包腊、德善对斌椿的恶感，斌椿本人相当木讷，并不知情，或至少感受不是对等的。如若不然，斌椿在《天外归帆草》中，不会写下这样的诗句：“包、德二君旧时友，九万里程辛苦同。”[②]（《十五夜》）“西洋楼阁与云齐，携手同登月窟梯。今夜一灯人下榻，梦魂犹觉在巴黎。”[③]（《九月二十六日住烟台，宿德一斋（善）楼上》）

包腊与德善对斌椿的反感，一大半的原因，在于斌椿自作主张，不甚听从他们的日程安排。查《乘槎笔记》，斌椿在欧洲的游历，日程多排得较满。查尔斯·德雷基（Charles Drage）所作的包腊传记，详述使团在英法期间的日程，马不停蹄奔波应酬，如同“噩梦”[④]。以63岁的年龄，身体疲乏，跟不上步调，偶尔要“罢工”，是正常的。赫德日记的整理者司马富暗示，斌椿为了看戏，不惜白天装病，晚上出门，影响到使团的活动计划[⑤]。这个观点，笔者不能赞同。《乘槎笔记》没有提到斌椿身体的不适，但《海国胜游草》有一首赠法国汉学家德理文（Marie-Jean-Léon Lecoq，1822—1892）[⑥] 的诗，中有“微恙劳频视，新交等故人”[⑦] 的句子，说明斌椿到巴黎以后，身体状况确实不佳。《航海述奇》述

---

① 张德彝：《航海述奇》，岳麓书社1985年版，第535页。

② 斌椿：《乘槎笔记·诗二种》，岳麓书社1985年版，第190页。

③ 同上书，第207页。

④ Charles Drage, *Servants of the Dragon Throne*: Being the lives of Edward and Cecil Bowra, London: Peter Dawnay, 1966, p. 151.

⑤ Richard J. Smith, John K. Fairbank and Katherine F. Bruner eds., *Robert Hart and China's Early Modernization: His Journals*, 1863 - 1866, Cambridge, Mass: Harvard University, 1991, p. 355.

⑥ 德理文是欧洲最早对中国诗歌感兴趣的汉学家之一，张德彝《再述奇》介绍说：“其人富而好礼，广览华书，延川省李某为记室，《离骚》、《原道》业经翻成卷帙，亦有志之士也。”（张德彝：《欧美环游记》，岳麓书社1985年版，第795页）郭嵩焘曾见过这位华人，其日记云：“有蜀人李少白者来见，询知其居法十余年，娶法女为妻。有世爵德理文，喜华文，请其带同翻译，闻译有《诗经》及《楚辞》诸书。”（郭嵩焘：《伦敦与巴黎日记》，岳麓书社1984年版，第564页）

⑦ 斌椿：《乘槎笔记·诗二种》，岳麓书社1985年版，第165页。

及，当张德彝等随包腊从法国前往英国，斌椿因痔疮发作留在巴黎，广英也留下陪护[①]。又，病有各种，由紧张、劳碌带来的神经性的身体不适，时好时坏，发作了不一定要躺倒，能起来也不一定是假装。斌椿不是小孩子，他以三品衔奉旨出访欧洲，一言一行，俱为中外关注，自己岂有不知？为了多看几出戏，置出访大事于不顾，有是理乎？当然，亦不能排除斌椿对许多酬应场合不习惯，感到不自在或紧张，因此不愿多出席。即使如此，我们也要给斌椿留一点地步，毕竟，他不是现代训练有素的外交官，到一个文化陌生的国家出访毫无经验。如果不是他实在感到难以承受，相信他会尽量去完成这些活动的。从丁韪良到司马富，西方学者对斌椿在国外的表现，大加嘲讽，笔者以为恐欠温厚。值得注意的是，赫德对包腊、德善的抱怨，一直怀疑和不解，就他个人而言，似乎斌椿之对待自己，无论何时何地，都极其令人愉快，其人也很有头脑[②]。直到最后，赫德也不明白斌椿与包、德之间究竟发生了什么，为什么他们之间的合作如此困难。最终，由于斌椿坚持早日回国，赫德只好取消了原定的美国之行，压缩了北欧和东欧的访问，让这次出使草草收场。

笔者揣测，斌椿和包、德之间，有年龄、性格、语言、文化等多方面的差异，因为这些差异，双方交流的障碍时有发生。斌椿的脾气秉性、官场习惯和中国士大夫气质，无疑将让包腊和德善摸不着头脑。反过来，包腊和德善的各项安排，因疏于全面考虑，也会令斌椿难以适从。但是这种不协调、不顺利，在双方心理感受上是不一样的。包腊和德善对斌椿比较愤怒和无奈，斌椿对二人则比较平和。这是从双方事后留下的文字所证明的。

马士在他的著作里十分夸大斌椿对欧洲的不适应，根本上是道听途说，不符合事实。这是“恨铁不成钢”的西方人戴上了时代的有色眼镜的缘故。《乘槎笔记》以及两部纪游诗表明，斌椿非但不顽固，而且对西方的科技和社会生活都很赞美，也比较享受了参观的过程。他对西方人的态度，也是亲和友善的。这些，都可以从当时的英国报纸和杂志的报道来印

① 张德彝：《航海述奇》，岳麓书社 1985 年版，第 499 页。

② Richard J. Smith，John K. Fairbank and Katherine F. Bruner eds.，*Robert Hart and China's Early Modernization*：*His Journals*，1863 - 1866，Cambridge，Mass：Harvard University，1991，p. 392.

证。《乘槎笔记》流传以后，国内一些人对之颇有微词。如张文虎云："阅斌大令《游记》，侈述彼国人民兵甲之多，宫室园囿之丽，夷妇之艳，戏剧之奇，而于其政令邦谋不著一字，徒使浅见之夫读而艳羡，其出使意岂如是而止耶？"① 这种批评，反过来恰恰说明斌椿对西方的态度是开放的、适应的。当然，他的适应性与后来出使的郭嵩焘等人，不能相提并论；但是在比较的意义上，他已经表现得相当出色，没有辜负他的使命。不适应是文化交流的必然产物，说起来轻松，身处其间则是很不容易克服的。即以斌椿和包腊、德善的关系论，他们对斌椿的不适应，不是远远超过斌椿对他们的不适应么？有何理由站在年轻的西方人的立场，苛责于这个年迈的满人呢？

三　荷兰自古擅名都：一首诗的追踪

据《乘槎笔记》，五月十二日（1866 年 6 月 23 日），斌椿一行离开英国，乘船渡海赴荷兰访问。他们访问了海他里（海牙）、拉里（鹿特丹）、来丁（莱顿）之后，十六日来到安特坦（阿姆斯特丹）。从莱顿到阿姆斯特丹，斌椿见到了从未见过亦不能想象的一件事：填海造田。日记中这样说：

> 看火轮取水器具，用泄亚零海水者。计立此法二十余年，涸出良田三十余万亩。有司以绘图与观。田畴明晰，沟洫条分。变斥卤为膏腴，洵为水利之魁。②

斌椿为此赋了一首七律，题目甚长：《十六日赴安特坦（自注：荷兰北都），见用火轮泄亚零海水，法极精巧（自注：旧为海水淹没，用此法已涸出良田三十余万亩）》。原诗如下：

> 荷兰自古擅名都，沧海桑田今昔殊；处处红桥通画舫，湾湾碧水

① 《张文虎日记》，陈大康整理，上海书店出版社 2001 年版，第 70 页。

② 斌椿：《乘槎笔记·诗二种》，岳麓书社 1985 年版，第 122 页。

界长衢；晶帘十里开明镜，璧月千潭照夜珠；创造火轮兴水利，黍苗绿遍亚零湖。[1]

按“亚零海（湖）”，魏源《海国图志》所引西洋人玛吉士之《地理备考》曰：“河至长者五，湖则甚多，其至大者曰亚尔零海。”[2] 徐继畬《瀛寰志略》述“荷兰”曰：“北宋时，海潮决堤数百里，居民皆没，都城几陷。潮退之后，积水汇为巨浸，曰亚尔零海。”[3] 斌椿使用的“亚零海（湖）”一词，应从《瀛寰志略》而来[4]。查今日荷兰地图，从莱顿到阿姆斯特丹之间，并无湖泊与“亚（尔）零”谐声者。这是怎么回事呢？笔者求教于台湾大学哲学系魏家豪（Dr. Wim De Reu）教授，得到的解答，所指应为“Haarlemmermeer”（意为“Haarlem 湖”），此湖在 19 世纪 50 年代以蒸汽机排干，汲水还土，今已不存。斌椿所见之“火轮取水”，即是此种装置。

斌椿的诗题为“十六日”（6 月 28 日），实“十七日”（6 月 29 日）作。根据日记，此日在阿姆斯特丹，斌椿等“乘船至泄水公所”，观看“用火轮法转动辘轳，以巨桶汲起，由外河达海”[5]。十八日复记云：“昨观火轮泄水，题七律一章，已印入新闻纸数万张，遍传海国矣。”[6] 核《海国胜游草》，以火轮泄水为题的七律，只有前引“荷兰自古擅名都”一首，故知“遍传海国”的，即是此诗。斌椿的诗上了荷兰的报纸，情况究竟怎样呢？笔者不知荷兰语，亦无缘访问荷兰，多年来空怀心梦，苦求不得。2011 年 10 月底，瑞典隆德大学英格马·奥特森（Ingemar Ottosson）教授至宁波大学开办讲座，是时笔者正在牛津大学中国学术研究所从事访问，获知教授素来从事欧亚关系史研究，即通过电子邮件，求教斌椿出使的相关史

① 斌椿：《乘槎笔记·诗二种》，岳麓书社 1985 年版，第 170 页。

② 原文出《海山仙馆丛书》，魏源《海国图志》（中），岳麓书社 1998 年版，第 1173 页。

③ 徐继畬：《瀛寰志略》，上海书店出版社 2001 年版，第 194 页。

④ 斌椿临出国前，徐继畬送给他《瀛寰志略》一部（斌椿：《乘槎笔记·诗二种》，岳麓书社 1985 年版，第 91 页）。舟过斯里兰卡以后，斌椿撰写《乘槎笔记》时，“惟据各国所译地图，参酌考订，而宗以《瀛寰志略》耳”（同上书，第 102 页）。

⑤ 斌椿：《乘槎笔记·诗二种》，岳麓书社 1985 年版，第 123 页。

⑥ 同上。

料。教授与我虽未谋面，而慷慨仗义，古道热肠，特为搜求19世纪瑞典、荷兰、丹麦之报章杂志，以释悬疑。搜求的结果，在1866年7月4日的《鹿特丹报》（*Rotterdamsche Courant*）上，发现了一则关于斌椿访问阿姆斯特丹的报道，并附一首译诗。英格玛教授翻译如下：

Concerning the Chinese embassy that has visited our country, the "Algemeen Handelsblad" announced on June 29:

The ambassador, Ping-Chun, holds a position in Peking, equivalent to secretary in the Foreign Ministry; his son, four nobles and 12 servants accompany him; Mr. Bowra, attaché at the British Embassy in China, has been given to him as interpreter on their journey that is being carried out at the expense of the Emperor. The foreign visitors were very impressed by Amsterdam; when they passed through the Leiden Gate and entered the city yesterday, Ping-Chun said: "Here I would like to live; it is more beautiful than Paris and London." Today he was at the Great Sluice and subsequently visited the Industry Palace, where Messrs. J. A. van Eyk and Ch. Boissevain walked around with him; the whole building was much admired by him and he stopped at many of the displayed objects. Similar to all gentlemanlike Chinese, Ping-Chun also composes verse. The following piece, dedicated to Holland, and translated into English by Mr. Bowra, can be presented as a sample of his poetic skills.

TO HOLLAND

A famous kingdom with a long reputation!

Where once the sea raged, now the strawberries bear fruit, and the waving ears their corn.

Long bridges unite distant banks and ships are sailing along broad canals.

Long rows of houses twinkle in the moonlight and the streams below glitter like diamonds.

Gratitude, friendly gratitude, we owe those whose knowledge brought this about, whose energy was great and to whom the country owes its flourishing.

Such capability, such work, such effort should never be forgotten.

PING-CHUN, Chinese commissioner

From the Hague to Amsterdam on the 19th day of the 5th moon①

兹将英译翻译如下：

关于在本国访问的中国使团，《商务统报》（*Algemeen Handelblad*）6月29日报道说：

斌椿大使在北京的职务，相当于外交部的秘书；他的儿子，四名贵族，还有12个仆人，陪他一道出访。英国驻华使馆的随员包腊先生奉命担当翻译，旅行的费用则是中国皇帝承担的。这些外国访问者对阿姆斯特丹印象深刻；当他们昨天通过莱顿城门进入城市的时候，斌椿说："我要是能在这里生活就好了，它比巴黎和伦敦都更美。"今天他观看了大水闸，随后访问了制造博物馆，范·埃克（J. A. van Eyk）和布瓦斯万（Ch. Boissevain）两位先生陪同参观了后者。他觉得整体

① 魏家豪教授特为抄录了荷兰文，在此深表感谢：

AAN HOLLAND.

Een koningrijk beroemd en van oude vermaardheid!

Waar eens de zee woedde, wild en woest, daar geven nu de aardbeien hare vruchten, en de wuivende aren haar graan.

Lange bruggen maken van verwijderde overs één, en schepen glijden liefelijk langs brede kanalen.

Lange rijen huizen fonkelen in het maanlicht, waaronder de stroomen helder als edelgesteenten glinsteren.

Dank, vriendelijk dank, is men schuldig aan hen, wier kunde dit heeft gewrocht, wier energie groot was, aan wie het Land zijn bloei is verschuldigd.

Zulke vermogens, zulk werk, zulken inspanning moeten nimmer vergeten worden.

PING-CHUN, *Chineesch Commisaris*,

Die van den Haag naar Amsterdam kwam.

op den 19den van de 5de Maan.

的建筑很漂亮，在许多展品前面都停下来查看。与所有绅士味道的中国人一样，斌椿也写诗。下面的一首诗是写荷兰的，由包腊先生译成英文，可以代表他的诗才之一斑。

致荷兰

一个著名的王国，享有悠久的名声！

从前大海咆哮的地方，现在，草莓结果，玉米穗随风摇曳。

长桥把遥远的两岸连接起来，轮船在宽广的运河上航行。

一排排的楼舍辉映着月光，脚下的河水如钻石般闪烁。

衷心感谢那些用知识造成这些变化的人们，他们投入了巨大的能量，使这个国家繁荣昌盛。

如此能力，如此业绩，如此努力，人们将永志不忘。

斌椿，中国使团团长

第 5 月之第 19 日从海牙到阿姆斯特丹途中

刊登在荷兰报纸上的斌椿诗歌，显然为“荷兰自古擅名都”一诗的翻译。有一个问题需要注意。译诗标为五月十九日所作，检中西合历，同治五年农历五月十九日对应公元 1866 年 7 月 1 日，而《鹿特丹报》转引的《商务统报》报道日期为 6 月 29 日，今日刊载后日写出的诗，绝无此理。斌椿作此诗的实际时间为五月十七日，故“19”应为“17”之误植。至于是包腊译诗时发生的错误，还是《商务统报》排印时发生的错误，难于确定。

比照译作与原作，差别是巨大的。斌椿的诗比较典雅，用了不少古典诗文的习语，“红桥”、“画舫”、“晶帘”、“夜珠”之类，令诗的“中国味”盖过了“西洋味”。译诗将与眼前景物不搭界的习语，一律删汰，只保留了诗句的主旨，比较切实。也可以说，平和典雅的古典主义变成了直抒胸臆的浪漫主义。斌椿的主题是填海造田，这个主题是以较长的题目来说明的；译诗把原题省去，变成了干脆利落的“致荷兰”，于是填海造田这个主题，退为次要（唯第二行有所暗示），淹没在对异国风光的泛泛描述之中。这是诗意上的失落。原诗赞美“火轮取水”的创造，以及取水还田形成的崭新风貌，但是并没有直接赞美东道主。对实现填海造田的人们的“感激，衷心感激”，对他们的知识、能力、业绩的赞美，对他们的努力“人们将永志不忘”这些话，在原诗中找不到对应。这些意思，可能是译者从斌椿的诗句中推想出来的，也可能是自作主张塞入诗中的，以使这个中国“团长”在外交方面更加得体。这是诗意上的扭曲。从中国传统上说，此种外交礼貌并不需要。一个诗人不需要把所有应景的东西都写出来，只要他写到最有趣的东西——填海造田就是如此——就包含了对东道主的感谢和赞美，对方对他的诗就应该很满意了。

根据报道，斌椿的诗是由使团翻译官包腊译成英文的，但何人再译成荷兰文，报纸没有提及。张德彝五月十七日日记云：“斌大人口占古风二章，包腊译以英文，本国复译以荷兰文，刻为新闻纸，传扬各国。”[①] 印证了荷兰报纸的说法。由于包腊英文原稿已不可得，无法确定荷兰文译本的忠实性。所以，荷兰文译诗与斌椿原作的差别，究竟是包腊造成的，还是荷兰文译者造成的，已无法知晓。值得一提的，包腊是《红楼梦》早期英译本的译者之一[②]，由他来翻译斌椿的诗，从技术上看，理应完全胜任的。

斌椿在荷兰报纸发表即兴诗，还有一个尾声。五月二十九日（1866 年 7 月 11 日），斌椿受到瑞典“国主及妃”，实即卡尔十五世（Carl XV）和路易莎王后（Queen Lovisa）的接见。路易莎王后婚前是荷兰的公主，她向斌椿提起了他的咏荷兰诗，颇有美言。斌椿受到接见后，送给她一柄诗扇，抵柏林后，复得王后以照片见赠，这是后话，留待下节再叙。

四　西池王母住瀛洲：斌椿在瑞典[③]

1866 年 7 月 7 日傍晚，斌椿一行抵达瑞典首都斯德哥尔摩。据 7 月 9 日瑞典报纸《今日新闻》（*Dagens Nyheter*），他们当夜住进了一家名为

---

① 张德彝：《航海述奇》，岳麓书社 1985 年版，第 539 页。

② 国内对包腊《红楼梦》英译本的讨论，参见任显楷《包腊〈红楼梦〉前八回英译本考释》，《红楼梦学刊》2010 年第 6 辑。

③ 本节参考的瑞典文献由瑞典隆德大学英格玛·奥特森教授提供和翻译，在此特别致谢。

"Hôtel Rydberg"的酒店（张德彝称为"莱达柏"[①]）。中国人的到来引得前来看热闹的人如此之伙，为使大门得以出入，店家不得不请来警察清理现场。根据同篇报道，中国使团的首领"斌大人"，是"中国外交部"的"一等或二等秘书"，知识相当渊博。7月8日，使团在海军中尉安纳思戴得（Annerstedt，张德彝谓"武官现充委员名安纳思者"[②]）陪同下，访问了工业展览馆（斌椿称为"水晶宫"[③]，张德彝称为"积新宫"[④]）、国家博物馆（斌椿称为"公所"[⑤]，张德彝称为"画阁"[⑥]），晚上又乘马车到王家公园（Djurgården Park）游玩。依照通例，当天是周日祈祷，展览馆是关闭的，但因有特许，中国人仍得以入内参观。7月10日的《今日新闻》说，斌椿不仅在展览馆参观，还购买了一件尤吉尼亚公主（Princess Eugenie，国王卡尔十五世之姊妹）亲制的雕塑品《保镖》。据《乘槎笔记》和《航海述奇》，五月二十七日（7月9日），斌椿拜见了瑞典总理大臣并各国公使，这一天斌椿和使团有的成员还照了相。五月二十八日（7月10日），斌椿再往工业展览馆，拜见"瑞国主之弟"[⑦]，实即后来的奥斯卡二世（Oscar II of Sweden，1872—1907年在位）。奥斯卡赠给斌椿一枚印有头像的银币，并要求斌椿的照片和名片以留念[⑧]。以"王弟"之尊而平易如此，斌椿对他的印象自然极好[⑨]。是日斌椿等游观坐落于王后街的科学院（Academy of Sciences，《今日新闻》7月11日），参观了其中陈列的各类动物标本和骨殖，并试观了显微镜。显微镜下的微观世界给斌椿和张德彝留下了很深的印象，二人分别在日记中做了详细记录，斌椿复作了一首长诗。五月二十九日（7月11日），斌椿使团在斯德哥尔摩城外的乌里斯达堡

---

① 张德彝：《航海述奇》，岳麓书社1985年版，第544页。

② 同上。

③ 斌椿：《乘槎笔记·诗二种》，岳麓书社1985年版，第126页。

④ 张德彝：《航海述奇》，岳麓书社1985年版，第544页。

⑤ 斌椿：《乘槎笔记·诗二种》，岳麓书社1985年版，第126页。

⑥ 张德彝：《航海述奇》，岳麓书社1985年版，第544页。

⑦ 斌椿：《乘槎笔记·诗二种》，岳麓书社1985年版，第126页。

⑧ 同上。

⑨ 《海国胜游草》有《见瑞典国王弟》诗云："位冠群僚太弟尊，治平嘉政赞邦君；温言优礼春风度，谦德遥传异域闻。"（斌椿：《乘槎笔记·诗二种》，岳麓书社1985年版，第173页）

(Ulriksdal Castle，张德彝称为“夏宫”[①])，受到瑞典国王卡尔十五世和王后路易莎的接见。斌椿记云：“国主与妃皆立待，慰劳甚切。妃云：‘使君在荷兰咏诗甚佳，前于新闻纸内得见佳句，敝国有光矣。’妃荷兰公主也，故云。予谢不敏。”[②] 路易莎提到的斌椿咏荷兰诗，即上节所引的“荷兰自古擅名都”一诗。斌椿等游览各处以后，国王命备酒，斌椿“举觞立饮，因取尊以酌王及妃”[③]。路易莎看见斌椿的折扇，上有沈凤墀所画《采芝图》并杨简侯所书《月赋》，听斌椿讲解大意后，颇示喜爱，斌椿随即将此折扇献于王后，并咏绝句一首，此盖《呈瑞典国王（自注：时在王宫游览饮酒即席书呈）》：

> 珠宫贝阙人间少，水木清华处处幽；
> 五万里人欣寓目，归帆传颂遍齐州。[④]

“五万里人”指中国使团，“齐州”谓中国。即从今日眼光看，斌椿呈给卡尔十五世的诗，内容也很得当。在细节上，张德彝的记述颇有出入：

> 游回，王劝饮三鞭酒[⑤]，吸烟卷。明辞以烟力猛，恐吸多必醉。王乃强予数枚，令放兜中。告以华服有兜者少，王曰：“何其迂也！”复亲引明等游览各处，出正门，入右厢翅门，看藏书之府。斌大人赋诗二章，令翻译官译以西文，王见之甚喜。[⑥]

按斌椿的叙述，他只作了一首绝句；张德彝则说是两首。斌椿云其所作的诗，是“饮酒即席书呈”；张德彝则说，诗是看了书房以后作的。二者不知孰是。此诗之外，斌椿另有专门题献给王后的诗，是当日回到宾馆写在一把扇子上，请安纳思戴得代呈的：

---

① 张德彝：《航海述奇》，岳麓书社 1985 年版，第 546 页。

② 斌椿：《乘槎笔记·诗二种》，岳麓书社 1985 年版，第 127 页。

③ 同上。

④ 同上书，第 174 页。“遍”，原作“篇”，从同治戊辰本《海国胜游草》改。

⑤ 即今所谓“香槟”。

⑥ 张德彝：《航海述奇》，岳麓书社 1985 年版，第 547 页。

书扇呈瑞典国王妃

羽林仙仗列瑶台，临水轩窗面面开；
盛燕离宫真异数，君王亲举紫霞杯。

荷兰公主重词章，几案常闻翰墨香；
称说使君题句好，诗名早已颂椒房。（妃为荷兰国公主，予在荷题咏，新闻纸早已到宫，故见时即云："承诗赞咏，敝邑有光矣。"）

地临北极昼常明，夏日人来不夜城；
远到银河开眼界，而今真作泛槎行。[①]

这也是几首竹枝词风格的诗。第一首中，"羽林仙仗"指的是宫中的护卫，"临水轩窗"指乌里斯达堡的景观，"盛燕"二字有所夸大，实际并无筵席。用酒不过是卡尔的一时之兴，但在斌椿的意识中，"君王亲举紫霞杯"，却为一种规格殊高的"荣遇"。本诗题为"呈王妃"，而先写国主的款待，次及王后的才德，再写自己的感怀，把君王的好客，王后的友善，国土的地临北极夏日不夜的形势，一一写出，顺序得宜，意思妥帖。

斌椿题献给瑞典王后的诗扇，后来得到了回应。当使团从莫斯科返至柏林，斌椿得到王后寄来的照片。《海国胜游草》有诗赋云：

开缄奕奕见真仙，珠玉光辉下九天；
何幸琼瑶报芹献，归装珍重好流传。

不信游踪近北辰，乘查直到斗牛津；
天孙亲与支机石，彤管标题惠使臣。[②]

身为使者而得到异国王后寄来的礼物，此礼物又是她的照片，这种经

① 斌椿：《乘槎笔记·诗二种》，岳麓书社 1985 年版，第 174 页。
② 同上书，第 177—178 页。

历，堪称史上绝无而斌椿独有的了。此诗用织女（“天孙”）比路易莎，用“珠玉光辉下九天”写获得玉照的情状，取譬适当，“珍重”“流传”之态度，也甚端正，得使臣之体。

斌椿在瑞典时，还有一首诗是献给“瑞国太坤”（奥斯卡一世之妻、卡尔十五世之母约瑟芬，Joséphine of Leuchtenberg，1807—1876）的。根据一般历史文献，约瑟芬做王后时，即在政治和艺术领域活跃；丈夫死后，虽潜居后宫，仍不少活动。这大概是她会见远道而来的中国使团的原因。“太坤”是斌椿和张德彝为约瑟芬起的雅号，《乘槎笔记》云：“西国国主之母称太坤。”[①] 又《航海述奇》云，“太坤”者，华言王母也[②]，对应的是西文的“queen mother”。《乘槎笔记》述会见情景云：

> 午正，乘轮船西行。海港中碧水湾环，山岛罗列。约四十里，峰回路转，始见琼楼十二，高矗水滨，苍松翠柏，一望无际，真仙境也。登岸，侍臣导登楼数十级，至宫。太坤迎见，云：“中华人从无至此者，今得见华夏大人，同朝甚喜。”又问：“历过西洋各国景象如何?”予曰：“中华官从无远出重洋者，况贵国地处极北，使臣非亲到，不知有此胜境。”太坤喜形于色……予吟一绝为太坤寿，云：
>
> “西池王母住瀛洲，十二珠宫诏许游；
> 怪底红尘飞不到，碧波清嶂护琼楼。”
>
> 乃归。[③]

此诗亦收于《海国胜游草》，题名《六月初一日见瑞典国太妃（轮船行三刻距城约四十里）》。约瑟芬王太后所居之处，称为 Drottningholm Castle，意译“皇后宫”，距斯德哥尔摩十五公里，今已辟为旅游胜地。“西池”即“瑶池”，为传说中西王母所居（《穆天子传》），“瀛洲”本在东海，斌椿用以状皇后宫海水环绕，迥出尘外。以“西王母”比拟约瑟芬，今人或以为不伦，然此等人物身份，国史中没有先例，从神话中寻出西王

---

① 斌椿：《乘槎笔记·诗二种》，岳麓书社 1985 年版，第 128 页。

② 张德彝：《航海述奇》，岳麓书社 1985 年版，第 547 页。

③ 斌椿：《乘槎笔记·诗二种》，岳麓书社 1985 年版，第 128 页。段落由笔者重新排定。

母，亦是不得已之事。据《今日新闻》7 月 14 日云，中国使团会见王太后以后，参观了皇后宫和中国宫（China Castle）内部[①]，复乘马车在皇后宫花园（Castle Park）游览一小时，而后离去。临行时，他们在留名簿上签了名，为首的斌椿并“十分礼貌地添了几行诗，并注译文”。关于诗的内容，报纸只说作者以“东方人的巧舌”，夸赞此地的风光和城堡的富丽，未言其他。笔者未获译文，不知译者（或许仍是包腊）是如何翻译“西王母”的。斌椿作诗的事在更有影响的《画刊》杂志（*Illustrerad Tidning*）7 月 21 日一篇评论中亦有涉及，只是具有了讽刺意味：

> 现在，这个坚冰之国，这一熊和野人共居的化外之地，来了文明之极的中国人，在一些事情上，他们是注定要笑话我们的。看看他们在莱达柏酒店写的日记吧——他们肯定受到了成群的、怀着好奇心的穿长蓬裙女士们的打扰——你将读到一些也许非常之有趣的段落，也许这些段落将很快翻译为瑞典文。
>
> 然而，他们还写了诗，精彩的诗，赞美我们的首都和它的迷人的环境，在这里，他们在皇后宫受到娴静女主人的招待，在中国宫也受到了热情的款待。中国宫的外部和内部，必已奏响不止一曲“故乡的旋律”，这一旋律，将在他们的善感的灵魂里，在他们的漫漫长途，一路回荡。

关于斌椿的《海国胜游草》，钱锺书先生在《汉译第一首英语诗〈人生颂〉及有关二三事》一文中这样说：

> 最先出使的斌椿就是一位满洲小名士。他“乘槎”出洋，不但到处赋诗卖弄，而且向瑞典“太坤”（王太后）献诗“为寿”，据他自己说，他的诗“遍传海国”；他的翻译官也恭维说：“斌公之诗传五洲，

---

① 中国宫在皇后宫对面。张德彝记述了参观中国宫的情景：“忽见中国房一所，恍如归帆故里，急趋视之。正房三间，东西配房各三间，屋内槅扇装修，悉如华式。四壁悬草书楹帖，以及山水、花卉条幅；更有许多中华器皿，如案上置珊瑚顶戴、鱼皮小刀、蓝瓷酒杯等物，询之皆运自广东。房名‘吉纳’，即瑞言中华也。”（张德彝：《航海述奇》，岳麓书社 1985 年版，第 548 页）

> 亦犹传于千古也。”他的一卷《海国胜游草》比打油诗好不了许多；偶尔把外国字的译音嵌进诗里，像“弥思（自注：译言女儿也［miss］）小字是安拿，明慧堪称解语花”，颇可上承高锡恩《夷闺词》，下启张祖翼《伦敦竹枝词》。不知道是否由于他“遍传海国”的诗名，后来欧洲人有了一个印象，“谓中国人好赋诗；数日不见，辄曰：‘近日作诗必多矣！顷复作耶？’”[①]

从文献上看，斌椿对自己的诗才，一无自夸，二无自信。他在《过之罘岛至烟台观海楼登眺》诗中说：“登高思啄句，恨乏谪仙才。”[②] 在《寄杨简侯表弟》诗中说：“海天高唱擅清新（自注：往岁君航海入都时著有《海天集》诗一册），挂席居然步后尘；十载不飞飞极远，欲鸣恐乏句惊人。”[③] 这是不自信。他在欧洲时，确实有“今日新诗才脱稿，明朝万口已流传”[④] 的自状，但这只是谐趣，是说西方“新闻纸”的快捷，并非说自己的诗做得好。斌椿没把自己当作不得了的诗人，他的朋友也是如此。徐继畬在《乘槎笔记》序中说：“斌君友松……于所谓欧罗巴各国，亲历殆遍。游览之余，发诸吟咏。计往返九万余里，如英、法、俄、布、荷、比诸国，土情民俗，记载尤悉，笔亦足以达其所见。”[⑤] “笔亦足以达其所见”，既说诗也说文，徐氏之评价，着实不高，亦着实实在，而作者不以为忤。《海国胜游草》录了十种题辞，一般都说到他“乘槎”出使绝域的胆略，说到诗歌本身，也只说“一卷新诗当水经”（方濬师）、“仗君彩笔题山海”（龚自闳）而已，除了蒋彬蔚“才较词人赋海优”一句，没有艳称其文才的。

斌椿在外人面前题诗奉赠，与在国内同友人之间酬唱和答一般，只是出于古代文人的素习，并非到国外以后，欺外人不懂，骄矜自大，矫情为之。非要做出第一流水平的诗歌才可以向外人出示，则心中先有了盘算计

① 钱锺书：《七缀集》（修订版），上海古籍出版社 1994 年版，第 154 页。

② 斌椿：《乘槎笔记·诗二种》，岳麓书社 1985 年版，第 156 页。

③ 同上书，第 157 页。

④ 同上书，第 171 页。

⑤ 同上书，第 85 页。

念，反而不自然了。这一点上，实不必强求他。以今天眼光而论，若有即兴赋诗的小小才能，在文化交流的场合，应景一用，虽诗本身不甚佳，也必得众人的欢喜，称为美事。斌椿以诗歌为与外国人交流之手段，无有不善，应该肯定。自斌椿以来，身至西洋的中国人，当场作诗而诗才劣于斌椿，又无不博得一时喝彩的，不知万几，何以对斌椿一人，严苛如是乎。故钱先生对斌椿的讥评，不得为平允。

又，钱先生云，斌椿《海国胜游草》一卷，“比打油诗好不了许多”。对此又有说。盖斌椿纪游诗，主要为一种实录，民俗土风，随手而写，初不计较其工饬与深辟。竹枝词一类，虽作法不同，而以简白流利、俚俗浅率为正则，既如此，则与打油诗亦不远。以笔者浅见，斌椿的竹枝体诗歌俚而有致，诙谐活泼，有意到笔随之乐，无选声设色之苦，属竹枝之作的上乘。《海国胜游草》中最有文化价值的诗，恰在于这些写得比较“打油”的诗，凭借此等随意，斌椿记录了西洋景的真画图，与中国人的真感受，是最有文化价值的。

第三章　陈兰彬《游历美国即景诗》

同治十一年七月初九日（1872年8月12日），清廷派出的第一批"出洋肄业官生"，即后来所称的"留美幼童"三十人从上海登轮出发。他们于十一日（14日）抵日本长崎，十七日（20日）到横滨，十九日（22日）换乘渡轮重新启行，在太平洋上航行二十天后，于八月初十日（9月12日）抵美国旧金山[①]。接着，他们乘火车横穿美国，来到康涅狄格州的小镇四北岭非尔（Springfield）[②]，开启了一段在中国近代史上不同凡响的人生之旅。率领这支小留学生队伍前往美国的，是刑部主事陈兰彬（1816—1895）。陈兰彬，字荔秋，广东吴川县黄坡人，咸丰癸丑（1853）进士[③]，选翰林院庶吉士，充国史馆纂修，散馆，改刑部主事[④]。同治十一年正月十九日（1872年2月27日），两江总督曾国藩、直隶总督李鸿章进"遴派委员携带幼童出洋肄业"奏折，建议由刑部主事陈兰彬担任管带幼童出洋肄业的正委员（总办），江苏候补同知容闳（1828—1912）为副委员（副总办）。容闳提前数月赴美，为幼童食宿和学习做预先安排。故此批幼童

---

① "出洋学生到金山电信"，《申报》大清同治壬申八月十四日，第一百十九号。梁碧莹谓幼童出发的时间是该年七月初八日（梁碧莹：《陈兰彬与晚清外交》，广东人民出版社2011年版，第149页），根据或为该年七月初四日《申报》"学生谒见美领事及道宪"消息，该文称"西学局之学生定于月之初八日前赴美国"。比较而言，《申报》从旧金山获得的电报的信息，当更为准确。

② 梁碧莹谓幼童于9月22日抵达康涅狄格州哈特福德城，误。是时容闳为幼童预先安置的住宿地点为四北岭非尔，"后因从教育司拿德鲁布及他友之言，乃迁居于哈特福德地方"（容闳：《西学东渐记》，岳麓书社1985年版，第130页）。

③ 毛昌善主修，陈兰彬总纂：《吴川县志》，（台湾）成文出版社影印光绪十四年刊本，第233页。

④ 朱祖谋：《总理各国事务大臣都察院左副都御史兼署礼部左侍郎陈公神道碑》，《清代碑传全集》（《碑传集三编》），上海古籍出版社1987年版，第4155页。

由陈兰彬带队，同行的有两名中文教席和一名翻译。陈兰彬光绪元年（1875）被任命为驻美公使，是大清驻美公使第一人，声名藉甚，而其发端，则由其担任“出洋肄业局”总办铺垫。

众所周知，从同治十一年（1872）到光绪元年（1875），清廷一共派出四批幼童赴美，每批三十人，合计一百二十人。原期十五年完成计划，因错综复杂的原因，这些幼童在光绪七年（1881）被勒令撤回。幼童赴美学习以及此项事业的夭折，在中国历史上，无论从哪个方面看，都是一件破天荒的事件，一直为学者所关注。本章从文献方面研究陈兰彬赴美时所作的竹枝体诗，并对他在幼童留美事件中所起的作用，略事讨论。

一　《游历美国即景诗》笺注

关于幼童在美国学习和生活的情况，清人祁兆熙的《游美洲日记》、李圭的《环游地球新录》、容闳的英文自传《西学东渐记》（*My Life in China & America*）、幼童之一李恩富（Yan Phou Lee）的自传《童年：我在中国的故事》（*When I was a Boy in China*）、幼童之一温秉忠的演讲《一个留美幼童的回忆》、耶鲁大学菲尔浦斯（William Lyon Phelps）教授的自传[①]略有述及。美国华盛顿州立大学教授拉法吉（Thomas Lafargue）的《中国幼童留美史》（*China's First Hundred*），旅美华裔学者高宗鲁教授的《中国留美幼童书信集》，钱钢、胡劲草的《留美幼童：中国第一批官派留学生》则提供了丰富的资料，大体还原了幼童在美国生活的历史。在以上文献中，有几篇记载了留美幼童赴美途程中的情况：李恩富的自传、温秉忠的演讲和祁兆熙的日记。李恩富为留美幼童之一，被召回两年后，辗转再去美国，完成耶鲁大学的学业后留在美国。他的自传是1887年在波士顿出版的，该书最后一章记述了第二批留美幼童1873年赴美的途程。温秉忠也属于第二批幼童，他回国以后曾作棉商，后入宁波美国领事馆工作，民国时曾在苏州海关任职。《一个留美幼童的回忆》是他在1923年为北京税务专门学校某班做的一次英文演讲，其中也述及第二批幼童赴

① 钱钢、胡劲草：《留美幼童：中国第一批官派留学生》，文汇出版社2004年版，第107—109、121页。

美的途程见闻。祁兆熙为1874年清廷特派护送第三批幼童赴美的官员，其《游美洲日记》主要记载了第三批幼童赴美的途程情况，描写详细。第一批幼童赴美具有开创性的意义，记录他们经历的海程和陆路情况的文献，至有价值，而长期以来一直未有发现。笔者查阅《申报》，发现该报同治壬申十二月二十六日（1873年1月24日）第二百三十一号之第三页有一组诗，题为《游历美国即景诗二十八首》，署为“陈荔秋太史稿”。核诗中内容，联系发表的时间，可以确定为陈兰彬率第一批幼童赴美时撰写的诗。

关于陈兰彬所作域外诗，历来说法分歧。朱祖谋为陈兰彬所撰“神道碑”中，提及“陈兰彬至海外，撰《使美纪略》、《泛槎诗草》各一卷”①。《清代人物传稿》接受了朱祖谋的说法②。民国时吴川籍的一位国民党将军李汉魂在文字中说，陈兰彬“著有《毛诗札记》、《使美百咏》、《重次千字文》等存于家，嗣以世变频然，家中资料，则亦丧失殆尽矣”③。近人陈元瑛《陈翰林兰彬传略》则说，陈兰彬“著有《毛诗札记》、《使美日记》、《使美百咏》、《重次千字文》存于家”④。李钦主编的《吴川古今诗选》（中国华侨出版社1999年版）收录陈兰彬诗一十七首，其中海外诗占多数，有《出洋纪事三十二首》（选四）、《太平洋纪事三十二首》（选十），《由日本赴金山即事杂咏》一首，计十五首⑤。这些诗中有九首，即《太平洋纪事》十首中之第二至第十首，与《申报》所载《游历美国即景诗》重合。2007年国内出版了一种《纪念陈兰彬诗文集》，中有一篇黄志豪作的序说：“陈兰彬一生，著述颇丰，可惜十年‘文革’，损失殆尽。其宗侄孙陈延华先生，几经搜集，得遗稿63篇，弥足珍贵。”⑥ 陈秀秋在《陈兰彬的爱国爱民诗联》文末附注中说：“我跟随堂叔公陈春卿（前清秀才）读书时，他从向堂先叔公陈南涧（前清白贡，曾任高州府及和平县二次主考

---

① 《清代碑传全集》（《碑传集三编》），上海古籍出版社1987年版，第4156页。

② 李文海、孔祥吉主编：《清代人物传稿》下编第五卷，辽宁人民出版社1989年版，第20页。

③ 陈修省主编：《纪念陈兰彬诗文集》，纪念陈兰彬编委会2007年版，第19页。

④ 李钦主编：《陈兰彬颂》，（香港）中国文化出版社2008年版，第114页。

⑤ 李钦主编：《吴川古今诗选》，中国华侨出版社1999年版，第256—257页。

⑥ 陈修省主编：《纪念陈兰彬诗文集》，纪念陈兰彬编委会2007年版，第23页。

官）处取回《陈兰彬诗、联、词、文录》给我阅读，我抄下一本，可惜‘文革’时被毁。”[①] 从民国到现在，关于陈兰彬的诗文一直有“丧失殆尽”的说法。《陈兰彬纪念诗文集》收录的陈兰彬海外诗，照抄了《吴川古今诗选》中的十五首，唯个别地方重新标点，并在《出洋纪事》题下注“三十二首，只存四首”，《太平洋纪事》题下注“三十二首，只存十首”[②]。盖编者认为《吴川古今诗选》中陈兰彬诗所选出的，即是存世的，未选的，则已失传。然 2008 年，香港出版了李钦主编的《陈兰彬颂》一书，其内容同样为纪念性质，但此书收录了一篇陈兰彬遗作的手抄本，题为“钦差大臣左副都御史兵部侍郎出使外国诗”（以下简称《出使外国诗》），计六十首。编者将此诗逐章影印，下附排印稿[③]。其所附陈达兴的说明云：

> 这六十首诗中，有十四首曾见于《吴川古今诗选》……其余四十六首未曾见世，实赖香山公抄录保存，更得陈庆春、陈达兴父子善为保管，今天才有机会与世人见面，此乃天意，也是荔秋公之福荫使然也。[④]

陈达兴提供的《出使外国诗》六十首，包括了《吴川古今诗选》选录的全部十五首海外诗中的十三首（陈达兴计算为十四首，误）。从《吴川古今诗选》提供的诗题：《出洋纪事三十二首》、《太平洋纪事三十二首》，以及同一首诗文字与抄本每不一致，可判断编者李钦当时没有见过《出使外国诗》抄本。但是陈达兴称“其余四十六首未曾见世”则是错误的，因为《申报》所载的《游历美国即景诗二十八首》都在《出使外国诗》六十首之中，早已远播。陈达兴所说的抄录《出使外国诗》的“香山公”，为吴川坡头镇郑屋岭村的秀才吴香山，今存陈兰彬致仕返乡后写给他的对联[⑤]。既然吴香山与陈兰彬有过从，他从陈兰彬手中抄出后者作的诗当属

---

① 陈修省主编：《纪念陈兰彬诗文集》，纪念陈兰彬编委会 2007 年版，第 80 页。

② 同上书，第 283—286 页。

③ 李钦主编：《陈兰彬颂》，（香港）中国文化出版社 2008 年版，第 45—74 页。

④ 同上书，第 75 页。错别字有改正。

⑤ 同上书，第 36 页。

可信。其所抄出的六十首《出使外国诗》中，最后二十八首即是《申报》所刊《游历美国即景诗二十八首》，顺序一丝不差。诗中所写赴日本及太平洋航行的情况，与作者同治十一年率幼童赴美的经历，亦完全吻合。故笔者判定《出使外国诗》确是陈兰彬的作品。进言之，郑香山所抄的《出使外国诗》可能就是朱祖谋所说《泛槎诗草》的一部分，而《使美百咏》或为《泛槎诗草》的别名。因为《吴川古今诗选》中尚有两首诗与《出使外国诗》内容一致，但为后者所无。

所遗憾者，“钦差大臣左副都御史兵部侍郎出使外国诗”不是原题，而是抄录者概括内容起的题目。与《申报》所刊的二十八首诗核对，抄本有不少文字上的错漏，常有读不通，或勉强读通而文辞粗劣的情况。比较而言，《游历美国即景诗》在文字上比较可靠，其专咏美国这一段途程，可视为一个整体。故本文单为《游历美国即景诗》做笺。

《游历美国即景诗》与后来首任驻日公使何如璋的《使东杂咏》一样，也是竹枝体，也以纪行为主。《使东杂咏》催生了张斯桂的《使东诗录》和黄遵宪的《日本杂事诗》，在后者影响下，又出现了好几种篇幅甚长的日本竹枝词（见本书《绪论》）。《游历美国即景诗》比《使东杂咏》早了五年，可谓得风气之先，惜乎没有“同声相应”的继作，而成为绝响。

兹编号笺注如下：

游历美国即景诗二十八首[1]

陈荔秋太史稿

【注】陈荔秋：即陈兰彬，荔秋是他的字。太史：清代修史之职由翰林院掌管，故雅称翰林为“太史”。

(1)

大海安知晷刻移，璇玑测度始惊疑。

---

① 《申报》同治壬申十二月二十六日（1873年1月24日）第二百三十一号，第3—4页。

金山沪渎相衡较，昼夜推迁已四时。

【校】“测度”，《钦差大臣左副都御史兵部侍郎出使外国诗》（以下简称《出使外国诗》）抄本作“测海”。

【注】璇玑：古代天文仪之一称。金山，今称旧金山（San Francisco），美国西部港口城市，为华人密集居住地。

【笺】本章咏赴美海程中的时差变化。陈兰彬《使美纪略》：“初十日正午……西人于是日仍以为初九，据称自中国至此，见日渐快（是处与中国日出差四点钟），必于此重一日，到金山时，方无参差。”[①] 祁兆熙《游美洲日记》：“按由上海、日本而来，至此有两个礼拜五之日。此处十一点钟，在东洋已三点钟；分明地球上自东而西，迤逦而下，参差两个时辰矣。”[②] 另，黄遵宪《海行杂感》：“中年岁月苦风飘，强半光阴客里抛。今日破愁编日记，一年却得两花朝。”自注云：“船迎日东行，见日递速，于半途中必加一日，方能合历。此次重日，仍作为二月初二，故云。”[③]

(2)

通衢九轨净无尘，列坐车中数十人。
漆几两行窗八扇，看他游艇泛平津。
街车。

【校】“看他”，《出使外国诗》抄本作“看同”。“平津”字，抄本作“中津”。小注“街车”，《出使外国诗》抄本无。

【注】九轨：谓路的宽度。《周礼·考工记·匠人》：“国中九经九纬，经涂九轨。”郑玄注：“国中，城内也。经、纬，谓涂也。经纬之涂皆容方九轨。轨谓辙广，乘车六尺六寸，旁加七寸，凡八尺，是为辙广。九轨积七十二尺，则此涂十二步也。”钱玄根据周尺计算，判断古都城中大路宽

① 陈兰彬：《使美纪略》，陈绛校注，《近代中国》（第十七辑），上海社会科学院出版社 2007 年版，第 374 页。

② 祁兆熙：《使美洲日记》，岳麓书社 1985 年版，第 219 页。

③ 黄遵宪：《人境庐诗草笺注》，钱仲联笺注，上海古籍出版社 1981 年版，第 346 页。

为16.5米[①]。

【笺】本章咏旧金山所见街车，亦即作为公交车的马车。按在西方公共汽车（bus）产生以前，马车曾流行作为公交工具，称为 minibus 或 horsebus。此种马车有封闭车棚，两边开窗，内设两条长板凳，乘客相向而坐[②]。陈兰彬《使美纪略》："其街道宽阔，形如棋盘……俱有长行街车，可坐十数人，略同泛沪小艇，而往来迅捷。"[③] 祁兆熙《游美洲日记》称为"马船"："又有马车、马船，马船者如陆地行舟，以马拖行也。"[④]"看他游艇泛平津"者，言在街车之中，可透过舷窗望见海上小艇游弋。

(3)

丝抽经纬上绒机，羊毳茸茸满地飞。

终日七襄轮迅速，何虞卒岁赋无衣。

【校】"羊毳"，《出使外国诗》抄本同，排印稿作"羊毛"。"轮"，《出使外国诗》抄本同，排印稿作"输"。

【注】羊毳：羊绒。茸茸：草、毛等又短又软又密。七襄：谓织女星一日移位七次。《诗经·小雅·大东》："跂彼织女，终日七襄，虽则七襄，不成报章。"陈子展译为："三角形的那三颗织女星，一天到晚更换七个辰光；虽则更换七个辰光，不能往复织成文章。"[⑤] 诗中指纺织女工工作繁忙。无衣：《诗经·国风·无衣》："岂曰无衣，与子同袍。"本句谓纺织既繁荣，则不用担心缺少衣服穿。

【笺】本章咏在旧金山参观纺织厂。祁兆熙《游美洲日记》述四北岭非尔"布局"："观其制法，与中国乡人做布无别，特全用机器耳。第一层弹花，大柜上盖玻璃，轮旋轴转，钢刀琢花，雪花滚滚；第二层大机轴转成踏卷；第三层踏卷在大轴上，钢刀从上旋下，成纱条。纺纱以钉

---

① 钱玄：《三礼通论》，南京师范大学出版社 1996 年版，第 157 页。

② 参见 http：//en. wikipedia. org/wiki/Horsebus。

③ 陈兰彬：《使美纪略》，陈绛校注，《近代中国》（第十七辑），上海社会科学院出版社 2007 年版，第 375 页。

④ 祁兆熙：《使美洲日记》，岳麓书社 1985 年版，第 226 页。

⑤ 陈子展：《诗经直解》，复旦大学出版社 1983 年版，第 725 页。

纸牌与铜管，一纵一收。一牌一百根，一人在旁经理；顷刻，廿斤纱既成。”[①]

(4)

拍岸涛飞乱石堆，纷蹲海虎不惊猜。
游鱼何处藏踪迹，复有饥鹰没水来。
白鹰皆能没水。

【校】“游鱼”，《吴川古今诗选》作“游经”。“复有”，《吴川古今诗选》作“后有”。“白鹰皆能没水”，《出使外国诗》抄本作“鹰□水中”。排印本无。

【注】海虎：不详。陈兰彬《使美纪略》云，纽约动物园“有深池养海虎、海狮、海狗等十余头，围以铁栅。各海兽亦能上岸掠食，投以鱼饵则奔赴，海狮之行尤速”[②]。惊猜：《列子·黄帝第二》：“海上之人有好沤鸟者，每旦之海上，从沤鸟游，沤鸟之至者百住而不止。其父曰：‘吾闻沤鸟皆从汝游，汝取来吾玩之。’明日之海上，沤鸟舞而不下也。”

【笺】本章咏旧金山海岸所见景色。

(5)

异兽珍禽罗苑囿，名花瑞木满庭阶。
几人到此增游兴，况值清秋日正佳。
金山大花园。

【校】“金山大花园”，《出使外国诗》抄本无此注。

【笺】本章咏旧金山的公园。丽景公园（Buena Vista Park）始于1867年，为旧金山最早的公园，陈兰彬所游者或为此。

① 祁兆熙：《使美洲日记》，岳麓书社1985年版，第240页。

② 陈兰彬：《使美纪略》，陈绛校注，《近代中国》（第十七辑），上海社会科学院出版社2007年版，第413页。

(6)

一两车分十六房，一房上下四胡床。
火炉冰桶兼陈设，仍有衣椸列两旁。

【校】“两”，《出使外国诗》抄本同，排印本写作“辆”。“椸”，本作“褷”，从《出使外国诗》抄本改。

【注】两：乘也。车一乘曰一两。胡床：本意为可折叠之坐具，此处代指火车厢内可折叠之卧铺。衣椸：衣架。

【笺】本章咏火车车厢内部。祁兆熙《游美洲日记》：“车头尾设火炉二，有水柜二，即在面盆柜上。……设对面座，长六尺，阔如一人榻。左右四座，和合垫褥，坐则仓其半于背，卧则铺平之。”[①] 本章表明陈兰彬等人乘火车离开旧金山。

(7)

火车牵率十车行，方木匀铺铁路平。
八十轮开如电闪，云山着眼不分明。
日夜十二时行二千余里也。

【校】“火车”，《出使外国诗》抄本初作“火车”，后改“一车”。“不分明”，《出使外国诗》抄本作“未分明”。“日夜十二时行二千余里也”注从《出使外国诗》抄本增。

【笺】本章咏火车疾行如风。斌椿《乘槎笔记》：“申刻登火轮车。……摇铃三次，始开行。初犹缓缓，数武后即如奔马不可遏。车外屋舍、树木、山冈、阡陌，皆疾驰而过，不可逼视。”[②] 祁兆熙《游美洲日记》：“车轮一发，车之客皆如痁。余试握笔，笔飞白。山川、田地、树木，恍如电光过目。”[③] 李喜所《精彩与无奈：陈兰彬与晚清出洋官员的两难选择》一

---

① 祁兆熙：《使美洲日记》，岳麓书社 1985 年版，第 230 页。

② 斌椿：《乘槎笔记·诗二种》，岳麓书社 1985 年版，第 104 页。

③ 祁兆熙：《使美洲日记》，岳麓书社 1985 年版，第 230 页。

文云本诗为陈兰彬由哈特福德赴华盛顿见美国总统所作[①]，误。

(8)

前车转处后车同，有路中间一线通。

首尾门开穿槛过，游行恍在五都中。

【校】“处”，《出使外国诗》抄本漏抄。“有路”，《出使外国诗》抄本作“百路”。

【注】五都：五方都会，泛指繁华的都市。宋玉《登徒子好色赋》：“臣少曾远游，周览九土，足历五都。”

【笺】本章咏火车沿铁轨穿越城市。

(9)

危滩桥槛接危岑，板阁高遮一道阴。

蓦地惊人疑昼晦，车行穿度石岩深。

【笺】本章咏火车穿过隧道。陈兰彬《使美纪略》：“初六日，十一点零五到心觅（译言峰顶也），计程二百四十三迈。是山统名‘诗拉尼华大’，离海高约万尺，今火车所过，计离海高七千零一十七尺。西人凿山通道，名曰‘暗路’，计长一千六百五十九尺。”[②] 祁兆熙《游美洲日记》：“忽进山洞，比夜更黑，不见天日。”[③] 温秉忠《一个留美幼童的回忆》：“旅程的头两天，要越过洛矶山（Rocky Mountains），因此火车穿过许多隧道。”[④]

---

① 李喜所：《精彩与无奈：陈兰彬与晚清出洋官员的两难选择》，《四川师范大学学报》2010年第2期。

② 陈兰彬：《使美纪略》，陈绛校注，《近代中国》（第十七辑），上海社会科学院出版社2007年版，第379—380页。

③ 祁兆熙：《使美洲日记》，岳麓书社1985年版，第230页。

④ 《中国留美幼童书信集》，高宗鲁译注，（台湾）传记文学出版社1986年版，第78页。

(10)

石炭松柴积路歧，风轮储水漾晴漪。
悬灯树表修渠阁，集事原来费不赀。

【校】“晴漪”，《出使外国诗》抄本作“明漪”。“赀”，《出使外国诗》抄本同，排印本作“资”。

【注】石炭：煤。风轮：风车。赀：计算。不赀为不可计算，形容花费甚多。

【笺】本章咏沿途所见设施与兴造。盖当时火车行驶中途常需添煤加柴，乃有堆放于铁轨交叉处附近者。悬灯修渠，或为夜间施工。风车西方多见，有用提水灌溉者，陈兰彬《使美纪略》云：“又有风轮取水器，以资灌溉。其轮侧立，两轴平运，轴前为轮，轴后有尾如柁，常顺风势，故轮面迎风而转，无论风来方向，轴有曲拐，连于抽水器以抽水。”①

(11)

补旧添新几日间，取材工匠尚开山。
始知中国竞持意，为惜寰区物力艰。

【校】“工匠”，《出使外国诗》抄本作“上匠”。“寰区”，《出使外国诗》抄本作“名区”。“艰”，《出使外国诗》抄本作“难”。

【注】竞持：矜持，拘谨。物力：物质财富。《朱子治家格言》：“一粥一饭，当思来处不易；半丝半缕，恒念物力维艰。”

【笺】本章比较中美差别。认为美国不惜人力，大肆兴造；中国持重保守，爱惜民力，故少兴土木。

(12)

传闻普法交兵日，车路翻为敌取资。

① 陈兰彬：《使美纪略》，陈绛校注，《近代中国》（第十七辑），上海社会科学院出版社 2007 年版，第 396 页。

战守自来操胜算，总须果毅迪平时。

【校】“迪平”，《出使外国诗》抄本作“敌平”。

【注】迪：蹈，践行。

【笺】本章说中国不当建铁路。色当会战，普鲁士军队曾切断法军撤退的铁路，对法军形成包围。陈兰彬认为这是铁路不利于我而利于敌之例。同光之际国内关于建造铁路争议很大。刘锡鸿是反对派的一个代表，其在英国出使时与翻译博郎往复辩论，提出的一个问题即是：“贼夺火车以袭我，则奈何?”[①]

(13)

铁线交加电气竿，密于蛛网冒林端。
居民各自知珍重，不觉长途设立难。

【校】“铁线”，《出使外国诗》抄本作“铢线”。

【笺】本章咏电报线。林针《西海纪游草》：“巧用廿六文字，隔省俄通”，释曰：“每百步竖两木，木上横架铁线，以胆矾、磁石、水银等物，兼用活轨，将廿六字母为暗号，首尾各有人以任其职。如首一动，尾即知之，不论政务，顷刻可通万里。”[②]

(14)

钟鸣酒肆列杯盘，道左停车客语欢。
一饭报完刚一刻，远书遮莫劝加餐。

【校】“遮莫”，《出使外国诗》抄本作“应莫”。

【注】遮莫：莫要。陈傅良《和张端士初夏》：“短夜得眠常不足，僧钟遮莫报昏晨。”(《全宋诗》)

① 刘锡鸿：《英轺私记》(《英轺日记》、《日耳曼纪事》)，岳麓书社 1986 年版，第 155 页。
② 林针：《西海纪游草》，岳麓书社 1985 年版，第 36—37 页。

【笺】本章咏下车进餐。祁兆熙《游美洲日记》："停车，有黑洋人报停几个'米粒'。一'米粒'即表上一分也。黑人即雇工。人至食店，食已陈，不及辨而食。类皆牛、羊、馒头，物恶而价浮。每人一餐一圆。"① 温秉忠《一个留美幼童的回忆》："当时火车尚无餐车，因此火车一天停三次，以便旅客进餐。火车站附近有许多餐馆，经常门口站着两个人，一个摇着铃，一个打着锣，来招徕食客。火车仅停十五分钟。因此车一到站，旅客均奔向最近的饭馆进食。当火车要开行的钟声一响，大伙又狼狈不堪地赶回车厢。因此在这六天中，大家进食均是囫囵吞枣，使胃口不适。"②

(15)

红绿区分谷雨芽，蔗浆牛乳试新茶。
纵教陆羽遗经熟，香味终难定等差。

【校】"谷雨"，《出使外国诗》抄本作"谷两"，排印稿作"两谷"，《吴川古今诗选》作"谷两"。"陆羽"字下《出使外国诗》有小注"古之善品茶者"，排印稿无。

【注】蔗浆：甘蔗汁。

【笺】本章咏中西饮茶习惯不同。按 19 世纪西方人饮茶习惯与中国不同，中国人多喝绿茶，西方人多喝红茶；中国人以沸水冲泡，西方人每加入牛奶和糖。陈兰彬认为二者难分高下，对西方人饮茶风格给予肯定。

(16)

卤沙千顷白于霜，中有秋花簇簇黄。
闻道摘来供茗椀，清风两腋也生凉。

【校】"卤沙"，本作"卤河"，《出使外国诗》抄本作"碱沙"，排印稿作"碱砂"，《吴川古今诗选》作"碱沙"。"茗椀"，《出使外国诗》抄本作

---

① 祁兆熙：《使美洲日记》，岳麓书社 1985 年版，第 231 页。

② 《中国留美幼童书信集》，高宗鲁译注，（台湾）传记文学出版社 1986 年版，第 78 页。

“客椀”，排印稿作“茗碗”，《吴川古今诗选》亦作“茗碗”。“也生凉”，《出使外国诗》抄本作“自生凉”，排印稿作“自生凉”，《吴川古今诗选》作“也生凉”。

【注】卤沙：此处指美国犹他州大盐湖（Great Salt Lake）边之沙地。茗椀：茶碗。清风两腋：形容饮茶到达的状态。卢仝《走笔谢孟谏议寄新茶》：“七碗吃不得也，唯觉两腋习习清风生。”

【笺】本章咏美国大盐湖景色。陈兰彬《使美纪略》：“四点零五到门纽问，计程八百零七迈。地枕大盐湖，时湖风扑面，腥秽难闻，入毛不沉，有似青海，水味极苦，产盐极旺。湖边有盐灶百十座。”[1] 诗中提到的花或为美莲草（Sego Lily），百合花的一种，花有三瓣，有白色、奶色或紫色，花托及蕊为黄，1911 年成为犹他州州花。北美印第安人将此花煎煮后饮用。

(17)

错处中华卅万人，异乡相见倍相亲。

传闻家国无穷事，便欲车前琐屑询。

【校】本诗《出使外国诗》漏印，只有排印稿。“倍相亲”，排印稿作“转相亲”，《吴川古今诗选》作“倍相亲”。“便欲”，《吴川古今诗选》作“便策”。

【笺】本章咏在美华人。陈兰彬《使美纪略》：“今计华民在美共十四、五万，散处各邦乡市，如曰‘沙利坚’，曰‘尼华大’，曰‘纽约’……曰‘钵仑’等埠，或数百，或三五千，或万余不等，而皆以金山为出入总口。”[2] 卅万人为陈初到美时的估计。李义《中国首任驻美大使陈兰彬》一文以为此诗是任使时所作[3]，误。

---

① 陈兰彬：《使美纪略》，陈绛校注，《近代中国》（第十七辑），上海社会科学院出版社 2007 年版，第 382 页。

② 同上书，第 376 页。

③ 陈修省主编：《纪念陈兰彬诗文集》，纪念陈兰彬编委会 2007 年版，第 40 页。

(18)

万山低处有人家，板界田园路不斜。

便觉眼前生意满，高粱相间木棉花。

【校】“相间”，《出使外国诗》抄本作“相檖”。

【笺】本章咏美国田园光景。

(19)

腰弓背箭手洋枪，黑鬓红裳塞外妆。

男妇纷纷骑马去，乱山深处觅围场。

山中土人容貌极类蒙古。

【校】“洋枪”，《出使外国诗》抄本作“挥枪”。“鬓”，《出使外国诗》抄本作“髩”（“鬓”之异体字），排印稿作“发”。“塞外妆”，《出使外国诗》抄本不可辨，排印稿作“塞外扬”。小注“山中土人容貌极类蒙古”，《出使外国诗》抄本作“山中土人容貌装束似蒙古”。

【笺】本章咏北美印第安人。温秉忠《一个留美幼童的回忆》：“以后四天，火车都是奔驰在中西部一望无垠的草原上。在许多火车站旁，他们都看到穿着土著衣服的红印第安人黑色头发上插着鹰的羽毛，脸上像中国平剧中戏子一样涂有颜色，挽弓佩箭，好不神气！”[1] 李恩富《童年：我在中国的故事》记述，第二批幼童赴美时，火车遭到装扮成印第安人的劫匪持枪抢劫[2]。陈兰彬《使美纪略》：“途中所见野人，红面如脂，发黑若漆，男女俱穿耳，留发不束，身体粗壮，五官亦整。见人辄笑而讨食。”[3]

---

① 《中国留美幼童书信集》，高宗鲁译注，（台湾）传记文学出版社 1986 年版，第 78—79 页。

② Yan Phou Lee, *When I Was a Boy in China*, Boston: Lothrop Publishing Company, 1887, pp. 107 - 108.

③ 陈兰彬：《使美纪略》，陈绛校注，《近代中国》（第十七辑），上海社会科学院出版社 2007 年版，第 385—386 页。

(20)

一自车过阿礼河，青溪曲曲绕山坡。

烟村四望繁阴绕，犹是丹枫绿柳多。

【校】“一自”，《出使外国诗》抄本作“一日”。

【注】阿礼河：待考。

【笺】本章咏沿途所见山村。

(21)

村墟点点望模糊，沙鸟风帆淡欲无。

上下天光波万顷，居然八月洞庭湖。

伊尔厘湖。

【校】“沙鸟”，《出使外国诗》抄本作“河岛”。“淡欲无”，《出使外国诗》抄本作“没影无”。小注“伊尔厘湖”，《出使外国诗》抄本无。

【注】沙鸟风帆：王禹偁《黄州新建小竹楼记》：“第见风帆、沙鸟、烟云、竹树而已。”伊尔厘湖：即伊利湖（Lake Erie）。

【笺】本此咏伊利湖风光。陈兰彬《使美纪略》：“有木码头二处，筑出伊厘湖数百尺，该湖阔六十迈，长八百迈。”[①]

(22)

天涯海角远经商，逐利人轻去故乡。

地力看来犹未尽，膏腴多少待开荒。

【笺】本章咏美国土地肥沃。

(23)

交枝接叶野葵黄，一一倾心向太阳。

① 陈兰彬：《使美纪略》，陈绛校注，《近代中国》（第十七辑），上海社会科学院出版社 2007 年版，第 391 页。

睽隔燕山三万里，教人翘首望天阊。

【注】睽隔：隔开，别离。燕山：代指北京。天阊：天上的门，代指皇宫。

【笺】本章咏作者心系朝廷。从眼前葵花朝日，想及万里之外的北京，感受皇恩浩大与付托之重。

(24)

曾经回禄夕加倭，犹是飞灰劫后多。

商贾及时修造亟，高楼杰阁已嵯峨。

【校】“亟”，《出使外国诗》抄本同，排印稿作“丞”。

【注】回禄：火神，引申为火灾。《左传·昭公十八年》：“郊人助祝史除于国北，禳火于玄冥、回禄。”杜预《春秋经传集解》注：“回禄，火神。”夕加倭：即芝加哥（Chicago）。

【笺】本章咏芝加哥。芝加哥1871年遭遇罕见大火，损失惨重。陈兰彬《使美纪略》：“四点钟到诗加古换车，计程二千四百一十迈，乃衣邻奴士邦大市镇……又闻此处于一千八百七十一年遭值回禄，计焚去民房、铺户七千四百五十间，货物约值银一万九千万元，保险公司赔偿者约四千四百万元，因而关闭者多所。有按察衙署、税关、书信馆、通商局，亦遭焚毁，前两年始行修复，费银五百五十万元而后成。”①

(25)

台上招贤少嗣音，谁将骏骨市千金。

敝帷不弃风殊古，瞻望高原感特深。

马之出力者皆埋葬。

【校】“骏骨”，《出使外国诗》抄本作“骏马”，排印稿作“骏骨”，《吴川古今诗选》作“骏骨”。小注“马之出力者皆埋葬”，《出使外国诗》抄本无。

---

① 陈兰彬：《使美纪略》，陈绛校注，《近代中国》（第十七辑），上海社会科学院出版社2007年版，第390页。

【注】台上招贤：台谓黄金台。《上古郡国图经》："黄金台在易水东南十八里，燕昭王置千金于台上，以延天下之士。"骏骨市千金：《战国策·燕策一》："郭隗先生曰：'臣闻古之君人，有以千金求千里马者，三年不能得。涓人言于君曰：请求之。君遣之。三月得千里马，马已死，买其首五百金，反以报君。君大怒曰：所求者生马，安事死马而捐五百金？涓人对曰：死马且买之五百金，况生马乎？天下必以王为能市马，马今至矣。于是不能期年，千里之马至者三。王必欲致士，先从隗始；况贤于隗者，岂远千里哉！'"敝帷不弃：《礼记·檀弓下》："仲尼之畜狗死，使子贡埋之，曰：'吾闻之也，敝帷不弃，为埋马也；敝盖不弃，为埋狗也。'"

【笺】本章咏美国人葬马。按传统上美国人对马较有感情，马死则埋葬，不食其肉。此风今仍如此。

(26)

二百间房客舍宽，楼梯路曲似蛇盘。
征轺五换凭摇撼，煤气灯残寝未安。

【校】"楼梯"，《出使外国诗》抄本作"楼栖"，排印稿作"楼梯"。"五换"，《出使外国诗》抄本作"互换"。"凭摇撼"，《出使外国诗》抄本作"曾经撼"。"气灯、寝未安"五字，《出使外国诗》抄本污损难辨，排印稿与《申报》本同。

【注】客舍：这里指宾馆。征轺：远行的轻便车子，代指使臣乘的车。

【笺】本章咏行程到达终点。从旧金山到四北岭非尔，沿途需五次换车。祁兆熙《游美洲日记》："车换定，八点钟，觉疲惫。""三点钟过车，地名凹六加，换车渡过海角，有铁桥长六七里。过桥下车，再换火车。"①"三点钟，至地名雪加沽；金山至此，又一大镇也，又有换车之役。"②"及至四点半，又有过来之役，限刻益促，只十个'米粒'，幸物件无失落。车比前一日宽畅。"③

① 祁兆熙：《使美洲日记》，岳麓书社 1985 年版，第 232 页。
② 同上书，第 233 页。
③ 同上。

(27)

千章绿树荫青芜，枪场宏开气象殊。
九百亩中机器备，翻新花样各形模。
四北岭非尔洋枪厂。

【校】“千章”，《出使外国诗》抄本字迹不清，排印稿作“千重”，《吴川古今诗选》亦作“千重”。小注“四北岭非尔洋枪厂”八字，《出使外国诗》抄本无。

【注】千章：千株大树。《史记·货殖列传》：“水居千石鱼陂，山居千章之材。”青芜：杂草丛生貌。杜甫诗《徐步》：“整履步青芜，荒庭日欲晡。”四北岭非尔：或译“春田”，即 Springfield，为留美幼童集散之地。

【笺】本章咏四北岭非尔洋枪厂。祁兆熙《游美洲日记》：“出，同兰生往洋枪局，另有炮局，与吾乡铁厂无异，不赘记。”①

(28)

戎器经营运巧思，安排不令点尘缁。
两层楼上森如笋，已是新枪廿万枝。

【校】“尘缁”，本作“尘锱”，从《出使外国诗》抄本改。“不令”，《吴川古今诗选》作“不紊”。

【注】尘缁：污垢。陆机《为顾彦先赠妇二首》之一：“京洛多风尘，素衣化为缁。”

【笺】本章咏四北岭非尔洋枪厂所储枪支。祁兆熙《游美洲日记》：“所造洋枪及枪柄与造木样等屋凡六层，层四十余间：一层制枪柄、铁长梗；二层钻枪壳铁片；三层钻眼及螺丝钉，磋之磨之；四层配全诸色，装饰完美；五层挨号将洋枪排于上，有十万枝，五年上油一次；四面玻璃窗，无灰沙入，枪皆入铅子；另一间历次打仗破坏之枪，有曲者，有爆碎者，监为前车；顶上一层螺旋梯曰一百三十六步，俯视一切。”② 此处与陈

---

① 祁兆熙：《使美洲日记》，岳麓书社 1985 年版，第 239 页。

② 同上。

兰彬所述略有出入，盖时间不同之故。另见李圭《环游地球新录》[①]。

陈兰彬的海外诗流传不广，除了继作乏人，还有诗歌本身的原因。比较陈兰彬的《游历美国即景诗》与何如璋的《使东杂咏》，后者瑰丽雄奇，亦偕亦庄，而前者似乎笔力偏弱。但是这不是最主要的。《游历美国即景诗》之所以没有在历史上发生多少影响，主要在于写作的形式。《使东杂咏》共计六十七首，每首皆有详注，字数在几十字、上百字不等，读者捧读之下，清楚明了，诗意自然畅达。而陈兰彬的《游历美国即景诗》二十八首，偶尔有注，也只是一句半句，时人阅读，只能粗知大意，诗的妙处，很难体会。夏晓虹说："依赖注解的诗歌，本身的可读性、完整性便很可怀疑。"[②] 反过来说，如果没有注文，《游历美国即景诗》这样的竹枝体诗就没有了可读性和完整性。本篇笺注的目的，就是要钩稽史实，疏解文义，俾便读者的阅读。

二　陈兰彬与容闳之是非

关于陈兰彬其人，容闳在《西学东渐记》中是这样评价的：

> 陈居刑部二十年，久屈于主事末秩，不得升迁，以故颇侘傺不自得，甚愿离去北京。居京除刑曹外，亦未任他事，故于世途之经验甚浅。其为人持躬谦抑，平易近人，品行亦端正无邪，所惜者胆怯而乏责任心耳。即一羽之轻，陈君视之，不啻泰山，不敢谓吾力足以举之。[③]

这段话有几处不符合事实。首先，陈兰彬在同治八年（1869）为直隶总督曾国藩罗致入幕，甚得委任，一年之间，受命直隶南部赈灾，清理积案，并参与处理天津教案。凡此数事，皆为曾国藩所重视，而陈兰彬都表现出才干。故同治九年（1870）曾国藩转任两江总督后，立即向朝廷递交《奏带陈

---

① 李圭：《环游地球新录》，岳麓书社1985年版，第264—265页。

② 夏晓虹：《到中华以外天——近代'海外竹枝词'》，《读书》1988年第12期。

③ 容闳：《西学东渐记》，岳麓书社1985年版，第126页。

兰彬至江南办理机器片》，安排陈氏任江南制造局总办[1]。故容闳说陈兰彬居刑部二十年不得升迁、甚愿离去北京、于世途经验甚浅等，皆出于揣想，而非事实。容闳说陈兰彬“胆怯而乏责任心”，与曾国藩对陈兰彬的考语“学优识正，练达时务”，“胆识俱优，意量尤为深远”[2]，也殊径庭。

按容闳的解释，陈兰彬属于“极顽固之旧学派”，曾国藩、丁日昌之所以安排他同为“留学生监督”（Co-Director[3]，即总办），只是为了利用陈的翰林资格，消除“旧学派”对幼童出国留学一事的阻力[4]。而陈到美国以后，因为思想意识的关系，处处掣肘：

> 陈既挟此成见，故当其任监督时，与予共事，时有龃龉。每遇极正当之事，大可著为定律，以期永久遵行者，陈辄故为反对以阻挠之。例如学生在校中或假期中之正杂各费，又如学生寄居美人寓中随美人而同为祈祷之事，或星期日至教堂瞻礼，以及平日之游戏、运动、改装等问题，凡此琐琐细事，随时发生。[5]

幼童最终被撤回与最后一任总办吴嘉善（子登）有直接关系，按照《西学东渐记》的说法，吴嘉善是陈兰彬就任驻美公使的随员，陈后来推荐他担任留学生监督，而此吴嘉善素为“反对派之一员”，视学生留学外洋为离经叛道，又因与曾国藩、丁日昌不睦，“故于二公所开创之事业，尤思破坏”。陈兰彬明知吴嘉善是何等样人，而推荐他任监督，其行为乃是“揎拳捋袖，准备破坏新政，以阻中国前途之进步”[6]。

容闳对陈兰彬的评价，20 世纪 40 年代为美国学者拉法吉全盘接受[7]，

---

① 以上参见梁碧莹《陈兰彬与晚清外交》，广东人民出版社 2011 年版，第二章。

② 出《曾国藩全集》，转引自梁碧莹《陈兰彬与晚清外交》，广东人民出版社 2011 年版，第 61、92 页。

③ Co-Director 可译作“同任主任”，故在英文理解中，容闳与陈兰彬的监督职位无正副，是平等的。

④ 容闳：《西学东渐记》，岳麓书社 1985 年版，第 126 页。

⑤ 同上书，第 136 页。

⑥ 同上。

⑦ Thomas LaFargue，*China's First Hundred*，Pullman：The State College of Washington Press，1942，p. 31.

又通过钟叔河为《西学东渐记》所作的序[①]而流传，容闳对留美幼童撤回的解释，也成为史学界唯一的解释。但这都是容闳的一面之词，经不住推敲。从事理上论，当时曾国藩、李鸿章、丁日昌等决定派幼童赴美留学，是下了决心、动用了财力的，陈兰彬如果确是十足的保守派，不赞成派学生留学美国，曾国藩等又怎会推荐他为总负责人？那样做岂不是自毁长城？有的学者从新发现的陈兰彬信函中，已考订吴嘉善虽为陈兰彬带去美国，却与容闳关系更密，其获得总办职位的过程，先是容闳自己向李鸿章称誉吴，李将此信息转达给陈兰彬，陈才将其从驻西班牙参赞岗位上奏调为出洋肄业局总办[②]。容闳在自传中隐瞒其与吴嘉善的关系，不管出于对陈兰彬栽赃的目的，还是一意自我标榜，都是不诚实的。

容闳与陈兰彬之间不能和衷济事，文化差异是一个决定因素。拉法吉在文章中说："容闳极崇拜美国，同时对中国文化似乎颇鄙夷。他坦诚希望以西方观点灌输于这些幼童，因此忽略他们的中文教育。而根据曾和李的最初计划，中文教育与西方训练应是齐头并进的。他早早就皈依了基督教，1852 年成了一个美国公民，1875 年和路易斯·克劳格小姐结婚，该人是哈特福德有名的外科医生之女。所有这些都让他在中国官员眼中靠不住。实际上，他们更多地把他视作美国人而不是中国人。"[③] 比较"黄皮白心"的容闳，陈兰彬出身正途，受过最严格的传统教育，在他的心目中，幼童学习西学，是为了回国致用，如果全然美国化，对中国文字和文化不熟悉，就失去了培养的意义。这一立场，和曾国藩、李鸿章也是一致的。他的文化立场、观点在其赴美途中所作的诗中也有体现：

诸童聚处笑言欢，一月舟中礼数宽。
朔望整衣来拱揖，威仪也耸远人观。

---

① 容闳：《西学东渐记》，岳麓书社 1985 年版，前言。又，钟叔河：《走向世界：近代中国知识分子考察西方的历史》，中华书局 2000 年版，第九章；钟叔河：《从东方到西方：走向世界丛书叙论集》，岳麓书社 2002 年版，第六篇。

② 李文杰：《新发现的陈兰彬信函释读——留美幼童撤回事件之补正》，《史林》2013 年第 1 期。

③ Thomas E. LaFargue, "Chinese Educational Commission to the United States: An Government Experiment in Western Education", *The Far Eastern Quaterly*, Vol. 1, No. 1, 1941, p. 67.

翩翩群小尽英髦，域外驰观兴倍豪。
须识百般工艺术，根原还是读书高。

庄岳从知学语宜，成连海上更情移。
他年可有通方彦，懋著勋名答圣慈。

略把篇章课学徒，光阴复令惜三余。
舟人也似珍文墨，竹扇藤笺屡乞书。①

从这些诗中，正可看出陈兰彬对幼童的礼仪、读书、成才、报国的关切。显然，容闳与这些意识都是隔膜的。容闳把幼童跟从美国人一起祈祷、去教堂做礼拜视为琐碎的小事，显示出其对中国文化没有基本的同情，对中国国情也没有起码的意识。明末清初士大夫中偶有从耶稣会士归信天主教者，如徐光启、李之藻等，尚安居高位；鸦片战争以后，形格势禁，信教成为大忌，华人信教者为士君子所不齿，当时以洋务知名者亦罕有赞成基督教的。陈兰彬同治十二年（1873）致出洋肄业沪局总办刘开生函云：

幼童中多有透识者，尚未能人人皆然。忆前两月，梁敦彦有《契教人伦论》，原题反振一段，暗举外间不伦之事，胪织成文，淋漓痛快，惜不能记录。犹记何廷梁《谨庠序之教解》，末段杨墨并提，而撇去杨朱，重斥墨翟，云：彼意主兼爱，欲摩顶放踵以救世，适足以自戕其躯，而世犹崇奉其教，非所谓大愚不灵者耶?！亦算当头一棒矣。此等幼童，虽常戒其轻薄，要不能不喜其隽快。现在入局之童，看果聪慧可挑者，望阁下请教习先生着实讲与书义，能有十数页书义在胸，拓充自易，根基自固也。②

① 李钦主编：《陈兰彬颂》，（香港）中国文化出版社 2008 年版，第 57—59 页。个别字从《吴川古今诗选》改。

② 郭廷以、陶振誉主编：《中美关系史料》，台湾“中央研究院”近代史研究所 1968 年版，第 1059—1060 页。

容闳为基督徒，而陈兰彬激赏幼童的反教作文，二人之间的文化隔阂，不言自明。笔者以为，陈兰彬作为清廷派出管理幼童的领队，努力让幼童保持中国人的传统信仰和价值理念，致力于加强幼童的中文教育，是完全正当、无可厚非的，也是符合曾国藩、李鸿章的初衷的。温秉忠回忆出国前在沪局接受教育时说："学校监督，是一位'暴君'，他力主体罚，而且严格执行。但多少年后，幼童们仍然怀念他。他们恐惧他手上的竹板，但是他强迫大家读写中文，在幼童回国后，都能致用不误。"[①] 这段话说明了当时陈兰彬主张加强中文教育的意义。幼童回国经历挫折以后，绝大多数最终都有所成就，这一事实，不能全部归功于在美国接受的教育，也要考虑到中文教育打下的基础，使他们能够适应国内的环境并有所作为。针对出洋局总办容增祥回国后向李鸿章报告容闳"偏重西学，致幼童中学荒疏"，钟叔河先生反驳说："一百二十名幼童出洋，除原拨经费一百二十万两之外，后来又陆续添拨二十八万余两。已经很穷的中国政府，拨出这么多经费，难道就是为了让一百多名幼童飘洋过海，到美国东海岸去'温习中学'吗？对于这一百多名学生来说，如果不是要他们'偏重西学'，又何必送他们出洋？"[②] 这种议论既不符合实际，也不近人情。

清廷决定撤回幼童有诸多原因，当时最主要的舆论，在幼童为当地同化，背本忘恩，不再像中国人。黄遵宪《罢美国留学生感赋》云：

> ……使者挈乘槎，四牡光騑騑。郑重诏监督，一一听指麾。广厦百数间，高悬黄龙旗。入室阒无人，但见空皋比，便便腹高卧，委蛇复委蛇。借问诸学生，了不知东西，各随女师去，雏鸡母相依，鸟语日啾啁，庶几无参差。就中高才生，每有出类奇，其余中不中，太半悲染丝。……家书说贫穷，问子今何居。我今膳双鸡，谁记炊扊扅。汝言盎无粮，何不食肉糜？客问故乡事，欲答颜忸怩。嬉戏替戾冈，游宴贺跋支，互谈伊优亚，独歌妃呼豨，吴言与越语，病忘反不知。亦有习祆教，相率拜天祠，口嚼天父饼，手翻《景教碑》。楼台法界

① 《中国留美幼童书信集》，高宗鲁译注，（台湾）传记文学出版社 1986 年版，第 76 页。

② 钟叔河：《1872—1881 年间的留美幼童》，祁兆熙《使美洲日记》，岳麓书社 1985 年版，第 205 页。

住，香华美人贻。此间国极乐，乐不故蜀思。[①]

黄遵宪在光绪八年（1882）调任驻美国旧金山总领事，是时幼童已经撤回，他没有接触过幼童，其言幼童不爱学习、“不知东西”、不顾父母国家、耽于享受等，皆据流言揣想，不完全符合事实。近年来，从美国新英格兰各处搜集出的当年的幼童资料，说明幼童在美国的表现，多属优异；这些幼童回国以后，也在各行各业中，卓然有成。[②] 但黄遵宪诗中的内容，也属于一种时代意识。驻美公使崔国因抄录前任公使郑藻如任内，总理衙门曾开咨文，问“历次出洋学生造诣究竟如何，有无深通西艺，熟谙制造、管驾及水师操练之材”。参赞蔡国祯复称：“童子无知，受外洋气习越日既久，玩视中学，若忘其为华人，不独中文未能讲求，即华语亦不明顺。纵于洋文有得，于我不能适用，初不过增一洋人耳，授以差遣，不受范围，或且谓敦品励行为繁文，甚有视政教彝伦为苛刻”云云。郑批云：“可谓切中时弊。”[③]

薛福成是当时最开明的人物之一，他在给陈兰彬的《赠陈主事序》一文中说：“先生所携皆童子，童子志识未定，去中国礼仪之乡，远适海外饕利朋淫腥膻之地，岁月渐渍，将与俱化。归而挟其所有以夸耀中国，则弊博而用鲜。为之傅者，其必有逆睹其弊而善为防闲者邪！”[④] 曾纪泽更与其父曾国藩讨论，认为“幼童未读中国圣贤书，遽令远赴异域，专事西学，上之不过为美邦增添士民，下之为各埠洋行增添通事、买办之属耳，于国家无大益也”。然而“其时事行大半，不可终止”[⑤]。看来曾国藩在决定派遣幼童之后，也曾萌生悔意。

重新检讨幼童留学夭折之事，笔者以为，派遣幼童的年龄，实为一个关键。曾国藩在《拟选聪颖子弟出洋肄业疏》所附《挑选幼童前赴泰西肄业章程》中，拟定“挑选聪慧幼童，年在十三四岁到二十岁为止，曾经读

① 黄遵宪：《人境庐诗草笺注》，钱仲联笺注，上海古籍出版社 1981 年版，第 304—310 页。文义见该书注解。

② 详见钱钢、胡劲草《留美幼童：中国第一批官派留学生》，文汇出版社 2004 年版。

③ 崔国因：《出使美日秘日记》，黄山书社 1988 年版，第 51 页。

④ 丁凤麟、王欣之编：《薛福成选集》，上海人民出版社 1987 年版，第 27 页。

⑤ 《曾纪泽日记》（中），岳麓书社 1998 年版，第 802 页。

中国书数年"[①]。后来这一年龄修改为"十二岁到二十岁"[②]。奕䜣等总理衙门大臣会商后认为："若以二十岁计算，则肄业十五年回至中国将及三十六七岁，其家中父母难保必无事故。且年近二十，再行出洋肄业，未免时过后学，难望有成。"故改为"十二岁至十六岁为率"[③]。这一修改，自然使"曾经读中国书数年"的要求大打折扣。按曾国藩物色陈兰彬为出洋局总办之后，陈曾给曾国藩写信，说明自己的工作设想，尤其提到准备让幼童"每日习夷技后，酉戌之间及礼拜日另为督课汉文"。然曾国藩对陈兰彬的想法则不甚同意："汉文之通否，重在挑选之际先行面试一二，以决去留，此后只宜专学洋学。耳不两听而聪，目不两视而明，未可因兼课汉学而转荒洋业也。"[④] 出国的幼童年龄偏小，不得不在美国补汉文课，结果曾国藩的意见落空，操作上仍是按陈兰彬的设想来实施的。西学教育与汉文教育互相冲突，成为容闳与陈兰彬、吴嘉善等人发生矛盾的原因，为幼童留美中道夭折埋下了伏笔。

我们可以联系现实看这个问题。今天在中国大陆，父母们欲送子女去国外留学，以何种年龄阶段合适，亦有分歧。有人认为中学阶段就应出去，从小打好外国文化根基，长大后会更有竞争力。有人则认为应在大学毕业后出去，彼时人格已经成熟，不至于到了国外彻底"洋化"，与家人无法沟通共处。两种选择，也是当年派出幼童时遇到的情境。幼童是少年时派到美国的，比他们稍晚，福建船政学堂的第一批留学生严复等人，则是先在国内学习、训练，在二十出头的时候，派到英、法的。如同今天送高中生出国留学，亲友必有怀疑担心者，而送大学毕业生留学，则一无疑问，派出幼童在朝野引起的争议和担忧，在派出船政学堂学生的时候根本没有发生。清廷撤回幼童，只是放弃了派留学生的一种方式，并非放弃了官学生留学本身。实际上，就在撤回幼童的光绪七年（1881），福建船政学堂就向欧洲派出了第二批留学生。笔者以为，以现在的经验回顾历史，

① 中国史学会主编：《洋务运动》第二册，上海人民出版社1961年版，第155页。

② 同上书，第158页。

③ 同上书，第160页。

④ 出《曾国藩全集》，转引自梁碧莹《陈兰彬与晚清外交》，广东人民出版社2011年版，第498页。

如何看待清廷撤回幼童，是具有某种的合理性，还是全然出于愚昧和狭隘，仍是可议的。

陈兰彬赴美并非出于己意，而是曾国藩等人安排的，故他给友人的信中说："弟此行非有所乐而为之，亦非有所利而为之。"[①] 态度相当消极。这种态度在《出使外国诗》、《游历美国即景诗》中被遮掩。在美国将近一年后，陈兰彬感到各种不快，已萌生退意。具体原因有好几方面，首先他对外语一无所知，"除督课幼童外，欲别作一事，隔手则诸多不便，转有不若在中国时之耳目灵通、手足便利者。窃用闷闷"[②]。他感到自己身体不佳，"遇事筹思，辄觉心力不足。五旬以外，往往看书不能终卷，写字每多错漏，一夜不寝，次日即疲"。"出洋以后，目眵耳鸣，眠食减损。"[③] 还有一点对他的影响也比较大："惟夷人敬壮欺老，古今所同。"[④] 从这一句能看出美国人对容闳热情的同时，对他这个"正委员"的冷落。因此他希望友人暗中物色能替换自己的人[⑤]。

同治十三年（1874）春，陈兰彬在出洋委员任上，奉派到古巴查办华工遭虐事项，事毕回国报告。这一不期而然的任务结束了他在出洋局的公干。但是不料，光绪元年十一月（1875 年 12 月），他再次受命充出使美（美国）、日（日斯巴尼亚即西班牙）、秘（秘鲁）钦差大臣，并于光绪四年六月（1878 年 7 月）重抵美土。陈兰彬出任驻美公使后，住于华盛顿，关于出洋局之事务，则主要由副使容闳和新派的总办负责，不再躬亲。容闳在《西学东渐记》中说，陈兰彬对留学事务所"感情极恶"，对自己曾任的留学生监督职务"久存厌恶之心"。衡之陈兰彬身处美国陌生环境、凡事不能自主、与容闳合作困难、得不到尊重以及身体不适等情形，容闳的说法或比较接近事实。但这些都不是他任使期间赞成将幼童撤回的全部原因。关于幼童撤回的提议始于吴嘉善，但关于是否撤回，是全撤还是渐撤，李鸿章和陈兰彬、吴嘉善等曾反复磋商。吴嘉善开始时提出全撤，后

① 《晚清洋务运动事类汇钞》（上），中华全国图书馆文献缩微复制中心 1999 年版，第 66 页。
② 同上。
③ 同上。
④ 同上。
⑤ 同上。

来因容闳反对改为渐撤，但提出自己需要回国治病，幼童事务由使馆“暂为收管”。而陈兰彬以“设局专管尚且流弊滋多，使署人事纷繁，断难兼顾”，对此坚决拒绝[①]。从他在哈特福德任总办时的感受，可窥他对兼管幼童事务的畏惧心理。但是，这些纷争，难以搬到台面上讲，故陈兰彬的最终意见，只说“外洋风俗，流弊多端，各学生腹少儒书，德性未坚，尚未究彼技能，实易沾其恶习。即使竭力整顿，亦觉防范难周，亟应将该局裁撤”[②]。

幼童留美之事业中道夭折，起因多端，但平心而论，容闳实应负最主要的责任。他对中国传统文化缺乏同情，不能体察国内复杂的政治和舆论环境，不能理解争取国内士大夫理解的重要性。他既缺乏练达，与陈兰彬这样的“旧学派”人士不能合作，也无察人之明，使吴嘉善坐到总办的位置。当然，陈兰彬亦有一定的责任。李鸿章评价陈兰彬“素性拘谨畏事”[③]，薛福成日记中评论陈兰彬“虽亦不失为君子，而胆量更小于郑（藻如）、黎（庶昌），实非干事之材”[④]。陈兰彬既怕管理留学生事务的困难，又顾惜自己的名声而不愿承受风险，在出洋局面临倾覆之际，无凛然之补救行动。笔者所见纪念陈兰彬的两个文集，把陈的贡献无限夸大，把缺点一概抹杀，对历史人物缺乏起码的客观态度，是不足取的。

---

① 李文杰：《新发现的陈兰彬信函释读——留美幼童撤回事件之补正》，《史林》2013年第1期。

② 中国史学会主编：《洋务运动》第二册，上海人民出版社1961年版，第166页。

③ 《李文忠公全集·译署函稿》，沈云龙主编《近代中国史料丛刊续编》第69辑第696册，（台湾）文海出版社影印吴汝纶刻本，第3130页。

④ 薛福成：《出使英法义比四国日记》，岳麓书社1985年版，第826页。

第四章　袁祖志《海外吟》竹枝体诗

袁祖志（1827—1900），字翔甫，号仓山旧主，浙江钱塘人，清代大诗人袁枚的文孙，上海知县袁祖德[①]之弟。袁氏同治十年（1871）做到上海县丞[②]，后来辞官，寓居上海卖文为活，著《沪城备考》及《上海竹枝词》等，风行一时。曾赁庑于福州路胡家宅之东，门前有柳树，因颜其室曰“杨柳楼台”，文酒雅集，声名藉甚。光绪二年（1876）应约担当《新报》主笔。光绪九年（1883）春，上海轮船招商局总办唐廷枢（字景星，1832—1892）赴欧洲和巴西考察[③]，特邀袁祖志偕行。唐与袁一行于三月二日（1883年4月17日）自上海展轮，十二月二十二日（1884年1月19日）归抵沪上，历时九个月[④]，访问的国家和城市有法属西贡（越南胡志

① 祖德咸丰三年（1853）上海知县被小刀会起事者杀害，其事惨烈，影响甚大。

② 顾柄权编：《上海洋场竹枝词》，上海书店出版社1996年版，前言，第5页。

③ 关于赴欧洲考察的缘由，汪敬虞《唐廷枢研究》引“光绪九年轮船招商局第十届帐略”云：“……适值法越多事，所订代越运粮，暂且中止。其他各国所属海口，虽有订约之处，未便造词放船行走。是以廷枢亲往欧洲游历，遍访商情，择其确有把握者，相与商定，然后回华妥议再定行止。”（汪敬虞：《唐廷枢研究》，中国社会科学出版社1983年版，第207页）另，关于赴巴西考察，所引“光绪十年轮船招商局第十一年办理情形节略”云：“溯查巴西一国，自从前与中国订立通商和约以来，因贾公使屡请本局放船到彼国通商，希冀鼓舞华工，前往彼国，自愿津贴巨款。廷枢因念南洋生意，历年未能得手，极欲将‘致远’、‘图南’、‘美富’等船，改走西洋。故定出洋游历之行，特践贾公使之约。于九年三月间亲诣该国，面谈商务，连住两月，明察暗访，知彼国黑奴之例未删，疑待华人不甚周妥，不敢承揽。”（同上书，第197页）茅海建：《巴西招募华工与康有为移民巴西计划之初步考证》（《史林》2007年第5期）一文认为“唐廷枢未能达成协议，可能与巴西政府拒绝每年10万美元补助金有关”，此说不确。实际上，唐廷枢原以为此项补贴是政府出资，后来才知道是巴西农场主个人出资，而这笔资金注定要转嫁到所雇的“苦力”身上。这是他拒绝承揽运送华工到巴西的原因，他对西方人的解释也是如此。见“The Scheme of Introducing Chinese Coolies into Brazil”，*The Times*，Dec 10，1883。

④ 参见袁祖志《谈瀛录》，光绪十年同文书局石印本，唐廷枢序。

明市)、英属新嘉坡(新加坡)、英属锡兰(斯里兰卡)、英属亚丁、拏波利(那不勒斯)、罗马、巴黎、伦敦、柏林、哈克(荷兰海牙)、马得力(马德里)、巴竦西(巴西首都里约热内卢)等[①]。袁祖志将此行的经历写成《瀛海采问》、《涉洋管见》、《西俗杂志》、《出洋须知》、《海外吟》五卷,另合并出国前各类诗歌《海上吟》一卷作为附录,统名《谈瀛录》,于光绪十年(1884)由同文书局出版。其中《西俗杂志》别有葛元煦辑录单行本,也在光绪十年出版,王锡祺《小方壶斋舆地丛钞》初编第十一帙所收《西俗杂志》就是此本,万选楼主人编辑之《各国日记汇编》(上海书局光绪二十二年石印)所收之《西俗杂志》亦然。《海外吟》未见单行本。

一　《海外吟》竹枝体诗笺注

《海外吟》分上、下两部分,卷首除葛其龙[②]的序外,尚有"赠章",专录往来诗友的送赠之作,作者为管斯骏、葛其龙等计十人。一些赠诗当时就刊于上海的《申报》[③]。卷上首写应唐廷枢之招备装就道,次写上海留别,次写海程经历:香港、西贡、新加坡、锡兰岛、亚丁、苏伊士运河,次写意大利、法国、英国游历所见,尤以后二者为详。卷下以一组《海外怀人诗》绝句开篇,所涉对象为国内诗友亲故,凡六十四首。次则为西班牙、大西洋舟中、巴西。次则为大西洋归舟、留别伦敦、留别巴黎。次为《洋餐八咏》一组五律诗。次抵香港,有《访王紫诠先生韬赋呈二律》。以《解装杨柳楼台》、《抵家作》二首做结。以上诸诗,内容既异,式亦不同。有律诗,有绝句,有古体;有唱者,有和者;有情深意切、典丽庄重者,亦有突梯滑稽、谑而不虐者。袁祖志之《海上竹枝词》为上海洋场竹枝词之魁,而《海外吟》中《山行杂咏》、《巴黎四咏》、《泛舟天士河》诸诗,信手拈来,俏皮通脱,是《海上竹枝词》的余音。以下选笺数首。

---

① 以上见《谈瀛录·瀛海采问》。

② 葛其龙,字隐耕,浙江乍浦人,寓居上海,工诗词,有《寄庵诗钞》行世。顾柄权编《上海洋场竹枝词》收录其人所作《沪南竹枝词》等4种。

③ 详见吕文翠《晚清上海的跨文化之旅:谈王韬与袁祖志的泰西游记》,(台湾)《中外文学》2006年第34卷第9期。

意大利花地观剧作

也宗优孟竞登场，尽相穷形百样妆。
看到动人情绪处，一回鼓掌一回忙。

团团列坐圆如月，中有嫦娥杂几行。[①]
幔自卷舒屏幻景，却从台下奏笙簧。

【注】花地：地点待考。优孟：出《史记·滑稽列传》。为楚庄王时乐人，曾扮楚相孙叔敖在楚庄王前为其子游说。后世以“优孟”代指演员。嫦娥：这里指舞台上的女演员。

【笺】此系意大利观剧作。《西俗杂志》有数条涉及戏剧。一曰：“戏园皆系圆屋，或以石叠成，或以铁造成，务极其大。有可坐至万人者，费至千万金钱。座分等次，层累数十重，团团围绕，男女不分。”二曰：“伶人初出场时，必先免冠向座客鞠躬致礼，以鼓掌为喝彩。伶人既入，仍须复出，向上鞠躬以鸣谢焉。”[②] 三曰：“戏剧亦分文武两班，有专工唱曲者，其声呜呜然，有专工描摹者，大概皆各国故事，彩头奇幻异常。一出既毕，则垂幔更换彩头，台下奏乐一番以间之。……”[③] 可为此诗注脚。

观妓作

画楼妆点竞奢华，簇拥迎宾貌似花。
藕露双弯山耸玉，袒怀相示笑声哗。

不待通词偏善谑，未曾入座已生香。[④]
泥他一种翩跹态，曳地裙拖七尺长。

① 袁祖志：《谈瀛录》卷五，光绪十年同文书局石印本，“海外吟”上，第3页。
② 袁祖志：《谈瀛录》卷三，光绪十年同文书局石印本，第3—4页。
③ 同上书，第12页。
④ 袁祖志：《谈瀛录》卷五，光绪十年同文书局石印本，“海外吟”上，第3页。

【注】藕露双弯：指两臂赤裸。山耸玉：指乳房高耸。泥：软缠，求。元稹《遣悲怀》："顾我无衣搜荩箧，泥他沽酒拔金钗。"此处似误用。

【笺】此系游历意大利时作。《海上竹枝词》咏沪上妓女诗甚多，如"采风想像大车诗，妓馆歌楼禁入私。言就尔居犹不敢，绿窗小户借台基"[①]，"梳头掠鬓样争奇，叠被铺床百事宜。别有风情惹怜惜，绉纱马甲俏娘姨"[②]，等等。《谈瀛录》卷六《海上吟》载录与沪上"女使"、"校书"往还唱和的诗，也谈到西人在洋泾浜挟妓，"篮舆挟伎春驰马"[③]，但所言不多。袁氏在欧洲所见的妓女，穿着袒露，笑语喧哗，较沪上妓女的温婉忸怩，自不同矣。除《观妓作》外，《谈瀛录》他处也谈到妓女。《西俗杂志》云："娼妓除英国干禁不准开设，此外他国随处皆有，缠头之资有极昂者，亦有极贱者，惟暂假小客寓为行乐窝者最多，即中土之台基类也。"[④] 又云："娼寮妓院，除英国以女主故照例严禁，其余他国无处无之，而以法国为尤盛。院中装束有三等。一则仅袒双乳，而下曳长裙；一则上下均袒，惟腰以下围纱不及一尺；一则赤身裸体一纱不着，成群媚客，真骇观也。"[⑤]

山行杂咏

才穿山腹又山腰，终日盘旋历碧霄。
忽觉前峰头尽白，那知积雪未曾消。

重重山色与湖光，明媚还应逊故乡。
一幅丹青浓着色，极经营处极苍凉。

全凭一个烘炉力，鼓荡浑如万马行。
飞鸟翩翻争上下，是何神智任纵横？

---

① 顾柄权编：《上海洋场竹枝词》，上海书店出版社 1996 年版，第 3 页。
② 同上书，第 10 页。
③ 同上书，第 7 页。
④ 袁祖志：《谈瀛录》卷三，光绪十年同文书局石印本，第 3 页。
⑤ 同上书，第 16 页。

料理中途客止饥，不分男女坐成围。
匆匆一饭登车去，依旧穿云入翠微。

明明水尽山穷处，凿险穿幽境太奇。①
莫讶此身高百丈，暗中折磨少人知。

【注】烘炉：大炉子。料理：日语外来词，精心的烹调。张斯桂《使东诗录》："料理羹汤口味香，易牙手段本精良。"②

【笺】此一组诗叙写乘火车穿行意大利山间之经历。《瀛海采问》"义属拏波利"条有云："有石山之中穿凿一洞，状如高大城门，深约里许，直达山阴。车马往来，络绎不绝。洞中黑暗，装点自来火灯以便行人，功力之奇，目所未睹。"③《涉洋管见》"意法道中山行记"一条说得更细："自拏波利之至巴黎也，计程四千五百余里，乘火车行，才五日之期。中有朝发而夕至者，有朝发而夕不及即至者。沿途往往洞穿山腹而过，如长蛇蜿蜒入窟者。然一日之间历十数洞，或数十洞不等，有深至三十里者。时或仰视山巅，铁道横空，俨同蜀栈，御者曰：此峨峨者吾车行将履焉。未几俯视山腰，车轨依稀，如坠涧底，御者又曰：彼迢迢者，吾车仍将度焉。乃悟此车盘旋于万山中，倏致人于青云之上，倏致人于沉渊之下，而人坐于车中，不自知焉。"④ 袁氏乘坐火车以后，对火车颇有好感，《涉洋管见》"火轮车"条述乘坐火车之舒适快捷："车中可坐可卧，可以促膝谈心，可以当窗远眺，颇不寂寞，至足怡情，较之轮舟既无风涛之险，遂无眩晕之忧。且同一不翼而飞，不胫而驰，人则逸而不劳，期则速而不淹，虽起古人于九原，亦当惊为奇绝。彼驹称千里，仅一人骑耳，若此虽千万人，虽千万里，无难立至焉。然世所艳称千金市骏者，视此瞠乎后矣!"⑤ "意法道中山行记"更谈论建造铁路开通火车在经济方面的益处："抑闻，当山道未开、火车未行时，

① 袁祖志：《谈瀛录》卷五，光绪十年同文书局石印本，"海外吟"上，第4页。
② 何如璋等：《甲午以前日本游记五种》，岳麓书社1985年版，第149页。
③ 袁祖志：《谈瀛录》卷一，光绪十年同文书局石印本，第6页。
④ 袁祖志：《谈瀛录》卷二，光绪十年同文书局石印本，第13页。
⑤ 同上书，第12页。

此数千里中，人踪绝少，地亦荒芜不治。今则禾黍盈畴，桑麻被野，村居屋舍，络绎不断，而人民之循此车道贸易以图食者，盖又不可胜计。然则工虽费，用虽烦，而获益之处，固茫茫然其无津涯，亦绵绵兮其无穷期焉。彼拘守绳墨、不期远大者，正未可同年而语耳！”[①] 此论发于上海吴淞铁路被清政府拆除七年之后，见出袁祖志还是有些开明和“进步”的。

巴黎四咏

得胜楼

楼为法旧君拿波仑第一纪功所筑，高二百七十余级，环楼通衢十六道，登楼四顾，全城在目。计费银百万，功尚未竟。石基坚固无匹，诚伟观也。

也是君人盖世豪，秦皇汉武等勤劳。
未知功德巍巍处，可与斯楼一样高。

战败图

高筑圆台，周悬画景，绘当年德兵压境时法人战败状，尸骸枕藉，村舍丘墟，形肖逼真，无异临阵作壁上观。其留示后人之意，盖欲永不忘此耻辱云耳。

绘出当年战鼓音，追奔逐北惨成擒。
至今昭示途人目，犹是夫差雪耻心。

生物院

院方广十余里，罗致各种鸟兽鳞虫，花草树木，分类蓄植，供人游玩。多有不识名者。惟犬类太繁，嗥嗥群吠，殊无谓也。

飞潜动植尽收藏，类别群分任品量。
最是恼人游兴处，嗥嗥犬吠太猖狂。

---

① 袁祖志：《谈瀛录》卷二，光绪十年同文书局石印本，第 13—14 页。

蜡人馆

以蜡土抟人，形状逼肖。凡往昔近今智能勇功之士，皆摹像其中，分室装点，纵人平视。虽君后之尊，亦杂置而不以为亵。

但从民望把形图，君相舆台一例摹。
抟土为人何太巧，亲承謦欬直无殊。[①]

【注】拿波仑第一：拿破仑一世，即拿破仑·波拿巴（Napoléon Bonaparte，1769—1821），法兰西第一共和国执政官（1799—1804），法兰西第一帝国皇帝（1804—1814）。得胜楼：即凯旋门。追奔逐北：追击溃逃的敌军。夫差雪耻：夫差为春秋时期吴国的君主，其父吴王阖闾在与越王勾践的争战中，受伤不治，临死前嘱咐儿子夫差报仇雪耻。后夫差大败越军，攻入越国都城会稽（今浙江绍兴），终至为父亲复仇。抟人：把东西揉成人的形状。平视：正视。舆台：操贱役者，奴仆。謦欬：咳嗽，借指言笑。

【笺】此组诗写四种巴黎名胜。

凯旋门为法兰西第一帝国皇帝拿破仑一世为纪念奥斯特利茨胜利而建，为欧洲各式凯旋门中规模最大者。王韬同治六年（1867）底随英国传教士、香港英华书院院长理雅各（James Legge，1815—1897）赴欧洲时，曾登"纪功牌楼"观览，即是众所艳称之凯旋门[②]。清廷首任驻法公使郭嵩焘抵巴黎不久，亦偕李凤苞、黎庶昌等属僚在此游览[③]。王韬述云："四方文士舟车往来出其国都者，无不喜诣碑所循览诵读，徘徊不能去，叹美战绩之盛，而惜其勋名之不终。"[④] 对拿破仑较同情。而袁祖志此诗，则专讽拿破仑之失德。晚清中国人对法国往往印象不良。徐继畬《瀛寰志略》云："欧罗巴用武之国，以佛郎西为最。争先处强，不居人下，遇有凌侮，必思报复。其民俗慷慨喜战，有《小戎》、《驷铁》之风。"[⑤] 同治七至九年（1868—1870）随蒲安臣（Anson Burlingame）出使欧美的志刚，在给江苏

---

① 袁祖志：《谈瀛录》卷五，光绪十年同文书局石印本，"海外吟"上，第4—5页。

② 王韬：《漫游随录》，岳麓书社1985年版，第86页。

③ 郭嵩焘：《伦敦与巴黎日记》，岳麓书社1984年版，第567页。

④ 王韬：《漫游随录》，岳麓书社1985年版，第86页。

⑤ 徐继畬：《瀛寰志略》，上海书店出版社2001年版，第210页。

巡抚丁日昌的信中云："法朗西夸诈相尚，政以贿成……卒至覆军杀将，国君被执。初得意于诈力者，究自败于诈力。"[①] 同行的孙家谷亦云："法人喜夸诈，急功利，市廛繁富，甲于欧洲，其君又专以诈伪交邻国、愚黔首。"[②] 这是随便举几个例子。袁祖志欧游尚未归来，中法战争即已开启，而大战的酝酿，则远非一日。在此背景下，国人对法国的意见和情绪可以推知。《瀛海采问》描述法兰西第三帝国之政治情状云："……至于暴征苛敛，甚于他国，民不堪命，每怀旧君，虽曰豪强，难称殷富。"述法国之民风云："户竞奢华，人争侈肆，无贵无贱，悉务游观。园囿胜地，所在皆满，马车往来，充塞路途。既暮则灯火光明，逾于白昼，剧场酒肆，无著足处。妇女出户者多，在家者少，六街三市，参错行走，触目皆是……至其市肆之繁盛，屋舍之整齐，街衢之阔大，灯火之稠密，虽由于国家之弛纵，亦本夫民心之侈肆焉。"[③] 在袁祖志看来，凯旋门标志着法国人的奢侈浮华和穷兵黩武，是不足道的。他在《留别巴黎一律》中复咏道：

这是人间第一城，奢华靡丽甲环瀛。

层楼杰阁金银气，骇女痴男笑语声。

黩武频叫兵越境（时方有事于越南及马达加士等国），兆丰喜值雪飞霙（时方大雪）。

旁观独我深忧杞，天道由来恶满盈。[④]

《得胜楼》的意思引而不发；《留别巴黎一律》则倾盘托出了。十年以后，王之春来到法国，其所作《巴黎行》、《重到法京》[⑤] 等诗，认为法国人奢侈靡费，穷兵黩武，下场一定可悲，与袁祖志同一声口。

《战败图》，为清人所受法国乃至欧洲艺术品影响至巨者。薛福成光绪十六年闰二月二十四日（1890 年 4 月 13 日）详记曰：

---

① 志刚：《初使泰西记》，岳麓书社 1985 年版，第 377 页。

② 孙家谷：《使西书略》，见志刚《初使泰西记》，岳麓书社 1985 年版，第 381 页。

③ 袁祖志：《谈瀛录》卷一，光绪十年同文书局石印本，第 8 页。

④ 袁祖志：《谈瀛录》卷五，光绪十年同文书局石印本，"海外吟"下，第 9—10 页。

⑤ 《王之春集》（二），岳麓书社 2010 年版，第 741 页。

> 其法为一大环室，以巨幅悬之四壁，由屋顶放进光明。人入其中，极目四望，则见城堡、冈峦、溪涧、树林，森然布列。两军人马杂沓，放枪者、点炮者、搴大旗者、挽炮车者，络绎相属。各处有巨弹坠地，则火光迸裂，烟焰迷漫。其被轰击者，则断壁危楼，或黔其庐，或赭其垣。而军士之折臂断足、血流殷地、偃仰僵仆者，令人目不忍睹。仰视天，则明月斜挂，云霞掩映。俯视地，则绿草如茵，川原无际。情景靡不逼真，几自疑身外即战场，而忘其在一室中者。迨以手扪之，始知其为壁也，画也，皆幻也。[①]

此处文字略修改后，易题《观巴黎油画记》[②]，广为传颂，今日更进入中学语文教材。唯此画题目为何，何人所作，似无人清楚。或有用薛福成《观巴黎油画记》原文，以“普法交战图”名之，但薛氏日记中本作“普法交战图画”，只说明意思，并非原题。笔者久久思考此问题，终于在郭嵩焘日记中获得线索。郭氏光绪四年四月十日（1878 年 5 月 11 日）记云：

> 偕李丹崖、黎莼斋、联春卿至巴罗喇马，为圆屋，四周画德国攻巴黎时事。……巴罗喇马者，及四周着画之义也。[③]

原来，薛福成所观的画，乃是“panorama”，今译“全景画”，为欧洲当时流行的一种特殊的绘画方式。其法以 360 度环绕，在一个大型建筑中粘贴展出，观众置身画间，环顾上下四周，得到身临其境的效果。根据史料，薛福成见到的全景画应为法国画家费利克斯·菲利波托（Henri Félix Emmanuel Philippoteaux，1815—1884）与其子保尔·菲利波托（Paul Philippoteaux，1846—1923）合作创作的《围攻伊西要塞》（The Siege of Fort Issy），一名《围攻巴黎》（The Siege of Paris）[④]，1875 年巴黎保尔·

---

① 薛福成：《出使英法义比四国日记》，岳麓书社 1985 年版，第 111 页。

② 薛福成：《庸盦文外编》卷四，沈云龙主编《近代中国史料丛刊》第 95 辑第 943 册，（台湾）文海出版社影印薛氏传经楼家刻本，第 42 页。

③ 郭嵩焘：《伦敦与巴黎日记》，岳麓书社 1984 年版，第 567 页。

④ Bernard Comment，*The Panorama*，London：Reaktion Books Ltd，1999，p. 67.

杜邦出版公司出版的英文说明手册题为《保卫巴黎抗击德军战役全景画》(Panorama of the Defence of Paris against the German Armies)[①]。此画完成于1871年，表现当年普鲁士军队攻陷巴黎的场景，观众站立的位置为巴黎西南郊伊西要塞的一个堡垒，凭此可以俯视眼前开阔的原野，一览无余查看双方交战的情况。杜邦出版公司出版的手册，详细说明了普军围攻巴黎时双方的兵力、布阵和攻守过程，以为国外观众观赏此画的参考。1882年伦敦还出版过另一种手册[②]。另，此画还有一复制件，由费利克斯·菲利波托亲手制作，专供美国展出[③]。1882年此画在纽约展出时，《纽约时报》(*The New York Times*) 曾对其做过详细而生动的描述[④]。根据史料，这幅画在法国展出直到1890年为止[⑤]，也就是说，薛福成写下观感后不久，此画就停止展出了。笔者未查到此画的下落，在全世界范围内，巨幅的全景画以保管不易，存世不多，也许《围攻巴黎》一作早已损毁不存了。

关于此画的意义，郭嵩焘记云："盖为此画以示国人无忘'射钩'之义。"[⑥] 黎庶昌评论云："国人为此，以示不忘复仇之意。"[⑦] 曾纪泽日记云，法人在普法战争失败后，造"大戏馆"（巴黎歌剧院），"又集巨款建置圆屋画景，悉绘法人战败时狼狈流离之象，盖所以激励国人奋勇报仇之志也。事似游戏，而寓意颇深"[⑧]。托名"局中门外汉"的外交官张祖翼作《伦敦竹枝词》百首，其一云："德法交兵已廿秋，战图犹自遍欧洲。卧薪尝胆原如此，蛮触犹知复国仇。"自注云："德法交战，德入法焚王宫，为城下之

---

① *Panorama of the Defence of Paris Against the German Armies*, *Painted by F. Philippoteaux*; *Explanation Preceded by a Historical Notice with a Map of the Department of the Seine*, Paris: Imprimerie administrative de Paul Dupont, 1875.

② *Panorama of the Siege of Paris*, *Painted by F. Philippoteaux*, *Explanation Preceded by a Historical Introduction*, *with a Plan of the Battle of January 19th*, 1871, London: Panorama Co., 1882.

③ Bernard Comment, *The Panorama*, London: Reaktion Books Ltd, 1999, p. 67.

④ "The Panorama of a Battle. The Picture of the Siege of Paris", *The New York Times*, September 17, 1882.

⑤ Bernard Comment, *The Panorama*, London: Reaktion Books Ltd, 1999, p. 67.

⑥ 郭嵩焘:《伦敦与巴黎日记》，岳麓书社1984年版，第567页。

⑦ 黎庶昌:《西洋杂志》，岳麓书社1985年版，第477页。

⑧ 曾纪泽:《出使英法俄国日记》，岳麓书社1985年版，第164页。

盟而还。法人恨之，为绘一当年战败焚杀之图，筑圆屋而悬之。……凡屯兵之所皆绘此等图，以作士气，不忌讳也。”[①] 以上种种，与袁祖志《巴黎四咏》之“至今昭示途人目，犹是夫差雪耻心”和薛福成《观巴黎油画记》之“激众愤，图报复”，意思皆近，为一种民族主义的解读。《围攻巴黎》为纪念普法战争而作，其中的民族主义含义，不言而喻，但这也只是一个方面。全景画是一种大众艺术，冀通过娱乐大众而获致利润，往往为追求纯艺术的艺术家所不屑。本画的展出包括跨国展出，主要是为了门票，而非教育民众。晚清外交官受到它的特别吸引，既是震惊于全景画的壮观而逼真的体验，素所未经，也是一种文化误读。刚从鸦片战争的破残中“中兴”的帝国，又经受了中法战争的考验（薛福成本人就是中法战争中一个关键人物），“战败”和“复仇”成为中国人最敏感的意识，《围攻巴黎》激起一次次强烈的精神共鸣，也就很自然了。

生物院，另一称谓为“万生院”。王之春《使俄草》卷六云，法国有万生院二，“一在城北……一在深唔江之南，院无门阑，随人可入。诸鸟兽与各国大略相同，惟蓄狮子四五头，颇狞恶。其所植各种花卉，皆以铁为罩，四周及顶并嵌玻璃以保护之。树有成疮孔者，则以铁皮钉补之，免客水渍入，使生蛇蝎蝼蚁之属，致伤树身，亦可见西人讲求植物之一端也”[②]。王之春所说的后一万生院，即今天所称的巴黎植物园（Jardin des Plantes）。此园不仅广植树木，且包含数个博物馆。袁祖志所咏，盖即是此。园中尚有一规模虽小而历史悠久的动物园，诗中狂吠之犬，应即在此动物园内。

蜡人馆（蜡像馆）亦是最吸引中国人的场所之一，袁氏《西俗杂志》亦有描写[③]。据《漫游随录》，王韬在伦敦时曾至一蜡像室参观，入门处有华人男女各一，“余惊询何人，以林文忠公对”[④]。展出林则徐及夫人蜡像者，为远近知名的杜莎夫人（Marie Tussaud）蜡像馆[⑤]，在王韬之

① 局中门外汉：《伦敦竹枝词》，光绪戊子春月观自得斋藏版，第 19 页。

② 《王之春集》（二），岳麓书社 2010 年版，第 750 页。

③ 袁祖志：《谈瀛录》卷三，光绪十年同文书局石印本，第 4 页。

④ 王韬：《漫游随录》，岳麓书社 1985 年版，第 111 页。

⑤ Marie Tussaud（1761—1850），本名 Anna Maria Grosholtz，法国人，1835 年在伦敦贝克街（Baker Street）建立一博物馆，亦即杜莎夫人蜡像馆。

后，志刚和张德彝曾到这里参观[①]，郭嵩焘和刘锡鸿日记中亦有记载[②]。除了杜莎夫人蜡像馆，巴黎的格雷万蜡像馆（Musée Grévin）也是中国人驻足的地方。薛福成光绪十六年春闰二月二十四日（1890 年 4 月 13 日）记云：

> 赴蜡人馆观蜡人。其法，以蜡仿制生人之形，自王公卿相以至工艺杂流，无不可留像于馆。或立或坐，或卧或俯，或笑或哭，或饮或博，无不毕具。凡人之发肤、颜色、态度、长短、丰瘠，无不毕肖。殆所谓神妙欲到秋毫巅者。闻其法，系一老媪创之，今盛行于欧洲各国，未百年也。[③]

薛福成所云的“老媪”，即杜莎夫人，因其对蜡像艺术及其普及的贡献，每被当作蜡像制作方法的创始人[④]。1882 年，法国记者阿瑟梅耶（Arthur Meyer），与漫画家、雕塑家格雷万（Alfred Grévin）一起，在法国巴黎开办了“格雷万博物馆”（Musée Grévin），当年 6 月 5 日正式对外开放[⑤]。此即袁祖志所咏、薛福成所记的巴黎蜡人馆。袁氏对蜡人的栩栩如生、如闻其声印象深刻，他所不能理解和接受的，是对史上称名的“智能勇功之士”，游客们不是敬拜，而是平视观览；且王公贵胄和引车卖浆之徒混在一起，贵贱不别。

泛舟天士河

河亘穿伦敦城，屈曲绵长，数百余里。两岸绿荫藉地，芳草连天。游人男女杂遝，

---

① 志刚：《初使泰西记》，岳麓书社 1985 年版，第 298 页；张德彝：《欧美环游记》（再述奇），岳麓书社 1985 年版，第 704 页。

② 郭嵩焘：《伦敦与巴黎日记》，岳麓书社 1984 年版，第 111 页；刘锡鸿：《英轺私记》（《英轺日记》、《日耳曼纪事》），岳麓书社 1986 年版，第 86—87 页。

③ 薛福成：《出使英法义比四国日记》，岳麓书社 1985 年版，第 111 页。

④ 王之春在德国游蜡人馆，亦说“蜡人之制，创自德国一老妪”［《王之春集》（二），岳麓书社 2010 年版，第 668 页］。按：杜莎夫人籍斯特拉斯堡市，此地在 18、19 世纪为法、德交替拥有。

⑤ 见蜡人馆官方网址：http：//www. grevin. com/。

三五成群，皆自荡小舟，溯流容与，或垂纶，或聚饮，洵讦且乐，大有溱洧之遗风焉。河中建闸障流，水势高下相距盈丈，船集则启，船度则闭，其制极灵，所费可想。是日主人喊君邀乘小火轮舟，泛乎中流，团坐饮啖。主妇挈幼子，更迭献酬，情意周至。归舟率成四截句：

百里潆洄水蔚蓝，沿堤风景似江南。
呼朋镇日嬉游去，打桨鸣桡兴共酣。

翠袖红裙斗靓妆，泥人纤手掉轻航。
更寻芳草如茵处，席地纷纷竞举觞。

不是山巅即水湄，朝朝访胜更探奇。
怪他握算持筹手，也有闲情理钓丝。

青溪曲曲闸重重，障得波流碍客踪。
不惜黄金留胜景，漫将虚牝诮司农。[①]

【注】天士河：Thames，今称泰晤士河。垂纶：垂钓，钓鱼。溱洧：指《诗经·郑风·溱洧》，写青年男女春天到溱水和洧水边游戏。喊君：待考。泥：动词，软言相求。水湄：水边，水岸。握算持筹：管理财务，这里指从事生意。虚牝：空谷。司农：掌管农业的官。

【笺】泰晤士河给袁祖志留下甚深的印象，他不光在《海外吟》中有诗吟咏，且在《涉洋管见》有“天士河记”一条，较本诗描摹更为详尽。英国男女于河上荡舟、岸上野餐，令他想起了《诗经·溱洧》中男女青年河边踏春，互赠花草以明爱慕的情景。袁祖志对西方人“男女杂沓，三五成群”的现象，素无好感，但这里却是例外。“天士河记”在叙述泰晤士河上荡舟、竞渡，岸上野餐、游玩之后，发如下议论云：

① 袁祖志：《谈瀛录》卷五，光绪十年同文书局石印本，“海外吟”上，第6页。

吾不异夫景之佳、境之幻，而独异其国家之不惜帑金，纵人娱乐，至于如此。盖陆地既筑有海帕[①]（自注：西语称园曰帕）、利津帕[②]诸大园林，足以容千人万人，镇日嬉游笑傲，而又障此河流，葺成胜景[③]，水嬉无禁，竞渡成风，深合与民同乐、与众乐乐之意。宜乎生长是乡者，熙熙皞皞，如登春台，无贫富贵贱之分，而咸得生人之旨趣焉。然则观于此河，亦可想见其庶政之毕举矣。[④]

西人喜游乐，这是到西方的中国人的一个深刻印象。但在理解上，则各有不同。志刚认为："盖欧洲之人，大率血燥……至其优游逸豫，士女偕臧，则以适其情者，畅遂其天。"[⑤] 把这个现象归于西方人的生理问题。黎庶昌则不然，他对友人说，西人"每礼拜日，上下休息，举国嬉游，浩浩荡荡，实有一种王者气象"[⑥]。他的名篇《卜来敦[⑦]记》亦申说此义[⑧]。在英人熙来攘往的游乐之中，黎庶昌看到了与民同乐、上下一心的图景，这是"浴乎沂，风乎舞雩"的境界，也是儒家传统所梦想的臻于郅治的美景。袁祖志虽对西方文化有颇多不满（见下），在此，他和黎庶昌则是所见略同的。

袁枚四十四岁时曾作《子才子歌示庄念农》诗，说自己"终不知千秋万世后，与李杜韩苏谁颉颃?"[⑨] 语颇自负。《谈瀛录》有诗云："有才不幸生今日，无命何须卜异时，身后是非诗数卷，眼前娱乐酒千卮。"[⑩] 口气也很大。袁枚主性灵，其诗天马行空，自由挥洒，乃孙的诗亦信手拈来，随所适意。通观《谈瀛录》，作者对西方人最关注者在风俗，《西俗杂志》一

---

① 海帕，Hyde Park，今译海德公园。

② 利津帕，The Regent's Park，今译摄政公园。

③ 泰晤士河上建有许多闸门（locks）以控制水流。

④ 袁祖志：《谈瀛录》卷二，光绪十年同文书局石印本，第 16 页。

⑤ 志刚：《初使泰西记》，岳麓书社 1985 年版，第 325 页。

⑥ 黎庶昌：《拙尊园丛稿》，沈云龙主编《近代中国史料丛刊》初编第八辑第 76 册，（台湾）文海出版社影印本，第 407—408 页。

⑦ 卜来敦，今译布莱顿（Brighton），英国海滨城市。

⑧ 黎庶昌：《拙尊园丛稿》，沈云龙主编《近代中国史料丛刊》初编第八辑第 76 册，（台湾）文海出版社影印本，第 385—387 页。

⑨ 袁枚：《小仓山房诗文集》第一册，上海古籍出版社 1988 年版，第 319 页。

⑩ 袁祖志：《谈瀛录》卷五，光绪十年同文书局石印本，"海外吟"上，第 9 页。

卷载有221条风俗条目，洵称大观，《海外吟》也以风俗诗为主。但是，如何看待西人的风俗，袁氏也有自相矛盾的地方。举例说，《海外吟》有一首《西人妇》诗云：

西人妇，尊居右。曳长裾，揎窄袖。言不从媒妁，命不尊父母。年逾二十一，婚姻自匹偶。男女杂坐无嫌疑，叔嫂未防相授受。尊卑致敬承以吻，宾朋乍见握以手。笑言弗忌遇诸途，肉袒乃堪觐我后。客造深闺闼径排，夫妇内闼扉烦扣。登筵先让美人身，入座亲牵上宾肘。拔刀割肉邀群曹，把杯纵饮倾一斗。雄谈落落指挥豪，细语喁喁情意厚。玉山高耸乳如酥，金缕轻扬腰若柳。罢饮争弹琴抑扬，传书解识字蝌斗。能事原足表裙钗，忘形殊嫌无牝牡。老我偏入蛾眉丛，怪他不作狮子吼。更惊凿凿具须髯，自上下下征面首。帷薄不修直等闲，中冓之言实可丑。男欢女爱太无遮，石烂海枯难涤垢。浪夸瀛海诸雄邦，竟是风花大渊薮。律以吾儒古昔时，曾子回车墨子走。我生不幸侈豪游，蹈入秽邦颜怩忸。问予重来意若何？掩耳疾趋曰“否否！”①

“西人妇”真有如此不堪，至令袁祖志颜色忸怩、掩耳疾趋乎？也未必然，紧接此诗之下一首诗，“西俗常餐，男女同席，谈笑饮啖，不别嫌疑，初甚弗安，久亦习惯，喜此艳遇，漫成一律”，感觉就很不一样：

朝朝暮暮伴秦娥，老我樽前唤奈何。
中土偶来名士少，西方果觉美人多。
不嫌放浪忘形迹，似此风流合咏歌。
恼煞语言浑莫解，审音也自叶云和。②

《西俗杂志》小序云：“泰西风俗有与中国从同者，亦有与中国迥异

① 袁祖志：《谈瀛录》卷五，光绪十年同文书局石印本，“海外吟”上，第9—10页。
② 同上书，第10页。

者。乍睹不免诧为奇绝，习见亦遂视同固然。”[①] 这一意思，与上诗小序之“初甚弗安，久亦习惯”一致。袁祖志对西方妇女的做派，是有惊悚的，虽然他夸大了这种惊悚；也是有适应的，虽然适应中仍有不适。这是一个文化适应的问题。钟叔河先生在一篇文章中，摘出“玉山高耸乳如酥”、“西方果觉美人多”等句，责袁祖志轻薄[②]，此以当代人的道德感绳之，不甚符合实际。钟先生对《西俗杂志》涉及妓院及“机器铁床”的描写的批评，亦难称公允。采风问俗，何所不许，笔涉秽亵，不能看作就是作者的情志。钟氏说：“袁祖志跟随的是买办出身的唐景星，不是一本正经的郭嵩焘曾纪泽，所以他多次谈到巴黎的妓院，伦敦的暗娼，而且颇为津津乐道……”[③] 暗示无根据，逻辑也不通。试问张德彝既跟从“一本正经”的郭嵩焘曾纪泽出国，本人也很“一本正经”，为何日记中载外国妓院之事最详？

《涉洋管见》“中西俗尚相反说”篇举数十条中西风俗之不同，结尾说：“所最可骇者，中土父慈子孝，谊笃天伦；泰西则父不恤其子，子不养其父，既冠而往，视同路人。中土女慕贞洁，妇重节操；泰西则奸淫无禁，帷薄不修，人尽可夫，种皆杂乱。噫嘻，风俗之相反至于如此其极，亦乌足以立于人世也邪?!”[④] 仅就这些文字看，袁祖志观察不真切，议论亦夸大，无所可取。但实际上，《谈瀛录》对西方的称道并不少。务谨顺（W. H. Wilkinson，1858—1930）《西俗杂志》英译本序云：“不管他（指作者袁翔甫）看到了什么，都会记下来，所写的东西，在多数情况下，都简明扼要，不假褒贬。他很少比较，偶一为之，并不就说我们坏。”[⑤] “作为孔夫子的一个端庄的信徒，我们习惯中的许多东西，他不可能赞同；但他并不直言，而是留给读者去意会。夫妻相挽并行于途，或翁媳同桌共餐，这明显破坏了礼法，单单提及此事，已足以表达谴责了。从另一方

① 袁祖志：《谈瀛录》卷三，光绪十年同文书局石印本，第1页。

② 钟叔河：《书前书后》，海南出版社1992年版，第161—162页。

③ 同上书，第161页。

④ 袁祖志：《谈瀛录》卷二，光绪十年同文书局石印本，第4页。

⑤ Yuan Hisang-Fu, "*Those Foreign Devils*!" *A Celestial on England and Englishmen*, Trans. By W. H. Wilkinson, London: Simpkin, Marshall, Hamilton, Kent & Co. Ltd. 1891, preface, viii.

面，他对我们和我们的东西——餐具，马料袋，火车，冰块——也时有赞美。……”①《西俗杂志》赞美的东西远不止此——地毯、浴盆、厕所、马车、报纸、植树、路灯、洒水车、灭火器、电话、图书馆、学校、监狱，等等，从斌椿到曾纪泽所能称道的，袁祖志几乎都一一称道过了。务谨顺是怀着愤怒、鄙视撰写《西俗杂志》笺释的，他不知道袁翔甫是何许人，也没有读过《谈瀛录》的其他部分，他虽然受到中国人评价西（英）俗文字的刺激，仍承认作者比较客观，比较尊重事实。《谈瀛录》是一本互相矛盾的、有瑕疵的书，也是一本有价值的书，它记录了一个传统中国人接受西方近代文化的困难、欣喜和挫折。不论出于近代启蒙主义、现代化良好愿望或其他任何原因，对这样的书和它的作者，我们都不应仿佛铁面无私，把缺点当成罪恶，一力鄙薄和厌弃。因为，正如《新约·马太福音》说的，我们怎样论断人，也必怎样被论断。将要论断我们的，是历史。

二　袁祖志《西俗杂志》与张德彝《三述奇》之雷同

上节为袁祖志《海外吟》作笺，多引袁氏《西俗杂志》为据。然笔者在研读中，发现是书与张德彝《三述奇》多有雷同。如不断明二者之关系，前文之引用则不适当，本书他处之大量引用亦不稳妥。故本节撇开袁祖志诗歌本身，专门讨论《西俗杂志》与《三述奇》之雷同问题。

《西俗杂志》是同文书局本袁祖志《谈瀛录》中的一卷，别有葛元煦辑录单行本、王锡祺《小方壶斋舆地丛钞》本、万选楼主人编辑之《各国日记汇编》本。张德彝之《三述奇》是作者第三次出国的日记，在《稿本航海述奇汇编》（北京图书馆出版社 1997 年版）第二、三册，有左步青点校本，易题《随使法国记》，收入钟叔河主编的《走向世界丛书》（湖南人民出版社 1982 年版；岳麓书社 1985 年版）。《三述奇》自 1982 点校本出版后，历来被看作中国人目击巴黎公社的特殊史料，而于其中的一般文化观察，不甚重视，其与袁祖志《西俗杂志》文字雷同的现象，亦未有人指出

① Yuan Hisang-Fu, "*Those Foreign Devils!*" *A Celestial on England and Englishmen*, trans. by W. H. Wilkinson, preface, pp. x－xi.

（包括钟叔河先生《随使法国记》序与谈《谈瀛录》的文章）。笔者将二著精细比对，将雷同文字列表胪陈如下：

表 1　　《西俗杂志》、《三述奇》雷同文字对照表

序号	出《谈瀛录·西俗杂志》	出《随使法国记》（《三述奇》）	出《谈瀛录》他卷
1	妇女只身可以搭船搭车出门远行，毫不为怪。（第 1 页）	记：西国妇女之年逾二旬者，出门远行，皆可只身搭船乘车，既无仆婢跟随，父母亦不阻拦。（第 494 页）	
2	不用仆从婢媪人家，男女有就饭店作朝晚餐者，并拖儿挈女而往，谓从节省。（第 1 页）	记：西俗，人家之不用仆婢者，有不自炊火，而男女早晚餐于饭店，并拖儿挈女以往，谓从俭之一道云。（第 457 页）	
3	两人相遇以脱帽为礼。亦有但举手向耳际，一扬而不脱帽者，大率偶然简略之意。若互相握手则较为亲密，虽男女不顾忌焉。（第 1 页）	两人相遇，男子以脱帽为礼，亦有但举右手向耳际一扬而不脱帽者，大率偶然简略之意。至若互相握手，则较为亲近。妇女亦然，惟不脱帽不举手，间有答以鞠躬为礼者。（第 457 页）	
4	客寓最大，亦极华美，有穷奢极欲可拟王侯之家者。寓资及饭食每人每日总须三五元或八元十元不等。（第 1 页）	记：外国客寓最大。有穷奢极欲，可拟王侯之家者，寓资及饮食每人每日必须三四五六七金不等。（第 490 页）	
5	客寓便是饭店，大餐之房最为美观，即不投寓者，亦可往餐。男女杂坐，与轮舟中无异。（第 1 页）	其大饭厅亦极华美，食物精致，伺候周到。即不投寓者，亦可往餐，男女杂坐，与共舟同食无异。（第 490 页）	
6	浴盆以石或以铁为之，水于壁间管中随意开取，一凉一热，听客自便。浴毕，随将盆底木塞拔去，浊水自然流出。（第 1 页）	记：西国浴堂之制，亦不一式。大者分屋二三十间，每间设浴盆或一或二，式作椭圆，深约二尺，皆以石或以木为之。水由壁间龙嘴中随意开取，一凉一热，多少自便。浴毕随将盆底木塞拔出，浊水自然泄去。（第 472 页）	
7	居室无平房，皆系层楼，由下达上计重数，以多为贵。人但见其有高至八九层之楼屋，而不知屋下尚有一二重地窟也。故较之浮屠尤峻焉。（第 2 页）	又，西国居室无平房，皆系层楼。不惟都城如此，村镇亦然。每楼重数，以多为贵。人但见其有高至八九层之楼屋，而不知屋下尚有一二重地窟也，故较之浮屠尤峻焉。（第 438 页）	中土层楼以极上为尊，泰西则以极高为贱。（《涉洋管见》“中西俗尚相反说”）
8	舢板小船各处不一，其制亦皆用桨而不用橹，使帆则亦有之。（第 3 页）	记：外国舢板小船，各处不一其制。虽间亦挂帆，然皆用桨而不用橹。（第 484 页）	

续表

序号	出《谈瀛录·西俗杂志》	出《随使法国记》(《三述奇》)	出《谈瀛录》他卷
9	新闻纸分售于街头巷口小亭中，或持于手中沿街叫卖。至于客寓、饭店、咖啡馆中，则设有专看新闻纸之房间，堆积横陈，任人坐阅。(第3页)	记：美国新闻纸多种，分售于街头巷口，或持于手中沿街叫卖。至于客寓、饭店、加非馆中，皆设有专看新闻纸之房，内列长几，每纸束以木棍，堆积横陈，任人坐阅。(第502页)	
10	妇女以乳大腰细为贵，然腰可束之使小，乳则不能纵之使大，多有制就藤具，加于胸项之下，其状狭窄者，便见高耸。(第3页)	因洋女以乳大腰细为美，然腰可束之使小，乳则不能纵之使大，故幼女假此以饰其观。而及笄之女，乃有制就藤具，形如字者，暗围腰间，衬以为美。(第479页)	
11	靧面澡身，皆以凉水，解渴亦以凉水。食罢，亦有以小盂盛水，将手略掬微拭口唇者。无用热水之事也。(第5页)	又，靧面澡身，皆以凉水，解渴亦以凉水。故华人在洋船，饮用滚水热水，皆不易也。(第498页)	以言乎饮食，则无分冬夏，均啜冷水凉醪。(《涉洋管见》“泰西不逮中土说”)
12	靧面之巾，一日更换一次，然亦用之于下体。面盆亦即用以濯足，虽曰洁净，实不分上下焉。(第5页)	记：西俗，房中布巾，每日更新换旧，可谓洁矣。然用时不分上下，拭面揩身，并及下体，皆此一巾。(第498页)	中土靧面之器不以濯足，浣手之巾不以拭膝；泰西则靧面濯足同此一器，拭唇浣体即此一巾。(《涉洋管见》“中西俗尚相反说”)
13	市肆繁盛之区，绝无空壁可贴招市，故专设六角或圆式高亭于大道之旁，左右矗立，相间连属，亭柱以铁，亭壁以玻璃镶嵌，招贴糊满。日间既便观睹，夜则燃灯于中，尤觉历历可指。(第6页)	又，巴黎市肆繁盛之区，皆无贴挂招贴之地。故在大道之两旁专设高亭，其式或方或圆，高约八尺，左右相间，各距一箭之地。或造以铁，或砌以砖，周围贴满。日间既便观睹，夜则燃煤气灯于亭顶之四面，更觉清楚，而历历可指焉。(第468页)	
14	妇女生须，中土罕有，泰西各国则恒见之，不以为异。并造作妖言，谓乃上苍所赐，以文其陋。(第7页)	又，老妪生须，于此恒见之，长皆三四分。土人不以为奇，乃云须由天赐，以文其陋，趣甚。(第424页)	中土妇女必无须髯，泰西则妇女恒多鬑鬑满面。(《涉洋管见》“中西俗尚相反说”) 更惊凿凿具须髯，上上下下征面首。(《海外吟》“西人妇”诗)

续表

序号	出《谈瀛录·西俗杂志》	出《随使法国记》(《三述奇》)	出《谈瀛录》他卷
15	浴堂之制，亦不一式，价之极廉者，每人不过七八十文。加以买手巾，买肥皂，亦不过百余文而已。其极贵者，则为土耳其之浴堂，华瞻无比。每人约计二元。有就河下水次建浮屋如船式，吸取冷水以浴者，与轮舟上之浴所相似，惟男女则分室。如自携妇女以往，则听同浴。(第7页)	记：西国浴堂之制，亦不一式。……价之至廉者，每人一方。备有热布手巾五块，加买肥皂。每块三、四、五稣不等。其极贵者，每人十方，预备一切，如香水胰皂等，更于盆中铺大白布一块。虽云男女分室，而夫妻则可同浴。(第472页)	
16	马车之上必带料食一二袋，随时随地可以喂马。喂时但取袋索套于马首，袋口承于马口，以凭咀嚼，此法极良。(第7页)	又，各车带有草料一袋，随时随地可喂。喂则套袋绳于马首，袋口承于马口，以凭咀嚼，其法极便。(第487页)	
17	三五成群闲行入市，皆须联袂并行，不得参差前后。(第8页)	中等人家，亦必三五成群，闲游入市，皆须联袂并行，不得参差前后。(第474页)	
18	妇女双眸短视，公然高悬眼镜，即十数岁之稚女亦然，街市闲行，不以为怪。(第8页)	又，不论男女老幼之双眸短视者，皆公然高悬眼镜，街行遇人，不有摘去之礼。(第457页)	
19	妇女在座，男子皆不得吸烟，以昭敬重。凡大餐之后，例应出座入室吸烟，或无烟室，必待妇女出户，然后吸食。有时妇女食毕便行，故示体恤，谓为谦德焉。(第8页)	记：西俗女重于男。因女不吸烟，故凡遇妇女在座，男子不吸，以昭敬重。而妇女有故示体恤者，乃于晚餐后先出饭厅，以听男子自便。(第438页)	烟枝产自吕宋，各国畅行已久。惟大餐之处，及妇女在座，例不得任意呼吸，故宅第中必另设烟房，客邸及轮舟之上一例。亦既罢食，乃相将出座，就地吸烟，无或敢犯。(《海外吟》“洋餐八咏·殿茶”小序)
20	儿童不拘男女，及岁例必入学。无力之家，则就义塾，不费分文。倘交八岁不送入塾者，议罚有例。(第9页)	按，西国儿童，不拘男女，凡八岁不送入学者，议罚有例。(第479页)	
21	凡男女工作，每日上工及啖饭，例有限定时刻，不得逾时五分，违则辞工。(第9页)	记：西国男女工人，每日工作饮食，例有限定时刻，不得逾时五分，违可控告局主，受罚。(第481页)	

续表

序号	出《谈瀛录·西俗杂志》	出《随使法国记》(《三述奇》)	出《谈瀛录》他卷
22	朝夕传餐之际，男女皆须更衣人座，虽童稚亦然。饮汤不得有声，唾余必盛于器。(第9页)	又，西人喜净，早晚饮食之际，男女以及童稚，入座必先更衣、漱口、浴面。饮食不得有声，唾余必盛以器。(第439页)	中土每值坐餐，必宽礼服以为适意，泰西则必整礼服乃可大餐，家常亦然。(《涉洋管见》"中西俗尚相反说") 整衣咸盥手，脱帽始登筵。(《海外吟》"洋餐八咏·序坐")
23	女子之嫁也，二十二岁以前父母可以主之，逾此则不待父母之命，不须媒妁之言，但两相说合，便可成双。(第9页)	记：西国女子之嫁也，二十二岁以前，父母可以主之。逾此则不待父母之命，不须媒妁之言，但彼此说合，便可成双。(第473页)	女年二十一，便纵其任意择夫，尽有屡择方配之人，不以先奸后娶为耻。(《涉洋管见》"泰西不逮中土说") 言不从媒妁，命不遵父母。年逾二十一，婚姻自匹偶。(《海外吟》"西人妇"诗)
24	妇女每日必须游行街市，如男子禁之，妇女可以控官，例判将夫男监禁若干日以昭儆戒。(第10页)	又定例，每日妇女必须街游。苟男子拦阻，妇女可以控官，乃将判该男监禁若干日，以昭儆戒云。(第474页)	泰西则妇女专务出游，裙钗遍乎街市，巾帼杂于舟车，夫男不得禁其出户，违者控官系狱。(《涉洋管见》"中西俗尚相反说")
25	男女一律戴冠，官制亦殊不一。惟人室，虽冬令，亦必脱去露顶，出户，虽夏令，亦必加于顶上焉。(第10页)	记：西国男女，不论冬夏，出门皆戴帽，入室即脱去。(第432页)	
26	寝必有衣，长与身等，有袖无襟，从首套下，皆以白布为之。故遇中土之服白长衫者，必发狂笑，盖以为误著寝衣出户也。(第10页)	男女寝必有衣，长与身齐，缝以白布，有袖无襟，从首套下。故遇华人之服白长衫者，必发狂笑，盖误以为着寝衣出户也。(第439页)	
27	民间无斗殴情事，亦无詈骂情事，甚以耻辱为重故也。倘被人殴骂，控官请理，其人必受押受罚，不必究其原因也。(第11页)	记：西国男女固有聪明愚鲁之分，然咸以耻辱为重，终朝街市无有口角斗殴以及詈骂情事。倘被人欺侮，控官请理。其殴骂人者，虽情足理顺，亦必因逞凶滋事而受押受罚。(第480—481页)	以余所取，别有二端：……一则民间绝少殴詈之事。所谓孔子家儿不知怒、曾子家儿不知骂者邈矣，此风不期于海外遇之也。(《涉洋管见》"泰西不逮中土说")

续表

序号	出《谈瀛录·西俗杂志》	出《随使法国记》（《三述奇》）	出《谈瀛录》他卷
28	店肆门首绝无悬挂之招牌，但将字号货物书于玻璃窗上，及檐际、槛下之隙处，皆有。（第11页）	记：西国店肆，门首不挂招牌匾额，乃将字号货物横书玻璃窗间，或檐前板上。（第428页）	
29	钱分金、银、铜，为三等，皆国家鼓铸，无敢私铸者。犯之有极刑。（第11页）	记：外国钱皆国家鼓铸，犯例私造者有极刑。（第477页）	
30	穷极无以为生，亦有自寻短见之人，但其死法，大骇听闻。或登数百丈高台之上，自投以求速毙，或卧于火轮车铁道之中，甘心毙于轮下，粉身碎骨，情形殊惨。（第11—12页）	盖洋人穷极无以为生，或因他故，亦有自寻短见者。惟其死法骇人听闻，或登百尺高楼之上自投以求速毙，或卧于火车铁道之中，甘心毙于轮下，粉身碎骨，情形惨然。（第502页）	
31	凡鸡鸭鹅鱼等，其脏肠皆委弃不食，谓其有毒能生百病云。（第12页）	凡鸡鱼鹅鸭，皆弃脏腑而不食，以其有毒，恐人生病。（第432页）	
32	菜圃之业，有巨至数万金者。其贵重蔬菜种于场畦，上则覆以玻璃之罩，下则沟以煤炭之炉，取其发荣生长之速，而茎叶亦嫩脆无匹云。（第12页）	记：西国菜圃之业甚精。凡菜种于场畦，欲其生长速而茎叶嫩，乃按畦下藏铁筒煤炉，分颗上覆玻璃圆罩。（第427页）	
33	灌圃不以粪水，有专取粪秽制成粉屑之人，其粉屑以纸包裹，先于菜根之下穿一窟洞，置包其中，使菜根沃其肥力，而菜叶则不沾秽恶焉。（第12页）	又灌不用粪，乃制粪秽成粉屑，以纸包裹置于菜根之下；既使菜根沃其肥，而茎叶亦不沾秽恶。（第427页）	
34	妇女大半皆自择婚，如择定有人，其指上必带素金约指以别之。若镶嵌珠宝之戒指，则随意装饰，无所关系云。（第12页）	记：西国妇女之已嫁未嫁者，不有别于鬓发。惟其择定有人，及已出嫁者，于无名指上必戴素金戒指以别之。（第424页）	

续表

序号	出《谈瀛录·西俗杂志》	出《随使法国记》(《三述奇》)	出《谈瀛录》他卷
35	绘画之事竞尚讲求，写物写人务以极工为贵。其价值之昂一幅或至数万金。习此艺者，男女并重，而女尤精于男。故所传秘戏图最佳，近以干禁，少为敛迹。若只身之男女像，虽赤身裸裎，仍不干禁，谓足资考究故也。尝见博物院中往往多石人铜人各像，裸形卧立，而妇女之囊笔往摹者，详睇拈毫，绝不为怪。又闻画师每当描摹妇女下体，辄招一纤腰袅体之妇人，令其褫衣横陈，对之著笔，以期无微不肖。绘毕，酬以钱洋而去，亦不过数元而已。(第14页)	记：西国绘画之事，竞尚讲求，然重油工不尚水墨。写物写人，务以极工为贵，其价竟有一幅值万金者。画人若只身之男女，虽赤身裸体，官不之禁，谓足资考究故也。故石人、铁人、铜人各像，亦有裸形卧立蹲伏者。男女并重此艺。妇女欲画赤身之人，则囊笔往摹，详睇拈毫，以期毕肖。至男子描摹妇女之际，辄招一纤腰袅体之妓，令其褫衣横陈，对之著笔，以期无微不肖也。(第492页)	极重绘画之事，有值万金一幅者……摹者以妇女为尤工。(《瀛海采问·罗马》)
36	男女苟合，向无例禁，以致奸生之子女最伙。设有专养之处如中土育婴堂之义，特育而兼教，至十四岁便可自食，或成一业，或作雇工。未及十四岁之前，皆须奸生之父岁贴若干，亦视其力为等差焉。如违，可由奸妇控官追究。(第14页)	然男女私交，不为例禁。因而奸生之子女最多，乃专设有收养之处，名之曰育婴堂。不惟养育，兼以教读。至十四岁，便可自食，或成一业，或作雇工，以及充当兵勇。未及十四岁之前，皆视奸生之父之力若何，每岁贴银若干，为之等差，违则奸妇即可控官追究。(第473页)	至律不载惩奸之条，妻可以置妾控夫，尤为可笑。(《涉洋管见》"泰西不逮中土说")
37	学堂之制最善，有男学堂，有女学堂，有大学堂，有小学堂。学堂最多，而衣帽则一堂有一堂之式，如兵勇之号服然。成群结队，使人一望而知。(第14页)	而学堂之制亦善，有男学堂、女学堂、大学堂、小学堂，而各堂衣帽不一，其式如兵勇之号衣。成群结队而行，一望即知其为何堂者。(第479页)	
38	娈童莫盛于法国，近十余年来，经国家严行禁绝，如查见二男一室而共榻者，例当监禁示罚，不似男女苟合之不关功令也。(第14页)	娈童亦莫盛于法国。近十数年来，始经国家严禁。如查有二男一室而共榻者，例当监禁示罚。(第473页)	

续表

序号	出《谈瀛录·西俗杂志》	出《随使法国记》(《三述奇》)	出《谈瀛录》他卷
39	制菜皆审时刻定火候，多一分不得，少一分不得，如煮鸡子，只三分时候，烧鸡，准一点钟时候，胥观钟表以为准则焉。(第14页)	再，烹调火候，以钟表为准则，其分刻不得少有增损。(第432页)	
40	妇女不簪鲜花，其缀于帽上者，皆布所置，色相宛然。(第15页)	妇女不簪鲜花，其缀于帽上者，皆布造，色极鲜美，与真毕肖。(第432—433页)	
41	妇女或穿耳孔，或不穿耳孔，各随其意。故有戴耳环，有不戴耳环者。若臂钏则一例尚用。特左右臂各具一式，不必成对也。(第15页)	耳环，有戴者，有不戴者，各任其便。至镯钏则皆用，惟左右腕各具一式，不必成对也。(第424页)	
42	男子持伞，专以障雨，不以障日。妇女则晴雨皆用之。(第15页)	记：西国男子持伞，专为障雨，色皆黑紫而长大。妇女则晴雨皆用，色分五彩而细小，里面既不一色，更有四围垂穗长二寸余者。(第429页)	
43	男子挥扇者绝少，妇女则一逢暑热，行坐皆摇动生风。惟所用只折扇，式极其巨，若纨若蕉若羽，则皆不尚焉。(第15页)	记：西俗，男子虽当酷暑，不挥扇，不裸体，不着纱罗，不换凉帽。妇女用扇不居时候，夏固因热摇以生风，冬季于赴茶会跳舞会等而仍用。所用皆折扇，其旧式甚巨，今则长不及尺，造以绫绸、象牙，绘以五彩；至蕉叶、翅羽，则不尚焉。(第429—430页)	
44	男子二十余岁，髭须渐生，例不芟剃，听其鬑鬑。及至五六十岁以后，则将上唇之髭剃去，谓年力就衰，可无复须眉以表气概云。(第15页)	又，外国男子二十余岁，髭须渐生，例不芟剃，听其鬑鬑。及至五六十岁以后，或将上唇之髭剃去，或将上下髭须尽行剃去。盖为年力就衰，无须生此，有碍饮食也。(第450页)	中土年少者不蓄须髯，必壮盛乃不剃除；泰西则弱冠必有须髯，及壮盛乃反芟剃。(《涉洋管见》“中西俗尚相反说”)
45	座客叙语不及秽物，如有谈及粪秽等物者，群相骇异，或有避席而行不顾而去者，以为此人何不堪若此也。(第16页)	又，座客谈天，不及秽物。苟有叙及粪秽等物者，群相骇异，或有避席而行，不顾而去者，乃以此人何至不堪若是。(第481页)	亦不得言及粪秽大小便龌龊等物。(《出洋须知》“禁忌须知”)

续表

序号	出《谈瀛录·西俗杂志》	出《随使法国记》(《三述奇》)	出《谈瀛录》他卷
46	药铺大率即是医室，所置药酒、药水、药丸、药粉，皆医生自造，绝无所谓饮片者。故虽曰药铺，但见玻璃屏盎罗列井井而已，不见药材药料也。(第16页)	记：西国药室，虽曰药铺，而无药材药料。惟见临窗玻璃大瓶，罗列井井，其色或红或绿，或蓝或黄，入夜燃灯，五彩耀目。盖各铺所售，皆造就之药丸、药水、药酒、药粉以及膏散，并无所谓饮片者。(第471—472页)	
47	咖啡之杯不以饮茶，茶杯不以饮咖啡，皆磁（瓷）器也。酒杯分大小数种，亦不以饮咖啡与茶，皆玻璃也。酒皆冷饮，故以玻璃，茶与咖啡皆热饮，故以磁（瓷）焉。(第17页)	至食器，既异色，亦异式；则冷热自分，味自不乱。如酒器，因冷饮，故造以玻璃；其式有大小广狭之分，色有红白蓝绿之别。至加非、勺勾腊与茶，皆热饮，故造以瓷。(第432页)	中土酒必温而饮之，泰西则皆冷以尝之。(《涉洋管见》"中西俗尚相反说") 方歌将进酒，偏怪判寒温（汤以热尝，酒以凉饮）。(《海外吟》"洋餐八咏·先羹")
48	卧床或以木，或以铜，或以铁。脚下皆有辘轳，取其可以推动，以便四方拂拭之故。铁床有三折式者，摊之即为床，折之加以木板即为几。亦有座椅可以抽长便为床者，尤为巧制。(第17页)	记：外国富户，床榻多用檀梨。……床之四角有小轮，可于屋内挪移。亦有以榆柳木造者，惟皆薄浅，或无铜圈。再次者以铁造之……此床亦有三折式者，摊之即为床，折之即为椅。(第439页)	
49	师之于弟，不施夏楚；主之于仆，不加唾骂；朋友往还，更无殴辱詈诟情事。倘出言稍觉不逊，群必远而避之，目为妄人，不与齿数。(第19页)	总之，师之于弟，不施夏楚；主之于仆，不加唾骂；男女拥挤，不喧哗，不出恶言；朋友往还，更无殴辱詈诟之情事焉。(第481页)	中土师教尚严，威以夏楚；泰西则专尚宽，师弟不啻友朋，从无疾言遽色。(《涉洋管见》"中西俗尚相反说")
50	御者必识全境路途，熟谙执辔之艺，乃能充当。车价有一定之章程，或且粘于车上，从无争求增加之事。(第19页)	盖外国繁盛都会之区，大小车辆多至一二万号，故价有定章，从无征求增加之事。且御者必识全境路途，熟谙执辔之艺，乃能充当。(第487页)	
51	富贵人家皆自置车养马……每日四点钟后，一例必驾车出游一次，裙屐济济，父子嬉嬉，流水游龙，尽欢而散。(第19页)	记：西俗，富贵人家，每日申酉之间，必乘车出游一次。或走街衢，或入园囿，流水游龙，裙屐济济。(第474页)	

续表

序号	出《谈瀛录·西俗杂志》	出《随使法国记》(《三述奇》)	出《谈瀛录》他卷
52	男子遇人，则脱帽以致敬，礼也。然入室概必脱冠。即室中无人亦然。从无整冠坐于室中之礼。(第19页)	男子虽入酒肆、茅房，亦必脱去露顶，乃礼也。(第432页)	

注：上表所引《西俗杂志》文字，皆出光绪十年同文书局本；所引《三述奇》文字，皆出岳麓书社1985年版《随使法国记》(《三述奇》)；所引《谈瀛录》他卷文字，亦出光绪十年同文书局本。

以上大量的文字雷同，说明《西俗杂志》和《三述奇》二书，必有一方参考了另一方。究竟谁抄袭了谁？从时间上说，《三述奇》写的是作者随崇厚出使法国的见闻，其自序成于同治十二年（1873）春[①]，较之《西俗杂志》所出版的光绪十年（1884），早了十余年。依此而言，自是袁祖志《西俗杂志》袭取了张德彝的《三述奇》。然而问题是，《三述奇》在张德彝生前从未出版，袁氏从何得张德彝日记而参考之？张德彝历次出国，均从上海启碇，在上海居停期间，每与当地官员、名流接触，然查阅张氏日记，从《航海述奇》始（同治五年），至《五述奇》止（光绪十六年），从未见袁祖志名字出现，二人无任何瓜葛。由此而言，袁氏从张德彝处获阅日记手稿的可能性极微。

从张德彝方面看，钟叔河先生从北京柏林寺书库发现的张氏日记，亦即今日所见的《稿本航海述奇汇编》，为特别誊录的清稿，而非日记初稿。初稿和清稿的分别在张德彝身上特别有意义，有一个例子可说明此点。光绪六年（1880）张德彝从国外归来，发现自己随斌椿访问欧洲所撰的《航海述奇》已为《申报》馆刊印。他立即给《申报》写了一封信并要求刊出：

> 曩者彝随斌友松郎中出使泰西，察访风俗，有随笔日记一编。旋京后，因戚友索观，乃将原稿奉给，并未修改。是编虽有名有序，无非一时自娱，初无灾及梨枣之意。昨由泰西回华抵沪，闻已经贵馆刷印，不知稿由何人所寄，殊觉诧异。忆十五年前，未尝学问，语言粗

① 张德彝：《随使法国记》(《三述奇》)，岳麓书社1985年版，第314页。

鄙，不胜惭愧。今既印售，噬脐无及。愿观者谅之。[①]

这些信息告诉我们，如果可能，张德彝会将日记先行修改，而不是原样发表。《三述奇》自叙虽然作于同治十二年（1873），清稿是何时誊录的，则不得而知。故《三述奇》之作虽早于《西俗杂志》，以未曾出版之故，不排除日后有所增删，修改之后，再行写定。这样看来，张德彝作《三述奇》，亦有参考《西俗杂志》的条件。

以笔者的判断，《西俗杂志》是袁祖志自作的，《三述奇》则部分袭用了《西俗杂志》的文字。除了以上分析的原因，还有两点：

1. 从《谈瀛录》创作过程看。徐润的《谈瀛录》序云：

岁癸未，唐景星观察有泰西之役，先生佐之，遍历各国，遂得纵目游观，恣情采问，而于山川、习俗、状物、人情，与夫一切琐屑，凡所目见而耳闻者，揭其事实，系以篇章，集为五卷，归以示余。余阅而爱之，而尤不敢秘也，亟以单行之《海上吟》汇付石印，而总题之曰《谈瀛录》，供诸同好。[②]

这里说得明白，袁祖志回国后，把写好的五卷记述送给徐润阅览，徐润喜欢，乃将《海上吟》合并为六卷，题名《谈瀛录》出版。其叙袁祖志的写作，来历清楚，事实确凿。唐廷枢的《瀛海采问》更明确说，随行者美国人白竦[③]与袁祖志二人，白竦将文献翻译后交给袁祖志，袁氏再分类纂述[④]。另，从袁祖志自作和与朋友酬赠的诗篇中也能得一些相关的信息。袁祖志接受唐廷枢邀请后赋诗云："不愿空赋壮游什，不侈旷观万顷涛，但期归作异域志，纵谈任我倾香醪。"临行别杨柳楼台诗云："家计不须劳摒当，客怀随处且流连。此行磨就三升墨，细写中华界外天。"[⑤] 管斯骏送

① 张德彝：《随使英俄记》（《四述奇》），岳麓书社 1986 年版，第 843 页。

② 袁祖志：《谈瀛录》，光绪十年同文书局石印本，徐润序，第 1—2 页。

③ 白竦其人待考。

④ 袁祖志：《谈瀛录》卷一，光绪十年同文书局石印本，第 1 页。

⑤ 袁祖志：《谈瀛录》卷五，光绪十年同文书局石印本，"海外吟"上，第 1 页。

行诗云："采风去日携饮杖，大著归时压浪舟。"臧道鸣饯别诗云："定有奇文驱鳄易，讵徒声价噪鸡林。"李毓林和诗云："乘槎载有如椽笔，毕竟书生本色风。"[①] 显然，袁祖志在出发前，就做好了撰写域外游记诗文的准备，他的朋友们也以此期许。在欧洲，袁祖志曾与驻德使馆翻译官陈季同唱和，陈诗云："晚岁乘槎鬓已皤，九州大地遍吟哦。寻幽访胜奚囊满，问俗观风夹袋罗。祖武克绳昭著作，书生流涕发悲歌。洛阳纸贵知他日，归去应夸记载多。"[②] 又与驻西班牙参赞朱和钧唱和，朱诗云："鹰准虬髯杂碧瞳，欧西异状更殊风。君来为续瀛寰志，闻见悉收夹带中。"[③] 这些诗说明袁祖志沿途孜孜写作，众人皆知。又，袁祖志归抵香港时有诗云："收拾记游新稿本，乱堆行箧压归装。"[④] 说明他的大作基本告竣。把这些诗连起来看，证明袁祖志写作《谈瀛录》是公开的，是有计划、有准备、有实施的，一步步进行直到完成。

2. 从《谈瀛录》他卷的旁证看。《谈瀛录》他卷有不少段落和意思与《西俗杂志》互为说明，详见上表。一般而言，若是抄袭的文字，因不是亲自得来，作者很难将其融入其他段落，而浑然一体。而《谈瀛录》他卷中与《西俗杂志》、《三述奇》意思接近的文字，无论诗歌还是散文，都是自然天成，毫不勉强的。另外，有的表达同样主题的文字，例如《洋餐八咏·殿茶》小序，文字更多，信息更丰富，定然不是从《三述奇》的段落抄来。

不像《西俗杂志》,《三述奇》的雷同部分，没有其他"《述奇》"文字的旁证，证明为作者自作。特别值得注意的是，《三述奇》的雷同文字中，大部分用"记"字引领，而与其他文字隔开。这些文字与日记的其他部分没有浑然一体，是不利于张德彝的一个证据。

3. 从与他人作品的关系看。笔者曾对张德彝的《四述奇》与刘锡鸿的《英轺日记》做过研究，检出其中有82处雷同。通过研究这些雷同与相关事实，可确定《四述奇》抄袭了《英轺日记》[⑤]。也就是说，张德彝袭用别

---

① 袁祖志：《谈瀛录》卷五，光绪十年同文书局石印本，"海外吟"赠草，第2页。

② 同上书，"海外吟"下，第6页。

③ 同上书，第7页。

④ 同上书，第12页。

⑤ 尹德翔：《东海西海之间——晚清使西日记中的文化观察、认证与选择》，北京大学出版社2009年版，第五章第一节。

人的文字，是有“前科”的。

与我们讨论的《三述奇》与《西俗杂志》有直接关系的一部作品为张祖翼托名“局中门外汉”写的《伦敦竹枝词》百首（详见下章）。此作刻印于1888年，其中一些诗注与上表文字接近，可认定张祖翼参考过这些文字。如第15首“十八娇娃赴会忙”（注云：“男女婚嫁，皆于茶会、跳舞会中自择之。或有门户资财不相称者，虽两情相投，年未满二十，父母犹得而主之。若逾二十，则各人皆有自主之权，父母不得过问矣。”[①]）与表中第23条，第20首“细腰突乳耸高臀”（注云：“缚腰如束笋，两乳凸胸前，股后缚软竹架，将后幅衬起高尺许，以为美观。”）与表中第10条，第38首“石像阴阳裸体陈”（注云：“大博物院中有石雕人兽各像。人无论男女皆裸露，形体毕具，凹凸隐现，真如生者。谓使学画人物者得以模拟而神肖也。画工皆女子，携画具入院，静对而摹之，日以千计，毫无羞涩之状。盖亦司空见惯而不怪耳。”）与表中第35条，第92首“自古须眉好丈夫”（注云：“泰西妇女有生须者，其须与男子无异，然万中不过一二也。”）与表中第14条等，即为证明。这些文字究竟是参考了《三述奇》还是《西俗杂志》？张德彝的前四部《述奇》中无张祖翼信息，当张祖翼在英国使馆任随员时，张德彝恰在德国使馆供职，或许期间二人有过接触？然笔者查阅《五述奇》，直到薛福成抵马赛接替刘瑞芬[②]，仍不见提到张祖翼，而此前张祖翼已归国（详见下章）。故在外国时二张从未见面。因此张祖翼《伦敦竹枝词》中的相关文字，不可能来自《三述奇》，只能来自《西俗杂志》。

笔者的观点：《三述奇》不是日记原稿，而是后来的修改稿，如同《四述奇》袭用了《英轺日记》一样，《三述奇》在修改的时候，袭用了已经发表的《西俗杂志》的内容。当然，需要指出的是，中国古代地志类的著作，述、作不分，也没有版权意识，涉及外国的著作尤其如此，如赵汝适《诸番志》杂采旧书，艾儒略《职方外纪》辑数人之作而成之，徐继畬《瀛寰志略》辑《地理备考》等作而成之，《海国图志》为材料收集之大成，皆不避抄袭也。从动机上说，张德彝搜罗资料以充实自己的著作，是知识积累，和今天人人切齿的学术造假，性质还是十分不同的。

---

① 以下所引均出自局中门外汉《伦敦竹枝词》，光绪戊子春月观自得斋藏版。

② 张德彝：《稿本航海述奇汇编》第六册，北京图书馆出版社1997年版，第283页。

第五章　局中门外汉《伦敦竹枝词》

清代安徽石埭人徐士恺辑刻的《观自得丛书》别集最后一卷即第24卷之末，有一部特别的作品，称为《伦敦竹枝词》，计百首，作者署为“局中门外汉”。关于这部作品，朱自清在1933年的一篇文章《伦敦竹枝词》里说：

> “春节”时逛厂甸，在书摊上买到《伦敦竹枝词》一小本。署“局中门外汉戏草”，“观自得斋”刻。惭愧自己太陋，简直没遇见过这两个名字，只好待考。诗百首，除首尾两首外，都有注。后有作者识语，署光绪甲申（一八八四）；而书刻于光绪戊子（一八八八）。但有一诗咏维多利亚女王登极五十年纪念，是年应为光绪丁亥（一八八七）；那么便不应作于甲申了。这层也只好待考。[①]

“观自得斋”如上所说，为徐士恺的斋号，但是“局中门外汉”究竟是谁，罕有人议过。20世纪80年代钱锺书最先提出“局中门外汉”为桐城张祖翼的观点，而不为学界注意。局中门外汉的《伦敦竹枝词》为晚清海外竹枝词中写英国最详的一种，内容和风格都很独特。故本章分两个部分，先考证《伦敦竹枝词》的作者，再分析作品。

一　局中门外汉与梁溪坐观老人合考

钱锺书在《汉译第一首英语诗〈人生颂〉及有关二三事》一文的一个

① 《朱自清全集》第四卷，时代文艺出版社2000年版，第1463页。

注解里说：

> 光绪十四年版的《观自得斋丛书》里署名“局中门外汉戏草”的《伦敦竹枝词》是张祖翼写的，《小方壶斋舆地丛钞》再补编第十一帙第十册里张祖翼《伦敦风土记》其实是抽印了《竹枝词》的自注。①

核王锡祺编《小方壶斋舆地丛钞》再补编，其所收录的《伦敦风土记》，除个别文字略有出入，确系《观自得斋丛书》之《伦敦竹枝词》各诗的自注。《小方壶斋舆地丛钞》这套书版本非精，刻印亦糙，但是，《观自得斋丛书》版的《伦敦竹枝词》出版于光绪十四年戊子，而《小方壶斋舆地丛钞》版的《伦敦风土记》出版于光绪二十年甲午，相距六年，“去古未远”，凭交往或耳食，《丛钞》编者获知《伦敦竹枝词》作者实为张祖翼，是完全可能的。

然而，或许钱文的考证只是只言片语，且在注释之中，未能引起注意；或者学者经过考虑，不认同钱氏的意见，此后一些著作提及“局中门外汉”，各持观点，而皆未提及张祖翼。如丘良任发表于1992年的文章《论海外竹枝词》说：“（局中门外汉）其真实姓名待查。跋语署年为光绪甲申年（1884）秋九月，按光绪丁丑年（1877）清廷曾派一批留学生于英、法，不知是否其中人物。”② 1994年出版的《竹枝纪事诗》一书题《伦敦竹枝词》云：“竹枝百首说英伦，地下飞车去绝尘。异域殊风岂足谴，‘局中门外’果何人?”③ 丘进《海外竹枝词与中外文化交流》（1996）一文袭取了乃翁的说法，字句略有异同④。姜德明在《余时书话》（1992）一书里“猜想作者是一名外交官，并会英文”，究为何人，则以“无名诗人”存疑⑤。袁行云《清人诗集叙录》（1994）“《伦敦竹枝词》一卷”条也注意

① 钱锺书：《七缀集》（修订版），上海古籍出版社1994年版，第165页。

② 丘良任：《论海外竹枝词》，《长沙水电师院学报》1992年第3期。

③ 丘良任：《竹枝纪事诗》，暨南大学出版社1994年版，第271页。

④ 林远辉编：《朱杰勤教授纪念论文集》，广东高等教育出版社1996年版，第120页。

⑤ 姜德明：《余时书话》，四川文艺出版社1992年版，第112页。

到朱自清为之困惑的写作时间与作品内容矛盾的问题，说“‘局中门外汉’是否即士恺化名，亦待考”[①]。王慎之、王子今所辑《清代海外竹枝词》（1994）一书流传颇广，其《伦敦竹枝词》题解称“局中门外汉”：“姓名及事迹待考。或以为即室名‘观自得斋’的安徽石埭人徐士恺。”[②] 杨乃济《随看随写》（2002）认为，《伦敦竹枝词》“凡使用汉字为英语注音之下都加以语义注解，足见作者是多少懂一些英语的。同时就所注之音来看，作者大约是一位讲江浙方言的人”[③]。程瑛在《清代〈伦敦竹枝词〉的形象学文本分析》（2006）一文中袭取王氏的说法，疑为徐士恺而不能肯定，但揣测“‘局中门外汉’的身份很可能属于中下层普通知识分子”[④]。最近的一则考证，是路成文、杨晓妮发表在《聊城大学学报》2012年第3期上的文章《〈伦敦竹枝词〉作者张祖翼考》。路文从钱锺书说，以张祖翼为《伦敦竹枝词》的作者，但是，经过一番考证，该文得出了这样的结论：

> 我们可以确认，《伦敦竹枝词》署名作者“局中门外汉”就是张祖翼。……1887年（光绪十三年）7月，张祖翼以游历官员随从的身份考察英国和法国，因而到达伦敦，并在随后一段时间创作了《伦敦竹枝词》。《伦敦竹枝词》被收入《观自得斋丛书》，刻于“光绪戊子春月（1888）”，由此可知，张祖翼的欧洲之行时间较短，而《伦敦竹枝词》的写作时间也大致在1887年冬至1888年初。[⑤]

路文重新提出和强调钱锺书的说法，是十分可取的，但是在具体研究上，因考辨不精，得出的结论十分错误。笔者下面提出一些证据和思路，从正反两面支持“局中门外汉”为张祖翼的观点。

首先，《伦敦竹枝词》作者为徐士恺本人的观点，是站不住的。没有

---

① 袁行云：《清人诗集叙录》第三册，文化艺术出版社1994年版，第2742页。

② 王慎之、王子今辑：《清代海外竹枝词》，北京大学出版社1994年版，第207页。

③ 杨乃济：《随看随写》，天津古籍出版社2002年版，第51页。

④ 孟华等：《中国文学中的西方人形象》，安徽教育出版社2006年版，第91页。

⑤ 路成文、杨晓妮：《〈伦敦竹枝词〉作者张祖翼考》，《聊城大学学报》2012年第3期。

资料证明徐士恺出过国门，更不能证明他到过伦敦。故徐士恺没有创作《伦敦竹枝词》的条件。另有一条直接的证据，证明《伦敦竹枝词》不是他写的，就是他本人在《观自得斋别集》目录下写的一段话：

> 《伦敦竹枝词》能于《西堂杂俎》外别树一帜，举彼国之人情风俗纤微毕具，足备輶轩之采。乃以方言入韵，钩辀格磔，索然难解，等诸自郐以下可矣。①

如果《伦敦竹枝词》是他自己所作，不会有“别树一帜”之类的揄扬，更不会有“等诸自郐以下”的贬损。

其次，丘良任以作者跋语在光绪甲申年（1884），即怀疑“局中门外汉”为光绪丁丑年（1877）清廷派出的一批留学生之一，是没有注意到朱自清最先注意的问题，即作者识语（跋语）写于光绪甲申年（1884），而诗中所咏却有发生在光绪丁亥年（1887）的事。到这一年，福州船政学堂派往英国留学的罗丰禄、严复等一批精英，早已归国服务多年。另外，从《伦敦竹枝词》的内容也可判断，作者对英国取一种不理解乃至厌恶的态度，这样的作品只能是对英国社会和文化知之不多的人所作，像罗丰禄、严复那样深解英文、深识英国文化的人，是做不出来的。

最后，说《伦敦竹枝词》的作者“懂一点英语”，是可以接受的；但说他是讲江浙方言的人，则没有什么根据。江浙幅员广大，各地方言纷歧，很难证明诗中的音译词用了哪种方言。

如果说《伦敦竹枝词》作者为张祖翼，则有不少论据可以支持：

1. 张祖翼曾充出使英俄大臣刘瑞芬（后改命为驻英法意比大臣）的随员，去过伦敦。刘瑞芬使团中有一有名的地理学家邹代钧，此人在《西征纪程》一书开篇记录了随使人员的名单：“随行出使者凡二十人……同人为吴县潘子静志俊、独山莫仲武绳孙……桐城张逖先祖翼。”② 另，刘瑞芬奏稿中有《派员分驻英俄片》，称“随员余思诒、杨文会、汪奎授、方培

---

① 《观自得斋别集》，光绪年间石埭徐氏刻，目录。

② 邹代钧撰：《西征纪程》，王锡祺辑《小方壶斋舆地丛钞》第十一秩，光绪十七年上海著易堂印行，第1页。

容、胡树荣、张祖翼、洪遐昌等均派驻英国”[①]。刘瑞芬所接替的驻英大臣曾纪泽在日记中三次提到张祖翼：光绪十二年三月二十七日（1886年4月30日），在使馆见张逖先（祖翼）[②]；六月二十日，写一函给张祖翼[③]；七月二十八日，曾纪泽自外返伦敦抵维多利亚车站，张祖翼参加接站[④]。这些可靠的证据说明，张祖翼是驻英公使刘瑞芬手下的正式随员，根本不是路文所说，“为游历官员随从的身份”。

2. 出国时间和出版时间吻合。核《清季中外使领年表》之“清朝驻英国使臣年表”，刘瑞芬于光绪十二年四月（1886年5月）上任，光绪十六年三月（1890年4月）卸任[⑤]。根据总理衙门的规定，随使各员以三年为期，期满或留用或回国。查刘瑞芬奏稿，光绪十五年（1889）四月，张祖翼期满销差回国[⑥]。这就是张祖翼在英国居留的时间。毋庸置疑，期间他以中国使馆官员的身份，参加或旁观了1887年维多利亚女王登基五十周年的庆典。另外，《伦敦竹枝词》刻于光绪戊子年（1888）春，从时间上说，也是比较吻合的。当时驻英使馆与国内通过上海文报局定期联络，凡有文件书信，皆从上海文报局发寄，成为常规。若张祖翼确曾写有《伦敦竹枝词》，不必本人亲自带回，亦能传回国内。故路文所说张祖翼“欧洲之行时间较短”，并无根据。

3. 张祖翼与徐士恺的关系。检《观自得斋丛书》，张祖翼曾为这套书中的多种著作题名，如第十五册《多暇录》（落款为“张祖翼署检”）、第十八册《渔洋山人集外诗》（落款为“祖翼署”）、第二十二册《梅村诗话》（落款为“张祖翼署”）和《渔洋诗话》（落款为“祖翼署”）。以上著作皆为光绪二十年甲午年（1894）刊刻。由此可以断定，至迟到1894年，亦即张祖翼归国后四年，徐士恺与张祖翼的关系已相当密切。当然，这并不能

---

① 刘瑞芬撰：《刘中丞奏稿》，清光绪刘氏刻养云山庄遗稿本，《清代诗文集汇编》第705册，第430页。

② 曾纪泽：《出使英法俄国日记》，岳麓书社1985年版，第910页。

③ 同上书，第935页。

④ 同上书，第948页。

⑤ 故宫博物院明清档案部、福建师范大学历史系编：《清季中外使领年表》，中华书局1985年版，第3页。

⑥ 刘瑞芬撰：《刘中丞奏稿》，清光绪刘氏刻养云山庄遗稿本，《清代诗文集汇编》第705册，第455页。

说明戊子年或之前徐张二人已经结识。检邹代钧《西征纪程》，与张祖翼同为刘瑞芬随员的，有两个安徽石埭人，一个是杨文会，后来成为近代史上大大有名的佛学家，还有一个是他的儿子杨自超，字葵园。他们是徐士恺的同乡，或许曾有来往。如果这两个人见到张祖翼撰写的《伦敦竹枝词》，觉得有趣，抄了之后寄给徐士恺赏观，不是没有可能。当然，这只是一种猜测。

这里我们又要涉及另一部书：《清代野记》。《清代野记》问世于民国初年，署“梁溪坐观老人编”，徐一士写于民国三十年、三十一年的文字，指认为是张祖翼的作品[①]，为史学家推重的黄濬《花随人圣盦摭忆》一百二十条亦云：“《清代野记》二卷，署为‘梁溪坐观老人’。所言晚清轶闻颇具本末。传作者为桐城张逖先祖翼。”[②] “梁溪坐观老人”被坐实为张祖翼，绝大多数学者接受了这个说法，如中华书局列为《近代史料丛刊》出版的《清代野记》(2007)，即标为“张祖翼撰”。但是也有人不同意“梁溪坐观老人”为张祖翼的说法，如李晋林即认为，“桐城张祖翼”非《清代野记》的作者，真正的作者为熊亦奇[③]。

张祖翼籍隶安徽桐城，是近世书法名家，费行简《近代名人小传》许其“天骨开张，力韵并擅”，“晚以鬻书为活，名动海上，并汪洵、吴昌硕、高邕为四大家，然祖翼其首出矣”[④]。郑逸梅《艺林散叶》第388条云：“张祖翼与吴昌硕，皆工书，皆有金石癖，且皆肥硕，又矮而无须，见者咸误为阉人。”[⑤] 叶昌炽《缘督庐日记》光绪壬寅九月二十六日记云：“桐城张逖先，素未通介绍，读拙著《语石》，心折求见，以埃及古文为贽。”[⑥] 张氏现存的不少条幅墨迹仍可见题为“桐城张祖翼”。中华书局版《清代野记》的“整理说明”，提到“梁溪”为无锡的别称，以城西梁溪得名，张祖翼为无锡张氏大族，而一语未及“安徽桐城”[⑦]，问题不少。李晋

① 徐一士：《一士谭荟》，中华书局2007年版，第253、351页。

② 黄濬：《花随人圣庵摭忆》，李吉奎整理，中华书局2008年版，第225页。

③ 李晋林：《〈清代野记〉作者考辨——兼述清末强学会熊亦奇其人》，《文献》1999年第4期。

④ 沃丘仲子：《近现代名人小传》(上册)，北京图书馆出版社2003年版，第427页。

⑤ 郑逸梅：《艺林散叶》，中华书局1982年版，第30页。

⑥ 金梁辑：《近世人物志》，北京图书馆出版社2007年版，第331页。

⑦ 张祖翼：《清代野记》，中华书局2007年版，整理说明第1页。

林的文章从《清代野记·文字之狱》条中"吾乡王氏《字贯》"、"吾邑王氏《字贯》"两条线索，推论《清代野记》的作者与乾隆时罹文字狱之祸遭斩的王锡侯为同乡，即江西省新昌县（今宜丰），又从《清代野记·孔翰林出洋话柄》一条，推论"坐观老人"应为中过进士科，而在光绪十三年被派往东西洋各国游历的十二位游历官之一。如张祖翼确为《清代野记》的作者，他的故籍是安徽桐城，不当云江西新昌，这确实令人费解，笔者也只好存疑。除此之外，李文对史料的解读和推导都是错误的。兹引"孔翰林出洋话柄"文字如下：

清光绪丙戌曾惠敏公纪泽由西洋归国，忿京曹官多迂谬，好大言，不达外情，乃建议考游历官，专取甲乙科出身之部曹，使之分游欧美诸国，练习外事。试毕，选十二人，惟一人乃礼邸家臣之子，非科甲，余皆甲乙榜也。游英法者，为兵部主事刘启彤，江苏宝应人；刑部主事孔昭乾，江苏吴县人；工部主事陈爔唐，江苏江阴人；刑部主事李某，山东文登人。命既下，李与陈皆知刘久客津海关署，通习洋情，遂奉刘为指南，听命惟谨。孔独不服，谓人曰："彼何人，我乃庶常散馆者，岂反不如彼，而必听命于彼乎？"随行两翻译，皆延自总理衙门同文馆者，亦惟刘命是听，孔愈不平，所言皆如小儿争饼果语，众皆笑之。……时余亦随使英伦，亲见其详。[①]

既是"随使"，自然就是使馆的随员，何来游历官一说？且既已明说"游英法者"为刘启彤、孔昭乾、李某，不正排除了《清代野记》作者本人吗？他既已被排除，如何与上述三人同在英伦？细品上引文字，作者是用局外人眼光追述游历之事的，说明他本人非当事人。实际上，《清代野记》明言"随星使（使臣）出都，沿途州县迎送"[②]，这当然不是游历使的情况。另据《清代野记·新加坡之纪念诏书》条：

---

① 张祖翼：《清代野记》，中华书局 2007 年版，第 165—167 页。

② 同上书，第 46 页。

余随使泰西时，道出新加坡。其时中国总领事为左秉隆，字子兴，广东人。京师同文馆学生也。能通英、法、德三国语言文字，研究外交，颇有心得。曾惠敏公携之出洋，即任以新加坡总领事。时觞余等于署中……①

《西征纪程》逐日记载使团行程，随所历而做地理的考证，根据邹代钧的记载，使团在二月二十四日到达新加坡②。据左秉隆的生平资料，他在光绪七年（1881）被任命为驻新加坡正领事官，在此任上一口气做了十年，于光绪十七年（1891）回国③。故上文所述，正是刘瑞芬使团经由新加坡时受到左秉隆款待的事，和游历官出洋无关。

光绪十三年九月十二日（1887 年 10 月 28 日），《申报》公布了考察游历人员录取名单中，并无熊亦奇其人④。故李晋林的推论是错误的。这些人在八九月间分五组陆续派往东西洋各国，时维多利亚女王登极五十周年庆典早已结束（1887 年 6 月）。关于孔昭乾，《刘中丞奏稿》中有“奏出洋游历官孔昭乾病故恳恩赐恤疏”一件，内中称：“察其人甚谨饬，学问优长，考究西学均极用心。乃因游历各处，采访辛勤，忧劳过甚，于十月间触发疯疾，叠服西医之药，鲜有功效，卒致疯疾大作，昏迷吞药，殒命外洋，殊堪悯恻。”⑤ 孔昭乾因精神病发作，在英国服毒自杀，《清代野记》的记载更加详细⑥，唯把精神病称为“神经病”而已。既然《清代野记》的作者当时“随使英伦，亲见其详”，那么此人只能是刘瑞芬的随员之一。检邹代钧《西征纪程》，所有同人之中，无一人籍隶江西新昌，这使得《清代野记》作者自承王锡侯同乡就没有了着落。

以笔者管见，《伦敦竹枝词》作者之谜与《清代野记》作者之谜，都

---

① 张祖翼：《清代野记》，中华书局 2007 年版，第 140 页。

② 邹代钧：《西征纪程》，王锡祺辑《小方壶斋舆地丛钞》第十一秩，光绪十七年上海著易堂印行，第 14 页。

③ 左秉隆：《勤勉堂诗钞》，（新加坡）南洋历史研究会 1959 年版，第 3 页。

④ 王晓秋、杨纪国：《晚清中国人走向世界的一次盛举——一八八七年海外游历使研究》，辽宁师范大学出版社 2004 年版，第 39 页。

⑤ 刘瑞芬撰：《刘中丞奏稿》，清光绪刘氏刻养云山庄遗稿本，《清代诗文集汇编》第 705 册，第 453 页。

⑥ 张祖翼：《清代野记》，中华书局 2007 年版，第 165—167 页。

牵涉到张祖翼，不是简单的巧合。“局中门外汉”与“梁溪坐观老人”都是张祖翼，两部作品都刻意隐瞒了作者的身份。为什么这么说呢？《伦敦竹枝词》的作者识语署在“光绪甲申”年（1884），而诗中数首（而非朱自清先生说的一首）都在描写英国维多利亚女王继位五十年（1887）庆典，实属故意设局，令读者疑惑，对作者为谁，无法揣想。《伦敦竹枝词》刻在光绪戊子年（1888），英国的大庆仅是去岁的事，通过《申报》等媒介，国内上流人士应能知晓。以《观自得斋丛书》选取之严，校刻之精，应能发现这种时间上的错误。徐士恺在《别集》目录下写的一段话，说明他仔细阅读了《伦敦竹枝词》，也必然注意到“作者识语”。而他一任这一错误流传而不作纠正，则可能是配合作者隐瞒其身份。

张祖翼为什么要把自己撰写《伦敦竹枝词》这件事隐瞒起来呢？这需要追溯当时的社会背景。《清代野记》有述曰：

> 文忠[①]得风气之先，其通达外情，即在同治初元上海督师之日。不意三十年来，仅文忠一人有新知识。而一班科第世家，犹以尊王室攘夷狄套语，诩诩自鸣得意，绝不思取人之长，救己之短。而通晓洋务者，又多无赖市井，挟洋人以傲世，愈使士林齿冷，如水火之不相入矣。光绪己卯，总理衙门同文馆忽下招考学生令。光稷甫先生问予曰：“尔赴考否？”予曰：“未定。”光曰：“尔如赴考，便非我辈，将与尔绝交。”一时风气如此。予之随使泰西也，往辞祁文恪师世长，文恪叹曰：“你好好一世家子，何为亦入洋务，甚不可解。”及随星使出都，沿途州县迎送者曰：“此算甚么钦差，直是一群汉奸耳。”处处如此，人人如此，当时颇为气短也。[②]

张祖翼随使英伦之时，年纪还轻，有前途、事业、人际关系的考虑。《孔子家语》云，“礼，居是邦，则不非其大夫”[③]，《伦敦竹枝词》中含有大量贬损英国的内容，作者身为中国驻英使馆随员，具有官方身份，这样

---

① 即李鸿章，谥文忠。

② 张祖翼：《清代野记》，中华书局 2007 年版，第 46 页。

③ 杨朝明、宋立林主编：《孔子家语通解》，齐鲁书社 2013 年版，第 554 页。

做，无疑是惹是生非，既令长官为难，也不排除会引起英方的抗议或干涉。在《伦敦竹枝词》上署上真名，无论诗中内容为何，在保守人士而言，张祖翼都把自己和“一群汉奸”钉在一起，而无有解脱之日。而另一方面，那些贬损英国的内容，必然为倡西学、讲洋务的人士不喜，从而断绝了从事洋务的晋身之阶。这就是张祖翼的两难，也是他不方便署名的原因。待张祖翼回国以后，时过境迁，风气改易，西学大开，出洋已经是令人羡慕的事情，而他自己则在金石书法领域辟一路径，生活事业皆能自足。这时通过徐士恺，或知内情者，或张氏本人，张祖翼实为《伦敦竹枝词》作者的真相，方流播于社会。于是才有王锡祺编辑《小方壶斋舆地丛钞》再补编直接在《伦敦风土记》署上“桐城张祖翼”的事。

至于张祖翼为什么在《清代野记》也不署自己名字，因关于他晚年客居吴上的生活资料甚少，难以判断。或者《清代野记》只是他的艺术创作中的调剂，一种消遣笔墨，并不需要以之博取名望，故为避纷纭和烦扰，出版之时，未署己之真名。

把两部作品对照，《伦敦竹枝词》写英国的人情风俗，《清代野记》写晚清中国社会大观；《伦敦竹枝词》素描写实，“纤微毕具”，《清代野记》自称“不载虚渺神怪之迹”[①]；《伦敦竹枝词》对英国妇女偏见最多，《清代野记》叙述驻法公使裕更出身始末，对西洋女子无一好语[②]。从这些地方，都能看出两部作品似断实连，野史中有着竹枝词的影子。

二　原汁原味话英国——《伦敦竹枝词》的内容、风格与评价

局中门外汉的《伦敦竹枝词》无论在内容和风格上都是很特别的作品，学者的评价也颇为分歧。本节首先清理学术界对它的各种评论，进而分析其内容和写作特点，最后对它的成就做出重新评价。

1. 关于《伦敦竹枝词》的评论

对《伦敦竹枝词》的第一个评价为檥甫[③]所作的跋：

---

① 张祖翼：《清代野记》，中华书局2007年版，第254页。

② 同上书，第212—214页。

③ 其人待考。

国初，尤展成始有《外国竹枝词》之作。其时海禁未开，但知求之故籍，故多扣槃扪籥之谈。自大瀛通道，闻见日新，近有为海外吟者，颇能叙述彼都风土，顾尚略焉弗详也。今年春，观自得斋主人出示局中门外汉所为《伦敦竹枝词》，其诗多至百首，一诗一事，自国政以逮民俗，网（罔）不行诸歌咏。有时杂以英语，雅鲁娵隅，诙谐入妙，虽持论间涉愤激，然如医院、火政，亦未尝没其立法之美，殆所谓憎而知其善欤？[①]

檥甫说了《伦敦竹枝词》的三个优点：其一，较之尤侗得之书本、“多扣槃扪籥之谈”的《外国竹枝词》，《伦敦竹枝词》为作者的亲历，信而有征。这是从文学史的角度谈的。其二，作品涉及面广，涵盖了英国社会的各个方面。这是从内容上谈的。其三，引英语入诗，诙谐入妙，这是从写作风格上谈的。关于《伦敦竹枝词》的基本立场和倾向，檥甫指出作者比较“激愤”，似不赞成，然同时说作者对英国的一些设施如医院、消防有所肯定，有客观之处。

“观自得斋主人”徐士恺对《伦敦竹枝词》另有说法，前文已引。徐士恺赞同檥甫，认为《伦敦竹枝词》描写外国风俗全面丰富、细致入微，这一点胜过了尤侗。但他不喜欢作者以英语入诗，认为比较难读。

朱自清在厂甸书摊上买到观自得斋刻印的《伦敦竹枝词》一册后，写了一篇札记，对作品是这么说的：

作者身在伦敦，又懂点英语（由诗中译音之多知之），所以多少能够了解西化。又其诗所记都是亲见亲闻，与尤侗《外国竹枝词》等类作品只是纸上谈兵不同，所以真切有味。诗中所说的情形大体上还和现在的伦敦相仿佛；曾到伦敦或将到伦敦的人看这本书一定觉着更好玩儿。[②]

---

① 局中门外汉：《伦敦竹枝词》，光绪戊子春月观自得斋藏版，跋。

② 《朱自清全集》第四卷，时代文艺出版社 2000 年版，第 1464 页。

这一评价，还是顺着檥甫的评价来的，强调作品的真实和生动，为未能身至外国的作者所不能及。朱自清认为作者是半个世纪以前的人（朱文作于1933年），“他对于异邦风土的愤激怪诧是不足奇的”，“所奇的是他的宽容、他的公道”。文章举的例子是一首描写绘画的诗：“家家都爱挂春宫，道是春宫却不同。只有横陈娇小样，绝无淫亵丑形容。”（注云：“凡画美人者，无论著色墨笔，皆寸丝不挂，惟蔽其下体而已。听事、书室皆悬之，毫不为怪。”）朱自清评论说：“诗的前半似乎有些愤激，但后半的见解就算不错，比现在的遗老遗少高明得多。”[①] 张祖翼把西方的油画认作“春宫”，朱自清先生犹能肯定其“公道”，其眼界之开阔、肚量之宽大，令笔者钦佩。

袁行云《清人诗集叙录》叙《伦敦竹枝词》，抄录了十四首诗附后。由此可见作者的重视。关于评价，作者主要取檥甫的跋语，但又有补充，有云：“同、光以后，闻见日新，有为海外吟者，如日本、东南亚诸国、德、法、美国，颇能叙述彼邦风土，而于英伦则以此集最详。”[②] 关于德国，有潘飞声所作《柏林竹枝词》，关于法、美两国，同、光间未见专门的诗著。关于英国，张祖翼《伦敦竹枝词》确为最长、最详者。这的确也是《伦敦竹枝词》的独特价值。

以上对《伦敦竹枝词》的评价，或有微词，而肯定者多。对此作批评最烈者为丘良任先生，他在文章里说：

> 作者似乎是要学防海筹边策的，可是对西方的风俗，视为怪异，为之震骇，加以讽刺，甚至侮蔑，这是很不可取的。如人家中悬挂裸体女像，谓之“春宫”；林间跳舞是“太荒唐”，宴会用牛羊肉带血是“茹毛饮血”，妇女装束是“细腰突乳耸高臀”，侮蔑耶苏教为“邪教”。古有入境随俗之义，此人带着花岗岩头脑去到外国，又如何能学防海筹边呢？这也说明当时变法维新，学习欧美科学技术之难，封建思想之顽固，百首《伦敦竹枝词》也可留作历史的见证。[③]

---

① 《朱自清全集》第四卷，时代文艺出版社2000年版，第1464页。
② 袁行云：《清人诗集叙录》第三册，文化艺术出版社1994年版，第2742页。
③ 丘良任：《论海外竹枝词》，《长沙水电师院学报》1992年第3期。

丘良任先生用“近代化”眼光和视角看《伦敦竹枝词》，把诗人对西方风俗的反感，理解为封建思想的顽固，说“有严复、孙中山这样一些先进人物，也必然会有局中门外汉这类顽固分子”[①]。在丘氏看来，《伦敦竹枝词》对英国的描述极不开明，无可称道，只能作为羞耻的见证。专著《竹枝纪事诗》延续了文章的观点，对《伦敦竹枝词》几乎全盘抹杀[②]。

丘进《海外竹枝词与中外文化交流》一文论及《伦敦竹枝词》颇有矛盾。文章开篇云：“从作者的言辞之中，不难看出他对西方风俗基本上是反感的，带有许多贬斥、愤然、憎恶之意，但时而也流露出对欧洲某些科学、文明成果的钦羡和赞赏。”结论云：“纵观百首竹枝词，从中不难看出作者对于西方的社会、景观、人文、建设以及各种科学技术成就，感到迷惑和反感的少，而欣赏和赞许之处则比比可见。”[③] 前后不能一致。丘进同样以“近代化”角度衡量《伦敦竹枝词》，但不像其尊人那么严苛，尽可能给作品予肯定。

姜德明《余时书话》论及《伦敦竹枝词》，既有矛盾，也有误解。他说：“我读了这一百首竹枝词，觉得大多言之有物，清新可喜。作者对于域外的新事物并不采取排斥的态度，这是很难得的。……当然，作者究竟是百年前的古人，诗中也有迂腐和大惊小怪之处。”“不排斥”和“大惊小怪”是不并立的。姜氏举了两个“不排斥”的例子：“一个习惯了封建皇朝礼仪的中国人，竟带有欣赏的口吻写道：‘英臣见女王皆脱帽鞠躬而已。属岛英格兰人皆短裤露膝而见君主焉。’‘短衣短帽谒朝中，无复山呼但鞠躬。露膝更无臣子礼，何妨裸体入王宫。’对于异域青年男女的婚姻自由，

---

① 丘良任：《竹枝纪事诗》，暨南大学出版社 1994 年版，第 272 页。标点有改动。

② 丘良任拈出关于护士和教师的两首诗做出肯定，可谓例外，但理解上均有误解。原文云：“作者对医院护士之侍奉汤药，甚为赞赏，有句云：‘深情夜夜询安否？浃骨沦肌报得无？’对教师也表示尊敬：‘岂徒教习英文课，别有师恩未易猜。’也许这是亲身有所感受吧？”（丘良任：《竹枝纪事诗》，暨南大学出版社 1994 年版，第 272 页）关于医院护士，诗人描述较诙谐，非简单之赞赏。关于家教，小注云：“女子之读书者，亦开门授徒……或早或晚，约定晷刻，并坐谐笑，毫无顾忌。师之可也，不师之亦可也。”此暗示一种不健康的关系，无尊敬。另，“亲身感受”亦没有根据。

③ 丘进：《海外竹枝词与中外文化交流》，林远辉编《朱杰勤教授纪念论文集》，广东教育出版社 1996 年版，第 115、119 页。

作者不禁赞许地唱道：'十八娇娃赴会忙，谈心偏觅少年郎。自家原有终身计，何必高堂作主张。'"[①] 显然，作者把原诗的意思弄反了：诗人对"露膝"觐见君主是骇异的，而不是欣赏的；对自由恋爱是反感的，而不是赞许的。

何建木、郭海城的《帝国风化与世界秩序：清代海外竹枝词所见中国人的世界观》认为，晚清海外竹枝词的许多作品"不免非常荒唐的见解，或是夸大事实，或是以中国人的成见去看待西方社会的面貌"，作者举《伦敦竹枝词》的一些诗为例，说诗人的眼中西方社会非常淫乱，"凡此种种，从社会制度、风俗习惯、职业特点到人伦关系，在这些海外竹枝词的作者眼中，都无疑是荒谬、难以理喻的，但是这样的现象在海外中国又是比比皆是"[②]。本文的宗旨在于借海外竹枝词这一类作品，说明传统的华夏中心论如何妨碍了"文化的近代转型"。故作者虽然指出了作品形成的文化差异的原因，并未肯定作品自身的价值。

程瑛的《清代〈伦敦竹枝词〉的形象学文本分析》一文认为，作品不甚佳，"虽然内容全面，但许多作品都只停留于简单揣摩，受形式和作者志趣、修养的限制而显得较为肤浅"。文章对作者做了分析："作为一名中下层知识分子，数千年传统文化的积淀和鸦片战争后近半个世纪以来社会中下层对西方认识的迟滞、观念的陈旧，都使他不想也不能越雷池半步。'局中门外汉'这个也许是偶然一得的别号，却正反映出晚清一名普通知识分子对自身文化境遇的定位，以及面临中国文化与西方文化激烈冲突前沿时尴尬无奈的心态和处境。"[③] 笔者以为，程瑛认为《伦敦竹枝词》作者对西方有"认识的迟滞、观念的陈旧"，是可接受的；但认为诗人经历中西文化的冲突而"尴尬无奈"，则没有文献的根据。

以上为学术界对张祖翼《伦敦竹枝词》的各种评论，可谓一具体而微的学术史。回溯一百余年的各种观点，见出读者所处时代的不同，关注焦点即有不同，对作品的评价随之而异。张祖翼的同时代人檥甫、徐士恺肯

---

① 姜德明：《余时书话》，四川文艺出版社 1992 年版，第 112—113 页。

② 何建木、郭海城：《帝国风化与世界秩序：清代海外竹枝词所见中国人的世界观》，《安徽史学》2005 年第 2 期。

③ 孟华等：《中国文学中的西方人形象》，安徽教育出版社 2006 年版，第 92 页。

定作品真实描写了彼都风俗；民国时朱自清肯定作品公道、宽容、好玩儿；20 世纪 90 年代丘良任贬低诗人为“花岗岩脑袋”、“顽固分子”，不能近代化；21 世纪学者则断定他囿于传统文化的屏障，而无法“与身边触手可及的新鲜事物达到真正的融合和沟通”[①]。从这些分歧的评价，能触到百年来中国社会意识的脉动，也能感受到学者的标准在不断提高，对作品的期望亦随之上升。

2. 文化震惊的表现与分析

1960 年，美国文化人类学家奥博格（Kalvero Oberg）提出“文化震惊”（Cultural Shock）的概念，意指“由于失去了自己熟悉的社会交往信号或符号，对于对方的社会符号不熟悉，而在心理上产生的深度焦虑症”。此概念后来成为跨文化研究的热点，为学者不断丰富和反复讨论[②]。文化震惊既涉及社会观和价值观因素，亦涉及个体性格因素。文化差异的程度的不同，与个人对异文化适应性的不同，会造成跨文化体验和反应的不同。张祖翼的《伦敦竹枝词》是文化震惊的一个案例，其所包含的丰富的细节和特别的感受，以竹枝词的形式展现出来，具有相当的典型性。

文化震惊首先起于感受异文化之“异”。诗人所引为大诧者不止一物，不能接受与不以为美者亦不止一端。兹择要分述如下：

(1) 关于男女爱情、婚姻。《伦敦竹枝词》对此文字颇多，如：

第 15 首：“十八娇娃赴会忙，谈心偏觅少年郎。自家原有终身计，何必高堂作主张。”注云：“男女婚嫁，皆于茶会、跳舞会中自择之。或有门户资财不相称者，虽两情相投，年未满二十，父母犹得而主之。若逾二十，则各人皆有自主之权，父母不得过问矣。”英国青年男女可自由恋爱、结婚，与中国婚姻由“父母之命，媒妁之言”做成，完全相反，令作者惊诧。

第 14 首：“林中跳舞太荒唐，人道今宵新嫁娘。白帽白衣花遍体，戏园酒馆扮鸳鸯。”注云：“娶之日，男女复相约跳舞，或在家中，或择园林名胜之处。男则常服，女则以白纱蒙首，长数尺，全身皆白，缀鲜花朵朵

① 孟华等：《中国文学中的西方人形象》，安徽教育出版社 2006 年版，第 92 页。

② 章海荣：《旅游文化学》，复旦大学出版社 2004 年版，第 226 页。

如锦绣。跳舞毕，或至大饭店设宴，众宾贺者毕集。新妇肉袒操刀割牲尽主人礼。饮啖毕，或相率而至戏园观剧焉。”英国婚俗礼仪，与中国传统之“拜天地”、“揭盖头”、“入洞房”三部曲天差地别，新人服装亦大异，令诗人不禁有“荒唐”之感。

第 18 首：“把臂搂腰两并肩，双双踏月画桥边。孰正孰邪浑难辨，愿作鸳鸯不羡仙。”注云：“每日申酉以后，或礼拜日，男女相携出游。或踏月街头，或纳凉树下，莫不把臂交颈，妮妮私语。不辨其为眷属、狭斜也。”比较而言，西方人情感外露，情人之间，在公开场合拥抱接吻，无须避忌，而传统中国人情感内蕴，相濡以沫的夫妻，虽然情深，在家庭内外，也相敬如宾；只有嫖客和妓女之间，才多见放浪和亲昵。故张祖翼对西方男女公然亲热的现象，极不适应；对这些男女哪些是正派人，哪些是嫖娼卖淫，也辨不清楚。

（2）关于女人抛头露面。如：

第 20 首：“细腰突乳耸高臀，黑漆皮鞋八寸新。双马大车轻绢伞，招摇驰过软红尘。”注云：“缚腰如束笋，两乳凸胸前，股后缚软竹架，将后幅衬起高尺许，以为美观。富家出游必乘双马车。女子持日照伞，男则否。”维多利亚时代的女装，一度讲究后凸的臀部和紧身胸衣托起的高耸胸部，腹部压平，以撑架将裙撑大。袁祖志《谈瀛录》曾介绍此种时尚①。“慢藏诲盗，冶容诲淫”（《易·系辞传上》），在中国文化传统中，凸出生理曲线以示性感的着装，无异于刻意激发男人的本能，而招致社会的堕落。英国女子如是装束，是张祖翼不能理解、深以为怪者。

第 24 首：“紫丝布障满园林，罗列珍奇色色新。二八密司亲手卖，心慌无暇数先令。”注云：“伦敦四季皆有善会。至夏日，则择园林幽敞之处遍支帐篷，罗列各种玩物。掌柜者皆富商巨绅家女子之美者。物价较市廛昂数倍。卖出之钱，本利皆归入善举。盖富贵家设此以劝捐者，不惮出妻献女而为之。至有设茶座卖茶者，妇女亦装成肆中女堂官状。杯茗值钱二钱有奇。游人来者，莫不飞去先令数枚，而乐于破悭焉。冀有奇遇也。”中国自来有施粥、施医等慈善义举，义卖似罕见。又，中国体面人家，妻

① 袁祖志：《谈瀛录》卷三，光绪十年同文书局石印本，第 3 页。

女绝不在社会抛头露面，即使节庆观灯等偶然场合，亦必有家人护卫，不与外人接触。至客人到访，出妻献子，此已逾格，说明友情之深，与亲族不异。而英国富人居然让自己的妻子女儿做义卖，足令诗人瞠目无语。刘锡鸿云："有位之家，以女色诱人而攫其金以施惠，于义终属可丑。"[①] 是真能知张祖翼者。

第 25 首："往来蹀躞捧盘盂，白帽青衣绰约如。一笑低声问佳客，这回生代好同车。"注云："茶寮饭肆有用女堂官者，皆十八九好女子，取其工价较男伙稍廉而又能招徕坐客。至礼拜日照例闭市，有约者，即于是日赴约焉。"中国饭店茶馆只有"堂倌"或"店小二"，英国却不仅有男侍（Waitor），还有女侍（waitress），且多用年轻貌美者，令诗人惊讶不置。

第 36 首："四扇玻璃两面门，柜头一盏醉黄昏。当垆有个文君在，惹得狂且尽断魂。"注云："伦敦酒店皆在街头转弯处，两面开门，各设一柜，各不相通。护柜皆以桐栏，盖防醉汉肆凶暴也。当垆皆女子。"在中国古代，酒肆是男人欢聚轰饮之所，自然不会用女人服务。《史记》述卓文君与司马相如私奔之后，家徒四壁，当垆卖酒，其父深以为耻，只好赏赐其奴仆钱财，很能说明问题。一群孟浪的男人（"狂且"，出《诗经·郑风·山有扶苏》）一边喝酒，一边醉眼迷离，肆意地看柜台里边的女人，在诗人眼中，该是何等景象！

（3）关于暴露身体的表演和艺术品。如：

第 31 首："赤身但缚锦围腰，一片凝脂魂为销。舞蹈不知作何语，下场捧口倍娇娆。"注云："英之戏园大小不下百处，皆以女伶为贵。女伶出台，上无衣，下无袴，以锦半臂一幅缠腰际，仅掩下体而已。其白嫩不可名状。演毕下场时，以两手捧口送开司，鞠躬而退，谓示敬于观剧者。"维多利亚时代至于今日，西方杂技、歌舞表演中，女演员力呈肉感，穿着暴露，与中国戏曲行头从头到脚全体遮盖，不可同日而语矣。诗人对此一时失魂，舌挢不下，良有以也。

第 38 首："石像阴阳裸体陈，画工静对细摹神。怪他学画皆娇女，画到腰间倍认真。"注云："大博物院中有石雕人兽各像。人无论男女皆裸

---

① 刘锡鸿：《英轺私记》（《英轺日记》、《日耳曼纪事》），岳麓书社 1986 年版，第 154 页。

露，形体毕具，凹凸隐现，真如生者。谓使学画人物者得以模拟而神肖也。画工皆女子，携画具入院，静对而摹之，日以千计，毫无羞涩之状。盖亦司空见惯而不怪耳。”本章与袁祖志《谈瀛录·西俗杂志》一节接近，唯未提使用模特[①]。由地理、气候与人文多因素造成，中国古称“冠带之国”，服装文化极为发达，艺术作品中不穿衣服的情况较罕。而地中海周边之古希腊罗马崇尚肉体，以自然健康为美，故展示暴露乃至裸体之绘画、雕塑作品成为主流。雕像素描为西洋画常见的基本训练，学画者以此掌握描绘人体的结构和肌理的方法。诗人见到裸体雕塑竖立横陈，已然震骇，再看到学画的女子面对这些雕塑一丝不苟摹写，毫不羞涩，更觉不可思议。英国报纸曾说，郭嵩焘参观大英博物馆，以人体雕塑为不雅，从希腊罗马陈列室经过时，径直通过而目不斜视[②]。读者如果视张祖翼为保守，则郭嵩焘又如何？

第 78 首：“丹青万幅挂琳琅，山水楼台著色良。怪底画工皆好色，美人偏不著衣裳。”注云：“油画院所聚油画数千幅，山水亭台，人物花鸟，无一不逼肖者。唯画美人以赤身为贵，或侧坐，或背面，不露隐处而已。”诗人感受与上一首近似。

（4）关于丧葬礼仪。如：

第 45 首：“高冠三尺缀青纱，知是新丧在此家。亲友都将花作奠，笑他死后尚贪花。”注云：“凡有丧之家，不设奠，不哭泣，无服制之轻重，皆以黑纱三尺余缀于冠上。亲友亦有吊者，皆以鲜花扎成圈而赠。”中国号称“礼仪之邦”，“礼仪三百，威仪三千”（《礼记·中庸》），丧葬之礼尤繁，自天子以至于士，皆有详细制度，具见于《仪礼》之《丧服》、《士丧礼》、《既夕礼》、《士虞礼》各篇[③]。虽然现实生活中不一定完全实行，但绝不可能像西方的丧葬之礼一样疏略。另，中国人祭祀祖先，用谷物牲畜果品等或生或熟的食品，“以为酒食，以享以祀”，“苾芬孝祀，神嗜饮食”（《诗经·小雅·楚茨》）。西方人用鲜花祭奠死者，诗人感到匪夷所思。

第 85 首：“棺上加棺十二层，街旁石碣竖如林。亦知扫墓逢佳节，遍把花枝插满坟。”注云：“西人坟茔不必定在郊原也。逢节亦有扫墓之举，

① 袁祖志：《谈瀛录》卷三，光绪十年同文书局石印本，第 14 页。

② *The Pall Mall Gazette*, August 17, 1878.

③ 参见钱玄《三礼通论》，南京师范大学出版社 1996 年版，第 597—605 页。

惟将花枝遍插坟头而已。至义冢则叠而葬之，以十二棺为一穴，届三十年则刨而出之。”西方人死后，或藏棺于教堂之中，或葬于教堂墓地，与中国人选茔地葬于郊野，风俗迥异。本首诗文字不多，笔者略可补充。忆昔游观威斯敏斯特教堂至“诗人角”，见素所崇敬之狄更斯、哈代等人安葬处，即在教堂地面石板之下，而行人如蚁，匆匆踏踩而过，内心甚感不适。相信张祖翼对此种埋葬之不适感或更强烈。西人扫墓不用祭品，唯插花枝，诗人不理解，与第 45 首情况略同。

（5）关于对死者的不尊重。如：

第 62 首：“比屋晶厨列宝珍，残碑断简价无论。如何地下长眠客，也当新奇架上陈。”注云：“大博物馆无物不有。埃及古碑有若武梁祠画像者甚伙。更可怪者，以千百年来未腐之尸，亦以玻璃橱横陈之，有三十余具，皆编年数，有二千年以前者。”中国人认为灵魂附着于尸体，若枯骨不得埋葬，即成孤魂野鬼，受极大苦。故卖身为奴、为妓以求安葬亲人者，小说戏曲中比比皆是。而英国博物院中陈列木乃伊，将二千年以前人尸体掘出供游客参观，不能不叫诗人骇异。这种反应，与数年后到英国任公使的薛福成，无有二辙[①]。

第 86 首：“三十年来例扫坟，遍将朽骨刮磨新。分门别类勤标识，一任游人细品论。”注云：“义冢例三十年一掘，将朽骨用药水洗刷净洁，归于地室之中，分门别类，以玻璃柜储之。如肋骨类，则全是肋骨，髑髅类则全是髑髅，标以尺寸、分量。地室之中遍燃煤气灯，游人观者如夥。”当时科学研究成为一时风尚，伦敦医院中常购买死刑犯尸体用于外科教学，考古学家则将无主之坟中的骨殖挖掘出土，用于研究、展览。著名的伦敦亨特里恩博物馆（Hunterian Museum）所收藏的许多标本，已历两百多年，笔者参观时，见到奇形怪状的人体展示，亦颇震动，至于诗人不理解其科学意义，自然更加诧怪。

（6）关于婚后与父母分家。如：

第 91 首：“劬劳中外本无分，授室如何便弃亲。门户别开秦判越，但

---

① 尹德翔：《东海西海之间——晚清使西日记中的文化观察、认证与选择》，北京大学出版社 2009 年版，第 207 页。

知恩爱胜恩勤。”注云：“英人年至三十方得娶。自娶之后，便与父母兄弟分居，不相闻问，如陌路然。或岁时佳节一存问之而已。”袁祖志《谈瀛录·西俗杂志》一节文字意思接近[①]。《圣经》云：“人要离开父母，与妻子连合，二人成为一体。”西方男人尊崇爱情，婚后自立门户，对父母无菽水之奉与晨省昏定之礼。清人多以此为不孝，故诗人发出感叹。

以上为《伦敦竹枝词》中文化震惊的一些表现。笔者逐一分析选取的例证，不过是为了说明，诗人对英国文化有如是反应，最主要的原因是中西文化的差异。这里应指出，今天的读者，包括学者，已经脱离古代传统，从小即生活在一个部分西化了的环境里，积习所至，对中西文化的差异，已远不如张祖翼敏感，故其反应，亦远不如张祖翼强烈。所以许多学者对这位“局中门外汉”不能同情，或斥为头脑守旧僵化，无缘近代化；或斥为眼界不开，胸襟不阔，如乡下人进城，少见多怪，等等。这些批评都没有设身处地、历史主义地看问题。举例说，张祖翼以中国社会的文化经验，认为西方社会男女混杂，女人抛露头面，致荡检逾闲，男女关系紊乱。这种认识，固然是扭曲的，但是，不能说其中没有正确的成分。维多利亚时代英国男女，岂人人皆绅士淑女？交往之际，岂处处端正洁白？其在下层社会，尤其在服务行业，施受之间，色授魂与，其诉诸感官、肉体乃知鄙贱本能者，亦何可以免乎？

文化震惊起于文化差异，但并非所有人的反应都一样。有的学者提出反应的四种类型：“自我文化中心型”、“边缘型”、“迎合型”、“适应型”[②]。总体上看，张祖翼属于第一种情况，即“自我文化中心型”。这一型主要表现为对外国文化抱有成见，不能正视，倾向于埋怨、指责、不舒服、牢骚满腹，容易产生攻击性的态度或行为[③]。笔者以为，王芝、袁祖志、张祖翼为“自我文化中心型”的样本，王芝最极端，而张祖翼最典型。《伦敦竹枝词》中不乏赞美，但终以贬斥讥讽为多。

“自我文化中心型”既是一种行为倾向，也是一种心理定式。心理学有一种“知觉的选择性”现象，意指人们观察某一物体时，容易将其看成

① 袁祖志：《谈瀛录》卷三，光绪十年同文书局石印本，第9页。

② 章海荣：《旅游文化学》，复旦大学出版社2004年版，第227—229页。

③ 同上书，第228页。

自己熟识的事物而造成偏差。类似的现象亦发生在精神和文化领域。这可以解释《伦敦竹枝词》中的一些文化误解。如关于家庭女教师的诗："每日先零两三枚，朝朝暮暮按时来。岂徒教习英文语，别有师恩未易猜。"（第40首）诗人认为英国女教师和男学生的关系可能很紊乱，来源于中国男女有别的经验。又如，关于英国旅馆（曷忒尔，hotel）的诗："圆灯小小照檐楣，门口标书曷忒而。角枕锦衾为谁设，无非云雨借台基。"（第52首）诗人怀疑宾馆之设，只是庇护淫乱的男女关系，因为中国的宾馆、车店女人很少出入，几乎是没有隐私的。"自我文化中心型"也能说明《伦敦竹枝词》中的不少偏见。如关于煤气灯，诗云："氤氲煤气达纵横，灯火光开不夜城。最是宵深人静后，照他幽会最分明。"（第53首）煤气灯有千百之用，作者则只看到方便女工恋爱之一端。再如关于英人的朝服，诗云："莫羡胸前挂宝星，更看斜带佩珑玲。衣冠槐国原如此，岂似缨飘孔雀翎。"（第10首）英国人的绶带、勋章一定比不上清廷王公大臣官帽上的花翎，这是美学不能解释的，只能从文化情感上给予解释。

文化不仅是认知的、反省的，更是情感的。情感是文化固结的纽带，也是文化持续和发展的动力。情感在文化的选择上，往往展示出非理性的狂热态度。它可以表现为敌视和仇恨，也可以表现为拥抱和热爱，或在不同对象上同时表现二者。《伦敦竹枝词》有不少借题发挥的例证。如咏自来水诗云："水管纵横达满城，竟将甘露润苍生。西江吸尽终何盘，俗秽由来洗不清。"（第57首）咏机器厂诗云："炉锤水火夺天工，铁屋回环复道通。十丈轮回终日转，总难跳出鬼途中。"（第58首）咏动物园诗云："黄狮白象紫峰驼，怪兽珍禽尽网罗。都道伦敦风景好，原来人少畜生多。"（第60首）咏理发馆诗云："玻璃窗下美人头，顶上工夫此最优。岂是天朝当混一，先教剃发仿欧洲。"（第81首）咏小儿诗云："一对儿童拍手嬉，高呼请请莱尼斯[①]。童谣自古皆天意，要请天兵靖岛夷。"（第90首）毫无疑问，这些贬低、侮辱性的语言，偏离了采风问俗的客观态度，也牺牲了艺术上的蕴藉。一些篇章出现了诗与注文断裂的现象，诗为谩骂，注文却是赞美；或者诗为谩骂，注文却只作客观介绍而已。如咏自来

① 即 Chinese，中国人。

水诗说："西江吸尽终何益，俗秽由来洗不清。"注文却说："大家小户饮濯皆用自来水。其法，于江畔造一机器，吸而上之，复以小铁管埋入地中或墙腹，达于各户，昼夜不竭。皆用机法沥去渣滓，倍常清洁，每月收费也轻。"说的全是好处。咏机器厂诗说："十丈轮回终日转，总难跳出鬼途中。"注文却说："机器厂其大无比。凡制造大小各物，无不有机器成之，精微奥妙非深造者莫能细述。"表达的全是钦佩。咏河底隧道诗说："灯光惨淡阴风起，未死先教赴九泉。"注文却说："玳米司[①]江底辟路一条，往来可通人行。上为桥，中为水，下又有隧道，真奇想也。"表达的也是钦佩。至于上文所引咏动物园诗，注文不过说园之大、动物品种之多，"有《山海经》、《尔雅》所不载"，咏理发馆诗，注文云"伦敦满街皆有剃头店"，咏小儿诗，注文不过说"'请请莱尼斯'不知所谓也"，都不解释，因而也不能支撑诗中的观点或情绪。这种诗文断裂的情况，正可以说明，从文化震惊，如何方便地转化为一种情感上的敌视和态度上的憎恶。恰恰诗人的不讲逻辑、不顾事实的嬉笑怒骂，体现的才是一种本质的态度。

张祖翼的《伦敦竹枝词》是中国人对西方漫长认识过程中的一块路碑。他对英国文化的批评，因为历史因素和个人条件的限制，不免扭曲和肤浅。例如，张祖翼认识西方文化的水平，与袁祖志略同，也许还受到了《谈瀛录》的影响，但与同样持保守主义的刘锡鸿相比，则缺乏后者的思想力[②]。晚清相当长的一段时间里，因为只知道一点基督教，对西方其他精神文化缺乏了解，不少人产生了儒化西方的想法，如赵烈文、李元度、宋育仁等，皆是。品味《伦敦竹枝词》内容，张祖翼的立场也差不多。一个有意思的现象是，中国传统士大夫最憎恶者为西方传教士，但二者的思维方式则有惊人的一致：在中国人看来，西方没有圣教，不知礼仪，应该儒化；传教士则认定，中国既没有上帝，又没有科学，需要西化。这两种人的致命弱点都在于独断主义，而缺乏文化交流的态度。张祖翼华夏至上的精神，阻断了他十分严肃对待西方文化的可能。1884 年，亦即张祖翼到

---

① 即 Thames，泰晤士河。

② 参见尹德翔《东海西海之间——晚清使西日记中的文化观察、认证与选择》，北京大学出版社 2009 年版，第五章第二节。

英国前两年，陈季同用法文撰写的《中国人自画像》在巴黎出版。《中国人自画像》中对西方文化多有针砭，但与《伦敦竹枝词》不同的是，作者能够站在中西文化毗邻的高地，从东方张望西方，从西方回望东方，而做出深刻而有说服力的文化比较。固然，陈氏的外语能力和西方经验是张祖翼不具备的，但更主要的是，陈季同抛弃了独断主义，而采取了多元文化主义的态度。这是西方刚刚兴起的意识。

3.《伦敦竹枝词》的文学风格

张祖翼《伦敦竹枝词》一个最大的特色，在于肆言无隐。因为使用了“局中门外汉”的笔名，掩盖住真实的身份，作者乃可以百无禁忌，想写什么就写什么。这是一般的晚清域外日记、游记、诗歌所不能比拟的。那些文献，因为各种原因，总会有一些政治、外交或人事关系的顾忌。这种自由，使《伦敦竹枝词》能真实地传达一个传统中国文人对英国的感受，同时，这种自由，也使《伦敦竹枝词》最得竹枝词的轻快活泼的风致。《伦敦竹枝词》之俏皮有趣、别出心裁，在晚清诸多海外竹枝词中，允称第一。

《伦敦竹枝词》俚而不鄙，谑而不虐，不沾不滞，自然活泼。如 24 首云：“紫丝布障满园林，罗列珍奇色色新。二八密司亲手卖，心慌无暇数先令。”写义卖场景，既有细节，又有心理活动，堪称妙笔。第 37 首云：“雕鞍横坐扭纤腰，纵辔如飞出远郊。莫道红颜无绝技，一鞭笑指月轮高。”写女子骑马不用蹬而能疾驰，动感有生气。第 73 首云：“轻气为毬直上天，恍疑身似大罗天。忽然遇著罡风起，化作飞灰不值钱。”写乘氢气球上天，笔法诙谐。第 80 首云：“金铃小犬剧堪怜，长伴佳人被底眠。此物亦当完国税，年年半磅（镑）纳金钱。”写女人养狗，义含讽劝。因本书征引已多，读者慧心，必能鉴识，这里就不赘述了。

《伦敦竹枝词》的译音字的使用也值得一说。有许多例子，如第 19 首描写妓女在公园招揽生意：“风来阵阵乳花香，鸟语高冠时样装。结伴来游大巴克，见人低唤克门郎。”注云：“巴克（笔者注：park），译言花园也。克门郎（笔者注：come along），译言来同行也。”第 21 首写男女约会后分手：“握手相逢姑莫林，喃喃私语怕人听。订期后会郎休误，临别开司剧有声。”注云：“姑莫林（笔者注：good morning），译言早上好也。开司（笔者注：kiss），译言接吻也。”第 29 首女店员卖货：“十五盈盈世寡俦，相随握算更持筹。金钱笑把春葱接，赢得一声坦克尤。”注云：“坦克尤（笔者注：thank you），译言谢谢你也。”第 33 首写水族馆：“销魂最是亚魁林，粉黛如梭看不清。一盏槐痕通款曲，低声温磅索黄金。”注云：“亚魁林（笔者注：aquarium），译言水族园也。槐痕（笔者注：wine），译言酒也。英人谓一为‘温（笔者注：one）’”。第 76 首写自鸣钟：“相约今宵踏月行，抬头克落克分明。一杯浊酒黄昏后，哈甫怕司到乃恩。”注云：“英人谓钟为克落克（笔者注：clock），谓半曰哈甫（笔者注：half），谓已过曰怕司（笔者注：past），谓九点曰乃恩（笔者注：nine）。哈甫怕司乃恩者，九点半钟已过也。”朱自清说：“作者身在伦敦，又懂点英语（由诗中译音之多知之），所以多少能够了解西化。”[①] 后来的学者也比较强调作者懂英语这一点。但以笔者观察，诗人恐怕英语水平很低，所以才觉得这些简单的词汇很有趣，写入诗中赏玩。这和古代竹枝词掺入少数民族方言的情况是一样的。当然，使用译音字更主要是为了获得一种别致的风味，从而让读者更真切地感受异国的现实。钱锺书《七缀集》里说，斌椿《海国胜游草》偶尔把外国字的译音嵌进诗里，“颇可上承高锡恩《夷闺词》，下启张祖翼《伦敦竹枝词》”[②]。《夷闺词》收在高锡恩《友石斋集》卷八，钱锺书考定作于咸丰初[③]。无论《夷闺词》还是《海国胜游草》，其用外来语入诗的情况，都是偶一为之，远不如张祖翼《伦敦竹枝词》这样大量采用。从技术上说，《伦敦竹枝词》以外来语入诗，选字优美，音律协和，镶嵌既巧妙，意思又不生涩（“哈甫怕司到乃恩”一句除外），平添了许多趣味，其文心之玲珑，委实可佩。

像当时其他诗人一样，《伦敦竹枝词》采取了用中国古代诗文意象、典故描绘西方事物的方式。诗人把恋爱中的女子称为“十八娇娃”，男子称为“少年郎”，护士称为“青衣小婢”、母亲称为“阿母”、士兵称为“健儿”，妇女称为“佳人”，等等。道西人奏乐，则曰“弹筝挟瑟”，女

---

① 《朱自清全集》第四卷，时代文艺出版社 2000 年版，第 1464 页。

② 钱锺书：《七缀集》（修订版），上海古籍出版社 1994 年版，第 154 页。

③ 《七缀集》本条注释“石”作“白”，系手民之误。见钱锺书《七缀集》（修订版），上海古籍出版社 1994 年版，第 165 页。

侍端盘子，则曰“往来蹀躞”。这些称呼和描写都十分中国化。诗中也用了不少典故，如说男子婚后不得私通（第 17 首），用了“桃之夭夭”（《诗经·周南·桃夭》）、“章台走马”（《汉书·张敞传》）两个典故。描写酒店（第 36 首），用了“文君当垆”的典故。介绍救火车（第 65 首），用了项羽火烧咸阳的典故。如果从知识的介绍、信息的采集、思想的传播衡量，显然，这种对西方的描写是失策的；但是如上文分析的，《伦敦竹枝词》要表达的并非客观的经历，而是一种主观的感受和态度。用中国文化的词汇、意象、典故来说英国，本身即是一种话语操控，一种居高临下的自主。以这种方式，作者将在异文化中的不适，变成了指点江山和自我欣赏。从创作上说，作者能够自由驾驭题材，有利于文学水平的发挥。同样写外国，同为长篇，《伦敦竹枝词》比绝大多数海外竹枝词作品成功，关键在于张祖翼能自在挥洒，而其他作者则俯首下心以求对外国的准确认识，结果造成作品厚重有余，活泼不足，失去了竹枝词的本真。

总之，笔者以为，对晚清海外竹枝词的品鉴，应尽量回到历史语境中去，给予同情的理解，而非悬设一当代的标准，做“理性”的裁决。《伦敦竹枝词》作为“第一个时代的民族志”（见绪论），不可避免会出现错误、表面化与想象的东西，其“排洋”的基本倾向，也不可能“面向未来”和不偏不倚。但是，所有这些缺点，都不能改变一个基本的事实：在晚清描写欧美国家的竹枝词作品中，张祖翼的《伦敦竹枝词》是文笔最生动、内容最丰富、立场最鲜明、最代表传统中国人意识的原汁原味的诗歌。

第六章　潘飞声《柏林竹枝词》

潘飞声（1858—1934），字兰史，号剑士，又号独立山人、老剑，广东番禺（今广州市珠海区）人。少负才名，工诗词。叶恭绰《说剑堂诗集》序云："昔先大夫南雪公（叶衍兰）掌教越华书院，从受学者及千，独心赏先生。"[①] 光绪十三年七月（1887 年 8 月）赴德国，为柏林大学东语学堂汉语教习；光绪十六年八月（1890 年 10 月）回华；光绪二十年（1894）冬赴香港任《华字日报》主笔，"遇涉华人事，力与西政府争，名著海外"[②]。在港时与诗人丘逢甲、邱炜萲、王恩翔等往来甚多。1910 年后寓居上海，入南社、希社、淞社、鸥社、沤社等诸多诗社，为南社"四剑"之一（另三人为高旭号钝剑、俞锷号剑华、傅屯良号君剑）。潘飞声晚年卖文作炊，而重气节，"虽贫甚，未尝贷粟于人，有馈之者，非其人拒不纳"[③]。民国二十三年卒[④]。

潘飞声执教柏林大学三年，与安徽休宁人戈鲲化执教哈佛大学相差不及三年，同为近代中西文化交流史上有重要意义的事件，值得挖掘和研究。关于戈鲲化在哈佛的研究，近年颇有成绩[⑤]，但关于潘飞声在柏林的经历与相关文学的研究，则尚不充分。潘氏所作《柏林竹枝词》二十四首是比较有特色的一组竹枝词，然注文稀少，不易索解。本章勾稽潘飞声执教德国的一些情况，结合相关历史文献，对《柏林竹枝词》做出笺

① 潘飞声：《说剑堂诗集》，百宋铸字印刷局 1934 年版，叶恭绰序。

② 吴仲辑：《续诗人征略》卷一，周骏富辑《清代传记丛刊·学林类 31》，（台湾）明文书局印行，第 10 页。

③ 潘飞声：《说剑堂诗集》，百宋铸字印刷局，民国二十三年，夏敬观序。

④ 关于潘飞声生平事迹，详见林传滨《潘飞声年谱》，《词学》第三十辑，2013 年 9 月。

⑤ 参见张宏生编著《戈鲲化集》，江苏古籍出版社 2000 年版。

注和评论。

一　潘飞声执教柏林始末

潘飞声是怎么去德国执教的呢？其《西海纪行卷》说："光绪十三年丁亥七月，余受德国主聘，至伯灵（一名柏林）城讲经。"[①] 他的好友李东沅后来也说："昔年德意志国主企慕文名，远贻书币，聘主讲席。"[②] 按当时德国国君为威廉一世（Wilhelm I），全名威廉·腓特烈·路德维希（Wilhelm Friedrich Ludwig，1797—1888）。柏林大学为普鲁士国王腓特烈·威廉三世（Friedrich Wilhelm Ⅲ，1770—1840）于1810年所建，1828年以后改称"腓特烈·威廉大学"（Friedrich-Wilhelms-Universität）。或因学校名称中有德国现君主之名讳，潘飞声即以为自己为外国君主罗致。潘飞声名声再响，也不至于传到威廉一世耳中，故德方聘用潘飞声，必由在华的德国人推荐。邱炜萲在《五百石洞天挥尘》书中说："兰史典簿才名之大，至为域外所慕。德意志国适创东文学舍，属驻粤领事熙朴尔致币，延主柏林京城教习。"[③] 邱炜萲与潘飞声为寓港期间挚友，这一信息，必从潘飞声处得来。另据张德彝《五述奇》光绪十三年十月二十三日（1887年12月7日）记："有德国东方大学院之华文教习桂竹君林、潘兰史飞声来拜。二君系前于六月初间，经德国驻华公使巴兰德特邀，同其参赞官阿恩德，前于八月初旬到此者。"[④] 潘飞声在德国执教时，与驻德使馆随员张德彝过从颇多，此是二人第一次见面，张德彝的记录，必然也从潘飞声处听来。根据张氏光绪十五年十一月二十九日抄录德国驻华使馆与桂林签订的合同（本书附录四），"大德国驻扎中华钦差公署为现订立合同事"，"谨照德国外部来文之意，订立合同"，"德京现在欲设东语学堂，延桂先生前往充当教授中语教习"云云，应该是柏林大学向德国外部提出延请教师的要求，德国外部发文至德国驻华使馆，再由驻华公使巴兰德

---

① 潘飞声：《西海纪行卷》，《说剑堂集》（三），清光绪年间刻本，第1页。

② 潘飞声：《香海集》，《说剑堂集》（四），清光绪年间刻本，李序，第1页。

③ 邱炜萲：《五百石洞天挥尘》卷一，《续修四库全书》影印清光绪二十五年邱氏粤垣刻本，第14页。

④ 张德彝：《稿本航海述奇汇编》第五册，北京图书馆出版社1997年版，第65页。

(Max August Scipip von Brandt，1835—1920）具体安排。因德方需要的两个教习，一个教授中国官话，一个教授粤语（见下），故巴兰德在北京物色到桂林，而将寻找粤语老师的任务交给德国驻广州领事官熙朴尔(von Syburg)[①]。因为桂林的合同是与巴兰德签订的，潘飞声的合同也应如此。这可以解释张德彝日记中“经德国驻华公使巴兰德特邀”之语。据《西海纪行卷》，本年七月十三日，“领事熙朴尔送余往香港，申刻开船，翻译赖斯德亦来送行”。这印证了《五百石洞天挥尘》的说法，也说明熙朴尔是具体安排潘飞声赴德国的人。但熙朴尔如何找到潘飞声，因文献所限，不得而知。可注意者，临出国前，潘飞声在日记中抄录了友人俞旦的一首赠别诗，中有“诗教传中外”一语，注云：“君诗刻入《学海堂》集，德人能诵之。”[②] 据林传滨《潘飞声年谱》，去岁陈澧、金锡龄选编《学海堂四集》刊行，内收潘飞声《大滩尾看桃花》诗一首[③]。或许熙朴尔供职广州领事馆，本人知晓潘飞声的文名[④]，或领事馆翻译赖斯德（Reinstorf）与潘飞声相熟而推荐给熙朴尔。这就是潘飞声赴德的缘起。

至于潘飞声为什么决定赴德执教，有两个说法。一云不得志。潘飞声族兄潘仪增《天外归槎录》序云：“兰史少以能文名，负经世之志，数不得志于有司，牢骚抑塞，遂作航海远行。”[⑤] 一为排解伤痛。是时潘氏爱妻梁氏去世不久，“为遣悼亡之痛，应邀远渡德国”[⑥]。这两个说法都有道理，同时还应该增加最重要一条，即养家小。《天外归槎录》有《七洲洋被风出险述怀》五古云：

劳生出险患，悚惧思愆尤。质性本粗犷，忤世遭嘲啁。岂无文字

---

① 作为德国驻华公使，巴兰德主要在北京和天津活动，与在广东的文人潘飞声应无“交集”。参见王维江《巴兰德在中国》，《近代史研究》2012 年第 5 期。

② 洪再新：《艺术鉴赏、收藏与近代中外文化交流史——以廉居、武德彝绘潘飞声〈独立山人图〉为例》，《故宫博物院院刊》2010 年第 2 期。

③ 林传滨：《潘飞声年谱》，《词学》第三十辑，2013 年 9 月。

④ 潘飞声十六岁作《明月篇》赋，得乃师陈良玉激赏。二十岁后作《花语词》、《珠江低唱》，声名远播。参见林传滨《潘飞声年谱》，《词学》第三十辑，2013 年 9 月。

⑤ 潘飞声：《天外归槎录》，《说剑堂集》（三），清光绪年间刻本，序，第 1 页。

⑥ 洪再新：《艺术鉴赏、收藏与近代中外文化交流史——以廉居、武德彝绘潘飞声〈独立山人图〉为例》，《故宫博物院院刊》2010 年第 2 期。

灵，违格难见售。独鹤唳青霄，众视若虫啾。负米既已拙，歧路嗟蹇修。怅怅其何之，钮铻终寡俦。愤然蹈域外，甘自罹罝罘。……[①]

此诗既提到不得志而愤然出国这一说法，同时也提到生计的问题。“负米既已拙”，意为生计无着，无以养亲[②]。《天外归槎录》有《到家》五古四首，其一云：

诸弟悲欢集，从头讯起居。支持难八口，学殖愧三余。门户沧桑后，田庐料理初。归装惭陆贾，只益去时书。[③]

潘飞声要维持八口之家的生计，这是他赴德国执教的第一原因。所谓“饥驱海外”[④] 是也。根据驻德使馆与桂林签订的合同，德方负责桂林赴德的往返路费，在德执教期间，“言定月给脩仪德金三百五十元（按外国月份），此项脩金将来可增至四百元，但此节系由德国及布国该管衙门酌定”，桂林在北京的家属则每月可从德国驻华使馆领取“洋银二十元”，此项从桂林在德国的收入中扣除。根据《五述奇》，潘、桂二人立约之时，并不知有德国马克，以为束脩每月三百元（实为三百五十元）就是鹰洋（墨西哥银元）三百元，至德后方知实情，大为不慊[⑤]。有的学者引德国社会生活史资料，判定潘飞声在德时“待遇相当优暇”[⑥]，然其真相并非如此。张德彝日记中说：

---

① 潘飞声：《天外归槎录》，《说剑堂集》（三），清光绪年间刻本，第 15 页。

② “为亲负米”典出《孔子家语》：“子路见于孔子云：‘负重涉远，不择地而休；家贫亲老，不择禄而仕。昔者由也事二亲之时，常食藜藿之食，为亲负米百里之外。亲殁之后，南游于楚，从车百乘，积粟万钟，累茵而坐，列鼎而食，愿欲食藜藿，为亲负米，不可复得也。”（杨朝明、宋立林主编：《孔子家语通解》，齐鲁书社 2013 年版，第 87 页）

③ 潘飞声：《天外归槎录》，《说剑堂集》（三），清光绪年间刻本，第 17 页。

④ 潘飞声：《老剑文稿》，《说剑堂集》（二），清光绪年间刻本，第 75 页。

⑤ 张德彝：《稿本航海述奇汇编》第五册，北京图书馆出版社 1997 年版，第 65—66 页。根据附录四《东语学堂合同》，当时的比价是洋银二十元合七十德国马克。

⑥ 郭文仪：《清末人西方书写策略及其地域特征——以袁祖志和潘飞声的海外旅行书写为中心》，《江苏社会科学》2014 年第 3 期。

> 中国雇用洋教习，每月百两，合四百八十马克，然中国无物不贱，一马克可换三百制钱，或当十钱一千八九百，且往来车船皆坐头等。潘、桂二君往来皆坐二等，每月束脩仅三百五十马克，合银不及八十两，而外邦无物不贵，每一马克用之如一二十制钱，在此三年，虽云处处俭省，然房租、食用皆迫于无可如何，不能十分节俭。谋生于三万里外，所剩无几，亦无大趣味。[①]

因德国生活昂贵，开支后所剩无几，故当德方提出三年期满再延二年，月增加五十马克的条件后，潘、桂二人共同选择谢绝，而如期回国。潘飞声生活窘迫，除了家口众多外，还和他的性格与处事方式有关。潘仪增《天外归槎录》序云：潘飞声"顾性孝友而任侠，币赆所入，除负米养亲外，尽为其弟冠婚罄去。并任葬其亲串之贫者。将欲赴试京兆，又以父忧止。囊无一钱，支持八口之家，而兰史之遇益可慨矣"。潘飞声虽负文名，而终老只是一诸生而已；虽怀经世之志，从不为当道所重视；虽为广州十三行潘氏后人，而一生未能摆脱贫困。其命途屯蹇如此。

关于潘飞声在德国教学的内容，说法不一，这里仍需澄清。根据《西海纪行卷》开篇，潘飞声说自己受"德国主聘"，去柏林"讲经"[②]。"讲经"的意思，《天外归槎录》之《七洲洋被风出险述怀》有更具体的自述：

> 贤王动颜色，拱待开绛帱。翳余端章甫，称说惟孔周。敢比汝南许，尹珍来从游。李用溯洙泗，教化被瀛洲（李用，宋时吾粤东莞人，浮海至日本，以诗书教其国人，多被其化。人称"日夫子"）。余辄陈诗书，戢彼戈与矛。[③]

潘飞声妙笔生花，把柏林大学的招聘，说成是德君尊贤奉教；把自己域外舌耕，说成教化蛮夷。他自比东汉经学大师许慎，又自比宋末到日本传诗书的李用，可谓夸大其辞。但是"讲经"的说法符合了华夏中心主义

---

① 张德彝：《稿本航海述奇汇编》第六册，北京图书馆出版社1997年版，第198—199页。

② 潘飞声：《西海纪行卷》，《说剑堂集》（三），清光绪年间刻本，第1页。

③ 同上书，第15—16页。

的“化外”模式，令他的朋友们颇生憧憬。黄绍昌临别赠云：“时事今如此，艰难子亦知。好凭三寸舌，去做五经师。”[①] 罗嘉蓉《西海纪行卷》题诗云：“柏林争迓主讲席，洗心革面群横经。声教居然暨西海，文风何止传东瀛。”[②] 李东沅《香海集》序云：“先生乃乘飙轮，携琴剑，涉渤澥，抵柏林。拥青毡，设绛帐，均沾时雨，广布春风。译中国经书，训西欧弟子，门墙瞻仰，风气宏开。所谓彼教之来，即引我教之往，暂有今日之屈，庶冀他日之伸，将见万国大同，五洲胥化，凡有血气，莫不尊亲，圣道远行，君其初兆欤！”[③] 或因受这类说法的影响，钱仲联在《清诗纪事》中说，潘飞声“掌教德国柏林大学，专讲汉文学”[④]。然而事实的真相又如何呢？光绪十三年十二月初三日（1888 年 1 月 15 日），张德彝与使馆同仁姚文栋、承厚等人专程去潘、桂二人之所访问，当日张德彝记云：

闻二君共教三十二人，年皆三四十岁者，并不读书，学话而已。中学官话者多，惟有三人专学广东话。其故，乃为将来去粤学充领事官也。[⑤]

就是说，潘飞声在柏林大学执教，仅仅教汉语口语，具体说是粤语，且只有几个学生。这和所谓“传经”相去远矣。国内学者吴晓樵从德文资料中查到潘飞声在 1887 年至 1888 年冬这一学期的课程情况：课名：汉语实践，以南方汉语为侧重点；上课时间：周一、周三、周四晚 6—8 点，周二、周五晚 7—8 点[⑥]。这一信息可以张德彝光绪十五年十一月二十九日

① 潘飞声：《在山泉诗话》卷二，《古今文艺丛书》第三集，上海广益书局 1913—1915 年版，第 16 页。

② 潘飞声：《西海纪行卷》，《说剑堂集》（三），清光绪年间刻本，题辞，第 2 页。

③ 潘飞声：《香海集》，《说剑堂集》（四），清光绪年间刻本，李序，第 1 页。

④ 钱仲联主编：《清诗纪事》第四册，凤凰出版社 2004 年影印版，第 3698 页。

⑤ 张德彝：《稿本航海述奇汇编》第五册，北京图书馆出版社 1997 年版，第 117 页。又，《五述奇》光绪十五年十一月二十九日记云：“馆中教课，不过语言而已，并未读书。”（张德彝：《稿本航海述奇汇编》第六册，北京图书馆出版社 1997 年版，第 205 页）

⑥ 吴晓樵：《关于南社诗人潘飞声掌教柏林——兼谈一段中德文学因缘》，《中国比较文学》2014 年第 1 期。

日记补充。《五述奇》云："因功课不多，暂作为两点钟，每日午后六点起至八点止。自戊子（1888）九月起，每日加课一点钟，自五点钟起至八点钟止。"①

潘、桂二人教授德人汉语，效果较佳，《五述奇》云："乃其学则有成效者颇多，皆已起程来华。有学充翻译者，当领事者，更有在上洋开设银行、充当总办者。"② 这一实绩，是东语学院希望将二人月薪增至四百马克并延期聘用二年的原因。可见潘飞声执教柏林，只是完成了德方规定的培育汉语人才的任务，与设帐授徒，称说周孔，基本上没有关系。

二 《海山词》与潘飞声在德国的艳迹

潘飞声执教柏林期间，写了一卷《海山词》，其中不乏游览、唱和、怀人、羁愁之作，而以和外国女郎之间的"艳迹"为多。他是怎么和这么多女子结交的，不甚清楚。盖先起于邻里关系，继乃由人及人，越交越多。如《在山泉诗话》云："媚雅琴师，普露斯人，来柏林授琴，与余同寓到绿天街。虽出贫家，温文雅靓，胡香袭衣，令人心慕。遇余情厚，时同宴游，然两年来皆以礼相待也。"③《海山词·高阳台》小序云："芜亚陂女子越梨思所居第五楼，镜屏琴几，位置如画，槛外绿鹦鹉能学语唤人。余两宿其中，绣榻明灯，曾照客梦，而梦中思梦，转难为怀。"④ 张德彝《五述奇》记云："午后同陶榘林往访潘、桂二君于驼骡闉，坐谈间，忽闻风鸣涛奔，声调铿锵，询之，乃同楼女蓝珸琦鼓琴也。既而伊母知有客至，乃开门延入，见该女梅花体态，杨柳腰肢，一二八垂髫女也。母令鼓琴，鼓毕，齐行击掌称贺。女乃嫣然展笑，皓齿朱唇，艳丽倾城，观之令人心醉。"⑤

潘飞声把与他交往的女子都称作"女士"、"女史"，除了"琴师"媚

---

① 张德彝：《稿本航海述奇汇编》第六册，北京图书馆出版社 1997 年版，第 204 页。

② 同上书，第 197 页。

③ 潘飞声：《在山泉诗话》卷三，《古今文艺丛书》第四集，上海广益书局 1913—1915 年版，第 28 页。

④ 潘飞声：《说剑堂集》，龙门书店影印光绪辛卯刻本 1977 年版，第 18 页。

⑤ 张德彝：《稿本航海述奇汇编》第六册，北京图书馆出版社 1997 年版，第 70 页。

雅和“洋妓”安那，都不知她们的身份。不管怎么说，潘飞声与她们的交往颇多。他在酒楼上与“诸女史”聚饮的场面曾被写入图画（《金缕曲》）[①]。过生日，芬英、媚雅、苏姒、玲字送来鲜花，酒席宴上弹琴、歌唱、跳舞，“客皆尽欢”（《寿楼春》）[②]。他曾与媚雅、芬英、高璧、玲字去剧院看戏（《洞仙歌》）[③]，与兰珸琦、威丽默在蒂尔加滕大公园湖上泛舟（《梦横塘》）[④]，与媚雅、高璧、兰珸琦在金鳞池（待考）夏夜乘凉，还曾与二十八个女子一道游蝶渡（待考）（《琵琶仙》）[⑤]。归国前，嫱婵、麦家丽、李拾璧、马丽婷、符梨姒在万花园为潘飞声饯别（《摸鱼儿》）[⑥]，在火车站，“东学书院诸生皆来送行”，“媚雅、芬英、威丽默三女史亦各送花球，海外惜别，黯然伤怀”[⑦]。在这些人中，媚雅与潘飞声关系独密。她的名字在《海山词》中出现最多，潘飞声曾单独听她弹琴（《诉衷情》）[⑧]，参加她的庆生聚会并作词贺寿（《重叠金》）[⑨]，归国经过瑞士时，购买风景画册寄赠[⑩]。当潘飞声在海上航行时，媚雅的信已寄出，是以他甫到香港，就接到这位德国“女史”的飞鸿。

单从这些表面的事实，感觉潘飞声与女郎们的关系友好而正常，并未逾限。但是，在这些事实之下，潘飞声的感受却是很不同的。以今天的眼光看，《海山词》写到友情，但这种友情大半变了味。专门写情的词确有不少，兹抄录数首。《前调》（注：“女郎有字莺丽姒者，屡订五湖之约，赋此宠之”）云：

铁阑桥，夜深风雪，忍寒相待如许。天涯久悔狂游倦，那肯更沾

① 潘飞声：《说剑堂集》，龙门书店影印光绪辛卯刻本 1977 年版，第 20 页。

② 同上书，第 23 页。

③ 同上书，第 17 页。

④ 同上书，第 26—27 页。

⑤ 同上书，第 28 页。

⑥ 同上书，第 42 页。

⑦ 潘飞声：《天外归槎录》，《说剑堂集》（三），清光绪年间刻本，第 1 页；张德彝：《稿本航海述奇汇编》第六册，北京图书馆出版社 1997 年版，第 513 页。

⑧ 潘飞声：《说剑堂集》，龙门书店影印光绪辛卯刻本 1977 年版，第 17 页。

⑨ 同上书，第 31 页。

⑩ 潘飞声：《天外归槎录》，《说剑堂集》（三），清光绪年间刻本，第 2—3 页。

风絮。凭听取，也未要酬珠，事事依分付。几番暗诉。愿海角，追随灵心侠骨，冷暖仗郎护。　　伤心事，我正风尘，羁旅萍踪，漂泊无据。柏陵花月非侬宅，剩可五湖归去。卿莫误，祝恨海填平，奇福天应与。相怜最苦。怕未老樊川，寻春较晚，佳节又迟汝。①

从这首词内容推断，似乎这位莺丽姒苦恋诗人，被诗人谢绝了。《鹊桥仙·夜悄有忆》云：

罗云弄巧，银河泄恨，楼外露零金凤。花阴孤悄掩屏山，算可有，佳期入梦。　　丁香空结，海棠未嫁，还怕莺欺蝶弄。相思同此柏城寒，定忆我，鸾衾独拥。②

这一首写二人相思。《减兰·书愿》云：

蕙兰心性，未嫁桃花休诉命。不为销魂，禁得衣香一霎闻。　　狂奴艳想，归去江湖同打桨。卿理琴丝，唱我西溟绝妙词。③

这一首写定情。《浣溪沙·自题海山听琴图》之一：

仿佛湘灵又洛神，循弦寻梦总难分，微闻香泽似花云。　　元鹤明光空记曲，离鸾私语静无人，断肠清夜唤真真。④

这一首写痴忆。

吴晓樵在文章中考订，德国作家奥托·尤利乌斯·比尔鲍姆（Otto Julius Bierbaum）1887 年入读东语学堂，应为桂林和潘飞声的学生。此人曾有一小说《托鲁托罗》，讲述在柏林东语学堂的法律见习生埃米尔，与

① 潘飞声：《说剑堂集》，龙门书店影印光绪辛卯刻本 1977 年版，第 12—13 页。
② 同上书，第 14 页。
③ 同上书，第 24—25 页。
④ 同上书，第 32—33 页。

住在隔壁的德国姑娘特鲁德尔秘密相爱半年，一天他们邀请埃米尔的风流倜傥的中国老师潘先生一同到植物园游玩，不想潘先生横刀夺爱，深得特鲁德尔的欢心，后者即投入了他的怀抱。潘飞声可确定为潘先生的原型[①]。这一材料很有趣，说明《海山词》中的艳情，或不止于“情”，而到了更深的程度。

从文化学角度观察，潘飞声与德国女郎（亦有他国人）的交往方式必然是西式的，遵循着西方近代人际平等的交往模式。但这种异性“朋友”无法纳入中国传统的伦常关系。结果，自觉或不自觉地，潘飞声把这些德女看作猥薄的对象，一种无礼法意识的天真而别有风情的“蛮女”，把与他们的一般日常交往，视为“艳遇”。而他自己，则以名士自居，以风流自赏。他不止一次把自己比作“赢得青楼薄幸名”的晚唐诗人杜牧（樊川居士），说自己“请缨上策平生愿，换了看花西海。只小杜豪情未改”(《金缕曲》)[②]。一次又把自己比作有“人面桃花”故事的唐人崔护[③]。潘飞声对已故夫人梁氏感情极深，在柏林时作有《悼亡百韵》，把此诗的严肃与《海山词》的浮艳对比，两种性质的感情，差别立见。他身边的交游、朋友都把他与德国女郎的交往视为风流韵事。一次，驻德使馆外交官陶森甲请客，席间潘飞声匆匆别去，说“有听诸女史鼓琴之约”。外交官承厚翌日作一词戏之云：

> 金尊半醉，玉骢催跨，又逐蛮娘歌舞。知音座上有周郎，好著意，冰弦细抚。　纤腰素手，柔吟低唱，想已魂销难数。昨宵顾曲几时归，问可有，琴心先许。[④]

此词典出唐代李端的诗：“鸣筝金粟柱，素手玉房前。欲得周郎顾，时时误拂弦。”承厚把潘飞声比作周郎，把女郎比作卖艺女子，“琴心先

① 吴晓樵：《关于南社诗人潘飞声掌教柏林——兼谈一段中德文学因缘》，《中国比较文学》2014年第1期。

② 潘飞声：《说剑堂集》，龙门书店影印光绪辛卯刻本1977年版，第20—21页。

③ 唐代诗人崔护与女子相恋的故事。详见孟棨《本事诗》。

④ 潘飞声：《说剑堂集》，龙门书店影印光绪辛卯刻本1977年版，第21—22页。

许”显然打趣潘与她们的密切关系。《海山词》陶森甲序中，把潘飞声比作西晋才貌双全、众女争羡的诗人潘岳，说他“行车海国，掷果盈车”，又说他“惆怅明珰，流连翠被，指楼头之盼盼，索纸上之真真”[1]，暗示其艳遇。桂林题辞云：“草窗风调梦窗词，情是三年杜牧之。如此华年如此笔，却来海外画蛾眉”。承厚题辞云：“多情小杜伤春惯，又感秋无限。漫夸薄幸遍扬州，千载天涯一样说风流。”[2] 把潘飞声比作海外的杜牧。《天外归槎录》张振烈题辞云：“风尘凭谁慰解，有捧觞蛮女，天然妩媚。连辔看花，倚兰话月，赢得才人心苑。聊行乐耳。何必封侯始酬壮志，却怕归来隔相思远水。”[3] 把潘飞声与德国女子的关系，纳入才子佳人模式。据邱炜萲《五百石洞天挥尘》，潘飞声一友人赖学海，已年过八十，得见潘飞声写的《琵琶仙》后，“读而艳之，诧为奇福”，题诗云：“纠缦情云结绮寮，万花丛里拥娇娆。文君自有求凰曲，不待相如玉轸挑。”[4] 把潘飞声比作司马相如，把德国女子比作卓文君，但比文君更加胆大开放。

潘飞声的这些海外艳词，后世亦曾引起非议。王韶生《说剑堂集》序云：“自我观之，此卷（《海山词》）之词，大半为泰西女郎而写，说者虽艳其遇，然与柳耆卿同科，未免流于‘尘杂’。即使艳丽至于透骨，而风格实不高也，正静安云：‘词之雅鄙，在神不在貌。永叔，少游虽作艳语，终有品格。’此言可深思也。”[5] 笔者承认，《海山词》一些摹写，如“香肩几度容偷傍，脉脉通霞想”（《虞美人·书媚雅女史扇》[6]，“也许胡床同靠坐，低教蛮语些些”（《临江仙·记情》），把男女间的正常交往：学琴、学外语，变形为“偷腥”，显示出一种中国特色的玩弄女性的心理，颇近鄙亵。但这也只是极端的例子。不能因此否定《海山词》的艺术水平，更不

---

① 潘飞声：《说剑堂集》，龙门书店影印光绪辛卯刻本 1977 年版，序，第 1 页。盼盼，关盼盼，旧说唐代徐州守帅张愔爱妾，善歌舞。张歿后，守贞不嫁，为白居易赠诗所激，绝粒而死。详见冯梦龙《情史类略》。真真，唐代故事人物，本为画中女子，应赵颜恳告变成活人，走出画中，为其做妻生子。详见杜荀鹤《松窗杂记》。

② 潘飞声：《说剑堂集》，龙门书店影印光绪辛卯刻本 1977 年版，题辞，第 5 页。

③ 潘飞声：《天外归槎录》，《说剑堂集》（三），清光绪年间刻本，题辞，第 2 页。

④ 邱炜萲：《五百石洞天挥尘》卷一，《续修四库全书》影印清光绪二十五年邱氏粤垣刻本，第 15 页。

⑤ 潘飞声：《说剑堂集》，龙门书店影印光绪辛卯刻本 1977 年版，前言，第 1 页。

⑥ 同上书，第 24 页。

能泯灭其跨文化书写的价值。姚文栋《海山词》序云：

> 予使太西，始识兰史于百林。年少翩翩，盛名鼎鼎。携镂玉雕琼之笔，作栈山航海之游。草草光阴，流连三载。花花世界，邂逅群仙。汇其诗词，分为两集，独开生面，妙写丽情。盖古来才人未有游此地者，才人来百林，自兰史始。读者艳其才，并艳其遇矣。[①]

《海山词》是中德文学与文化交往的一个别致的结晶，既出乎意料，又在情理之中。以词的形式写与德国女子的交往，为新题材、新意境、新体味，在中国词史上，别开生面。这是《海山词》的最大价值。从跨文化角度看，潘飞声对德国女子的感情，混合了友情、爱情、滥情与轻薄等质素，他把这些感情写入诗词，是中国的“名士风流”文化在西方的拓殖。《海山词》中的德国女郎被全然“皈化”，兼具多才多艺的青楼女子与天真无礼法意识的蛮夷女子两种形象，几乎看不到真正德国女郎的影子。以德国女子的情况，自然不能去读潘飞声的词，因此他的送赠词、书扇词都是自说自话，主要是写给自己和中国读者看的。《海山词》提高了潘飞声在国内诗界的文名，但作为一种文化交流，则不能说是成功的。

当然，需要提到的是，潘飞声在柏林期间，不止于与德女卿卿我我，也参加了一些严肃的社会活动。如当时许多传统知识分子一样，潘飞声身上既有“才子”的风流，也有“士”的经世主义。他加入了日本人井上哲次郎组织的兴亚学会，第一次雅集，特地撰写序文并当众朗诵[②]。在赴泰西的海程上，他认真观察各地沿海炮台，居德期间，“在德京武备院考求各国枪炮之制”，后来写成一篇军工论文《炮考》[③]。1888 年夏，利用学院暑期放假，潘飞声与东语学堂华裔学生林定浩一起，翻译了两篇关于军事的文章，合为《德意志兵制兵法译略》[④]。《老剑文稿》中收有《欧洲各国

---

① 潘飞声：《说剑堂集》，龙门书店影印光绪辛卯刻本 1977 年版，序，第 2 页。

② 潘飞声：《老剑文稿》，《说剑堂集》（二），清光绪年间刻本，第 66—67 页；张德彝：《稿本航海述奇汇编》第六册，北京图书馆出版社 1997 年版，第 99—104 页。

③ 潘飞声：《老剑文稿》，《说剑堂集》（一），清光绪年间刻本，第 30—32 页。

④ 同上书，第 36—38 页。

论》、《德意志学校说略》等政论文章，这些文章不确定是在柏林写的，但里面的内容，与作者在柏林的经历则是分不开的。驻德公使许景澄曾鼓励他撰写一部《海志》[①]，说明潘飞声的著述才能，亦为当道者所知。柏林经历对潘飞声一生影响很大，出国之前，他主要写诗作赋，与各类文人交往，社会活动圈子有限，而海外归来，他获得了两栖的身份，既是诗酒风流的文人，又是通晓中外、善谈时事的经世主义者。他的朋友萧伯瑶作《读兰史海外诗》说："归来鲁肃应惊叹，非复吴中旧阿蒙。"[②] 虽然是打趣，也道出了实情。梁渻《香海集》跋云："读其所著《柏林游记》、《凿空狂言》，叹为贾长沙、陈同甫一流人物，不徒以辞章工也。"[③] 颜清华《老剑文稿》序云："兰史远游欧洲，旅居德国四年，威廉第一之伟绩，毕士马克之大猷，如何而转弱为强，如何而以小敌大，如何而内治，如何而外交，皆一身履其地而目睹之。提纲挈领，掇其国之大政，与耳食途说者迥不侔。"[④] 由是可知，潘飞声的经济之才，得到了时人的承认。因此他后来才成了香港《华字日报》的主笔。《老剑文稿》中载有许多文章，如《书院变通章程议》、《考试出题议》、《武科议》、《变科举议》、《改官制议》等，皆独具见识，而为时代意识之先导。此离本节题旨已远，兹不赘论。

三　《柏林竹枝词》笺注

潘飞声善写，赴德期间作了不少文字，朋友萧伯瑶说他"三年五百新诗卷，囊尽欧洲十万山"[⑤]。但是这些文字没能全部出版。潘仪增《天外归槎录》序说，潘飞声曾作有《柏林游记》、《凿空狂言》等书，但无力付梓[⑥]。姚文栋《海山集》序说，潘飞声归国之前，"汇其诗词，分为两集"[⑦]。《海山词》当然是其中一集，另外一集呢？潘飞声在《在山泉诗话》中说："余《西海集》因归途遇风，舟几覆，行箧水渍，稿本漫漶，不能

---

① 潘飞声：《老剑文稿》，《说剑堂集》（二），清光绪年间刻本，第22页。

② 潘飞声：《香海集》，《说剑堂集》（四），清光绪年间刻本，第4页。

③ 潘飞声：《天外归槎录》，《说剑堂集》（三），清光绪年间刻本，跋，第1页。

④ 潘飞声：《老剑文稿》，《说剑堂集》（一），清光绪年间刻本，序，第1页。

⑤ 潘飞声：《天外归槎录》，《说剑堂集》（三），清光绪年间刻本，题辞，第1页。

⑥ 同上书，序，第1页。梁渻《香海集》跋里说他读到过这两种书。

⑦ 潘飞声：《说剑堂集》，龙门书店影印光绪辛卯刻本1977年版，序，第2页。

复辨。"[①] 故除了关于媚雅的几首诗，他在德国所作的诗，大部丧失。另，赖学海《天外归槎录》题词小注："兰史东归时，皇华诸公及域外才人多赋诗赠别，汇为一卷，曰《海天骊唱》。"[②] 这一作品亦不知下落。光绪丙申年（1896）邱浩桐为潘飞声刻《游樵漫草》，其序云："先生所著《说剑堂稿》、《柏林游记》均未付雕，兹抽录其《游萨克逊日记》、《悼亡百咏》、《柏林竹枝词》、《论岭南词绝句》合为外集五种。"[③] 这是《柏林竹枝词》首次被刻印。从上下文判断，《柏林竹枝词》或为《柏林游记》之一部分。邱炜萲与潘飞声交情极深，他完成于光绪戊戌年（1898）的《五百石洞天挥尘》，细述了潘飞声已出版的作品：

> 其已成集者，文有若《老剑文稿》、《一得刍言》，为其友助刻本。诗词有若《西海纪行卷》、《天外归槎录》、《海山词》、《花语词》、《珠江低唱》、《长相思词》，乃自刻本。《游樵漫草》、《柏林竹枝词》、《悼亡百韵》、《海上秋吟》、《论粤东词绝句》、《游萨克逊山水记》、《香海集》，亦其友助刻者。[④]

以笔者所知，民国前已刊刻的潘飞声专集，毕陈于此。幸而《柏林竹枝词》被他的友人刊刻，否则今天就读不到这部海外竹枝词了。

与黄遵宪、张祖翼等人的竹枝词不同，《柏林竹枝词》注文甚少，读起来比较朦胧。可惜《西海集》、《柏林游记》已经失传，否则会为我们阅读这部作品，提供不少背景材料。本节只能利用潘飞声的《西海纪行卷》、《天外归槎录》、《海山词》等著，参照张德彝《五述奇》、钱德培《欧游随笔》[⑤]及同时代其他著作，为《柏林竹枝词》作一笺注[⑥]。

① 潘飞声：《在山泉诗话》卷三，《古今文艺丛书》第四集，上海广益书局 1913—1915 年版，第 28 页。

② 潘飞声：《天外归槎录》，《说剑堂集》（三），清光绪年间刻本，题辞，第 2 页。

③ 潘飞声：《游樵漫草》，《说剑堂集》（五），清光绪年间刻本，序，第 1 页。

④ 邱炜萲：《五百石洞天挥尘》卷一，《续修四库全书》影印清光绪二十五年邱氏粤垣刻本，第 14 页。

⑤ 钱德培，字琴斋，顺天大兴县人。刘锡鸿就任驻德公使后，以随员调用，钱氏于光绪三年十二月（1878 年 1 月）抵达德国，光绪四年十月李凤苞接替刘锡鸿为驻德使臣后，继续留用，直到光绪九年八月（1883 年 9 月）启程东归，寓外六年之久。《欧游随笔》即此六年的出使日记。

⑥ 以下《柏林竹枝词》引文均见《说剑堂集》（五），清光绪年间刻本，不另做注。

柏林竹枝词

(1)

阿侬生长柏林城，家近新湖碧玉塍。
今日薄寒天罢雪，铁鞵携得去溜冰。

【校】“鞵”，王慎之、王子今辑《清代海外竹枝词》、丘良任等编《中华竹枝词全编》（以下简称“《中华竹枝词全编》”）作“鞋”。

【注】阿侬：方言，我，我们。古代吴人的自称。塍：田间土埂，这里指湖边。鞵：同“鞋”。

【笺】本章咏溜冰。潘飞声《海山词》之《梦横塘》小序云：“兰珸琦女史邀泛帖尔园[①]之新湖。”[②] 钱德培《欧游随笔》云：“柏林于冬令尚溜冰之戏，极其热闹。河冰结至三四寸厚，即可溜行。最上等之冰戏场在梯霭家塾[③]，无论国戚王公、官绅士庶，每午后持单樑铁冰鞋前往，有因溜冰而相识，遂成姻眷者。故千把等官未成婚者兴致尤甚。”[④] 张德彝《五述奇》云：“近日河虽未封，而各处小池，冰皆冻固，是以每日午后，男女手提冰鞋往来者极多。”[⑤] 本章明写溜冰，暗讽德国男女自由恋爱。

(2)

冰街十里酒人多，车马纷纷踏冻过。
别有金铃风响处，雪床摇漾入银河。

【注】摇漾：摇荡，这里谓疾行貌。

【笺】本章咏马拉雪橇。钱德培《欧游随笔》云：“柏林街道严冬积雪

---

① Großer Tiergarten，见第 21 首的“帖尔园”注。

② 潘飞声：《说剑堂集》，龙门书店影印光绪辛卯刻本 1977 年版，第 26 页。

③ Großer Tiergarten，见第 21 首“帖尔园”注。

④ 钱德培：《欧游随笔》，王锡祺辑《小方壶斋舆地丛钞》第十一帙，光绪十七年上海著易堂印行，第 13—14 页。

⑤ 张德彝：《稿本航海述奇汇编》第六册，北京图书馆出版社 1997 年版，第 272 页。

甚厚，以无轮之滑车驾马而行，名曰湿里汀[①]，译言冰车，亦分头二等，与马车同。"[②] 钱氏称雪橇为"冰车"，张德彝则称为"雪床"，《五述奇》云："近日天气甚寒，河始见冰，地始积雪，往来亦有雪床如俄都者。"[③]《四述奇》述俄都雪床形制云："俄京道路宽敞，遍地结冰，上浮雪八九寸，车辆难行。设有马拽雪床。床身造以薄木，形如'凹'字；下面左右铁梁各一，形如'凵'字。御者坐前，行人坐后，平行者坐一二人。或一马拽，或二马拽，驱驰甚快。"[④] 张德彝曾记载他乘"雪床"出行时遇德皇与后于途，"各驾双马雪床，驰驱极速"[⑤]。

（3）

几日兰闺刺绣成，吴绫蛋盒载糖橙。
却劳纤手亲相赠，佳节耶稣庆更生。

【校】"纤"，王利器、王慎之、王子今辑《历代竹枝词》（以下略称《历代竹枝词》）作"縴"。"盒"，《中华竹枝词全编》作"盆"。

【注】兰闺：指女子居室。吴绫：古代苏州产的一种比缎子薄的织物，泛指精美的丝织品。更生：复活。

【笺】本章咏复活节风俗。钱德培《欧游随笔》云："西俗三四月间有佳节，曰阿司退而非司脱[⑥]，谓耶稣复生之日大开筵宴。各送蛋式糖，或以锦绣做成蛋式，中实以各种糖食，分送亲友之未及岁者。"[⑦] 张德彝《五述奇》称德国复活节为"兔蛋节"[⑧]。

---

① Schlitten，雪橇。

② 钱德培：《欧游随笔》，王锡祺辑《小方壶斋舆地丛钞》第十一帙，光绪十七年上海著易堂印行，第9页。

③ 张德彝：《稿本航海述奇汇编》第五册，北京图书馆出版社1997年版，第93页。

④ 张德彝：《随使英俄记》（《四述奇》），岳麓书社1986年版，第644页。

⑤ 张德彝：《稿本航海述奇汇编》第五册，北京图书馆出版社1997年版，第615页。

⑥ Ostern fest，复活节。

⑦ 钱德培：《欧游随笔》，王锡祺辑《小方壶斋舆地丛钞》第十一帙，光绪十七年上海著易堂印行，第12页。

⑧ 张德彝：《稿本航海述奇汇编》第五册，北京图书馆出版社1997年版，第204—205页。

(4)

层层楼阁白如霜，夹道新荫拂绿杨。
最是浓春三月好，满城开放紫丁香。

【注】白如霜：谓房屋刷成白色。

【笺】本章咏柏林春色。潘飞声《海山词》有《伤情怨》一阕，专咏丁香开放，小序云："德意志柏林城泉甘土沃，花事极盛。四月紫丁香，八月秋海棠，人家园林随地皆是。游览所及，写以小词，又以见羁人幽绪随感而伤也。"词云："春寒香信尚怯，已有花如雪。紫玉填街，乱沾群百褶。交枝未忍暗折，谩替与罗襟偷缀。要等相思，纤纤穿作结。"[①]

(5)

经堂晨诣各携书，祷告低鬟向紫毹。
博得玉人齐礼拜，欧洲艳福是耶稣。
西国无跪拜礼，惟祷告耶稣则屈膝。

【注】毹：氍毹，毛织地毯。

【笺】本章咏教堂跪拜。张德彝《五述奇》云："西国无稽首顿首之仪，惟屈膝跪为重礼。无论男女，拜亲不跪，面君不跪，惟礼拜、祷告、明誓则跪，有所求于天主或有求于人皆跪。男求女亲，则尤当跪。其他，男见君主、官长、家主，皆脱帽、垂头、垂手而鞠躬，妇女屈膝作我国旗礼请安状。幼童男女见年长者亦然。"[②] 又潘飞声《天外归槎录》述奥地利教堂所见云："教徒方炷香，环坐诵经，披白衣如袈裟。庭下多妇女俯伏祷告者，意甚虔肃。"[③] 按欧洲跪拜礼节与中国不同，张德彝所辨甚明。观上下文意，潘飞声不相信基督教，视女人教堂跪拜为怪诞，故有此揶揄。

① 潘飞声：《说剑堂集》，龙门书店影印光绪辛卯刻本 1977 年版，第 14 页。
② 张德彝：《稿本航海述奇汇编》第五册，北京图书馆出版社 1997 年版，第 647 页。
③ 潘飞声：《天外归槎录》，《说剑堂集》(三)，清光绪年间刻本，第 4 页。

（6）

芜亚陂前树郁苍，鹰旗招展出榆桑。

朝凉爱听行军乐，一队游人过较场。

【注】芜亚陂：Moabit，摩押人区，在柏林城西南郊，蒂尔加滕大公园北侧。时潘飞声居于此。张德彝《五述奇》：“午后同姚子梁、承伯纯、陈骏生乘车西南行八九里，出城过蕾斯英河，至谋阿逼村布蕾美巷第七十四号，访潘、桂二君。”[①]“谋阿逼”即“芜亚陂”。一队游人：这里指军训队伍。

【笺】本章咏兵士演操。潘飞声《德意志兵制兵法译略》：“所有士卒纪律严肃，不许扰一民，懈片刻，违则立究。戎服整洁，冠缀金纽，万足一步，万声一呼。疾走屹立，毋得斜睨，风扇雨伞，毋得挟随。即守阍卞亦然。各兵闲暇，悉习技艺……每日小操，每岁大操，陆兵二次，水师一次，野战一次，皆国君亲阅。”[②] 另，《海山词·金缕曲》小序：“德兵合操日，姚子梁都转命车往观，柏林画工照影成图，传诵城市。都转征诗海外，属余为之先声。”[③] 潘飞声对德国军队印象甚佳，其《致团练局书》一文，提出“延聘德意志武员至粤教操阵法”[④]。

（7）

华筵香露酌葡萄，更擘波罗酿雪糕。

几度刀叉齐换席，晶盘五月供樱桃。

【校】“齐”，《中华竹枝词全编》作“交”。

【注】香露：花草上的露水，这里指酒。波罗：菠萝。

【笺】本章咏饮宴。钱德培《欧游随笔》记录德君主请宴云：“至十一点钟赴用膳房。膳房亦分数处，每处设长桌十数张，罩以白毯，陈设龙虾、牛羊、鱼鳖、鸡凫、鹿兔、蜜饯、水果数十种。红白香冰[⑤]等酒亦齐

① 张德彝：《稿本航海述奇汇编》第五册，北京图书馆出版社 1997 年版，第 117 页。

② 潘飞声：《老剑文稿》，《说剑堂集》（一），清光绪年间刻本，第 36—37 页。

③ 潘飞声：《说剑堂集》，龙门书店影印光绪辛卯刻本 1977 年版，第 20 页。

④ 潘飞声：《老剑文稿》，《说剑堂集》（二），清光绪年间刻本，第 63 页。

⑤ Champagne，今译香槟。

备。值席者衣银绣之衣，若干人递送刀叉杯盘，任人饮啖。”[①] 又，日本使署请客，费“糕饼、冰糕、冰水等一百六十五马克”[②]。张德彝《五述奇》光绪十三年十二月记云：“德京现在各果，鲜果有葡萄、苹果、橘、梨、波罗密等物，因天冷，包纸以锯末埋于筐内，盖多非本地土产也。干果有核桃、栗子、榛子、花生、桃仁、葡萄等物，蜜饯有桃、杏、李、橘、樱桃、波罗密等物，味不稍变，色亦如鲜。”[③]

(8)

列肆玻璃作画屏，迷楼拼把客囊倾。

数钱姹女休争美，队队青娥报货名。

【注】迷楼：传说中隋炀帝杨广在扬州建造的行宫。姹女：美丽的女子。青娥：指美丽的少女。

【笺】本章咏商店女店员。意在讽刺世风奢靡，与女人抛头露面。局中门外汉《伦敦竹枝词》云：“十五盈盈世寡俦，相随握算更持筹。金钱笑把春葱接，赢得一声坦克尤。”注云：“坦克尤（笔者注：thank you），译言谢谢你也。店无大小皆用女伙。”可参考。

(9)

异种莲称墨利加，钵丹亭子最清华。

殊方风气元无定，六月披裘去看花。

【注】墨利加：America，美洲。元：通“原”。钵丹：Potsdam，今译波茨坦，勃兰登堡州州府，北与柏林相邻。殊方：远方，异域。

【笺】本章咏温室莲花。潘飞声《海山词》有《罗敷艳歌·钵丹园看花分咏得白莲》一阕云：“玻璃亭子明如水，仿佛银塘，烟月苍茫，不辨

① 钱德培：《欧游随笔》，王锡祺辑《小方壶斋舆地丛钞》第十一帙，光绪十七年上海著易堂印行，第10页。

② 同上书，第12页。

③ 张德彝：《稿本航海述奇汇编》第五册，北京图书馆出版社1997年版，第136—137页。

花丛只辨香。　　霓裳清晓无风露，暖护鸳鸯，莫怨他乡，粉面人人惜六郎。”注云：“中土莲花栽于欧洲者惟极南之意大利有之，柏林则盛夏犹寒，最难培植。此园所得数茎，为玻璃圆屋以护风露，又以铜管注热水其中，使温暖如中土地气。花时播之日报，倾城来观。”[①] 钱德培《欧游随笔》云：“游勿罗拉[②]，译言‘花房’也。房以玻璃为盖，大可五亩许，地下窖藏铁管，通水锅，俾运送热气，使冬夏无异。”[③]

（10）

百锦氍毹贴地平，蛮娘腰细著衣轻。
兰因舞作鸳鸯队，妒杀胡儿得目成。
男女抱腰之舞名“兰因”。

【校】“胡儿”，《清代海外竹枝词》、《历代竹枝词》、《中华竹枝词全编》均作“筵前”。

【注】氍毹：毛织地毯。蛮娘：这里指德国妇女。兰因：Lancier，为一种四人组舞。胡儿：少数民族男子，此处指德国男人。目成：相互以眼神传达爱意。《楚辞·九歌·少司命》：“满堂兮美人，忽独与余兮目成。”

【笺】本章咏男女跳舞。钱德培《欧游随笔》云：“晚九点钟，官民到齐。少顷，德君率眷属等至舞厅排行围绕，然后官绅等作盘旋之舞。舞式一曰走阵，男女相携，鱼贯而行；二曰长阵，数十人两面排立旋舞；三曰方阵，每四对为一队，参差相舞，一曰兰因舞，一曰坡尔茄[④]，一曰伐尔崔[⑤]，皆男女相抱，四围飞旋，惟步法不同耳。”[⑥] 男女抱腰而舞为中国礼法所不容，而潘飞声云“妒杀胡儿”，实深艳羡。

---

① 潘飞声：《说剑堂集》，龙门书店影印光绪辛卯刻本1977年版，第32页。

② 待考。

③ 钱德培：《欧游随笔》，王锡祺辑《小方壶斋舆地丛钞》第十一帙，光绪十七年上海著易堂印行，第7页。

④ Polka，今译波尔卡。

⑤ Walzer，今译华尔兹。

⑥ 钱德培：《欧游随笔》，王锡祺辑《小方壶斋舆地丛钞》第十一帙，光绪十七年上海著易堂印行，第9—10页。

(11)

洒衣香露似花云，云影衣裳月色裙。

恰是小乔初嫁服，莫将新寡认文君。

西俗尚白，妇人新婚衣履皆白色。

【注】香露：香水。小乔：三国时东吴名将周瑜的夫人，绝色。文君：这里指新娘。

【笺】本章咏新娘所着之白色婚纱。刘锡鸿《日耳曼纪事》“开色（德皇——笔者注）嫁女”一节云：“新妇戴钻石围额，上有冠，若小米瓜，以珠界为四棱，宝石如鹅卵者缀其顶。冠后披白纱长及脊，遍身皆白衣裙，袒露其胸背。”① 李宝嘉《南亭四话》“柏灵竹枝词”条：“西人尚白，以白为太素，众色之始，吉事为之；以黑为太元，众色之终，凶事为之。潘兰史柏灵竹枝词曰（略），云云。”②

(12)

画里雪烟任对摹，通灵妙腕属名姝。

写真别具丹青笔，羞仿华清共浴图。

书院有妇人携笔砚到摹者。院中所藏两美出浴图，风神绝肖。

【校】“到”，《中华竹枝词全编》作“临”。

【注】通灵：通于神灵。此处说绘画艺术之高超。华清共浴：唐玄宗曾赐杨贵妃在华清池沐浴。白居易《长恨歌》：“春寒赐浴华清池，温泉水滑洗凝脂。”共浴指注解所说的“两美出浴”。

【笺】本章咏女画师临摹油画。东语学院藏画待考。袁祖志《西俗杂志》：“绘画之事竞尚讲求，写物写人务以极工为贵。其价值之昂一幅或至数万金。习此艺者，男女并重，而女尤精于男。故所传秘戏图最佳，近以干禁，少为敛迹。若只身之男女像，虽赤身裸裎，仍不干禁，谓足资考究故也。”③

---

① 刘锡鸿：《英轺私记》（《英轺日记》、《日耳曼纪事》），岳麓书社 1986 年版，第 219 页。

② 李伯元：《南亭四话》，江苏古籍出版社 2005 年版，第 254 页。

③ 袁祖志：《谈瀛录》卷三，光绪十年同文书局石印本，第 114 页。

(13)

河流曲曲绕春城，照见惊鸿荡桨轻。

掉入女儿湖上去，画船都唤美人名。

河上小舟俱以美人名名之。

【校】“掉入”，《历代竹枝词》作“棹入”。

【注】惊鸿：受惊起飞的鸿雁，形容女人身姿之轻柔曼妙。曹植《洛神赋》：“翩若惊鸿，婉若游龙。”后来以“惊鸿”借指美女。掉入：转入。

【笺】本章咏春日划船。《海山词》之《一剪梅·斯布列河[①]春泛》云：“日暖河干残雪消，新绿悠悠，浸满兰桥。有人桥下驻兰桡，照影惊鸿，个个纤腰。　　绝代蛮娘花外招，一曲洋歌，水远云飘。待侬低和按红箫，吹出羁愁，荡入春潮。”[②] 又，《梦横塘》小序：“兰瑶琦女史邀泛帖尔园之新湖，有瑞典女郎威丽默打桨，时四月六日，新绿乍齐，湖波半剪……船名绿衣姒，亦美人名也。”[③]

(14)

雪纱帘幕掩窗门，中有雏鬟侑酒尊。

良夜月斜街上过，一灯红影最销魂。

酒肆有女侑酒者，门外悬红灯为记。

【注】雏鬟：少女。侑：劝人吃喝，这里指女招待餐桌服务。

【笺】本章咏酒店。按中国传统，年轻女子为侍应者，唯妓馆有之。诗中将酒店与妓馆等观，为文化误读之表现。

(15)

省识群花待客期，架非庖与架非基。

泥人更爱游斯地，密订缠头未可辞。

架非庖、架非基、游斯地，皆茶肆之最盛者。入夜，诸妓云集以待客。

---

① 斯布列河，即 Spree，今译施普雷河。

② 潘飞声：《说剑堂集》，龙门书店影印光绪辛卯刻本 1977 年版，第 10—11 页。

③ 同上书，第 26—27 页。

【注】省识：认识。群花：这里指女子。架非庖：疑似 Kaffeepause，今谓茶歇，为咖啡馆名。架非基：疑似 Kaffeegarten，即今咖啡大排档，露天咖啡屋。泥：软缠，这里做被动解。游斯地：待考。缠头：赠送妓女财物的通称。

【笺】本章咏咖啡馆。张德彝《五述奇》："法京繁华，加非馆密列，入夜尤属热闹。屋内窗外，灯烛辉煌，男女蜂拥，通宵如昼。此地加非馆亦多，其大者，亦多中夜不闭门，而堂倌昼夜分为两班者。自晨至晚，往来皆上等人，至夜半以及天明，则男女来者，男皆纨绔子弟，女皆歌妓娼妇也。"①

(16)

花册芳名隶教坊，怜他蝴蝶过东墙。

迷香未许营金屋，始信温柔别有乡。

德例，为妓必须入官注册，然禁设勾栏。多有携妓诣客寓者。

【校】"蝴蝶"，《清代海外竹枝词》作"胡蝶"，《历代竹枝词》作"胡蜨"。

【注】花册：花名册。教坊：古代宫廷中掌管音乐舞蹈、俳优杂技的部门。后来也指民间的妓院。迷香：迷香洞，妓院的美称。见托名唐冯贽所作《云仙杂记》。

【笺】本章咏妓女。张德彝《五述奇》记云："德国妓女分两种，曰官曰私。官者任人嫖宿不禁。私者系人家妇女，不因淫而因贫，每日街游卖俏，或日日入次等加非馆中招人，彼此情投，则同入店中租屋一间，缱绻而去。现任本城总地方官，系巡捕出身，到任后，即谕令通城大小各店，不得擅租此等男女。虽为风俗起见，而妇女之为此者，仍然不少。"②

(17)

百裥罗裙曳地娇，酥胸微露隔烟绡。

香魂记得惊羞夜，别有金诃护细腰。

---

① 张德彝：《稿本航海述奇汇编》第六册，北京图书馆出版社 1997 年版，第 87—88 页。

② 张德彝：《稿本航海述奇汇编》第五册，北京图书馆出版社 1997 年版，第 220—221 页。

【校】“裥”，《历代竹枝词》作“褶”。“诃”，《中华竹枝词全编》作“呵”。

【注】烟绡：薄雾似的轻纱。惊羞：处女初恋的情态。金诃：金诃子之省文。诃子为古代女子上身亵衣，刘斧撰辑《青琐高议》“金诃子”条：“贵妃日与禄山嬉游，一日醉舞，无礼尤甚，引手抓伤妃胸乳间。妃泣曰：‘吾私汝之过也！’虑帝见痕，以金为诃子遮之。后宫中皆效焉。”

【笺】本章咏女子夜约。潘飞声《海山词》之《虞美人·夏夜偕媚雅高璧兰琣琦金鳞池作》云：“银塘月洗流云净，吹过残红影。水晶阑角度歌声，只有鸳鸯初醒听分明。 冰肌玉骨原无汗，风送林香满。花阴莫更卸腰围，渐渐白苹凉意上罗衣。”① 亦诗人之亲历也。

(18)

女伴茶筵撤席迟，亲扶窄袖理琴丝。

玫瑰曲与荷花曲，半唱销魂绝妙词。

【注】玫瑰曲：待考。荷花曲：待考。

【笺】本章咏德女鼓琴唱曲。潘飞声《海山词》之《诉衷情·听媚雅女士弹琴》：“楼迴人静，移玉镜，照银栊。琴语定，帘影月朦胧。芳思许谁同？丁冬，隔花弹乱红，一痕风。”② 又，潘飞声《在山泉诗话》所录《媚雅邀女弟子集寓楼为琴会嘱余赋诗》：“瑶圃星妃借绮筵，酒酣联袂抚冰弦。琴弹神雪灵香曲，人在华鬘色界天。邂逅银笺留小字，飘零金缕惜芳年。不因泛槎来蓬岛，那得移情听水仙。”③

(19)

油壁青骢踏软尘，郊原消夏胜嬉春。

海山自是无遮会，飞过鸳鸯不避人。

西俗，男妇杂游园林胜处，为消夏会。

---

① 潘飞声：《说剑堂集》，龙门书店影印光绪辛卯刻本1977年版，第30页。

② 同上书，第17页。

③ 钱仲联主编：《清诗纪事》（影印本），凤凰出版社2004年版，第3701页。

【注】油壁：油壁车，古代一种华贵的车子，车壁用油涂饰。青骢：毛色青白相杂的马。海山：这里指国外。无遮会：无遮大会，佛教用语，指不分僧俗、贵贱、男女的大斋会。这里指男女聚集。鸳鸯：此处指情侣。

【笺】本章咏游园。袁祖志《西俗杂志》云："公家花园极大，种植各种树木花草，蓄养各色鸟兽虫鱼，任人游观。妇女儿童牵裳联袂，络绎不绝，有携针黹就其中刺绣者。团坐嬉笑，旁若无人。"[①] 又，"富贵人家皆自置车养马，车必精良，马必肥壮。御者冠服，尤极鲜明。……每日四点钟后，一例必驾车出游一次，裙屐济济，父子嬉嬉，流水游龙，尽欢而散。"[②] 潘飞声《海山词》之《菩萨蛮·独游莎露园》云："绿窗晴日浑愁度，啼莺劝我寻春去。闲过杏花时，春浓客不知。　明湖垂翠柳，绝忆蛮腰否？飞过两鸳鸯，如何不断肠。"[③]

(20)

高塔金棱出半空，强邻从此懔和戎。

女儿也具英雄气，斜日登临数战功。

纪功塔乃威廉第一克法后所建。

【注】懔：畏惧。和戎：和亲。纪功塔：Siegessäule，今译胜利纪念柱，1864 年始造，1873 年落成，至今犹存。威廉第一：威廉·腓特烈·路德维希（Wilhelm Friedrich Ludwig），1861—1888 年为普鲁士国王，1871—1888 年为德意志帝国皇帝。

【笺】本章咏胜利纪念柱。张德彝《五述奇》描述最细："乘车行五六里，往看威克兜立阔勒木[④]，释华言'得胜柱'也。华人呼曰'金人柱'，因其顶上立有带翅金人[⑤]也。地在五道门西北里余。柱下地作'井'字形，四面有路，便人往来。余皆围以铁栏，其中盛栽花木，颇极幽雅整洁之

① 袁祖志：《谈瀛录》卷三，光绪十年同文书局石印本，第 7 页。

② 同上书，第 19 页。

③ 潘飞声：《说剑堂集》，龙门书店影印光绪辛卯刻本 1977 年版，第 38 页。

④ Victory Column，英文，胜利柱。

⑤ 罗马神话中胜利女神维多利亚（Victoria）之塑像，详情见本段下文。

至。柱式作‘高’字形，由地至金人顶，高一百九十尺，由地至金人足，二百四十八级。据云为天下柱之至高者。柱下有一方石台，高十五尺，四围各八尺，所凿人物，皆系前德与法、奥等国交战事迹，护以铁栏。台正面有门，入门买票，每人五十芬呢[①]。赁千里镜，每个四十芬呢。寄存两伞，每伞十芬呢。登五十八级，出旁门，系在台顶，周立花石柱凡十八，柱粗两围。中央圆心，又以碎石攒成战迹，人马花木、山水楼房，五色俱全。入门再上，登一百九十级至柱顶。四面铁栏，凡十七金柱，栏上有网，以防游人攀登晕跌。在上四望，不惟举城毕见，遥望朴斯当[②]王宫，亦在目前。再上虽有门有梯，亦关锁不开，禁人上去矣。按其金人女像，高丈余，赤足光头，身披氅衣，背有双翅，右手举棍长四五尺，棍头一小轮，旁看形如‘申’字。左足踏地，右足后翘，向南作飞奔状。”[③]

(21)

帖园花木自幽深，溱洧因缘邂逅寻。

未把痴情诉天主，先将名字镂同心。

帖尔园为男女偕游之所。有邂逅定情，以刀镂树作心形，而各书名其中。

【注】帖园、帖尔园：Großer Tiergarten，今译蒂尔加藤大公园。溱洧：出《诗经·郑风·溱洧》，原诗描写溱洧河边青年男女调笑游戏、互结情好，这里借指自由恋爱。

【笺】本章咏蒂尔加滕大公园。按蒂尔加滕大公园为欧洲名园，潘飞声每游之。录《海山词》之《水龙吟·独游帖尔园至沙律定堡看黄叶》上片：“可怜瘦尽秋怀，寥空也换凄凉色。平林远近，西风作意，教伊狼藉。薄霭愁笼，斜阳冷染，画残金碧。怪宵来悄听，闲阶堕玉，幽蛩语，无人识。”[④] 又有《梦横塘》一阕咏与二女子于帖尔园荡舟，不录。

---

① Pfennig，德国货币单位（1 马克＝100 芬尼）。

② Potsdam，今译波茨坦，为过去德国王宫所在地。

③ 张德彝：《稿本航海述奇汇编》第五册，北京图书馆出版社 1997 年版，第 386—388 页。

④ 潘飞声：《说剑堂集》，龙门书店影印光绪辛卯刻本 1977 年版，第 34 页。

(22)

蕊榜簪花女塾师，广栽桃李绛纱帷。

怪他娇小垂髫女，也解看书也唱诗。

德国幼女至七岁，无论贫富必入塾读书，兼习歌调。故举国无不知书能歌者。塾中女师亦须考授。

【注】蕊榜：旧时通过科举考试的名单。绛纱帷：《后汉书·马融传》言马融“常坐高堂，施绛纱帐，前授生徒，后列女乐，弟子以次相传，鲜有入其室者”。后以绛帐代表讲席。

【笺】本章咏女教师和女学生。德国是欧洲实行义务教育制最早的国家，至19世纪七八十年代，女子职业教育也已普及。潘飞声《德意志学校说略》云：“德意志国向以学术推重，故有无地无学、无人无学之称。国人不拘富贵贫贱，及七岁，必须入学肄业。”[①] 钱德培《欧游随笔》云：“德国民情俭约，俗尚多文，凡男女六七岁即入学堂读书认字，父母任其游荡者罚。幼孤或无力者入官塾，稍长至于十四五岁则分习他艺。”[②]

(23)

雅剧兰闺引兴长，耶稣生日夜传觞。

绿松灯下花船影，应喜佳人得壻乡。

耶稣生日，家家燃松树灯，至除夕而止。女伴设宴，有戏摘花瓣为舟，浮水验其所止方向，以卜择配之所。

【校】“壻”，《中华竹枝词全编》作“婿”。

【注】雅剧：剧，游戏。雅剧文中指女伴之间的游戏。兰闺：女子居室的美称。

【笺】本章咏圣诞节。李凤苞《使德日记》：“初三日为西历十二月二

---

① 潘飞声：《老剑文稿》，《说剑堂集》(一)，清光绪年间刻本，第33页。

② 钱德培：《欧游随笔》，王锡祺辑《小方壶斋舆地丛钞》第十一帙，光绪十七年上海著易堂印行，第4页。

十五日克力斯马士[①]，相传为耶稣生辰，凡洋教、西教之国，咸以为大节。上午男女齐集教堂哰经听讲，典至重也。德虽不甚崇教，亦以是日为令节。先三日，糖果玩物杂陈市肆，街口遍搭木棚，发售各种食物耍具。先一夕，以食用之物馈送亲友，奖赏婢仆，并分赠彩绘名片，缀以吉语。向晚，每家供一柏树，悬五彩烛枝、玩具果品，邀集亲友，男女长幼团坐一桌，嘉肴旨酒，糟糕糖果，无不毕陈。宴罢作猜枚藏钩一切嬉戏，尽欢而散。"[②] 刘锡鸿《日耳曼杂志》之"克莱斯麦司衣符[③]"节云："既又有裂帛之戏、藏环之戏、夺坐之戏、点花之戏。"[④]

(24)

君主生辰庆祝欢，千重火树月中看。
海天飞下银槎使，笑逐姮娥出广寒。

【注】火树：指灯火璀璨。傅玄《元日朝会赋》："华灯若乎火树，炽百枝之煌煌。"银槎使：外交官。"乘槎"典出张华《博物志》，后以喻奉使或游海外。潘飞声《海山词》录杨其光《金缕曲》："蒲萄酒，氍毹席，挠饮器，悬光璧，话银槎通使大秦迹。"姮娥：嫦娥，喻女子。

【笺】本章咏德皇庆生。张德彝光绪十四年十二月二十六日（1889 年 1 月 27 日）记云："当早睡起，穿吉服，同汪芝房、姚子樑、恩仲华，乘车前往。宫在五道门内恩德林敦大街正西过桥稍南。自入五道门，一路左右男女观者，拥挤如云，经马步巡捕弹压，一律静立无哗。车过时，男有脱帽者，女有鞠躬者，幼童有举帽齐声欢呼者。……街市各铺，以及官署、礼拜堂，虽皆闭门，而檐前、门外各燃电气煤气灯，有横点一排者，有作洋 W 字形者，有通楼上下作一花塔形者，有门前圈作∩形者，有点红灯而光射里余者，有楼顶墙头列有石罐因而就然大油灯者。其他或星形，或王

---

① Christmas，圣诞节。

② 李凤苞：《使德日记》，沈云龙主编《近代中国史料丛刊》第 16 辑第 154—156 册（与《英轺私记》合订），（台湾）文海出版社影印江氏灵鹣阁丛书本，第 141 页。

③ Christmas，圣诞节。

④ 刘锡鸿：《英轺私记》（《英轺日记》、《日耳曼纪事》），岳麓书社 1986 年版，第 225 页。

头，或王帽，或菊花，或竹叶，式样种种，笔难尽述，较前在伦敦所见者尤多。且各家各铺，无不于玻璃窗内横列蜡灯六盏，虽小巷小户皆然。故通城处处皆灯，真所谓火城也。"①

潘飞声的《柏林竹枝词》篇幅不大，注文也少，但求韵味，不求实录，更近于刘禹锡开启的文人竹枝词的本色，而不同于明清兴起的以诗述史的长篇竹枝词。邱炜萲评论潘飞声之诗艺，认为他"词笔自是一代作手"，可与本朝纳兰性德比美，"诗笔视词一降佳处"，然犹逼近南宋陆游②。《柏林竹枝词》清隽自然，无刻意求工反致生涩的印象。潘飞声为杨鸿举《耕书堂诗草》作跋说："凡人僻处里闬，周览异都，感物触情，形为咏作，或窳直俶诡，而言前人所难言，疑涩于口，而声音益飞。殆佛氏所谓妙谛者，则不必刿目钵心、遐思苦索始为诗人之能也。"③ 衡之《柏林竹枝词》，这段话可谓夫子自道。

潘飞声在杨椒坪《草色连吟》序中，把自己的诗与杨氏的诗做过比较，说杨氏的诗"气象从容，如见壶觞宾从之乐"，而自己的诗"悽激寒瘦，又杂以尘嚣俚窳之言"，"虽才有不同，而身世之抑塞、性情之傻悒，亦可见矣"④。读《柏林竹枝词》，则毫无"悽激寒瘦"之类的印象。这是一个例子，说明竹枝词作为一种风俗诗，更近于表达集体意识，而非自我的情志。将《柏林竹枝词》与《海山词》对比可看得更加清楚：同样记录德国的生活，《海山词》的角度是个人的，充满细节与隐微感受；《柏林竹枝词》的角度则是社会的，把场面一般化，态度亦较客观。《柏林竹枝词》的很多文字，只有通过《海山词》，才能真正理解其意蕴，以及对诗人意味着什么。

---

① 张德彝：《稿本航海述奇汇编》第五册，北京图书馆出版社 1997 年版，第 566—571 页。

② 邱炜萲：《五百石洞天挥尘》卷一，《续修四库全书》影印清光绪二十五年邱氏粤垣刻本，第 14 页。

③ 《嘉应州志》，（台湾）成文出版社影印清光绪二十四年刊本 1986 年版，第 542—543 页。

④ 潘飞声：《老剑文稿》，《说剑堂集》（二），清光绪年间刻本，第 75 页。

第七章　王之春海外竹枝词三种

王之春，字爵棠，一作芍棠，号椒生，湖南清泉县（今衡阳）人，道光二十二年（1842）生。青年时期投身幕府，追随曾国藩和李鸿章镇压农民起义。同末光初之际先后为李鸿章和彭玉麟部属，率军驻防北塘海口和江苏镇江一带。光绪五年（1879）赴日本考察，归来作《谈瀛录》三卷。此书较袁祖志同名著作早四年。中法战争期间担任广东雷琼兵备道、高廉兵备道等职，参与勘议中越界址。光绪十四年（1888）升任浙江按察使，后改任广东按察使，署理广东布政使。光绪十七年（1890）调任湖北布政使。光绪二十年末（1895年初）出使俄国，归来作《使俄草》（又名《使俄日记》）八卷。以后历任四川布政使、山西巡抚、安徽巡抚、广西巡抚，光绪三十二年（1906）在衡州府病逝。笔者数年前检读《谈瀛录》、《使俄草》二书，发现其中有三种海外竹枝词：《东京竹枝词》十三首、《俄京竹枝词》八首、《巴黎竹枝词》十二首，计三十三首。这几种竹枝词，王慎之、王子今所辑《清代海外竹枝词》（北京大学出版社1994年版），雷梦水等编《中华竹枝词》（北京古籍出版社1996年版），王利器、王慎之、王子今所辑《历代竹枝词》（陕西人民出版社2003年版），丘良任等编《中华竹枝词全编》（北京出版社2007年版），均未收录。

一　《东京竹枝词》笺注

光绪五年（1879），值中俄伊犁谈判未决，日本悍然吞并琉球。南洋大臣、两江总督沈葆祯派以洋务知名的王之春（时在沈麾下统带毅字营）赴日查探，掌握动向。王氏于光绪五年十月十八日（1879年12月1日）从镇江搭轮启程，至十一月二十四日（1880年1月5日）返回镇江营次，历一月有奇，履长崎、横滨、大阪、东京等地，多有见闻。《谈瀛录》有上洋文艺斋和京口营次两个刻本，均刊于光绪六年（1880），现收入岳麓书社《湖湘文库》的《王之春集》（2010）中，翻阅较便。全书分三卷，《东游日记》二卷和《东洋琐记》一卷。《东游日记》中不少吟咏日本风物的诗歌，其中一组，题《东京竹枝词》[①]：

东京竹枝词

（1）

轻圆石子本晶莹，上衬白沙贴地平。
处处清尘常沃水，自来灯火到天明。

【注】沃水：洒水。

【笺】本章写东京街道。当时东京街道已铺沙石，且常扫洒，无晴日之扬尘，亦无雨天之泥泞，晚上亦有路灯照明。何如璋《使东述略》："俗好洁，街衢均砌以石，时时扫涤。"[②] 张斯桂《使东诗录》："细白泥沙一路平，大街十字任纵横。"[③] 李圭《环游地球新录》："道路开阔，时时洗涤之，经过处无纤毫秽物也。"[④] 又王之春《谈瀛录》卷一："沿街然（燃）电气灯数千百盏，如两行红烛，中土即夜夜元宵，亦无此火树银花之璀璨也。"[⑤]

（2）

闬闳高大究何曾，门户如窗跣足登。
惟有小楼精以洁，客来请上第三层。

---

① 《王之春集》（二），岳麓书社 2010 年版，第 582—583 页。编号笔者所加。

② 何如璋等：《甲午以前日本游记五种》，岳麓书社 1985 年版，第 91 页。

③ 同上书，第 143 页。

④ 李圭：《环游地球新录》，岳麓书社 1985 年版，第 323 页。

⑤ 《王之春集》（二），岳麓书社 2010 年版，第 569 页。

【注】闬闳：里巷的大门，泛指门。究何曾：何曾，反问示未曾有。跣足：赤脚。

【笺】本章写日本房舍。传统日本房屋比较低矮，多用拉窗和移门。黄遵宪《日本杂事诗》注："室皆离地尺许，以木为板，藉以莞席。入室则脱屦户外，袜而登席。近或易席以茵，穿革靴者许之登堂矣。无门户、窗牖，以纸为屏，下乘以槽，随意开阖，四面皆然，宜夏而不宜冬也。中人之家，大多湫隘，多茅衣而木瓦。旧藩巨室，则曲廊洞房，畸零而缭曲，每不知东南西北之何向。……每日必洒扫拂拭，洁无纤尘。"[①]

(3)

家家构得小楼台，槅子临风四面开。

客到不妨同席地，杯盘跪捧献茶来。

【注】槅子：房屋中有窗格子的门或隔扇。这里指窗子。

【笺】本章咏日本人奉茶待客习俗。何如璋《使东述略》："民居多架木为之，开四面窗，铺地以板，上加莞席，不设几案。客至席坐，围小炉瀹茗，以纸卷淡巴菰相饷。"[②] 又《使东杂咏》："板屋萧然半亩无，栽花引水也清娱。客来席地先长跪，瀹茗同围小火炉。"[③] 王之春《谈瀛录》卷一："时游行已久，口渴思茶，适当炉少妇捧盘匜而来。跽进香茗，如琼浆玉液透过十二重楼。渴者易为饮，诚然，诚然！"[④]

(4)

怪他女仆解庖厨，不管罗敷自有夫。

拍手呼来如响应，便宜官许雇人需。

---

① 黄遵宪：《日本杂事诗》（广注），岳麓书社 1985 年版，第 734—735 页。"隘"，原作"溢"，"拭"，原作"试"，据黄遵宪《日本杂事诗》光绪二十四年长沙富文堂重刊本改。

② 何如璋等：《甲午以前日本游记五种》，岳麓书社 1985 年版，第 91 页。

③ 同上书，第 112 页。

④ 《王之春集》（二），岳麓书社 2010 年版，第 572 页。

【注】罗敷：典出汉乐府诗《陌上桑》，指已有丈夫的妇女。便宜：方便的意思。官许：黄庆澄《东游日记》："街上见招牌中有'官许'字样者，晓景云，此言已纳官税也。"①

【笺】此章咏日本女仆。黄遵宪《日本杂事诗》注："多用女仆，市有司媒者，书门曰'官许雇人需'，则询之。"② 王之春《谈瀛录》卷三："俗多用女仆侍有司，媒者书其门曰'官许雇人需'数字。询其由，则旧藩时诸侯入朝，呼以司浣濯、供洒扫，亦或侍寝。相沿成风。又以婉娈善事人，故士大夫家多用女仆。即寓居之华人，亦均喜购之。"③

(5)

云鬟螺髻斗新妆，风流也称小蛮装。
薙眉涅齿相沿久，道是人家已嫁娘。

【注】云鬟：女子盘起乌黑秀美的头发。螺髻：形似螺壳的发髻。小蛮：唐代诗人白居易的妾，以善舞称。薙：同"剃"。涅：染黑。

【笺】本章咏日本女子之装扮。王韬《扶桑游记》："妇女云鬟，多盘旋作髻，如古宫妆，疑是隋唐时遗俗；其式样甚多，阅数日一梳，倩人为之，不能自梳掠也。"④ 日本旧俗，女子既嫁，则剃眉染齿。何如璋《使东杂咏》："编贝描螺足白霜，风流也称小蛮装。薙眉涅齿缘何事，道是今朝新嫁娘。"注云："长崎女子，已嫁则薙眉而黑其齿，举国旧俗皆然，殊为可怪。而装束则古秀而文，如观仕女图。"⑤ 陈道华《日京竹枝词》注云："旧俗凡女儿既嫁，必薙眉涅齿。维新后一变风气，喜以香粉磨牙，皎白如玉，嘘气如兰。"⑥

---

① 何如璋等：《甲午以前日本游记五种》，岳麓书社 1985 年版，第 322 页。

② 黄遵宪：《日本杂事诗》（广注），岳麓书社 1985 年版，第 699 页。标点有改动。

③ 《王之春集》（二），岳麓书社 2010 年版，第 595 页。本段袭黄遵宪《日本杂事诗》注文。

④ 王韬：《扶桑游记》，岳麓书社 1985 年版，第 394 页。

⑤ 何如璋等：《甲午以前日本游记五种》，岳麓书社 1985 年版，第 112 页。

⑥ 王利器、王慎之、王子今辑：《历代竹枝词》第五册，陕西人民出版社 2003 年版，第 3628 页。

（6）

用夷变夏竟何如，为问东施效得无？

漫笑侬言多卤莽，还期大事莫糊涂。

【注】侬：方言，我。

【笺】本章嘲讽日本全盘西化。王之春《谈瀛录》卷三："近趋欧俗，上自官府，下及通商口岸，凡制度、衣服、饮食皆效西人，即各色美酒，亦购之异地。"①《谈瀛录》卷一《东京杂咏》诗云："居然半壁奠金瓯，到此无妨往迹搜。灭裂冠裳尚西律，教人无奈起深愁。"② 游教育博物院藏书楼记云："右楼为储书之所，锦函玉轴，满架牙签，任人翻阅。半系该国典籍及泰西之书，虽欲以裨实用，而蔑弃圣教，大畔其先崇尚汉学之心，识者嗤其无足观也。"③

（7）

步上歌楼卖酒家，呼来小妓是蛮娃。

怀中抱得纤腰鼓，不用椎敲用手挝。

【注】蛮娃：南方少数民族女子，这里指日本女子。挝：敲，打。

【笺】本章咏艺妓侑酒。王之春《谈瀛录》卷三："卖酒卖茶者，皆以少女当炉，任人调笑，恬不为怪。"④ 黄遵宪《日本杂事诗》注："业歌舞者称艺妓。侍酒筵颇矜庄，乐器只用阮咸，曲似梵音，以牙拨弦。又有细腰杖鼓，以手拍之。鼙鼓双槌挝过，渊渊乎作金石声。"⑤

（8）

明眸皓齿态嫣然，不避生人入绮筵。

① 《王之春集》（二），岳麓书社2010年版，第595页。

② 同上书，第569—570页。

③ 同上书，第574页。

④ 同上书，第595页。

⑤ 黄遵宪：《日本杂事诗》（广注），岳麓书社1985年版，第702页。

笑语相迎懒作答，故持牙板弄三弦。

【注】绮筵：华美而丰盛的筵席。

【笺】本章仍说艺妓。王韬《扶桑游记》："……呼二艺妓来，一年仅十四五龄许，雏发覆额，憨态可掬。顾其装束殊可骇人，唇涂朱，项傅粉，赤者太赤，白者太白，骤见不觉目眩。携三弦琴来，以牙板拨之，声韵悠扬。"[1] 黄遵宪《日本杂事诗》："手抱三弦上画楼，低声拜手谢缠头。朝朝歌舞春风里，只说欢娱不说愁。"[2]

(9)

脸波横处水盈盈，称体衣裳楚楚轻。

几辈嬉游惯成对，觑人笑指南京生。

【注】脸波：眼波。楚楚：衣裳鲜明貌。

【笺】本章咏中国生意人受日本妓女青睐。何如璋《使东杂咏》："东头吕宋来番舶，西面波斯闹市场。中有南京生善贾，左堆棉雪右糖霜。"注云："国人多运棉花、白糖来此贸易。'南京生'者，彼人尊我之称。'生'，犹言'先生'也。永乐朝，倭大将受明册封为蕃王，立勘合互市，故有此称。"[3] 四明浮槎客《东洋神户竹枝词》："灯书贷席挂门前，比户娼家亦斗妍。最厌日斜闲步过，南京生必叫连连。"[4]

(10)

白足娉婷踏踏歌，衣香人影两婆娑。

巫山可恨无重译，言语难通可奈何。

【注】踏踏歌：唐沈汾《续仙传》"蓝采和"条："似狂非狂，行则振

① 王韬：《扶桑游记》，岳麓书社 1985 年版，第 393 页。

② 黄遵宪：《日本杂事诗》（广注），岳麓书社 1985 年版，第 702 页。

③ 何如璋等：《甲午以前日本游记五种》，岳麓书社 1985 年版，第 112 页。

④ 王慎之、王子今辑：《清代海外竹枝词》，北京大学出版社 1994 年版，第 175 页。

靴，言曰：踏踏歌，蓝采和，世界能几何……”此处指踏地而歌。婆娑：盘旋起舞的样子。巫山：巫山神女，用宋玉《高唐赋》典，这里指舞女。重译：不同语言辗转翻译。司马迁《史记·太史公自序》：“海外殊俗，重译款塞，请来献见者，不可胜道。”

【笺】本章咏艺妓歌舞。王韬《扶桑游记》：“时帷幕下垂，灯火千万盏，皎同白昼。乐作幕启，则正面坐女子十六人，以八为行，盖舞妓也。两旁各坐十人，皆手操三弦琴，盖歌妓也。歌声一作，舞者双袂飘然齐举，两足抑扬，进退疾须，无不有度；二八对列，或合或分，或东或西。约一时许始毕。”①

(11)

纤弓短箭坐登场，左右奔趋是女郎。

中得雀屏如击鼓，好将轶事话隋唐。

【注】雀屏、击鼓：用唐高祖李渊射箭得窦皇后故事，见《旧唐书·高祖太穆皇后窦氏传》。

【笺】本章咏射箭场。张斯桂《使东诗录》：“羽箭雕弓尺半长，短屏遮护鹄中央。劝君小试射雕手，三两雏姬赚玉郎。”② 又，黄遵宪《日本杂事诗》：“锦棚悬鹄插雕弧，孔雀屏开列画图。左右射来齐中目，拍肩都到子南夫。”注云：“射所，铺红氍毹于地，缚彩为棚。中蒙以皮。竹弓翎箭，相去寻丈，中者铿然作声。雏姬环侍，互拍其肩，以为笑乐，盖比之北里、南瓦。颜其扬曰：‘扬弓店’。”③

(12)

全凭游戏作生涯，十二僚丸一局开。

弄玉人来思弄玉，等闲引上凤凰台。

---

① 王韬：《扶桑游记》，岳麓书社1985年版，第400页。

② 何如璋等：《甲午以前日本游记五种》，岳麓书社1985年版，第151页。

③ 黄遵宪：《日本杂事诗》（广注），岳麓书社1985年版，第704页。

【注】僚丸：出《庄子·徐无鬼》："市南宜僚弄丸而两家之难解。"弄玉：箫史与秦穆公女弄玉吹箫引凤、双双仙去故事，见刘向《列仙传》。

【笺】本章咏杂技。王韬《扶桑游记》之《芳原新咏》诗云："舞盘舞伞疾如飞，孰胜宜僚技亦稀"，注云："富本半平善于股技，以双足承物盘旋，胜如宜僚之弄丸。"[①] 黄遵宪《日本杂事诗》注："练习技巧，最为擅能。凡走索、上竿、戴竿、跃圈、跳丸、跳铃、跃剑、抛球、选盘、转桶，至于吞刀吐火，无一不有，亦无一不能。"《日本国志·礼俗志》详述云："跳丸、跳铃、跃剑、抛球、掷碣：每物以五六事往复掷之，其法全在手敏。当其妙处，不住空中，不落地上，不在手里，不在三处，亦不在一处。诸物皆同一法，但所用或丸、或铃、或剑、或球、或碣，各异其伎耳。"[②]

（13）

小车代步快如梭，健仆无衣尽力拖。
若要中途行缓缓，需操倭语叫唆啰。

【注】唆啰：日语"そろそろ"，意为"慢慢地"、"徐徐地"。

【笺】本章咏人力车。王之春《谈瀛录》卷三："小车形若箕，体势轻便，即上海所谓东洋车也。上支小帷，殊便展舒，以一人挽之而行，其疾如风，竟能与两马之车争先后。凡牵车者，日能走二三百里，亦绝技也。"[③] 另，《谈瀛录》卷一有《东洋车叹》一诗颇幽默："前行无惯，尔挽我坐。有钱乘轩，无钱负驮。一解。问谁为此，出自东洋。可以代步，不误周行。驰驱若马，我心忧伤。二解。岂无伧父，逢彼之怒。车夫上前，谓公勿怒。驷马高车，胡弗驾驭。将就上车，勿碍人路。三解。"[④]

---

① 王韬：《扶桑游记》，岳麓书社 1985 年版，第 432 页。

② 黄遵宪：《日本杂事诗》（广注），岳麓书社 1985 年版，第 718 页。

③ 《王之春集》（二），岳麓书社 2010 年版，第 597 页。"凡"，本作"几"，从《谈瀛录》光绪庚辰京口营次刻本改。本段文字亦袭用黄遵宪《日本杂事诗》注文。

④ 同上书，第 574 页。

王之春《谈瀛录》卷一载，作者到东京后，结识驻日使馆参赞黄遵宪，得读《日本杂事诗》，“采录风土甚详”[1]。故《谈瀛录》袭用《日本杂事诗》注文较多。然王之春与黄遵宪在对日本的态度颇有不同。日本明治维新以后，举国西化，然土风旧俗，未能尽改。《谈瀛录》有《题参赞黄君公度〈日本杂事诗〉后》四首，其一云：“八十三州夸版籍，二千年后裂冠裳。不凭周处编《风土》，数典谁知祖已忘。”[2] 强烈反对日本西化。《东京竹枝词》亦云：“用夷变夏竟何如，为问东施效得无？漫笑侬言多卤莽，还期大事莫糊涂。”《东京竹枝词》着眼艺妓以及歌舞宴乐之事，视日本为蛮夷，多鄙薄语。此与《日本杂事诗》之格调已迥不相侔。黄遵宪在光绪十六年所作《日本杂事诗》自序中说：“余所交多旧学家，微言刺讥，咨嗟太息，充溢于吾耳，虽自守居国不非大夫之义，而新旧同异之见，时露于诗中。及阅历日深，闻见日拓，颇悉穷变通久之理，乃信其改从西法，革故取新，卓然能自树立……使事多暇，偶翻旧编，颇悔少作，点窜增损，时有改正，共得诗数十首；其不及改者，亦姑仍之。”[3] 王之春引黄遵宪为同调，却不知后来黄以“今日之我”否定了“昔日之我”（梁启超语），自己仍停留在“旧学家”的阵营中。只此一端，王之春之《东京竹枝词》，较黄遵宪别开生面之《日本杂事诗》，斯在下矣。

二　《俄京竹枝词》笺注

光绪十七年（1891），王之春在署理广东布政使任内，款待过来华游历的俄皇世子亦即后来的尼古拉二世。因此之故，光绪二十年（1894），清廷派他以头品顶戴、湖北布政使的身份，前往俄国吊唁沙皇亚历山大三世，并贺尼古拉二世加冕。《使俄草》即此行的日记。此书有光绪二十一年上海石印本，（台湾）文海出版社曾影印，现收入岳麓书社《湖湘文库》的《王之春集》第二册（2010）。该书分八卷，起于光绪二十年十月十六日，止于光绪二十一年闰五月十七日，文字工细，载诗亦伙，中有一组，

① 《王之春集》（二），岳麓书社 2010 年版，第 570—571 页。

② 同上书，第 572 页。

③ 黄遵宪：《日本杂事诗》（广注），岳麓书社 1985 年版，第 571—572 页。

题《俄京竹枝词》[①]：

俄京竹枝词

(1)

旧都懒说墨斯科，比得城中安乐窝。
远向和林过沙漠，不愁黑海有风波。

【注】墨斯科，今译莫斯科。比得城：即彼得堡。和林：蒙古国故都，元朝为岭北行省治所，今蒙古国前杭爱省哈拉和林（Kharkhorin）存旧墟。

【笺】本章咏俄国历史。薛福成《出使日记续刻》："按俄国古都在诺弗哥罗，至西八百八十二年迁都基辅。一千一百六十八年，俄王安得罗迁都乌拉的米尔。一千三百二十五年，俄王伊高第四始迁都墨斯科。当时屡被元兵所扰，攻破三次；迨蒙古渐衰，元裔稍振，计俄都莫斯科者，三百七十余年之久。至西一千七百零三年，计康熙三十三年，彼得罗崛起称帝，并有波罗的海之地，创都城于尼洼河，名曰圣彼得堡。通海道，便转输，筑炮台，兴制造，卒成一大都会。"[②] 又王之春《清朝柔远记》："明弘治中，有部长（部长名伊挽瓦尔西，或称宜万王，或称以文第一王[③]）乞援于西费雅国（即瑞典国），假其兵以靖乱，又起兵尽驱蒙古，恢复旧疆，自立为汗。又并东方之西比厘阿（即东悉毕尔[④]），始抗衡欧罗巴洲。"[⑤]

(2)

冰天雪地共谁偕，结伴行经大海街。

---

① 《王之春集》（二），岳麓书社 2010 年版，第 709—710 页。

② 薛福成：《出使英法义比四国日记》，岳麓书社 1985 年版，第 408—409 页。

③ 即伊凡三世（Иван III Васильевич，1440—1505），莫斯科大公，1462—1505 年在位，在位期间统一俄罗斯，结束了蒙古人的统治。

④ 今译西伯利亚。

⑤ 王之春：《清朝柔远记》，赵春晨点校，中华书局 1989 年版，第 31 页。

群挈马单廊下出，大毛风领小皮鞋。

【注】大海街：Большая Морская улица，汉语直译为“大海街”，与涅瓦大街相接。马单：мадам，王之春《使俄草》卷四：“马单，西人译称，犹华言太太也，各国皆同此称。”①

【笺】本章咏俄国妇女装束。张德彝《四述奇》：“俄国春、秋、冬三时，天寒地冻，积雪结冰。男女出门，皆头戴皮冠，足登复履。男披高领大皮裘，对襟无钮，面或毡或呢，色皆乌黑。妇女披高领斗篷，面或绒或呢，色皆蓝紫。有羊皮，有水獭皮，有狼皮，有貂皮。”②

(3)

每思选胜到芬兰，当作华清出浴观。

易地皆然偏就近，天魔易得美人难。

俄都亦有男女浴室。

【注】华清：华清池，唐玄宗曾赐杨贵妃在华清池沐浴。天魔：原指佛教所说魔波旬，这里指极美的魔女。潘乃光《使俄载笔》：“缟素或疑姑射仙，光怪当时天魔女。”③

【笺】本章咏男女共浴。潘乃光《海外竹枝词·俄都彼得堡》：“温泉出浴忆华清，别有风光彼得城。学得鸳鸯同戏水，偷闲成趣仿东瀛。”注云：“日本有女浴室，此处亦可邀女子同浴，而芬兰地方更甚。”④ 笔者未查到相关文献，或这是诗人对男女泡温泉的误解。

(4)

乡景曾观跳舞场，大家拍手笑声狂。

曲终有酒须同醉，鱼子鹅肝信口尝。

---

① 《王之春集》(二)，岳麓书社 2010 年版，第 686 页。

② 张德彝：《随使英俄记》(《四述奇》)，岳麓书社 1986 年版，第 679 页。

③ 潘乃光：《榕阴草堂诗草校注》，李寅生、杨经华校注，巴蜀书社 2014 年版，第 498 页。

④ 同上书，第 484 页。

【注】乡景：农村景观。鱼子：鱼子酱。

【笺】本章咏乡民之跳舞会。王之春《使俄草》卷四："夜，使馆同人复备马车，邀同过泥瓦江，驰骋约二三十里，领略各处乡景，并跳舞会。"《雪夜游乡景观跳舞会即事》诗云："十分清极不知寒，怒马飞车报夜阑。携手有人冰上立，赏心乐事画中看。商音变徵关河感，古调移宫抗坠弹。歌管欧西盛茶会，我闻如是亦殊观。"①

(5)

宫墙高峻近民居，忧乐同民景象舒。
入目晶莹无隔阂，方珪圆璧聚琼琚。
宫在大海街，其象方毗连博物院。

【注】琼琚：美玉。象方：南方。《礼记·王制》："五方之民，言语不通，嗜欲不同。达其志，通其欲，东方曰寄，南方曰象，西方曰狄鞮，北方曰译。"

【笺】本章咏俄皇宫。王之春《使俄草》光绪二十一年正月二十七日记："俄皇遣陪官邀游皇宫室，四周如方璧形，为楼三层。"② 二十九日记："柏百福云，前日所游皇宫，因日晚向缺其两面，请补观之。盖实博物院，特地邻宫禁，楼阁连达耳。几罗珍宝奇玩，金刚石独多，青精石瓶二，孔翠石瓶二，高各六七尺。又孔翠石案二，长四尺余，皆其国所矜异者，然皆鳞比镶成者，特嵌合无迹，亦未易工也。"

(6)

架悬十字贡心香，礼拜传经有教堂。
石柱不妨镶孔翠，宝光还更耀金钢。

【注】金钢：谓金刚石。孔翠：孔翠石。

【笺】本章咏天主教堂。《使俄草》卷四："是日为俄历二月初十，相

---

① 《王之春集》(二)，岳麓书社 2010 年版，第 682 页。

② 同上书，第 677 页。

传为耶稣钉死十字架之日，凡老幼男妇皆食鸡子，倾城士女游观跳舞以为笑乐。……因至大教堂一游，堂高四十余丈。黑柱石大可五人合抱。金刚石一颗颇巨，光芒射目。堂内绿松石及青精石柱大逾数尺，分三节合成，每节长均逾丈，上为圆顶，以数十计。"[①] 潘乃光《使俄载笔》之《与俄翻译官柏百福随星使游天主堂》："俄都来游聊徜徉，赏鉴钻石评金钢。此堂钻石极大，在地球中推为第二。架前十字殊低昂，其道不同各相忘。"[②]

(7)

涅瓦江边任跑车，园分冬夏地幽遐。

微行往往逢君后，试剑谁惊白帝蛇。

俄主为世子时，曾将游历东方所购各物创设东方博物院，任人观玩，集赀散给穷民，兼之近来乱党安静，故不复有意外之虞。

【注】微行：隐蔽身份便装出行。白帝蛇：白帝子化蛇当道，遭汉高祖刘邦剑斩故事，见《史记·高祖本纪》。

【笺】本章述偶遇俄君乘车出行。王之春《使俄草》卷四："未刻，俄君、后同车出游，彼此相值，俄主一手加额，以示亲惬，随即驶过。"[③] 又，"陪官鲁达诺甫斯基邀游博物院，途遇俄君、后，亲惬如前，冰车滑迅不及回敬"。[④] 潘乃光《海外竹枝词·俄都彼得堡》："门第拘人出达官，那禁寒畯不心寒。激成乱党调停后，嗣主休将旧样看。"注云："老王屡被刺，皆民间乱党激成。今则尽反所为矣。"[⑤]

(8)

骈罗百货灿生光，皮币金砂擅富强。

只有金龙旧茶殿，独留字号认华商。

---

① 《王之春集》(二)，岳麓书社 2010 年版，第 681 页。

② 潘乃光：《榕阴草堂诗草校注》，李寅生、杨经华校注，巴蜀书社 2014 年版，第 498 页。

③ 《王之春集》(二)，岳麓书社 2010 年版，第 681 页。

④ 同上书，第 685 页。

⑤ 潘乃光：《榕阴草堂诗草校注》，李寅生、杨经华校注，巴蜀书社 2014 年版，第 484 页。

【注】皮币：毛皮和布帛。

【笺】本章咏华人商店。潘乃光《海外竹枝词·俄都彼得堡》："知否金龙出市茶，多年字号说中华。金龙尚写华字招牌，此外则并无华店。何期贸易无原主，别类分门有几家。金龙店在俄境者数家，久已无华人矣。"[①]

王之春衔命出使，着意通好，与光绪五年赴日密查的情况不同，故《俄京竹枝词》述俄皇、宫廷，及各处景观，笔多溢美，尤其对尼古拉二世，不少称颂。《使俄草》同一声口，如说亚历山大三世："秉性仁慈，以息战安民为心，在位十四年，刀不出鞘。"说尼古拉二世："嗣位甫数月，一切皆仍旧制，亦尚未可骤定其志趣，然息境安民，自可祈天永命"。[②]按，19世纪下半叶俄国社会矛盾激化，政党林立，恐怖主义盛行。沙皇亚历山大二世1881年为民意党成员炸死，亚历山大三世继位后，由于害怕暗杀，经常住在首都郊外的行宫加特契纳，被称为"加特契纳的隐士"。尼古拉二世继位之初，社会矛盾一时有所缓和，故其出行警跸亦不甚严。然而尼古拉二世最终并没有解决俄国社会的问题，终于在革命中失去皇位，最终被处死。王之春特崇沙皇，与他作为封建臣子的阶级身份有关，也是他与俄国接触时间短、对俄国社会问题认识有限所决定的。虽然王之春对尼古拉二世印象不错，他还是看到了俄国君臣蓄意征服印度和中国的野心[③]，这又与他的民族立场有关系了。

三　《巴黎竹枝词》笺注

王之春使俄走的是水路，经过印度洋、地中海，由法国马赛弃舟登岸，先至巴黎，在使馆稍憩，再赴彼得堡，奉使事竣，复至巴黎，在此居留近两个月。《使俄草》吟咏法国的诗歌，有《巴黎行》、《重到法京》、《游万生园》、《武备学堂》等。《巴黎竹枝词》[④] 出《使俄草》卷七，为返国前作。

---

① 潘乃光：《榕阴草堂诗草校注》，李寅生、杨经华校注，巴蜀书社2014年版，第483页。

② 《王之春集》（二），岳麓书社2010年版，第681页。

③ 同上书，第707页。

④ 同上书，第795—796页。

巴黎竹枝词

(1)

车近平林已出城，无门有轨任纵横。

犹存古意留形胜，公所当前认大清。

法京早无城，仅存城门旧址。

出城即大清公所，今为加非茶室。

【注】平林：平地上的树木。加非：即咖啡。

【笺】本章咏巴黎世界博览会中国馆旧址。《使俄草》卷六："西人所谓城，皆当日旧基，迩因巨炮轰击，必难抵御，故门阙不复修筑，仅存遗址，以表其迹而已。""出城外为大清公所，昔年赛奇会时中国所筑以赛会者。"[①]"赛奇会"即巴黎世界博览会。按巴黎曾多次举办世界博览会，据郭嵩焘日记，他曾看到中国海关驻伦敦办事处税务司金登干（James Duncan Campbell）出示的1878年巴黎世界博览会地图，其选址于巴黎西南，"中国房屋占地三十丈，前为门，左右有门楼，旁一大厅可坐，后列屋数十楹安置器物。土木工皆募之宁波，木板木柱亦自宁波运至，凡役工三百余人"[②]。郭嵩焘当年兼任驻法公使，曾多次去博览会参观。张德彝记云：中国馆"建于东北角，木质大厅三间，前有辕门旗斗，威严壮观，如外省公署"[③]。

(2)

使馆西偏近教堂，按时钟响报丁当。

每逢顶礼深深拜，手指心头色亦庄。

【注】丁当：同"叮当"。

【笺】本章讽法国人礼拜虔诚。王之春《使俄草》卷七："按：耶稣立

---

① 《王之春集》(二)，岳麓书社2010年版，第750页。

② 郭嵩焘：《伦敦与巴黎日记》，岳麓书社1984年版，第327页。

③ 张德彝：《随使英俄记》(《四述奇》)，岳麓书社1986年版，第549页。

教之书约止六部，凡男女自幼入塾，皆教以拼合字母及五洲舆地诸书，并笔算诸法，外此即须带读耶稣之书，读完后，即由各教师神甫带领至礼拜堂，燃烛呗经受诫，及以手画胸前，作十字式。有似中国僧尼，必受戒牒乃可挂锡他寺，故西人子女于此恒兢兢致意，盖必至此书名册籍乃可。”[①] 这段话中“书名册籍”究竟指什么，比较费解，但可明确的是，法国具有天主教信仰的传统，1894 年王之春访问法国时，公立学校尚未世俗化，知识教育与宗教教育尚未分开，他所说的学生做礼拜的情况是存在的。

(3)

大好夫妻配自天，更从天主证因缘。
焚香燃烛将经讽，信口喃喃杂管弦。

【注】因缘：佛教用语，缘分。

【笺】本章写法国人婚礼场面。王之春《使俄草》卷七：“女子嫁时，至礼拜堂受教师诫后，至父母前唪手毕，夫妇即相携而出，阅数日后，即远游各国，或半月，或旬日，乃回。”[②] 张德彝《三述奇》记参加法国人婚礼：“午后乘车六七里至粤石塔礼拜堂。共来男女百余名。罗携其女，另一老媪带新郎，后随男女对对二十余人，鱼贯而入。入内，皆坐正中。新郎着黑衣黑裤，高帽白手套。新妇穿白衣白履，头顶白花白纱罩，手执白‘柏凯欧’，白手套，白缎鞋。教师正面登台，夫妻并立于前。教师先朗诵一番，主客悄然。念罢下台，立于二人之前，云：‘某人娶某人为妻，非妻死不能另娶；某人嫁某人为夫，非夫故不能别嫁。二人应永远爱慕，百年偕老，行坐咸仿此经。’言毕，男出一金戒指与教师，教师贯于女之四指，又递经一本与男。二人跪谢后，风琴鸣而乐作矣。教师去，男女出后堂，携手亲吻而别。”[③]

---

① 《王之春集》(二)，岳麓书社 2010 年版，第 788—789 页。

② 同上书，第 789 页。

③ 张德彝：《随使法国记》(《三述奇》)，岳麓书社 1985 年版，第 525—526 页。

（4）

天堂无路哪能升，忉力超生万不能。
拉得铜馆先进寺，得真解脱又何曾。

【注】忉力：忉利天（Trayastrmsa-Deva），译为三十三天，为佛教所说欲界的第二层天，在须弥山顶。拉得铜：疑巴黎圣母院（Notre Dame）之记音。先进寺：从字义看，疑为先贤祠（le Panthéon）。

【笺】本章疾天主教之虚妄。王之春《使俄草》卷六："法人谓耶稣死日，必在春分后月圆一次之余第一礼拜。阅七日第二礼拜，云耶稣复生，号巴克节[①]，几于举国若狂。甚矣，西人之惑也。"[②]

（5）

品茶随处有加非，士女如云逸兴飞。
时过三更声扰扰，参横斗转不言归。

【注】加非：今译咖啡。参横斗转：参、斗，星宿名。横、转，星座位置移动。指夜中时间变化。

【笺】本章写巴黎夜生活。王之春《使俄草》卷三《巴黎行》诗："地球行近七万里，境入巴黎纵奇诡。眼花缭乱兴发狂，城开不夜恣华靡。士女酣嬉国无愁，惟日不足复夜游。"[③] 潘乃光《海外竹枝词·巴黎杂诗》："幂天席地大花园，雅乐成声人不喧。最是二三更后好，品茶女伴尚开轩。"[④]

（6）

暮色苍茫海气清，电光煤火烂如星。
飞车一去不知远，跳舞场开雅乐听。

---

① Paques，复活节。

② 《王之春集》（二），岳麓书社 2010 年版，第 748 页。

③ 同上书，第 664—665 页。

④ 潘乃光：《榕阴草堂诗草校注》，李寅生、杨经华校注，巴蜀书社 2014 年版，第 486 页。

【注】电光：电气灯。煤火：煤气灯。

【笺】本章旨意同上。潘飞声《海外竹枝词·巴黎杂诗》："红灯旋转磨盘高，行气如虹山驾鳌。歌舞场开男女混，人声和乐共嗷嘈。"[①] 袁祖志《瀛海采问》："户竞奢华，人争侈肆，无贵无贱，悉务游观。园囿胜地，所在皆满，马车往来，充塞道途。既暮，则灯火光明，逾于白昼，剧场酒肆，无着足处。"[②]

(7)

桑西利涉大街头，屹立中央得胜楼。

四达通衢信瞻仰，表功有意抗千秋。

【注】桑西利涉：今译香榭丽舍（les Champs-élysées）。得胜楼：即凯旋门。

【笺】本章咏拿破仑一世所建凯旋门。王之春《使俄草》卷七："巴黎城跨赛纳江上流两岸，廛市鳞次栉比，由使馆北行，即拿破仑第一纪功坊，坊四周间以铁道，广可半里。衢路纵横交午，约八九道。……再过则香水里赛，夹道松槐交映，广衢五道，亭台四周，绿阴之下，士女便嬛韶稚，并嬉娱自得。"[③] 潘乃光《使俄载笔》之《巴黎怀古》咏拿破仑第一云："第一英雄负重名，欧洲西去任纵横。十三君主鞭棰使，百万军威草木兵。棋局输人余险著，江山易主剩佳城。可怜故土容归葬，兴废难从气数争。"[④]

(8)

罗佛奇珍胜□廛，旧王宫好更流连。

铁人最古应无匹，已逾四千七百年。

---

① 潘乃光：《榕阴草堂诗草校注》，李寅生、杨经华校注，巴蜀书社 2014 年版，第 486 页。

② 袁祖志：《谈瀛录》卷一，光绪十年同文书局石印本，第 8 页。

③ 《王之春集》（二），岳麓书社 2010 年版，第 800 页。

④ 潘乃光：《榕阴草堂诗草校注》，李寅生、杨经华校注，巴蜀书社 2014 年版，第 494 页。

【注】罗佛：今译卢浮宫（Musée du Louvre）。

【笺】本章咏卢浮宫所藏木乃伊。王之春《使俄草》卷六："更人则埃及之古棺，皆凿空如人身式，其盖绘人面貌，俨如塑人。植立骸骨一具，不甚修伟，色极黝黑，云此数千年前人，从地中挖得者。"[①] 潘乃光《使俄载笔》之《巴黎怀古》："趺坐何妨藉一龛，院中博物喜同参。铸成错字真豪杰，入定禅心现钵昙。与古为徒留迹象，至今无恙似僵蚕。四千七百年前事，依样流传不朽三。"[②]

(9)

良人士女纵游行，已死耶稣庆复生。
举国若狂尊此日，不知天主可曾酲。
三月二十一日相传耶稣复生。

【注】酲：喝醉酒后神志不清。

【笺】本章写复活节庆祝活动。王之春《使俄草》卷六："是日（光绪二十一年三月二十一），西俗称为巴克节，讹传耶稣以是日复生，所有各院并停工作，店铺亦不开张，倾城士女相率出城南大花园游览，谈饮为乐。车茵相接，耳鬓厮磨，大有黼连子佩、钗寡臣冠之意。……窃谓西人之所以为此者，借以畅宣其湮郁之气，求使民志和乐，则上下一心，诸务自无不毕举。勿谓乐无好荒，此非其政俗之善者也。"[③] 诗寓讥讽，文则为之曲说。

(10)

合众开闱赛马时，华林马射不为奇。
君筹武备民同乐，隐寓欧西节制师。

【注】合众：齐聚大众。开闱：科举开考，这里指举办赛马会。华林

① 《王之春集》（二），岳麓书社 2010 年版，第 757 页。
② 潘乃光：《榕阴草堂诗草校注》，李寅生、杨经华校注，巴蜀书社 2014 年版，第 494 页。
③ 《王之春集》（二），岳麓书社 2010 年版，第 761 页。

马射：北周武帝曾于华林园举行大射礼，庾信有《三月三日华林园马射赋》咏之。

【笺】本章咏赛马会。王之春《使俄草》卷七："俄人于巴黎之西偏创设赛马厂，经营缔造规模亦甚宏敞。本日为开赛之期，余率参随等往观，约共赛九十余马，俄兵弁见者皆免冠致敬，益以见西人于整饬武备之中，寓敬礼邦交之义焉。"又《赛马行》："驰骤那止千万匹，举国若狂同齐盟。风前迥立健腰褭，六辔在手尘不惊。中为圜广若罫画，泥融沙净道砥平。层楼远瞩骅骝逝，传声乌乌西乐赓。民主遥临伯理玺，一一亲为月旦评。滕薛争长亦戏耳，岂以胜负相绌赢。寓兵于农用此意，移步换形皆雄兵。"①

(11)

雄都坐镇仰弥高，塔势凌空欲驾鳌。
三百迈当拦（栏）四护，铮铮铁马逐风号。

【注】迈当：即米（mètre）。

【笺】本章咏埃菲尔铁塔（La Tour Eiffel）。王之春《使俄草》卷六《重到法京》诗云："铁塔凌空搔首处，看他如带绕长河。"② 张德彝《五述奇》记埃菲尔铁塔至详，云："未初，联建侯约登艾菲铁塔。塔因人名。艾菲者，法的让村人，生于西一千八百三十二年，自幼学习十数年，至五十五年，学业有成。于是凡建造铁桥等，多能设法坚固省工。法廷拟于一千八百八十九年在巴里设赛奇会，遂择地在赛茵河旁商得玛街。艾菲乃建铁塔于中央。塔作'人'字形，高三百迈当，合不足百丈，地周四万八千方迈当，共铁重十兆吉娄戈拉木，合二十兆磅零。自一千八百八十七年正月开工，用人三百，至八十九年三月三十日工竣。塔分三节，头节高一百二十五迈当，二节亦然。塔下四腿，各有铁柱入土数丈，缓柱各有铁梯，宽三尺许。围有铁栏，健步者可沿梯而上。……"③

① 《王之春集》(二)，岳麓书社 2010 年版，第 798—799 页。

② 同上书，第 741 页。

③ 张德彝：《稿本航海述奇汇编》第六册，北京图书馆出版社 1997 年版，第 596—597 页。

（12）

虫鱼鸟兽象都驯，博物何从问假真。
招手万生园里去，真人来看假麒麟。

【注】万生园：动物园。

【笺】本章咏动物园。王之春《使俄草》卷六："再行半里许，则为禽兽博物院，初入为演出台，更进而奇异之鸟、不经见之兽皆备焉。……有麋身牛尾一角，不食生物，不践生草者，庆霭堂云麟也，然《书》、《传》云麟五趾，今此兽四趾，未知确否。"①

王之春对法国的看法比较复杂，既有钦佩，也有反感和不屑。其所钦佩者，为社会分配之公，治理之善：

> 西人整理一切，上下一心，道路之间，昼无喧斗之声，夜无盗窃之事，加以民性好洁，街市皆日洗濯三四次，虽甚愤恨，或至划刃于其人之胸，而恶詈不出于口。即如昔年所建戏院，费二百万福兰，合华银千三四百万两，而黎园部曲众且千余，鼓吹者亦约百二十人，岁须国家赔补，赋敛繁重，民无怨讟，固由君民同乐，法戏院岁必数日许民共观，不取戏资。贵贱均体，有国税、城税之别，国税供国家一切战守、薪俸、交涉各项用度。城税则供修理街道诸事。取之民者，仍用之于民，故无怨言。有以深服其心，不得不谓其政法之善。②

但是他对法国人的好战、法国政局的动荡也很反感：

> 法民恃勇而喜动，嗜战而好胜，近百年来，拿破仑两朝皆以帝制自为，专擅魁柄，而众庶不服，异类频兴，篡弑相仍，几于视君如弈棋。今虽易为民主，上下自可相安，而乱党颇多，客岁犹有专诸之

① 《王之春集》（二），岳麓书社2010年版，第750页。

② 同上书，第748—749页。

举，由无圣贤之义训，使知纲常名教，不容自解于天地之间，而臣忠子孝，实吾性分之所应尔也。[①]

王之春认为中国的“纲常名教”能解决法国内乱的问题，今日或以为匪夷所思，而他却是真诚的。这是因为他将儒教与天主教比较，判定儒教优越的缘故。像当时很多到外国的中国人一样，王之春见到法国人读孔孟之书，赞叹其理平正，即以为“大道将西行”[②]。受薛福成影响，王之春也认为天主教“有等于稗官小说若《封神演义》诸书所云者”，“不甚堪一噱”[③]。因此之故，《巴黎竹枝词》中对法国人敬奉天主及礼拜、圣事等事，颇轻贱之。

① 《王之春集》(二)，岳麓书社 2010 年版，第 753 页。

② 同上书，第 788 页。

③ 同上书，第 748—749 页。

第八章　潘乃光《海外竹枝词》

潘乃光，原名志学，字晟初，广西荔浦人，道光二十五年（1845）生①。少有异禀，资性过人，“十岁能文，时人谓之神童”②。潘同治三年（1864）中举后，踌躇满志，决心“竿头百尺从今始，挟策行当献帝京”（《听榜闻捷喜而有作》）③，博取更大的科名。然不料从此之后困于场屋，连续十二次赴京会考均不售④。同治四年（1865）第一次入京会试落榜后，投笔从戎，为直隶总督刘长佑赏识，“派充各属防营马步军翼长，而各省督抚当边防务急，皆奏派办理营务，倚赖成功”⑤。潘乃光先后效力直隶总督刘长佑、河南巡抚李鹤年、陕西提督金运昌之幕，因与王之春最为相得，在王之春幕时间最长。在作幕宾、赴考场的间隙，偶尔也去当有地位人家的塾师（《呈闽督李子和师贺年五律六十韵敬以代柬》）⑥。潘乃光幕游三十余年，足迹遍及海内外，到家时候则很少⑦。对一个传统知识分子而

---

① 关于“潘乃光”的生年，《清人别集总目》潘乃光条断为1820年，未知所出［李灵年、杨忠主编：《清人别集总目》（下），安徽教育出版社2000年版，第2406页］。《荔浦县志·潘乃光传》云：“年弱冠，登前清同治甲子补行辛酉科贤书第三人。”（顾英明修，曹骏纂：《荔浦县志》，荔浦县地方志编纂委员会1914年版，第60页）传统上弱冠指虚岁二十岁，《礼记·曲礼》云“二十曰弱，冠”，故潘乃光同治甲子年（1864）中举时为虚岁二十，可推道光二十五年（1845）出生。李寅生、杨经华《榕阴草堂诗草校注》断为1844年出生，或未考虑中国传统以虚岁纪龄。

② 顾英明修，曹骏纂：《荔浦县志》，荔浦县地方志编纂委员会1914年版，第60页。

③ 潘乃光：《榕阴草堂诗草校注》，李寅生、杨经华校注，巴蜀书社2014年版，第31页。

④ 郭廷敬《榕阴草堂诗草》序：“顾为造物所忌，厄南宫不得进者，十有二次，而志远不衰。”（潘乃光：《榕阴草堂诗草校注》，李寅生、杨经华校注，巴蜀书社2014年版，第470页）

⑤ 顾英明修，曹骏纂：《荔浦县志》，荔浦县地方志编纂委员会1914年版，第60页。

⑥ 潘乃光：《榕阴草堂诗草校注》，李寅生、杨经华校注，巴蜀书社2014年版，第127—128页。

⑦ 潘乃光诗云：“应笑仲宣常作客，年年秋老不还家。”（潘乃光：《榕阴草堂诗草校注》，李寅生、杨经华校注，巴蜀书社2014年版，第163页）《榕阴草堂诗草》收诗六百余首，写回家的诗只有二首（同上书，第281、461页）。

言，屡试不第的痛苦，是许多人经历的[①]；而游幕的痛苦，则少有人知。潘乃光写作幕的诗句，如“作客依人可奈何，那堪双鬓更皤皤”（《咏古步邵玉桥太守韵》）、“此夜狂歌谁斫地，几人落拓尚无家”（《何原卿明府以中秋近作见示，时有西安之行，即次其韵赠别》）、“画虎不虞形类狗，依人聊胜食无鱼”（《夏日书怀》）、“已落风尘内，低昂听化工”（《已落》）[②]等，满纸酸辛，一腔愤懑，特别真挚。《榕阴草堂诗草》校注者杨经华认为，潘乃光的诗歌最能揭示“晚清幕府士人的生存困境”[③]。

光绪二十年末（1895年初），清廷派王之春以头品顶戴、湖北布政使的身份，前往俄国吊唁沙皇亚历山大三世，并贺尼古拉二世加冕。王之春特邀幕友潘乃光以参赞身份随行[④]。根据王之春《使俄草》，使团于光绪二十年十二月初十日（1895年1月5日）在吴淞口乘法国邮轮出发，经香港、西贡、新加坡，入印度洋，经地中海，在法国马赛登陆，换火车穿过法德两境，于翌年正月二十二日（1895年2月16日）抵俄都彼得堡。使团在彼得堡居留一阅月，期间王之春面见尼古拉二世呈递国书，并获后者所赠勋章[⑤]。潘乃光作为参赞，也获得一枚勋章[⑥]。离开俄国后，使团先在德国住一星期，再经英国停留三日，还至巴黎，在此居留近两个月后，在马赛乘船，原路返回中国。关于此次出使，《使俄草》有排日的记录，而潘乃光的《海外竹枝词》与《使俄载笔》则以诗歌形式，对途程经历，以及各地风土人情，多有吟咏。《海外竹枝词》有光绪二十一年桂林石印本，此作虽被收入多个竹枝词选集，然自问世以来，鲜有人专门研究。唯一的例外，为2005年广西大学杨经华的硕士学位论文《〈榕阴草堂诗草〉校注》，该书将《海外竹枝词》和《使俄载笔》附于文末，并在前言中列“潘乃光海外诗歌简论”专节，进行讨论[⑦]。《海外竹枝词》自注较

---

① 《聊斋志异》中《王子安》一篇，讲到“秀才入闱，有七似焉”，叙屡试屡挫的折磨，曲尽其妙［朱其铠主编：《全本新注聊斋志异》（下），人民文学出版社1989年版，第1279页］。

② 潘乃光：《榕阴草堂诗草校注》，李寅生、杨经华校注，巴蜀书社2014年版，第66、79、94、289页。

③ 杨经华、李寅生：《潘乃光及其〈榕阴草堂诗草〉研究》，《广西大学学报》（哲学社会科学版）2010年第3期。

④ 《王之春集》（二），岳麓书社2010年版，第630页。

⑤ 同上书，第696页。

⑥ 潘乃光：《榕阴草堂诗草校注》，李寅生、杨经华校注，巴蜀书社2014年版，第500页。

⑦ 此文后来由巴蜀书社于2014年同题出版，署李寅生、杨经华校注，删去了前言的大部分论述。

少，如不熟悉背景，比较难懂，而杨经华的论文以及正式出版的《榕荫草堂诗草校注》均无注释。故本章利用王之春《使俄草》、缪祐孙《俄游汇编》等书，为潘乃光的《海外竹枝词》做一笺注。《海外竹枝词》计一百一十首，连同所附的《巴黎杂诗》共计一百二十首，篇幅既长，内容又零乱。根据本书体例，本章截取吟咏欧洲的部分做笺，其余吟咏南亚、东南亚、印度、地中海之篇什，则置之不顾矣。

巴黎

(1)

离城百里远分防，法都炮台皆在百里外。兴废循环一战场。普法战争犹在昨日。

众志成城休自主，现为民主国。那须设险巩金汤。

【注】自主：指君主专断。金汤：金城汤池，比喻防守牢固。

【笺】本章咏巴黎之守备。根据张德彝《三述奇》记录，1870 年普法战争时，巴黎“城外大小炮台二十三座，计炮八百零八门。城上计炮一千二百门”[①]。袁祖志 1884 年至欧洲，得知巴黎“环城要隘计设炮台十三座”[②]。故巴黎自有炮台，并非设在百里之外。潘飞声得此印象，盖从英国渡海至巴黎，见到在海岸所设炮台发生的误会。王之春《使俄草》卷五记云：“法与英隔海相望，沿岸炮台胪列，计凡五处：曰哈富，曰白海士登，曰削浦，曰罗淑佛，曰罗里温。棱棱齿齿，盖不独防英，亦兼仿俄也。”[③]

(2)

通衢创作木头街，板面平铺下积柴。

车马无声行坦坦，三年一换当官差。

街用直木二尺许，竖立打桩，上盖以板。然只一两处耳。

---

① 张德彝：《随使法国记》（《三述奇》），岳麓书社 1985 年版，第 377 页。

② 袁祖志：《谈瀛录》卷一，光绪十年同文书局石印本，第 8 页。

③ 《王之春集》（二），岳麓书社 2010 年版，第 734 页。

【注】创作：建造。坦坦：平坦。

【笺】本章咏巴黎街道。按欧洲街道用方石铺路较多，偶尔用木桩固定路基。缪祐孙《俄游汇编》卷九：“出游城市，其广街有所谓涅佛寺街、大海街、温宫街者，皆甚阔，中铺方石，左右用木解段，切作八棱，立布于地，既平其坚。其余街市以石子砌之。凡所属欧境各城多如是。”①

(3)

劫灰飞尽了无痕，英武空怀拿破仑。

贻误皆因王好战，山河如故愧伦敦。

【注】劫灰：劫为佛教用语。晋干宝《搜神记》卷一三：“汉武帝凿昆明池，极深，悉是灰墨，无复土。举朝不解，以问东方朔。朔曰：臣愚，不足以知之。可试问西域人。帝以朔不知，难以移问。至后汉明帝时，西域道人入来洛阳。时有忆方朔言者，乃试以武帝时灰墨问之。道人云：经云，天地大劫将尽，则劫烧。此劫烧之余也。乃知朔言有旨。”

【笺】本章讽刺拿破仑好战。王之春《使俄草》卷六：“法人性尚矜张，一切皆务粉饰，实有外强中干之势，佳兵弗详，不戢必焚，拿破仑两世殷鉴，其未远也已。”② 潘乃光《使俄载笔》之《巴黎怀古》咏拿破仑第一诗见王之春《巴黎竹枝词》第七首注。另，咏拿破仑第三诗：“守成何意逊开基，藉手驱除力不支。百战正当兴楚日，三年已见沼吴时。覆亡岂昧前车鉴，智计难为后世师。孰令国人推总统，天心有属少先知。”③ 《瀛寰志略》论法国云：“至拿破仑之百战百胜，终为降虏，则所谓兵不戢而自焚，又可为渎武者之殷鉴矣。”④ 王、潘二人皆祖述徐继畬之言。

① 缪祐孙：《俄游汇编》，沈云龙主编《近代中国史料丛刊》第九十辑第889册，（台湾）文海出版社影印光绪乙丑海上秀文书局石印本，第551—552页。王之春袭此，见《王之春集》（二），岳麓书社2010年版，第690页。

② 《王之春集》（二），岳麓书社2010年版，第747页。

③ 潘乃光：《榕阴草堂诗草校注》，李寅生、杨经华校注，巴蜀书社2014年版，第494页。

④ 徐继畬：《瀛寰志略》，上海书店出版社2001年版，第210页。

(4)

经营戏馆已三年，百万法郎算甚钱。
更辟名园新眼界，游人风月喜无边。
近城花园十余处。

【注】风月：清风明月，指美好景色。

【笺】本章咏巴黎歌剧院。王之春《使俄草》卷六："昔年所建戏院，费二百万福兰，合华银千三四百万两，而黎园部曲众且千余，鼓吹者亦约百二十人，岁须国家赔补，赋敛繁重，民无怨讟。""法戏院岁必数日许民共观，不取戏资。"[①] 潘乃光《巴黎杂诗》："西天亦有谱霓裳，色艺生新雅擅场。第一知名欧白辣[②]，大哉只许赞洋洋。"[③]

(5)

驱车飞过旧王宫，改作官衙谁在公。
闻说民曹分十部，共推天德起雄风。
推一总统为大伯里玺天德。

【注】天德、伯理玺天德：英文 President，总统。民曹：官署名，汉成帝初置。

【笺】本章咏法国改民主制。王之春《使俄草》卷六："法国向本君政，自一千七百九十二年易为民政，一千八百四年，又易为世及，拿破仑第一即位，是为拿破仑朝。一千八百十四年，波旁朝恢复旧物，传世两君。一千八百三十年，波旁支派曰奥理杭雷斐烈[④]重改为民主。千八百四十八年，民乱，国中无君，乃议改为黎拔布勒[⑤]。译言众大臣议国政。时秉国诸大臣中推拿破

① 《王之春集》(二)，岳麓书社 2010 年版，第 748 页。

② Opéra Garnier，巴黎歌剧院。

③ 潘乃光：《榕阴草堂诗草校注》，李寅生、杨经华校注，巴蜀书社 2014 年版，第 494 页。

④ 奥尔良公爵路易·菲利普（Louis-Philippe I，1773—1850），1830—1848 年为法国国王，奉行君主立宪制。

⑤ République，共和国。

仑涡那拔[①]为首，即拿破仑第三，权力才略为众所服，乃议为伯理玺天德，期四年一易。涡那拔居位既久，一切政令渐自裁决，增募军士，给以重糈，而选骁勇者为禁旅，翊卫宫寝，借以挟制臣民。千八百五十一年，定议伯理玺天德限十年为期，民无异词，由是益帝制自为，逾年遂改号曰帝，以世代递嬗，无子传弟，或兄弟冢嗣。一千八百七十一年，普、法构兵，拿破仑兵败被俘，国中无主。明年，众推大臣遮亚[②]暂摄国政。逾二年，遮亚逊位，麦马韩[③]继之，议定权主国政，以七年为期，于是再传之葛赖飞[④]，遂为民主之国，以迄于今，未之有改。”[⑤]

(6)

高标铁塔自千古，雅集名园放万生。

略比鸢鱼上下察，快如人意喜天成。

【注】铁塔：埃菲尔铁塔（La Tour Eiffel)。万生：各种动物。

【笺】本章咏埃菲尔铁塔。王之春《使俄草》之《重到法京》诗：“铁塔凌空搔首处，看他如带绕长河。”[⑥] 又，潘乃光《使俄载笔》之《大桥铁塔高逾三寻，河流下驶为之回护，亦足以资临眺，偶成此章》：“塔势何其高，铁槛多空明。河水何其深，铁轮互送迎。临深复登高，一览穷都京。运会自今古，破仑不再生。”[⑦]

---

① 指路易·拿破仑·波拿巴（Charles Louis Napoléon Bonaparte，1808—1873)，拿破仑一世之侄，法兰西第二共和国总统，法兰西第二帝国皇帝。

② 路易·阿道夫·梯也尔（Louis Adolphe Thiers，1797—1877)，1871—1873年任法兰西第三共和国总统。

③ 玛利·埃德米·帕特里斯·莫里斯·德·麦克马洪（Marie Edme Patrice Maurice de Mac-Mahon，1808—1893)，1873—1879年任法兰西第三共和国总统。

④ 弗朗索瓦·保罗·儒勒·格雷（Francois Paul Jules Grevy，1813—1891)，1879—1887年任法兰西第三共和国总统。

⑤ 《王之春集》(二)，岳麓书社2010年版，第749页。

⑥ 同上书，第741页。

⑦ 潘乃光：《榕阴草堂诗草校注》，李寅生、杨经华校注，巴蜀书社2014年版，第494页。

(7)

阿得薄郎译茂林，交柯接叶何阴阴。
藏春最好兼销夏，不是知音不便寻。
此处男女私会习为固然。

【注】阿得薄郎：Bois de Boulogne，即今布洛涅森林公园。交柯接叶：树枝相交，树叶重叠，形容树木繁茂。阴阴：幽暗貌。

【笺】本章咏布洛涅森林公园。此园位于巴黎第 16 区西边，为路易·拿破仑当政时始建，为巴黎第二大公园。张德彝《再述奇》："随志、孙两钦宪乘车游于柏路旺园。时届隆冬，而青草芊绵，一望绿茵满地。"① 王之春《使俄草》卷六："倾城士女相率出城南大花园游览谈饮为乐……园中无大花木，不过广植各树，马路四辟而已。法人于其中掘地为河，宽可十丈，长约二里，其尽处叠石为山，下置机轮，激水作瀑布，雅可观览。"②

(8)

守贞殊不与人同，铁锁深严胜守宫。
不愧佛郎苏第一，王妃留带挽淫风。
守贞带并锁在博物院。

【注】守宫：守宫为一种小动物，形同壁虎。相传其血可制成守宫砂，用来验证处女贞操。佛郎苏：今译法兰西。

【笺】本章咏法兰西王后贞操带。此贞操带盖为路易十三王后奥地利的安妮（Anne d'Autriche，1601—1666）所有。王之春《使俄草》曾记载游历卢浮宫内"路易十三王后之寝宫及画像"③。潘乃光《使俄载笔》之《巴黎怀古》云："贞静天生古后妃，洁身自许待王归。桃源肯让渔人到，椒室曾无蟢子飞。防意如城应更甚，承恩有日莫相违。何须过虑为穷裤，

① 张德彝：《欧美环游记》（《再述奇》），岳麓书社 1985 年版，第 735 页。
② 《王之春集》（二），岳麓书社 2010 年版，第 761 页。
③ 同上书，第 757 页。

不晤佛郎不解衣。”[①]

(9)

达克若恩一女流，村民亦自解同仇。
至今犹作戎装样，为国捐躯铁像留。

【注】达克若恩：圣女贞德（Jeanne d'Arc，1412—1431）。

【笺】本章赞圣女贞德。圣女贞德为英法战争中法国民族英雄。王之春《使俄草》卷七录若恩小传云：“法有奇女子名若恩者，姓达克氏，法之亚尔格部[②]人也。生于小家，幼尝牧羊，风鬟雾鬓，独居未嫁，法俗尚淫靡，而若恩贞静自持。一千四百二十二年，年十九[③]，会法国大乱，英王显理第六[④]遣兵来攻，拔其都城，罗尔河[⑤]以北皆判降英，法王子遁于舒囊[⑥]。英人渡河而南，围阿连斯[⑦]七阅月，此城下则法地尽矣。英军沿途焚掠甚惨，女目击伤心，不顾身一弱女子，欲为国家成再造功，意上帝必助之，乃攘臂大言于众曰：‘上帝命我讯克强敌，为汝等除害。’众闻而騃笑，女益坚自任，语益播，有信者导入见法王。时王子求复仇，与英战辄北，收孤军自保，闻女至，大喜，遽见之，以为全军督，赐以旗，绘天主像于左方。女戎服登坛，慷慨示众。……”[⑧] 潘乃光《使俄载笔》之《巴黎怀古》云：“英风未减大王雄，毓秀钟奇不栉中。弱质有谁轻死难，芳名岂复愧全忠。材官尚少疆场志，村女能成斩伐功。只合铸金相则效，那须教战仿吴宫。”[⑨]

---

① 潘乃光：《榕阴草堂诗草校注》，李寅生、杨经华校注，巴蜀书社 2014 年版，第 494 页。

② Jacques d'Arc，圣女贞德之父。王之春或将人名与地名弄混。

③ 两处时间皆有误。根据史料，圣女贞德在 1729 年 17 周岁时率军解奥尔良之围。

④ 当时英国国王为亨利六世（Henry VI，1421—1471），法国国王（即文中所谓法太子）为查理七世（Charles VII，1403—1461），作者或将二名字混淆。

⑤ Loire，今译卢瓦雷河，法国最长的河流。

⑥ 盖指 Bourges，今译布尔日，法国谢尔省（Cher）的省会。时查理七世退守于此。

⑦ 奥尔良（Orléans），法国中部城市。

⑧ 《王之春集》（二），岳麓书社 2010 年版，第 789—790 页。按本传文字取自王韬之《法国奇女子传》，见王韬《瓮牖余谈》，《近代中国史料丛刊》三编第六十一辑第 606 册，（台湾）文海出版社影印光绪元年申报馆本，第 70—73 页。

⑨ 潘乃光：《榕阴草堂诗草校注》，李寅生、杨经华校注，巴蜀书社 2014 年版，第 494 页。

(10)

记得当年赛会时，大清公所也争奇。

只今小涉都成趣，说与华人尚不知。

【注】小涉：稍涉，偶尔一到。

【笺】本章咏巴黎世界博览会中国馆旧址。参见上章王之春《巴黎竹枝词》第一首笺注。

(11)

空手回来负宝山，店名罗佛认通阛。

若询第一金钢钻，岂肯寻常示老悭。

【注】罗佛：今译卢浮宫（Musée du Louvre）。通阛：市肆，市场。老悭：吝啬鬼。《宋书·王玄谟传》："孝武狎侮群臣，随其状貌，各有比类。多须者谓之羊。颜师伯缺齿，号之曰齴。刘秀之俭吝，呼为老悭。"

【笺】本章咏卢浮宫收藏。王之春《使俄草》卷六："更入则罗列古铜器，若盘盂、尊罍之类，亦有似中土古物者。……室中置金刚石二，其大者形如鸡卵，光芒四射，云地球三大钻石，此为第一。其次亦大如拇指。"[①]

(12)

戏彩生新沙德咧，清歌杂耍架西奴。

轻狂蛱蝶穿花惯，颠倒风前画得无。

【注】沙德列：疑为莎拉·伯恩哈特（Sarah Bernhardt，1844—1923）法国当时最著名的女演员。架西奴：盖为巴黎卡西诺夜总会（Casino de Paris）。

【笺】本章咏巴黎之夜生活。剧场、酒店与夜总会生意兴隆，为巴黎人消夜佳处。潘乃光《巴黎杂诗》亦有述及，如："近街楼畔有桃花，演

① 《王之春集》(二)，岳麓书社2010年版，第757页。

剧台中幻彩霞。记得名班沙德咧，大家安坐悄无哗。”[①] 又，“声色迷人少向隅，□寻佳胜嗄西奴。茶清酒苦供欢笑，两部曾听鼓吹无？”[②]

(13)

湖亭借得曲栏凭，士女如云戏跑冰。
多少追踪寻雪印，海龙护颈冷何曾。
湖水凝结，女子多以皮钉鞋行冰上。

【注】跑冰：溜冰。海龙：海狗，这里指海狗皮制品。

【笺】本章咏冬季湖上溜冰。王之春《使俄草》卷三：“未正，偕同人至大清公所略一游览，雪景萧清，一白无极，池冰腹坚，法人竞购冰鞋，驶行冰上，往来如织，即所谓冰嬉也。京师旧例，于冬月禁中打滑汰，先令汲水浇成冰山，高三四丈，莹滑无比。使勇健者着带毛猪皮履，其滑更甚，从顶一直挺立而下，以到地不扑者为胜。今每岁犹举行也。”[③]

(14)

加非得趣小排场，渴解相如窈窕娘。
忽见名姝传奥国，满身钻石灿生光。

【注】加非：咖啡。相如：司马相如，史称司马相如有消渴疾（糖尿病）。这里指喝咖啡的男士。窈窕娘：年轻貌美、举止娴雅的女子，这里指咖啡馆女招待。奥国：奥地利。

【笺】本章咏咖啡馆男女杂处，热闹非凡。潘乃光《巴黎杂诗》云：“灯光排闼卖加非，满座生春逸兴飞。亚美哩干[④]推独步，评量燕瘦与环肥。”[⑤]《使俄载笔》之《大清公所出城数十步，周围小树中设雅座，

① 潘乃光：《榕阴草堂诗草校注》，李寅生、杨经华校注，巴蜀书社 2014 年版，第 486 页。
② 同上书，第 485 页。
③ 《王之春集》（二），岳麓书社 2010 年版，第 665 页。
④ 盖为指美式咖啡（le café américain），咖啡的一种，味较淡。
⑤ 潘乃光：《榕阴草堂诗草校注》，李寅生、杨经华校注，巴蜀书社 2014 年版，第 485—486 页。

法人所谓新加非馆也，品茶得句》云："绿树阴浓午正才，蔚然深秀隐楼台。如飞车马争驰骋，无事裙钗任往来。香爱清茶容小坐，红斟碧酒好传杯。输他番女奢华甚，自在游行日几回。"[①]

(15)

发松腰细眼横波，六幅罗裙贴地拖。
人在镜中成幻影，客来海外有行窝。

【注】行窝：典出《宋史·邵雍传》，指供临时居住的舒适居所。

【笺】本章咏巴黎妓馆。袁祖志《西俗杂志》云："妓院房舍华美绝伦，有一室上下四方六面皆以巨镜为之，人行镜中，灯影逾明。并有机器铁床一具，交合之际，无烦人力，其机自能鼓动，觉当日逍遥车制，瞠乎后矣。"[②] 又，潘乃光《海外竹枝词·马寨》云："众香国里有前因，异种何尝不是春。游客自来还自去，楼房幻出镜中人。"注云："此间妓馆曲房上下皆嵌玻璃。"[③]

柏林

(1)

未必君无自主权，衣租食税本天然。
一千五百虽论万，限制吾王不要钱。

国中每年供德王一千五百万马克，不能妄费。

【注】衣租食税：官吏依靠百姓缴纳的租税生活。出自《汉书·食货志下》："卜式言曰：'县官当食租衣税而已，今弘羊令吏坐市列，贩物求利。'"

【笺】本章写德国王室开支限制。根据《皇帝和他的宫廷：威廉二世与德意志帝国》一书，"皇帝威廉二世的宫廷每年从国家收入中得到 0.222

① 潘乃光：《榕阴草堂诗草校注》，李寅生、杨经华校注，巴蜀书社 2014 年版，第 505 页。
② 袁祖志：《谈瀛录》卷三，光绪十年同文书局石印本，第 16 页。
③ 潘乃光：《榕阴草堂诗草校注》，李寅生、杨经华校注，巴蜀书社 2014 年版，第 480 页。

亿马克的拨款，比帝国宰相、大臣、外交部（包括所有外交团组和领事馆）、殖民部和帝国司法管理部等部门的总和还要多”[①]。在诗人心目中，一国之君有固定开支、财权受到限制，是很稀奇的。

(2)

庶民不议本同风，议院初开道亦公。
只惜国中分数党，教民偏欲压商工。

【注】庶民不议：老百姓不议论国政。出《论语·季氏》：“天下有道，则庶人不议。”同风：相同的风俗。教民：这里指教士阶层。商工：工商阶层。

【笺】本章写德国议院，有褒有贬。王之春《使俄草》卷五：“各国皆有上下议院，苟其事利于君而不利于民，或利于民而不利于君，皆不行动。”[②]“毕司马[③]治术，颇近管、商之法，今其国分为四党：一党为李梅[④]各旧王及世家，一党为克鲁伯[⑤]诸巨商，一党为天主教民，一党为工匠。毕相秉政，颇裁抑教民，尽收其产业。御工艺诸人，严定条例。告退不及十年，诸务渐难推行。”[⑥]

(3)

非常勋业健精神，八十犹留退老身。
举国愿为司马寿，三月初一是生辰。

【注】退老：退休养老。司马：毕司马之省文，即俾斯麦。

---

① 约翰·洛尔：《皇帝和他的宫廷：威廉二世与德意志帝国》，杨杰译，北京大学出版社2004年版，第95页。

② 《王之春集》(二)，岳麓书社2010年版，第719页。

③ 即俾斯麦（Otto Eduard Leopold von Bismarck，1815—1898），德意志帝国首任首相，为德国统一做出重要贡献，人称“铁血宰相”。

④ 待考。

⑤ 今译克虏伯（Krupp），德国钢铁世家，创始人弗里德里希·卡尔·克虏伯（Friedrich Carl Krupp，1787—1826）。

⑥ 《王之春集》(二)，岳麓书社2010年版，第722页。

【笺】本章咏俾斯麦。王之春《使俄草》卷五："复行半点钟至深好森镇[①]俾思马克一作毕司马住宅，伊迩金楷礼[②]云：距今九日，即西历四月初一日，为八十寿辰，德民争醵金钱，为铸铜像，建立纪功坊。"[③]

(4)

层楼杰阁气峥嵘，近海雄风卷市声。
船厂多年妈德堡，问名译作女人城。

【注】市声：市场的嘈杂。妈德堡：Magdeburg，旧译马德堡，今译马格德堡，为萨克森—安哈尔特州（Sachsen-Anhalt）首府。以马德堡半球实验闻名于世。

【笺】本章咏德国马格德堡市。按，此城805年为查理大帝所建，本名"Magadoburg"，意为"雄壮的城堡"[④]。潘乃光认为其意为"女人城"，或出误解。王之春《使俄草》卷五："行半点钟，至妈德堡，亦名女人城，巨镇也。是地产女最多，德人凡欲娶妇者，多至是处娶归。西例，各城皆建一物，即以名其城，此城初建时，铸一妇人立其上，故今多产女云。"[⑤]此节道听途说，不甚可信。

(5)

时样名花阿吉颠，阴阳分种应时鲜。
波罗蕉子相烘托，淡雨微云二月天。
西俗以此花为第一。

【注】阿吉颠：疑为Aster，紫菀。波罗：菠萝。蕉子：香蕉。潘乃光

---

① Schönhausen，德国萨克森—安哈尔特州（Sachsen-Anhalt）施滕达尔区（Stendal）的一个城市，为俾斯麦出生地。

② 通常写作金楷理（Carl Traugott Kreyer，1839—1914），德国萨克森州人，曾长期供职于江南制造局，后任驻德、俄中国使馆翻译官等职。

③ 《王之春集》（二），岳麓书社2010年版，第719页。

④ http://en.wikipedia.org/wiki/Magdeburg, _ Germany.

⑤ 《王之春集》（二），岳麓书社2010年版，第720页。

《同吴小山登郑仙祠五层楼》："荔枝红时蕉子黄。"①

【笺】本章咏克虏伯山庄花园。王之春《使俄草》卷五："约两点余钟抵爱森②，厂主③之树林及住宅在焉。松柏茂密，约长里许，厂中木料，皆取于此。……饭后乘马车游其花园，并用玻璃为室罩避霜雪，下用铁筒以温水灌入，俾免冻坏。葡萄累累，正结实如悬珠。"④

(6)

种花容易养花难，十八花农接替看。
富贵神仙克鹿卜，生成锦簇与花团。
住宅大檀山庄之胜。

【注】克鹿卜：今译克虏伯（Krupp）。

【笺】本章续咏克虏伯山庄花园。克虏伯山庄建于山顶，形势甚壮。张德彝《四述奇》云："酉正回寓，克虏朴旋邀饮其家。乘车行十六七里，山势嵯峨，林木丛杂，桥梁数四，溪水结冰。其家居山顶，楼舍高大，望之如在云际，前后长河环绕，左右铁篱、花障、水法，布置精巧，清雅入画。"⑤ 潘乃光《使俄载笔》之《宴宿克鲁卜住宅》云："天生福地非寻常，巧为位置辟山庄。蔚然深秀四山抱，亭台高下簇平冈。上有登高眺远之危阁，下绕藏春销夏之回廊。松柏萦拂遍左右，花草点缀随低昂。翚飞媲金谷，僭肆疑阿房。外夷富商可敌国，与易宁辞南面王。"⑥

---

① 潘乃光：《榕阴草堂诗草校注》，李寅生、杨经华校注，巴蜀书社 2014 年版，第 300 页。

② Essen，今译埃森，德国北莱茵—威斯特法伦州（North Rhine-Westphalia）鲁尔区（Ruhr area）的一个城市，阿尔弗雷德·克虏伯（Alfred Krupp，1882—1887）在此建有规模很大的山庄（Villa Hügel）。

③ 厂主应为弗里德里希·阿尔弗雷德·克虏伯（Friedrich Alfred Krupp，1854—1902）。

④ 《王之春集》（二），岳麓书社 2010 年版，第 721 页。

⑤ 张德彝：《随使英俄记》（《四述奇》），岳麓书社 1986 年版，第 355—356 页。

⑥ 潘乃光：《榕阴草堂诗草校注》，李寅生、杨经华校注，巴蜀书社 2014 年版，第 502 页。标点有改正。

(7)

天地为炉百炼钢，忍将利器使人伤。
攻坚保险无长策，欲显神通便擅长。
各国炮厂以克鹿卜称首。

【注】天地为炉：出贾谊《鵩鸟赋》："且夫天地为炉兮，造化为工；阴阳为炭兮，万物为铜。"这里指炼钢炉。

【笺】本章咏克虏伯造炮厂。王之春《使俄草》卷五："查克鲁伯本一铁工耳，思得炼钢、铸炮之法，与同时工作六人创兴此厂，是为克鲁伯第一，其子为克鲁伯第二，工人已多至三万，前七八年病卒。今厂主为克鲁伯第三，年近四旬，计各项工人及其室家仰食之者共六七万人。厂主富可敌国，欧洲推为巨擘焉。"[①] 又《阅克鲁伯炮厂》诗云："机械丛生天地窄，不重衣裳尚兵革。精刻岂复余地留，奇巧更创克鲁伯。克鲁伯，伊何人，范金冶铁无比伦。霹雳车[②]改后堂式，无间不破神乎神。"[③]

(8)

拓地仍从合众看，人人尚武学兵官。
咙奇已逝毕公在，固国犹同磐石安。
德意志虽自主之国，然国亦合众而成。

【注】合众：指德意志帝国由各公国统一而成。咙奇：今译毛奇(Helmuth Karl Bernhard von Moltke，1800—1891)，德国名将，普法战争中打败法军的实际指挥者。毕公：俾斯麦。

【笺】本章咏德国政情。王之春《使俄草》卷三："风气视武职为最荣，人人皆愿当兵，三五年始受他业。平时常备兵四十万，有事调集新旧兵可三百万，最多可五百万。""德皇自己亦为兵官，每行街市，与居民相

① 《王之春集》(二)，岳麓书社 2010 年版，第 720 页。

② 一种古代战车，上装机枢，投发石块，声如雷震。《三国志·魏书·袁绍传》："太祖乃为发石车，击绍楼，皆破，绍众号曰霹雳车。"这里指大炮。

③ 《王之春集》(二)，岳麓书社 2010 年版，第 722 页。

交接，有疾病则噢咻之。下情不壅于上闻，故民气和睦，群愿效忠而赴义。每遇阅兵演炮，并亲自列队，如临大敌。今毛奇龙特已殁，俾司马一作毕士马克。近虽退位，依然不忘国事。”①

(9)

洋乐凄清跳舞场，成群各自逐鸳鸯。

沈腰太瘦不堪抱，懒向章台学楚王。

【注】鸳鸯：这里指男女成双成对。沈腰：《梁书·沈约传》载沈约与徐勉信，“百日数旬，革带常应移孔，以手握臂，率计月小半分。以此推算，岂能支久？”后用“沈腰”指腰围清减。这里指德女人的细腰。章台：章华台，又称章华宫，春秋时楚灵王修建的离宫。

【笺】本章咏德人跳舞会。王之春《使俄草》卷五：“夜，克虏伯之夫人招同各官绅仕女大餐，列坐四十余人，极酒炙之盛。远召音乐，全部席散，群相跳舞为乐，继复男女对舞，行列整饬，殊有法度，亦可觇西人礼乐之大意也。”② 本章与王之春所述相比较负面，盖潘乃光对跳舞不甚接受，亦未一试身手。

俄都彼得堡

(1)

鞑靼曾留旧世家，兵官资望属逢哇。

比肩义奥随英德，怕作公孙井底蛙。

【注】鞑靼：中国古代北方少数民族的称谓，不同年代所指有别。蒙古人、突厥人、女真人都曾被称为鞑靼人。逢哇：待考。义：意大利。公孙井底蛙：出《庄子·秋水》，魏牟嘲笑公孙龙不能知庄子之言，如同坎井之蛙不能知东海之大。

---

① 《王之春集》（二），岳麓书社 2010 年版，第 667 页。

② 同上书，第 722 页。

【笺】本章盖总述俄国。王之春认为俄国人本亚洲人种。《使俄草》卷四："泰西人记载，谓勃尔嘎利人[①]本亚细亚民族，迁欧东境以牧为业，五百五十九年，斯拉完人[②]合兵济大脑河[③]，略马几顿[④]、德赖斯[⑤]，进入东罗马。考其时，即唐之中叶，东罗马属地实已暨黑海。而斯拉完族之与勃尔嘎利俱由亚细亚迁往，固无疑矣。"[⑥] 又述彼得大帝云："年二十二，微服出游英国，学习船政、算学及一切制造之事。反国乃迁今彼得罗堡，通商聚财，一以霸术为事，遂至富强，与各国连战连捷。"[⑦]

（2）

赠得芳名欧德罗，蹁跹妙舞助清歌。
主人况是金钢钻，电逝鸿飞可奈何。
其别名也。
近为权贵所嫉，已远飏矣。

【注】欧德罗：待考。电逝：像闪电一样迅速消失。鸿飞：鸿雁飞过。
【笺】本章所咏史事待考。

（3）

登场一曲演鸿湖，倘恍离奇事有无？
痴绝不如德太子，合尖何日见浮图。
戏演德储与鸿妖有缘，几经离合，卒为王后。

【注】合尖：造好塔尖，借指竣工。浮图：佛，佛塔。
【笺】本章咏芭蕾舞剧《天鹅湖》。《天鹅湖》为俄国作曲家柴可夫斯

① Bulgarians，今译保加利亚人。
② Slavics，今译斯拉夫人。
③ Danube，今译多瑙河。
④ Macedon，今译马其顿。
⑤ Thrace，今译色雷斯。
⑥ 《王之春集》（二），岳麓书社 2010 年版，第 676 页。
⑦ 同上书，第 679 页。

基根据德国民间童话所作的著名芭蕾舞剧，情节为王子齐格弗里德与被女巫施魔法变为天鹅的公主奥杰塔相恋。王之春《使俄草》卷四："夜偕从官至戏院，场广可容二千人……曲名《鸿池》，假托德世子惑恋雁女，妖鸟忌之，声光炫丽，意态殊佳。""至于曲中节目，则不免近于神仙诡诞之说，与中土小说家言略同。不必赘述。"①

(4)

马戏新排阿利加，巴黎战士毒于蛇。
黑人那足供刀俎，枪炮如飞鼓乱挝。

【注】阿利加：阿非利加之省，非洲。挝：敲。

【笺】本章咏新编马戏。王之春《使俄草》卷四："夜，俄主复遣人邀同从官至皇家戏院观演马戏，并演法人与阿非利加洲争战事。炮、马队皆有行列，亦有女军二十人。大车炮四尊，则以纸为之，亦然巨爆竹作响。黑人亦步队数十。法始败而终胜，攻毁阿洲炮台。盖虽戏曲，犹不忘武备也。"

(5)

敬崇希腊敬天神，礼拜堂开茹素真。
上下例同鸡蛋戒，不同松树插元辰。
正月二十八日，举国茹素五礼拜。

【注】茹素真：吃素。

【笺】本章咏俄国复活节风俗。俄奉希腊正教，有复活节斋戒及食彩蛋风俗。缪祐孙《俄游汇编》卷十："乙酉，雪。自初三至初六为俄之大好日，家家食饼，男女逐队嬉游，歌唱酣饮。四乡之人辐辏，凡各跳舞会、旺乐会，趋之若骛。巴拉干空地特设会场，置秋千架，列剧馆，市种种戏具。学馆生徒由教习携，乘官车出游。街衢灯火千百盏，皎如白昼，达旦不息。各

① 《王之春集》(二)，岳麓书社 2010 年版，第 671 页。

家门首皆悬旗。初七日以后斋戒至四十日后，乃复举盛会。盖前之斋戒为耶稣遭难，后之盛会为其复生，故尤举国若狂也。”[①] “乙卯，晴。为俄鸡子节。盖其俗奉东教，以昨日为耶稣死，今日复生，家家称庆。食采（彩）鸡子，其法，用鸡子裹以五色绒，浸水煮之，其纹斑斓焉。前十余日肆间售玩具，或木质，或草织，或绫锦，或玻璃，或瓷，或铜，或银，皆作鸡子形，傅以人物花鸟绘画其中。或置香水一瓶，或针、剪、刀、梳之类，其粗者实以糖。民间纷纷购取赠遗，为馈节之礼。其至好者，必以酒食相邀约。”[②]

（6）

天连大漠雪飞花，突遇俄君御小车。

不是微行是同乐，民间疾苦达官家。

贴地冰车，俄君及后同御出游。

【注】冰车：雪橇。微行：隐蔽身份便装出行。

【笺】本章述遇俄君乘车出行。见王之春《俄京竹枝词》第七首笺注（第七章）。

（7）

十分交谊友邦联，唁赙前王不惜钱。

毕竟周旋推法国，法郎五万制花圈。

各国使臣来唁，皆以花圈送坟上。

【注】唁赙：吊唁并致丧仪。

【笺】本章述吊唁俄皇亚历山大三世。王之春《使俄草》卷四：“至唁礼一节，西国向用金银雕镂及时鲜花卉作为圜式，悬挂墓次。臣一面嘱工赶制，于初八日赍赴俄前皇陵次陈奠，申述朝廷唁赗之礼。”“俄工已于昨日制就雕银花圈，大可三人合抱，费卢布二千余金。因遣人约许星使同赴

---

① 缪祐孙：《俄游汇编》，沈云龙主编《近代中国史料丛刊》第八十九辑第889册，（台湾）文海出版社影印光绪乙丑海上秀文书局石印本，第584—585页。

② 同上书，第601页。

前俄皇陵寝挂圈致唁，参随以次随行。"[①] 另，潘乃光《使俄载笔》之《赍国书随星使入俄东宫，礼重远人，朝仪整肃，呈书后俄主下阶劳问，礼成出宫，纪以十六韵》："芝陛先称贺，花圈待吊哀。"注云："各国唁使皆用花圈送陵上。"[②]

(8)

知否金龙出市茶，多年字号说中华。

何期贸易无原主，别类分门有几家。

金龙店在俄境者数家，久已无华人矣。

金龙尚写华字招牌，此外则并无华店

【注】市茶：市场上出售的茶叶。

【笺】本章咏在俄国的华人商店。见王之春《俄京竹枝词》第七首（第七章）。

(9)

温泉出浴忆华清，别有风光彼得城。

学得鸳鸯同戏水，偷闲成趣仿东瀛。

日本有女浴室，此处亦可邀女子同浴，而芬兰地方更甚。

【注】华清：华清池。史传唐玄宗曾赐杨贵妃在华清池沐浴。彼得城：彼得堡。

【笺】本章咏男女共浴。参见王之春《俄京竹枝词》第三首（第七章）。

(10)

门第拘人出达官，那禁寒畯不心寒。

激成乱党调停后，嗣主休将旧样看。

老王屡被刺，皆民间乱党激成。今则尽反所为矣。

---

① 《王之春集》(二)，岳麓书社 2010 年版，第 696 页。

② 潘乃光：《榕阴草堂诗草校注》，李寅生、杨经华校注，巴蜀书社 2014 年版，第 496 页。

【注】寒畯：出身寒微而有才能的人。嗣主：继位的君王，这里指尼古拉二世。

【笺】本章咏俄国政治乱局。亚历山大二世 1861 年施行“农奴制改革”后，俄国社会矛盾更加激化，许多知识分子秉持不同的政治理念，形成各种派别和组织，反抗现实，投身革命。潘乃光和王之春口径一致，称这些人为“乱党”。王之春《使俄草》卷四：“俄近日颇讲求文治，而所读多法国之书，法人多主民政，故俄之乱党甚多，有喀拉波特肯[①]党，有拉勿诺甫[②]党，有格尔特扪[③]党，有吼尔皴[④]党，大旨谓俄贫富不均，国家赋税重，思一切反之，易君主为民主焉。至所谓尼希里[⑤]，结党最先，今已大半剪除。”[⑥]

(11)

大海街前纵辔来，仰望金碧起楼台。
千门万户分明甚，一任人看了不猜。

【注】大海街：见王之春《俄京竹枝词》第二首注（第七章）。千门万户：形容房屋宏广，结构复杂。《史记·孝武本纪》：“于是作建章宫，度为千门万户。”了不猜：根本不提防。

【笺】本章咏大海街游观。王之春《使俄草》卷四：“复周行大海街、温宫后街各处。”[⑦] 又，《驻俄旬日，都门内外纵所游历，随时纪之，亦足以资考证，新见闻也，共得五章》诗云：“宫阙何壮丽，不越阛阓间。近人可瞻仰，附近民居环。”[⑧]

---

① 克鲁泡特金（Пётр Алексе́евич Кропо́ткин，1842—1921），俄国革命家，无政府主义的代表人物之一。

② 拉夫罗夫（Пётр Лаврович Лавров，1823—1900），俄国哲学家，民粹派思想家。

③ 待考。

④ 盖为赫尔岑（Алекса́ндр Ива́нович Ге́рцен，1812—1870），俄国思想家，著名革命活动家。

⑤ Нигилизм，虚无主义（Nihilism）。

⑥ 《王之春集》（二），岳麓书社 2010 年版，第 687 页。本段文字取自缪祐孙《俄游汇编》，沈云龙主编《近代中国史料丛刊》第八十九辑第 889 册，（台湾）文海出版社影印光绪乙丑海上秀文书局石印本，第 564—565 页。又“皴”本作“皱”，从《使俄草》光绪二十一年上海石印本改。

⑦ 《王之春集》（二），岳麓书社 2010 年版，第 690 页。

⑧ 同上书，第 692 页。

(12)

最是熏蒸六月天，天光昼夜竟相连。

探怀取出赤金表，不对时辰不了然。

俄都五、六、七月正午即晚间，然天不昏黑，稍暗而已。

【注】熏蒸：喻天气酷热。

【笺】本章咏彼得堡夏日昼长夜短。王之春《使俄草》卷四："彼得堡以六月十日为昼长，日出丑初三十七分，日入亥正二十七分，以十二月十日为昼短，日出巳正五分，日入未初五十五分，夏至前后两月，几于不夜，冬至前后两月，几于不昼。"①

(13)

行李随身到处携，或过黑海或巴黎。

下乡未必能销夏，早备同车挟美妻。

夏天，富贵人多携眷下乡，或远出巴黎各境，惟贫人如故。

【注】销夏：消夏，避暑。

【笺】本章咏俄人消夏。缪祐孙《俄游汇编》卷十："泰西之俗，富贵盛族择郊外林薮筑屋逭暑，谓得山水清华，可以蠲涤烦浊。俄之二京，地皆平旷，又多园林，故虽小康，亦取乡居之乐。"② 富贵人逢盛夏或出国，或下乡，穷人则无地可去，诗人注意到这种差别。

(14)

琼瑶缕彩玉飞花，空阔园林好跑车。

寒气袭人泥滑滑，并肩如驶女娇娃。

女子跑冰多用尺许高跪车从高处溜下，亦有用冰鞋者。

---

① 《王之春集》(二)，岳麓书社 2010 年版，第 685 页。

② 缪祐孙：《俄游汇编》，沈云龙主编《近代中国史料丛刊》第八十九辑第 889 册，(台湾)文海出版社影印光绪乙丑海上秀文书局石印本，第 614 页。

【注】琼瑶：美玉，这里指冰。玉飞花：喻跑冰时溅起之碎冰末。跑车：这里指滑雪橇。泥滑滑：泥泞。

【笺】本章咏冰上运动。王之春《使俄草》卷四："巳正，往观冰嬉。男女均购冰鞋，冰鞋以铁为之，似华人草履，而其下以单铁条直贯其中，高几二寸。登一亭，高丈余，积冰为梯，斜迤而下。人各置床，上覆绒罽，或坐，或伏，或倒行，或仰卧，或三四人蝉联而下，不一其状，美其名曰'习劳'，实则游嬉，视京师之打滑㳠尚不能及其精健也。"[①] 又，《偕同人观跑冰园》诗云："泥滑滑，战兢兢。御飞车，履薄冰。亭皋直落数十步，是何矫健得未曾。钢条嵌地痕碾玉，辙迹破纹声裂缯。连袂娇痴小儿女，寒光避退热气蒸。拳足附背叠偎抱，往过来续若相乘。飞燕身材应善舞，如熊意气多飞凌。"[②]

(15)

涅瓦江边白于银，电灯映雪尽生春。

二三更后飞车去，为访清歌妙舞人。

【注】飞车：这里指马车。

【笺】本章咏乡民之跳舞会。见王之春《俄京竹枝词》第四首笺注（第七章）。另，潘乃光《使俄载笔》之《巴雨田部郎、李佑轩二尹公请星使过涅瓦江十余里外小跳舞场观乡景，作夜游露车行，雪中是又一风景也，同人欢甚，走笔纪之》有云："瑞雪飞花寒扑面，繁灯散影光夺电。玉楼光耸银海眩，十里五里铺长练。是何狡狯由天公，彼德堡城广寒宫。以夜继日游未足，自城达乡将毋同。乡景似较城中好，雪地冰天净于扫。楼台一簇忽当前，歌声隐隐出琼岛。飞车贴地随意驰，驶入园林尚不知。登楼一望出意表，珠围翠绕何离奇。㘓㘓格磔音凄楚，进退疾徐态容与。缟素或疑姑射仙，光怪当是天魔女。"[③]

---

① 《王之春集》（二），岳麓书社 2010 年版，第 687 页。

② 同上书，第 688 页。

③ 潘乃光：《榕阴草堂诗草校注》，李寅生、杨经华校注，巴蜀书社 2014 年版，第 498 页。

(16)

裙屐生辉红白蓝，踏歌成队兴初酣。
珊边酒醉凭留恋，一刻千金尚自贪。
此间跳舞女分三部，有红白蓝各种彩衣。
二三点钟人始散。

【注】裙屐：裙子和木底鞋。代指装束。

【笺】本章咏舞蹈演员。张德彝《四述奇》云："是晚舞而不歌，名曰巴蕾塔[①]，义亦跳舞也。伶人皆幼女，服五彩衣，有百数十名。……时值冬令，幼女跳舞，衣履皆白。忽而入春，和风暖日，景象一新，幼女跳舞，衣履皆绿。继而入夏，赤日烘云，花芳树密，幼女跳舞，衣履皆红。继而入秋，风吹木落，千里寂寥，幼女跳舞，衣履皆黄。忽又入冬，山寒水冻，烟雾苍茫，幼女跳舞，衣履皆黑。"[②]

英都伦敦

(1)

地横南北岛孤悬，英里量来逾二千。
除却园林街市外，更无旷土与闲田。

【注】旷土：未垦殖的土地。

【笺】本章咏英国地理。王之春《使俄草》卷五："英吉利本国，地止三岛，孤悬大西洋海中，迤东两岛相连，南曰英兰，北曰苏格兰，英人称地曰兰。南北约二千余里，东西阔五六百里。"[③]"一路陇麦腻绿，涧草萦青，颇似中国仲春之初，较柏林尤为和煦。近海草茂，居民多圈地牧豕，以千万计。"[④] 英国耕地和牧场都较多，此处潘乃光与王之春观察不一致，王更胜。

---

① 芭蕾舞（法语 Ballet）。
② 张德彝：《随使英俄记》（《四述奇》），岳麓书社 1986 年版，第 660 页。
③ 《王之春集》（二），岳麓书社 2010 年版，第 726 页。
④ 同上书，第 724 页。

（2）

每日阴霾不放晴，一冬常在雾中行。
更兼远近炊烟起，电气无光蜃气争。

【注】蜃气：蜃，亦为蛟蜃，古代传说中在海中的动物，能发洪水，或吐气为楼台，即海市蜃楼。这里的蜃气指污浊的空气。

【笺】本章咏伦敦雾气。王之春《使俄草》卷五："伦敦居泰晤士江上流……地本多寒，为海中温水所蒸，气溢腾上。又数百万家然煤之烟络绎不散，故终朝常为雾罩。"①

（3）

我来恰遇艳阳天，真面庐山现眼前。
五百万人增户口，岂惟毂击更摩肩。

【注】毂击：毂，车轮的中心部分，有圆孔可以插轴。毂击谓往来车子其毂碰触。形容车多。摩肩：肩与肩相摩擦，形容人多拥挤。

【笺】本章咏伦敦规模大，人口多。王之春《使俄草》卷五："是日幸值晴朗，意兴为之欣然。"② 又《早至伦敦》诗："日出销烟已放晴，飞轮卷地入山城。英京尚多雾气，今适开霁。百闻一见殊惊喜，游福天生老眼明。"③ 又，"街市喧阗，行人如织，车如流水，马若游龙，大有五陵烟雾胜概。伦敦户口，合计五百万人，谈地球者，推为五大洲第一埠，洵不虚也。"④

（4）

车路先分上下层，凌空穴地果精能。
熙来攘往中同轨，税务年年几倍增。
火车或屋上地下皆有车路，分行无碍。

① 《王之春集》（二），岳麓书社 2010 年版，第 724 页。
② 同上。
③ 同上书，第 729 页。
④ 同上书，第 726 页。

【注】穴地：在地下挖洞。同轨：车辙宽度相同。《礼记·中庸》："今天下车同轨。"这里指使用同样的铁轨。

【笺】本章咏火车和地铁。王之春《使俄草》卷五："据马格里[①]言，伦敦中街长六十里，上为火车，路下为阴沟，中然电灯，宽广与上同，亦成一衢市，百货皆集。再下更为穴道，驶行火车。"[②]

(5)

品茶跳舞复开筵，折柬须从三月先。
破得工夫来入会，还分卢后与王前。
凡请客具柬，须在三个月前。

【注】折柬：把信纸折起来准备送出，代指写信。卢后王前：按《新唐书·文艺传》："勃与杨炯、卢照邻、骆宾王皆以文章齐名，天下称王杨卢骆四杰。炯尝曰：'吾愧在卢前，耻居王后。'议者谓然。"后人以"卢前王后"或"卢后王前"指代品题名次。本处指饮宴、跳舞的次序。

【笺】本章述英人请客规矩。张德彝《随使英俄记》叙甚详，兹节录二段云："凡请茶会、跳舞等会，皆女主一人出名，请晚酌则夫妇同出名。请帖白纸，宽四寸，长二寸余，书肆印成出售。其式云：某老爷、夫人同请某某，于某月某日某时赐光共席晚餐，守候回音。用者填写，如丁请辛，则云丁老爷、夫人同请辛老爷、夫人，或女公子，于某月某日赐共席晚餐，守候回音，住某街某号。请客多者，必于二十一日前发帖，一便客人斟酌能否来赴，早给回音；一便主人早得回音，以便另请他人陪位。盖西俗请客必一长筵，主客同席，又需双数也。请客少而无位高望重及新知者，则十日前发帖不为晚。"[③]"迨入饭厅时，男主携女客之至尊者，女主携男客之至尊者，不令夫妻兄妹或戚友及彼此相识者相

① 海立德·马戛尔尼（Halliday Macartney，1833—1906），汉名马格里，亦名马清臣，苏格兰人，曾在李鸿章的淮军任教习，1877年随公使郭嵩焘赴英，后来一直为中国使馆的用员，由翻译官而参赞、顾问，直到1906年卸职。

② 《王之春集》（二），岳麓书社2010年版，第731页。

③ 张德彝：《随使英俄记》（《四述奇》），岳麓书社1986年版，第620—621页。标点有改动。

携。又一男不携二女。虽云男女客数宜匀，然男客能多一二为便，以免丁夫必携辛妇，辛夫必携丁妻。若缺二三男客，则女客之至尊者请上等男客携下，其他尾而随之。如少一男客，则女主待众客对对先行，己则独下。众客到齐，男主须告众男客：某客携某客。不任客意。盖入座即携行之男女并坐也。”①

(6)

铁桥高耸气苍凉，疑是长虹架玉梁。
轻似转圜须举手，往来车马费商量。

【注】玉梁：石桥的美称。转圜：转动圆形器物。商量：协商，协调。

【笺】本章咏伦敦塔桥（Tower Bridge)。该桥为开合桥，是伦敦著名建筑，以位置靠近伦敦塔（Tower of London）得名，始建于 1886 年，1894 年 6 月起通行，距潘乃光通过不及一年。王之春《使俄草》卷五："寻过一铁桥，所谓伦敦桥者也。桥跨泰唔士江，上流矗立楼坊四座，中为机轮，桥重数十万斤，一人可以开合。桥开则人从上过，复道行空，采虹双落，今果见诸实境。”②

(7)

制造曾闻胡力枢，船坚炮利启鸿图。
神斤鬼斧应称绝，万五千人减得无。
工人万五千人，有增无减。

【注】胡力枢：Woolwich，今译乌里治，谓乌里治皇家兵工厂（The Royal Arsenal)。神斤鬼斧：斤、斧皆砍伐器具。谓锻造机器不可思议。

【笺】本章咏英国皇家兵工厂。王之春《使俄草》卷五："往观英国国家之制造枪炮厂，厂名胡力枢，即以其地名名之也。先期已知会，届时同乘火车至厂。总办安得生出迎，导观造成新式鱼类炮……厂常用一万五千

① 张德彝：《随使英俄记》（《四述奇》)，岳麓书社 1986 年版，第 622 页。
② 《王之春集》(二)，岳麓书社 2010 年版，第 731 页。

人，有急则更加二倍。”① 又《阅英国胡力枢船厂并鱼雷船商厂》诗云：“幕天席地橐籥工，阴阳炉炭飞矩红。光芒腾霄万丈起，运锤一击声摩空。巧匠凿山吸山髓，刳木冶铁开鸿蒙。踵事加厉逞奇秘，巨灵失顾来罡风。君不见英廷设厂胡力枢，船形炮式群举隅。万五千人效鞲鼓，霹雳响应山岳呼。”②

(8)

龙潭分出水晶宫，百货骈罗美在中。
良贾深藏游女杂，四时佳景不雷同。
地名。

【注】水晶宫：The Crystal Palace，详下。骈罗：并排罗列。

【笺】本章咏伦敦水晶宫所在的区域。水晶宫是英国史上著名建筑，以钢铁和玻璃为主要建材，最初建于海德公园，作为1851年伦敦世界博览会的展馆，展会结束后迁至伦敦南郊，1936年毁于大火。此地有水晶宫、水晶宫三角带、水晶宫公园、卫斯托公园（Westow Park）、思达本林地（Stambourne Woods）等主要景观。张德彝同治五年（1866）所作《航海述奇》日记于水晶宫描述最详，其始段云：“后乘火轮车行四十四里，至‘水晶宫’。此宫系在十三年前，官派伯爵柏四屯③所建，以铁为梁柱，上下四旁镶嵌玻璃，遥望之金碧辉煌，悦人心目，故名为水晶宫。其中园囿楼台，占地十余里。东靠弓形园④，西通大马路，南抵呐唔村⑤，北至赛达庄⑥。”

---

① 《王之春集》（二），岳麓书社2010年版，第729页。

② 同上书，第730页。

③ 今译帕克斯顿伯爵（Sir Joseph Paxton，1803—1865），英国著名建筑师、国会议员，以设计水晶宫闻名。

④ 待考。

⑤ South Norwood.

⑥ Sydenham.

（9）

对来金表渐三更，有女如云结伴行。
不许东风管闲事，留将明月照多情。
女伴行动，查街巡捕未尝过问。

【注】东风：春风。春风无情，吹花落尽，借指不顾人情的管理者或干涉者。这里喻警察。

【笺】本章咏女子夜游。袁祖志《西俗杂志》："途中妇女往来行走者，联袂牵裳，自晨至夜，不绝于道。尽有夫妻子女合家锁门而出，不知扰扰者何事也。"①

（10）

此地方言作正声，通商口岸已通行。
何期路接巴黎近，海面回风恶浪生。
英之语言文字通行欧洲。

【注】正声：纯正的乐声。《礼记·乐记》："正声感人而顺气应之，顺气成象而和乐兴焉。"此处指通用语。

【笺】本章咏英语之影响。王之春《使俄草》卷七："就目前而论，欧西文学实推法兰西为巨擘，故列国商家多用英文，以英人通商最早，且最广也。公牍来往皆用法文，以法之儒者最称博雅也。"② 诗后两句暗含英法竞争之意。

潘乃光《海外竹枝词》署"寄所托斋戏编"③，其定位与黄遵宪《日本竹枝词》那样的严肃之作不同。显然，"游戏"更近于竹枝词的本色。比较而言，潘乃光的《海外竹枝词》与王之春的《俄京竹枝词》、《巴黎竹枝词》相近，以采奇述异为主，对外邦的民风政情，作猎奇式的旁观，又以

① 袁祖志：《谈瀛录》卷三，光绪十年同文书局石印本，第 3 页。

② 《王之春集》（二），岳麓书社 2010 年版，第 781 页。

③ 潘乃光尝作《"寄所托斋"说》，篇后自记云："此光绪庚午以后，往来西北，行窝靡定，自觉人生如寄，非有所托不能自存，因名其宅为'寄所托'，非好奇也。"（潘乃光：《榕阴草堂文剩》卷下，光绪癸巳秋刊本，第 12 页）盖为所本。

游戏笔墨出之。使团出使时，恰逢清国甲午战争惨败以及对日谈判，王之春从驻外使馆得到国内消息，往往愤懑、痛惜，夜不能寐，而所作的竹枝词，则一片轻快，不稍涉时局。潘乃光之《海外竹枝词》亦然。《使俄载笔》中有许多感时伤世、义愤填膺之作，亦有对俄国美女发生的绮思（《借题十二首》），这些个人化的感受，在《海外竹枝词》中，皆无觅处。潘乃光的《使俄载笔》与《海外竹枝词》之间的关系，类似潘飞声《海山词》与《柏林竹枝词》之间的关系，前者是个人化的，后者是社会化的，前者为后者提供材料和情感动力，后者借前者得到更深的说明。

具体内容方面，潘乃光的《海外竹枝词》与王之春的两种竹枝词亦有相同之处。《海外竹枝词》中的法国形象：好战、喜游、淫逸、奢侈靡费、男女无别，皆同于《巴黎竹枝词》。唯对天主教不甚攻击而已。其叙彼得堡以风俗为主，如戏剧、复活节、溜冰、歌舞、消夏、男女共浴等，亦有微词，然较巴黎的形象则好多了。这与《俄京竹枝词》也比较一致。从《使俄草》中，能够找出绝大部分《海外竹枝词》的背景材料，两种作品使用的记音字也大部分相同。杨经华曾提出《国朝柔远记》的著作权问题，认为其作者并非王之春，实际是他的幕友潘乃光[①]。笔者以为解决这一问题目前文献不足，尚须进一步探讨。但这对我们有一定的启示。因为二人关系密切，很可能潘乃光在《使俄草》的撰述上插过手，或至少阅读过其中一些材料。当然，仅此而止，笔者认为，王之春与潘乃光的海外竹枝词，是各自分别做的，不存在“共享”的情况。

王之春《榕阴草堂诗草》序云：

> 吾友潘子晟初，抱负畸伟，少膺乡荐，屡厄南宫，踪迹遍天下。当道争相迎致而非其志之所欲，故发之诗以宣其郁结。间或托诸风情，皆其不得志于时之所为，感而愤也。始余治河渠，干遇晟初。少年其所为诗已天然悱恻，不事雕饰，迄今三十余年而神气益远矣。[②]

① 杨经华：《〈榕阴草堂诗草〉校注》，硕士学位论文，广西大学，2005年，第26—27页。

② 潘乃光：《榕阴草堂诗草校注》，李寅生、杨经华校注，巴蜀书社2014年版，第469页。

潘乃光二十余岁即有“窃谓诗道深微，不外随其兴之所至，得其性之所近”的高论[①]，然纵观《榕阴草堂诗草》，隶事用典，铺张扬厉，趋奉之作不少，“兴之所至”的诗则不很多。杨经华云：“其诗宗学杜甫，处处可见模仿杜诗痕迹。但由于才力所限，只在形式上学得杜甫的腔调，而不及其神髓。”[②] 此论甚当。比较而言，《海外竹枝词》虽没有多少刻意，但也不够自然和轻灵。其内容虽然较丰富，但其看待西方的眼光，与选取的题材、描写的方式，则比较模式化，没有多少新意。这种情况，意味着海外竹枝词这种形式，经过半个世纪以来对西方题材和体验的反复写作，灵感已近枯竭。

---

① 潘乃光：《榕阴草堂诗草校注》，李寅生、杨经华校注，巴蜀书社 2014 年版，第 23 页。

② 同上书，前言，第 9 页。

第九章　张芝田《海国咏事诗》与张煜南《续海国咏事诗》

晚清海外竹枝词有两位特殊的作者，历来少有人注意，这就是广东梅县的秀才张芝田和印度尼西亚的华商张煜南。

先从张煜南说起。张煜南，号榕轩[①]，咸丰元年（1851）出生，广东梅县松口人。少时读过几年私塾，年十七弃学从商，初到巴达维亚，后到日里（棉兰），经过努力，资产遍及苏门答腊诸岛，成为棉兰地区华侨首富。他的能力获得荷兰殖民政府赏识，予以官职，由雷珍兰而升甲必丹，再升玛腰[②]。光绪二十年（1894），首任清政府驻槟榔屿副领事张弼士升任署理新加坡总领事，他向前任黄遵宪推荐张煜南继任槟榔屿副领事。到1896年卸职，张煜南在此任上共计两年[③]。根据各种资料，张煜南致富以

---

① 根据一份《嘉应州松江溪南张氏世系表》，张煜南本名“爵干”，“煜南”是字［饶淦中主编：《楷范垂芬耀千秋——印尼张榕轩先贤逝世一百周年纪念文集》，（香港）日月星出版社2011年版，第189页］。但清廷或地方政府赏赐张煜南的各种功牌、官衔，皆用“张煜南”，黄遵宪与驻新加坡总领事张弼士书信中商定任命张煜南为槟榔屿副领事的照会，用“张煜南”之英译名（同上书，第127页），张煜南朝见慈禧太后、光绪帝时亦自称“煜南”（同上书，第138页）。似乎时人将“煜南”误为他的本名，而张煜南也将错就错，将字做名使用。

② “雷珍兰”、“甲必丹”和“玛腰”分别是“Lieutenant”、“Captain”和“Major”的音译，原义为中尉、上尉和少校。这是荷兰人便于华侨社区的内部自治，授予其委任的华侨领袖人物的官衔名称。参见温广益《广东籍华侨名人传》，广东人民出版社1988年版，第68页。

③ 关于张煜南担任槟榔屿副领事的时间，说法纷纭。邝国祥、温广益、颜清湟皆以为张氏始任的时间为1895年［邝国祥：《槟城散记》，（新加坡）星洲世界书局有限公司1958年版，第50页；温广益：《广东籍华侨名人传》，广东人民出版社1988年版，第72页；颜清湟：《海外华人史研究》，新加坡亚洲研究学会1992年版，第64页］。黄贤强以为张煜南于1894年7月代理副领事一职，1895年6月正式成为副领事，最为可从（黄贤强：《跨域史学：近代中国与南洋华人研究的新视野》，厦门大学出版社2008年版，第109页）。另外，张少宽、饶淦中以为谢春生继张煜南任槟榔屿副领事的时间为1896年［张少宽：《槟榔屿华人史话》，（吉隆坡）燧人氏事业有限公司出版社2002年版，第299页；饶淦中主编：《楷范垂芬耀千秋——印尼张榕轩先贤逝世一百周年纪念文集》，（香港）日月星出版社2011年版，第111页］。

后，热心公益，曾在棉兰和家乡松口造桥、赈灾、捐建医院和学校，侨民颇感戴。清光绪三十年（1904），张煜南经清政府批准，投资兴建潮汕铁路，开创了中国商办铁路之先河。张煜南曾多次获得清廷嘉奖：光绪二十九年（1903）获头品顶戴；光绪三十一年（1905）被授为"花翎二品顶戴候补四品京堂"；光绪三十三年（1907）奉旨特赏"三品经堂"；宣统元年（1909）奉旨赏给"侍郎衔"。他曾两次受到慈禧太后和光绪帝召见。1911年9月11日，张煜南逝世于棉兰[①]。

张煜南担任槟榔屿副领事时，曾编辑《海国公余辑录》六卷（卷一《槟屿记事本末》、卷二《辨正瀛环志略》、卷三《名臣筹海文钞》、卷四《槎使游历诗歌》、卷五《海国轶事》、卷六《海国咏事诗》[②]），并撰《海国公余杂著》三卷（卷一《推广瀛环志略》、卷二《增益瀛环近事》、卷三《续海国咏事诗》）。这些作品都是针对徐继畬道光二十九年（1849）出版的《瀛寰志略》的诠释、修正和增补。张煜南辑撰这些作品，盖有多方面的原因。他弱冠起漂泊海外，积年与外国人打交道，深感了解西方和世界真实情况的意义。署理江苏巡抚聂缉规《海国公余辑录》序云：

> 榕轩夙官槟屿副领事，时独能留心时务，取《瀛环志略》而讲求之。谓是书成于道光季年，所记皆前五十余年事，其后五十年中，华夷之交涉，环球之争战，尚属缺如。乃采摭近事而综贯之，洵可以补徐书之阙。至徐书之间有疏舛者，又复荟萃诸说而衷诸一是。[③]

其实，薛福成担任驻英公使时，曾着手续作《瀛寰志略》，他分饬随员翻译西方各国的地志，摘其大略于日记中[④]。惜乎此事未竣，赍志以殁。张煜南作《海外公余辑录》诸书，无疑受到薛福成的影响[⑤]。除此之外，

① 关于张煜南的生平，现有的传记文章和资料往往大同小异，内容简短，叙述亦模糊（黄贤强：《张煜南与槟榔屿与华人文化和社会图像的建构》，《亚太研究论坛》2006年第三十四期）。本段为邝国祥、温广益、颜清湟、黄贤强、饶淦中等学者的论述综合而成。

② 以上为《海国公余辑录》乙本各卷题名。关于甲、乙本的区别见下文。

③ 张煜南辑：《海国公余辑录》卷一，乙本，聂缉规序。

④ 薛福成：《出使英法义比四国日记》，岳麓书社1985年版，沈林一跋。

⑤ 张煜南：《增益瀛寰近事》，《海国公余杂著》卷二，作者识语。

张煜南喜欢读书，乐于撰述，也是一个原因。邝国祥《槟城散记》云："公自以幼年失学，及贵，喜读书，有雅人深致，撰《海国公余录》，及《梅水诗传》各若干卷传世。"[①] 这几句话揭示了这位侨商孜孜著书与其个人成长经历的关系。

《海国公余辑录》卷六之《海国咏事诗》与《海国公余杂著》卷三之《续海国咏事诗》都是竹枝词。槟榔屿华人久有旧体诗的创作传统，清人力钧所著《槟榔屿志略》卷八曾有详细记载，而竹枝词为其中重要部分[②]。《海国公余辑录》卷一《槟屿记事本末》载有《槟榔屿杂事诗》三十六首、《槟榔屿竹枝词》八首，且加编者点评，说明张煜南对竹枝词本来就很重视。关于《辑录》收入《海国咏事诗》的经过，张煜南在卷后识语中云：

> 右《海国咏事诗》一卷，为家仙根先生所著。先生替余校录毕，出所著示余，余读之，爱不忍释。见其无奇不搜，有闻必採，如行山阴道，茂林修竹，令人目不给赏；如入波斯国，五光十色，令人宝莫能名。兴到笔随，并臻佳妙。爰亟辑录，附刊于后，俾浮海者睹指知归，作迷津之宝筏，为指南之金针。夫岂徒酒后茶余，借其排闷？朗吟一过，便觉齿颊俱香已也。[③]

由此可知，《海国咏事诗》进入《辑录》，本非计划的产物，而是因缘凑合。也正因为受到《海国咏事诗》的触动，张煜南遂有《续海国咏事诗》之作[④]：

> 余业将仙根所著《海国咏事诗》刊刻行世，因擢任马腰，事务简约，暇搜览《海国》诸书尤富，见仙根所未及咏者，爰仿其例，触景生情，或专收一事，或兼取数事，点缀成篇，得诗若干首，寄

① 邝国祥：《槟城散记》，星洲世界书局有限公司1958年版，第91页。

② 陈剑虹：《槟榔屿潮州人史纲》，槟榔屿潮州会馆2010年版，第183—184页。

③ 张煜南辑：《海国公余辑录》卷六，乙本，编者识语。

④ 但必须指出，张煜南本人对竹枝词这种诗体早有兴趣，《海国公余辑录》卷一《槟屿纪事本末》，就录有《槟榔屿杂事诗》和《槟榔屿竹枝词》两种竹枝词共数十首，每首注编者感想。

质仙根，仙根以为可存。余不忍重违其意，遂付手民，以志一时鸿雪云尔。[①]

《海国咏事诗》的作者“仙根”何许人也？丘良任的《竹枝纪事诗》“梅州竹枝词”条云：“张芝田字仙根，广东嘉应州人，岁贡生，撰有《梅州竹枝词》四百首，光绪丙申年（1896）刊，广东中山图书馆藏。”[②] 又，丘良任等编《中华竹枝词全编》“作者简介”云：“张芝田，字仙根，广东梅县人。诗人，主要活动于同治、光绪年间，除作有《梅州竹枝词》外，还编纂《梅水诗传》和《历代宫闱杂事诗》。”[③] 两条对张芝田的介绍，都不甚详细。笔者经新加坡国立大学黄贤强教授介绍，向梅州地方史研究专家、《梅州日报》记者刘奕宏先生请教，刘先生慷慨赐教，并寄示他的大作《寻韵攀桂坊——品读客都人文胜地的前世今生》以及《梅水诗传序》、《续梅水诗传序》等文献资料。根据《寻韵攀桂坊》，张芝田是梅州下市攀桂坊张家围人氏，光绪十年（1884）大约六十岁时考取贡生，曾撰《梅州竹枝词》，编撰《梅水诗传》和《宣统嘉应乡土志》[④]。刘奕宏在给我的邮件中说：

张芝田比较长寿，从有关资料看，他活到民国初年，应该是80多岁才去世，但地方史志没有他的传记，目前我还在着手收集他的资料。有关《海国咏事诗》，我也有疑惑，从他的序判断，他似乎没有出过国，那么他写的内容，应该是根据张榕轩等人提供的资料，特别是帮张榕轩校录《海国公余辑录》过程中发挥而成，并非亲眼游历目睹。从饶淦中编写的《张榕轩逝世一百周年纪念文集》可知，1904年，张芝田还为张榕轩半身照题写像赞。从鄙人所能接触到的材料，暂时无法判断张芝田此前是否到过南洋。

---

① 张煜南辑：《海国公余杂著》卷三，乙本，作者小序。

② 丘良任：《竹枝纪事诗》，暨南大学出版社1994年版，第284页。

③ 丘良任等编：《中华竹枝词全编》第六册，北京出版社2007年版，第372页。

④ 刘奕宏、黄智编：《寻韵攀桂坊——品读客都人文胜地的前世今生》，广东高等教育出版社2011年版，第128—129页。

笔者细读张芝田所作《梅州竹枝词》，发现其中两首道及他的先祖：一首写他的曾祖张丹昆九岁应童子试，表现不凡；另一首写一位他的先辈“旋溪公”不乐仕进，归隐田园[①]。饶淦中主编的《印尼张榕轩先贤逝世一百周年纪念文集》收录了不少关于张煜南的稀见资料，从中可了解张煜南与张芝田的一些关系。光绪十二年（1886），张煜南的父亲张熙亮七十大寿，他的亲友具文祝贺，落款中有张莘田而没有张芝田（莘田为芝田兄弟）[②]，说明这个时候张芝田与张煜南的关系还不是很近。又过了七年即光绪十九年（1893），为张煜南之母李氏夫人贺七十大寿，具名中既有张芝田又有张莘田，说证张煜南与张芝田的关系已进一步。张芝田的落款为“宗愚弟金榜候选训导岁贡生愚弟芝田”，说明他与张煜南是同宗，且是平辈。张煜南《海国咏事诗》识语称张芝田“家仙根先生”，《梅水诗传》序称“同宗仙根兄明经”，可印证这种关系。张芝田与张煜南之关系，还可见于《梅州竹枝词》。其一篇云：“辉联甲第竞称张，泽及枯骸在外洋。尤有病人粘实惠，一帆风饱送归乡。”注云：“榕轩张君为副领事，驻日里，买有坟园一所，收葬旅榇未归者。‘辉联甲第’是其门匾。”[③] 张芝田将张煜南慈善事迹收入竹枝词歌颂，说明他对后者的肯定。大约因为张芝田在家乡有文名，且有闲暇，张煜南在槟榔屿副使任上编辑《海国公余辑录》时，即请张芝田为之校录。

《海国咏事诗》识语云：“先生替余校录毕，出所著示余。”聂缉规《海国公余辑录》云：张仙根“邮寄其所校家榕轩书数种，乞序于余”[④]。可证明此事。《海国公余辑录》的两种刻本（见下文），校录者都标识为张鸿南（耀轩），即张煜南的弟弟。张鸿南应该做了一部分校录，但他在棉兰的事务很多，生意很忙，未必有大块的闲暇。这是张煜南邀张芝田参加校录的原因。张芝田参与校录的方式，是通过邮件往还。张芝田在《海国公余辑录》序说：“余僻处乡曲，远隔海外，不获一睹为快，今冬蒙君邮

① 丘良任等编：《中华竹枝词全编》第六册，北京出版社 2007 年版，第 343—344 页。

② 饶淦中主编：《楷范垂芬耀千秋——印尼张榕轩先贤逝世一百周年纪念文集》，（香港）日月星出版社 2011 年版，第 228 页。

③ 丘良任等编：《中华竹枝词全编》第六册，北京出版社 2007 年版，第 356 页。

④ 张煜南辑：《海国公余辑录》卷一，乙本，聂缉规序。

寄示余且索余序。"[①] 说明他在梅县家乡居住，与张煜南的联系主要通过邮寄。后来张芝田计划编辑《梅水诗传》，与张煜南商议，即通过书信，至编辑此书时，"每辑若干首，则虚怀邮示"[②]，仍用邮寄方式。张煜南《续梅水诗传》序云："宣统纪年之冬，由南洋返里，得见仙根先生，时年八十余矣，论诗豪兴不减。"[③] 如此，则二人虽合作多年，见面并不多。

以上是关于张芝田其人及与张煜南的关系。

《海国公余辑录》曾出过两个版本，一个版本为六卷，封面题"黄遵宪署检"，扉页印有"光绪二十四年冬月开雕"字样，无印刷者和印刷地，因先出，笔者命之为甲本。另一版本亦为六卷，附《海国公余杂著》三卷，封面题"黄遵宪署检，杂著坿（附）"，无印刷者，亦无时间和地点，因后出，笔者命之为乙本。甲本质量不甚佳，虽注为"光绪二十四年戊戌冬月开雕"，然有一篇序署"光绪二十五年立春日"[④]，另一篇署"光绪纪年己亥正月"[⑤]，单凭这一条，刻本就不能算精。另外，亦有不少地方字迹漫漶，印制粗劣。或许这是重刻的原因。相形之下，乙本远为精工。比较两个刻本，最令笔者诧异的是乙本对甲本的很多序文都做了修改。如嘉应知府关广槐的序，甲本有这样一段文字：

> 既而出示《海国公余辑录》一书，余披览之，见海外之天时地舆，各国之始终强弱，人情之好恶，物产之丰啬，榷税之盈绌，莫不搜罗探讨，笔之于书。即使臣之奏疏，流寓之诗赋，有关国计民生、人伦风俗者，靡不辑之，择焉而精，语焉而详。若夫圣学何由而昌明，人才何由而振兴，军实何由而训练，库帑何由而充足，则更身处重洋，心怀君国，反复辩驳，自抒伟论，欲返中国于盛强。于戏，此

① 张煜南辑：《海国公余辑录》卷一，乙本，张芝田序。这里有一疑问：张芝田既参与校录《海国公余辑录》，何以序中说"不获一睹为快"？或者《辑录》明列校录者为张耀轩，他即甘居幕后，行文中将自己参与校录一事揭过不提。

② 饶淦中主编：《楷范垂芬耀千秋——印尼张榕轩先贤逝世一百周年纪念文集》，（香港）日月星出版社2011年版，第220页。

③ 同上。

④ 张煜南辑：《海国公余辑录》卷一，甲本，温仲和序。

⑤ 张煜南辑：《海国公余辑录》卷一，甲本，麟隽序。光绪己亥年亦为光绪二十五年（1899）。

非学识兼优，其能有此著述哉？

乙本改为：

既而出示《海国公余》一书，余披览之，见其前六种，材取诸人，后三种，言出自己，而后知其才之大也。君官槟屿副领事，凡出使泰西诸臣道出于此。君留心商务，举屿中物产货饷必详告焉。暇即取《志略》一书而详绎之，徐公所已言者参之，所未言者补之。书中所言战事居多，君之怀抱已可概见。夫舒文敷治，固为政者所必先也，而赋诗言志，亦采风者所有事也。君举其大不遗其细，各国风俗搜剔无遗，原始要终，作为诗什，积久已多，裒然成集。视前此所咏者，尤觉曲尽。身处重洋，心怀君国，观时感事，胸臆自抒，视《辑录》更换一番局面。推原君意，无非欲返中国于盛强。于戏，此非学识兼优，其能有此著述哉？

这两段文字的差别在于，甲本的序只说《辑录》，丝毫未提《杂著》，而乙本的序则既说《辑录》，又说《杂著》，且特别强调后者。这种修改，是否因为张煜南新推出《杂著》，请关广槐把原序扩充了呢？如果仅有这一篇序，自然可以如此推断，问题是，另有数篇序，都做了明显改动。杨沅的序甲本中只提及《辑录》，到了乙本，又加了一段话："然观察意犹未足也，增近事，赓新吟，于《辑录》外，加以《杂著》三种，更觉详人所略，彬彬然文质俱备。"所署的时间，从"光绪二十四年日长至"变成"光绪二十五年长至日"。张芝田的序，乙本增文谓："今榕轩更能取瀛环近事，大而战争诸役，小而风俗异趋，独抒心得，一一补叙于后，其所著高出清高[①]数倍，正不止以《辑录》见长也。"所署的时间，也从"光绪二十四年孟春之月"改为"光绪二十五年孟春之月"。梁迪修的序，乙本增加了这样的话："余谓取诸人何若本诸己。太守别抒怀抱，复能将近五十余年事，择其大而一一笔之于书，又能以其绪余，兼采异国风谣，发为歌

① 指谢清高的《海录》。

咏，亦观风问俗者所取资也。”所署的时间本为“光绪二十三年季夏月”，乙本改为“光绪二十四年季夏月”。最后值得一提的是张煜南的自序。这篇自序在甲本中排在关广槐的序后，列第二篇；乙本则改排于诸序之后，列于最末。其关于《辑录》的说法，有不少删改，关于《杂著》，增加的文字云：“夫九洲大矣，慨自五口通商以后，诸邦乘轮舶，骈集海口，由此而江，而河，兵事屡兴，世变益棘。近五十余年事，皆徐公目所未见。余始取诸家说以参其异，终成一家之言以补其阙。又于丹铅之暇，博取观风问俗之书，朝夕批阅，作为诗歌，以补前诗之所未逮。此三种附录于后。”至于所署时间，则从“光绪二十二年孟冬月”改为“光绪二十四年孟冬月”。

乙本的这些改动，除了张煜南的自序，相信都不是经过原序作者的手，而是张煜南自己或请人动刀。他这么做的原因，盖因为对甲本的印刷不满意，想用新增三卷《杂著》、印制更加精良的乙本来“全覆盖”。因此好几篇序增加了内容，把所署时间后延。另有几篇序，如温仲和、熊曜宗、麟隽所作，大概因为行文原因，改不胜改，干脆删掉了。乙本为迎合新增内容，改动、扩充了原序，这种做法是欠妥当的。这既是对原作者、也是对原文献的不尊重，破坏了学术规范，也给阅读和研究带来了不必要的困惑。

《海国公余辑录》第六卷为张芝田所作歌咏外国的竹枝词，这一卷甲、乙本也有一些区别。首先，在题名上，甲本题作《海国竹枝词》，乙本易题《海国咏事诗》。其次，乙本删掉了甲本中的一些竹枝词。笔者比对后发现，乙本删掉的咏欧美的竹枝词共计 31 首，列表如下：

表 2　　《海国咏事诗》所删《海国竹枝词》中咏美竹枝词

国别	篇数	甲本原文
俄罗斯	3	(1) 恣采莺花岁岁春，何妨面首置多人。兼娴戎事摧回部，北境居然入版新。加他邻嗣位，淫荡外嬖，与回构兵，割其北境。 (2) 约登亭子看冰嬉，携手同行小女儿。二寸铁鞋新购得，不愁泥滑履如夷。往看冰嬉，男女均购冰鞋。闻鞋制以铁为之。登一亭，高丈余，明亮如琉璃瓶一座。 (3) 地中埋管百余枝，汲水高腾灌入池。池面鱼行看不尽，鳟鲈鲫鲤大蕃滋。鳟鲈鲫鲤皆彝产。
瑞典	1	(1) 淖泥农作苦难施，乏食人多吃树皮。惟有生涯赖工力，银铅铜铁采无遗。滨海多淖泥，农作甚艰，贫者食树皮。所产多银、铅、铜、铁，举国以此为生计。

续表

国别	篇数	甲本原文
嗹马 （丹麦）	1	(1) 广营楼阁住婵娟，恋恋情钟恣爱怜。不意一时花玉碎，无辜受累大株连。王耽溺女色，宫妾猝死，王猜疑服毒，株累无辜。
奥地利亚 （奥地利）	1	(1) 频开议院屡临轩，深悉时艰敢惮烦。左党上书推甲里，佛狼岁给沛君恩。奥王屡开议院，左党上书请岁给甲里十万佛狼。
普鲁士	3	(1) 突起英君比耳林，威严威得有同心。嗣王失地终还地，一寸山河一寸金。 (2) 婚制今朝迥不同，隶官不隶教堂中。合欢从此捐多费，受赐人咸颂帝功。比耳林，都城名。威严威得，国王名。自王得国后，政治一新。婚向遵教主，花费多金。今则总归官办矣。 (3) 日召三军训诫良，步兵不减马兵强。请观大阅偕英胄，连辔徐行出教场。德势日强，兵日精，适英世子来贺国诞，德王请偕大阅，连辔徐行，观者如堵。
瑞士	2	(1) 鲜果稀登玛瑙盘，都缘此地极荒寒。瓜桃诸品收藏好，欲敕先期办大官。此地寒，鲜果绝罕，非大官不能办也。 (2) 学宫创建焕然新，教习惟闻命七人。肆武何曾遗幼稚，移兵行阵训常申。瑞士都城新建学宫，研究天主教术，教习七人。又幼童入塾即肄武事。
土耳其	1	(1) 灵巧人称额力西，一冠定制判高低。独严酒禁宽烟禁，吸食颜多变黑黧。额力西人颇灵巧，以冠别贵贱。禁酒不禁烟，故人多以鸦片代酒。
希腊	1	(1) 令出惟行示必遵，刑书铸后众皆嗔。何如斟酌归平允，法立唆伦悦国人。达拉同修刑书，国人侧足。唆伦重定法制，极其平允。
意大里亚 （意大利）	4	(1) 陡兴大利仰东王，时遣商人泛海航。携得中华蚕种返，田畴十万遍栽桑。西都为峩据后，东王嗣位，因旧例烦苛，删订之归于宽简。时国人有航海至中华，携蚕桑之种归，植之，遂兴大利。 (2) 城崇罗马教堂新，优孌兼收使令臣。阉宦乐官闻并设，一千六百计多人。教王居天主堂，设乐官、阉宦，计一千六百人。 (3) 邦交须与德为邻，未面何如见面亲。雨雪载途行不得，再期相会订来春。意主邀德王至其国，德王以时届隆冬，载途雨雪，期以来春庶可践约。 (4) 埔头繁盛墨西挐，市列珊瑚有几家。自是果蔬饶异种，樱桃如豆橘如瓜。此地果蔬极佳，樱桃如蚕豆，春橘之大者如木瓜。
荷兰	5	(1) 安得堤城地本低，先铺木板畏途泥。桥多二百九十所，来往行人路不迷。安得隄都城名，城中二百九十桥。 (2) 两班公会合参详，一半由民一半王。大事莫如先税饷，再三议定始征商。理国务公会两班，其一班王自择，其一班民共推，议定然后赴公会征商。 (3) 百工兴作效驰驱，生长南洋列版图。禁网近来又疏阔，黑人暗地卖为奴。荷禁止以南洋黑人为奴，而律法过疏，岛民巧于诡避，其势仍不可遏。 (4) 恰逢二十五年期，举国嵩呼致祝词。假道适为俄主见，一番容动过荷时。俄主过荷时，值其王在位二十五年之期，举国称庆。俄主亦为之动容。 (5) 开花弹炮但摧城，险阻深山未底平。片土经营三十载，屡增劲旅未休兵。文鲁始造开花炮弹，用以行军，所至南洋之国，无不慑服。独一阿齐，力征三十载尚未休兵，以其地险阻未易攻取故也。

续表

国别	篇数	甲本原文
比利时	1	(1) 背城一借鼓相当，为拒荷人土半亡。谁举偏师资臂助，退兵争道佛兰王。比利时合兵拒荷兰，伏尸遍野，幸佛兰西举兵相助，荷始敛兵退。
法兰西	4	(1) 鲁意荒淫六十秋，是乡将老在温柔。后宫脂粉无名费，额外征求尚未休。鲁意王当国六十年，荒淫宴乐，后宫脂粉之费，任其滥取，无复顾惜。 (2) 重来非色野王宫，强逼归城护卫空。偶阅大英前代史，闷怀难遣哭途穷。非色野者，法王当时之所居也。归城被禁。尝阅英国史记以遣闷怀，有将步王后尘之叹。 (3) 痢疮手抚即能痊，一日相传愈百千。好似南齐文伯艺，善医心病术同传。国中患痢疮者，倩国王举手抚之，抚百人百人愈，抚千人千人愈。 (4) 院开繁术及时为，讲肄群居各有师。不独裹粮赴巴勒，学成五载号名医。有繁术院，居各项艺术之师。如学兵法、开河道、造器物之类。又设医院十四所，学医者皆赴巴勒。
西班牙	1	(1) 新王骑马入都城，公使勋臣尽奉迎。如此岁增宫禁费，挂冠难怪老臣行。新王乘白马入都，勋臣公使尽出奉迎。岁增宫禁费，□□□□。臣某挂冠而去。
葡萄牙	1	(1) 葡萄两种白兼红，作酒沽行舶四通。堪笑黄柑春色美，累累只可饵儿童。土产红白葡萄可酿酒。
英吉利	1	(1) 秽气熏蒸浊水流，居民多有采薪忧。自从挑得阴沟后，洗尽行潦一雨秋。伦敦向未设阴沟，故人民多患疫。
美利坚合众国	1	(1) 茫茫大海捕鲸舟，人发为绳铁作钩。但得一鱼金数万，融脂作烛又煎油。海上捕鲸之船，以纯钢为钩，人发为绳，得一鱼而数万金在其掌握，谓其脂可作油。

以上诗歌被删掉，其原因不得而知。因为不能确定删诗的人是谁，是张煜南，张鸿南，还是作者张芝田；也不能确定删诗的目的是什么：是为了隐恶扬善，去掉负面的描写，还是有内容重要性的考虑，或者只是为了节省篇幅。以笔者眼光，这些删掉的诗与保留的部分相比，看不出明显特别之处。

除了删削，乙本全部保留了甲本的原文，除了咏“英吉利”的一首，甲本云：

烧灯争道礼成园，火树银花一万盆。
五十周年行信局，喜逢茶会设伦敦。
赴礼成园观花灯。又，伦敦设信局适届五十年，特设一茶会以庆成。

乙本改为：

烧灯争道礼成园，火树银花一万盆。
如此繁华争快睹，车行终夜听声喧。

礼成园观蒲丹尼会花灯，蒲丹尼，译言“植物”也。

比较而言，甲本的竹枝词一篇而说二事，以多为上，偏于概括，乙本专说一事，比较具体形象。

因甲本比较稀见，附录于后（见本书附录五）。

张芝田与张煜南所作海外竹枝词篇数最多，在清人中首屈一指；文字量（正文和诗注加在一起）大，可能仅次于黄遵宪《日本杂事诗》。最有特色者，为涵盖广，所咏非一国一区，而是全球各地。二人中，张芝田所作更多，以甲本为据，多达601首，若以乙本为据，也达534首。张煜南所作为403首。见《海国竹枝词》（甲本）、《海国咏事诗》（乙本）、《续海国咏事诗》对照表：

表3 《海国竹枝词》（甲本）、《海国咏事诗》（乙本）、《续海国咏事诗》对照表

国家或地区	《海国竹枝词》篇数	《海国咏事诗》篇数	《续海国咏事诗》篇数
海国总	4	4	
日本	28	24	36
琉球	10	9	19
安南	14	11	40
暹罗	11	9	24
缅甸	9	8	12
吕宋	18	17	6
西里百	6	5	
婆罗洲	13	12	23
噶罗巴	33	28	
喏叻	60	49	（新嘉坡）3
槟榔屿			6
苏门答腊	28	23	10

续表

国家或地区	《海国竹枝词》篇数	《海国咏事诗》篇数	《续海国咏事诗》篇数
东印度	9	9	（五印度）19
中印度	13	13	
南印度	4	4	
西印度	7	6	
北印度	2	2	
西域各回部	4	4	
欧罗巴总	13	13	
峩罗斯	25	（俄罗斯）22	27
瑞典	6	5	10
嗹马	6	5	
奥地利亚（奥地利）	7	6	
普鲁士	25	22	16
日耳曼	7	7	7
瑞士	13	11	1
土耳其	11	10	12
希腊	6	5	2
意大利亚	25	21	（意大利）11
荷兰	21	16	7
比利时	15	14	2
法兰西	32	28	35
西班牙	12	11	
葡萄牙	10	9	6
英吉利	43	42	33
阿非利加北土	3	3	
阿非利加中土、东土	2	2	
阿非利加西土	2	2	
阿非利加南土	2	2	
阿非利加群岛	2	2	
北亚墨利加米利坚合众国	25	24	36
北亚墨利加英吉利属部	2	2	

续表

国家或地区	《海国竹枝词》篇数	《海国咏事诗》篇数	《续海国咏事诗》篇数
南北亚墨利加各国	11	11	
南北亚墨利加群岛	2	2	
总计	601	534	403

现在以乙本的《海国咏事诗》和《续海国咏事诗》为据，讨论张芝田和张煜南所作竹枝词的内容。

《海国咏事诗》的结构，基本上依照徐继畬《瀛寰志略》所述列国次序，依次吟咏全球各地。《续海国咏事诗》稍有异同，但变动不大。《海国咏事诗》小序云："兹篇选材不出《瀛寰》全卷，间参《海国》诸书，披览所及，歌咏随之。"由此可知，张芝田的《海国咏事诗》是根据《瀛寰志略》、《海国图志》等关于外国的文献完成的。本书前八章所论竹枝词，皆出于作者亲履目击，而这两部著作，则主要出自翻阅书本[①]。根据笔者研究，除《瀛寰志略》、《海国图志》外，《海国咏事诗》和《续海国咏事诗》征引了当时许多海外记述，以斌椿《乘槎笔记》、张德彝《航海述奇》、志刚《初使泰西记》、郭嵩焘《使西纪程》、刘锡鸿《英轺日记》、李圭《环游地球新录》、王韬《漫游随录》、袁祖志《谈瀛录》、曾纪泽《使西日记》、薛福成《出使英法义比四国日记》、王之春《使俄草》、钱丰《万国分类时务大成》最多，余不一一列举。从上列诸书，可检出两部竹枝词之所本的大半，另从《海国公余辑录》《海国公余杂著》之其他各卷，如《辨正瀛环志略》《海国轶事》《增益瀛环近事》等，亦可检出部分。

对当时普通读者而言，张芝田的《海国咏事诗》将十余种海外记述熔于一炉，以六百余首竹枝词分而咏之，确能增广见闻。然亦有诸多问题。

首先，作者缺乏甄别真假、区分事实与传说的意识。如咏土耳其的一篇，注文曰："有河水，白羊饮之即变黑，黑羊饮之即变白"；咏意大利的

① 张芝田在序中又说，他所作的竹枝词，"虽故实征求不无增益，然挂一漏万，有识为讥。吾犹不惮为之者，亦以乘槎万里，托兴诸篇，聊吐奇气于胸中，非徒骋游观于海外也"。"海国"总条下有四首诗，其一云："阅尽南洋各埠头，欲征故实费搜求。此行喜至地中海，再与西人话地球。"这些其实是用海外游记作者之声口叙写的，并不表示作者曾亲至海外。

二篇，一注文曰："地有两河，其一河濯发则黄，濯丝则白"，一注文曰："生子浴温泉，不生育者即育"；咏秘鲁国的一篇，注文曰："有树生脂膏，傅诸伤损，一昼一夜，肌肉复合如故。"这些离奇的信息，皆源自明末意大利传教士艾儒略的《职方外纪》[①]。盖因时代关系，《职方外纪》杂采谰语，多见悠谬。以上诸事，《瀛寰志略》未取，而《海国咏事诗》取之，从《海国咏事诗》小序判断，张芝田也并非直接取自《职方外纪》，而是从《海国图志》的辑录中得来。按《海国图志》征引外国人著述甚多，其中既有明末清初传教士所著，更有19世纪新教传教士的著译，如马礼逊《外国史略》、郭实腊《万国地理全图集》、《贸易通志》和《东西洋考每月统记传》、韦理哲《地球图说》、裨治文《美理哥合省国志略》等。《海国图志》与《瀛寰志略》之主要差别，《海国图志》为一芜杂之文献集，细大不捐，资料固丰，亦较泛滥，不像《瀛寰志略》那样经过弃取和加工，成为一逻辑严密、首尾一贯、资料可靠、叙述精练的专著。《职方外纪》远早于《瀛寰志略》，其道听途说的内容为徐继畬所弃，而张芝田从《海国图志》取之，形之吟咏，可说颇失拣择。晚清歌咏南美的竹枝词非常稀见，《海国咏事诗》涵盖南美，本来难得，可惜主要取资《职方外纪》，把这一不错的题目浪费掉了。

其次，作者缺乏历史观念，往往造成年代混淆（anachronism）；根据文献作诗，常出纰漏。如咏希腊第一首（甲本《海国竹枝词》为第二首）："部分十二不分疆，遣使周旋事共商。军食绸缪先未雨，预储德尔佛斯堂。"注云："希腊分十二国，每国遣使二人，岁二会，各出蓄积，贮于德尔佛斯堂。"此段信息盖出玛吉士《地理备考》[②]，当代读者一望而知是叙述远古的事，而诗篇给读者的印象，却似乎是在叙说当代。又，咏意大利一诗云："五千狮虎爪牙张，铜栅当中设斗场。投得万囚相与角，霎时血肉尽飞扬。"注云："搏兽院设铜栅，当中启闭之，使重囚一万与狮虎五千相角，霎时血肉狼藉，观者皆咋舌。"作者也未指明这是罗马帝国时代的

① 《职方外纪校释》，艾儒略原著，谢方校释，中华书局1996年版，第98、86、86、123页。"有河水，白羊饮之即变黑，黑羊饮之即变白"，在《职方外纪》"厄勒祭亚"条下，本说希腊，这里用说土耳其，盖因《海国图志》将厄勒祭误置于北土鲁基（土耳其）项下之故。

② 魏源：《海国图志》中册，陈华等点校注释，岳麓书社1998年版，第1107页。

事。此诗据薛福成《出使英法义比四国日记》，原文为：

汉明帝时，罗马国王弗司排山（一译作腓士巴山）与犹太国战胜，归造此院，未竣而卒。其子地朵（一作第度）续成之，役俘虏数千人，阅数十年而工竣。缔造之初，使罪人与猛兽格斗百日，狮虎五千头（皆从阿非利加运来），狱囚一万余，皆毙焉，亦惨酷之政也。[①]

薛福成说得很明白，狮虎五千、狱囚一万余皆毙，是“格斗百日”的结果；而张芝田给读者的印象，“一万与狮虎五千相角，霎时血肉狼藉”，仿佛是一次格斗、片刻之间的事情。又，《海国竹枝词》咏伦敦云：“凌空矗起一飞桥，铸铁功成迹未消。泰晤士江江上望，彩虹双落画中描。”注云：“伦敦铁路横跨泰晤江上，重数千斤，一人可以开合。”这里说的“飞桥”是伦敦塔桥，为开合桥，是不通火车的。此诗根据王之春《使俄草》卷五：“寻过一铁桥，所谓伦敦桥者也。桥跨泰唔士江，上流矗立楼坊四座，中为机轮，桥重数十万斤，一人可以开合。桥开则人从上过，复道行空，彩虹双落，今果见诸实境。”[②] 原文并未说铁桥可作铁路之用。类似偏离原文，造成事实错误的诗篇不少，以上只是其中几个例子。更严重的失误是张冠李戴，把基本事实也搞错。例如咏瑞士第一至第四首诗，源出斌椿《乘槎笔记》，原来都是说瑞典的[③]；其所咏“地谷白剌格”建天文台事迹，源出《职方外纪》，本说大泥亚（丹麦）国事[④]，被置于瑞士。如此种种，都表现出作者缺乏应有的精审。

张煜南《续海国咏事诗》为张芝田《海国咏事诗》的续作，二者创作

---

① 薛福成：《出使英法义比四国日记》，岳麓书社1985年版，第308—309页。

② 《王之春集》（二），岳麓书社2010年版，第731页。

③ 诗云：一、碧天如水映琼楼，十二珠帘半上钩。栏杆有人红袖倚，恍疑仙子在瀛洲。二、最上高楼住大坤，飞尘不到息嚣喧。两行苍翠松兼柏，镇日阴阴护禁门。三、胜游小驻水晶宫，持镜何妨人壁中。来往如梭千百只，浮游水面认微虫。四、大鱼留壳想中空，门户轩窗处处通。结构宛然如艇式，作舟休更笑张融。以上小注略。出处见斌椿《乘槎笔记·诗二种》，岳麓书社1985年版，第126—128页。

④ 《职方外纪校释》，艾儒略原注，谢方校释，中华书局1996年版，第97页。据本书，地谷白剌格为16世纪丹麦著名天文学家第谷（Tycho Brahe，1546—1601）。

目标一致，取资的文献来源也大体相同。相形而言，比之于《海国咏事诗》，《续海国咏事诗》似更具历史意识和科学精神。《续海国咏事诗》援引当代海外笔记最伙，外国人著作次之，很少引用《职方外纪》，亦罕涉不经之说。另外，《续海国咏事诗》每国项下皆有题注，介绍背景知识，较《海国咏事诗》显然更规范，更利于阅读。不少引证文献在小注中给出了来源，这在《海国咏事诗》是没有的。其所使用的译名也比较通用。张煜南虽不是一个学者[①]，但更具有开化的精神和世界的意识。从风格上说，二人比较接近，相对说来，张芝田的诗更加滑润，一些篇章颇可诵读；而张煜南的诗虽然多取轶事，志在活泼，诗句终嫌枯涩。

《海国轶事》跋语云："出机杼于一心，得游戏之三昧。宛西游长春之记变幻多端，作东方曼倩之谈诙谐俱妙。"张芝田作《海国咏事诗》，蛰居乡里，神驰域外，半为自娱；张煜南作《续海国咏事诗》，既是传播知识，也是笔墨消遣。故两种作品篇数虽多，皆不甚着力，与黄遵宪《日本杂事诗》之郑重其事，张祖翼《伦敦竹枝词》之蓄意讽谏，区别明显。从写作形式上说，二人的注文皆过薄，读之如蜻蜓点水，不能产生清晰的概念，也达不到动人的效果。当时中外交流已多，信息丰富，读者不以一二诗句为稀奇，若不穷形尽相，刻意求工，难以动人。而如果追求竹枝词内容丰富，动人视听，主要有两个途径：或如黄遵宪《日本竹枝词》、张祖翼《伦敦竹枝词》那样，用详注；或如斌椿《乘槎笔记》、王之春《使俄草》那样，附于某书某游记之内或之后。二张的《海国咏事诗》既没有用详注，也不是附于某书，通过上下文申明含义，其阅读效果自然不会很理想。

颜清湟在《张煜南与潮汕铁路》一文中评价张煜南说：

虽然张煜南并不是一个儒学家，但他相信伟大的儒学家文化会传

① 笔者以为，《海国公余辑录》之《辨正瀛寰志略》所辑以及《海国公余杂著》之《推广瀛寰志略》所著，皆无甚发明，误解亦多。《海国公余辑录》之《槎使游历诗歌》编辑尤劣：书中作者时而用名，时而用字，如王之春、王芍岩，吴广霈、吴翰涛，未能统一；排列既不按地域，也不论时间；文献出处也无。有的诗无端易题，如王之春《俄京竹枝词》改为《俄京杂咏》，殊无谓。注文有时不出原注，如将斌椿诗易题、将题中意思压缩为注，颇不严谨。

> 播于海外，而中国一些传统的准则，如忠君、诚笃、信实、敬老等，也将在华侨社会中保存。他也渴望协助华侨受教育，并使他们同中国更加接近。在这一点上，张煜南符合一个十分信赖儒家文化的传统的中国民族主义者，准备运用自己的财力来协助中国实现现代化。①

张煜南在棉兰和槟榔屿生活，因为身份的关系，有亲身接触荷兰人和其他外国人的条件，但他对外国的认识，主要还是从书本上得来的②。从《续海国咏事诗》等著作观察，他的思想，与薛福成、王之春等比较开放而以中国儒教为归的洋务派接近，单在伦理方面，则与袁祖志、张祖翼相去不远③。张芝田在故乡梅县居住，也许从未接触过外国人，他的文化观自然取文化本位主义，观《宣统嘉应州乡土志》引用张之洞的《非攻教篇》可知④。总之，二人对西方的认识，主要从书本上得来，不是亲身经历，加之思想能力有限，不能跳出传统的樊篱，其所吟咏，并无新意。这也是晚清海外竹枝词走向没落的征候。

---

① 颜清湟：《海外华人史研究》，新加坡亚洲研究学会 1992 年版，第 65 页。

② 张煜南面见慈禧太后和光绪帝时，曾说自己“英国文字学习不多，惟外国通行的巫拉由（马来文）文字臣颇熟悉”［饶淦中主编：《楷范垂芬耀千秋——印尼张榕轩先贤逝世一百周年纪念文集》，（香港）日月星出版社 2011 年版，第 143 页］。

③ 《海国公余辑录》卷五《海国轶事》之“那威士哥沙风俗”一节，有“泰西诸国不讲伦纪，父子异居，视若陌路，其俗然也”之语。

④ 张芝田编：《（宣统）嘉应州乡土志》，《首都图书馆藏稀见方志丛刊》（14），国家图书馆出版社 2011 年版，第 124 页。

结　论

晚清海外竹枝词将题材拓至欧美，是海外竹枝词之新变，也开出了近代文学的一枝奇葩。从研究角度说，欧美各国在地理、政治、物质水平、文化形态上比较接近，其与大清国的关系亦类同，以之为对象的竹枝词，可以提取出来，作为一个单独的研究对象。

这些海外竹枝词，如同五色缤纷的化石，是中西关系那一段特殊历史的沉积。不同作者因为身份不同，其诗中对西方的态度也不一。笔者没见到吴樵珊《伦敦竹枝词》的原文，但从英译文中可以断定，作为一个华人基督徒，他对英国是亲近、美化、歌颂的。张祖翼则用另一种方式。他隐藏了作者身份，其《伦敦竹枝词》对英国嬉笑怒骂，极尽丑诋。吴樵珊和张祖翼为对西方态度的两极，期间则有斌椿、陈兰彬、袁祖志、潘飞声、王之春、潘乃光、张芝田和张煜南。

晚清海外竹枝词作品既是采风问俗——一种理智的认识，也是自我吟唱——一种民族主义的发露。中西之间的孤隔，彼此对对方的无知，造成了多少误解！当清人站在西方的土地上，看到林立的高楼、整洁的街道、璀璨的路灯，内心是何等羡慕！看到袒胸露背、连臂出游或与陌生男子搂抱跳舞的女子，内心是何等惊骇！看到飞快的车船、高效的工厂、簇新的枪炮，内心又是何等嫉妒、憎恶、愤慨！在任何一个时代，跨文化的交往都是不容易的；在十九世纪下半叶，清朝与西方的交往也许比人类历史上任何时期都难。民族主义的情绪是偏激的、狭隘的、不文明的，又是高尚和充满人性的。短短 60 年时间里，中国经历了两次鸦片战争、一次中法战争、一次庚子事变，中国一次次遭到西方列强的侵略，凌辱实在太多了。笔者完全理解张祖翼笔下对西方的对立情绪，其已无三元里的冲天怒火，也无义和团的刻骨仇恨，有的只是对英国人日常生活的平和的揶揄。

晚清海外竹枝词以简洁、幽默的形式描写了西方人和西方社会，展现出作者所感受到的中西文化的差异。绪言中已经说到，晚清中国人对西方的许多风俗抱着讥嘲的态度，是有历史和文化传统的根深蒂固的原因的，应该得到理解而不是指责。还有另一方面。许多作者在真诚歆慕西方富强的同时，又排斥西方的文明，尤其不能认同殖民主义和武力征服。他们把这一现象归结为不知中国圣教。笔者以为，在这一点上，清人有合理之处。在终极的意义上，西方近代的物质主义、实利主义、个人主义，境界不高，民族国家之间的竞争与敌对的关系，是人类社会的动物性残留，难称文明。相对而言，传统儒家文化抑制和柔化这种物质主义、个人至上，反对民族之间肉搏和绞杀，追求精神的满足，追求至善大同，是优秀的文化，代表人类未来的方向。西方传教士出于基督教独断论，西方商人出于科学主义与进步论，把带着血腥和鄙俗的西方阶段性的成就作为文明的标准，对中国文化全然抹杀，是不公道的。他们把中国推进了世界战争的巨大绞杀机，让中国人遭受了无比的苦难，同时他们自己也吃了大亏，差点在两次大战中毁灭。

晚清海外竹枝词的作者个人或许无足轻重，但他们所代表的文化，则绝不浅薄。

如果说，晚清中国人用华夏至上的态度看待西方，当代人则倾向于用不自知的启蒙主义或西方文化中心论，来看待一百年前的清人。两种观点都缺乏全面的了解和理解的同情。只有把人放在人性这把健全的尺子上，耐心地多侧面比量，才能丈量出人的复杂性，才能给出更接近事实的定论。否则是其所是而非其所非，攻其一点不及其余，是不可能公道的。

以上主要说晚清海外竹枝词的意义和价值，这里再说局限。第一个局限和竹枝词诗体本身有关。竹枝词形同绝句，每章七言四句二十八个字，方寸之地，容纳有限。黄遵宪的《日本杂事诗》和张祖翼的《伦敦竹枝词》内容丰富，全赖作者自注。而那些没有多少注文的竹枝词作品，皆不免淡薄。另一方面，竹枝词吟咏风土，或欣赏，或打趣，要在轻松愉快，而非情深义重或剑拔弩张。这一传统限制了海外竹枝词的表达。袁祖志的竹枝体诗，王之春、潘乃光的海外竹枝词，均轻描淡写，丝毫不见其他著作（诗、日记、专论）中讨论中西对立的那种严肃和紧张。就本书所讨论的欧美竹枝词而言，作品虽然多样，却都不免有集体文学的腔调，作者的个性、具体的经历和感受，皆无从寻觅。将潘飞声的《海山词》与《柏林竹枝词》对照，最能说明这一问题。

第二个局限表现在创作上。竹枝词本为民间歌谣，经刘禹锡改造，成为一种文人诗。因发于民间，故好的竹枝词都比较通脱，其文俗而能雅，其声自然天籁。随着时间推移，后世竹枝词作品离民间渐行渐远。晚清海外竹枝词作品参差不齐，有的流利通脱，风致天然，有的滞重缠缚，生搬硬造。总体来说，晚清海外竹枝词在风格上沿袭了传统竹枝词的面貌，遂亦牢笼于传统之内，很少新创。其最可注意者，为喜用外来语入诗，这一特色，或影响到 19 世纪末的流行的诗风。[①] 而外来语入诗的情况，如绪论所言，并非从海外竹枝词始。总的来说，以欧美各国为对象的竹枝词，经过半个世纪吟咏，因题材一致，体验趋同，不免于程式化。许多作品陈陈相因，声口相同，难出新意。

从中唐到晚清，竹枝词已走过了千余年的历程，其创作的动能已大为衰减。晚清海外竹枝词之一时的勃兴，究竟未能改变竹枝词的根本面貌。一般而言，创造的时代过后，将是整理的时代；晚清海外竹枝词是竹枝词的最后一次喷发，烟火散尽之后，研究的大门将慢慢开启。笔者的这本小书，算是从门缝里丢出来“引玉”的一块砖头吧。

---

① 梁启超论诗云：“欲为诗界之哥伦布、玛赛郎，不可不备三长，第一要新意境，第二要新语句，而又须以古人之风格入之，然后成其为诗。”他认为夏曾佑、谭嗣同的诗生涩语、佛典语、欧洲语杂用，但效果不佳，“已不备诗家之资格”（梁启超：《新大陆游记及其他》，岳麓书社 1985 年版，第 593 页）。

附录一　晚清海外竹枝词一览表

作者	名称	出处	出版年代
吴樵珊	《伦敦竹枝词》*	《北华捷报》	1851
斌椿	《越南国杂咏》《至印度锡兰岛》《书所见》* 等	《海国胜游草》	1868
王芝	《干厓竹枝词》《野人山竹枝词》*《新街竹枝词》《缅甸竹枝词》	《海客日谭》	1876
陈兰彬	《游历美国即景诗》*	《申报》	1872
岭南随俗之人	《日本竹枝词》	《申报》	1873
何如璋	《使东杂咏》	《使东述略》	1878
黄遵宪	《日本杂事诗》	单行本	1879
王之春	《东京竹枝词》*	《谈瀛录》	1880
袁祖志	《山行杂咏》*《巴黎四咏》《泛舟天士河》*《西班牙纪游》等	《谈瀛录》	1884
四明浮槎客	《东洋神户日本竹枝词》	《东洋风土竹枝词》	1884
局中门外汉（张祖翼）	《伦敦竹枝词》	《观自得斋别集》	1888
潘飞声	《柏林竹枝词》	《说剑堂集》	1896
王之春	《俄京竹枝词》*、《巴黎竹枝词》*	《使俄草》	1895
寄所托斋（潘乃光）	《海外竹枝词》	单行本	1895
许南英	《新加坡竹枝词》	《窥园留草》	1895—1897
张芝田	《海国咏事诗》*	《海国公余辑录》	1898
张煜南	《续海国咏事诗》*	《海国公余辑录》	1901
萧雅堂	《星洲竹枝词》	新加坡《天南新报》	1898

续表

作者	名称	出处	出版年代
萧雅堂	《锡江竹枝词》	新加坡《天南新报》	1899
丘逢甲	《西贡杂诗》《槟榔屿杂诗》	《岭云海日楼诗抄》	1900
王恩翔	《坝罗竹枝诗》《槟城歌》	《天南新报》	1900
濯足扶桑客（刘珏）	《增注东洋诗史》	单行本	1903
姚鹏图	《扶桑百八吟》	单行本	1905
郁华	《东京杂事诗》	《静远堂诗》	1905
忏广（廖恩焘）	《湾城竹枝词》	《新民丛报》	1906
郭则沄	《江户竹枝词》	单行本	1907
陈道华	《日京竹枝词百首》	《三十六荷花苑诗抄》	1908
梅宋博	《星洲竹枝词》	新加坡《总江新报》	1909
单士厘	《日本竹枝词》	《受兹室诗稿》	待考
邓尔雅	《委奴竹枝词》	《绿绮园诗集》	待考
邓尔瑱	《暹罗竹枝词》	《潮州诗萃》	待考

注：1. 本表收录1840—1911年中国人吟咏外国的竹枝词作品，咏香港、澳门、台湾者不在其列，外国人作品亦不入列；2. 本表参考了王慎之、王子今辑《清代海外竹枝词》、丘良任等编《中华竹枝词全编》及学术界近年来散见的学术研究成果，一部分作品为笔者新增（标*者）。

附录二 Fugitive Notes on England and the English

The North China Herald

No. 61—September 27，1851，pp. 34－35

The following notes were sketched by a literary Chinese who，a few years ago，accompanied a gentleman on a visit to England. The native is now in Shanghai，and，on returning from England，wrote off a number of stanzas in Chinese poetry for the perusal of his private friends. It is only in manuscript and has never been printed. A correspondent has connected the rambling and scattered ideas together，so as to make them more presentable in an English dress，and arranged them in two sections，—the first of which，on "England"，we lay before our readers this week，reserving for our next issue the second edition，or "The English"，which we think the more interesting of the two. The Chinaman's imagination seems to have chiefly dwelt，as was natural，on what offered the greatest contrast to the "men and things" of his own country.

FUGITIVE NOTES ON ENGLAND AND THE ENGLISH.

(*Taken by a Chinaman after a visit to Great Britain in the years* 1844，45，& 46.)

INTRODUCTIOON.

"In the year 1844, I embarked on board a foreign ship and made sail for the far West, to ramble about England for a while. Altogether I was nearly three years absent from my native country.

"If I were to note down every thing relating to the manners and customs of the English people or the products of their country, —the task would be an endless one. Indeed the time would fail for merely copying off the various manuscripts that would be necessary to a thorough investigation of these points. My object at present, therefore, is only to select a few of the things that struck me most forcibly, during my sojourn in England.

"In throwing off the following notes, I have thought fit to connect them together in sentences that, on account of their vulgar phraseology, cannot be called poetical effusions, but—if you like—pickings of common flowers.

§ I. ENGLAND.

Contents. —Arrival; Country and Climate; Cities and Crowds; Public Conveniences, e. g. Gaslights, Railway Engines, Steam-boats, Machines; Graves; Houses; Furniture of Rooms.

"The voyage to England was so dull and dreary that it left no interesting reminiscence behind. No sooner, however, did the boisterous waves begin to be still than the fairy-cliffs of England hove in sight like the haunts of genii, the enchanting abodes of men rose up before me as if from empty space, and hill and dale looked as fine pictures in embroidered work.

"On approaching the coast, we were hailed first by a veteran pilot, —a man skilled in guiding ships along the safest channels. A little after I saw driving ahead of us a steam-tug all trim and tight, dragging our vessel along, till we got into port, where I found all the vessels secured close alongside the wharf. The baggage was then carefully arranged and sent up to the Custom-house, where it underwent strict search and examination.

"England lies upon the shores of the Western Ocean. There is not much land under cultivation; and, where there is, the horse is used for ploughing it. As I happened to reach England after the harvest had been taken in, I saw not the yellow cloud waving over the face of the earth; but I believe the husbandman there thinks himself lucky for the year if he has good crops of wheat and barley. Beyond my native country, I have never seen either mulberry plantations or fields of cotton.

"Of dusky and cloudy weather, there is in Great Britain quite an excess, and rain in abundance. Among my countrymen there is a saying that 'in the West the skies leak.' This is not far from the truth. During the dog-days the heat is not very great, for the people are able even then to wear several pieces of clothing at one and the same time. Yet let the cold of winter be never so severe, no one thinks of using raiment wadded with cotton as we do.

"In their cities, the public streets cross and recross, and, upon them, you constantly hear the rumbling of coaches or carriages and the tramp of horses. Sometimes the crowds of people in the streets are so large that the passengers touch each other's shoulders; but the olfactories are not offended by disagreeable and disgusting smells. In these crowds, you may distinguish *the policeman* by his blue livery and grave looks, and *the postman* by the red collar of his coat and the double stroke of the knocker when he delivers his letters. The Dragoon you know by his carrying on the crown of his helmet a crest of red floss silk as indicative of his fierce valour; and military officers you may tell by their wearing ornamental badges of gold thread upon the shoulders.

"On the roadside there stand lamp posts with beautiful lanterns that, when lit at night, illuminate the whole expanse of the heavens. The gas which burns in these lamps is produced from coal, and, without question, is a most wonderful discovery. It jets forth a flame of light brighter than either the wax-candle or the oil lamp can give. By it whole families enjoy light and thousands of houses are simultaneously illuminated. In all the market places and public thoroughfares, it is as clear and bright at midnight as at noontide, and, if I mistake not, as gay as our feast of lanterns is. In fact, a city that is so illuminated might well be called 'a nightless city': for you may wander about it till break of day without carrying a lantern, and, go where you please, you meet with no interruption.

"Cars of fire, urged on by steam, fly swift as the wind; and, on the rails of their railroads, they have a most ingenious method of turning these locomotives.

"Steam-boats (which are in general very richly adorned,) pass through the water by means of paddle-wheels with astonishing rapidity; and, upon the rivers and in the bays, beautiful steam-wherries are constantly running, —which make it both easy and convenient for passengers to cross.

"I have seen a carriage that was so constructed as to be worked by the person who was riding in it, —just as one would scull a boat. It went admirably and seemed well-fitted for land traveling. The machines that are used for dredging their canals and rivers must be of immense service to inland navigation.

"The windmill that whirls about in the air is truly an ingenious contrivance; and the pump too, which, without the use of a draw-bucket but simply by working the handle, belches forth water in abundance.

"The graves of the English people do not rise like mounds nor are they planted about with trees as ours are.

"The houses are as close together as the scales upon the back of a fish. In front of them they plant trees or have flower-gardens. The houses rise several stories high. The people generally live in the upper stories and make constant use of stair-cases. Houses darting up to the clouds, —with whitewashed walls and glazed doors and windows, —look as if they were buildings set with precious stones. Balustrades of metal twist and twine around the windows and pillars.

"Doors and windows are all furnished with panes of glass, and bright light is reflected from every part of the room, so that one, as he sits there, may fancy himself a resident of the moon. The bedrooms are so close and air-tight, that no dust gets in and the wind is only heard blowing upon the outer shutters. Thus, the chilly-breezes of autumn are scarcely felt, besides, the fires in their grates are constantly kept up, so that the general temperature is that of spring time and, in the depth of winter, one does not feel the keenest cold.

"Enter what houses you please, it is as if you were ascending a pagoda furnished with every variety of costly ornaments. Each brilliant drawing-room might be taken for a fairy's Paradise. The walls of their parlours are hung with beautiful paper, or tapestry. Carpets of the most exquisite texture and elegant patterns are spread upon their floors; their stair-cases too are laid with fine soft carpeting.

"In these rooms, musical instruments stand here, there, and everywhere. Whatnots and tables laden with books, pretty clocks and beautiful vases, elegantly furnished sofas and settees, and work tables in laid with tortoise-shell form part of the decorative furniture of these saloons, while fragrant odours, exhaled by luxuriant flowers, fill the air. Generally their tables, couches, and chairs are all rubbed up till they become as bright as polished metal; and, in the spacious apartments of which I speak, large mirrors of glass are hung, in which on can always see his full length.

"The artificial flowers which you find in each room are of every variety and display extraordinary talent and ingenuity; in short, if you look into any corner of their room, you are sure to see specimens of manufacture that exhibit the finest skill and art. For instance—the contrivance by which the door of the room is made to shut of itself, is remarkably ingenious; —the titles on the backs of their books are in letters of gold; —their chess-boards and chess-men are elegant pieces of work; —the keys of the piano (an instrument that strikes the most perfect notes of music) are made of the beautiful ivory; and, —if I were to attempt to describe their stained and variegated glass, —I really could not give any adequate idea of the curiosity and fineness of the art that can produce such results."

The North China Herald

No. 62—October 4, 1851, p. 39

FUGITIVE NOTES ON ENGLAND AND THE ENGLISH.

(Taken by a Chinaman after a visit to Great Britain in the years 1844, 45 & 46)

§ II. THE ENGLISH. *

Contents. —The Queen; Women—their appearance and dress; Men—appearance and dress; Merchants; Religion and Charity; Intercourse in Society; Meals, breakfast, dinner, tea-parties; Miscellaneous Manners and Customs; Conclusion.

"On the throne there sits a Queen who is endowed by Heaven with remarkable wisdom, and governs her subjects with great benevolence.

"The faces of the fair sex (for shading which they wear gauze veils of the finest texture,) are as delicate as the Hibiscus flower; and, as I have watched them sitting side by side in the same carriage, I could not help remarking how like the sweet violet they looked. Their eyes, having the blue tint of the waters of autumn, are charming beyond description; and their waists are squeezed as tight and thin as a willow branch. What perhaps caught my fancy most was the sight of elegantly dressed young ladies, with pearlwhite necks and tightlaced waists. Nothing can possibly be so enchanting as to see ladies that compress themselves into taperforms of the most exquisite shape, the like of which I have never seen before. In their splendid carriages (which are generally drawn by a pair of horses, each with a diamond spot of white hair upon its snout,) ladies and gentlemen sit together; but as for the ladies who grace these carriages, —their beauteous hue surpasses the bloom of the spring flowers, —their eyebrows are of a delicate outline resembling that of hills looming on the distant horizon, —the colour of their eyes is of the most charming blue, —and their whole deportment is as calm and cool as are the autumnal waters.

"The elegant dresses they wear are often made of watered silk that looks like a collection of fibres from some cirrus-cloud. In the cold weather they are in the habit of putting variegated furtippets and boas round the neck. Tortoise-shell combs are used for keeping up the hair, both on the back and the side of the head. Their caps are decked with elegant artificial flowers; their bonnets carry plumes of brilliant feathers; and caps and bonnets alike are trimmed with beautiful ribbons. When they go out for a walk, fine silken bags dangle from their petty arms, coral chains with gold watches are slung around the neck, they carry open parasols of the shape of the full moon, their robes are gay as the rain-bow, and, as they pass and repass you while you stand at your door, the pretty sounds of their tittering and talking remind you of the sweet notes of the thrush.

"As to the men, they have prominent noses, bushy eyebrows, and frizzly hair. They spare no pains in washing, dressing and adorning their persons. Their under-garments are tight; their outer, short and open in front. The sleeves of their coats are worn tight to keep out the cold. As perspiration is very much disliked, scented oils or waters are much used, -some of which (for deliciousness of flavour) can vie with what is of the highest repute among us under the name of "The Dragon's Saliva!" They carry beautiful pieces of gold and silver money in elegant purses. Their hats are of beaver, their shoes of leather, and their clothes of fine black cloth.

"The British are an enterprising people. Most of their Merchants are men of large capital; and, being fearless of danger as well as regardless of distance, they travel far off upon the sea to the remotest regions, to open marts for their commerce.

"Great Britain has been, for nearly eighteen centuries, under the influence of Christianity, to which chiefly, I think, must be attributed the refinement in customs and manners of the nation. Of the idle tales and silly vagaries of the Buddhist and Taoist religions they know nothing; because they derive all the principles of true morality from its only source—the Supreme Being. They do not even offer sacrifices to the manes of their departed ancestors; but the whole nation are, to a man, worshippers of the God of Heaven. Him they adore with all sincerity of heart; hence, the intercourse in society is marked by pure integrity and unmixed kindness. The worship of God they observe in their families. Thus, for instance, in the morning the entire household meet to unbosom their hearts, thoughts, and affections in solemn worship and prayer to the God of all. In this act too, their love to the human race shines forth very remarkably, inasmuch as during this service also, they earnestly desire that goodwill and benevolence may extend throughout the whole world. In praying they do not pray that they themselves may secure any selfish ends, such as fame or gain. Bearing in mind that the instruction of the ancient sages should be strictly observed, they suffer no low and selfish thoughts at such a time to disturb their minds; but, having finished perusing a portion of God's Holy Word, they all together prostrate themselves before Him and implore with all fervour that the gospel may spread far and wide until it shall reach every spot on this habitable globe. For the public worship of God, they have chapels or churches, —to each of which a minister is appointed who conducts the service and preaches to the congregations. Nor are their preachers of the gospel reluctant to go to the most forbidding wilds in foreign countries, if they can but fulfil the objects of their sacred calling in those places.

"Among charitable Institutions, the English support Medical Dispensaries and Public Hospitals where they cure lingering diseases, without the use of those tedious and ineffective prescriptions that are in vogue among the people of this Middle Kingdom.

"The English seem to delight in the golden rule 'love they [thy] neighbour as thyself;' and, in carrying out the spirit of this maxim, I do not think there is any farce or hypocrisy with them. As far as came under my observation, the feelings of the people are generous and benevolent, their manners perfectly refined, and their usual deportment while it is kind and bland bespeaks the deepest sincerity.

"Hosts and guests are exceedingly polite to each other, and, both in meeting and parting, heartily shake hands; while relations, in token of deep affection, exchange the kiss of friendship. When strangers meet, the intercourse is most respectful, and the conversation free from rude speeches. Sometimes, as a mark of attention, they may treat you to a glass of wine, sometimes to a cup of tea. The writer of these notes, although a visitor from a very distant country and a man of no merit whatever, was nevertheless entertained with the greatest hospitality, everywhere met with much respect, and, no matter into what company he went, eager enquiries were put to him regarding China and her customs. Many a gay lady has made tea for their Chinese stranger, and often, often, have young bright maidens brought their albums to him that he might write a line or two of Chinese for them.

"In their social intercourse *respect for the female sex* is one feature that I could not help observing as being very prominent, and most likely inherited by them from antiquity. Their young children are well educated and well behaved; and the sweetest harmony prevails in the family circle, so that, whenever its members group around the fireside, there is no squabbling, no wrangling, but all is order, quiet, peace.

"When they take their meals, the whole family sit at one and the same table.

"The breakfast is served in an elegant service of plate and porcelain.

"When the dinner-hour arrives, (the lateness of which depends on the rank of the guest,) each lady leaning her arm upon that of a gentleman is conducted to the dinning room. The festive board is decorated with flowers of the most exquisite hue, and fruits of every variety. Spoons, instead of chopsticks, are set out to eat rice with—rice as white as snow. Their table-knives glitter like the hoar-frost and have edges sharp enough to mince the toughest meat. When the choicest dishes have all been laid out, —and before even a spoon or a knife is touched, —thanks are first offered up to the Ruler of all for the bounties of His Providence. Soup in a tureen is usually the first dish; —after which, the several standard dishes come in succession. Instead of rice being, as with us, their staple food, they take beef and mutton, (cooked not with firewood but with coal) . Ask for what spice you like to stimulate your appetite with, and it is at once handed to you. Various wines too, (the fine product of the grape,) the sweet flavour of which fills the banquet room, are served out in abundance.

"At their evening parties, as I have watched the most delicious tea made in silver tea-pots and the silver-tray go round the room laden with snow-white sugar, rich cream, sweet cakes, and pearly butter, I could not lose sight of the ladies before me. They looked like fairies of the most lovely figure flitting and gliding before my eyes. And yet these were not airy phantoms, or cloud-wrapped nymphs, created by some magic art. They were living realities; and, one cup of tea, under auspices so propitious, was enough to drive dull care away!

"The usual hour for getting up in the morning is five o'clock, and, for going to bed at night eleven. —When they want to call a servant, they ring a bell. The attendant is waiting outside and, on hearing the call, quietly walks in. —At weddings the reigning colour is white, at funerals black. —In using the doorknocker, there seems to be something like the following rule: A lady taps gently, a gentleman gives a decided and repeated knock, the postman makes two loud rapid strokes, a servant only one. —When a visitor comes to pay a call, it is customary to send up a neat card with his name upon it. As soon as he crosses the threshold of the house-door, he takes off his hat. —You will almost invariably find that each gentleman, in taking his walks abroad, carries his cane or stick with him: you will not often see a servant boy following behind, but more frequently a dog, or perhaps a pet-cur with a bell around its neck. —Ladies and gentlemen, when they walk out together, generally walk arm in arm. —Go out at what hour you choose and you may, if you like, mount some finely equipped coach; or, if you are about to take a jaunt into the country, the coach-guard blows his horn to warn you of the hour for starting. —In lodging any money at a banker's office, you receive a note or bill to the amount thereof. —The grey-goose quill is used for writing the running hand; and, when a letter is written and folded, it is sealed with wax. —For his leisure moments, every one has at hand what suits his taste, a musical instrument or a book. The ladies at such times are great readers, or while their spare moments away in working embroidery with a pretty delicate needle. The gentlemen are fond of amusing themselves at cricket, which is played either out of town or on a fine lawn, and is really well worth looking at.

———

"In conclusion now, reader, amidst all the wonders, attentions, and enjoyments which I found among the English people, —what think you was it that mortified me? It was—that I was not able to speak one word of their language. A consciousness of this defect greatly annoyed me at the time, and the reminiscence thereof still makes me feel no little shame."

* The first Section, on "England", was given in our last number.

附录三　Memorandum on Going to England

The experience of the last four years, and especially of the term which I spent in the heart of a heathen population, has unvaryingly convinced me that a missionary in single life is less happy, less settled, less respected and less efficient, than he would be if he were married, —or I ought perhaps to say rather that I, as an unmarried man, am so.

It is, accordingly, my deliberate resolution to go to England, some time or other, if I am spared.

In leaving my station at any time for a limited period, my leading object would be to improve a condition which I feel to be imperfect and, the longer it remained so, the more likely to hamper me in active service; while its early improvement will materially promote my happiness and efficiency. In my own mind there is not the least doubt that if I were now a married man, I should be able to labor with less distraction and with greater readiness. The reasons—which, at a future time, would induce me to go to England, —are equally cogent at the present time; but it appears to me that, at this crisis of the mission in China, when operations would be commenced in the most effective manner, and at the present stage of my personal services which I decide to render available to the best of my ability, the same motives are peculiarly forcible and urge with special emphasis— "that thou doest do quickly" .

There are, however, two questions, that have exercised my mind not a little in considering the subject of visiting England at this juncture.

In the first place: —Can the cause of Missions be served as well by this step as by staying here a year or two longer? To this I reply in the affirmative. I think it can be served equally well. —Look at the following points.

A. The cause will not materially suffer.

1st. As to my studies. Since my teacher will go with me, these can be pursued on the voyage to and fro, so that in the three branches reading, writing, and talking there will be at most no essential loss.

2nd. It my be said that, by going to one of the Northern stations now, I can set plans on foot and relinquish them in a year or two. But what are these plans? They may be schools, instructing the people, and kindred measures. But to set these on foot and to carry them on for any continuance, I feel that in an unmarried state—I am unprepared; while the very thought of commencing plans with a view of transferring them to other hands, or of entirely relinquishing them for a season, will unsettle the mind and necessarily retard their development. Whereas, as I have not yet begun any definite hire of operations, I have now of course no plans to lay aside. In this respect, then, there will be no actual loss.

3rd. It may be said that, if I stay a little longer, I may guide and assist newly arrived Missionaries.

But, if I am to judge from the usual pace of the society's movements, or from the probable effect of the news about the late apparent vindications on foreigners, it is doubtful if Missionaries will be sent out so speedily as one at first might imagine.

Then, if Missionaries are sent out, it is highly improbable that so many will arrive in that period, as to occupy even the stations specially embraced in our mission, inc. Hong Kong, Amoy, Fuhchaufoo, and Shanghai, which will have primary claim for support.

In the guidance of the Missionaries sent to me or other of the first three stations, it is not contemplated that I can be of any important service;

and, with respect to the fact mentioned, —as there are those on the spot who are quite as well qualified, —my suggestions to Missionaries appointed to occupy it will be less important and necessary.

The only station in which my services, in forwarding the views of newly arrived agents, might be peculiarly available, is Ningpo. But, as it has been proposed by the committee not to occupy it at present but to regard it in the light of a byestation, the claims of Ningpo will be attended to only as secondary, and the Board will doubtless defer sending their agents to that field until a later period.

Ningpo is in the point of being occupied by some of the American Missionaries, whose presence there will be as effective as the presence of any other class of agents in keeping it open to Missionary efforts.

B. While I am sanguine that the cause will not materially suffer, I hope the objects of the Mission may be materially promoted. For—

1st. By getting a suitable partner, my own condition—on which my efficiency so much depends—will be improved, and the plans I contemplate may be vigorously commenced and, under the divine blessing, be prosecuted successfully, or at least with a greater probability of success.

2nd. It may be said that my advice is appreciated by brethren in the field, that my assistance will be of service to newly arrived agents, too. Be it so, and I say it with becoming deference. Then, I hope, that I may be of some service to the Board of Directors and to some of the Church of Christ at home and so promote the Cause of the Missions to China, since the vigour and prosperity of the work abroad depend so essentially on the state of the information and the nature of the impressions of those who, at home, undertake to prompt and promote it.

Are not our altered relations with China, —the altered state of our Mission, —the intricate relocations of our Committee, —the restrictions lately introduced so as likely to affect the freedom of foreign intercourse at the different stations, —the support and success of one or two measures adopted in the line of Missionary operations, —and the urgent demand for more labourers-subjects which can with difficulty be appreciated at a distance and which cannot satisfactorily be developed in epistolary correspondence?

But, in the second place: —Can the cause be better served by going now?

It appears to me that, in the above remarks, this is satisfactorily answered in the affirmative, —especially by No 2nd under letter A and by No. 1st under letter B.

Conclusion. Since, after the most anxious deliberation it appears to me that my going to England now, to remain there for a few months, will be on the whole not only equally beneficial but, I hope, in one or two respects more serviceable to the cause of the mission, than a temporary stay in China under existing circumstances-with a view to visiting England on a future occasion, —I resolve to take the earliest opportunity of embarking for that country.

February 12, 1844　　William C. Milne

__________Hong Kong.

To the Foreign Secretary of "The London Missionary Society"

March 1st 1844

Reverend and dear Sir,

In my letter of February 14 I apprized you of my deliberation to visit England for a short time. I was then looking out for a passage. I am happy to say that available accommodations have at last been found on board the "Duchess of Northumberland" Captain Jeott, which will sail from Macao on the 8th instant—so that, with the Divine blessing, I hope we shall reach London in July next. —From the accompanying letter you will perceive that the loans are very moderate. —

I regretted much, when I wrote you in February, that I was not able to send you a copy of the Memorandum which I now forward. I am sanguine that it will be satisfactory to you as it has been to my warm friends in China.

Believe me，

My dear Sir

Yours very sincerely

William C. Milne

说明：因不能断定原件画线部分为书写者抑或阅读者所加，一律未作标识。

（Collected in the*Archives of the Council for World Mission*，*South China Correspondence and Reports*，SOAS Library，University of London）

附录四　东语学堂合同(桂林)

大德国驻扎中华钦差公署为现订立合同事：与前日本东京外国语学校教师桂林，谨照德国外部来文之意，订立合同，所议各条开列于后：

第一条　德京现在欲设东语学堂，延桂先生前往充当教授中语教习，订明与本馆阿翻译一同起程，其路费由德国及布国发给，于临行时将路费约计大概，由驻京钦差公馆先付桂先生收领，其轮船之费或付现钱或付船票均可。

第二条　搭乘火轮车船皆用中等客座。

第三条　桂先生应许在学堂充当教习，以三年为期满。倘德国及布国该管衙门于期限未满时欲行辞退，仍给路费回华。若期满归国，路费亦由官给（车船之费仍按上条办理）。

第四条　桂先生在学堂充当教习，言定月给修仪德金三百五十元（按外国月份）。此项修金将来可增至四百元，但此节系由德国及布国该管衙门酌定。

第五条　桂先生于到德京后，除礼拜日及学堂放假期内不计外，每日午后入学授课四点钟时，此外有学堂相涉之公务，亦愿承办，以期速有成效。

第六条　修金自桂先生起程之日为始。又，允于起程前数日预付桂先生一月修金，以便置办行装书籍等件。

第七条　除预付一月修金外，于起程前数日，仍许预付桂先生德金三百五十元，以补前项之不足。惟此项应于到德后陆续缴还，言明每月扣金三十元，自本年西十月为始。

第八条　大德国驻札中华公馆允于每月月底（按外国每年十二个月

计）在京交付桂先生家属英洋银二十元，于起程之前按中国规式立折，盖用德馆印信，付桂先生家属执持。每月赴馆领取，亦由本馆注明、盖印，以折为凭。

第九条　上条言明每月在京付桂先生家属洋银二十元，此项应在德国所领修金内每月扣除，暂以洋银二十元合德金七十元计算，每逾数月，按时价低昂算明，互相补还。

第十条　桂先生或于限期未满身染重病，应许回国，仍由德国及布国该管衙门付给路费（舟车座位均按第二条办理）。

以上合同各条缮写，德汉合璧，各三分，一分送至德国外部查照，一分存于德国公署存案，一分交桂先生收执。此大德国钦差驻札中华便宜行事大臣巴兰德与中国人桂林画押，又由德馆阿翻译画押，以为德汉合符之据，并盖用德国公馆关防，以昭信实。

大清光绪十三年五月初七日

（张德彝：《稿本航海述奇汇编》第六册，北京图书馆出版社 1997 年版，第 199—203 页）

附录五　张芝田《海国竹枝词》(节录)

《海国竹枝词》并序

昔尤西堂先生著《外国竹枝词》百首，脍炙人口。然仅踞蹐一隅，未尝合五洲万国以为言也。兹篇选材不出《瀛寰》全卷，间参《海国》诸书，披览所及，歌咏随之。虽故实征求不无增益，然挂一漏万，有识为讥。吾犹不惮为之者，亦以乘槎万里，托兴诸篇，聊吐奇气于胸中，非徒骋游观于海外也。

欧罗巴总

生儿娶妇岁频迁，一世欣逢三十年。酿得葡萄胜牟麦，历年愈久味愈鲜。

葡萄酿酒，可积至数十年。当生子之年酿酒，至儿年三十娶妇时用之，味愈美。

小学科升大学科，师生问难对无讹。得官便许任诸事，俸禄原来不厌多。

试士之日，师生问难，对答如流。然后使之任事，禄入颇厚。

育儿无力置盘中，扣院墙传入院东。收养记明年月日，他时领取已成童。

贵族家贫，耻于送子入院，置儿盘中，扣院墙传儿入院，代为牧养。注明年月日，他时长大，即可领回。

小民义气竟如山，拾得金银意亦闲。天主堂门书令识，言能符合实时还。

拾金银则书于天主堂门外，令人来识。如符合其数，即以还之。

地中海面水平铺，有鸟来巢乳小雏。鼓羽能飞刚半月，风停浪静渡商舻。

地中海风浪极大，有鸟作巢水次，乳雏半月。此半月中风浪平静，商船稳度无恙。

饥餐鱼肉当糇粮，结队渔人出海忙。剥得鱼皮作舟舰，不愁风浪拍天长。

人以鱼肉为粮，剥鱼皮以为舟，遇风不沉不破。

平地山岗种殖稠，果名阿利袜生油。国人法制饶风味，一食偏能润齿喉。

果有膏油者，名曰阿利袜，国人以法制之，最饶风味，食之齿颊生津。此种果西人封以铁瓶，远道运售，非时可得，销路日见其增也。

镜屏高射月光寒，议事厅开总署宽。线绣象狮神酷肖，幅悬十六画中看。

地中海总署皆有议事厅，其一悬线制洋画，巨幅十六，每幅丈余，绣狮象诸物，貌皆如生。

毗连苏士两洲湾，一线程通两海间。妙绝胭脂红入土，石人返照夕阳山。

苏士湾海口两洲相连，在红海地中海之间。红海皆红土，经夕阳返照，山色愈佳。又，法人以机器治河，功成，立一石人高丈许以记。

新开河处水湾迴，一任游人去复回。独有行宫设江次，法王会遣后妃来。

同治九年新开河成，埃及王传报各国临视。意大里王与奥王皆至，法王遣其后至，而设行宫江次。

筑屋缒冰十丈余，穴中有窍得群居。老渔夜半钩悬铁，总为燃灯猎取鱼。

冰海居民凿冰为屋，缒冰深至十余丈。鱼得窍以嘘气，群聚穴中，制铁为钩取之，夜则然以为灯。

湖名小苦画图增，浸绿鲜红电气灯。照我舟行过波赛，苇芦两岸百鱼鹰。

小苦湖一路水程，所设煤灯千余盏，左红右绿，昼夜不息。灯均以机轴作自来火。由此至波赛，见鱼鹰数百，浮游水面，泛泛于芦苇之间，颇饶画意。

亚丁岛乏雨如丝，辛苦台兵乏饮池。汲得溪流负而上，恐防倾泼缝羊皮。

亚丁一岛枯熯少雨，山童不毛，英人据此建三炮台于山腹，驻兵其上。苦无水泉，或缝羊皮负山溪水饮之。

莪罗斯

邦家肇造始咸通，王后名传显德中。出政始崇希腊教，规模开拓不从同。

利禄哥肇造邦土，始于咸通；又，周显德中，有王后理国。

恣采莺花岁岁春，何妨面首置多人。兼娴戎事摧回部，北境居然入版新。

加他邻嗣位，淫荡外嬖，与回构兵，割其北境。

出水芙渠一朵香，袒肩从不解中藏。长汤可有温泉沸，闻设都中女浴堂。

俄都亦有女浴堂。

重围未解墨斯科，迁国图存唤奈何。士卒偕行同避寇，伤心一炬旧山河。

墨斯科被围，俄人恐其据城，烧之而走。

规建年来又复初，巍峨宫殿紫薇居。湾湾曲曲迴廊外，华屋依然六百余。

宫中长巷、复室不计，外室之大者六百余间。

盛陈杂宝付闲评，碧玉珍珠耀目睛。怪煞一双金孔雀，枝头小立按时鸣。

有金孔雀立树上，按时飞鸣。

盥漱初完待曙光，穿衣一镜挂当房。红蓝宝石尤珍重，安放冠前手奉王。

冠前红宝石一，大如鸽卵；蓝宝石一，大如雀卵。

踏球各样喜逢场，演戏花园尽女郎。有约朋侪高处览，金银争自掷

私囊。

踏球各戏皆以女郎为之。

玲珑楼榭喜飞觞，识曲伶人乐奏商。一派清音相间处，听风听水谱霓裳。

一园临水筑台榭，伶人奏乐其中，间以山水之音，铿锵可听。

人非三十不能摇，如此洪钟纽未消。忽听满城声大作，知王生日是今朝。

有大钟，以摇不以撞，摇非三十人不能，惟国王生日鸣之。

不须人力织呢绒，轮用机关火灼红。谁似奇温褥三尺，绿熊卧拥羽毛丰。

织布皆用火轮，又以绿熊皮作卧褥，可以却寒。

材征文学馆先储，登进人才信不虚。赢得二千八百册，又闻书院有藏书。

有文学馆，又有书院一所，内藏中国与俄罗斯国之书二千八百册。

心烦解渴倩茶汤，呼婢兼调一碗糖。旧种蜜林千百树，采花无数结蜂房。

人多嗜茶，然必调蜜糖而饮啜之。又有蜜林，其树悉为蜂房。

皮鞋风领节惊冬，大海街头雪正浓。客店消寒茶当酒，招牌犹识旧金龙。

闻华人在此地开茶店，招牌名曰“金龙”。

约登亭子看冰嬉，携手同行小女儿。二寸铁鞋新购得，不愁泥滑履如夷。

往看冰嬉，男女均购冰鞋。闻鞋制以铁为之。登一亭，高丈余，明亮如琉璃瓶一座。

像塑楼中彼得罗，木盘铁杖列旁多。明灯一具悬鱼骨，会照中宵习斧柯。

楼中楹塑彼得罗像，面目如生。旁列铁方杖一，木盌木盘二十余事，上悬鱼骨镫一，皆其变姓游欧洲习工匠时手制也。

豕而人立事翻新，小象登场作屈伸。奇绝鼓声齐中节，挝之用鼻总如人。

小象登场，作人立状，闻鼓声起处，系象用鼻挝之。

男女僬侥迥出尘，各高二尺宛成人。幺么体段新奇甚，重恰三斤并七斤。

僬侥人各高二尺许，男重七斤七两，女重三斤十两，所见新奇无过此者。

卫妻齐子结同心，宴客张筵鼓瑟琴。妙有西班牙使在，喜看合卺酒同斟。

峩王次子娶于德邦，合卺之夕，张筵宴客，西班牙使与焉。

两国联姻侈美谈，一归一赘总娇憨。桃花蕊绽春三月，蠲吉刚逢二十三。

俄择西正月二十三日归其爱女于英，英世子就婚于峩。

十丈高标天主堂，花纹石柱色辉煌。到门不乏公卿妇，七日期逢礼法王。

天主堂堂高十丈，柱皆用花纹石。

灯火宵凉百戏呈，三弦龙笛听分明。红衫女子摇铜片，响答丁珰玉佩声。

入戏院听杂奏龙笛、三弦各器，一女子红衫登场，手握铜片，开合作响，每颤摇，佩声丁珰如相应答。

两旁设座戏园开，天子偕人入广台。显示与民同乐意，不妨妃妾一齐来。

观剧人同入广台，两旁各设俄皇便坐，俄主亦不时与妃嫔偕来，视与民同乐之意。

教堂行礼拣良辰，册籍书名次第陈。缟带綦巾纯用白，嫁衣又见这番新。

西人嫁娶，必先至礼拜堂行礼。女子衣履巾带纯用白色者，止有两日，此日及嫁日是也。

地中理（埋）管百余枝，汲水高腾灌入池。池面鱼行看不尽，鳣鲂鲫鲤大蕃滋。

鳣鲂鲫鲤皆峩产。

瑞典

为撄患难挫王孙，易服潜逃匿寺门。忍死报仇更英果，地基恢复旧封藩。

瑞有王孙英果不群，嗹人系之狱，易服逃回瑞地，匿僧舍中，乃免于难。誓复仇，引兵伐嗹，所失故土全复。

瘠土偏能发愤雄，不闻强敌竞交攻。兽皮金叶花纹石，满载商船入粤东。

瑞能发愤自保，不为强邻所兼并。其土产出兽皮、金叶、花纹石。

淖泥农作苦难施，乏食人多吃树皮。惟有生涯赖工力，银铅铜铁采无遗。

滨海多淖泥，农作甚艰，贫者食树皮。所产多银、铅、铜、铁，举国以此为生计。

生憎暴暖日如年，五月鸣蜩六月天。入夜更遭蚊蚋毒，搅人清梦不成眠。

五、六两月暴暖，蚊蚋密如尘沙。

别传都会旧芬兰，屋舍园亭颇壮观。好上高楼望冰海，天光云影画中看。

芬兰旧属瑞国，今归俄。又，此地近冰海。

往来送信法难均，妥立章程议使臣。总局从今归瑞典，派员分任各邦人。

诸使会于瑞典，商立送信章程，以瑞为总局，各国派员专董其事。

嗹马

海疆天堑算波罗，万国都由峡口过。截得货船设关榷，不妨税比列邦多。

诸国货船出入波罗的海者，必经由加的牙峡，因设关榷之。

广营楼阁住婵娟，恋恋情钟恣爱怜。不意一时花玉碎，无辜受累大株连。

王耽溺女色，宫妾猝死，王猜疑服毒，株累无辜。

烟惹香炉御院浓，女王摄政太从容。云连三国归为一，始信英才间

气钟。

女主英妙不凡，摄政后合三国为一。

排舰连轰炮似云，大尼梢手亦能军。舵栏若使英无坏，不得调和两解纷。

英师船开炮攻大尼，大尼梢手并力防堵，英船坏舵栏，讲和而罢。

如山海水接天遥，屡筑堤防捍早潮。沙土未坚容易散，好栽桦木万千条。

海水屡次涨溢，筑塘捍防，多栽桦树，以坚固其沙土。

飓风害稼大掀天，种树沿堤护陌阡。取得海鲸作油饮，家家争放捕鱼船。

每风害田稼，则种树以护之。居民捕海鲸鱼，而取其油饮之。

奥地利亚

一战成功掳佛王，黄金听赎返家乡。舆图又拓波希米，总不矜夸学夜郎。

佛王来攻，一战擒之。复得波希米地，疆土愈广。

瓜分邻国割波兰，拿破仑何又启端。众独推尊不相下，主盟作长让登坛。

波兰衰乱，王瓜分其国。拿破仑恃兵力征伐四邻，王独不为之不，众推为会盟之长。

匝地都饶大利源，请看草簜与林园。土宜谷种山多矿，开种时时究本原。

山出金银，土宜谷稻，其余草簜林园，蕴利无限。

冬寒夏暑泯咨嗟，抚恤殷勤若一家。独惜女人无检束，桃花流水逐杨花。

待百姓如家人。女子多美姿容，淫泆无闺教。

屋宇门窗面面宜，光明不隔是玻璃。造成诸器能行远，十万华灯百万卮。

居民善造玻璃，运行四方，获利无算。

飞桥横跨小河边，不碍舟行更觉便。十万人家俱入画，林霏交杂市

尘烟。

频开议院屡临轩，深悉时艰敢惮烦。左党上书推甲里，佛狼岁给沛君恩。

奥王屡开议院，左党上书请岁给甲里十万佛狼。

普鲁士

文石平铺路坦然，吉邻城建海堤边。居民初进耶稣教，受洗人来岁数千。

吉邻城文石为路，居民初进耶苏之教时受洗礼，每次数千人。

耘田执耒带经锄，名隶农夫学史书。地理天文都省识，事征儿女验非虚。

农夫学史书，儿童知地理，女子悉天文。

啤酒纷纷运百艘，世人无不爱芳醪。白铅箔并长条铁，问价难齐琥珀高。

所造之啤酒不止二万万罇，铅、铁、琥珀，皆其国中所产。

纫线分丝各异科，人精织造不停梭。造糖更有红萝卜，万匹何如万石多。

国民精于织布，用红萝卜造糖。

布帛丝绸价益增，商船重载海风乘。重洋万里来中土，旗上明明画一鹰。

其番舶来粤贸易，用白旗，画一鹰。

郭外田家聚荷锄，麦苗谷穟绽徐徐。渔人出海踏波浪，网得盈舱狗肚鱼。

地产狗肚鱼。

突起英君比耳林，威严威得有同心。嗣王失地终还地，一寸山河一寸金。

婚制今朝迥不同，隶官不隶教堂中。合欢从此捐多费，受赐人咸颂帝功。

比耳林，都城名。威严威得，国王名。自王得国后，政治一新。婚向遵教主，花费多金。今则总归官办矣。

清泉罢浴上雕鞍，僚佐相逢各脱冠。谁料道旁箍桶匠，一枪竟把相臣弹。

相臣毕士麻浴毕乘车，道遇僚属，彼此脱冠作礼。猝来一枪弹中其手，询知其人为箍桶匠。

田间有鸟食禾虫，五谷滋丰藉彼功。冬日避寒过意地，网罗禁见合同中。

议田间有鸟，专食禾稼之蠡虫，有功于五谷。冬避寒群飞过，意士人罗而烹之。咨商意，立合同禁之。

绣针精美制尤殊，莫笑区区付贩夫。五载积赀七十万，分销人本是姑苏。

德国针制素称精美。苏人奚姓为德商相信，携入中国分销，未及五年，积赀七十万。

制成铜锁素称良，得过巴狸更擅长。锐意研求经廿载，军中始重后膛枪。

得赉赐在普从铜师制锁后，改制枪。遇巴狸，留心指点，锐意研求，二十载始克毫发无憾。普军中所用后膛枪皆其所造。

赛珍大会记从前，争识君王一面缘。孰料九州成此错，寂居废邸冷如烟。

法使设赛珍大会，具国书请普王至法。主宾相见，酬酢极欢。事隔三年，干戈构隙，兵败归降，安置日耳曼废侯故邸中。

讴歌举国庆生辰，邻后偕来拜紫宸。卜昼更教兼卜夜，后宫陪宴半千人。

德皇七十七生辰，举国相庆，咸祝德皇万年。撒逊王偕其后诣伯灵以贺。德皇集侯伯五十人，张乐宴之。皇后更卜以夜，后宫之宴计五百人。

玉照遥遗大利王，宝星赠我本难忘。国书一纸情尤挚，报答殷勤礼意将。

德王以等身小像遗大利王，所佩宝星意王所赠也。亲制国书，情文款洽。

日召三军训诫良，步兵不减马兵强。请观大阅偕英胄，连辔徐行出教场。

德势日强，兵日精，适英世子来贺国诞，德王请偕大阅，连辔徐行，观者如堵。

厂立孤松擅妙思，炮中机器用螺丝。几经摩荡盘旋出，魄力同天大莫弥。

孤松厂主夙擅巧思，造炮能用螺丝，备极盘旋，摩荡而出，魄力愈大，为别厂所未有。

天财地宝矿同煤，终赖人人采择开。门厂数千工十万，前前后后爱森来。

爱森一镇煤矿甚多，镇前后皆工人所居。

长孙肄业学堂中，同席民间有幼童。何怪小人争砥砺，寸阴爱惜理儒功。

德王近命长孙与民间幼童同席肄业，民益鼓舞，走相告语曰："王孙贵人，尚复与我同学，吾侪小人，敢不自奋!"

红颜艳说女人城，胎孕奇花易诞生。方便邻邦来聘问，定期百两喜来迎。

妈德堡名女人城，是地产女最多，德人凡欲娶妇者，多至是地娶妇。

立锥无地诉中宫，小郡分封亦足雄。异日果将全境复，花红终不负东风。

普后朝见法后，诉无立锥之地，乃封之小郡。普王归图报仇，助俄，尽力前驱，侵境全复。

长生齐祝相臣功，争醵金钱像铸铜。三十年来谁共事，居民犹自话琦珑。

毕相佐普立国，八十寿辰，德民争醵金钱为铸铜像。当年军中共事者为毛琦、逢珑。

石人十二琢成模，罗列刀钱数十厨。更上高楼阅油画，写生女子善临摹。

入院，长廊两旁列石像十二，厨中各色刀钱毕具。楼四壁皆悬油画，女子携丹绿就此临摹者甚众。

贵为天子亦从戎，街市巡行与众同。四十万兵征调易，亲期即日到都中。

德皇自己为兵官，每行街市，与居民相交接。平时常备兵四十万，有事调集，兵由铁路中来，四五日间可尽集边界。

炮枪刀剑土谁抟，武器形模辨识难。披甲御容身不见，只留口目与人看。

武备院历代所铸炮位，列国各枪式，刀、矛、剑、戟，形制不一。德皇所披铜甲，全身不见，惟留口目数窍。

日耳曼

匠心独运费精思，制器称良过偃师。一自鸣钟容戒指，宛同芥子纳须弥。

其工作精巧，制器匪夷所思，能于戒指内纳一自鸣钟。

十千美酒造葡萄，沽与他方价益高。涓滴何曾尝入口，只知饮水当投醪。

国人善造葡萄酒，惟发售他处，土人滴口不入，惟饮水而已。

四周无不列珊瑚，延客堂中耀火珠。樽俎觥筹交错处，此邦夜宴有谁图。

其土有一延客堂，四周皆列珊瑚。

严寒风雪冷侵肌，暖室回温造作宜。兽炭微烧红不歇，何曾官有惜薪司。

气候冬月极冷，善造暖室，微火温之，遂极暖。

此邦山水太清华，春入园林处处花。人面妍争桃杏艳，红云多处驻香车。

花产杏、桃，看花者车马不绝。

极意搜罗拟石渠，语音能绎有谁如。玑衡圭表精窥测，多著天文未见书。

各国所未见书，惟日耳曼人能读之。

蜂蜜家家不计钱，采花酿得味芳鲜。兼收幼稚勤清课，小学书藏可伫延。

地产蜂蜜，有书院，日可伫延取教幼学，人皆知书。

瑞士

碧天如水映琼楼，十二珠帘半上钩。栏槛有人红袖倚，恍疑仙子在瀛洲。

都城建于湖滨，琼楼十二，高入云霄。

最上高楼住太坤，飞尘不到息嚣喧。两行苍翠松兼柏，镇日阴阴护禁门。

西国称后为坤，后住高楼，楼前多栽翠柏苍松。

胜游小驻水晶宫，持镜何妨入壁中。来往如梭千百只，浮游水面认微虫。

入水晶宫，用显微镜照壁，壁上皆作水纹，适见有虫如蝎，千百只往来如穿梭。

大鱼留壳想中空，门户轩窗处处通。结构宛然如艇式，作舟休更笑张融。

巨鱼长六丈有奇，好事者取皮，空其中，嵌以门框、几榻，可坐百余人。登楼度桥，入口少坐，俨然巨舰。

是谁妙手擅天成，壁上悬图总有名。刻划历朝君后像，毫添颊上尚如生。

壁间绘历代王、后图像，奕奕如生。

鲜果稀登玛瑙盘，都缘此地极荒寒。瓜桃诸品收藏好，欲敕先期办大官。

此地寒，鲜果绝罕，非大官不能办也。

山顶人来建一台，究心天象思为开。相传制得窥天器，累黍无差众共推。

地谷白剌格建台穷天象，累黍不爽。其所窥天之器，西土人推之。

洞天福地古来无，如此风云万象图。呼吸湖光饮山渌，果然名胜赛西湖。

山中吐纳万景，变幻不可名状。青霭迎人，湖光饮渌，宜其名胜甲于欧洲，西人羡为洞天福地。

层峦白雪积皑皑，俯视何曾见底来。山麓人家浑若画，炊烟一缕出林隈。

山麓积雪皑然，俯视绝壑，深杳无底，林麓人家，蹲若鸡埘。

晴湖如镜不生埃，山半惊逢异境开。为避嚣尘人小住，翠岚深处筑亭台。

晴湖如镜，明净无尘，富商巨族，多有营别墅于此者，翠岚绿漪中，任意徜徉。

学宫创建焕然新，教习惟闻命七人。肄武何曾遗幼稚，移兵行阵训常申。

瑞士都城新建学宫，研究天主教术，教习七人。又幼童入塾即肄武事。

四境分居扼要基，不容假道出邻师。桓桓十万兵无敌，练习惟遵布国规。

实额兵十万人，分驻四境，各国不能假道出师。

鱼碍舟行滞水流，每天常聚万千头。渔人捞取纷无数，至足何须结网求。

海中鱼蔽水面，舟为鱼涌，辄不能行。捕鱼不藉网罟，随手取之不尽。

土耳其

营殿群推圣女才，周天三百六门开。登封燎祀无风雨，隔岁犹存故纸灰。

有一圣女殿，门开三百六十以象周天。邻近有高山，国王登山燎祀，其灰至明年不动如故。

未闻聘礼下求婚，敌体无人侈至尊。姬妾多由巴札献，不知雨露孰承恩。

王无聘娶之礼。以至尊无人敌体，由巴札各属国竞献希恩。

问谁正位作长秋，冢子初生莫与俦。白黑阉官多黠慧，扫除常在殿西头。

诸妃初生子者为王。后殿内白黑阉官中，多黠慧。

救宗神示梦分明，密约同侪向港行。渡海竟同平地履，旋惊潮起阻追兵。

摩西梦神人使赴麦西救本宗，密告宗人，约期同发。至海港，潮退变陆，渡毕而潮大至。

草卉滋生长薜萝，露苗烟蕊遍山阿。若论果实无他树，橘柚香橼到处多。

遍岛皆橘柚香橼之属，更无别树。

笑看河水饮羔羊，黑白斯须变不妨。奇绝春波作绿色，冻成片石置云廊。

有河水，白羊饮之即变黑，黑羊饮之即变白。又，翁加里水尤奇，色沉绿，冻则便成绿石，永不化。

只因美酿胜梨花，并地何妨及古巴。陪饮最怜妃侍侧，举杯不厌劝官家。

王闻古巴岛产美酒，饮而甘之。攻取其地，豪饮不厌，已而醉死。

深闺寂处绝尘喧，出阃何由有内言。问讯不通人面隔，仅容老仆守朱门。

女处深闺，与男子不接见，不通问。

货物时稽律例均，国中尊贵属斯人。趋迎步亦分三七，仪制难忘接见辰。

额兰威察货物，麻富底掌律令，是国中尊贵人。王见，一趋迎三步，一趋迎七步。

灵巧人称额力西，一冠定制判高低。独严酒禁宽烟禁，吸食颜多变黑黧。

额力西人颇灵巧，以冠别贵贱。禁酒不禁烟，故人多以鸦片代酒。

涂毁名城典业沦，间关游学散诸邻。大开书馆延文士，尚有贤王后起人。

希腊

令出惟行示必遵，刑书铸后众皆嗔。何如斟酌归平允，法立唆伦悦国人。

达拉同修刑书，国人侧足。唆伦重定法制，极其平允。

部分十二不分疆，遣使周旋事共商。军食绸缪先未雨，预储德尔佛斯堂。

希腊分十二国，每国遣使二人，岁二会，各出蓄积，贮于德尔佛斯堂。

议事厅开集众贤，事关兴革贵无偏。立官分治遵成法，定制相沿八百年。

建议事厅，有兴革，必集众议之。其制相传八百年不改。

邹鲁居然遍海滨，国开雅典士彬彬。至今西土谈文字，不少怀铅握椠人。

雅典最讲文学，为泰西之邹鲁。

邻国来攻两失机，能摧强敌势如飞。长桥空渡船俱坏，乘得渔舟海上归。

波斯攻希腊，造长桥以渡军，又分道攻亚德纳师。船被风击坏四百艘，两军亡失殆尽，王乘渔舟遁。

群峰罗列若屏风，宫阙依山翠接空。士女仪容钟秀美，不须傅粉面殊红。

士女仪容多秀美。

意大里亚

植木为桩永不枯，上铺砖石建街衢。桥梁一所尤高耸，下度风帆幅幅俱。

有一种木为桩，入水长不朽。又有一桥极高，下可度风帆。

发黄丝白手频搓，掬水人多赴一河。亦有山泉可瘳病，洞名一百不妨多。

地有两河，其一河濯发则黄，濯丝则白。山洞甚多，入则可疗病，遂名曰一百所。

名院新开校艺精，百工造作匠心成。炼铜铸得诸禽鸟，机动俱能鼓翼鸣。

名院中有铜铸各类禽鸟，遇机发，俱能鼓翼而鸣。

航海东来号大秦，欲通中国献殊珍。象牙玳瑁兼犀角，入贡曾闻遣使人。

意大利在汉时为大秦国，常欲通使于汉，为安息庶遏，不得自达。后安敦遣使自南徼外献象犀角、玳瑁，始得一通焉。

陡兴大利仰东王，时遣商人泛海航。携得中华蚕种返，田畴十万遍

栽桑。

西都为戢据后，东王嗣位，因旧例烦苛，删订之归于宽简。时国人有航海至中华，携蚕桑之种归，植之，遂兴大利。

五千狮虎爪牙张，铜栅当中设斗场。投得万囚相与角，霎时血肉尽飞扬。

搏兽院设铜栅，当中启闭之，使重囚一万与狮虎五千相角，霎时间血肉狼藉，观者皆咋舌。

小石如棋满径铺，缤纷草长绿蘼芜。茶花一朵如杯大，珍赏何人付丽姝。

非利阶小石如棋，铺径皆满，绿草交互其间，槛外茶花大如杯盘。

英华书院产归官，已作东方学馆看。封夺有年希复旧，哓哓空自诉衣冠。

义（意）国拿破里城有英华书院，产业入官，有谓为宜改东方学馆者。

天然图画七山城，泰摆江头昔著名。高阜有园林木茂，游人车向绿天行。

城跨泰摆江上，联合七山之址，故西人谓之七山城。城内有高阜，罗马人营作花园，树林阴翳，游车如行绿天中。

图籍搜罗各国书，高低傍壁作书橱。铁丝门闭因风启，字蚀神仙免蠹鱼。

书库在宫左，书橱傍壁而立，计三万橱，各设铁丝门二扇以通风。

远近阴阳不失分，别开生面洒烟云。名驰书院人争重，手迹谁能似辣君。

辣飞尔创寻丈尺寸之法，远近阴阳不失分寸，得其真迹者，值英金九万磅。

城崇罗马教堂新，优嬖兼收使令臣。阉宦乐官闻并设，一千六百计多人。

教王居天主堂，设乐官、阉宦，计一千六百人。

输诚教主誓盟辞，布告民间偏使知。归教人人听约束，息争术莫妙于斯。

意外曹遍告民间，谓已取罗马为都。与教主立约，归教之人听其自治。息争之术莫妙于斯。

邦交须与德为邻，未面何如见面亲。雨雪载途行不得，再期相会订来春。

意主邀德王至其国，德王以时届隆冬，载途雨雪，期以来春庶可践约。

翠入船窗两岸山，果而爱及好烟鬟。舟行尤喜逢春日，领尽花香百里间。

意大利之南省有巨镇曰而爱及，两岸皆山，丛林滴翠，楼阁矗起。舟行过此，群花并放，香闻百里。

女桑三尺嫩如荑，绿翦平芜一律齐。数百里长阴不断，春鸠时驻密兰啼。

密兰女桑布野，一律翦齐，高三尺许。柔条初芽，行数百里不绝。

过尽长廊止大园，水光喷沫雨声喧。欲寻角觝知何处，四壁琉璃启小轩。

宫为教王别业，有长廊，有大园，畦径交互。中设机器激水四射，喷沫为雨。稍南作琉璃轩，为角觝所。

楼上流丹绘数重，高悬檐角报时钟。八株又见参天柏，翠盖阴逾绿树浓。

楼上流丹错采，屋脊悬报时钟。园内有高柏八株矗立，亭亭如华盖。

古城湮没果何年，发掘长街尚宛然。人见衣冠古时式，不知经几动余烟。

名城被火山尘土填涌，近时经人发掘，城郭街衢显然呈露，人尸并不腐坏，咸见古时衣冠之式。

碑碣文多系腊丁，几多油画缀丹青。宝橱一启观铜器，刀匕权衡尚勒铭。

四大博物院壁间碑碣，多系腊丁文字。琉璃橱十数，映列古铜器，刀匕、权衡之属，绀碧盎然。

龙虾还比鳄鱼多，铜铸成形石琢磨。复有三桅船一只，池中安放水无波。

有石琢鳄鱼，铜铸龙虾更多。又铜制三桅船一只，皆博物院中物也。

日光掩映状虹霓，喷薄成珠水亦奇。别有温泉宜妇女，一经浴后便

生儿。

女子浴温泉，不生者即育。

火光发自镜光中，数百兵船一炬空。绝似敌舟烧赤壁，乘时初不藉东风。

几墨得铸一巨镜，映日注射敌艘，光照火发，数百艘一时俱烬。

左里城初阻石山，欲通无路隔中间。凿开正借群生力，容得车驰马骤还。

从纳波里至左里城有石山相间隔，国人穴山以通道。

埔头繁盛墨西挐，市列珊瑚有几家。自是果蔬饶异种，樱桃如豆橘如瓜。

此地果蔬极佳，樱桃如蚕豆，春橘之大者如木瓜。

荷兰

安得堤城地本低，先铺木板畏途泥。桥多二百九十所，来往行人路不迷。

安得堤，都城名，城中二百九十桥。

碧天一水浸琉璃，近水王居号合琪。夹岸人家好图画，维舟最好夕阳时。

合琪，国王所居地，近水，无处不通舟楫。

一千余后尚编年，通国犹行举剑钱。止见有人骑马像，御书翻笑笔生妍。

国中所用银钱为人形，骑马举剑，谓之剑钱。

多种名花护画栏，花花都当牡丹看。以花为命花成幄，异国花无此巨观。

最著名者花卉，甲于各国。

楼台倒影镜中天，杂树新栽近水边。水色树荫俱入画，有人摇荡木兰船。

沿河种树，两岸雕栏彩户，倒影水中。

火轮取水走如珠，七制何人绘作图。涸出农田卅万亩，一时斥卤变膏腴。

火轮取水，涸出田三十余万亩，有司绘图呈览。

悬空放炮万花攒，人在层楼注眼看。妙绝灯光照海水，红红绿绿现奇观。

花炮起至半空，明灯万盏照海水作红绿色。

两班公会合参详，一半由民一半王。大事莫如先税饷，再三议定始征商。

理国务公会两班，其一班王自择，其一班民共推，议定然后赴公会征商。

勿希小利废吟功，工匠雏年不准充。培养英才留后用，未容版筑辱泥中。

荷下院议定新章，凡民家子年未及十二岁者，不准习充工匠，恐该父母希小利而废读书也。

百工兴作效驰驱，生长南洋列版图。禁网近来又疏阔，黑人暗地卖为奴。

荷禁止以南洋黑人为奴，而律法过疏，岛民巧于诡避，其势仍不可遏。

地出温泉恩姆司，春风吹暖入芳池。贻书邻主邀同浴，不欲恩波独自私。

恩姆司有温泉，荷王约俄、德两国王同浴焉。

恰逢二十五年期，举国嵩呼致祝词。假道适为俄主见，一番容动过荷时。

俄主过荷时，值其王在位二十五年之期，举国称庆。俄主亦为之动容。

贡金为寿庆荷王，拟筑离宫备举觞。华屋何如普济院，及民恩泽惠无疆。

荷王在位生日，举国称庆，贡金上寿，拟筑离宫。王却之，转以金钱增筑普济院。君子谓王之能爱民也。

十指辛勤尚女红，兰闺争作错金绒。鸳鸯绣出凭君看，样子新兴特地工。

女子能解作错金绒。

款留戚友话深衷，湘管含芬递一筒。领略淡巴菰气味，先燃火种自来红。

国人多嗜淡巴菰。自来火西人所制。

织成毛布素精良，染色黝然作宝光。装载估船来岭海，发售人在十三行。

国中所织毛布，贩运极旺，粤中销售尤多。

珠翠周围作艳妆，一圈头戴出兰房。剧怜平顶花枝插，吹送人前气亦香。

头戴一圈，平顶插以花，其额围以珠翠。

麟狮虎豹色般般，禽鸟娱人亦解颜。怪绝蟒如升斗大，花纹全黑遍身斑。

生灵苑所养禽兽充斥其中。蟒之大者如升斗，遍身黑斑。

桩立沿河系短篷，浮桥七百座皆通。行舟疑入仙瀛境，叠阁重楼入望中。

沿河水中立桩，砌石架木上，筑楼阁六七层，舟行过此，疑入仙境。计桥有七百六十座。

游踪偶尔过来丁，书院藏书院未扃。搜辑何人宏且富，吟声隐隐隔墙听。

来丁有大书院，藏书甚富。

开花弹炮但摧城，险阻深山未底平。片土经营三十载，屡增劲旅未休兵。

文鲁始造开花炮弹，用以行军，所至南洋之国，无不慑服。独一阿齐，力征三十载尚未休兵，以其地险阻未易攻取故也。

比利时

背城一借鼓相当，为拒荷人士半亡。谁举偏师资臂助，退兵争道佛兰王。

比利时合兵拒荷兰，伏尸遍野，幸佛兰西举兵相助，荷始敛兵退。

港口潜封路不通，货由陆运仗人功，长途铁路坚如砥，指日车轮到海东。

比国有河可通海，被荷遏封，乃造铁路，以火轮车由陆转运。

洽比伊谁可作邻，佛郎西本是姻亲。近来代请通交易，争据当今要

路津。

佛郎西与比为邻，近为代请于朝，俾其通市。

立国权分宰相尊，晚年遣使出伦敦。乞休恰与妻偕隐，本是朱陈旧日村。

驻英使臣方得外耳能定大义，英王雅重之。其妻为英产，乞休后遂寄于英。

情深爱女貌如花，十六芳年未破瓜。许字玛加团练长，妆成催上七香车。

比利时国王爱女路易萨，年十六，许字于可白哥大公子非路伯，此人为玛加团练之长。

自牢逸出预通谋，多谢山妻掖上舟。此日寓公真自在，日加市上任遨游。

巴彦弃城流荒岛中，自牢逸出，悬崖欲坠。其妻掖舟以待，一跃上舟，逃至比利时。查无送还例，任其寓居，日遨游于日加市上。

衙门刑部极恢崇，十六年来构监工。署未落成人倏谢，石雕遗像立门东。

刑部衙门规模宏壮，称欧洲第一，用费五千万佛郎。其监工绘图构思，凡十六年，未及蒇工而卒。今雕石像于门首。

铸铜机器厂弹丸，整顿规模待萨端。昔日未闻兴铁路，挽车使犬出门难。

铸铜机器厂规模本不甚大，萨端为之扩充。又，比利时之人常驱三犬拉一车。

轧轧分丝女织纱，不多居厂散民家。披巾折扇夸新样，纤手穿成五色花。

万恩尼织纱厂女工居厂者少，皆散在民家。所织折扇、衣料、手巾、披巾之属，皆极精致。

花事才看锦绣春，骅骝又见出风尘。一千五百斤肥重，高价宜沽一万缗。

此邦有花会，有马会。马尤肥硕，有重至一千五百斤者。

赴宴人多廿四纷，酒行宾客有余醺。纵谈目下欧洲局，新旧金山定

两分。

国王设宴，合宾主共得二十四人。郎贝尔纵谈天下大局，谓旧金山与新金山数年后各自立一国。

分行巨树两旁排，浓阴交加映直街。城外丛林周十里，蔚然深秀是高槐。

比利时有直街一条，两旁巨树分行排列，城外又有大树林，一望蔚然。

大厂依山便挖煤，炼钢炼铁萃司来。预储诸料工包造，御敌尤娴筑炮台。

司来地方有钢铁大厂，包造轮路、火车诸料，其人长于制造，于炮台工程尤为著名。

储才异地有名家，流寓何人里力华。手著奇书一百卷，笔端灿灿若春花。

波兰人里力华流寓于比利时，手著书百卷。

比人崛起立为邦，欲背维林气不降。幸赖法援息兵革，订盟共浚马司江。

维林第一为尼达兰王，兼治比利时。比利时人欲背维林自立为国，起兵作乱，法人以兵援之，十月息兵，约并浚马司江。

法兰西

哥罗味始建邦基，嗣立原来本一支。天位未闻登女主，已殊他国重坤仪。

哥罗味有雄略，改国号曰佛郎西。相传只一支，未立女主，较他国固有间矣。

巍峨宫阙画中呈，谁建巴黎大国城。红裤黑衫持杖立，鲜明鹄峙守街兵。

守街兵皆黑衣红裤，持杖鹄立。

淹通学士也能诗，入直宫廷待漏迟。文字正宗推佛语，兼娴各国会盟词。

学士能诗能文，故各国有盟约誓辞，皆用佛国语。

鲁意荒淫六十秋，是乡将老在温柔。后宫脂粉无名费，额外征求尚

未休。

鲁意王当国六十年，荒淫宴乐，后宫脂粉之费，任其滥取，无复顾惜。

胙士分茅示异恩，各君其国作屏藩。谁知彼母存高识，广蓄金钱给子孙。

拿破仑得志后，所取诸国尽封其弟、侄、妹，自以为固若金汤也。独其母有卓识，谓必不能持久，广蓄金钱留贻子孙，为他日失势时用。

两度投荒恨独长，不堪回首话沧桑。插天华表高无极，空号英雄得胜坊。

拿破仑欲混一土宇，兵败被擒，英人流之荒岛。得胜坊是其前时建功立华表处也。

重来非色野王宫，强逼归城护卫空。偶阅大英前代史，闷怀难遣哭途穷。

非色野者，法王当时之所居也。归城被禁，尝阅英国史记以遣闷怀，有将步王后尘之叹。

眷属偕行苦徙迁，宫廷回望更凄然。相处掩袂惟公主，已在徐娘半老年。

罅礼申报馆妄议之禁，被民党猝围王宫，不得已携其眷属而出。眷属之掩袂相随者，则有鲁意第十六公主，虽已在徐娘年纪，而姿容美丽，依然顾影自怜。

丽都衣饰尚轻绡，人目王妃是服妖。消暇更成叶子戏，校筹容易到明朝。

王妃侈于衣饰，时人知为服妖。又作叶子戏，以消长夜。

靓妆炫服貌如仙，性嗜梨园醉管弦。伉俪情深刊小传，事传宫禁十余年。

鲁意拿破仑聘尤姐为皇后，靓妆炫服，实为欧洲妇女领袖。拿破仑尤爱怜之，自制皇后小传，刊入巴黎大日报中。

国破山河风景殊，嫠居犹有旧金珠。不同公产原私产，屡遣行人索法都。

法拿破仑第三废后，嫠居于英，遣使至法都，索其私产。

世家纵猎出平原，禾稼伤残不敢言。复有蛙声闻聒耳，遣人驱逐苦

朝昏。

世家出猎，有禽逸出害稼，不敢擒狝。命妇偶沾微恙，恶闻鸣蛙聒耳，亦强役民人驱逐。

秋高气爽海天凉，鸽会今朝赛广场。色别羽毛各标记，碧霄无际任翱翔。

法人每于秋高时设鸽会，其赛法则以飞之远近为胜负。又放时各取异色，易于识认。

槐松夹道绿荫稠，庇覆行人似晚秋。无数飞桥跨江上，依稀风景似扬州。

入城，衢路纵横，槐松夹道，赛纳江上建跨飞桥无数。

谋及饔飧植物丰，造糖不弃菜头红。电池又作佛而大，罔惜金牌赏巧工。

法令民以红菜头作糖；又兴化学家佛而大，作电池，以金牌锡之。

老树伤秋叶早零，孔疮补以铁皮钉。万生园里征奇兽，牛马惊人目未经。

万生园内，树有成孔疮者，则以铁皮钉补之，免水渍入。又有麢身牛尾班马，形似虎，皆目所未见者。

金环戒指制攸殊，搜集前时美女图。穿耳始知西土尚，夜光时贯大秦珠。

法富人造博物院，备例古时妇女肖饰，戒指、耳环之属，云皆千年前者。乃知穿耳之俗，西土亦尚。

铁塔巍然顶接空，人登最上豁双瞳。阛阓庐舍微于粟，指点全城在目中。

铁塔高一百丈，人登顶上，必四换机器而后达。俯视巴黎，全城在目。

长堤两道障风潮，河阻中间造铁桥。机器有人能运转，一吹羊角水花飘。

闻法人经营长堤铁桥，用费一二千万佛郎。又机器房一人吹羊角，机器即能汲水。

摩挲旧物总如新，兵器前朝武库陈。黑白红黄分四色，惊看像具五洲人。

博物院有武库二所，藏历代兵器。又，蜡像院地球人种有四，分黑白红黄各色。

巨幅高悬一室新，图成争战幻如真。又观面目惊全肖，不信生人是蜡人。

油画院有普法交战图悬巨室中。又，蜡人馆以蜡制生人之形。

释迦白玉问谁镌，佛像居然海外迁。不解圣门推艺士，亦随西渡有先贤。

院中供中土各神像，白玉释迦高可二尺，皆不足异。独圣门先贤冉有夫子神位，不知何以独到其间。阅其记载，盖一千八百年前于中国庙中得之者也。

游行无碍罩玻璃，鳞介洪纤海族滋。指点房中浮水面，青苔绿藻两参差。

玻璃房畜养海中鳞介之属，兼有藻荇水石，荡漾可观。

多挈家居取水便，亚低井畔好流连。凿开会事深千尺，地下旋看涌碧泉。

阿尔及耳法属地也，法人多挈家居此地，初苦无泉，试以钻地新法，凿深千尺，泉始涌出不穷。

痢疮手抚即能痊，一日相传愈百千。好似南齐文伯艺，善医心病术同传。

国中患痢疮者，倩国王举手抚之，抚百人百人愈，抚千人千人愈。

院开繁术及时为，讲肄群居各有师。不独裹粮赴巴勒，学成五载号名医。

有繁术院，居各项艺术之师。如学兵法、开河道、造器物之类。又设医院十四所，学医者皆赴巴勒。

城围能解阿连斯，巾帼知兵事绝奇。功德在人崇庙祀，至今人尚祝延釐。

英兵围阿连斯，一女子起兵解之，城人建庙以祀。

耶苏讹道更重生，士女连襟尽出城。酒设围亭容小坐，耳闻笳鼓不停声。

巴克节，西人讹传耶苏复生，是日倾城士女出城寻乐，遇园亭佳处，便设酒茗，笳鼓之声不绝于耳。

燃灯照彻上元宵，一派红光火树摇。何若神人喷池水，排来玉柱百余条。

池中石雕神人喷水直上高十余丈，如玉柱百余，排列可观。

广加学校屋渠渠，喜有生徒一万余。贫士更闻增社院，多储供亿读奇书。

都城设一共学，生徒尝万余人。又设社院以教贫士，一切供亿皆王主之。

生灵苑内簇奇观，鸟兽鱼龙不一般。卷石独怜消瘦甚，生成有格共珊珊。

苑中搜藏奇石数十种。

春色名园好护持，千红万紫斗芳姿。园中不少栽花器，快剪芟枝灌水皮。

过赛花会，奇香异彩，光艳动人。凡灌水之皮带，芟枝之快剪，皆备列焉。

西班牙

玉琢真容金作楹，编成箫管更奇精。一看堂上机关转，百鸟波涛各有声。

白玉琢成古王像六，金银殿二编箫，一管通众管，备具风雨波涛、讴吟战斗与夫百鸟之声。

多勒名城乏水泉，取泉山下上山巅。示奇谁造浑天象，结想曾经十七年。

多勒城在山巅，无泉。有巧者制一水器，能盘水直至山顶。又有浑天象，相传制此象者注想十七年。

石柱高檠架石梁，远山遥递水源长。青青草色粘天远，容得雏儿牧万羊。

城乏甘泉，从远山递水，架一石梁桥，檠以石柱，绵亘数十里，其上可牧万羊。

迢迢苑囿数侯家，异兽扬威利爪牙。偶值名王经此地，射生一矢喜

相加。

侯家苑囿，有周数十里者，禽兽充牣其中。异国名王经此者，往射猎焉。

山辉川媚萃殊珍，延召良工大有人。红碧玉兼青绿石，一经磨琢器从新。

地产红玉、碧玉、青石、紫石、蓝绿宝石。

每逢礼拜着袈裟，梵咒齐喧静不哗。来谒广堂尊十字，九天天主散天花。

俗尚天主教，七日一礼拜。

夜饮红摇烛影深，自鸣钟为报分阴。解酲共劝芦卑酒，百叠风琴奏梵音。

自鸣钟、风琴，皆其国人所造。

寂居道院爱参禅，半世修行俗虑捐。招得贵人念经卷，为谈因果证前缘。

男女入寺，往往绝俗不出。在内参禅，常招贵人入寺念经。

好逸生平乐未休，只知歌舞不知愁。儿童扣角天将晚，咸集平原看斗牛。

男女习歌舞，又好为斗牛之戏。

新王骑马入都城，公使勋臣尽奉迎。如此岁增宫禁费，挂冠难怪老臣行。

新王乘白马入都，勋臣公使尽出奉迎。岁增宫禁费，□□□□。臣某挂冠而去。

飞洒云烟八尺屏，画师无不善丹青。留心鞠部工音乐，节奏天然娓娓听。

俗工丹青，尤喜音乐。

为战荷兰与法和，出征兵士未投戈。充饥变粉先时备，因便行军手自磨。

西班牙与法人和亲，与荷兰人战，兵皆携手磨于军中，以碾麦粉。

葡萄牙

先摧同部达尼亚，新地南寻满剌加。立埠通商澳门地，寺基大小筑三巴。

始征服回部，尽有达尼亚之地，是为立国之祖。继拓新地满剌加后，通商立埠于广东之澳门。

海口屯兵代及瓜，炮台双建号交牙。遣人查看船回国，第一关心是豆花。

海口有二炮台，谓之交牙。海艘至，必先遣人查看有无豆疮。

白来齐督控边关，谁锡王封得所山。航海喜将中国植，百株橘树好携还。

王封得所山为白来齐督，始自中国携回橘树，遍植国中。

葡人觅地素称良，打麦加回自远方。寻得海滨好望角，从兹印度好通商。

国人打麦加始识海（好）望角海道，从此与印度通商。

锡兰地并兀林兰，南北殊方视一般。遣使日行三载久，地球历遍不辞难。

始寻得北海兀林兰，继取印度南之锡兰，又遣国人麦者即三载周行地球一遍。

性本聪明迥绝伦，测量象纬验星辰。名贤入作钦天监，多是金巴喇内人。

入中华为钦天监，多是金巴喇土人。

葡萄两种白兼红，作酒沽行舶四通。堪笑黄柑春色美，累累只可饵儿童。

病院时营好善家，育婴尤恤命如花。别开女子清修院，不事焚香读法华。

好善之家立病院，亦有育婴院，女院百三十八间。

畏露宵行洗罪愆，请僧忏悔跪窗前。喃喃私语无人觉，解脱凭僧便释然。

妇女犯淫改过者，请僧忏悔，跪于窗下，向僧耳语，诉其情实，僧为说法解罪。

盐号青霜米黑菰，德人城内景攸殊。观星台并军功厂，巨丽今犹入

画图。

军功厂、观星台俱在德人城内。

英吉利

大英建号筑京都，败逐丹师散水隅。备语吾王战功绩，绘成二丈示新图。

维廉为王，始称大英国。丹人以战舰三百伐东鄙，王败之。王妃爱必利得记其夫功，绘成二丈大图。

舆图大拓冠沧洲，女主经营五十秋。手执金镶象牙杖，坐朝论政广咨诹。

女主临朝，手执金镶象牙杖。

行宫高广出人寰，屋宇三千六百间。此外园周三十里，树阴匼匝鸟声闲。

厅宇高广，有云周三千六百间，园周三十里。

山前山后两王宫，新旧殊名地本同。最好倚山建楼阁，凭栏欣看落霞红。

山后为旧王宫，山前面建者为新王宫。

冠戴金丝顶上高，多罗呢子服长袍。出游稳坐平鞍上，女骑千人尽佩刀。

女王出行，戴金丝冠，衣红色多罗呢长袍。

富贵花开护牡丹，玻璃作屋障风寒。严冬果实无凋谢，荐食时登玛瑙盘。

牡丹大倍中国，设玻璃屋以障风日。又作果屋，以铜管盛热水养之。

闲游驾幸水晶宫，南北浮图入望中。行过回廊数花朵，绕廊开遍粉藤红。

水晶宫南北各一塔，下有穿廊，绕廊皆种紫藤。

三花桥下水涓涓，锡管通流入市鲜。不断四时归浴室，澡身无事用温泉。

三花桥下有法轮激水上行，用大锡管接注，通流于城内。

多采奇花载舶归，园林栽处竞芳菲。暖房处处为花建，生恐风吹作

片飞。

多采奇花归国种植，天寒建暖房以护之。

宫开宴舞壁涂椒，命妇偕来事早朝。项下咸悬珠一串，袒胸风致太娇娆。

宴舞宫，英宫名。命妇每月二次朝主，项下咸挂珍珠一串。

正位长秋止一宫，肯教别馆筑玲珑。任他私向君王侍，未许称名嫔妾中。

国王亦止一妃，女宫有妊者，生子亦归正嫡，止可谓私幸，不得有嫔妾名号。

入夜红烧火焰腾，光明院落照层层。八千五百有余盏，四面高悬殿上灯。

殿上悬灯，罩以玻璃，计八千五百余盏。

罔惜多多国帑糜，小儿立学女为师。藏书六万归诸馆，亦许儒生借一瓻。

立赤子学，女人办之，用费出自国家。其大学藏书六万本。

上下人从议院来，臣民分坐喜追陪。每逢大暑门长闭，待到梅花始再开。

英有上议院、下议院。议院人无早暮皆得见君主。每逢大暑，院绅皆避暑，散居四乡，订于立冬前后再议。

干电何如湿电轻，二金相感自然生。迩来书信传尤速，沉线能通海底行。

英人惠子敦设电线于伦敦，自道光十八年始。迩来大东公司新得保护海线之法，尤为精审。

创造三人巧思生，轮船今日制弥精。事经百载无遗憾，不怯波涛大海行。

苏格兰三人精究轮船之制，创用旁轮，改用汽机，又用隔舱，事经百年始无遗憾。

乘风一任浪连天，稳坐舟中意适然。履涉重洋似平地，隔舱酣寝梦游仙。

英船有分一为两，以铁条联络其间，使人居隔舱内，晏然不知船之簸荡，故无瞑眩作恶之患。

火车行后坦途开，每苦烟煤眯眼来。不若电行尤迅速，片时飞度万山隈。

近日于火车铁路之外，创行电车，以电车清洁，较胜于火车煤烟也。

烧灯争道礼成园，火树银花一万盆。五十周年行信局，喜逢茶会设伦敦。

赴礼成园观花灯。又，伦敦设信局适届五十年，特设一茶会以庆成。

米麦牛羊及苎棉，货多出口胜从前。借材异地勤分植，中土名茶吕宋烟。

出口货，米、麦、牛皮、羊毛、棉花、苎麻各项，他如中国之茶叶、吕宋之烟叶，印度皆取其种而分植之。

凌空矗起一飞桥，铸铁功成迹未消。泰晤士江江上望，彩虹双落画中描。

伦敦铁路横跨泰晤江上，重数千斤，一人可以开合。

年来服侍本殷勤，女仆花容国色分。莫笑鳏夫能续娶，一般少妇配郎君。

册报内一事闻所未闻：伦敦鳏夫续娶，每百二人中，有十二人即娶其女仆者。

举官乡邑令重申，税免诸商厚待人。身价代偿尤盛德，黑奴赎后作平民。

英国更张旧制，举官免税，次第递行，代赎黑奴替还身价，尤称盛德。

津津亵语出房帏，昨是年来始觉非。老妪也知谈道学，借书一阅即时归。

有某氏老妪，向师可脱借书，一阅即还其书，谓是淫书，非今所尚。

秽气熏蒸浊水流，居民多有采薪忧。自从挑得阴沟后，洗尽行潦一雨秋。

伦敦向未设阴沟，故人民多患疫。

尊称国郡羡王嫔，袍袴应多侍御人。预定后宫支发费，年年输入矿金银。

英人称其妃曰国郡，岁需银二百五十五万元。凡金银矿所产金银，俱供王宫支发。

馆甥贰室作虞宾，入赘原殊围质奏。归赠嫁钱二百万，一生给使不忧贫。

俄王女嫁英世子，赠嫁钱二百万。

纤纤女手白如荑，戒指欣看约不辞。婚酌定期宾客集，酒阑亲送入房帷。

男女婚配，男以戒指约于女指。于归日，亲宾送之入房，欢宴而散。

成衣妙制铁裁缝，针步三千一下钟。从此绿窗诸女伴，偷闲相与话从容。

成衣机器有名铁裁缝者，计一分钟可得针三十步。

多栽杂树荫森森，池沼萧然翳不侵。沿路为谁陈铁几，亲朋杂坐便谈心。

伦敦所居，楼阁层叠，无呼吸通天处。数街辄有广园一区，荫以杂树。沿路安长铁几，以便游者憩息。

银钱新铸丽如行，病院尤多创善堂。生恐医居太幽闭，露桥独建迓阳光。

伦敦丽如银行所出之银皆新铸。又施医院独有露桥，病人游息其中。闻是善会所建者。

为婴精洁扫庭除，风雨晨昏慎起居。计得年华刚四五，便教识字读新书。

育婴堂衣食起居无不精洁，及四五岁，即便识字读书。

一千三百各分居，造作多营养老庐。衣食能供经费足，国君临视驻鸾车。

养老院英国京城计千有三百所，衣履完善，饮馔适宜，国君时一临观，以昭郑重。

局开雇绣织成花，妇女无衣恤世家。邃室不容人擅入，日添弱线静无哗。

绣花局居世家家道中落妇女，男子擅入者有厉禁。

深明大略武兼文，笔札尤工谷子云。开拓封疆数万里，阿苏飞已奏殊勋。

阿苏飞有文武才，始不过商学中一司笔札者，遂能灭印度，全局人咸称之。

医镜凭谁造作精，治喉治目视分明。几如扁鹊通神技，症结能窥五脏呈。

医家新学有治喉镜、治目镜，一望了然。

半年治事半年闲，休沐归来避市寰。偃息苏阿双岛地，胜游探遍好溪山。

官绅初春开会堂，至六月底始散归。恣游苏葛兰、阿尔兰两岛，名曰避暑。

六街宽广地无边，石表巍巍奕世传。浮海运来埃及国，问年刚已阅三千。

伦敦有大石表，闻埃及总督所赠。此石已阅三千载矣。

传闻生日近荷花，入夜沿街放火蛇。巧绝光中呈主像，冠缝衣褶认无差。

六月初二为国主生辰，街市悬灯，夜作烟火戏。巧制冠缝衣褶为国主像，于火光中呈现之。

绝无禁忌出游忙，香水沿途买女郎。道遇青年似相识，手挥一点溅衣裳。

维多里亚生日，闻夹道皆卖香水者，少女辄袖之以游。青年子弟为所属意，则以香水溅之。

通花巾并黑衣裙，持服终身念故君。只合黄金铸君像，朝朝相封挹君芬。

国主为其故夫持终身服，又筑台于囿，铸金像置台上，台与宫正相对。

坐陈红锦榻中央，公主雍容侍御旁。此日会堂众相见，代宣谕旨语琅琅。

位陈红锦榻，女眷尤贵者左右夹持之。会堂开，士庶环立铁栅下，掌玺大臣持白洋纸书，琅琅宣诵，诵毕，士庶始散。

免征粟米梗多人，议决投筒赖相臣。尤仗将军同语众，始登衽席泽斯民。

阿兰省山薯歉收，宰相披利请免进口粮食之税，梗于众议。时惠灵吞将军在上议院语众曰："饿夫载道，此议专欲登斯民于衽席，奈何阻之!"众贵绅始尤许。

阿非利加各国

阿非利加北土

森森大库富搜罗，书册咸推厄耳多。七十万函无片纸，其如回部一烧何。

厄耳多在红海地中海之间，有大库，藏书册七十万函，为回部一炬烧之。

几人游牧向前行，茅草蓬蓬四野生。多事掠商骑四出，归装夺负健驼轻。

北土沙漠间有片土生茅草，回族游牧其中，骑健驼四出剽掠。

能摧强敌手操戈，父子知兵擅土罗。将破围城弓尚挽，作弦发截妇人多。

罗马兵围土罗，土罗坚守不下，截妇女发为弓弦。

阿非利加中土东土

三推王亦解躬耕，培植平畴黍稻生。率旅偕行防暴客，明驼数百结连营。

国王率酋长躬耕以劝农事。又边境多暴客，商旅皆结队以行，驼数千行，宿如营阵。

半是高阳嗜酒徒，甘心贩卖效驰驱。可怜澳港诸夷馆，辛苦生涯尽黑奴。

人皆黑番，多嗜酒，贩卖为奴。

阿非利加西土

草根掘食口为糊，生长巢居树数株。用饰美观无杂物，遍身悬缀象牙珠。

居民多掘食草根，结巢大树，衣好华彩，用金珠象牙遍身悬缀，以为美观。

不解搜奇与贸迁，树油果实问茫然。就中物产名称异，谷象金奴判四边。

地出各项果实，又有树油，土人未解搜采。就其物产为地名，有谷边、象边、金边、奴边等名。

阿非利加南土

建城山麓两相关，不忝称名大浪山。饶有牛羊兼鹿马，牧场宽广尽知还。

城建达勒与艮二山之麓，俗名大浪山。牧场宽广，牛羊孳息。

平沙莽莽望无边，苦渴行人缺水泉。安得梅林千百树，道中人望尽垂涎。

驾犊车行沙中，往往中道渴死。

阿非利加群岛

多栽桂木与棉花，货出居民九万家。沿海苦无停泊处，时遭风暴引回槎。

土产桂木、棉花，沿海无港澳，商船停泊，往往遭风损坏。

万笏纷排碧玉山，飞流瀑布响潺潺。土人不解勤搜采，铜锡银铅视等闲。

万笏纷排，瀑布飞流数百仞。山中铜、锡、银、铅俱有，惜土番不解搜采耳。

阿墨利加各国

北阿墨利加米利坚合众国

东西二路总渠酋，四载威权满即休。一变官家古来局，归心二十七炎州。

国共二十七部，酋分东西二路，而公举一大酋总摄之。

河滨择地筑三城，律例规模次第更。异国绅耆同一体，息争每遣使臣旌。

在颇多麦河地筑都城，规模已备。乃立与邻国相通之制，使臣往来不绝。

不须人力作生涯，流水声中滚雪花。数十纺车棉易尽，监工一个女儿家。

每地置车数十架，不用人力，而以水力运行。纺数十车之花，以一女儿监之。

书板流传广万篇，枣梨无事费雕镌。承行印刷人无数，活字原来只用铅。

书板极多，不用刊板，但用铅板。

人由众举本均平，比比先书纸上名。藏置瓯中拈出视，但从多处畀弓旌。

公举之人书名纸上，置瓯内后，开瓯，以人多公举者为之。

收作佣工阅苦辛，济贫有院养穷民。各分事业餐常饱，通国从无乞食人。

国中设济贫院，收作佣工，贫人通国从无乞食者。

众推华盛顿为君，期满仍留策异勋。偶作府兵同法战，一人兼摄上将军。

华盛顿为伯里玺天德，四年期满，国人留再任。归政后，法人来侵，作府兵与战，又推为将军以御之。

昆仑严禁买为奴，兴利兼权子母蚨。赀本预储一千万，创开银号在京都。

立国号，禁买黑奴。设银号，资本三千五百万。

凭空结撰巧心生，电缆遥遥境达英。四小时行九百里，升天又见气球轻。

置电缆于大西洋以达英国。又，有人作轻气球上升，四小时行九百里。

湖河盛涨水连天，力挽狂澜克保全。不把醵金私人橐，却营广厦为招贤。

近郊大水，堤不浸者一版。王饬吏民悉力捍卫，得保全。西人商宦于彼都者，醵金一万三千磅（镑）贻王，王以是金建书院，西人益贤之。

卖俏流娼不一人，伤心沦落在风尘。落花坠溷真无奈，谁赎蛾眉返汉身。

闻西金山中国妇人以数千计，倚市门者十居八九。教士上书议院，应设法遣散归国。

仁会多端设馆奇，聋盲营作有余赀。酒能乱性尤须戒，登簿书名尽断卮。

国内立仁会馆，使聋哑人咸得所。又设节饮会，归登戒酒簿者多人，戒饮多，故酒费少。

嫁娶犹存古礼行，升堂携手宛亲迎。二人作合须钤记，亲见高官印姓名。

娶之日，男女升堂携手。有一官或族正等，书二人名，盖之以钤记印信。

著身衣服色从灰，钮扣还须正面开。莫道夷冠高岌岌，前檐曾蔽日光来。

衣服尚灰色绒，钮扣皆开在正面。帽高至七八寸，有皮檐一片以遮日光。

燔羊炙豕荐磁盘，今日相期饱大餐。只用刀叉不用箸，一台同叙合家欢。

鸡、豕、牛、羊多用燔炙，合家共一台，用刀叉不用箸，名为大餐。

鞭石何须力倩神，横桥跨水出风尘。又闻龙洞驰名胜，琢就天生数石人。

天生石桥，离水二十丈。又有石洞，名曰龙洞，内有生成数石人。

大开农利过桑麻，种蔗成糖数万家。一柜更饶风力壮，弹残棉子取棉花。

一夫种蔗十五亩，得糖五千斤。有风柜，可以去棉子而取棉花。

轮船风行遍五洲，主人太古自风流。铁桥铁路专商利，又见良工掌握筹。

美国有二富人，一曰铁国，专造铁桥，什八归其掌握；二曰水国，乃太古洋行之旧主，轮船遍行五洲。

致富奇原购一雏，牛羊递畜利丰腴。荒原买得营楼阁，安坐年收亿万租。

一曰土国，纽约一人发迹甚奇，初购一雏，改而蓄豕，由是多牧牛羊，积赀盈万。又于廉价买荒野一地，建五层楼，安坐而收亿万之租。

赀财千万集民官，大会群夸博物看。十五院中诸器萃，海邦无不诧奇观。

美国希加高城设博物大会，集赀一千万圆，诸宝物具列于十五院中，任人观看。

丰草茸茸辟牧场，养牛取乳制殊良。铅瓶缄固能行远，世业犹传致富方。

美国某广辟牧场，畜牛百万。所制牛乳封以铁瓶，行销五洲，精美冠天下。今日子孙犹然世业。

人入枫林腹偶饥，戏携铁管吸凝脂。仿他妙制糖如蔗，味美还如啖蔗时。

美国初资中国蔗糖，后见士人杂坐枫林，以铁管吸取枫脂，乃仿其意，吸脂制糖。

茫茫大海捕鲸舟，人发为绳铁作钩。但得一鱼金数万，融脂作烛又煎油。

海上捕鲸之船，以纯钢为钩，人发为绳，得一鱼而数万金在其掌握，谓其脂可作油。

逾楼十丈屋尤高，入夜悬灯照海艘。巧借风轮碾新谷，翻嗤水磨转劳劳。

楼顶作小屋，每夜悬灯数十，以导海舶。地平坦无水磨，借风轮激水，以屑谷米。

学馆宏开接水滨，又兴别院事从新。敢烦手指将言代，指示聋人与哑人。

其学馆为二十六国之最，又有别院教哑与聋者以手指代语言。

北亚墨利加英吉利属部

鸟声不断斧声稠，春水滋生放下流。得好价时沽美酒，举觞长在醉乡游。

入林伐木，春水生，放下海港，沽得善价，日在醉乡寻乐。

舣集渔舟海外村，风帆一任捕鱼翻。不知转鬻宜何国，腌得盈船贩教门。

海面多鱼，夏季，诸国渔船蚁集，捕鱼腌之，贩往洋教各国。

南北亚墨利加各国

身高逾丈侈长人，齿阔如斯可例身。矢入口中能没羽，休夸李广射通神。

知加国人长一丈许，齿阔四指，全身可知。手握一矢，插入口中，至于没羽以示勇。

手取流泉白似脂，燃灯入夜火生姿。树膏一例能祛疾，伤损经时也合肌。

秘鲁国有泉如脂膏，人多取以燃灯。又有树生脂膏，傅诸伤损，一昼一夜，肌肉复合如故。

异羊善走不输骡，抚慰还须好语多。一种异禽生巨卵，作杯尤爱手摩挲。

有一种异羊，可当骡马，牲倔强，以好言慰之即起。又有一鸟，名厄马，卵可作杯，即今番所市龙卵。

遭风海舶抵巴西，土地荒芜半淖泥。一自陌阡开辟后，人耕绿野喜扶犁。

葡萄牙有海舶遭风，飘至巴西，见其地空阔，徙国人垦种之。

腹垂著地不能行，缘树潜吞叶有声。纳子于房还有兽，乳儿著意在初生。

巴西国有一兽名懒，面腹垂著地，不能行，喜食树叶。又有兽，腹下有房，可张可合，恒纳其子于中，欲乳出之。

甫生代哺凤凰雏，调养还须倩丈夫。亲戚到门频问讯，馈遗食物满庖厨。

又，妇人生子即起操作，夫代为哺养。

都白狼鱼款款骑，潜居波底目能窥。时逢一退南河水，争拾银沙手自拔。

士人能居水中，张目明视。又有能骑鱼者，曰都白狼鱼，其南有银河，水退，布地皆银沙。

眼波带媚注盈盈，任是无情也有情。邂逅相逢心便许，不须挑拨听

琴声。

智利国女子眼波明媚，使人易迷。又，少习歌讴，尚音乐。

鱼头数万布沙田，谷得鱼精毯愈鲜。秋到黄云看遍地，非关作牧兆丰年。

花地国其地多沙田。土人取鱼头数万，密布沙中。每头种谷二三粒，后鱼腐地肥，谷生畅茂。

游蜂千万作花房，宇托枯松酿蜜香。一孔预开藏一粟，也同小鸟蓄冬粮。

既未蜡国中，松木腐者，蜂辄就之作房。又有小鸟，于枯树啄小孔，每孔辄藏一粟，为冬月之储。

尼庵朴素地无余，仅一层楼便足居。习静罕闻人迹至，终年尘积未蠲除。

新地国有尼庵朴素，楼仅一层，终年有洒无扫，故埃尘污积。

南北阿墨利加群岛

避乱移居海国村，地如秦世古桃源。流（留）题岛屿探幽胜，犹有诗人姓氏存。

英国内乱，士民多迁此避祸。有诗人注腊尔者，触景题咏，流播海邦。

此邦马匹乏骊黄，望见人骑避未遑。独有银河并金穴，山川宝气发光芒。

西班牙人初到时，骑马登岸，人望见皆奔避恐后。银河、金穴，皆见此境。

右《海国竹枝词》一卷，为家仙根先生所著。先生替余校录毕，出所著示余，余读之，爱不忍释。见其无奇不搜，有闻必采，如行山阴道，茂林修竹，令人目不给赏；如入波斯国，五光十色，令人宝莫能名。兴到笔随，并臻佳妙。爰亟辑录，附刊于后，俾浮海者睹指知归，作迷津之宝筏，为指南之金针。夫岂徒酒后茶余，借其排闷？朗吟一过，便觉齿颊俱香已也。戊戌冬月煜南又识。

（出《海国公余辑录》卷六，嘉应张煜南榕轩辑，弟鸿南耀轩校）

主要引用书目

一　中文部分（以书名汉语拼音排序）

孟华主编：《比较文学形象学》，北京大学出版社 2001 年版。

邝国祥：《槟城散记》，星洲世界书局有限公司 1958 年版。

陈剑虹：《槟榔屿潮州人史纲》，槟榔屿潮州会馆 2010 年版。

张少宽：《槟榔屿华人史话》，燧人氏事业有限公司出版社 2002 年版。

李钦主编：《陈兰彬颂》，（香港）中国文化出版社 2008 年版。

梁碧莹：《陈兰彬与晚清外交》，广东人民出版社 2011 年版。

斌椿：《乘槎笔记·诗二种》，岳麓书社 1985 年版。

《筹办夷务始末》（同治朝），民国十九年故宫博物院影印清内府抄本。

志刚：《初使泰西记》，岳麓书社 1985 年版。

曾纪泽：《出使英法俄国日记》，岳麓书社 1985 年版。

薛福成：《出使英法义比四国日记》，岳麓书社 1985 年版。

钟叔河：《从东方到西方：走向世界丛书叙论集》，岳麓书社 2002 年版。

尹德翔：《东海西海之间——晚清使西日记中的文化观察、认证与选择》，北京大学出版社 2009 年版。

缪祐孙：《俄游汇编》，沈云龙主编《近代中国史料丛刊》第九十辑第 889 册，（台湾）文海出版社影印光绪乙丑海上秀文书局石印本。

王韬：《扶桑游记》，岳麓书社 1985 年版。

张德彝：《稿本航海述奇汇编》，北京图书馆出版社 1997 年版。

张宏生编著：《戈鲲化集》，江苏古籍出版社 2000 年版。

《观自得斋别集》，光绪年间石埭徐氏刻。

温广益：《广东籍华侨名人传》，广东人民出版社 1988 年版。
邬国义等：《〈国语〉译注》，上海古籍出版社 1994 年版。
周作人：《过去的工作》，河北教育出版社 2001 年版。
张煜南辑：《海国公余辑录》（六卷），光绪二十四年刻本（甲本）。
张煜南辑：《海国公余辑录》（六卷），光绪二十七年刻本（乙本）。
张煜南：《海国公余杂著》（三卷），光绪二十七年刻本。
魏源：《海国图志》，陈华等点校注释，岳麓书社 1998 年版。
王芝：《海客日谭》，沈云龙主编《近代中国史料丛刊》续编第三十二辑第 318 册，（台湾）文海出版社影印光绪丙子石城王氏刻本。
颜清湟：《海外华人史研究》，新加坡亚洲研究学会 1992 年版。
张德彝：《航海述奇》，岳麓书社 1985 年版。
王韬撰：《蘅华馆诗录》，光绪六年《弢园丛书》本。
丁韪良：《花甲忆记》，沈弘等译，广西师范大学出版社 2004 年版。
黄濬：《花随人圣庵摭忆》，李吉奎整理，中华书局 2008 年版。
李圭：《环游地球新录》，岳麓书社 1985 年版。
约翰·洛尔：《皇帝和他的宫廷：威廉二世与德意志帝国》，杨杰译，北京大学出版社 2004 年版。
尤侗：《悔庵年谱》，清康熙间《西堂全集》本。
陈修省主编：《纪念陈兰彬诗文集》，纪念陈兰彬编委会 2007 年版。
何如璋等：《甲午以前日本游记五种》，岳麓书社 1985 年版。
张芝田编：《（宣统）嘉应州乡土志》，《首都图书馆藏稀见方志丛刊》（14），国家图书馆出版社 2011 年版。
《嘉应州志》，（台湾）成文出版社影印清光绪二十四年刊本 1986 年版。
冯桂芬：《校邠庐抗议》，上海书店出版社 2002 年版。
林华国：《近代历史纵横谈》，北京大学出版社 2005 年版。
陈室如：《近代域外游记研究：一八四〇——一九四五》，（台湾）文津出版社 2008 年版。
金梁辑：《近世人物志》，北京图书馆出版社 2007 年版。
沃丘仲子：《近现代名人小传》，北京图书馆出版社 2003 年版。
饶淦中主编：《楷范垂芬耀千秋——印尼张榕轩先贤逝世一百周年纪念文

集》，（香港）日月星出版社 2011 年版。
杨朝明、宋立林主编：《孔子家语通解》，齐鲁书社 2013 年版。
胡文仲：《跨文化交际学概论》，外语教学与研究出版社 1999 年版。
黄贤强：《跨域史学：近代中国与南洋华人研究的新视野》，厦门大学出版社 2008 年版。
以赛亚·柏林：《浪漫主义的根源》，吕梁等译，译林出版社 2011 年版。
《李文忠公全集·译署函稿》，沈云龙主编《近代中国史料丛刊续编》第 69 辑第 696 册，（台湾）文海出版社影印吴汝纶刻本。
王利器、王慎之编：《历代竹枝词》（初编），三秦出版社 1991 年版。
王利器、王慎之、王子今辑：《历代竹枝词》（全五册），陕西人民出版社 2003 年版。
黄进兴：《历史主义与历史理论》，陕西师范大学出版社 2002 年版。
利玛窦、金尼阁：《利玛窦中国札记》，何高济、王遵仲、李申译，中华书局 1983 年版。
顾英明修，曹骏纂：《荔浦县志》，荔浦县地方志编纂委员会 1914 年版。
林弼：《林登州集》，文渊阁四库全书本。
钱钢、胡劲草：《留美幼童：中国第一批官派留学生》，文汇出版社 2004 年版。
周煌：《琉球国志略》，《续修四库全书》影印乾隆乙卯漱润堂藏本。
刘瑞芬：《刘中丞奏稿》，清光绪刘氏刻养云山庄遗稿本，《清代诗文集汇编》第 705 册。
汪堂家编译：《乱世奇文：辜鸿铭化外文录》，上海人民出版社 2002 年版。
郭嵩焘：《伦敦与巴黎日记》，岳麓书社 1984 年版。
局中门外汉：《伦敦竹枝词》，光绪戊子春月观自得斋藏本。
章海荣：《旅游文化学》，复旦大学出版社 2004 年版。
王韬：《漫游随录》，岳麓书社 1985 年版。
李伯元：《南亭四话》，江苏古籍出版社 2005 年版。
张德彝：《欧美环游记》（《再述奇》），岳麓书社 1985 年版。
钱德培：《欧游随笔》，王锡祺辑《小方壶斋舆地丛钞》第十一帙，光绪十七年上海著易堂印行。

林传滨：《潘飞声年谱》，《词学》第三十辑，2013年9月。
钱锺书：《七缀集》（修订版），上海古籍出版社1994年版。
左秉隆：《勤勉堂诗钞》，（新加坡）南洋历史研究会1959年版。
徐珂编撰：《清稗类钞》，中华书局1984年版。
王之春：《清朝柔远记》，赵春晨点校，中华书局1989年版。
《清代碑传全集》，上海古籍出版社1987年版。
王慎之、王子今辑：《清代海外竹枝词》，北京大学出版社1994年版。
李文海、孔祥吉主编：《清代人物传稿》，辽宁人民出版社1989年版。
陆萼庭：《清代戏曲家丛考》，学林出版社1995年版。
张祖翼：《清代野记》，中华书局2007年版。
孙宏年：《清代中越宗藩关系研究》，黑龙江教育出版社2006年版。
故宫博物院明清档案部、福建师范大学历史系编：《清季中外使领年表》，中华书局1985年版。
李灵年、杨忠主编：《清人别集总目》，安徽教育出版社2000年版。
袁行云：《清人诗集叙录》，文化艺术出版社1994年版。
张应昌编：《清诗铎》，中华书局1960年版。
钱仲联主编：《清诗纪事》（影印本），凤凰出版社2004年版。
《清史列传》，王钟翰点校，中华书局1987年版。
严迪昌：《清诗史》，浙江古籍出版社2002年版。
朱其铠主编：《全本新注聊斋志异》，人民文学出版社1989年版。
黄遵宪：《人境庐诗草笺注》，钱仲联笺注，上海古籍出版社1981年版。
王新生：《日本简史》（增订版），北京大学出版社2013年版。
黄遵宪：《日本杂事诗》（广注），岳麓书社1985年版。
黄遵宪：《日本杂事诗》，光绪二十四年长沙富文堂重刊本。
潘乃光：《榕阴草堂诗草校注》，李寅生、杨经华校注，巴蜀书社2014年版。
潘乃光：《榕阴草堂文剩》，光绪癸巳秋刊本。
钱玄：《三礼通论》，南京师范大学出版社1996年版。
顾柄权编：《上海洋场竹枝词》，上海书店出版社1996年版。
程洁：《上海竹枝词研究》，博士学位论文，华东师范大学，2010年。

李凤苞：《使德日记》，沈云龙主编《近代中国史料丛刊》第 16 辑第 154—156 册（与《英轺私记》合订），（台湾）文海出版社影印江氏灵鹣阁丛书本。

李鼎元：《使琉球记》，师竹斋藏本。

陈子展：《诗经直解》，复旦大学出版社 1983 年版。

陈兰彬：《使美纪略》，陈绛校注，《近代中国》（第十七辑），上海社会科学院出版社 2007 年版。

祁兆熙：《使美洲日记》，岳麓书社 1985 年版。

钟叔河：《书前书后》，海南出版社 1992 年版。

严从简：《殊域周咨录》，余思黎点校，中华书局 2000 年版。

潘飞声：《说剑堂集》，清光绪年间刻本。

潘飞声：《说剑堂集》，龙门书店影印光绪辛卯刻本。

潘飞声：《说剑堂诗集》，百宋铸字印刷局 1934 年版。

杨乃济：《随看随写》，天津古籍出版社 2002 年版。

张德彝：《随使法国记》（《三述奇》），岳麓书社 1985 年版。

张德彝：《随使英俄记》（《四述奇》），岳麓书社 1986 年版。

王之春：《谈瀛录》，光绪六年上洋文艺斋刻本。

袁祖志：《谈瀛录》，光绪十年同文书局石印本。

汪敬虞：《唐廷枢研究》，中国社会科学出版社 1983 年版。

王韬：《弢园老民自传》，江苏人民出版社 1999 年版。

顾炎武：《天下郡国利病书》，上海科学技术文献出版社 2002 年版。

王瑞成：《晚清的基点——1840—1843 年的汉奸恐慌》，中国社会科学出版社 2012 年版。

《晚清洋务运动事类汇钞》，中华全国图书馆文献缩微复制中心 1999 年版。

王晓秋、杨纪国：《晚清中国人走向世界的一次盛举——一八八七年海外游历使研究》，辽宁师范大学出版社 2004 年版。

张海林：《王韬评传》，南京大学出版社 1993 年版。

方行、汤志钧整理：《王韬日记》，中华书局 1987 年版。

王立群：《王韬研究——中国早期“口岸知识分子”形成的文化特征》，博士学位论文，北京大学，2003 年。

《王之春集》，岳麓书社 2010 年版。

露丝·本尼迪克特：《文化模式》，王炜等译，社会科学文献出版社 2009 年版。

王韬：《瓮牖余谈》，《近代中国史料丛刊》三编第六十一辑第 606 册，（台湾）文海出版社影印光绪元年申报馆本。

李钦主编：《吴川古今诗选》，中国华侨出版社 1999 年版。

毛昌善主修，陈兰彬总纂：《吴川县志》，（台湾）成文出版社影印光绪十四年刊本。

吴学昭整理：《吴宓诗集》，商务印书馆 2004 年版。

邱炜萲：《五百石洞天挥尘》，《续修四库全书影印》清光绪二十五年邱氏粤垣刻本。

林针：《西海纪游草》，岳麓书社 1985 年版。

容闳：《西学东渐记》，岳麓书社 1985 年版。

黎庶昌：《西洋杂志》，岳麓书社 1985 年版。

陈诚：《西域行程纪·西域番国志》，周连宽校注，中华书局 2000 年版。

邹代钧：《西域行程纪·西域番国志》，王锡祺辑《小方壶斋舆地丛钞》第十一秩，光绪十七年上海著易堂印行。

松浦章、内田庆市、沈国威编著：《遐迩贯珍——附解题·索引》，上海辞书出版社 2005 年版。

叶权、王临亨、李中馥：《遐迩贯珍——附解题·索引》，凌毅点校，中华书局 1987 年版。

袁枚：《小仓山房诗文集》第一册，上海古籍出版社 1988 年版。

克利福德、马库斯编：《写文化：民族志的诗学与政治学》，高丙中等译，商务印书馆 2006 年版。

费信：《星槎胜览》，天一阁藏明钞本。

吴仲辑：《续诗人征略》，周骏富辑《清代传记丛刊·学林类 31》，（台湾）明文书局。

丁凤麟、王欣之编：《薛福成选集》，上海人民出版社 1987 年版。

刘奕宏、黄智编著：《寻韵攀桂坊——品读客都人文胜地的前世今生》，广东高等教育出版社 2011 年版。

阿英编：《鸦片战争文集》，北京古籍出版社 1957 年版。
中国史学会主编：《洋务运动》，上海人民出版社 1961 年版。
潘德舆：《养一斋诗话》，中华书局 2010 年版。
徐一士：《一士谭荟》，中华书局 2007 年版。
郑逸梅：《艺林散叶》，中华书局 1982 年版。
福庆纂：《异域竹枝词》，《艺海珠沉》竹集，清嘉庆中南汇吴氏听彝堂刻本。
阎照祥：《英国政治制度史》，人民出版社 1999 年版。
刘锡鸿：《英轺私记》（《英轺日记》、《日耳曼纪事》），岳麓书社 1986 年版。
徐继畬：《瀛寰志略》，上海书店出版社 2001 年版。
王韬：《瀛壖杂志》，沈恒春、杨其民标点，上海古籍出版社 1989 年版。
薛福成：《庸盦文外编》，沈云龙主编《近代中国史料丛刊》第 95 辑第 943 册，（台湾）文海出版社影印薛氏传经楼家刻本。
姜德明：《余时书话》，四川文艺出版社 1992 年版。
柯文：《在传统与现代性之间——王韬与晚清改革》，江苏人民出版社 2003 年版。
潘飞声：《在山泉诗话》，收入《古今文艺丛书》三、四集，上海广益书局 1913—1915 年版。
《曾纪泽日记》，岳麓书社 1998 年版。
陈大康整理：《张文虎日记》，上海书店出版社 2001 年版。
《职方外纪校释》，艾儒略原著，谢方校释，中华书局 1996 年版。
杨昭全、何彤梅：《中国—朝鲜·韩国关系史》，天津人民出版社 2001 年版。
蒋廷黻：《中国近代史》，上海古籍出版社 1999 年版。
《中国留美幼童书信集》，高宗鲁译注，（台湾）传记文学出版社 1986 年版。
胡怀琛编纂：《中国民歌研究》，商务印书馆 1925 年版。
陈季同：《中国人自画像》，黄兴涛等译，贵州人民出版社 1998 年版。
孟华等：《中国文学中的西方人形象》，安徽教育出版社 2006 年版。
马士：《中华帝国对外关系史》，张汇文等译，上海书店出版社 2000 年版。
雷梦水等编：《中华竹枝词》，北京古籍出版社 1996 年版。
丘良任等编：《中华竹枝词全编》，北京出版社 2007 年版。
郭廷以、陶振誉主编：《中美关系史料》，台湾“中央研究院”近代史研究所 1968 年版。

夏燮：《中西纪事》，高鸿志点校，岳麓书社 1988 年版。

《钟敬文民间文学论集》，上海文艺出版社 1985 年版。

杨正润主编：《众生自画像》，上海人民出版社 2009 年版。

林远辉编：《朱杰勤教授纪念论文集》，广东教育出版社 1996 年版。

《朱自清全集》，时代文艺出版社 2000 年版。

孙杰：《竹枝词发展史》，博士学位论文，复旦大学，2012 年。

王慎之、王子今：《竹枝词研究》，泰山出版社 2009 年版。

丘良任：《竹枝纪事诗》，暨南大学出版社 1994 年版。

黎庶昌：《拙尊园丛稿》，沈云龙主编《近代中国史料丛刊》初编第八辑第 76 册，（台湾）文海出版社影印本。

钟叔河：《走向世界：近代中国知识分子考察西方的历史》，中华书局 2000 年版。

二　外文部分（以书名字母排序）

A Cycle of Cathay or China, South and North, by W. A. P. Martin, New York: Fleming H. Revell Co., 1897.

Archives of the Council for World Mission, South China Correspondence and Reports, stored in the SOAS Library, University of London.

Between Tradition and Modernity: Wang Tao and Reform in Late Ch'ing China, by Paul A. Cohen, Harvard University Press, 1974.

China's First Hundred, by Thomas LaFargue, Pullman: The State College of Washington Press, 1942.

Laou-Seng-urh, or An Heir in His Old Age, A Chinese Drama, tran. by J. F. Davis, London: John Murray, Albemarle-Street, 1817.

Life in China, by Rev. William C. Milne, London: G. Routledge & Co. Farringdon Street, 1857.

Memorials of Protestant missionaries to the Chinese: giving a list of their publications, and obituary notices of the deceased, With copious indexes. by Alexander Wylie, Shanghae: American Presbyterian

Press, 1867.

Missionary Magazine, year 1843.

Robert Hart and China's Early Modernization: His Journals, 1863—1866, Richard J. Smith, eds. by John K. Fairbank and Katherine F. Bruner, Cambridge, Mass: Harvard University, 1991.

Servants of the Dragon Throne: Being the lives of Edward and Cecil Bowra, by Charles Drage, London: Peter Dawnay, 1966.

The Chinese Empire: Past and Present, by General Tcheng Ki-Tong, John Henry Gray, Chicago and New York: Rand, McNally & Company, 1900.

The Life of Sir Halliday Macartney, K. C. M. G., Commander of Li Hung Chang's Trained Force in the Taeping Rebellion, Founder of the First Chinese Arsenal, for Thirty Years Councillor and Secretary to the Chinese Legation in London, by Demetrius C. Boulger, London: J. Lane; New York: J. Lane company, 1908.

The Lore of Cathay; or, The intellect of China, by W. A. P. Martin, Fleming H. Revell, New York, 1901.

The Panorama, by Bernard Comment, London: Reaktion Books Ltd, 1999.

The Real Chinese Question, by Chester Holcombe, New York: Dodd, Mead & Company, 1909.

"Those Foreign Devils!" A Celestial on England and Englishmen, by Yuan Hisang-Fu, trans. by W. H. Wilkinson, London: Simpkin, Marshall, Hamilton, Kent & Co., Ltd., 1891.

When I Was a Boy in China, by Yan Phou Lee, Boston: Lothrop Publishing Company, 1887.

主要人名索引

（以汉语拼音为序）

A

阿诺德（Matthew Arnold） 35
艾儒略（Giulio Aleni） 162，283
安纳思戴得（Annerstedt） 99，100

B

巴兰德（Max August Scipip von Brandt） 189，190，309
白璧德（Irving Babbit） 35
包腊（Edward C. Bowra） 90—92，96—98，103
彼得大帝（察罕汗，彼得罗，彼得一世） 20，226，255，313
俾斯麦（毕司马，毕士马克，Otto Eduard Leopold von Bismarck） 200，250，251，253，254
斌椿 26，43，68，72，73，82—105，114，150，159，186，282，284，285，287，290

C

柴可夫斯基 255
陈道华 220，291
陈兰彬 27，106—122，124—133，287，290
陈季同 37，38，73，161，185
承厚 193，197
椿园 19，20

D

德庇时（Sir John Francis Davis） 78
德理文（Marie - Jean - Léon Lecoq） 91
德善（Emile De Champs） 90—92
丁韪良（William Alexander Parsons Martin） 83—88，92
丁日昌 126，127，141
杜莎夫人（Marie Tussaud） 144，145

F

菲尔浦斯（William Lyon Phelps） 107
菲利波托（Henri Félix Emmanuel Philippoteaux） 142，143
费锡章 16
费信 12

芬英　195

丰臣秀吉　14

冯桂芬　74

冯雨田　5

凤仪　68，82

符梨姒　195

福庆　19，20，23

G

丏香　18

高璧　195，211

高锡恩　104，186

戈鲲化　188

葛其龙　25，135

葛元煦　25，135，150

关广槐　275，276

管嗣复　67

广英　26，82，92

桂林　189—191，196，308，309

郭连城　68

郭实腊（郭士立，Karl Friedrich August Gützlaff）　283

郭嵩焘　34，40，74，93，140，142，143，145，149，180，231，282

郭则沄　291

H

何如璋　27，28，42，110，125，218—220，222，290

何天爵（Chester Holcombe）　39

赫德（Robert Hart）　68，82，83，90—92

赫尔德（Johann Gottfried von Herder）　35

黄濬　168

黄庆澄　220

黄庭坚　3，7

黄燮清　24

黄遵宪（黄公度）　8，9，14，27，28，30，32，43，110，111，129，201，219—225，267，270，275，280，285，288，290

J

寄尘上人　16

蒋敦复（蒋剑人）　64

金登干（James Duncan Campbell）　231

金尼阁（Nicolas Trigault）　37

K

卡尔十五世（King Carl XV）　98—100，102

孔多塞（Marquis de Condorcet）　34

孔昭乾　169，170

克虏伯（克鲁伯，克鹿卜，克虏朴，克鲁卜，Krupp，Alfred Krupp，Friedrich Carl Krupp，Friedrich Alfred Krupp）　252—254

L

赖学海　198，201

蓝采和　222，223

兰珸琦　194，202，209，211

黎庶昌（黎莼斋）　140，143，147

李宝嘉（李伯元）　208

李鼎元　16
李东沅　189，193
李恩富　107，120
李凤苞（李丹崖）　140，214
李圭　107，125，218，282
李鸿章　106，127，129，132，217
李善兰　64，67，80
理雅各（James Legge）　60，140
利玛窦　21，37
廖恩焘　30，291
林弼　9
林昌彝　76
林麟焻　15，16
林相棠　5，6
林则徐（林文忠公）　20，144
林针　67—69，71，117
玲字　195
刘瑞芬　28，162，166，167，170
刘锡鸿　34，40，72，73，117，145，161，179，184，208，215，282
刘向　1，224
刘禹锡（刘梦得，刘郎）　2，3，5，7，8，36，41，216，289
刘珏（濯足扶桑客）　43，291

M

马格里（马清臣，Halliday Macartney）　264
马礼逊（Robert Morrison）　60，283
马士（Hosea Ballou Morse）　87，92，215
麦都思（Walter Henry Medhurst）　60，67
麦华陀（Sir Walter Henry Medhurst）　48，63
美魏茶（William Charles Milne）　26，45，47，49，55—62，66，73，80
媚雅　194，195，198，201，211
缪祐孙　241，242，260

N

拿破仑（拿破仑一世，拿破仑第一，Napoléon Bonaparte）　140，237，242—244，316，332
路易·拿破仑·波拿巴（拿破仑涡那拔，Charles Louis Napoléon Bonaparte）　237，242，244，245
纳兰性德　4，216
尼古拉二世（俄皇）　28，225，230，240，259
聂缉规　271，274

O

欧德罗　255

P

潘德舆　5，6
潘飞声　28，174，188—202，204—207，209，211—216，234，241，268，287，289，290
潘乃光　28，227，229，230，233，234，235，239—249，251，252，258，259，261，262，265，267—269，288，290
潘仪增　190，192，200

潘有度　22，23

Q

钱德培　201—203，205—207，214
祁兆熙　107，111—115，118，123，124
丘逢甲　29，188，291
邱炜萲　188，189，198，201，216

R

容闳　27，106，107，125—129，131—133
阮福皎　18

S

沙起云　9
单士厘　9，291
四明浮槎客　222，290
苏姒　195
孙家谷　141

T

唐廷枢（唐景星）　28，134，135，160
陶森甲　197

W

汪楫　15，16
王恩翔（王晓沧）　29，188，291
王临亨　22
王士禛　4—6
王韬　34，45，46，59—67，79，80，140，144，220，222—224，282
王锡侯　169，170
王芝　26，182，290
王之春　28，30，141，144，217—221，224—248，250—268，282，284—288，290
威丽默　195，209
威廉·腓特烈·路德维希（威廉一世，Wilhelm Friedrich Ludwig）　189，212
威妥玛（Thomas Francis Wade）　46，47，67
维多利亚女王　71，163，167，170，171
魏源　94，283
温秉忠　107，115，118，120，129
吴嘉善（吴子登）　126，131，132
吴宓　29
吴樵珊（吴澹人）　26，45—47，49，55—78，80，81，287，290
务谨顺（W. H. Wilkinson）　149，150

X

嬉婵　195
熙朴尔（von Syburg）　190
萧伯瑶　200
萧雅堂　29，290，291
熊亦奇　168，170
徐葆光　15，16
徐伯达（Ludovicus - Cel. Spelta）　67
徐继畬　94，104，140，162，242，271，282，283
徐士恺　163，165—168，171，173，176
徐一士　168
徐振（徐白眉）　16—18

许南英　29，290

薛福成　72—75，130，133，141—145，162，181，226，238，271，282，284，286

Y

亚历山大二世（俄皇）　230，259

亚历山大三世（俄皇）　28，225，230，240，257

严从简　13

严复　166，175

彦慧　68，82

姚鹏图　43，291

姚文栋　193，199，200

杨维桢　3，7

杨文会　166，168

叶权　21，22

檥甫　172—174，176

莺丽姒　195

应龙田（应雨耕）　67，68，71，79—80

尤侗（尤展成，尤西堂）　4，9，11—15，19，21，24，28，173

尤珍　12

郁华（郁曼陀）　43，291

袁枚　4，134，147

袁祖志（袁翔甫）　24，25，28，40，43，74，89，134—141，144—150，159—161，178，180，182，184，208，212，217，234，241，249，267，282，286—288，290

约瑟芬（Joséphine of Leuchtenberg）　102

Z

曾国藩　106，125—127，129—131，217

曾纪泽　74，75，130，143，149，150，167，282

张德彝（德明）　68，72，82，85—87，90，91，98—100，102，145，149，150，159—162，189—195，201—206，210，212，213，215，227，231，232，236，241，245，252，262，264，266，282，309

张鸿南（耀轩）　274，279

张际亮　75

张斯桂　28，110，138，218，223

张文虎　93

张煜南（榕轩）　29，270—277，279，280，282，284—287，290，349

张芝田（仙根）　29，270，273—277，279，280，282—287，290

张祖翼（局中门外汉，梁溪坐观老人）　8，28，30，32，68，71—73，104，143，162—182，184—187，201，285—288，290

真真　196，198

志刚　74，140，145，147，282

周作人　1

朱彝尊（朱竹垞）　4

朱祖谋　108，110

子谷子　27

邹代钧　166，168，170

左秉隆　170